Mike Omer
Stumm lauert der Tod

AF172517

Das Buch

Schüsse in einer Highschool, Schüler und Lehrer als Geiseln. Abby Mullen, Verhandlungsspezialistin der New Yorker Polizei, muss die Geiselnehmer zum Aufgeben bewegen. Die »Wächter« sind Verschwörungstheoretiker, die fest davon überzeugt sind, dass in der Schule schreckliche Verbrechen begangen werden. Aus ihrer Vergangenheit weiß Abby, wohin psychopathische Gedankenwelten führen können: zum Tod Unschuldiger.

Während die Anhängerschaft der »Wächter« aufmarschiert, entgleist in der Schule die Situation. Abby muss schnell agieren. Dabei steht sie selbst unter Schock. Denn eine der Geiseln ist ihre vierzehnjährige Tochter Samantha …

Der Autor

Mike Omer, Autor der »Zoe Bentley«- sowie der »Glenmore Park Mystery«-Reihe, arbeitete bereits als Journalist, Spieleentwickler und Geschäftsführer von Loadingames. Er ist mit einer Frau verheiratet, die ihn emsig ermahnt, seinen Traum zu leben, und Vater eines Engels, einer Elfe und eines Kobolds. Außerdem besitzt er zwei gefräßige Hunde, die jeden Besucher mit eifrigem Schwanzwedeln begrüßen. Mike schreibt am liebsten über authentische Menschen, die ein Verbrechen begangen haben oder einem zum Opfer gefallen sind. Wenn Sie Kontakt zu ihm aufnehmen möchten, schreiben Sie eine E-Mail an mike@strangerealm.com.

MIKE OMER

STUMM LAUERT DER TOD

EIN ABBY-MULLEN-THRILLER

Aus dem Amerikanischen von Kerstin Fricke

Die amerikanische Ausgabe erschien 2022 unter dem Titel
»Damaged Intentions« bei Thomas & Mercer, Seattle.

Deutsche Erstveröffentlichung bei
Edition M, Amazon Media EU S.à r.l.
38, avenue John F. Kennedy, L-1855 Luxembourg
Mai 2022
Copyright © der Originalausgabe 2022
By Michael Omer
All rights reserved.
Copyright © der deutschsprachigen Ausgabe 2022
By Kerstin Fricke

Die Übersetzung dieses Buches wurde durch Amazon Crossing ermöglicht.

Umschlaggestaltung: semper smile, München, www.sempersmile.de
Umschlagmotiv: © Mattias Bokinge / Shutterstock
Lektorat und Korrektorat: VLG Verlag & Agentur, Haar bei München,
www.vlg.de
Gedruckt durch:
Amazon Distribution GmbH, Amazonstraße 1, 04347 Leipzig /
Canon Deutschland Business Services GmbH, Ferdinand-Jühlke-Str. 7,
99095 Erfurt /
CPI books GmbH, Birkstraße 10, 25917 Leck

ISBN: 978-2-49670-773-1

www.edition-m-verlag.de

Kapitel 1

Sie waren auf dem Weg.

Er taumelte durch das dunkle Haus, sah sich panisch um, schluchzte vor Furcht. Wie viel Zeit blieb ihm noch? Eine Stunde? Vermutlich weniger. Und er wusste, was sie mit ihm machen würden, sobald sie hier waren. Zwar versuchte er, nicht darüber nachzudenken, doch er wusste es einfach. Er hatte genug Berichte gehört und Fotos gesehen. *Bitte, Gott, mach, dass ich verschont werde!*

Dann hatte er den Werkzeugkasten auf dem obersten Regalbrett in der Garage entdeckt. Als er sich auf die Zehenspitzen stellte und ihn herunterzog, ging der Deckel auf und ihm fiel ein Schraubendreher auf den Kopf. Vor Schmerz zischend stellte er den Kasten auf den Boden. Er kramte darin herum, und das Krachen der metallenen Gegenstände hallte laut durch den staubigen Raum. *Komm schon, komm schon …* Schließlich kippte er den gesamten Inhalt auf den Boden, wobei ihn das laute Klappern zusammenzucken ließ. Hatte das jemand gehört? Die Nachbarn vielleicht? Ein Passant, der zufällig vorbeikam und jetzt die Polizei rief? Oder möglicherweise *sie*?

Da! Er schnappte sich die Zange und rannte mit rasendem Herzen aus der Garage.

Zuerst musste er den GPS-Tracker rausbekommen. Er kniete sich auf den Boden und versuchte, sich an die Pläne zu erinnern, die er sich eingeprägt hatte. Doch es fiel ihm schwer, sich zu konzentrieren; er atmete schnell und unregelmäßig und hatte die brutalen Dinge im Kopf, die sie ihm antun würden, sobald sie hier auftauchten. Die Verbrennungen. Die Verstümmelungen.

Er holte tief Luft und zwang sich zur Konzentration. Dies war der Augenblick, um sich zu beweisen. Um zu zeigen, was er wert war. Stundenlang hatte er trainiert und Dinge auswendig gelernt, um sich auf diesen Moment vorzubereiten.

Ja, jetzt erinnerte er sich.

Er griff mit der Zange nach dem verborgenen Tracker und zog ihn heraus. Zitternd stand er auf und ging ins Badezimmer. Als er versuchte, den Tracker in der Toilette runterzuspülen, ließ er versehentlich die Zange hineinfallen. *Verdammt noch mal!* Rasch holte er die Zange wieder heraus und spülte den Tracker weg.

Jetzt noch das Mikrofon. Es war weiter hinten angebracht und schwerer zu erreichen.

Während er versuchte, das Mikrofon mit der Zange herauszuziehen, blinkte irgendetwas in der Dunkelheit. Ein weißer Lichtfleck, ein Handy. Er hob es auf und starrte aufs Display. Eine neue Nachricht.

Rote_Königin: Absolem, bist du da?

Absolem war natürlich nicht sein richtiger Name. Aber sie hatten alle Online-Decknamen, um nicht erkennbar zu sein und ihre Spuren zu verwischen. Er musste antworten, um jeden in die Irre zu führen, der zuhörte, zusah, sich Notizen machte. Mit zitternden Fingern tippte er: Ich bin da. Dabei blieb etwas Blut auf dem Display zurück, ein klebriger roter Fleck. Seine DNA und sein Fingerabdruck.

Rote_Königin: Hast du den Thread gesehen, den sie vorhin gepostet haben? Über die Kinder?

Er hätte am liebsten das Handy zertrümmert und Rote Königin angeschrien, dass dies nicht der richtige Zeitpunkt war, dass sie möglicherweise kamen, dass er aufgeflogen sein konnte. Stattdessen zwang er sich jedoch, eine Antwort zu tippen, ruhig, knapp, ohne Rechtschreibfehler.

Absolem: Bin beschäftigt. Sehe es mir später an.

Er schaltete das Display aus und griff abermals zur Zange.
Wo genau befand sich das Mikrofon?
Im ersten Backenzahn unten rechts. Er reckte das Kinn vor und positionierte die Zange so, dass er den Zahn erreichen konnte. Mit einem heftigen Ruck hatte er ihn rausgerissen, taumelte nach hinten, landete auf dem Hintern. Er spürte, wie das Blut auf dem Boden in den Stoff seiner Jeans sickerte.

Zurück ins Badezimmer, nun etwas sicherer auf den Beinen. Er ließ den Zahn in die Toilette fallen, diesmal behielt er die Zange allerdings in der Hand. Dann betätigte er die Spülung.

Nun gestattete er sich ein Lächeln. Er hatte es geschafft. Er war einen ihrer Agenten losgeworden. Damit war er der Erste, dem so etwas überhaupt je gelungen war. Sie kämpften nun schon seit über drei Jahren gegen diese geheimnisvolle Gruppe, und manchmal kam es ihm wie ein hoffnungsloser Kampf vor. Als wäre der mächtige Zirkel dieser kranken Mistkerle völlig unantastbar. Immerhin kontrollierte er die Regierung, die

Armee, die Polizei, die Medien. Was konnte eine armselige Gruppe aus Durchschnittsmenschen da schon ausrichten?

Aber vielleicht gab es tatsächlich einen Grund dafür, dass er genau wie die anderen auserwählt worden war. Dies war der Beweis; er hatte es geschafft.

Er hatte einen Feind getötet. Und wenn er einen loswerden konnte, dann waren sie zusammen auch in der Lage, den Rest zu erledigen.

Als er sich umdrehte, hatte er sein Spiegelbild vor sich. Zerzaust, mit Blut beschmiert. Aber siegreich.

Er wusch sich die Hände im Waschbecken, hinterließ dabei rote Flecken auf dem Porzellan und dachte an *sie*. Versuchte, sich vorzustellen, wie sie nun weiter vorgingen. Wahrscheinlich würden sie ihren Agenten bald kontaktieren wollen und merken, dass er nicht antwortete. Indem sie dem GPS-Signal folgten, würden sie eine wilde Verfolgungsjagd durch die Abwasserkanäle der Stadt unternehmen. Ihm blieb etwas Zeit. Nicht besonders viel, denn es wäre unklug gewesen, den Feind zu unterschätzen. Aber es reichte aus, um seine Spuren zu verwischen.

Im Schlafzimmer schaltete er das Licht ein und verharrte. Zum ersten Mal konnte er richtig sehen, was er getan hatte. Das viele Blut auf dem Boden. Die Leiche, leblos, mit leeren Augen. Der weit aufgerissene Mund, in dem zwei Zähne fehlten, Spuren von Blut und Knorpel im Gesicht.

Benommen lehnte er sich an die Wand. Er hatte getan, was notwendig gewesen war. Sie befanden sich im Krieg, und er war auserwählt worden, um die Unschuldigen und Hilflosen zu beschützen.

Kriege konnten blutig werden.

Ein plötzlicher unangenehmer Gedanke. Was war, wenn er sich geirrt hatte? Vielleicht gab es einen Fehler im Schaltplan, eine absichtliche Abweichung, eine Art Gegenspionage durch den Feind.

Trau niemandem! Sei gedanklich immer einen Schritt voraus.

Der Tracker und das Mikrofon konnten in allen noch vorhandenen Zähnen sein. Er hatte noch viel zu tun, kniete sich zum dritten Mal neben die Leiche und griff nach der Zange.

Doch er zögerte. Das war ja verrückt.

Schließlich lag im Werkzeugkasten auch ein Hammer.

Kapitel 2

Der Geruch einer schlimmen Erinnerung konnte einem in die Nase kriechen und den Verstand für Stunden, Tage oder gar Wochen aus dem Konzept bringen.

Abby Mullen starrte durch die Windschutzscheibe ihres Mietwagens und versuchte, den Geruch des Lufterfrischers tief einzuatmen. Kiefer, vielleicht, oder eine andere erbärmliche Imitation eines Pflanzendufts. Es half nicht. Der Gestank, den sie seit der letzten Woche ständig in der Nase hatte, von dem sie träumte, der sie seit Tagen verfolgte, verschwand nicht.

Viele Leute erzählten davon, dass ein Geruch Erinnerungen auslöste. Manch einer dachte beispielsweise an Sonntage mit der Großmutter und ihren selbst gebackenen Muffins, wenn er Zimt roch. Oder der Duft eines frischen Blumenstraußes ließ sie an ein Frühlingspicknick zurückdenken.

Aber kaum jemand sprach je davon, dass der Geruch von Desinfektionsmitteln die Erinnerung daran heraufbeschwor, wie man seinem sterbenden Vater im Krankenhaus die Hand gehalten hatte. Dass man beim Gestank verwesenden Fleisches an den toten Hund erinnert wurde, den man als Kind im Wald gefunden hatte, um dadurch zum ersten Mal mit dem Tod konfrontiert zu werden.

Und niemand redete je von Rauch. Erstickendem, alles verzehrendem Rauch und den Erinnerungen, die er mit sich brachte.

Abby saß mit verkrampftem Unterkiefer auf dem Fahrersitz des Wagens. Einerseits war sie eine erwachsene Frau, Mutter zweier Kinder und Lieutenant beim NYPD. Andererseits war sie aber auch ein siebenjähriges Mädchen, das durch einen rauchverhangenen vertäfelten Flur rannte.

Sie hustete und kniff die tränenden Augen zusammen. Gedämpfte Schreie hinter einer verschlossenen Tür, eine Frau, die darum bettelte, herausgelassen zu werden. Mommy? Oder jemand anderes? Sie musste sie befreien.

Die Wände strahlten Hitze aus, auf beiden Seiten tobte ein Inferno. Und Dutzende waren darin gefangen. Von ihr eingesperrt worden. Sie hatte einen Fehler gemacht, vielleicht etwas falsch verstanden. Aber sie würde die Tür öffnen, und dann …

»Komm da weg, Abihail!«, schrie Eden hinter ihr, die ebenfalls hustete und sich verängstigt und verzweifelt anhörte. Aber sie verstand es nicht – das musste ein Fehler sein, und Mommy und Daddy riefen um Hilfe.

Die Tür war nur noch wenige Schritte entfernt. Abihail griff nach dem Bolzen, um die Leute rauszulassen.

Eine Hand an ihrer Schulter, die sie zurückzerrte und zur Seite zog.

Sie schrie vor Wut und Angst auf und versuchte, sich zu befreien.

Und dann eine Explosion, so heftig, dass sie durch die Luft geschleudert wurde, ein plötzlicher schrecklicher Schmerz in ihrem Nacken, Flammen, die sie umgaben …

Unwillkürlich wanderte Abbys Hand zu der Narbe an ihrem Hals, und sie stieß erschaudernd die Luft aus. Doch das

Narbengewebe erinnerte sie auch daran, dass sie kein Kind mehr war. Dass sich dieses Feuer, das Ereignis, das von der Presse als Wilcox-Massaker tituliert wurde, vor Jahrzehnten ereignet hatte.

Nun war sie zum ersten Mal seit über dreißig Jahren wieder in North Carolina und an dem Ort, an dem sich das Gelände der Wilcox-Familie befunden hatte.

Das große Holzhaus, in dem ihre Kapelle, die Büros, der Speiseraum und Moses Wilcox' Schlafzimmer gewesen waren, existierte natürlich nicht mehr. Es war vollkommen niedergebrannt, und sämtliche Überreste waren vor Jahren beseitigt worden. Die drei großen Schlafsäle, in denen sie alle untergebracht gewesen waren, gab es ebenfalls nicht mehr.

Stattdessen stand ein großes rechteckiges Granitdenkmal neben der Straße. Dahinter ragten mehrere völlig kahle Bäume auf. Es waren Ahornbäume, die man im Gedenken an die Menschen, die im Feuer umgekommen waren, gepflanzt hatte. Sie hatte Fotos dieser Gedenkfeier gesehen, die im Herbst stattgefunden hatte, auf denen das leuchtende Rot der Blätter einen starken Kontrast zum ernsten Thema gebildet hatte. Jetzt war von diesem Effekt nichts mehr zu sehen – die Bäume waren ebenso grau wie der Himmel und die Granitscheiben. Grau wie Rauch.

Sie stieg aus dem Mietwagen und trat vor den großen Stein. Sanft fuhr sie mit den Fingern über die raue Oberfläche, während sie die Inschrift las.

Im Gedenken an die neunundfünfzig unschuldigen Seelen, deren Leben am dreiundzwanzigsten April 1987 ein jähes Ende fand. Neun von ihnen waren acht Jahre alt oder noch jünger.

Unter der Inschrift vier Spalten mit Namen.

Sie überflog die Liste. Martha Richardson und David Richardson standen in der Mitte der dritten Spalte. Ihre Eltern.

Abby versuchte, sie sich bildlich vorzustellen. Ihre Mutter, mit der sie sehr viel Zeit verbracht, auf dem Feld Blumen gepflückt und diese im Laden zu schönen Sträußen gebunden hatte, sah sie schnell vor sich. Blond, wie Abby, und das Haar reichte ihr bis zur Taille. Sie trug es meist zum Pferdeschwanz gebunden und machte sich nicht die Mühe, das zu verbergen, was Abby bis zum heutigen Tag nervte – ihre großen Ohren.

Bei ihrem Vater sah die Sache schon anders aus. Sie konnte sich daran erinnern, wie er während der Andacht ihre Hand gehalten hatte – seine war groß und fast immer ungewöhnlich warm. Die Haut war rau – weil er den ganzen Tag über mit den dornigen Blumen arbeitete. Aber abgesehen von seiner Hand, war da gar nichts mehr.

Ein weiterer Name ganz unten in der Spalte: Moses Wilcox. Einen Moment lang starrte sie ihn mit zusammengebissenen Zähnen an. Dann runzelte sie die Stirn und sah genauer hin. Sie hatte geglaubt, die Namen seien alphabetisch aufgeführt, aber in diesem Fall hätte Moses in der vierten Spalte und fast am Ende der Liste stehen müssen. Was jedoch nicht der Fall war, und den Grund dafür sah sie im nächsten Moment: Bei den letzten acht Opfern war aus irgendeinem Grund nur der Vorname aufgeführt.

Nachdem sie ihre Eltern gefunden hatte, ging sie die Namen ein weiteres Mal durch und hielt nach allen Ausschau, die ihr im Gedächtnis geblieben waren. Edens Eltern. Isaacs Mutter – sein Vater hatte sich der Sekte nie angeschlossen. Hanna, die in der Küche gearbeitet und den Kindern häufig Kekse gebacken hatte. Eric, der rumgetrampelt war und sie aus irgendeinem Grund ständig seltsam angeschaut und ihr Angst eingejagt hatte.

Sie stellte überrascht fest, dass sie viele der Namen wiedererkannte – von Menschen, an die sie seit über dreißig Jahren nicht mehr gedacht hatte. Und ... da war ein Fehler.

Der Mann, der den Laster mit den Blumensträußen ihrer Mutter zum Laden gefahren hatte, hieß George. Doch obwohl sie die Liste viermal durchging, konnte sie seinen Namen nicht finden. Es gab zwar einen George Fletcher, doch das war Edens Vater, daher wusste Abby mit Sicherheit, dass es sich nicht um ein und dieselbe Person handelte.

Sie holte ihr Handy aus der Tasche und rief Eden an.

»Hey, Abby.« Edens Stimme klang fröhlich und erinnerte rein gar nicht mehr an die verängstigte und verzweifelte Frau, der Abby vor zwei Monaten geholfen hatte.

»Hi.« Instinktiv wanderte Abbys Blick zum Namen von Edens Eltern, während sie mit ihr sprach. »Hör mal, ich bin gerade beim Denkmal.«

Sie hatten vor Abbys Abflug nach North Carolina über diese Sache gesprochen. Durch das kürzliche Wiedersehen der drei Überlebenden des Wilcox-Massakers – Abby, Eden und Isaac – waren einige unbeantwortete Fragen und finstere, vergessene Erinnerungen wieder an die Oberfläche gedrungen. Abby wollte der Sache auf den Grund gehen. Eden und Isaac waren von der Idee nicht gerade begeistert. Sie wollten die Vergangenheit lieber hinter sich lassen. Trotzdem hatte Eden Abby gebeten, sie auf dem Laufenden zu halten.

»Wie sieht es aus?«, erkundigte sich Eden.

»Na ja, wie ein Denkmal eben. Mit einer langen Namensliste.«

Eine kurze Pause. »Aha.«

»Ich wollte dich was fragen. Erinnerst du dich an George. Ich meine nicht deinen Dad, sondern den anderen George.«

»Den, der den Laster gefahren hat? Sicher. Er hat mich manchmal mitgenommen.«

»Er war hier bis zum ...« Abby räusperte sich. »Bis zum Ende, oder?«

»Ja ... Ich bin mir ziemlich sicher, dass er das war. Warum fragst du?«

»Anscheinend haben sie vergessen, seinen Namen auf die Liste zu setzen. Weißt du seinen Nachnamen noch?«

»Nein. Ich war ja noch ein Kind.« Eden hörte sich beinahe an, als wollte sie sich rechtfertigen.

»Ja. So wie wir alle. Okay, danke.«

»Hast du dich schon mit dem Mann getroffen?«

»Nein. Da fahre ich als Nächstes hin.«

»Okay. Viel Glück.«

»Danke. Ich melde mich später.« Abby legte auf und sah sich um. Sie hob einen kleinen Stein vom Straßenrand auf und legte ihn oben auf das Denkmal. Dann fuhr sie mit dem Finger über das geschwungene M im Vornamen ihrer Mutter.

Schließlich stieg sie wieder in den Wagen, ließ den Motor an und wappnete sich dafür, der Person gegenüberzutreten, die einen der schlimmsten Augenblicke ihres Lebens mit ihr zusammen erlebt hatte.

Kapitel 3

Das Haus stand an einer dünn besiedelten Straße, an der sich gut zwanzigmal so viele Bäume wie Häuser befanden. Der Rasen im Vorgarten war mit winzigen flaumigen weißen Blüten übersät und hätte gut in ein Märchen gepasst. Ein grauhaariger Mann saß in einem Korbstuhl auf der Veranda und rauchte. Neben ihm lag ein großer Golden Retriever mit dem Kopf auf den Vorderpfoten und geschlossenen Augen.

Abby stieg aus dem Wagen und ging auf den Mann zu. »Entschuldigung ...«

»Sie sind alle hinten.« Der Mann machte eine Geste und hielt die Zigarette locker zwischen zwei Fingern. »Einfach um die Ecke. Vielleicht finden Sie ja Ihren.«

»Ich ... Was? Ich wollte eigentlich zu Norman Lewis?«

»Ja, der bin ich. Aber ich sagte doch, Sie sollen ... Ach, vergessen Sie's, ich zeig's Ihnen.«

Er stand stöhnend auf und stemmte sich dabei eine Hand ins Kreuz. Der Golden Retriever sprang aufgeregt herum und folgte Norman Lewis, der langsam schnaufend auf die Rückseite des Hauses zumarschierte. Verwirrt lief Abby den beiden hinterher. Nachdem er um die Ecke gebogen war, blieb Norman neben einem großen Haufen aus Schuhen stehen und starrte ihn an. Abby trat neben ihn und blickte ebenfalls auf die Schuhe. Der Hund sah sie erwartungsvoll an und wedelte mit dem Schwanz.

Die Schuhe sahen ziemlich mitgenommen aus und waren zerkaut und schmutzig. Im Haufen lagen alle nur denkbaren Formen und Größen – mehrere Turnschuhe, ein Kinderstiefel, ein hochhackiger roter Pumps.

»Der da?« Norman zeigte auf den roten Schuh. »Könnte etwa Ihre Größe sein.«

»Nein, äh ...«

»Sehen Sie ihn hier? Sie haben nicht zufällig den anderen dabei, oder? Dann könnte ich danach Ausschau halten. Manchmal verbuddelt er sie, bevor er sie herbringt, daher könnte es ein paar Tage dauern.«

»Ich bin nicht wegen eines verschwundenen Schuhs hier, Mr Lewis. Mein Name ist Abby Mullen. Sie sagten, ich könnte diese Woche jederzeit vorbeikommen.«

»Oh!« Er zog die Augenbrauen hoch. »Sie sind diese Polizistin aus New York. Ich hatte nicht damit gerechnet, dass Sie tatsächlich hier auftauchen.«

Abby hob in einer verlegenen Geste die Hände, als wollte sie damit sagen: »Tja, hier bin ich.«

Norman blickte erneut auf den Schuhhaufen. »In den letzten Tagen war es schlimmer. Letzten Samstag hat es heftig gestürmt. Danach lassen alle die schmutzigen Schuhe vor dem Haus stehen, und der gute Cooper hier konnte sich richtig austoben.« Er zuckte mit den Achseln. »Na ja. Lassen Sie uns ins Haus gehen.«

Er führte sie in ein gemütliches, kleines Wohnzimmer und setzte sich auf eine Couch, die vermutlich älter war als Abby. Für sie blieb nur die einzige andere Sitzgelegenheit, ein Schaukelstuhl. Cooper machte es sich zwischen ihnen auf dem Teppich bequem und seufzte laut.

»Kann ich Ihnen etwas zu trinken anbieten? Kaffee? Tee?«, fragte Norman.

»Nein, danke.«

»Apfelsaft? Bier? Ein Wasser?«

»Das ist wirklich nicht nötig, danke.«

Er lehnte sich zurück. »Seit dem Tod meiner Frau vor zwei Jahren stibitzt Cooper anderen die Schuhe. Ich habe keine Ahnung, ob das ein Bewältigungsmechanismus ist oder ob er glaubt, ich würde mich besser fühlen, wenn er mir Schuhe bringt.«

Cooper hob den Kopf, als er seinen Namen hörte. Abby beugte sich vor und kraulte ihn hinter den Ohren, und er wedelte so heftig mit dem Schwanz, dass der laut auf den Boden schlug. Abgesehen von seinem Schuhfetisch, war er der niedlichste Hund, den Abby je gesehen hatte.

»Zuerst hat er mir nur linke Schuhe gebracht. Insgesamt neun. Ich dachte schon, der Hund wäre eine Art Genie. Haben Sie schon mal von einem Hund gehört, der linke und rechte Schuhe voneinander unterscheiden kann?«

»Nein.« Sie schenkte ihm ein Lächeln. Er schien sich über die Gesellschaft zu freuen, und sie hatte gar keine Lust, auf die Vergangenheit zu sprechen zu kommen und die Stimmung zu ruinieren, daher wollte sie noch ein bisschen damit warten.

»Aber dann brachte er mir auch rechte Schuhe, also war es vermutlich doch nur Zufall gewesen. Einmal war sogar der Schuh eines Clowns dabei. Über siebzig Zentimeter lang und lila. Möchten Sie wirklich nichts trinken?«

»Nein, ich habe keinen Durst.«

»Wie Sie wollen. Was führt denn eine Polizistin des NYPD nach Ayden?«

Sie seufzte. »Ich wollte Sie etwas über einen Fall fragen, der schon sehr lange zurückliegt. Es geht um das Feuer auf dem Wilcox-Anwesen.«

»Oh.« Seine Miene verfinsterte sich.

Am liebsten hätte Abby behauptet, dass sie doch nur wegen eines verlorenen Schuhs vorbeigekommen war, doch stattdessen fragte sie: »Sie waren dort, nicht wahr?«

»Ja, ich war dort«, antwortete er mit angestrengter Stimme. »Warum interessieren Sie sich dafür?«

Sie zögerte. »Mein Name war früher Abihail.«

Er starrte sie kurz an, aber dann erschlaffte seine Mundmuskulatur und er wurde ganz blass. »Mein Gott«, flüsterte er.

»Erinnern Sie sich an mich?«

»Ich vergesse eine Menge, meine Liebe. Es ist mir sogar dreimal hintereinander gelungen, meinen Hochzeitstag zu vergessen. Aber dieser Tag hat sich mir bis in alle Ewigkeit eingeprägt, das kann ich Ihnen versichern. Und ich habe wirklich versucht, die Sache zu vergessen.«

Abby lächelte traurig. »Ich bin offen gesagt erleichtert, weil ich mir einige Antworten erhoffe.«

Er schürzte kurz die Lippen. »Wissen Sie was? Jetzt könnte ich etwas zu trinken gebrauchen. Ich bin gleich wieder da.«

Cooper stand auf und lief hinter Norman her, der aus dem Raum ging, blieb dann jedoch stehen und drehte sich wieder zu Abby um, als wüsste er nicht, ob er den Gast unbeaufsichtigt zurücklassen konnte. Schließlich drehte er wieder um, kam zu Abby zurück und legte die Schnauze auf ihre Knie. Sie kraulte ihn erneut, und er schloss vor Wonne die Augen. Als sie aufhörte, stupste er sie mit der Nase gegen den Arm, bis sie nachgab und weitermachte.

Nach einigen Minuten kehrte Norman zurück und hatte eine Bierflasche in der einen und eine dampfende Tasse in der anderen Hand. »Solange Sie ihn streicheln, lässt er Sie nicht mehr in Ruhe.« Er reichte ihr die Tasse. »Zimttee. Draußen ist es kalt.«

»Danke«, sagte Abby höflich. Sie nippte am Tee und war überrascht, wie köstlich er schmeckte. Cooper stieß ihre Hand an, weil er nach mehr Streicheleinheiten verlangte, und sie verschüttete etwas Tee.

»Raus mit dir Cooper!« Norman öffnete die Haustür.

Cooper starrte ihn geknickt an.

»Na los, raus!«

Der Hund stieß einen Stoßseufzer aus und trottete aus der Tür, die Norman wieder schloss, bevor er sich setzte.

Er trank einen Schluck Bier. »Dabei geht es gar nicht um einen Fall, richtig?«

»Eigentlich nicht.«

Er nickte. »Ich habe oft an Sie drei gedacht, wissen Sie? Was aus Ihnen geworden ist. Damals haben Sie so … verloren gewirkt. Ich habe sogar einmal versucht, Sie zu finden, aber man wollte mir nicht sagen, wo Sie gelandet waren.«

»Ich kam zu Pflegeeltern, die mich später auch adoptiert haben.«

Er wirkte etwas fröhlicher. »Das höre ich gern. Wissen Sie, was aus den anderen beiden geworden ist? Aus Eden und Isaac?«

»Eden hat jetzt eine eigene Familie. Isaac ist Buchhalter.« Allgemeine Fakten, die unheilvollere Wahrheiten verbargen. Aber Norman kniff die Augen zusammen, in denen es funkelte. So leicht ließ er sich nicht reinlegen.

»Und«, begann er, »was wollen Sie mich fragen?«

»Na ja … Ich habe über unser Telefonat nachgedacht. Mir ist bewusst, dass es Abschriften gibt. Ich habe sie gelesen. Aber ich wüsste gern … Gibt es irgendetwas, das nicht in diesen Abschriften steht?«

»Was genau meinen Sie?«

»Beispielsweise, welchen Eindruck Sie von mir hatten.«

»Sie hörten sich völlig verängstigt an. Jemand hat Ihnen eine Waffe an den Kopf gehalten.«

»Hab ich geweint?«

Er zögerte. »Ich schätze, schon.«

»Sie schätzen es? Ich dachte, Sie erinnern sich an alles aus dieser Nacht?«

»Das ist korrekt, aber ich konnte Sie nicht sehen«, merkte Norman an. »Die Verbindung war schlecht; es gab viele Interferenzen. Wie ich bereits sagte, wurden Sie mit einer Waffe bedroht. Welche Siebenjährige würde da nicht weinen?«

Eine Siebenjährige, der man eigentlich gar keine Waffe an den Kopf hielt. Eine Siebenjährige, die nur wiederholte, was Moses Wilcox ihr sagte.

»Ich habe Ihnen gesagt, dass wir mit den anderen Gemeindemitgliedern im Speisesaal wären«, sagte Abby. »Konnten Sie die anderen hören?«

Norman runzelte die Stirn. »Ich meine, mich an ein Weinen im Hintergrund zu erinnern.«

»Zweiundsechzig Personen in einem überfüllten Raum. Da müsste es doch lauter gewesen sein.«

»Nicht unbedingt. Dieser Moses Wilcox hatte eine Waffe. Ich schätze, sie hatten zu große Angst, um einen Laut von sich zu geben.«

»Sie erinnern sich nur an ein Weinen?«, hakte Abby nach.

»Ja.«

»Okay.« Abby war geknickt und trank einen Schluck Tee.

Sie hatte sich mehr erhofft. Dass er sagen würde, sie habe am Telefon geschluchzt. Dass er Hilfeschreie im Hintergrund vernommen hätte. Ihre Erinnerungen an diese Nacht waren umwölkt und völlig durcheinander. Bis vor Kurzem hatte sie geglaubt, sie seien alle zusammen im Speisesaal gewesen. Dass Moses ihr eine Waffe an den Kopf gehalten und ihr vorgeschrieben hatte, was sie der Polizei sagen sollte.

Aber vor einigen Monaten, nach dem Wiedersehen mit Eden, waren da auch andere Erinnerungen hochgekommen.

Eden, Isaac und sie waren nicht mit dem Rest der Gemeinde im selben Raum gewesen. Moses hatte von ihr verlangt, mit der Polizei zu sprechen, den Beamten zu sagen, dass sie wegbleiben sollten, weil er ihr eine Waffe an den Kopf hielt.

»*Erzähl ihnen von der Waffe.*« *Er drückt einen Finger an ihre Schläfe – wie eine Waffe.* »*Sag ihnen, dass alle zweiundsechzig von uns hier drin sind.*«

Danach hatte er den Raum verlassen. Und als sie mit der Polizei telefonierte – mit Norman, der ihr nun gegenübersaß und Bier trank –, hatte sie wiederholt, was Moses ihr aufgetragen hatte. Obwohl er sie gar nicht mit einer Waffe bedrohte. Obwohl er nicht einmal im selben Raum war. Und dann, nach dem Auflegen, war sie zur Tür des Speisesaals gegangen und hatte sie verriegelt, so wie Moses es wollte. Sie hatte die anderen darin eingesperrt.

Es gab keine Möglichkeit, das im Nachhinein zu überprüfen, aber Normans Worte schienen diese Erinnerungen zu bestätigen. Sie hatte einen entscheidenden Anteil am Feuertod dieser neunundfünfzig Menschen gehabt, zu denen auch ihre Eltern gehörten.

Sie blinzelte und räusperte sich. »Ich war vorhin beim Denkmal. Bei einigen Namen fehlt der Nachname.«

»Ja. Wir hatten keine Mitgliederliste der Sekte ... ich meine, der Gemeinde.«

»Sie können ruhig Sekte sagen.«

»Ich glaube, einige Mitglieder stammten aus anderen Staaten. Die Leute kamen und gingen. Die Leichen waren ... Na ja, Sie können es sich bestimmt vorstellen. Sehr viele waren in schlechtem Zustand. Schwer zu identifizieren. Wir haben uns umgehört; die Leute in der Umgebung kannten den Großteil. Und ihr Kinder habt uns auch einige Namen genannt. Später kamen einige Familienangehörige, um die Toten zu identifizieren. Aber für acht konnten wir nie den vollständigen Namen ermitteln.«

»Das kann ich mir denken. Ein Name fehlt allerdings. George irgendwas.«

Er zog eine Augenbraue hoch. »Nein, er ist aufgeführt. George Fletcher.«

Sie schüttelte den Kopf. »Es gab zwei Georges in der Sekte. George Fletcher und noch einen zweiten.«

»Nicht, soweit wir wissen. Vielleicht war er an dem Tag schon nicht mehr da.«

»Doch, das war er. Könnte er das Feuer überlebt haben?«

»Außer euch drei Kindern hat niemand überlebt.«

»Es muss chaotisch gewesen sein. Es war dunkel, da war ein riesiges Feuer, überall Rauch. Vielleicht ist Ihnen …«

»Wir haben neunundfünfzig Leichen gefunden. Und es gab drei Überlebende. Das macht zweiundsechzig. So viele Personen, wie anwesend waren.« Er beugte sich vor. »Wie kommen Sie auf die Idee, dass es noch einen anderen Überlebenden gegeben hätte?«

»Wie ich bereits sagte, gab es noch einen George, dessen Name nicht auf dem Denkmal steht.«

Er sah sie durchdringend an. »Warum wollten Sie mit mir reden? Sie sind nicht nur wegen des Denkmals hier. Schließlich haben Sie mich vor über einer Woche angerufen. Worum geht es hierbei wirklich?«

Sie wog die Frage innerlich ab. Schließlich beschloss sie, ihm die Wahrheit zu sagen. »Nach dem Brand sind Isaac und ich in Kontakt geblieben. Er hat mir mehrere Briefe geschrieben, und nach einer Weile habe ich ihm geantwortet. Später gingen wir zu E-Mails über. Und in den letzten Jahren haben wir so gut wie jeden Tag gechattet.«

Norman sagte nichts und hielt ihrem Blick stand. Sie konnte den Polizisten deutlich durchscheinen sehen, der er früher gewesen war – der Polizist, der wusste, dass man *zuhörte,* wenn jemand anfing zu reden.

»Er hat mir sogar Fotos geschickt. Sie wissen schon, in der Art von ›Das bin ich mit meinen Pflegeeltern. Hier siehst du das Fahrrad, das ich zum Geburtstag bekommen habe. Mein Date und ich auf dem Weg zum Abschlussball.‹ All solche Dinge. Jedenfalls haben Eden und ich vor ein paar Wochen beschlossen, ihm einen Überraschungsbesuch abzustatten. Ich habe seine Adresse herausgefunden, und wir sind hingefahren. Doch er war nicht derjenige, mit dem ich all die Jahre Kontakt gehalten hatte.«

Norman zog die Augenbrauen zusammen. »Dann waren Sie bei der falschen Adresse?«

»Nein, die Adresse war richtig. Der Isaac, den wir dort antrafen, war der Junge, mit dem ich aufgewachsen bin, der dritte Überlebende von damals. Doch die Person, die mir geschrieben hat, war ein anderer. Er sah auf den Fotos auch anders aus. Und Isaac, der richtige Isaac, hatte seit dreißig Jahren nichts von uns gehört.«

»Sie glauben, jemand hat vorgegeben, Isaac zu sein?« Er kniff die Augen zusammen und schien es nicht glauben zu können.

»Ja.«

»Warum?«

»Das versuche ich ja herauszufinden.«

»Und Sie glauben, derjenige hätte ebenfalls zur Wilcox-Sekte gehört?«

»Er wusste einige Dinge, die nur Menschen, die in der Sekte aufgewachsen sind, wissen konnten. Niemand, der mich damals nicht gekannt hat, könnte das wissen.«

»Wir wissen von mehreren Personen, die die Sekte früher verlassen haben, unter anderem diesem Mann, der das Buch geschrieben hat.«

»Leonard Holt«, sagte Abby. Leonard hatte eine Autobiografie über seine Zeit bei der Wilcox-Familie geschrieben und die Sekte ein Jahr vor dem Feuer verlassen. »Und es gab auch noch andere, die im Laufe der Jahre gegangen sind. Es wäre durchaus denkbar.«

»Tja, es war nicht dieser George, das kann ich Ihnen versichern.« Er stand auf. »Warten Sie kurz. Ich habe da was, das Sie interessieren dürfte.«

Er verließ den Raum. Abby nippte erneut an ihrem Tee, der inzwischen nur noch lauwarm war. Sie stellte die Tasse auf den Wohnzimmertisch. Irgendwo im Haus hörte sie etwas umfallen, gefolgt von einem Schwall Schimpfwörter.

»Ist alles in Ordnung?« Sie stand auf.

»Ja, ich bin gleich wieder da.« Normans Stimme klang gepresst.

Ein beharrliches Kratzen, begleitet von einem schrillen Winseln, drang durch die Haustür.

»Würden Sie Cooper bitte reinlassen?«, rief Norman.

Sie ging zur Haustür und zog sie auf. Davor stand Cooper mit einem glänzenden schwarzen Stiefel in der Schnauze. Er ließ ihn vor ihre Füße fallen, sah sie erwartungsvoll an und wedelte mit dem Schwanz.

»Danke, das ist sehr lieb von dir, aber eigentlich gar nicht mein Stil.« Sie hob den Stiefel auf. »Die Größe stimmt allerdings.«

Er hechelte glücklich und ließ die Zunge hängen.

»O Gott, noch einer?« Norman stöhnte hinter ihr auf.

Sie drehte sich um. Er hatte einen verstaubten Pappkarton in den Händen, stellte ihn auf den Boden und streckte eine Hand aus. Abby reichte ihm den Stiefel.

»Sieht teuer aus«, murmelte er. »Und ist voller Sabber. Hoffentlich gehört er nicht wieder der Dame von letzter Woche. Wie soll ich etwas ersetzen, das sie in Paris gekauft hat?«

Cooper trottete ins Haus und war sichtlich zufrieden, dass er seine Aufgabe erledigt hatte. Abby schloss die Tür.

»In dem Karton sind so gut wie alle Unterlagen, die ich über das Wilcox-Feuer gesammelt habe«, erklärte Norman und schob Abby den Karton zu. »Berichte, Verhörabschriften, Fotos. Es gibt sogar ein Interview mit Ihnen. Allerdings haben Sie nicht gerade viel gesagt.«

Abby kniete sich auf den Boden neben den Karton und nahm den Deckel herunter. Darin lag stapelweise Papier, ganz vergilbt. Sie ging die obersten Seiten durch. Zeugenaussagen. Ein Memo vom FBI. Autopsieberichte der Opfer. Ihr Blick zuckte zur Seite, als sie ein Foto einer völlig verbrannten Leiche sah. Mehrere Zeitungsartikel. Eine Ausgabe von Leonard Holts Buch.

»Ich habe auch im Ruhestand weiter alles gesammelt«, murmelte Norman und streichelte Cooper. »Auch wenn mir der Grund dafür völlig schleierhaft ist.«

»Einige Fälle wird man nicht mehr los«, erwiderte Abby geistesabwesend und sah sich die Zeitungsartikel genauer an. Fotos des niedergebrannten Hauses, Schlagzeilen über das »Entsetzliche Wilcox-Massaker«, »Drei Überlebende des schrecklichen Feuers«, und dann …

»Oh«, flüsterte sie.

»Was ist?«, fragte Norman.

Sie hatte einen Artikel in der Hand, der Monate vor dem Feuer veröffentlicht worden war. Ein Interview der städtischen Zeitung mit einem ansässigen Floristen, der einen Preis gewonnen hatte. Er wurde als Mann aus einer christlichen Gemeinde in der Nähe beschrieben.

Es gab auch ein Foto.

Sie blickte zu dem alten Mann auf. »Das ist mein Dad.«

Kapitel 4

Wenn er gestresst war, verkrampfte Absolem nachts den Kiefer. Eigentlich war es sogar noch schlimmer, denn er knirschte wieder und wieder mit den Zähnen. Eine frühere Freundin hatte ihm mal gesagt, es sei ein schauerliches Geräusch und sie könne hören, wie er sich dabei die Zähne pulverisierte. Sie hatte verlangt, dass er zum Zahnarzt ging, was er jedoch nicht wollte.

Schon damals hatte er Zahnärzten nicht über den Weg getraut. Schon, bevor er die Wahrheit kannte. Er besaß eben gute Instinkte.

Dennoch hatte er zuletzt einen stressigen Tag nach dem anderen gehabt, und er wachte jeden Morgen mit schlimmen Kopfschmerzen und schmerzendem Kiefer auf. Zudem war er nicht entspannt, wie er es nach mehreren Stunden Schlaf hätte sein sollen. Seine Muskeln waren verkrampft, sein ganzer Körper war angespannt.

Stöhnend stand er auf und ging in die Küche. Kochte sich eine Kanne Kaffee. Er machte sich jeden Morgen eine neue, extra stark, und trank sie im Laufe des Tages aus; oftmals musste er sich nachmittags noch eine zweite Kanne kochen. Kaffee half ihm, einen klaren Kopf zu behalten und die Muster zu erkennen.

Denn es ging immer um Muster.

Mit einer Tasse in der Hand, an der er immer wieder nippte, starrte er aus dem Fenster in den Garten. Einige Blumen waren verwelkt. Er runzelte die Stirn, genau wie sein Spiegelbild. Aufgrund seiner Position sah es so aus, als würden die Blumen über dem Kopf seines durchscheinenden Abbilds wachsen. Ein Kranz aus toten Blumen. Er schnaubte über seine Morbidität und fuhr sich mit der Hand durch das schüttere braune Haar. Obwohl er fast fünfundvierzig war, fand er, dass er jünger aussah. Aber der Stress seiner täglichen Routine setzte ihm zunehmend zu. Er war blass und müde. Und er musste sich dringend mal wieder rasieren.

Er verließ die Küche und ging an seinen Schreibtisch. Dort legte er erst ein Blatt Papier auf die Tischplatte, bevor er die Tasse hinstellte, um Kaffeeflecken zu vermeiden. Danach schaltete er seinen Laptop ein und tauchte hinein. So sah er das in letzter Zeit, nicht mehr als *browsen* oder *die Nachrichten lesen* – schwache Beschreibungen, die es wie einen schnellen Zeitvertreib wirken ließen. Dabei war es anstrengend und intensiv, und es nahm jeden Tag andere Ausmaße an. Wenn man nur »die Nachrichten las«, hatte man nicht wirklich eine Ahnung, was passierte. Man lief nur mit der Masse mit, war ein Schaf, etwas, das er und die anderen Wächter als »schläfrige Alice« bezeichneten.

Nein, wollte man wirklich *wissen,* was vor sich ging, musste man ganz eintauchen. Mit Körper und Geist. Man schwamm durch die endlosen Daten, die online verfügbar waren. Unterschied Wahrheiten von Lügen, Realität von Illusion.

Ein einziger Klick, und schon gingen auf seinem Monitor mehrere Fenster auf. Twitter, Facebook, die *New York Times,* CNN, Fox News, *TMW, People* … Da fing man an. Und von dort musste man sich nach Gefühl den Weg durch das Miasma bahnen.

Aber immer eins nach dem anderen: Er loggte sich in das Wächterforum ein und ging die neuen Posts durch, die seit seinem letzten Besuch geschrieben worden waren. Letzte Nacht hatte er sich gegen drei Uhr abgemeldet, und nun war es neun. Sechs ganze Stunden waren vergangen. Eine Ewigkeit.

Im Forum war einiges los gewesen.

Absolem loggte sich jeden Morgen ein. Er kämpfte nicht allein in diesem Krieg. Sie waren ein Team. Eine richtige Armee mit Hunderten von Soldaten, die vierundzwanzig Stunden am Tag das Netz überwachten und nach Informationen fischten, allem, was auffiel. Sie suchten nach einem Muster.

Ein neuer Thread war eröffnet worden, in dem es um ein Erdbeben in Puerto Rico ging, das für einen Stromausfall gesorgt hatte. Einige verblendete Wächter glaubten, das Erdbeben sei durch eine geheime Technik des Zirkels ausgelöst worden. Absolem verdrehte die Augen. Als hätte es vor der Zivilisation nie Naturkatastrophen gegeben. Der Stromausfall war hingegen eine ganz andere Sache. Wollte man ihnen tatsächlich weismachen, die Elektrizität einer ganzen Insel ließe sich derart einfach ausschalten? Ein Mitglied merkte an, dass die Stromversorgung von Puerto Rico von der Puerto Rico Electric Power Authority geregelt wurde, die 2018 privatisiert worden war. Wem gehörte das Unternehmen? Wer hatte etwas davon, diesen Leuten den Strom abzuschalten? Manchmal war es wichtiger, Fragen zu stellen, als Antworten zu bekommen.

Oh, das war interessant! Ein neuer Kommentar im Thread über aufgeflogene Agenten.

Keiner wusste, wer die Mitglieder dieser zwielichtigen Gruppe waren, die alles kontrollierte – wer zum Zirkel gehörte. Sie bewahrten völlige Anonymität und arbeiteten über Briefkastengesellschaften und Hunderte von Agenten. Aber die Wächter hatten eine Liste mit wahrscheinlichen Agenten, die für den Zirkel arbeiteten, wobei sie sich mal mehr und mal weniger sicher waren. Der Gouverneur von Utah war ein Agent, ebenso der stellvertretende Justizminister der Vereinigten Staaten.

Zwei Richter des Supreme Courts waren höchstwahrscheinlich Agenten, drei weitere mögliche, wodurch der Zirkel die absolute Macht über alle dort getroffenen Entscheidungen hatte. Es war oftmals schwer, herauszufinden, wer ein Agent war und wer durch die beiden wichtigsten Methoden des Zirkels manipuliert wurde – Bestechung und Erpressung.

Nichts ärgerte Absolem mehr. Männer und Frauen verkauften Tag für Tag ihre Menschlichkeit, weil sie gierig oder schwach waren. Er wusste, dass er den Mitgliedern des Zirkels ins Gesicht lachen würde, falls sie jemals an ihn herantreten sollten, welche Summe sie ihm auch immer anboten.

Die Wächter waren zudem nicht hilflos. Sie konnten diese Agenten und Komplizen einschüchtern und mit E-Mails, Nachrichten und Anrufen bombardieren. Sie konnten sie wissen lassen, dass sie durchschaut worden waren.

Im neuen Post ging es um Sofia Lopez.

Sie war angeblich die Mutter eines elfjährigen Jungen, der von einem Rancher erschossen und getötet worden war, weil der Mann fälschlicherweise geglaubt hatte, der Junge sei bewaffnet gewesen. Schockierend und entsetzlich. Bis man sich die Fakten genauer ansah.

Ein Porträtfoto des Jungen kursierte in den Medien. Einer der Wächter hatte erkannt, dass der Kleine einem Kind aus einer Cornflakeswerbung von vor zwei Jahren ähnlich sah. Nur ähnlich? Sobald man genauer hinschaute, wurde offensichtlich, dass es sich um denselben Jungen handelte. Und hieß der Schauspieler Lopez? Nein, so hieß er nicht. Sobald sie das erkannt hatten, entdeckten sie gleich noch mehr. Ein Foto der Ranch aus der *Times* war eindeutig manipuliert – ein Teil eines Baumschattens fehlte. Und der fragliche Rancher war in einen Rechtsstreit mit niemand Geringerem als der *Bundesregierung* verwickelt, bei dem es um neue Einschränkungen seines Zugangs zu einer nahe gelegenen Wasserquelle ging.

Wenn man die entscheidende Frage stellte – wer hatte etwas zu gewinnen? –, hatte man die Antwort meist direkt vor Augen.

Sofia Lopez war ebenso wenig eine trauernde Mutter, wie Absolem ein Balletttänzer war. Sie gehörte zu den Agenten des Zirkels. Und jemand hatte soeben ihre Adresse, ihre Telefonnummer und ihre E-Mail-Adresse herausgefunden. Sämtliche Informationen standen im Thread über entdeckte Agenten.

Absolem stand auf, tigerte durch das Haus und spürte, wie seine Wut immer größer wurde. Diese Sache war sogar noch schlimmer als sonst. Der Zirkel und seine Agenten benutzten zynischerweise die eine Sache, die alle verband: Mitgefühl. Wer hätte kein Verständnis für den Schmerz einer trauernden Mutter? Wer würde beim Gedanken an diesen niedlichen, lächelnden Jungen nicht in Tränen ausbrechen? Wie viel bekam die Schlampe für ihr Geheule? Mehr Geld, als Absolem in seinem ganzen Leben auf dem Konto haben würde. Er ging in seine Garage und betrachtete die Waffen im Regal. Erst letzte Woche hatte er sie sich gekauft, und allein ihr Anblick bewirkte, dass er sich besser fühlte.

Er kehrte zu seinem Laptop zurück und meldete sich auf einer Website an, die es ermöglichte, E-Mails über eine temporäre Adresse zu verschicken. Dort erstellte er eine neue, die nur aus einer Reihe zufällig zusammengefügter Buchstaben und Zahlen bestand und nicht zu ihm zurückzuverfolgen war.

Nachdem er auf »Verfassen« geklickt hatte, überlegte er kurz, was er eigentlich schreiben wollte. Subtil musste er nicht vorgehen. Alles Großbuchstaben.

WIR WISSEN, WO DU WOHNST.

Sie würde die Botschaft schon verstehen. Er öffnete Google Street View, suchte Sofias Adresse heraus und machte einen

Screenshot. Eine schöne Großaufnahme des Hauses, in dem die Schlampe lebte. Er hängte ihn an die E-Mail und schickte sie an die im Forum veröffentlichte Adresse. Andere Wächter würden etwas Ähnliches machen. Sie würden sie anrufen und bedrohen, und sie würde erkennen, dass sie das Geld des Zirkels nie hätte annehmen dürfen.

Er lächelte und empfand Zufriedenheit. Früher hatte er sich machtlos gefühlt, als würde sein Leben von Kräften gelenkt, die er nicht kontrollieren konnte. Seitdem er ein Wächter war, hatte er die Kontrolle zurückgewonnen.

Danach sah er sich auf YouTube ein fünfunddreißigminütiges Video eines beliebten Wächters an, der detailreich erklärte, dass abgetriebene Föten in Florida als Viehfutter endeten. Dabei wiederholte er immer wieder, dass seine Zuschauer ihm nicht vertrauen, sondern eigene Nachforschungen anstellen sollten.

Das gehörte zu den Dingen, die Absolem an den Wächtern mochte. Anders als die Medien und die Politiker beharrte keiner von ihnen darauf, das Monopol auf Wissen oder Erfahrung zu besitzen. Wissen war überall. Man musste nur die Augen aufmachen und selbst recherchieren. In erster Linie galt es, sich selbst zu vertrauen. So schützten sich die Wächter. Sie wussten ganz genau, dass der Zirkel Leute in ihre Foren und Chats eingeschleust hatte, die sich als Wächter ausgaben. Aber diesen Mistkerlen waren die Hände gebunden, weil die Wächter trainiert hatten, selbst nachzuforschen und nie jemand anderem zu glauben.

Eine Schlagzeile auf Fox News fiel ihm ins Auge. In einer Pressekonferenz hatte ein Polizeichef des NYPD die Bemühungen seiner Officers gelobt, denen es gelungen war, elf Verdächtige bei einer Razzia eines Drogenrings in Queens zu verhaften. Wie war das doch gleich, meine Damen und Herren: Wie viele wurden am Vortag laut Bericht verhaftet?

Ganz genau. Neun.

Hatte der Polizeichef aus Ahnungslosigkeit einen Fehler gemacht? Oder handelte es sich um einen Freudschen Fehler, mit dem er bestätigte, was Absolem am Tag zuvor im Forum behauptet hatte? Dass die Polizei mehr als neun Personen verhaftet hatte und einige der Verhafteten »verschwunden« waren?

Es war immer ein richtiger Rausch, wenn sich die Dinge zusammenfügten. So was erlebte man nicht jeden Tag. An manchen Tagen häufte man nur unbeantwortete Fragen auf, nicht zusammenpassende Teile aus dem Puzzle aus einer Milliarde Teile, das es da draußen gab. Aber dann passte auf einmal ein Fakt zu einer Theorie, und zwei nicht miteinander verbundene Ereignisse verschmolzen mit einem dritten zu einem Ganzen. Und in diesem Moment erkannte man, wie alles funktionierte. Man hatte die Blaupause der verrottenden Zivilisation vor sich.

Und dann sah man, wie eine kleine Gruppe von Personen alles manipulierte, das Leben aller in diesem Land kontrollierte, die Ereignisse der Welt formte.

Es war offensichtlich.

Kapitel 5

Abbys Rückflug nach New York dauerte keine zwei Stunden, und es war beeindruckend, wie unangenehm und beängstigend eine derart kurze Zeitspanne sein konnte. Ihr Sitznachbar war sowohl verschwitzt als auch redselig, was irgendwie unfair erschien, denn sie fand, dass man sich zwischen einem von beidem entscheiden musste. Und wie konnte jemand im Januar in einem dank der Klimaanlage eiskalten Flughafen so stark schwitzen? Das war ihr ein Rätsel.

Der ganze Flug war von Turbulenzen begleitet, und alle paar Minuten schien das Flugzeug etwa eintausend Fuß abzusacken, wobei sich Abby jedes Mal der Magen umdrehte. Dann kicherte ihr nach Schweiß riechender Sitznachbar immer und meinte: »Na, das war ja was.« Und zwar jedes verdammte Mal. Während des Flugs bestellte er bei der Stewardess einen Tomatensaft, und als sie ihm diesen reichte, wackelte das Flugzeug abermals und der halbe Saft landete auf Abbys Schoß.

Nachdem sie endlich gelandet waren, verabschiedete sich ihr Sitznachbar derart überschwänglich bei ihr, als wären sie die besten Freunde, und eine Schrecksekunde lang befürchtete Abby schon, er wollte sie umarmen. Und dann, nachdem sie das Höllenflugzeug endlich hinter sich gelassen hatte, brauchte sie über eine halbe Stunde, um sich daran zu erinnern, wo sie eigentlich geparkt hatte.

Sie stand kurz davor, in Tränen auszubrechen.

Steve, ihr Ex-Mann, rief an, als sie eben losgefahren war, und teilte ihr mit, dass er die Kinder bei ihr zu Hause absetzen und das Abendessen zubereiten werde. Demzufolge konnte sie also direkt heimfahren und musste sich deswegen keine Gedanken machen. Das war eine überraschende und freundliche Geste, und da Abbys Geisteszustand ohnehin schon in Schieflage geraten war, dachte sie unverhofft an ihre schöne gemeinsame Zeit zurück.

Endlich zu Hause angekommen, wuchtete sie ihr Gepäck aus dem Kofferraum. Ihre Tasche wog mehrere Kilo mehr als bei der Abreise, weil sie die Papiere von Norman reingestopft hatte. Sie wollte sie später an diesem Abend noch durchgehen.

Sie öffnete die Haustür und blieb kurz blinzelnd im Türrahmen stehen. Samantha und Ben saßen rechts und links neben Steve auf der Couch und sahen sich etwas an. Es war fast wie in einem anderen Leben, in dem sie sich nicht hatte scheiden lassen und ihre Familie noch intakt war. Sie hoben die Köpfe, als sie hereinkam, und Ben sprang sofort auf, um sie zu umarmen.

»Mommy!«

Lächelnd legte sie die Arme um ihn und hatte die letzten Stunden vorübergehend vergessen. Von ihrem Sohn umarmt zu werden gehörte noch immer zu den schönsten Dingen der Welt, und sie war sich durchaus bewusst, dass sie das in den kommenden Jahren immer seltener erleben würde. Er war acht und schon fast ein Teenager. Wie viele Jahre würde er sie wohl noch umarmen? Eins, vielleicht zwei? Daher war es am besten, es zu genießen, so lange sie konnte.

Endlich ließ er von ihr ab und plapperte sofort los. Das war eine seiner Angewohnheiten, wann immer er nach Hause kam, nachdem er einige Tage bei seinem Vater verbracht hatte. Er musste Abby immer über alles, was er in der Zwischenzeit erlebt hatte, auf den neuesten Stand bringen. Bedauerlicherweise führte seine Aufregung dazu, dass er keinen Gedanken mehr an Grammatik und Betonung vergeudete, was seinen Redeschwall äußerst schwer verständlich machte. Darüber hinaus lief er beim Reden gern im Kreis um Abby herum, wodurch ihr ein bisschen schwindelig wurde.

»... und dann ist Dad mit uns Eisessen gegangen und ich hab Schokolade genommen und der Park war voller Enten und ich hab ihnen Brot gegeben und dann kam ein Schwan und ich hatte kein Brot mehr und ich dachte schon, dass er losweint, aber Daddy sagte sie haben nur ein erdnussgroßes Gehirn und er war so groß und sprang auf und dann hab ich einen Stein gefunden den hab ich mitgenommen ich zeige ihn dir nachher und dann ...«

»Das hört sich ja alles sehr aufregend an«, stellte Abby fest und ging zu Sam, die nun ebenfalls aufstand. »Hey, Schatz.« Sie umarmte sie – so wie eine Mutter ihre vierzehnjährige Tochter umarmt, nämlich unbeholfen, steif und wenig zufriedenstellend.

»Hey, Mom«, sagte Sam. »Wie war dein Flug?«

Bei der Frage musste Abby wieder an ihren unangenehmen Sitznachbarn denken. »Ziemlich gruselig – es gab sehr viele Turbulenzen. Ich bin heilfroh, endlich zu Hause zu sein. Und wie war die Zeit bei Dad?«

»Es war okay.« Anders als ihr Bruder fielen Sams Zusammenfassungen sehr knapp aus. Dafür war ihre Grammatik korrekt.

»Ist in der Schule etwas Interessantes passiert?«

»Eigentlich nicht. Ach, doch, irgend so ein wichtiger Typ von der Polizei war heute da und hat uns einen Vortrag über Drogen gehalten. Vielleicht kennst du ihn.« Sie hielt inne. »Ich hab seinen Namen vergessen.«

»Da muss er ja einen ziemlichen Eindruck auf dich gemacht haben. War es denn wenigstens interessant?«

Sam zuckte mit den Achseln.

Abby seufzte und wandte sich Steve zu. »Danke, dass du sie hergebracht hast.«

»Gern.« Sein Gesichtsausdruck war seltsam und hätte ebenfalls aus der Vergangenheit stammen können. So hatte er sie schon sehr lange nicht mehr angesehen. Auf seinem Schoß lag ein Fotoalbum – von ihrer Hochzeit. Das hatte er sich offenbar eben mit den Kindern angesehen.

»Ihr schaut euch alte Fotos an?«, fragte sie.

Steve blickte nach unten und klappte das Album zu. »Ja, ähm … Sam wollte ein paar alte Fotos sehen. Und mir fiel wieder ein, wo du die Alben aufbewahrst. Ich hoffe, du hast nichts dagegen.«

Eigentlich gefiel ihr das gar nicht, wenn Steve in ihren Sachen herumkramte, aber sie war müde und durcheinander, und er hatte ihr mit den Kindern wirklich geholfen, daher lächelte sie nur. »Schon okay.«

Sie wandte sich in Richtung Küche. »Ich brauche jetzt dringend einen Tee. Möchtest du auch einen, Steve?« Sie ließ den restlichen Satz »bevor du gehst« unausgesprochen in der Luft hängen.

»Nein, danke«, antwortete er.

Ihre Lieblingstasse stand auf der Arbeitsplatte und nicht an ihrem üblichen Platz. Sie griff danach.

Auf einmal kam Steves eindringliche Stimme von hinten. »Oh, warte kurz, Abby …«

Da war etwas in der Tasse. Etwas *Haariges*. Eine Maus, die die Augen und das Mäulchen weit aufgerissen hatte und aussah, als wäre sie sprungbereit. Abby schrie auf und stellte die Tasse lautstark auf der Arbeitsplatte ab, worauf die Tasse umfiel, während Abby zurückwich und völlig durcheinander war. Erstaunlicherweise blieb die Maus in der Tasse.

Schon standen sowohl Steve als auch Ben in der Küche.

»Entschuldige, Mom.« Ben machte ein betretenes Gesicht. »Ich habe Brezels Essen aufgetaut und konnte die Plastikbox nicht finden.«

»Brrr«, stieß Abby hervor. Brezel war Bens Schlange, die er sich als Haustier hielt. Sie fraß Mäuse, die sie zusammen mit ihrem Essen im Gefrierschrank einfroren, weil Abbys Leben nun mal aus einer Reihe entsetzlicher Kompromisse bestand.

»Er wollte sie in eine seiner Cornflakesschüsseln setzen«, erklärte Steve. »Ist das zu fassen? Aber dann habe ich diese angeschlagene Tasse im Schrank gefunden und ihm gesagt, dass er stattdessen die nehmen soll.«

Ihre Lieblingstasse. Sie hatte sie von ihrer Mutter geschenkt bekommen. Perfekte Form, perfekte Größe, der Rand weder zu dick noch zu dünn. Gut, sie hatte ein paar Macken; so etwas passierte, wenn man dieselbe Tasse über Jahre jeden Morgen benutzte. Das war ihre Lieblingstasse!

»Ist das okay, Mom?«

»Ja, natürlich ist das okay.« Abbys Stimme war derart spröde, dass sie schon glaubte, Ben müsse es bemerken.

Doch er tat es nicht. Die Unwissenheit der Jugend. »Weißt du, wie Dad sie nennt?«, fragte Ben. »Maus am Stiel. Ist das nicht witzig? Wie Eis am Stiel, nur …«

»Ben, ich glaube, deine Mom braucht mal einen Augenblick Ruhe«, schaltete sich Steve ein. »Wieso gehst du nicht deine Schlange füttern?«

»Ich wasche die Tasse nachher ab, Mommy. Versprochen.«

»Das ist nicht nötig«, erwiderte Abby benommen. »Du kannst sie von jetzt an benutzen.« Früher war das ihre Lieblingstasse gewesen, aber jetzt war sie zur Mausauftautasse degradiert worden.

»Entschuldige«, sagte Steve, als Ben hinausgegangen war. »Ich wollte dich noch warnen. Ein Glück, dass ich ihn davon abgehalten habe, die Maus in einer Cornflakesschüssel aufzutauen, nicht wahr?«

»Sie haben schon zu Abend gegessen?«, wollte Abby wissen, deren Geduldsfaden kurz vor dem Zerreißen war.

»Ja, ich habe Spaghetti gekocht. Ich hatte vorgeschlagen, die Maus in der Mikrowelle aufzutauen, aber er meinte, das hättest du ihm verboten.«

Er ging noch immer nicht und redete aus irgendeinem Grund immer weiter. Was hatte das …

Da begriff sie, was seine Miene zu bedeuten hatte und wieso sie ihr so bekannt vorkam. Sie hatte diesen Gesichtsausdruck seit Jahren nicht mehr gesehen. Nicht, seitdem sie von seiner Affäre erfahren hatte. Das war seine betretene Miene. Er hatte irgendeinen Mist gebaut, und dabei ging es nicht um die Maus.

Sie verschränkte die Arme und starrte ihn an.

Er wurde unter ihrem Blick sichtlich kleiner und ließ die Schultern hängen. »Ich muss dir was sagen.«

»Aha.«

Nach einem raschen Blick hinter sich, als wollte er sich vergewissern, dass die Kinder nicht in der Nähe waren, senkte er die Stimme. »Sam hat mich gefragt, warum du nach North Carolina geflogen bist.«

Abbys Magen zog sich zusammen. »Und was hast du zu ihr gesagt?«

»Ich habe das gesagt, was ich sagen sollte: dass es etwas mit einem Fall zu tun hat.«

»Gut.«

»Aber sie … Du weißt doch, was sie manchmal macht, oder? Wie sie genau das Richtige sagt, ein komisches Gesicht zieht und immer weiter … Ich weiß auch nicht. Wie sie einen zum Reden bringt? Und sie kann einen überzeugen, ihr Dinge zu verraten ... Ich glaube fast, unsere Tochter hat Jedi-Kräfte.«

»Sie hat keine Jedi-Kräfte«, stieß Abby zwischen zusammengebissenen Zähnen hervor. »Was hast du ihr gesagt, Steve?«

»Ich habe ihr möglicherweise verraten, dass du in North Carolina geboren wurdest«, gab Steve beklommen zu.

»Okay ...«

»Und dass du als Kind etwas Schreckliches erlebt hast. Ich dachte, das könnte der Grund dafür sein, dass du hingeflogen bist, verstehst du? Dieses Denkmal für die Wilcox...«

Abby knallte eine Hand auf die Arbeitsplatte. »Du hast Sam erzählt, dass ich in der Wilcox-Sekte geboren wurde?«, zischte sie.

»Nein! Sobald ich merkte, dass sie nichts davon wusste, habe ich den Mund gehalten, das schwöre ich dir. Aber sie hat sich danach wirklich komisch benommen und wollte sich alte Fotos ansehen.« Er hob hilflos die Hände. »Ich bin immer davon ausgegangen, dass du es den Kindern erzählt hast. Du sagtest doch, du würdest mit ihnen darüber reden, wenn sie älter sind.«

Abby wandte sich ab, und die Tränen, gegen die sie so lange angekämpft hatte, traten ihr erneut in die Augen. »Ich habe noch nicht mit ihnen darüber gesprochen.«

»Das hättest du aber tun sollen, Abby.« Auf einmal hatte er sowohl die Strategie als auch den Tonfall verändert. Der betretene Steve war verschwunden und hatte dem herablassenden, tadelnden Steve Platz gemacht. O Gott, das war wirklich der falsche Zeitpunkt dafür, erst recht hier in der Küche und in der Nähe der vielen scharfen Messer.

»Ich werde es ihnen sagen, wann immer ich es für richtig halte«, knurrte sie.

»Ich habe wirklich nicht gern Geheimnisse vor meinen ...«

Sie wirbelte zu ihm herum, und ihr Blick ließ ihn verstummen. Gut. Anscheinend konnte sie das immer noch, wenn es nötig war.

»Es tut mir wirklich leid, Abby«, murmelte er.

Das erinnerte sie wieder daran, wie sehr sie Steves nutzlose Entschuldigungen verabscheute.

»Gut«, sagte sie. »Ich kümmere mich darum.«

»Okay.« Er machte eine kurze Pause. »Aber ich schwöre dir, sie ist wirklich ein Jedi-Ritter. Sie war genau wie bei ›Das sind nicht die Droiden, die ihr sucht‹, und ich konnte …«

»Danke, dass du die Kinder hergebracht hast, Steve«, fiel Abby ihm ins Wort.

»Ja. Gute Nacht, Abby.«

Sie hörte, wie er sich von den Kindern verabschiedete und wie die Haustür geöffnet und wieder geschlossen wurde. Erst dann stieß sie erschaudernd die Luft aus. Sie konnte jetzt wirklich eine Tasse heißen Tee gebrauchen.

Aber zuerst musste sie sich eine neue Lieblingstasse aussuchen.

Kapitel 6

Der Tweet des NYPD-Polizeichefs wurde um exakt 19.30 Uhr veröffentlicht. Absolem sah ihn nur drei Minuten später.

Er wirkte auf den ersten Blick harmlos und wie ein zufälliger Tweet, den eine schläfrige Alice keines zweiten Blickes gewürdigt hätte. Da stand:

> Bei der Razzia gegen einen muttmaßlichen Drogenring konnte unsere Gemeinsame Taskforce neun Verdächtige festnehmen.

Aber das hatte natürlich etwas damit zu tun, dass diese Verhaftung ohnehin schon Absolems Aufmerksamkeit erregt hatte. Als er den Tweet nun sah, bemerkte er sofort die beiden Fehler darin. »mutmaßlich« war falsch geschrieben und »gemeinsame« groß. Zwei Fehler in einem Tweet.

Zugegeben, Rechtschreibfehler konnten jedem passieren. Dagegen war auch Absolem nicht gefeit. Aber sollte er wirklich glauben, der NYPD-Polizeichef würde in einem öffentlichen Statement gleich zwei Fehler machen? Schließlich machte der Mann doch kaum etwas anderes, als Presseerklärungen abzugeben.

Diese Fehler mussten Absicht sein. Ein Signal.

Aufgeregt wechselte er zum Browser und wollte schon etwas darüber posten, nur um dann zu zögern.

Es war allgemein bekannt, dass Agenten das Forum unterwandert hatten. In mehreren Threads wurde darüber diskutiert, manchmal kam es sogar zu direkten Anschuldigungen eines bestimmten Forenmitglieds. Wenn er seine Entdeckung zu früh veröffentlichte und der Zirkel davon erfuhr, würden sie die Taktik ändern und nichts als eine Nebelspur zurücklassen.

Nein, die Sache war möglicherweise viel zu wichtig.

Stattdessen öffnete er eine private Chatgruppe, zu der außer ihm nur eine Handvoll Wächter gehörte. Eine Gruppe, die sie erst vor wenigen Monaten gebildet hatten und der er voll und ganz vertraute. Er wies auf den Tweet und die seltsamen Fehler hin und fragte, was die anderen davon hielten.

Es war 19.38 Uhr.

* * *

Dennis' Zimmer roch nach Käsefüßen, Schimmel und verdorbenem Essen. Er hätte gern das Fenster aufgemacht, aber ein Stapel mit Kisten voller Papiere versperrte ihm den Weg. Dad hatte gesagt, er werde sie woanders hinstellen, doch das war drei Tage her und er wartete noch immer darauf. Dabei wusste Dennis genau, dass auch in nächster Zukunft nichts passieren würde. Wenn sein Vater etwas irgendwo abstellte, blieb es auch dort. Genau wie Zeitungsstapel am Fußende seines Bettes. Oder das Kabelgewirr auf seinem Schreibtisch. Oder die Tüten mit den alten Klamotten auf dem Fußboden. Oder die leeren Plastikbehälter hinter ihm.

Er saß vornübergebeugt an seinem Schreibtisch und starrte auf den Laptop. Zu seiner Rechten stand ein Stapel mit Kartons, in denen sich seine alten Spielsachen befanden, die sein Vater nicht wegwerfen wollte. Den Stapel mit Flugblättern zu seiner Linken hatte er versehentlich umgeworfen, und nun verteilten sie sich langsam im ganzen Raum. Dennis schätzte, dass ihm noch etwa dreißig Zentimeter blieben, auf denen er sich frei bewegen konnte.

Daher war er daran gewöhnt, so zu sitzen.

Einer seiner alten Freunde hatte ein Foto auf Instagram gepostet, auf dem er mit einem Haufen Klassenkameraden im Wendy's saß. Die meisten waren früher auch Dennis' Freunde gewesen. Jetzt war er vierzehn, und sie schrieben ihm nicht mehr und redeten auch nicht länger mit ihm. Wann hatten sie damit angefangen, ihn zu meiden und einander vielsagende Blicke zuzuwerfen, wenn er sie zu sich einlud?

Das musste mindestens ein Jahr her sein, wenn nicht länger.

Er hustete mehrmals trocken, da ihn der Staub im Zimmer in der Kehle kratzte. Was war das für ein Geruch? Der trieb ihn noch in den Wahnsinn. Wahrscheinlich gab es dafür mehr als eine Ursache.

Eine Nachricht poppte in einem seiner Chats auf. In seinem anderen Leben. Seinem Online-Leben, in dem niemand etwas über ihn oder seinen Dad wusste. Wo niemand je sein Haus sah, den Garten mit den aufgetürmten Müllhaufen, sein Zimmer und den schwindenden Platz. Wo niemand wusste, wie alt er war. Für sie war er nur ein weiterer Wächter mit dem Spitznamen Haselmaus.

Absolem, ein anderer Wächter, hatte etwas in ihrer privaten Gruppe gepostet. Er klang aufgeregt und hatte etwas gefunden. Zwei Fehler in einem Tweet. Dennis' Interesse war geweckt. Er war ganz Absolems Meinung. Das konnte einfach kein Zufall sein.

Aber anders als sein Zimmer ließ sich das hier organisieren. Er war in der Lage, darin Muster zu erkennen. So was konnte er gut. Seines Wissens gab es niemanden, der besser darin war.

In dem Tweet war eine Nachricht verschlüsselt. Eine Nachricht, die an bestimmte Personen gerichtet war und für alle anderen unsichtbar blieb. Aber wie lautete die Nachricht?

Er ließ den Tweet durch mehrere Entschlüsselungsprogramme laufen, um herauszufinden, ob es darin einen einfachen Code gab, entdeckte jedoch nichts. Danach konzentrierte er sich auf die beiden fehlerhaften Worte, denn das waren die Worte, auf die der Polizeichef hinweisen wollte.

Mutmaßliche. Gemeinsame.

Was war an diesen Worten besonders?

Er musste auf die Toilette. Das Badezimmer war ein Stück weiter den Flur hinunter und in der normalen Welt nur wenige Schritte entfernt. Aber in seinem Zuhause musste er den Bürostuhl vorsichtig nach hinten rollen, damit er aufstehen konnte. Danach galt es, einen Bogen um die Tüten voller Kleidungsstücke zu machen und nicht auf den Flugblättern auszurutschen, die auf dem Boden verstreut lagen. Er musste die Tür öffnen, die gar nicht weit aufging, weil eine Kiste im Weg stand, doch es reichte, um sich hindurchzuquetschen. Im Anschluss daran ging es durch den Flur, wobei er sich an die linke Wand drücken musste, weil sich an der rechten Milch- und Eierkartons stapelten. Wenn er diese umwarf, drehte sein Dad durch und er würde stehen bleiben und sie wieder aufbauen müssen, bevor er weitergehen durfte. Zu guter Letzt galt es, den Zeitungsstapel zu verschieben, der die Badezimmertür blockierte, womit er den Weg durch den Flur versperrte, jedoch ins Bad gelangen konnte.

Ein wenig musste er noch aushalten.

Mutmaßliche. Gemeinsame.

Das waren verschlüsselte Worte, in denen sich andere verbargen. Er entschlüsselte sie, brachte Ordnung ins Chaos.

Utah und Maine. Zwei Staaten.

Er postete es im Gruppenchat. Er hatte die Nachricht entschlüsselt. Es war 19.43 Uhr.

* * *

Alma glaubte nicht an Verschwörungstheorien. Sie kamen ihr immer idiotisch vor. Klimaleugner? Diese verrückten Leute, die an David Ickes Theorie von Formwandler-Reptilien glaubten? Dieser Mist konnte ihr gestohlen bleiben.

Sie hatte auch kein Interesse an den Wächtern gehabt. Jedenfalls nicht am Anfang. Erst, nachdem sie das mit den Kindern herausgefunden hatte.

Es hatte damit angefangen, dass sie sich diesen Dokumentarfilm über den Sexhandel mit Kindern anschaute. Danach hatte sie eine Woche lang geweint und ständig daran denken müssen. Als sie sich später mit einer der anderen Mütter an der Schule darüber unterhielt, hatte diese den Zirkel erwähnt und erklärt, dass er für den Großteil des Sexhandels verantwortlich sei und dass das alles direkt vor ihrer Nase passierte. Alma hatte die Augen verdreht, doch ihre Freundin hatte nur lächelnd erwidert: »Du musst mir das nicht glauben. Stell eigene Nachforschungen an.«

Da hatte Alma aufgemerkt. Wer verlangte denn heutzutage schon noch von einem, dass man sich selbst eine Meinung bildete? Alle wollten doch ständig, dass man ihrer Meinung war und ihre Art zu denken übernahm.

Also hatte sich Alma schlaugemacht. Über den Zirkel und die Wächter. Sie hatte YouTube-Videos, Artikel, Diagramme und Vorträge gefunden. Jeden Tag hatte sie fünf oder sechs Stunden recherchiert, und das über Wochen, sich informiert und immer mehr herausgefunden. Zu ihrem Entsetzen hatte sich alles als wahr herausgestellt.

Doch es gab einen Silberstreif am Horizont. Sie konnte etwas dagegen tun. Zusammen mit anderen Menschen, die die Wahrheit erkannt hatten.

Während sie das Geschirr des Abendessens abspülte, hörte sie, wie ihr Sohn sich mit ihrem Mann stritt, weil er an diesem Abend Xbox spielen wollte. Ihr Handy piepte einmal und gleich noch ein zweites Mal. Sie griff danach und las sich die Nachrichten von Absolem und Haselmaus durch.

Utah und Maine? Da klingelte doch was bei ihr.

Sie ging zum Computer. Ihre Tochter sah sich ein Video über die Herstellung von Schleim an. Das war wirklich der Höhepunkt der Zivilisation – da entwickelten die Menschen Computer, Fotografie, das Internet, und all das nur, damit ihre Tochter Zeit damit verbrachte, zu Hause Schleim herzustellen. Als wäre Schleim etwas Wünschenswertes und nichts, was man lieber vermeiden wollte.

»Schatz, ich muss an den Computer.«

»Das Video ist fast vorbei.«

Es war nicht fast vorbei, sondern lief noch weitere sieben Minuten.

»Es geht um etwas Wichtiges.«

»Das ist wichtig.«

Alma atmete durch die Nase ein. »Verschwinde vom Computer. Auf der Stelle!«

Ihre Tochter sprang auf und stampfte wütend davon. Alma setzte sich vor den Rechner und rief ihr Dokument auf. Es war passwortgeschützt. Der Zirkel hatte Hacker, die einem Dateien klauen konnten, und Alma wollte kein Risiko eingehen.

Sie gab das Passwort ein und überflog die Liste. Maine und Utah. Vor zwei Wochen war ein Mädchen in einem Einkaufszentrum in Utah verschwunden. Und vor mehr als sechs Wochen war ein Junge aus Maine nach der Schule nicht nach Hause gekommen.

Zwei verschwundene Kinder. Und nun wies ein Zirkel-Agent auf diese Fälle hin.

Das war eine Nachricht an die Kunden des Zirkels. An die Menschen, die diese Kinder kauften, um Sex mit ihnen zu haben. Das erklärte auch, warum sie eine öffentliche Plattform wie Twitter benutzten.

Ihr Herz raste, als sie die Links zu den damit verbundenen Artikeln kopierte und unter ihrem eigenen Decknamen Rote Königin in den Gruppenchat postete. Es war 19.48 Uhr.

* * *

Zachary saß im Bademantel vor seinem Laptop. Er hatte die letzten drei Tage nichts anderes angehabt. Das war einer der Vorteile der Arbeitslosigkeit. Er aß Kartoffelchips, wobei ihm fettige Krümel von den Fingern und den Lippen auf den nackten Bauch fielen, während er sich sein letztes Video ansah.

Auf dem Bildschirm war eine stöhnende Frau zu sehen, und der Mann, der sie von hinten nahm, war ein Pornodarsteller. Zachary war im Grunde genommen völlig egal, wie er hieß. Bei der Frau handelte es sich um Natalie, die ihm vor vier Jahren im Englischunterricht der Highschool gegenübergesessen hatte.

Natalie wusste nichts von diesem Video. Hätte sie jemand danach gefragt, hätte sich Natalie nicht einmal daran erinnert, je mit diesem Mann geschlafen zu haben. Weil sie das nicht getan hatte.

Das Video war etwas, das man »Deepfake« nannte. Zachary hatte es mithilfe eines stinknormalen Pornos und mehrerer Fotos von Natalie aus ihrem Jahrbuch und von ihrer Instagram-Seite erstellt.

Es war eines seiner besten.

Er hatte ein Video für die meisten der Mädchen, mit denen er zur Schule gegangen war, für einige sogar mehrere.

Eines Tages, wenn er seine Sammlung abgeschlossen hatte, würde er jedem Jungen aus der Schule die Videos schicken. Vielleicht sogar den Mädchen. Das wäre seine ultimative Rache dafür, wie ihn diese Schlampen all die Jahre über behandelt hatten.

Seitdem er gefeuert worden war, verbrachte er seine Zeit damit, Unmengen dieser Videos zu erstellen und Informationen über den Zirkel zu sammeln, diese Mistkerle, die alles kontrollierten. Er wusste, dass der Zirkel schuld an seiner Entlassung war. Einige der anderen Wächter waren seiner Meinung. Der Zirkel ließ ständig Leute wie ihn feuern. Diese Typen hatten gute Gründe dafür, die Arbeitslosenzahlen hoch zu halten. Für sie war er nur eine Statistik. Eine Zahl in ihrer gottverdammten Exceltabelle.

Aber er würde sie bloßstellen. Er würde sich rächen.

Allerdings hatte er diesen Arschlöchern auch einiges zu verdanken. Da er nun so viel zu Hause war, hatte er sein kleines Nebengeschäft starten können. Dank eines Typen, der von seiner Freundin verlassen worden und stinksauer war. Er hatte Zachary nur ein paar Fotos schicken müssen, und schon hatte Zachary ein schönes Video für ihn erstellt. Seine Ex-Freundin mit zwei Männern. Oder sechs Männern. Oder Frauen. Was auch immer. Solange der Kunde zahlte, lieferte Zachary, was verlangt wurde. Gegen eine geringe Zusatzgebühr lud er die Videos auch noch bei mehreren Pornoseiten hoch.

Rache brachte ihm mehr Geld ein als ein Job bei Walmart.

Sein Handy piepte immer wieder. Zachary klaubte sich mit den Fingern einige Krümel vom Bauch und leckte sie genüsslich ab. Dann, noch immer an den Fingern saugend, rief er die Nachrichten auf. Laut seinen Freunden in der Wächtergruppe gab der Zirkel seinen Pädo-Kunden ein Zeichen, dass zwei Kinder zum Verkauf standen. Diese Psychos. Die Frage war nur, wann und wo. Das Wann ließ sich leicht beantworten. Im

Forum ging schon länger das Gerücht um, dass am neunten Januar etwas passieren sollte, also morgen, und zwar um 11 Uhr. Das musste es sein.

Aber wo?

Er rief den Twitter-Feed dieses Polizisten auf. Da stand alles, sodass die ganze Welt es sehen konnte, und keiner rührte einen Finger.

In diesem Augenblick fiel sein Blick auf einen Tweet, den der Mann zwei Stunden zuvor geschrieben hatte.

> War heute an der Christopher-Colombus-Highschool, um über die Gefahren des Drogenmissbrauchs zu sprechen. Unsere Kinder sind unsere Zukunft.

Noch ein Rechtschreibfehler. Es hieß »Columbus«, nicht »Colombus«. Und der Tweet war exakt zwei Stunden vorher abgegeben worden. Zwei Stunden. Zwei Kinder. Und er hatte das Wort »Kinder« sogar im Tweet erwähnt. Noch vor einigen Monaten hätte Zachary das einfach zur Kenntnis genommen, aber heute wusste er, wie diese Leute kommunizierten. Er kannte ihre Codes.

Aufgeregt tippte er eine Nachricht an die anderen Gruppenmitglieder. Sie waren zu fünft: Absolem, Rote Königin, Haselmaus, Jabberwocky und natürlich er selbst. Er hatte sich den besten Spitznamen von allen gegeben – Hutmacher. Wie in der Version mit Johnny Depp, der schaurigen, nicht in der dämlichen, tumben Disney-Zeichentrickversion.

Damit hatten sie auch den Ort: die Christopher-Columbus-Highschool.

Eine Highschool. Noch dazu hier in der Stadt. Zachary ließ sich das durch den Kopf gehen. Er dachte an seine eigene Highschool. An die Mädchen, und wie sie ihn behandelt hatten. Er fragte sich, wie es an der Christopher-Columbus-Highschool lief. War es da ähnlich? Gab es da auch haufenweise hochnäsige Teenagermädchen?

Er malte sich aus, wie er dort reinstürmte, Türen eintrat, mit seinen Freunden im Rücken. Ja. Ein Lächeln umspielte seine Lippen.

Wir sollten uns das mal ansehen,

schrieb er.

Auf dem Monitor verzog Natalie das Gesicht zu einer ekstatischen Maske. Laut der Anzeige in der Ecke war es 19.56 Uhr.

* * *

Absolems Herz raste, als er aufgeregt auf seinem Handy herumtippte. Sie hatten es geschafft und die Nachricht entschlüsselt!

Eine Highschool. Typische Zirkelstrategie, verdreht und unmenschlich. Sie trafen sich mit ihren pädophilen Kunden in einer Schule voller Kinder. Wahrscheinlich wollten sie sie so vor dem Verkauf auf den Geschmack bringen, damit sie den Preis in die Höhe treiben konnten. Vielleicht würde der Zirkel sogar noch weitere Transaktionen vorschlagen – ein Kind von der Schule für eine heftige Zusatzgebühr. Diesen Leuten traute er alles zu.

Dies war eine einmalige Gelegenheit, um den Zirkel zu enttarnen. Wenn sie den Verkauf unterbrechen, die Kinder retten und vielleicht sogar den Agenten fangen konnten, der sie verkaufen wollte, dann würden endlich alle erkennen, dass die Wächter die ganze Zeit recht gehabt hatten.

Sie konnten nicht zur Polizei gehen. Der Zirkel hatte die Beamten praktisch in der Hand. Verdammt, die Nachricht war sogar von einem hochrangigen Polizisten abgesetzt worden.

Er konnte im Forum etwas darüber posten, doch dann würde der Zirkel nur wissen, dass sie aufgeflogen waren, das Ganze abblasen und die Kinder an einen anderen Ort schaffen.

Nein. Hutmacher hatte recht. Sie mussten sich die Sache selbst ansehen. Die Schule lag nur zwei Stunden entfernt. Er konnte gleich morgen früh hinfahren und sich umsehen. Vielleicht schloss sich ihm ja jemand aus der Gruppe an. Sie lebten alle in der Nähe – das war der Sinn dieser besonderen Gruppe. Es handelte sich bei ihnen um eine Wächterzelle aus Personen, die nahe genug beieinander wohnten, um einander im Notfall helfen zu können.

Also fragte er sie. Sowohl Hutmacher als auch Rote Königin schrieben, dass sie hinkommen konnten. Sein Blick fiel auf die Tüte, die auf dem Boden lag. Die Waffen. Nur zur Sicherheit.

Sie hatten die geheime Nachricht entschlüsselt und einen Plan geschmiedet.

Es war 19.59 Uhr. Vor nicht einmal einer halben Stunde hatte der NYPD-Polizeichef von der Verhaftung getweetet.

Kapitel 7

Sam lag bäuchlings auf dem Bett und hatte den Kopf auf den rechten Arm gestützt. Sie sah Keebles an, ihre Hündin. Der weiße Zwergspitz hockte angespannt vor der Kommode und spähte in den Spalt darunter. So verharrte die Hündin nun schon seit zehn Minuten. Sam wusste, was sie da entdeckt hatte. Vor fünf Tagen hatte Sam in ihrem Zimmer M&Ms gegessen, und ein roter war runtergefallen und unter die Kommode gerollt. Seitdem beäugte Keebles den M&M und wartete darauf, dass er wieder herausrollte. Bisher war das nicht passiert, aber Keebles konnte warten.

Wie sie es häufig tat, wünschte sich Sam auch jetzt, sie selbst wäre ebenfalls ein Hund und hätte nur Hundeprobleme. Dann wären ihre Hauptsorgen gewesen, wann es das nächste Mal was zu fressen gab, ob sie bald Gassi gingen und was ihr Erzfeind, der Staubsauger, gerade trieb.

Stattdessen schlug sich Sam mit einem Geheimnis herum, das ihre Eltern ihr nicht verraten wollten.

Sie ahnte schon seit einer Weile, dass da irgendwas war. Wenn man genau aufpasste, bemerkte man die vielen Kleinigkeiten. Das kurze Schweigen und die unauffälligen Blicke, als sie Grandma nach Moms leiblichen Eltern gefragt hatte. Die Art, wie Mom die Narbe an ihrem Hals berührte, wenn Sam mehr über ihre Kindheit erfahren wollte. Das eine Mal, als Sam Kinderfotos ihrer Eltern für die Schule gebraucht hatte und nur Dad eins besaß.

In letzter Zeit gab es noch andere Dinge. Allein in den letzten Wochen war Sam dreimal mitten in der Nacht von den Schreien ihrer Mom aufgewacht. Jedes Mal hatte ihre Mom einen Albtraum gehabt und vehement behauptet, sich nicht daran erinnern zu können. Oder ihre Mom war im Bad, und wenn Sam die Ohren spitzte, konnte sie sie weinen hören.

Was immer es auch war, Sam wusste, dass die Erwachsenen ihr etwas verschwiegen. Sie machten einen Bogen um etwas, das nicht erwähnt werden durfte.

Doch da gab es ein Problem: Wenn niemand redete und einem die Wahrheit vorenthalten wurde, dann wurde jeder schreckliche Gedanke, jede Spekulation zu einer möglichen Realität. Vielleicht wollte ihre Mom nicht über ihre leiblichen Eltern sprechen, weil sie an einer Erbkrankheit gestorben waren, und sie hatte kürzlich herausgefunden, dass ihr dasselbe Schicksal drohte. Oder ihre Mom war gar nicht adoptiert, sondern von Grandpa entführt worden und die Polizei war ihm endlich auf die Schliche gekommen. Sam verbrachte jeden Abend Stunden damit, sich albtraumhafte Szenarien auszudenken, sich diese vorzustellen und auszuschmücken, bis sie das Gefühl hatte, ihr Brustkorb werde zerquetscht.

Und dann diese Reise nach North Carolina. Sobald ihre Mom zum ersten Mal davon gesprochen hatte, war Sam klar gewesen, dass irgendetwas nicht stimmte. Zuerst einmal war da die Tatsache, dass ihre Mom den Staat bisher noch nie wegen eines Falls verlassen hatte. Und überhaupt, seit wann bearbeitete ihre Mom Fälle? Sie leitete beim NYPD die Ausbildung der Verhandlungsspezialisten. Gut, man rief sie bei Krisen hinzu, aber nicht, wenn es einen Fall zu bearbeiten galt. Die ganze Sache stank zum Himmel.

Auf einmal verspannte sich Keebles und reagierte vermutlich auf etwas, das der flüchtige M&M unter der Kommode machte.

Sam musste beim Anblick des rosafarbenen Hundeschwanzes grinsen. Sie hatte ihn vor einigen Monaten gefärbt und fand das so niedlich, dass sie es immer wieder machte. Einmal hatte sie sogar überlegt, Glitzer daraufzustreuen, aber Mom war beinahe ausgerastet und hatte gesagt, dass Keebles den Glitzer im ganzen Haus verteilen würde. Was vermutlich auch passiert wäre, doch das wäre die Sache mehr als wert gewesen.

»Keebles!«, rief Sam.

Die Hündin drehte sich auf eine Art und Weise um, die nur Keebles beherrschte, machte in einer Millisekunde eine Drehung um hundertachtzig Grad. Danach sprang sie aufs Bett und schnüffelte mit ihrer feuchten, kalten Nase an Sams Wange.

Sam kraulte Keebles hinter den Ohren. »Wer ist ein braves Mädchen? Ja, wer? Wer ist ein sehr braves Mädchen?« Keebles starrte sie fasziniert an und schien das Rätsel nicht zu durchschauen. Irgendjemand in diesem Raum war ein braves Mädchen. Ein sehr braves Mädchen. Wer konnte das nur sein?

»Na, du! Du bist ein sehr braves Mädchen!«

Keebles hüpfte herum, wedelte mit dem Schwanz und hechelte glücklich. Anscheinend war sie das brave Mädchen. Etwas Besseres hätte sie sich gar nicht wünschen können.

Sam seufzte abermals. Wäre sie doch nur ein Hund gewesen!

Ihr Verdacht hinsichtlich der Reise nach North Carolina hatte sich nur noch verstärkt, nachdem sie ihren Vater darauf angesprochen hatte. Fast augenblicklich hatte er den Blick abgewandt und nervös herumhantiert, wie Ben es manchmal machte, wenn Mom seine fiese Spinne irgendwo entdeckte, wo sie nichts zu suchen hatte. Danach ging es nur noch darum, ihm die Wahrheit zu entlocken.

Nachdem Sam ihre Mutter zahllose Male dabei beobachtet hatte, kannte sie alle Tricks. Wiederhole die letzten Worte, die Dad gesagt hat. Stell ihm endlos offene Fragen. Außerdem hatte Sam noch andere Tricks auf Lager als Mom. Sagte man ihm beispielsweise, dass er etwas besser konnte als Mom, fing er sofort an zu reden. Das war wie Magie. »Wow, Dad, deine Spaghetti schmecken viel besser als Moms«, und BÄMM! – schon hielt er einen zehnminütigen Vortrag darüber, dass ihm ein Freund auf dem College das Spaghettikochen beigebracht hatte und dass das Geheimnis das Basilikum und der Knoblauch in der Soße seien, und selbstverständlich hätte Mom andere Vorzüge, die allerdings nie genauer erwähnt wurden. Danach musste man das Gespräch nur noch in die richtige Richtung lenken.

Sam hatte keine Stunde dafür gebraucht. Mom war in North Carolina geboren worden. Und irgendetwas war ihr dort zugestoßen.

Ohne weitere Details war sie erneut gezwungen, die Lücken mithilfe ihrer Fantasie auszufüllen. Sie sah auf die Uhr. Es war noch nicht spät genug. Ben würde noch wach sein, und ihre Mom wäre niemals bereit, in seiner Gegenwart darüber zu sprechen. Sam musste warten, bis Ben eingeschlafen war. Denn heute wollte sie Antworten haben. Sie musste wissen, was ihre Mom vor all den Jahren erlebt hatte.

Kapitel 8

Die Reisetasche voller ferner, schmerzhafter Erinnerungen stand auf dem Fußboden. Abby starrte sie eine Minute lang an, stellte sie dann auf den Esszimmertisch und öffnete sie.

Zuoberst lag das, was sie sich zuletzt angesehen hatte – der Zeitungsartikel mit dem Foto ihres Vaters. Er war lächelnd und mit Blumensträußen im Rücken abgebildet worden. Auf dem Foto sah er groß aus, hatte einen langen Vollbart und dichte Augenbrauen. Seine Augen wirkten sanft und freundlich. Darunter stand: »David Richardson, Besitzer des hiesigen Blumenladens Magic Garden«.

Sie versuchte, eine Erinnerung an ihn heraufzubeschwören. Vielleicht an eine Umarmung? Einen Augenblick, in dem sie zusammen einen Blumenstrauß gebunden hatten? Sie war sich nicht sicher. Trotz der vielen lebhaften Erinnerungen an ihre Kindheit kam ihr Vater seltsamerweise nie darin vor und hatte so gut wie nichts zurückgelassen.

Abby las den Artikel ein fünftes Mal seit Verlassen von Norman Lewis' Haus in North Carolina. Er war kurz, wie man es in einer Lokalzeitung erwartete, und pries die farbenprächtigen Sträuße und Davids freundliche Art. Der Journalist erwähnte, dass David verheiratet war und eine Tochter hatte.

In diesem kurzen Interview zitierte ihr Dad aus der Bibel, und dieses Zitat kannte sie nur zu gut.

»Lernt von den Lilien, die auf dem Feld wachsen:

Sie arbeiten nicht und spinnen nicht.«

Ein Zitat, das Moses Wilcox auch gern in seine Predigen eingebaut hatte.

Sie legte den Artikel beiseite und baute nach und nach alles auf dem Tisch auf. Das Buch über die Wilcox-Sekte legte sie zur Seite. Danach sortierte sie den Papierkram in unterschiedliche Haufen. Zeugenaussagen und Verhöre landeten auf einem Stapel, Zeitungsartikel auf einem zweiten, Polizeiberichte auf dem dritten.

Der Stapel mit den Autopsieberichten war der höchste.

Abby zählte sie. Es waren neunundfünfzig, wie Norman gesagt hatte. Sie sah sich den Namen auf jedem einzelnen Bericht genau an. Nur dreiunddreißig Tote waren eindeutig identifiziert worden. George Fletcher war der Fünfte von unten. Es gab keinen Autopsiebericht für einen weiteren George.

Sie fing mit den Befragungen der drei Überlebenden an. Der Name auf dem obersten Bericht lautete Abihail Richardson. Das war der Name, den Moses Wilcox für sie ausgesucht hatte, und ihr wurde bei diesem Anblick ganz mulmig. Abby hatte ihren Geburtsnamen jahrelang nicht gehört; niemand benutzte ihn, doch dann war sie vor zwei Monaten Eden wiederbegegnet.

Während sie die ersten Zeilen ihrer Vernehmung überflog, versuchte sie, sich daran zu erinnern. Die Worte riefen keine Erinnerung oder Emotion hervor. Sie hatte offenbar die meiste Zeit geschwiegen und nur hin und wieder einsilbige Antworten gegeben. Eine Sozialarbeiterin war an ihrer Seite gewesen und hatte das Gespräch nach einer Weile für beendet erklärt. Danach hatte es kein weiteres gegeben.

Sie blätterte um, und plötzlich fielen überraschend einige Fotos aus den Unterlagen heraus. Zwar versuchte sie noch, sie aufzufangen, erwischte jedoch nur eins, das sie dabei halb zerknüllte. Die Fotos waren Teil des Berichts über ihre Verletzungen. Bei dem in ihrer Hand handelte es sich um eine Nahaufnahme der Verbrennung in ihrem Nacken. Sie bückte sich und hob die anderen beiden Bilder auf. Auf einem waren ihre Handrücken zu sehen, auf denen mehrere Kratzer prangten. Diese waren das Resultat des ständigen aggressiven Händewaschens – das in der Wilcox-Sekte ausgiebig praktiziert wurde.

Auf dem anderen Foto war sie als Kind im Polizeirevier zu sehen, wie sie die Hände in den Schoß gelegt hatte und ins Leere starrte. Eines ihrer Ohren ragte aus dem goldblonden Haar hervor und ließ sie sogar noch hilfloser aussehen. Dieses Bild besaß keinen offiziellen Wert; es dokumentierte nichts Körperliches, und es gab keinen guten Grund dafür, dass es in dieser Akte lag. Es machte fast den Anschein, als hätte der Fotograf nach dem Festhalten ihrer Verletzungen noch einen tiefer sitzenden Schmerz bemerkt und versucht, diesen ebenfalls zu dokumentieren.

Sie legte die Fotos auf den Tisch und schlug den dicksten Ordner auf. Darin fand sich der erste Bericht. Rasch blätterte sie ihn durch. Eine Zusammenfassung von fünfzehn Seiten, in der die hektische Nacht beschrieben wurde. Eine Skizze des Schauplatzes. Und ein dicker brauner Umschlag, der mit mehreren Klebestreifen verschlossen war. Irgendwann hatte Norman vermutlich dafür sorgen wollen, dass er nie mehr in Versuchung geriet, dort hineinzusehen. Abby wog ihn in der Hand, spürte sein Gewicht und ahnte bereits, was sie darin finden würde.

Vorsichtig riss sie ihn auf, griff hinein und berührte Glanzpapier. Fotos. Sie nahm sie heraus.

Auf dem ersten sah man die Überreste des großen Raums, in dem überall Trümmer herumlagen. Rauch und Asche hingen in der Luft. Und da lagen Leichen. Dutzende verstümmelter, verbrannter Leichen. Das nächste Bild war sogar noch schlimmer: die Nahaufnahme eines nicht mehr zu erkennenden verkohlten Toten, der in einer Ecke des Raums lag. Und dann ein drittes Foto von mehreren Leichen in der Nähe einer geschlossenen Tür, gefolgt von dem eines Paars, völlig verbrannt, anscheinend in einer letzten Umarmung verharrend ...

Sie steckte die Fotos zurück in den Umschlag und stieß erschaudernd die Luft aus, während ihr die Tränen kamen. Verdammt noch mal!

Auf diese Weise durfte sie die Vergangenheit nicht an sich heranlassen. Sie musste sich durch den Papierkram arbeiten und sich zwingen, die Dokumente strikt von ihren Erinnerungen, ihren Schuldgefühlen und ihrer Trauer zu trennen. Dafür brauchte sie allerdings Kaffee. Es war schon nach zehn, und ihr standen noch drei oder vier Stunden Arbeit bevor.

Sie ging in die Küche und setzte eine Kanne Kaffee auf, auch wenn sie genau wusste, dass sie das später bereuen würde. Wenn sie mit der Arbeit fertig war und schlafen wollte, würde sie garantiert feststellen, dass ihr Verstand noch hellwach war. Irgendwann gegen halb fünf würde sie dann doch einschlafen, nur um vom Wecker aus dem Schlaf gerissen zu werden. Daraufhin würde sie sich den ganzen Tag schrecklich fühlen und sich von ihrem Partner Will unzählige *Walking Dead*-Witze anhören müssen.

Aber die Alternative war, keinen Kaffee zu trinken, und das hörte sich noch weniger lustig an.

Eigentlich wollte sie gar nicht zum Esstisch zurückkehren. Sie konnte förmlich spüren, wie die Papierstapel in ihrem Rücken lauerten. Stattdessen schenkte sie sich eine Tasse Kaffee ein, nippte daran und sah aus dem Fenster. Leichter Nieselregen fiel auf den Bürgersteig. Sie ließ ihren Kopf ganz leer werden, bis es nur noch das Plätschern des Regens gab. Einen kurzen Augenblick angenehmen statischen Rauschens.

Doch sie konnte ihre Gedanken nicht lange zurückhalten, und schon kehrten sie wieder zurück. Etwas an diesen Fotos irritierte sie. Es passte nicht zu ihren Erinnerungen und wirkte fehl am Platz. Aber was war es? Und wo steckte der andere George? War er der Mann, der jahrelang vorgegeben hatte, Isaac zu sein? Wieso hätte er das tun sollen?

Sie holte ihr Handy aus der Hosentasche und öffnete den Chat mit »Isaac«. Es war ein langer Chat mit Hunderten, wenn nicht gar Tausenden von Nachrichten, die hin und her gegangen waren. In den letzten Wochen hatte sie mehrmals hindurchgescrollt und sich entsetzt und angewidert die Nachrichten durchgelesen. Dabei war ihr erst bewusst gewesen, wie viele Informationen sie diesem Betrüger und vermeintlichen Kindheitsfreund, anvertraut hatte. Da sie nun die Wahrheit kannte, war sie auch in der Lage, das Muster zu erkennen: Sie berichtete ihm aus ihrem Leben, und er tröstete sie, bat um Details, erzählte jedoch so gut wie nie etwas über sich. Er war der perfekte Zuhörer. Sie hätte es schon Jahre früher merken müssen. Immerhin war sie als Verhandlungsspezialistin der Polizei darauf geschult, so etwas zu erkennen. Sobald sie die Wahrheit kannten, hatten Abby und Eden versucht, erneut Kontakt zum anderen Isaac, dem Hochstapler, aufzunehmen. Doch er hatte gewusst, dass er aufgeflogen war, schließlich hatten sie ihm beide von dem bevorstehenden Besuch geschrieben. Und ihm war klar, was passieren würde, wenn sie dem echten Isaac gegenüberstanden. Danach hatte er ihre Nachrichten ignoriert.

Abby wollte ihn aufrütteln, ihn dazu bringen, sein Schweigen zu brechen. Sie schickte ihm ein Foto des Gedenksteins und schrieb dazu: Ein Name fehlt.

Danach wartete sie eine Minute auf eine Reaktion, die jedoch nicht kam. Die Nachricht war abgeschickt worden, doch sie konnte nicht erkennen, ob er sie auch gelesen hatte.

Sie steckte das Handy wieder ein und kehrte ins Esszimmer zurück, wo ihr beinahe vor Schreck das Herz aus der Brust sprang, als sie dort eine Gestalt stehen sah.

Oh, es war nur Samantha.

Ihre Tochter stand neben all den Dingen aus Abbys verborgener Vergangenheit und hielt mehrere Papiere in der Hand.

Nein, nein, nein ...

»Sam?«, fragte Abby leise.

Sam hob den Blick vom Blatt und starrte sie mit leeren Augen an. Erst da ging Abby auf, dass sie weder Sams quietschende Zimmertür noch die sonst üblichen lauten Schritte gehört hatte. Konnte sich Sam etwa absichtlich aus ihrem Zimmer geschlichen haben?

»Ich wusste nicht, dass die Wilcox-Gemeinde mit Drogen gehandelt hat«, sagte Sam ruhig. Sie legte das Blatt auf den Tisch – es handelte sich um einen der Zeitungsartikel über das Massaker, die Norman ausgeschnitten und all die Jahre aufbewahrt hatte. »Ich meine ... Ich wusste natürlich, dass da irgendetwas passiert sein musste, das die Polizei auf sie aufmerksam gemacht hat, aber ich habe nie groß darüber nachdacht.«

»Sam ... Es ist schon spät.« Abby trat an den Tisch.

»Ich möchte mit dir reden«, sagte Sam. »Erzähl mir von deiner Reise.« Sie legte die anderen Papiere hin. Darunter war auch die Gesprächsabschrift mit Abby – Abihail – von damals. Die Fotos der siebenjährigen Abihail. Sam hatte all die Dinge entdeckt, die Abby eben noch durchgesehen hatte. Abby konnte nur froh sein, dass sie keinen Blick in den Umschlag geworfen hatte.

Doch nun stand sie in einem sprichwörtlichen Minenfeld. Jede andere Mutter hätte vermutlich versucht, zu lügen, Wut vorzutäuschen oder sich dumm zu stellen. Aber Abbys antrainierte Fähigkeiten setzten ein. Wenn man nichts zu sagen hatte, war Schweigen fast immer das Beste. Anstatt also etwas zu erwidern, nahm sie die Autopsieberichte und den braunen Umschlag und verstaute alles in ihrer Reisetasche. Was immer auch geschah, sie wollte auf keinen Fall, dass Sam die vielen Fotos der verbrannten Leichen zu Gesicht bekam.

»Das bist du, nicht wahr?« Sam tippte auf das Foto.

»Ja«, antwortete Abby leise. Sam hatte bereits Kinderfotos von ihr gesehen, allerdings noch keines, auf dem sie derart jung war.

»Du hast zur Wilcox-Gemeinde gehört.«

Abby sah Sam in die Augen. »Zur Wilcox-Sekte. Ich bin eine der Überlebenden.«

»Dein Name war früher Abihail?«

»Ja.«

»Warum hast du ihn geändert?«

»Moses Wilcox hat mir diesen Namen bei meiner Geburt gegeben, und ich fing an, ihn zu hassen.« Abby dachte an diese Zeit zurück. »Außerdem haben die Lehrer in der Schule ihn ständig falsch ausgesprochen, und die anderen Kinder haben sich darüber lustig gemacht. Ich habe Grandma gefragt, ob wir ihn ändern können, und sie hat zugestimmt.«

»Wie alt warst du da?« Sams Gesicht blieb ausdruckslos, aber Abby durchschaute ihre Tochter. Hinter der ruhigen Fassade tobte ein Sturm.

»In der Nacht des Feuers war ich sieben«, erwiderte Abby.

»Sieben«, wiederholte Sam. »Du hast mir immer erzählt, du wärst als Baby adoptiert worden. Und dass du dich nicht an deine leiblichen Eltern erinnern kannst.«

»Zwei Mal«, sprudelte es aus Abby heraus, bevor sie es verhindern konnte.

»Was?«

»Ich habe dir das nicht *immer* gesagt, sondern genau zwei Mal.« Es fiel ihr leicht, sich daran zu erinnern, denn wenn man seinem Kind ins Gesicht log, vergaß man das so schnell nicht mehr. Dabei handelte es sich nicht um eine harmlose Lüge, bei der man behauptete, der Weihnachtsmann komme schon irgendwie ins Haus, obwohl man keinen Kamin hatte. Es war eine Lüge, bei der man wusste, dass sie falsch war – und dass man sie eines Tages bereuen würde.

»Ist es wichtig, ob du es zwei oder zwanzig Mal gesagt hast? Du hast mich in dem Glauben gelassen …« Sam schloss die Augen und holte tief Luft. Sie riss sich zusammen. »Warum hast du mir nicht die Wahrheit gesagt?«

»Zuerst warst du noch zu jung, und dann …«

»Nein. Das ist doch Unsinn. Es gibt immer Wege, kleinen Kindern davon zu erzählen. Du hättest einfach sagen können: ›Mommy ist in einer schlimmen Familie aufgewachsen.‹« Sam verstellte die Stimme und machte einen süßlichen, herablassenden Tonfall nach. »»Aber eines Nachts hat es gebrannt, und Mommy ist entkommen, und Grandma und Grandpa haben sie adoptiert, und sie waren alle glücklich, weil Mommy endlich eine Familie gefunden hatte, die sie liebte.‹«

»Okay.« Abbys Kehle war wie zugeschnürt.

»Als du mir erzählt hast, wie Babys gemacht werden, war ich gerade mal vier. Du hättest auch einen Weg finden können, mir das zu erklären. Angeblich kannst du doch so gut mit Worten umgehen.«

»Ich wollte nicht darüber reden.«

»Dann lass uns jetzt reden.« Sam verschränkte die Arme.

»Okay, aber nicht so laut. Ich will nicht, dass Ben aufwacht.«

»Damit er bloß nicht die Wahrheit erfährt.«

»Sam, bitte!«

»Okay, schön.« Sam sprach etwas leiser.

»Ich wurde in die Wilcox-Sekte hineingeboren«, berichtete Abby. »Wir bezeichneten sie als die Familie. Meine Eltern waren in den späten Siebzigern rekrutiert worden. Sie haben geheiratet, nachdem sie sich der Sekte angeschlossen hatten. Der Sektenanführer hieß Moses Wilcox, wie du vermutlich weißt.«

»Warum sagst du, sie wären rekrutiert worden? Wir reden doch nicht von der Army.«

»Menschen treten einer Sekte so gut wie nie bei. Sie werden rekrutiert. Man manipuliert sie, und nach und nach werden sie in den Bann geschlagen.« Sie bemerkte Sams skeptischen Blick. »Ich weiß, wie das klingt ... Du glaubst, jeder, der sich einer Sekte anschließt, ist dumm. Aber das ist weit von der Wahrheit entfernt. Sektenanführer wollen keine dummen Mitglieder. Sie wünschen sich kluge Anhänger, die ihnen dabei helfen, den Laden zu schmeißen. Deine leibliche Großmutter war Kinderärztin, dein Großvater Ingenieur.«

»War es ... na ja ... schrecklich?«

»Für einige. Nicht für mich. Zugegeben, manches war nicht schön. Es gab viele Predigten, und Moses Wilcox zwang uns ständig, uns die Hände zu waschen. Stundenlang. Bis sie bluteten.«

Sam riss die Augen auf, und ihr kamen die Tränen.

»Aber ich habe die Menschen dort geliebt«, fuhr Abby fort. »Und in der Sekte hatte ich ein Ziel. Das war ein gutes Gefühl.«

»Was für ein Ziel?«

»Ich denke nicht, dass wir jetzt darüber reden sollten, Sam ...«

»Was für ein Ziel, Mom?«

Abby seufzte. »Ich sollte erwachsen werden und den Nachwuchs des Messias zur Welt bringen. Angeblich würden meine Kinder Flügel haben und uns bei der Apokalypse beschützen.«

Sam wurde ganz blass um die Nase. »Der Messias ... Du meinst Moses, nicht wahr? Er wollte dich benutzen wie eine Brutmaschine ...« Ihre Lippen bebten.

»Ja, aber er hat mich nie angerührt«, fügte Abby rasch hinzu. »Die Polizei erfuhr von den Drogen. Es kam zu einer Razzia, bei der das Feuer ausbrach. Und alle starben.«

Einige Wahrheiten konnten für immer verborgen bleiben. Sam würde nie erfahren, dass Abby auf Moses Wilcox' Anweisung hin den Raum abgeschlossen hatte, in dem die ganze Gemeinde versammelt war. Dass sie nur ihretwegen im Feuer gefangen gewesen waren.

Abby schenkte Sam ein trauriges Lächeln. »Und danach haben mich Grandpa und Grandma adoptiert, und wir waren alle glücklich, weil Mommy eine Familie gefunden hatte, die sie liebte.«

Sam erwiderte ihr Lächeln nicht. »Ich habe Dad gefragt, warum du nach North Carolina geflogen bist, und er wollte es mir nicht sagen. Außerdem habe ich Dad auch mal nach deiner Adoption gefragt, und er sagte nur, dass ich mit dir darüber reden soll.«

»Ich hatte ihm gesagt, dass du noch zu jung warst ...«

»Und Grandma hat mich angelogen. Ich wollte von ihr wissen, wie du als Baby warst, und sie meinte, du wärst sehr süß gewesen.«

»Hör mal, Sam ...«

Sam ballte die Fäuste. »Du hast mich nicht einfach nur angelogen, du hast auch von allen anderen verlangt, mich zu belügen. Von dir hatte ich ja Lügen erwartet, aber von Dad? Und von Grandma?«

Abby fühlte sich, als hätte Sam ihr einen Schlag in die Magengrube verpasst. »Das klingt ja so, als würde ich dich jeden Tag anlügen«, sagte sie mit zitternder Stimme.

»Das stimmt ja auch fast.«

»Ich lüge nicht. Nur ...«

»Ich habe dich gefragt, wie dein Tag war, und du antwortest, er wäre gut gewesen, obwohl ich dir deutlich ansehen kann, dass das gelogen ist. Ich habe dich gefragt, warum Dad und du nicht mehr zusammen seid, und du hast behauptet, ihr würdet euch einfach nicht mehr lieben, dabei ist das Blödsinn; Dad hat mir von seiner Affäre erzählt. Als Grandpa einen Herzinfarkt hatte, wolltest du mir zuerst einreden, er hätte die ...«

»Okay.« Abby knallte eine Hand auf den Tisch. »Ich lüge, okay? Ich bin nicht perfekt. Manchmal lüge ich.«

Sam starrte sie angewidert an, und ihr lief eine Träne über die Wange. Dann wandte sie sich ab und ging davon.

»Sam.«

Sam schloss ihre Zimmertür hinter sich. Sie knallte sie nicht zu. Sie machte auch keinen Aufstand. Diesmal war es wirklich ernst.

Kapitel 9

Die Christopher-Columbus-Highschool war in einem nüchternen rechteckigen Gebäude untergebracht, das Absolem an seine Schulzeit erinnerte. Orange-braune Wände, Fenster mit dicken Eisengittern und staubigen Scheiben. Die wenigen Schüler, die er erspähte, hatten die geknickten Gesichter, die mit dem Ferienende einhergingen.

Er fuhr einige Male um die Schule herum und nahm alles in Augenschein. Drei Stockwerke, die Fenster im Erdgeschoss waren vergittert. Es gab mehrere Eingänge, die jedoch alle verschlossen waren. Der Schulhof und der Basketballplatz hinter dem Gebäude waren eingezäunt.

Danach fuhr er ein Stück weiter und parkte mehrere Blocks entfernt. Er schaltete den Motor aus und holte sein Handy aus der Tasche. Im Chat gab es bereits einige ungelesene Nachrichten, die er überflog. Rote Königin und Hutmacher waren schon hier. Schnell tippte er eine Antwort, teilte ihnen mit, wo er war, und forderte sie auf, zu seinem Wagen zu kommen. Es gab keinen Grund, sie zu ermahnen, dass sie vorsichtig sein und darauf achten sollten, ob ihnen jemand folgte.

Er wartete, ließ den Blick über die Straße schweifen, sah in die Spiegel. Hier kam er sich vor wie auf dem Präsentierteller, und er wünschte sich getönte Scheiben. Jeder Passant konnte ein Zirkel-Spion oder ein Agent sein, der ihm auf irgendeine Weise gefolgt war. Er kämpfte gegen seinen Instinkt an, sich auf dem Fahrersitz ganz klein zu machen, lehnte sich stattdessen zurück und fummelte am Radio herum. Da! Zwei Personen kamen auf ihn zu. Der Mann zeigte auf seinen Wagen, die Frau nickte, und sie gingen schneller. Absolem legte eine Hand auf seine Tasche, in der er das beruhigende Gewicht der Waffe spürte.

Der Mann öffnete die Beifahrertür und stieg ein; die Frau nahm auf dem Rücksitz Platz.

»Der Zirkel kann uns nichts anhaben«, sagte der Mann.

Absolem schluckte schwer und hatte auf einmal eine trockene Kehle. Er beendete den Satz. »Er kann das Kommende nicht aufhalten.«

»Absolem?« Der Mann reichte ihm die Hand. »Ich bin Hutmacher.«

Es war seltsam, Hutmacher zum ersten Mal zu sehen. Auf gewisse Weise waren sie sehr enge Freunde. Sie chatteten jeden Tag miteinander. Hutmacher war einer der stärksten Menschen, die Absolem kannte. Obwohl er ohne guten Grund seine Stelle verloren und eine Ungerechtigkeit nach der anderen erlebt hatte, schaffte er es trotzdem immer wieder, auf den Beinen zu landen und hatte nun einen lukrativen Job als selbstständiger Videoeditor. Er war loyal und wusste, wer seine Freunde waren – und seine Feinde.

»Schön, dass wir uns endlich kennenlernen.« Absolem schüttelte dem Mann die Hand. Hutmachers Griff war fest; er gehörte zu den Leuten, die glaubten, man müsse beim Händeschütteln ordentlich zudrücken. Er war groß, hatte kurzes Haar und eine dicke, feuchte Unterlippe. Zudem sah er jünger aus, als Absolem gedacht hatte, und musste etwa Anfang zwanzig sein. Als er Absolems Hand endlich losließ, war sie klamm.

»Und du bist Rote Königin.« Absolem drehte sich zum Rücksitz um.

Im Forum wirkte Rote Königin oft scheu, aber Absolem ließ sich davon nicht täuschen. Wenn es über das ging, was der Zirkel den Kindern antat, wurde sie sehr schnell wütend. Ihre Beschreibungen von dem, was sie mit diesen Männern anstellen würde, wenn sie ihr in die Hände fielen, entlockten ihm oft ein Grinsen.

Er verdrehte unbeholfen den Arm, um ihr die Hand zu schütteln, und sie nahm lächelnd zwei seiner Finger und wirkte angespannt. Sie musste etwa in seinem Alter sein, also Mitte vierzig. Sie war blond, hatte eine merkwürdig kleine und spitze Nase, die an einen winzigen Stift erinnerte. Sie trug knallroten Lippenstift, Creolen und eine dicke Perlenkette.

»Unglaublich, dass wir uns endlich kennenlernen«, sagte sie. »Ihr könnt mich Alma nennen.«

* * *

Alma lächelte Absolem an. Er hatte ein freundliches Gesicht, und sie war erleichtert. Bei der Begegnung mit Hutmacher war sie sofort von seiner brüsken, feindseligen Art eingeschüchtert gewesen und hatte sich Sorgen gemacht, dass Absolem genauso sein könnte. Aber Absolem wirkte im Gegensatz dazu fast schon sanft. Er hatte feines braunes Haar und dazu passende warme braune Augen.

Sie kannte Absolem seit über einem Jahr, und sie hatten sich häufig über sehr persönliche Dinge unterhalten. Obwohl er im Forum oftmals den harten Kerl markierte, wusste sie, dass es sich bei ihm um eine sanfte Seele handelte. Seine Frau hatte ihn vor gar nicht langer Zeit verlassen und ihm das Herz gebrochen. Er wollte nicht darüber reden, doch Alma spürte, wie sehr ihn das noch immer schmerzte. Vielleicht konnte sie ihm jetzt, wo sie sich endlich begegnet waren, dabei helfen, offener damit umzugehen und diese Last loszuwerden.

»Dir ist schon klar, dass wir aus einem guten Grund Decknamen verwenden«, knurrte Hutmacher. »Dass du uns deinen Namen verrätst, ist dumm und leichtsinnig.«

»Entschuldigung«, murmelte Alma reflexartig. »Aber, ich dachte … Nun, wo wir uns endlich persönlich treffen, kann ich euch ja auch in die Augen sehen. Ich kann euch vertrauen. Es ist ja nicht so, als wärt ihr Zirkel-Agenten.«

»Darum geht es doch gar nicht«, fauchte Hutmacher. »Was ist, wenn sie uns erwischen? Sie könnten uns foltern. Was wir nicht wissen, können wir nicht ausplaudern, richtig?«

»Du hast vollkommen recht. So weit hatte ich gar nicht gedacht«, gab sie geknickt zurück.

Er hatte zwar wirklich recht, musste aber noch lange nicht so gemein sein. Sie konnte Hutmacher nicht leiden, gab sich jedoch Mühe, sich das nicht anmerken zu lassen. Seine Posts im Forum waren immer ein bisschen unheimlich. Wann immer sie eine Zirkel-Agentin enttarnten, bezeichnete er sie als Schlampe. Und er hatte einmal über eine geschrieben, sie »verdiene es, vergewaltigt zu werden«. Jemand hatte ihn daraufhin zurechtgewiesen, und Hutmacher hatte erwidert, dass der Zirkel das Kindern antat und demzufolge auch genauso behandelt werden durfte. Daraus hatte sich ein sehr heftiger Streit entwickelt, und er hatte so etwas nie wieder geschrieben. Dennoch war es einmal passiert, und Alma erinnerte sich noch gut daran.

»Ich habe mir die Schule schon mal angesehen«, sagte Absolem.

»Ich auch«, erwiderte Hutmacher. »Ich bin vorhin einmal rumgelaufen und habe Alma schon erzählt, dass ich den perfekten Ort gefunden habe, um alles im Auge zu behalten.«

»Im Auge behalten?«, wiederholte Absolem erstaunt. »Gehen wir denn nicht rein?«

»Sie werden uns nicht reinlassen«, erklärte Hutmacher. Seine Stimme klang leicht schneidend, und ein Spucketropfen flog von seinem Mund auf das Armaturenbrett. Er schien es nicht zu bemerken.

Die beiden Männer unterhielten sich, und Alma fühlte sich auf dem Rücksitz ausgeschlossen. Sie war Absolems Meinung. Diese armen Kinder mussten sich jetzt in der Schule aufhalten. Sie konnte sie sich bildlich vorstellen, wie sie verängstigt da saßen, weinten, nach ihren Müttern riefen, nicht wussten, welches schreckliche Schicksal sie erwartete. Ihr wurde ganz schwer ums Herz. Nein. Sie mussten da reingehen. Sie durften nicht zulassen, dass diese Kinder auch nur eine Sekunde länger als nötig leiden mussten.

»Ich finde auch, dass wir da reinmüssen«, sagte sie kaum lauter als ein Flüstern.

»Wie ich bereits sagte, wird man uns da nicht reinlassen. Die Eingangstür ist geschlossen, und es gibt eine Klingel«, entgegnete Hutmacher ungeduldig. »Sie werden uns nicht die Tür aufmachen. Die Seiteneingänge sind garantiert verschlossen. Es ist besser, wenn wir warten, bis die Pädos auftauchen.«

* * *

Hutmacher hatte die Fäuste in den Taschen geballt. Irgendetwas in Almas Stimme ging ihm gehörig auf die Nerven. Es war eine leicht nervige, klagende Stimme. Und wieso hatte die dämliche Schlampe ihnen ihren Namen genannt? Glaubte sie etwa, das alles hier sei nur ein Spiel?

Er warf ihr einen Blick zu. Sie war wie eine Oma gekleidet. Perlenkette, ausgebeulter Pullover. Künstlich wirkender knallroter Lippenstift, mit dem sie auch nicht besser aussah.

Hutmacher hatte sie immer für deutlich jünger gehalten. Er hatte sich ausgemalt, dass sie etwa in seinem Alter und heiß sei, so wie diese Braut aus dem Tarantino-Film. Im Forum unterhielt er sich gern mit ihr, auch wenn sie sich manchmal über etwas aufregte, was er gesagt hatte. Aber dieses Kennenlernen stellte sich als Enttäuschung heraus.

»Die Pädophilen könnten längst in der Schule sein«, merkte Absolem an. »Wir haben endlich gute Informationen. Ich sage, wir gehen rein und sehen uns da mal um. Wenn sie uns nicht reinlassen, können wir uns immer noch einen guten Platz suchen und alles beobachten.«

Wenigstens verhielt sich Absolem wie ein Profi. Hutmacher nahm ihn genauer in Augenschein. Der Kerl wirkte clever und fokussiert. Sie gehörten beide zu den erfahreneren Wächtern im Forum, und Hutmacher war froh, diesen Mann an seiner Seite zu haben. Allerdings hatte hier niemand Absolem zum Boss gemacht.

»Ich hab ja kein Problem damit, da reinzugehen, aber wie wollen wir das anstellen?«, fragte er. »Wir klopfen einfach an und bitten darum, dass sie uns reinlassen?«

»Na, wir könnten uns in der Nähe der Eingangstür aufhalten«, schlug Absolem vor. »Ich wette, da gehen ständig Leute rein und raus. Sobald sie sie aufmachen, müssen wir nur durchhuschen. Es ist ja nicht so, als würde uns jemand aufhalten.«

»Das hört sich für mich nach keinem besonders guten Plan an«, stellte Hutmacher fest.

»Mach mal das Handschuhfach auf«, verlangte Absolem. »Darin liegt was für euch beide.«

Hutmacher kam der Aufforderung irritiert nach. Es dauerte einen Moment, bis er begriff, was er da vor sich hatte, dann riss er die Augen auf. Zwei Pistolen. Er nahm eine heraus und wog sie in der Hand.

»O nein!«, protestierte Alma auf dem Rücksitz. »Die brauchen wir nicht.«

Hutmacher nahm auch die andere und hielt eine Waffe in jeder Hand. Er stellte sich vor, wie er sich schießend den Weg durch den Schulflur bahnte, wobei ihm Absolem und Alma Rückendeckung gaben. Wie jeder die Flucht ergriff, während sie zu dritt durch die Schule marschierten, um die Pädos zu finden und zu erschießen.

»Das ist nur zur Sicherheit und zu unserem Schutz«, erklärte Absolem. »Wir wissen ja nicht, mit wie vielen wir es zu tun bekommen.«

»Ja«, sagte Hutmacher mit rasendem Herzen und verzog das Gesicht zu einem angespannten Grinsen. »Alles klar. Legen wir los.«

Kapitel 10

26. September 1988

Der Geruch nach Brathähnchen schien die gesamte Wohnung zu durchdringen und Neal zu necken. Er säuselte ihm Wonnen über die krosse Haut, das saftige Fleisch darunter und Salzkartoffeln ins Ohr.

Sein Magen knurrte, und er wünschte sich wie jeden Tag, dass sein Dad bald nach Hause kommen würde.

Es war eine seltsame, quälende Routine. Neal durfte nachmittags nichts naschen, damit er sich vor dem Abendessen nicht den Appetit verdarb. Aber solange Neals Vater nicht zu Hause war, gab es nichts zu essen. Das Abendessen wurde stets zusammen eingenommen. Und man wusste nie, wann sein Dad nach Hause kam. Manchmal war er schon um fünf zu Hause, an anderen Tagen kam er erst nach neun.

»Mom«, bettelte er, »ich bin am Verhungern.«

»Dein Dad ist bald da.« Seine Mom lächelte ihn an.

»Kann ich nicht wenigstens schon mal einen Happen essen?«

»Nein, ich möchte, dass wir alle zusammen essen.«

Der Grund dafür war ihm schleierhaft. Sie unterhielten sich nie beim Essen. Bestenfalls bat Dad Mom, ihm das Salz zu geben. Oder seine Mom fuhr ihn an, dass er sich gefälligst gerade hinsetzen sollte. Aber das konnte doch nicht das sein, was seiner Mom vorschwebte.

»Aber, Mom …«

»Sollen wir noch ein bisschen lesen, während wir auf Dad warten?«

»Okay«, stimmte er sofort zu, bevor sie ihre Meinung wieder änderte.

»Na, dann komm her.« Sie klopfte auf die Stelle neben sich auf der Couch.

Er setzte sich und kuschelte sich sogleich an seine Mutter. Es gab nur eine richtige Art, zusammen mit seiner Mom zu lesen. Er schmiegte sich an sie, und sie legte den Arm um ihn und drückte ihn noch fester an sich, um ihn mit ihrer Wärme zu umhüllen. Dann beugte sie sich vor, nahm das Buch vom Tisch und schlug es auf.

»Wo waren wir stehen geblieben?«, wollte sie wissen.

»Alice wurde ganz klein, und dann ist sie vor dem Hündchen davongelaufen.« Neal schloss die Augen und stellte sich vor, wie Alice zwischen den hohen Grashalmen herumrannte. Er sah immer alles ganz deutlich vor Augen, was seine Mom ihm vorlas.

»Stimmt.« Seine Mom überflog die Seite und las an der entsprechenden Stelle weiter. Alice hatte soeben eine Raupe getroffen, die eine Huhka rauchte.

»Was ist eine Huhka?«, fragte Neal.

»Etwas, das man raucht.«

»Wie eine Zigarette?«

»Nein … Eher wie eine Pfeife«, antwortete seine Mom ausweichend. Sie räusperte sich und las weiter. »»Endlich nahm die

Raupe die Huhka aus dem Mund und redete sie mit schmachtender, langsamer Stimme an.‹«

»Was bedeutet schmachtend?«

»Das ist so ähnlich wie krank.«

»Dann war die Raupe krank?«

»Nein, das glaube ich nicht.«

»Vielleicht war sie krank, weil sie geraucht hat. In der Schule haben sie gesagt, dass man vom Rauchen krank wird.«

»Kann schon sein. Lass mich weiterlesen. ›Wer bist du?‹, fragte die Raupe.‹«

Seine Mutter verstellte die Stimme, wenn sie die Raupe nachmachte, damit sie tief und dröhnend klang. Er erschauderte vor Wonne. Das mochte er am liebsten, wenn seine Mutter ihm etwas vorlas. Wie sie die Stimme verstellte. Er konnte zwar selbst schon lesen, doch das fiel ihm schwer, außerdem gelang es ihm nicht, so wie seine Mom die Stimme zu verstellen.

Mom las weiter. Alice und die Raupe unterhielten sich. Alices Stimme war hell und kindlich, die der Raupe erinnerte Neal an seinen Sportlehrer.

Etwa in der Mitte der Unterhaltung kam Dad nach Hause. Die Stimmung im Raum schien sich schlagartig zu verändern.

Manchmal, ein- oder zweimal die Woche, war Dad sehr wütend, wenn er nach Hause kam. Neal merkte das immer sofort an der Art, wie Dad die Tür hinter sich zuknallte und wie er die Tasche auf den Boden fallen ließ. Und auch daran, wie sich seine Mom verkrampfte.

»Hey, Schatz«, sagte sie, und ihre Stimme klang beinahe so wie Alices aus dem Buch. Zu schrill. Das war nicht Moms normale Stimme. »Schön, dass du da bist. Das Essen ist fertig.«

Er ignorierte sie und ging in die Küche. Neal hörte, wie der Kühlschrank geöffnet wurde, gefolgt vom Zischen, als sich Dad eine Bierdose öffnete.

Mom stand auf und warf Neal schweigend einen Blick zu. Er wusste sofort, dass das Essen noch etwas länger auf sich warten lassen würde. Und dass sie an diesem Abend vielleicht nicht als Familie zusammen essen würden. Sie betrat die Küche.

»Wie war es bei der Arbeit?«, hörte Neal sie fragen.

»Ich wurde gefeuert.«

»Warum?«

»Budgetkürzungen. Völliger Blödsinn. Es gibt keine Budgetkürzungen. Die wollen mich einfach loswerden. So was passiert, wenn man auf Sicherheitsmaßnahmen besteht. So was mögen die nicht. Ich mache denen nur alles kompliziert.«

Neal kannte diesen Tonfall bereits. Er hatte zwar keine Ahnung, wer »die« waren, aber Dad regte sich immer sehr auf, wenn er das sagte. Manchmal wollten »die« mehr Steuern. Oder »die« sorgten dafür, dass das Viertel vor die Hunde ging. Oder »die« erhöhten die Miete, weil sie gierig waren.

»Vielleicht solltest du morgen noch mal mit deinem Chef reden«, schlug Mom vor. »Sag ihm …«

Ein plötzliches gedämpftes Geräusch, gefolgt von Moms schrillem Schrei. Neal kauerte sich in die Couchecke.

»Da gibt es nichts mehr zu reden!«, brüllte Dad. »Willst du, dass ich vor denen auf dem Boden rumkrieche und mich zum Affen mache? Soll ich das deiner Meinung nach tun?«

Mom antwortete nicht, und Dad brüllte sie weiter an. Neal konnte es nicht länger ertragen. Er schnappte sich das Buch, rannte in sein Zimmer, schloss die Tür und versteckte sich unter der Bettdecke. Selbst durch die geschlossene Tür konnte er die Schreie seines Vaters noch hören. Sie hatten ihn übers Ohr gehauen. Sie wollten ihn erniedrigen. Diese Genugtuung würde er ihnen nicht verschaffen.

Neal hatte Angst vor denen. Er schloss die Augen, lauschte seinem Dad und versuchte, sich vorzustellen, wer die waren, was ihm jedoch nicht gelang. Das war nicht wie bei den

Geschichten, die seine Mom ihm vorlas und die die Bilder einfach so in seinem Kopf entstehen ließen. Sie blieben in ständiger Dunkelheit, verwandelten das Land in eine Hölle und stellten illegale Einwanderer ein und stahlen den ehrlichen Menschen das Einkommen und versauten das Fernsehprogramm und machten aus Weihnachten eine Methode, den Leuten das Geld aus der Tasche zu ziehen.

Er versuchte, die Stimme seines Vaters auszublenden, schlug das Buch auf und fing an zu lesen, wobei er sich mit jedem einzelnen Wort abmühte.

»Wer bist du?«, fragte die Raupe.

Kapitel 11

Abby starrte ihren Monitor mit müden Augen an und bereute es, sich nicht krankgemeldet zu haben. Die letzte Nacht war noch schlimmer gewesen, als sie befürchtet hatte. Nach dem Gespräch mit Sam war sie die Papiere durchgegangen, hatte sich jedoch nicht richtig darauf konzentrieren können. Ihr waren ständig Dinge durch den Kopf gegangen, die sie zu Sam hätte sagen sollen, bei der eben geführten Unterhaltung oder bevor sie zu ihrer Reise aufgebrochen war oder sogar noch früher. Jahre früher. Der Geist der vergangenen Weihnacht schien auch im Januar noch da zu sein und sich anstelle von knausrigen alten Männern stattdessen Abby ausgesucht zu haben, um sie zu quälen. Nach dem stundenlangen Lesen von Polizeiberichten und Verhörabschriften hatte sie die Unterlagen alle wieder eingepackt und war zu Bett gegangen, nur um danach einige Stunden lang darüber nachzudenken, was sie an diesem Morgen zu Sam sagen wollte, und an ihren Worten herumzufeilen.

Was jedoch völlig umsonst gewesen war. Als Abby an diesem Morgen nach gerade mal zwei Stunden Schlaf aufwachte, war Sam bereits weg gewesen. Sie hatte eine Nachricht hinterlassen, dass die Eltern ihrer Freundin Fiona sie mit zur Schule nehmen würden, und ging nicht ans Handy.

Nun seufzte Abby und kam zu der Erkenntnis, dass sie an diesem Vormittag nichts Produktives zu leisten vermochte. Sie kramte in ihrer Tasche herum und holte den braunen Umschlag heraus, um die Fotos erneut durchzugehen.

Zwar hatte sie das auch letzte Nacht noch mehrmals getan, und es schmerzte sie immer noch, sie anzusehen, aber inzwischen ertrug sie es. Abermals ging sie sie langsam durch und suchte nach dem, was auch immer ihr am Vorabend aufgefallen war. Hatte sie jemanden auf den Fotos erkannt? Fehlte irgendetwas?

Sie hielt inne, als sie zu dem Bild mit den Leichen vor der geschlossenen Tür kam.

Eine geschlossene Tür. Die Erinnerung stieg erneut in ihr empor.

Die Tür war nur noch wenige Schritte entfernt. Abihail griff nach dem Bolzen, um die Leute rauszulassen.

Eine Hand an ihrer Schulter, die sie zurückzerrte und zur Seite zog.

Sie schrie vor Wut und Angst auf und versuchte, sich zu befreien.

Und dann eine Explosion, so heftig, dass sie durch die Luft geschleudert wurde, ein plötzlicher schrecklicher Schmerz in ihrem Nacken, Flammen, die sie umgaben.

Die Tür war explodiert. Sie erinnerte sich noch, dass sie sich umgeschaut und das Feuer gesehen hatte, bevor Isaac sie wegzerrte.

Sie holte die Tatortskizze aus der Tasche, die sehr groß war und auf der jemand den Fundort jeder einzelnen Leiche im

Speisesaal und in der Küche eingezeichnet hatte. Vier Tote lagen vor der Hintertür der Küche dicht nebeneinander.

Der Hintertür der Küche.

Aber natürlich! Die Küche hatte eine Hintertür gehabt, durch die man leicht Lebensmittel rein- und den Müll rausbringen konnte. Und die Leichen lagen davor. Weil sie nicht rausgekommen waren. Die Tür war verschlossen.

In den vergangenen Wochen, seitdem sie sich wieder an die Ereignisse aus dieser Nacht erinnerte, hatte sie sich ständig Vorwürfe gemacht und geglaubt, sie hätte die Gemeinde in einem Raum eingesperrt, aus dem es keinen weiteren Ausweg gab. Doch es hatte noch einen Weg ins Freie gegeben, der von einer anderen Person verschlossen worden war. Höchstwahrscheinlich von Moses Wilcox, bevor er den Brand in der Küche gelegt hatte. So war die ganze Gemeinde mit Ausnahme der drei überlebenden Kinder verbrannt.

Und mit Ausnahme von George, dessen Name nicht auf dem Denkmal stand. Wo war George?

Möglicherweise war er an dem Tag nicht dort gewesen. Doch das ergab keinen Sinn. Sie hatten alle gefunden. Neunundfünfzig Tote und drei Überlebende, das machte insgesamt zweiundsechzig Personen.

Es sei denn, es gab gar keine neunundfünfzig Toten. Die Gaskanister in der Küche waren explodiert und hatten ein heilloses Chaos angerichtet. Vielleicht hatte der Rechtsmediziner einen Fehler gemacht – die meisten Autopsien waren im Leichenschauhaus vor Ort durchgeführt worden, das jedoch nicht für eine derartige Katastrophe ausgelegt gewesen war. Sie hatte die Autopsieberichte in der letzten Nacht durchgesehen, würde es heute aber noch einmal tun und dabei gründlicher vorgehen müssen.

Sie schüttelte den Kopf. Ihr Verstand war umwölkt, und es fiel ihr schwer, einen klaren Gedanken zu fassen. Aber es war offensichtlich, dass sie mit jemandem darüber sprechen musste. Kurz zog sie Eden in Erwägung, verwarf diesen Gedanken jedoch sofort wieder. Eden hätte sich nicht an diese Nacht erinnern wollen.

Nein. Sie musste mit einer anderen Person reden. Jemandem, dem sie vertraute, auf den sie sich verlassen konnte.

Kapitel 12

Detective Jonathan Carver mühte sich mit der Kaffeemaschine des Reviers ab. Das Gerät war schon wieder verstopft, schon das dritte Mal diesen Monat. Carvers Meinung nach war die problematische Kaffeemaschine der Fluch des 115. Reviers – schlimmer noch als die Besessenheit des Commanders vom Papierkram, der merkwürdige Geruch auf der Herrentoilette oder sogar das Verbrechen, in welcher Form auch immer.

Niemand außer Carver reinigte das verdammte Ding; und das war eines der Probleme. Außerdem war es etwa zwanzig Jahre alt. Carver hatte nicht die leiseste Ahnung, warum sich der Commander weigerte, eine neue Maschine zu kaufen. Alle Polizisten brauchten eine stetige Koffeinversorgung, um ihren Job machen zu können.

Er baute soeben einen Schlauch ab, als Dillard und Anderson die kleine Küchenecke betraten.

»Hey, Carver«, sagte Dillard. »Geht die Kaffeemaschine schon wieder nicht?«

Carver verdrehte die Augen. Dillard hatte so eine Art an sich, Fragen zu stellen, die eigentlich rhetorisch sein sollten, doch er erwartete immer eine Antwort. Carver brummte nur.

»Was ist? Geht sie nicht mehr?«

»Korrekt, Dillard. Sie geht nicht mehr. Dachten Sie etwa, ich mache das hier aus Spaß?«

»Äh, nein. Ich dachte, die Maschine wäre mal wieder kaputt.«

Carver holte das Ventil heraus und spülte es im Waschbecken aus, während Anderson und Dillard hinter ihm darauf warteten, dass die magische Maschine, die das lebensspendende Elixier produzierte, wieder funktionierte.

Auf einmal piepte Carvers Handy. Er brachte das Ventil wieder in der Maschine an und warf einen Blick auf das Handydisplay. Es war eine Nachricht von Abby.

Hey.

Er lächelte.

Hey. :) Wie war die Reise?

Komisch. Können wir uns heute Abend treffen? Ich möchte mit dir über etwas reden.

Sicher.

Abby und er gingen es langsam an. Sehr langsam. Fast schon im Schneckentempo. Auch wenn er sich wünschte, dass es schneller gehen würde, wusste er gleichzeitig, dass Abbys gesamtes Leben ohnehin schon chaotisch genug war. Und er war bereit, auf sie zu warten, ohne Forderungen zu stellen. Sie waren ein paarmal ausgegangen. Sie hatte ihn zweimal zum Abendessen eingeladen, einmal waren sogar ihre Kinder dabei gewesen. An diesem Abend hatte sie ihn als ihr Date vorgestellt und war dabei ein bisschen rot geworden. Samantha, ihre vierzehnjährige Tochter, hatte ihn amüsiert angegrinst, während der jüngere Sohn nur mit ernster Miene den Kopf geschüttelt hatte.

»... will diese Verrückten nicht in der Nähe der Schule sehen«, sagte Anderson gerade.

»Was für Verrückte?«, hakte Carver nach und brachte den Schlauch wieder an. »Taggt die MS-13 schon wieder die Highschool?« Die Gang hatte es offenbar auf eine der Schulen im Bezirk abgesehen und sprühte immer wieder die Zahl dreizehn an die Mauern. Der Commander ließ die Streifenwagen inzwischen stündlich daran vorbeifahren, trotzdem kamen diese Typen weiterhin dorthin. Es war, als wollte man einen Fliegenschwarm verscheuchen.

»Nein, nicht unsere Schulen«, erwiderte Dillard. »Die Zentrale wurde vorhin vom FBI darüber informiert, dass diese verrückte Wächter-Gruppe anscheinend der Auffassung ist, in einer Highschool im Hundertneunten würden Kinder versklavt.«

»Die Wächter?« Carver runzelte die Stirn. »Etwa diese Verschwörungstheoretiker?«

»Ja. In ihren Gruppen wurde offenbar viel über den heutigen Vormittag geschrieben, und das FBI überwacht sie wohl seit einiger Zeit«, fuhr Anderson fort. »Sie sind besorgt, dass ein paar dieser Wächter in der Highschool auftauchen könnten. Daher schicken sie jemanden hin, um mal nachzusehen. Als ob wir nicht schon genug Probleme hätten, ohne dass auch noch ein Haufen Irrer Ärger macht.«

Carver schraubte die Rückseite der Maschine wieder zusammen und runzelte die Stirn. »Im Hundertneunten, hast du gesagt? Kennst du den Namen der Highschool?« Abbys Tochter ging im Hundertneunten zur Schule.

»Lass mich überlegen. Christopher Columbus?«, fragte Anderson Dillard.

Carver legte den Schraubendreher hin und wurde immer unruhiger. »Ich muss los.«

»Was ist mit der Maschine?«, rief ihm Dillard hinterher. »Hey, Carver, was ist mit der Maschine?«

Doch Carver war schon auf dem Weg nach draußen. Es war bestimmt eine übertriebene Reaktion und er musste sich gar keine Sorgen machen.

Bestimmt.

Kapitel 13

Jeder Passant würde sie vermutlich nur für ein Elternpaar halten, das sein Kind etwas früher abholen wollte. Jedenfalls hoffte Absolem das.

Er stand zusammen mit Alma vor der Schule und nur wenige Schritte von der Eingangstür entfernt. Im Freien war es bitterkalt, und die Kälte kroch einem unter den Kragen und in die Schuhe, bis man einen ständigen bohrenden Schmerz spürte. Er bereute es, keine Mütze, Handschuhe oder dickere Socken dabeizuhaben. Almas Nase und Ohren waren schon ganz rot, und sie zitterte immer heftiger.

Wie lange standen sie nun schon hier? Fünf Minuten? Zehn? Auf jeden Fall zu lange. Ihr Plan ging nicht auf. Er fühlte sich exponiert. Wann immer er seine halb erfrorene Hand in die Tasche steckte, berührte er die kalte, schwere Waffe. Im Wagen hatte er sich damit mächtig gefühlt. Aber wenn sie hier draußen von einem Polizisten angehalten und gefilzt wurden …

Sie waren nur ein Paar, das auf sein Kind wartete, rief er sich ins Gedächtnis. Und, noch viel wichtiger: Es würde die Sache wert sein. Er stellte sich die entführten Kinder vor, die irgendwo in dieser Schule festgehalten wurden. Vielleicht im Keller. Und die verzweifelten Eltern, die nur darauf warteten, etwas von ihren Kindern zu hören. Hatten sie die Hoffnung schon aufgegeben? Wie würden sie sich fühlen, wenn Absolem ihnen ihre Kinder sicher und gesund zurückbrachte? Beinahe sah er ihre dankbaren Gesichter bereits vor sich, ebenso seine Hände auf den Schultern der Kinder.

Die Eingangstür der Schule ging auf, und eine Frau mit großer Brille und einem langen Mantel kam heraus. Er setzte sich sofort in Bewegung, als wäre er ohnehin auf dem Weg zur Tür gewesen, und versuchte, nicht loszurennen, weil die Tür langsam wieder zufiel. Sein Blick war stur auf den Schulflur gerichtet, der schnell schmaler wurde, zu einer Lücke, einem Spalt.

Er fing die Tür ab, schob die Finger in den schmalen Spalt und lächelte die Frau an. Sie erwiderte das Lächeln zögernd. Innerlich wappnete er sich für ihre Frage, wer er denn sei. Er wollte behaupten, sein Sohn sei wieder einmal in eine Prügelei verwickelt gewesen und die Schule habe ihn angerufen und gebeten, ihn abzuholen. Ihm lagen die Worte bereits auf der Zunge und er stand davor, sie hektisch und panisch hervorzustoßen.

Doch die Frau warf ihm und Alma nur noch einen weiteren Blick zu und ging davon.

Er atmete aus, und ihm schlug das Herz bis zum Hals. Fast glaubte er, das Dröhnen seines Pulsschlags zu spüren … Er drückte die Tür auf und ließ Alma hindurchgehen, die sich dabei Zeit ließ.

Dann war auch Hutmacher da, der schnellen Schrittes zu ihnen aufschloss, wobei er eine Hand in der Tasche behielt, und schon hatten sie die Schule betreten und ließen die Tür hinter sich zufallen.

Er hatte schon seit einer ganzen Weile keine Schule mehr von innen gesehen, den in grelles Licht getauchten Flur, die ernsten braun-orangen Türen der Klassenzimmer, die unzähligen Spinde.

»Okay, da wären wir«, sagte Hutmacher, was sich wie ein leises Knurren anhörte. »Wohin jetzt?«

Wo würde der Zirkel seine Geschäfte abwickeln? Der Keller schien am wahrscheinlichsten zu sein, aber vielleicht operierte er auch einfach von einem ungenutzten Klassenzimmer aus? Oder war er sogar so dreist, die Aula zu benutzen? Er hatte nicht die geringste Ahnung. Aus irgendeinem Grund hatte er nicht so weit vorausgedacht. Irgendwie war er davon ausgegangen, dass es Hinweise geben müsse, sobald sie im Gebäude waren. Männer, die verstohlen durch die Gegend huschten, vielleicht sogar weinende Kinder.

Er schaute sich um, senkte aber sofort den Kopf, und sein Herz raste noch schneller.

»Kameras«, flüsterte er. »Verbergt eure Gesichter.«

»Hier scheint überhaupt nichts los zu sein«, sagte Alma. »Vielleicht sollten wir wieder gehen.«

»Was hast du denn erwartet?«, fragte Hutmacher, dessen Stimme schon wieder diesen schneidenden, hässlichen Unterton hatte. »Ein Schild mit der Aufschrift ›Hier entlang zum Pädo-Markt‹?«

Sie mussten weitergehen. »Die Überwachungskameras«, murmelte Absolem. »Wenn wir uns die Aufnahmen ansehen können, finden wir sie bestimmt.«

»Und wie sollen wir das anstellen?«

»Wir könnten zum Sekretariat gehen. Von da aus überwachen sie bestimmt alles.«

»Ach ja? Und dann zeigen sie uns einfach die Aufnahmen?«

»Wir können ja mal nachsehen. Wenn sie uns bitten zu gehen, dann verschwinden wir wieder.«

Er hielt nach jemandem Ausschau, den sie fragen konnten, wo sich das Sekretariat befand. Vielleicht einen Schüler. Sein Herz raste immer noch, und jeder Schlag schien irgendwie in der Schule widerzuhallen wie ein stetiger, lauter Trommelschlag.

***

Bämm … Bämm … Bämm … Der stetige Schlag der Trommeln hallte durch den Musikraum, während Samantha den Bogen über ihre elektrische Geige gleiten ließ. Sie spielten schon seit einer Stunde, und alle Bandmitglieder schwänzten den Unterricht, um ein wenig kostbare Übungszeit zu haben. Im Augenblick feilten sie an ihrer Coverversion von »Black Betty«, einem von Sams Lieblingsliedern. Normalerweise war ihr Verstand während der Proben nur mit der Musik beschäftigt und all ihre endlosen Gedankengänge und Sorgen verschwanden, sodass es nur noch den Rhythmus und die Musik gab.

Doch an diesem Vormittag ging ihr einfach zu viel durch den Kopf, ihre Gedanken kollidierten und gerieten zwischen sie und die Melodie. Sie verpasste immer wieder ihren Einsatz und verspielte sich.

Ihre Mutter war in einer Sekte aufgewachsen. Der Wilcox-Sekte. Sie war eine der wenigen Überlebenden.

Wieso hatten sie ihr das verschwiegen? Dad, Mom, ihre Großeltern. Noch dazu all die Jahre? Wie oft hatte sie sich nach den leiblichen Eltern ihrer Mom erkundigt und nur nichtssagende Antworten oder direkte Lügen zu hören bekommen.

Das Tempo wechselte, wurde chaotischer, passte sich Sams hektischen Gedanken an. Die fanatische Sekte. Die Brandnacht. Ihre Mom noch ein Kind und mittendrin.

Sie hatte das Buch über die Wilcox-Sekte überflogen, das sie bei den Sachen ihrer Mom gefunden hatte, und danach im Internet recherchiert. Vor letzter Nacht waren ihr gerade mal die grundlegendsten Fakten bekannt gewesen. Es gab eine Sekte, und fast alle Mitglieder waren gestorben. Das war eine weitere Horrorgeschichte wie Jonestown oder die Branch Davidians. Jetzt wusste sie sehr viel mehr, vielleicht sogar zu viel. Über Moses Wilcox' viele Frauen. Über den inbrünstigen

Glauben der Sektenmitglieder, dass das Ende nahe war und dass Wilcox' zahlreiche geflügelte Kinder sie in dem darauffolgenden heiligen Krieg beschützen würden. Über die Brandnacht.

Mom hatte eine Brandnarbe im Nacken. Sam hatte sie mal danach gefragt und zu hören bekommen, dass Mom die Narbe schon als Baby und vor der Adoption gehabt habe. Aber das war offensichtlich nicht die Wahrheit.

»Komm schon, Sam!«

Der frustrierte Ausruf holte sie in die Gegenwart zurück.

»Entschuldigt«, murmelte sie. Fiona und Ray starrten sie an. Ihr schoss das Blut in die Wangen. »Ich hab nicht aufgepasst.«

»Das ist dein kostbares Solo«, merkte Ray an.

»Ich weiß! Aber irgendwie stehe ich heute neben mir.«

»Vielleicht sollten wir dann einfach das Gitarrensolo proben«, schlug Ray vor.

Sam tauschte Blicke mit Fiona, ihrer Drummerin. Fiona verdrehte die Augen und hielt ihren Trommelstock wie einen riesigen Mittelfinger in Rays Richtung. »Hörst du jetzt endlich auf mit dem Gitarrensolo, Ray?«, fauchte sie. »Unsere Version hat ein Geigensolo nach dem Trommelsolo – darum geht es doch, oder nicht? Ansonsten wären wir nur eine weitere banale Band, die denselben vierzig Jahre alten Song spielt.«

»Halt die Klappe, Fi. Dich hat niemand nach deiner ...«

»Leck mich am Stock, Ray.« Fiona gelang es, eine äußerst obszöne Geste mit ihrem Trommelstock zu machen. »Können wir nicht einfach spielen?«

Sam grinste Fiona an, die ihr zuzwinkerte, und schlug die Trommelstöcke aneinander, um das Tempo vorzugeben. Eins, zwei, drei ...

* * *

»Sir«, sagte die Frau, deren Stimme vor Geringschätzung troff, »ich kann Ihnen nicht helfen. Ich begreife ja nicht einmal, was Sie von mir wollen.«

Absolem hatte die Zähne fest aufeinandergebissen, beide Hände in die Taschen gesteckt und umklammerte mit einer die Waffe. Die Sekretärin musste schon über fünfzig sein, hatte von grauen Strähnen durchzogenes schwarzes Haar und schürzte missbilligend die Lippen. Sie konnte ihnen mit wenigen Bewegungen ihrer Finger dabei helfen, mehreren Menschen das Leben zu retten, doch sie zog es vor, ihn zu schelten, als wäre er einer der Schüler dieser Schule.

Hinter ihr konnte er durch das Fenster auf die Straße blicken. Das Büro befand sich im obersten Stockwerk und war anhand der Wegbeschreibung des Schülers, den sie gefragt hatten, leicht zu finden gewesen.

»Das habe ich Ihnen doch schon gesagt.« Er bemühte sich, nicht lauter zu werden und auch nicht die Beherrschung zu verlieren. »Wir überwachen die Kommunikation einer kriminellen Vereinigung und haben Grund zu der Annahme, dass diese Schule ...«

»Gehören Sie zur Polizei?«

»Nein, Ma'am, wir sind eine unabhängige Organisation. Wir möchten nur, dass Sie sich die Aufnahmen der Überwachungskameras ansehen und ...«

»Das habe ich vorhin erst getan, bevor Sie hereingekommen sind. Es war nichts Ungewöhnliches zu sehen.«

Log sie ihn an? Spielte sie die Dumme? Er musste an die weinenden Kinder denken, die irgendwo in der Schule festgehalten wurden. Sie hatten keine Zeit für diesen Blödsinn. »Wir würden uns lieber selbst vergewissern. Wenn Sie uns die Aufnahmen zeigen, sind Sie uns auch schon wieder los.«

»Wenn Sie die Aufnahmen Ihres Kindes sehen möchten, müssen Sie einen Antrag stellen und wir melden uns bei Ihnen.«

»Vielleicht sollten wir gehen«, murmelte Alma hinter ihm nervös.

Arbeitete die Sekretärin mit den Leuten zusammen? War sie eine der vielen, die vom Zirkel manipuliert wurden? Woran sollte er das erkennen. »Sie verstehen es nicht. Hierbei geht es nicht um ein einzelnes Kind.«

»Thelma, werden Sie von diesen Leuten belästigt?«, fragte eine raue Stimme.

Absolem blickte hinter sich. Ein großer Mann, der eine braune Jacke trug, hatte den Raum betreten und kniff misstrauisch die Augen zusammen. Ein Lehrer? Oder jemand, der für die Sicherheit der Schule zuständig war. Absolem wurde leicht panisch. Arbeitete er etwa für sie?

»Nein, Mr Ramirez, es ist alles gut. Sie wollten gerade gehen.«

»Ja«, bestätigte Alma.

»Nein«, schnaubte Hutmacher. »Wollten wir nicht.« Er ging um den Schreibtisch herum und baute sich vor der Sekretärin auf. »Zeigen Sie uns die verdammten Aufnahmen.«

Sie starrte ihn entsetzt und verängstigt an. »Es tut mir sehr leid, aber ...«

»Zeigen Sie sie uns!«, brüllte Hutmacher.

»Hey, verschwinden Sie ...«, setzte Ramirez an.

Alma rief etwas. Absolem stand wie erstarrt da, hatte die Augen weit aufgerissen und den Griff der Waffe umfasst. Hutmacher bewegte sich schnell, holte aus und schlug der Sekretärin hart mit der Waffe gegen den Kopf. Sie keuchte auf und fiel vom Stuhl. Ramirez trat vor und schubste Absolem, der die Hände aus den Taschen nahm, um sich zu verteidigen, ohne die Waffe loszulassen.

Eine plötzliche Explosion, ein Beben, das durch seinen Arm raste. Ramirez starrte ihn schockiert an, und Absolem merkte erst jetzt, dass er den Mann mit der Waffe bedrohte. Er wollte schon etwas sagen wie »Keine Bewegung« oder »Stehen bleiben oder ich schieße«, doch dann merkte er, dass es dafür längst zu spät war.

Der Mann brach zusammen. Alma schrie, die Sekretärin lag stöhnend und mit blutüberströmtem Gesicht auf dem Boden, das Telefon klingelte und nach dem ohrenbetäubenden Schuss drang alles nur noch gedämpft an seine Ohren.

* * *

Sam erstarrte, als sie einen Knall hörte, der nicht zum Rhythmus der Trommeln passte. Was war das?

Sie zwang sich, es zu ignorieren; ihr Solo stand an und sie wollte Ray keinen weiteren Grund zur Beschwerde geben.

* * *

»Nein«, murmelte Alma. »Nein, nein, nein.«

Das Telefon klingelte immer noch. Hutmacher riss den Hörer vom Apparat ab und rammte ihn so heftig auf den Schreibtisch, dass er zertrümmert wurde. Eine Sekunde lang war nichts weiter zu hören als Almas Gemurmel, dann ertönte ein Schrei. Eine Frau stand im Türrahmen und starrte mit weit aufgerissenen Augen herein, nahm die stöhnende Sekretärin und den zu Boden gegangenen Lehrer wahr. Sie sah Absolem in die Augen, der sich bereits in Bewegung gesetzt hatte und die Waffe auf sie richtete, doch dann war sie auch schon schreiend hinausgerannt.

Absolem kniete neben Ramirez, der mit leerem Blick an die Decke starrte, lautlos die Lippen bewegte und Blutbläschen am Mund hatte. Möglicherweise versuchte er, etwas zu sagen. Absolem konnte ihn nicht hören. Er hörte nichts als Schreie und Almas hysterische Stimme, außerdem sein rasendes Herz und diesen seltsamen Rhythmus in der Nähe, der den Takt zu übernehmen schien.

»Halt die Klappe, Alma!«, bellte Hutmacher. »Seht euch das an, Leute.«

Er starrte auf den Monitor der Sekretärin und ignorierte die Frau zu seinen Füßen.

Absolem zwang sich aufzustehen. Benommen ging er zu Hutmacher und starrte den Bildschirm an.

Darauf waren die Bilder der Überwachungskameras, die sie so unbedingt hatten sehen wollen. Mehr als ein Dutzend Kameras waren in der ganzen Schule verteilt und auf Flure und diverse Räume gerichtet.

Und überall wimmelte es von Schülern und Lehrern, die voller Panik wegrannten.

* * *

»Hör mal kurz auf, Sam. Irgendwas stimmt mit dem Ton nicht«, sagte Ray.

»Was?« Sam nahm den Bogen von der Geige.

Ray runzelte die Stirn. »Irgendwie hatte ich gerade den Eindruck, die Geige klingt wie …«

Sie sahen einander an, und Sam wurde auf einmal eiskalt. Jetzt hörten sie es alle.

»… Schreie.«

* * *

Hutmacher trat auf den Flur und beobachtete die schreienden Schüler, die an ihm vorbeirannten. Eine Blondine mit beachtlichem Dekolleté warf ihm einen Blick zu, bemerkte die Waffe in seiner Hand und verzog vor Angst das Gesicht. Sofort drehte sie um und rannte in die andere Richtung davon. Weitere Schüler schlossen sich ihr an. Alle liefen weg, fürchteten sich vor ihm.

Er grinste. Dieses Hochgefühl, das er empfand, seitdem er der alten Kuh mit der Pistole eins übergezogen hatte, wurde noch intensiver, und einen solchen Rausch hatte er nie zuvor erlebt. Er fühlte sich nicht länger hilflos. Jetzt war er derjenige, der die Kontrolle hatte.

Schon hob er den Arm und drückte den Abzug.

Bämm! Bämm! Bämm! Jede Explosion ließ seinen Arm erbeben. Hysterische Schreie, Mädchen, die nach links und rechts rannten, als würde ihnen das helfen, wenn er beschloss, sie abzuknallen. Bämm! Bämm!

Jemand packte sein Handgelenk und zog es zur Seite. Er brüllte los, schlug auf den Angreifer ein und hörte etwas knacken, als er die Nase des Mannes traf.

Es war Absolem. Er taumelte nach hinten und starrte ihn benommen an.

»Was machst du denn?«, stieß er hervor.

»Das sind Warnschüsse, du Idiot«, sagte Hutmacher. »Ich hab über ihre Köpfe hinweggeschossen.«

»Du hättest jemanden treffen können!«

»Du hast gut reden, Arschloch. Du hast doch diesen Lehrer abgeknallt.«

»Das war Selbstverteidigung! Er ist auf mich losgegangen!«

»Ach ja? Na, du hast uns richtig in die Scheiße geritten mit deinem …«

»Du bist ein echter Psycho, weißt du das? Wieso musstest du diese Frau schlagen?«

»Halt die Klappe!«, fauchte Hutmacher und versuchte, über den Lärm der schreienden Kinder hinweg etwas zu hören.

»Ich wollte sie überzeugen …«

»Halt verdammt noch mal den Mund!«

Absolem klappte den Mund zu. Ihm lief Blut aus der Nase und tropfte von seinen Lippen herunter. Hutmacher lauschte. Jetzt schon? Das war doch unmöglich.

Aber es ließ sich nicht leugnen. Trotz des Getöses um sie herum war das Heulen der Sirenen nicht zu überhören.

* * *

»Was zum Henker geht hier vor sich?«, fragte Ray mit zittriger Stimme.

Sie hatten es alle gehört. Die Explosionen, die Schreie. Dadurch war die Art von Furcht in ihnen aufgekeimt, die jedes Kind in diesem Land tief in seinem Herzen verbarg. Sam hatte darüber gesprochen und lange darüber nachgedacht, sich mit ihren Freunden oder nach der Schule mit anderen unterhalten, wann immer eine weitere Katastrophe passierte. Was würde sie tun, wenn so etwas geschah? Was *sollte* sie tun? Die Anweisungen veränderten sich immer wieder. *Ihr müsst wegrennen. Ihr müsst euch verstecken. Ihr müsst euch irgendwo einschließen und warten, bis Hilfe kommt. Sperrt euch ja nicht irgendwo ein, wo ihr nicht mehr rauskommt.* Konnten sie sich darauf verlassen, dass die Lehrer sie beschützten? Würde die Polizei rechtzeitig hier sein?

All das waren Fragen, auf die sie lieber keine Antwort haben wollte. Sie wollte nicht, dass die Christopher-Columbus-Highschool auf der Liste stand, die alle kannten. Virginia Tech. Sandy Hook. Santa Fe. Columbine. Stoneman Douglas.

Sie näherte sich der Tür.

»Warte, Samantha«, ermahnte Ray sie.

Sie hob eine Hand, um ihn zum Schweigen zu bringen. Das Musikzimmer hatte keinen zweiten Ausgang. Sie konnten nicht hierbleiben. In den letzten Jahren hatte man ihnen immer geraten, ja wegzulaufen. Schnellstmöglich aus dem Gebäude rauszukommen.

Sam öffnete die Tür und spähte hinaus.

Sie sah die Männer, beide bewaffnet, einer mit blutigem Gesicht. Der andere, der Größere mit kurzem Haar und fleischigen Lippen, drehte sich um und starrte ihr direkt ins Gesicht.

Er hob die Waffe.

Kapitel 14

Carvers Funkgerät knackte, als er vom Grand Central Parkway abbog.

»Christopher-Columbus-Highschool, mögliche Schüsse, mögliche Schüsse.« Die Stimme gehörte der Frau in der Zentrale, die cool und gefasst blieb. Aber Carver entging die Anspannung in ihrer Stimme nicht.

Eine Antwort, begleitet von statischem Rauschen, kam sofort: »Zentrale, hier drei-sieben-fünf, bin unterwegs.«

Carver griff nach seinem Funkgerät. »Zentrale, Delta-fünf-null-neun, bin unterwegs.«

Er schaltete das Blaulicht ein und ließ mehrmals kurz die Sirene aufheulen. Die Fahrzeuge vor ihm wichen zu den Seiten aus und machten gerade genug Platz, dass er hindurchpasste.

»Komm schon, komm schon«, murmelte er und fuhr im Zickzackkurs um die Autos herum und umklammerte fest das Lenkrad. Als er sich einer roten Ampel näherte, schaltete er die Sirene erneut an und war von Kopf bis Fuß angespannt. Ein schneller Blick zur Seite – die Straße war frei, und er schoss über die Kreuzung, hörte das Hupen, das Quietschen von Bremsen; vielleicht hatte er sich verschätzt, doch nun lag die Kreuzung hinter ihm, die Straße vor ihm war leer und er konnte Gas geben.

Der Motor heulte auf, als er mit dauerhaft aktivierter Sirene über die Straße preschte, und das Funkgerät knisterte, weil noch mehr Schüsse abgefeuert wurden und die Meldung kam, dass ein Mann getroffen worden war, und er dachte an Abby und an Sam und verdrängte diese Gedanken sofort wieder.

* * *

Absolem stand wie erstarrt da, als Hutmacher die Hand hob und die Waffe auf das Mädchen im Türrahmen richtete.

»Nicht!«

Die Tür fiel zu. Hutmacher drehte sich zu Absolem um und verzog den Mund zu einem Schnauben. Absolems Augen tränten, und seine Nase pochte vor Schmerz. Hatte Hutmacher sie gebrochen?

»Wir müssen hier raus«, murmelte er.

»Zu spät«, erwiderte Hutmacher. »Hörst du das nicht?«

Selbstverständlich hörte er das. Die Sirenen wurden lauter und kamen näher. Wie hatte die Polizei so schnell herkommen können? Sie waren doch erst wenige Minuten hier.

»Gehen Sie da weg!« Ein Schrei aus dem Sekretariat. Alma.

Absolem drehte sich um und taumelte zurück in den Raum, wobei er beinahe in der Blutlache ausgerutscht wäre. Jetzt war noch jemand da und stand wie erstarrt auf der anderen Seite des Raums. Die Sekretärin kniete auf dem Boden neben dem Telefon, das Hutmacher zertrümmert hatte, und hielt den Hörer in der schlaffen Hand. Alma richtete die Waffe abwechselnd auf sie und den Mann.

»Lassen Sie das Telefon los!«, verlangte Alma mit angespannter Stimme. Sie war ganz blass und hatte die Augen weit aufgerissen. Ihre Hände zitterten.

Absolem machte einen Schritt auf Alma zu und bedrohte den Mann mit der Waffe. Er sah zur Tür hinüber, aus der der Mann eben gekommen war. Sie führte ins Büro des Rektors.

»Sie.« Absolem bemühte sich um eine ruhige Stimme und merkte beim Sprechen, dass er Blut schmeckte. Seine Nase blutete immer stärker, und er wischte sich mit dem Handrücken darüber. »Keinen Schritt weiter!«

Der Mann, dessen Gesicht schlaff und kreidebleich aussah, hob bereits die Hände.

Absolem warf der Sekretärin einen Blick zu. »Stehen Sie auf.«

Sie starrte ihn an. An ihrer Stirn lief Blut herunter, und eine große lilafarbene Prellung war an der Stelle zu sehen, an der Hutmacher sie geschlagen hatte. Es machte nicht den Anschein, als hätte sie ihn gehört.

»Aufstehen!«, bellte er und zeigte mit der Waffe auf sie.

Sie rappelte sich hektisch auf.

»Kommen Sie hier rüber.« Er zeigte auf den Rektor. »Stellen Sie sich da an die Wand.«

Er wusste nicht, was er da eigentlich tat, aber er musste die Kontrolle behalten, bevor alles aus dem Ruder lief. Diese Leute durften unter gar keinen Umständen jemanden anrufen und ihre Position und ihre Beschreibungen durchgeben.

Alma atmete schnell und hektisch und hörte sich an, als stünde sie kurz davor, in Tränen auszubrechen.

»Was machen wir denn jetzt?«, wimmerte sie. »Was machen wir denn jetzt?«

Absolem konnte ihr keine Antwort geben. »Komm hier rein, Hutmacher!«, rief er.

Es kam keine Antwort.

»Hutmacher?« Er lugte auf den Flur.

Hutmacher war verschwunden.

* * *

Einen Block von der Schule entfernt kam der Verkehr zum Erliegen. Carvers Sirene plärrte, und die Fahrzeuge um ihn herum versuchten, ihm Platz zu machen, konnten jedoch nirgendwohin. Er fuhr auf den Bürgersteig und schaltete den Motor aus.

Er holte seine Weste aus dem Kofferraum, streifte sie über und zog die Riemen fest. Ein Meer aus Gesichtern blickte ihm aus den stehenden Wagen auf der Straße entgegen, und er bemerkte mehrere Handys, die auf ihn gerichtet waren. All das hatte keinerlei Bedeutung.

Er schaute die Straße entlang und spürte das Gewicht der Weste kaum, ebenso wenig sein rasendes Herz und das Brennen der eiskalten Luft, die er einatmete. Schon sah er die flackernden Lichter vor sich; ein Streifenwagen war vor ihm hier angekommen.

Kinder rannten aus der Eingangstür der Schule, die Gesichter vor Panik verzerrt, und ihre Schreie wurden vom Wind herübergetragen. Verdammt noch mal! Er lief noch schneller, und seine Füße trommelten über den Bürgersteig. Sein tragbares Funkgerät knackte, und er hörte, wie die Zentrale Verstärkung rief.

Er aktivierte sein Schultermikro. »Zentrale, Delta-fünf-null-neun, bin vor Ort«, schrie er über den Wind und den Schmerz in seiner Lunge hinweg. »Wir müssen die Straße freiräumen.«

»Verstanden. Verstärkung ist unterwegs.«

Als er einen uniformierten Beamten neben der Schultür entdeckte, lief er auf ihn zu. Der Polizist schrie die hysterischen Kinder an und versuchte, etwas Ordnung ins Chaos zu bringen. Einige hörten auf ihn, andere nicht. Ein Kind stolperte, fiel und wurde beinahe niedergetrampelt. Jemand half ihm auf die Beine. Carver ließ den Blick über das Gebäude schweifen, die endlosen Fensterreihen, die auf die Straße herausgingen. Hinter einigen davon waren Bewegungen zu erkennen.

»Ich bin Detective Carver«, rief er dem Polizisten zu, sobald er nur noch wenige Meter entfernt war. »Wir müssen diese Schüler von den Fenstern wegbekommen. Sie sollen sich da drüben sammeln.« Er zeigte auf den Basketballplatz neben der Schule, zu dem keine Fenster zeigten.

Der Streifenpolizist, ein junger Mann, kaum älter als die Kinder, die aus der Schule strömten, nickte und wandte sich der Menge zu. »Versammelt euch alle auf dem Sportplatz!« Er zeigte mit den Händen in die Richtung.

Einige Schüler sahen sich hilflos an. Überall waren tränenüberströmte Gesichter und entsetzte Blicke zu sehen. Etwa ein Dutzend lief auf den Basketballplatz zu, doch der Rest verteilte sich auf dem Bürgersteig und sogar der Straße.

Carver legte die Hände um den Mund und holte tief Luft. »Hey!«, schrie er. »Alle Lehrer herhören. Wir müssen die Kinder auf den Basketballplatz schaffen. Und zwar sofort!«

Seine Stimme übertönte die Sirenen und Schreie. Die Stimmung in der Menge veränderte sich, und mehrere Erwachsene versammelten Kinder um sich und folgten den panischen Bewegungen des Streifenpolizisten.

»Wissen wir, was da drin los ist?«, fragte Carver.

Der Polizist schüttelte den Kopf. »Es sind Schüsse gefallen. Ich habe die Kinder sagen hören, dass sie jemanden mit einer Waffe gesehen haben.«

Carver aktivierte sein Mikrofon. »Zentrale, Delta-fünf-null-neun. In der Schule wurde ein Schütze gesichtet.«

»Verstanden. Adam zehn ist unterwegs.«

Adam zehn war der Laster der für die Gegend zuständigen Emergency Service Unit, kurz ESU, die für solche Situationen ausgebildet war. Carver sah den jungen Polizisten an. »Sorgen Sie dafür, dass sich wirklich alle auf dem Basketballplatz versammeln. Und versuchen Sie, die Straße freizubekommen. Ich kümmere mich um die Nachzügler.«

Er blickte über die Menge hinweg und hoffte darauf, wenigstens kurz Samanthas glattes braunes Haar zu erspähen, damit er sich keine Sorgen um sie machen musste. Doch hier liefen mehrere Hundert Schüler herum, und er konnte sie nirgends entdecken. Ihm blieb auch keine Zeit, um nach ihr zu suchen. Nach einem letzten Blick zu den herumstolpernden, weinenden Kindern wandte er sich der Eingangstür der Schule zu.

* * *

Abby saß an ihrem Schreibtisch, starrte die Fotos in ihrer Hand an und versuchte, Erinnerungen heraufzubeschwören.

»Abby?«

Abbys Partner und Freund Will Vereen stand neben ihrem Stuhl, sodass sein langer Schatten auf die Tischplatte fiel. Hektisch legte sie die Fotos umgedreht auf den Schreibtisch, schob den Stuhl zurück und drehte sich zu ihm um.

»Setz dich, Will, du stehst in der Sonne«, bat sie mit nervösem Lächeln.

Er blieb ernst, woraufhin ihr Lächeln wieder verblasste.

»Es gab einen Alarm«, sagte er. »Einen Bericht über Schüsse in der Christopher-Columbus-Highschool. Die ESU ist unterwegs.«

Es dauerte einen Moment, bis die Worte bei ihr ankamen. »Das ist Sams Schule«, flüsterte sie.

Will nickte. Er wusste es; natürlich wusste er das. Aus diesem Grund war er zu ihr gekommen,

»Gibt es Verletzte?« Sie schluckte schwer. Das Reden fiel ihr schwer. Ebenso das Atmen.

»Wir haben noch keine weiteren Informationen.«

Sie war schon aufgesprungen, hatte den Schlüsselbund in der Hand und alles andere vergessen. Im Laufen rief sie Sam an, hielt auf den Ausgang zu, und ihr Herzschlag passte sich dem schnellen Tempo ihrer Schritte an. Sie bekam nur die Mailbox dran.

»Sam, ruf mich an, sobald du diese Nachricht abhörst.«

Abby legte auf und rannte inzwischen fast schon. Sie musste zu Sam.

* * *

»Hast du was gehört?«, flüsterte Fiona.
Sam schüttelte den Kopf. Die Wände des Raums waren schallgeschützt. Normalerweise beschweren sich Sam und ihre Freunde über die grässliche Dämmung, da sie das Gefühl hatten, die Geräusche im Raum würden dadurch nur noch verstärkt. Aber jetzt saugte die wattierte Wand sämtliche Geräusche auf, sodass sie von draußen rein gar nichts hören konnten.
Zaghaft drückte Sam ein Ohr an die Tür. War da ein Geräusch? Irgendetwas? Vielleicht eine Sirene in der Ferne. Das konnte ein Schrei gewesen sein.
Als dieser Mann die Waffe auf sie gerichtet hatte, war sie zuerst erstarrt.
Dann hatte sie einen Schritt nach hinten gemacht und die Tür zugeknallt. Sie war sich sicher gewesen, dass er ihr folgen würde, doch das hatte er nicht getan.
Noch nicht.
Es war durchaus möglich, dass er jetzt auf der anderen Seite der Tür stand. Die Waffe dagegendrückte. Nur wenige Zentimeter von ihrem Kopf entfernt.
»Ich glaube, da draußen ist niemand«, wisperte sie.

Sie waren in diesem Raum gefangen; es gab keinen Ausweg. Aber vorerst waren sie hier auch geschützt. Sie hatten einen großen Schreibtisch und mehrere Stühle vor die Tür geschoben und sich hinter den gestapelten Möbelstücken versteckt.

Was jetzt? Was jetzt? Sie dachte an die Anti-Amok-Übungen. Keine Fenster, kein Weg ins Freie. Sie sollten sich verstecken und sich mit etwas bewaffnen, mit dem sie den oder die Schützen bewerfen konnten. Was eignete sich dafür? Rays Gitarre? Die Becken? Nichts davon würde funktionieren. Bei den Übungen, die sie auf solche Situationen vorbereiten sollten, hatten sie sich immer im Klassenzimmer aufgehalten. Dort gab es Sachen, mit denen man sich bewaffnen konnte. Einige Lehrer hatten sogar als Vorsichtsmaßnahme einen Baseballschläger hinter der Tür stehen. Im Musikzimmer hatten sie aber noch nie eine Übung abgehalten. Und es war bisher immer ein Lehrer in der Nähe gewesen, der ihnen sagte, was sie tun sollten.

Ihre Gedanken überschlugen sich.

»Wir sollten rausrennen«, sagte Fiona.

»Auf keinen Fall«, widersprach Ray leise. »Wir warten. Die kommen hier unmöglich rein.«

»Wenn sie es wirklich wollen, kommen sie hier rein«, erwiderte Sam. Sie sah auf ihr Handy. Kein Empfang. Wie immer in diesem Raum. Trotzdem versuchte sie, ihre Mom anzurufen. Vergeblich.

»Wir sollten auf die Polizei warten«, zischte Ray.

Es war verlockend, sich einfach hinter die armselige Blockade vor der Tür zu kauern und auf Hilfe zu warten. Aber dieser Mann war da draußen. Mit seinem seltsamen, unheimlichen Grinsen und der tödlichen Schusswaffe. Er wusste, dass sie sich im Musikzimmer versteckten.

Sie mussten bald hier weg.

* * *

»Hier ist die Polizei. Alle raus aus dem Gebäude und zum Basketballplatz«, rief Carver. Seine Stimme hallte durch den Flur und wurde von verängstigten Schreien und Schluchzen begleitet.

Ein Junge im Teenageralter und mit schief sitzender Brille humpelte an ihm vorbei. Kurz darauf folgten mehrere Mädchen, von denen eins stehen blieb und hinter sich zeigte.

»Ich habe ihn da drüben gesehen«, stieß die Kleine hervor. »Er hat eine Pistole.«

»Okay. Geht auf den Basketballplatz«, wiederholte Carver. Er zückte seine Waffe und rückte vorsichtig weiter vor.

Jemand weinte in der Nähe. Carver schlich mit rasendem Herzen auf die Stimme zu. Eine Tür stand halb offen, und er drückte sie angespannt weiter auf.

Ein Junge von etwa vierzehn Jahren hockte hinter einem Tisch. Als Carver eintrat, riss der Junge die Augen auf, sobald er die Waffe bemerkte. »Nein, nein!«, kreischte er und hielt sich schützend die Hände vors Gesicht.

»Ich bin Polizist«, sagte Carver. »Du musst hier raus.«

Er trat auf den Jungen zu und half ihm beim Aufstehen. Die Hose des Jungen war nass.

»Wie heißt du?«, erkundigte sich Carver.

»Mi-Micah.«

»Micah, die anderen sammeln sich auf dem Basketballplatz. Lass uns gehen.«

Carver führte den Jungen aus dem Klassenzimmer und in Richtung Eingangstür. Dabei bemerkte er eine Bewegung auf dem Flur, wirbelte sofort herum und beschützte den Jungen mit seinem Körper.

Ein Mädchen im Rollstuhl kam auf ihn zu. Carver eilte zu ihr. Sie hatte eine blutige Lippe.

»Bist du verletzt?«

»Ich wurde aus dem Stuhl geworfen«, antwortete sie und zuckte zusammen.

»Ich bringe dich raus.« Er schob sie zum Eingang und musste dabei um einen fallen gelassenen Rucksack herumkurven. »Schaffst du den Rest allein?«

»Ja.« Sie legte die Hände auf die Räder und rollte durch die Tür.

Der Lärm auf der Straße war ohrenbetäubend. Schreie, Sirenen, Hupen. Im Vergleich dazu war es im Inneren des Gebäudes unheimlich still.

»Hast du noch jemanden gesehen?«, fragte Carver.

»Ich weiß es nicht. Alle sind losgerannt, und ich bin hingefallen. Ich hab mir den Kopf gestoßen. Der Sportlehrer hat irgendwas gebrüllt und wollte die anderen Kinder nach draußen schaffen. Ich weiß nicht, wo er jetzt ist.« Ihre Lippen bebten.

»Mach dir keine Sorgen mehr. Versammelt euch einfach alle auf dem Basketballplatz.«

Sie verschwand. Carver drehte sich um und lauschte. Weitere Schritte. Er bewegte sich in die Richtung und sah sich aufmerksam um.

Ein Mann bog ein Stück entfernt um die Ecke. Groß. Kurzes Haar. Er hielt etwas in der Hand.

»Keine Bewegung!«, rief Carver und richtete die Waffe auf den Mann.

Der Fremde wich sofort zurück. Carver wollte schon den Abzug drücken, zögerte jedoch, weil es sich auch um einen Lehrer handeln konnte.

Dann verschwand der Mann wieder um die Ecke. Carver lief ihm hinterher, als er eine Bewegung bemerkte. Eine Waffe, die auf ihn gerichtet wurde.

Ein lauter Knall hallte durch den Flur, und Carver presste sich an die Wand, zielte mit der Waffe, erwiderte das Feuer. Die Schüsse hallten ohrenbetäubend laut durch den engen Raum.

Seine Ohren klingelten, er behielt die Ecke im Auge, suchte nach der Hand mit der Waffe, doch sie tauchte nicht wieder auf.

* * *

Absolem betrachtete entsetzt die Bilder der Überwachungskameras und sah, dass Hutmacher das Gebäude verlassen und ihn und Alma im Stich lassen wollte. Dann wurde der Fremde von einer anderen Kamera erfasst, und Absolem sah, wie er einem Mädchen im Rollstuhl ins Freie half.

Es folgte ein Schusswechsel. Er hörte die Schüsse, mehrere Explosionen, und sah auf dem Bildschirm, was passierte. Hutmacher tauchte in einem der kleinen Bildausschnitte auf, der andere Mann, vermutlich ein Polizist, in zwei anderen.

Und jetzt rannte Hutmacher den Weg zurück, den er gekommen war. Er verschwand aus dem Blickfeld einer Kamera und tauchte in einem anderen wieder auf. Sein Gesicht war zu einer Grimasse verzerrt.

Der Polizist stand immer noch da und richtete die Waffe auf die Ecke. Er ging langsam näher und hielt die Waffe ruhig in den Händen.

Hutmacher führte die Polizei zu ihnen.

»Wir müssen hier weg«, sagte Absolem zu Alma.

»Das geht nicht.« Ihre Stimme klang wie zersplittertes Glas, die Silben schienen keine Verbindung mehr zueinander zu haben. Sie stand am Fenster und spähte hinaus. »Da stehen schon zwei Polizeiwagen.«

»Sie!«, brüllte Absolem den Rektor an. »Hier gibt es doch eine Hintertür, nicht wahr? Ich habe sie vorhin gesehen. Wie kommen wir da hin?«

»Sie ist ... Sie müssen ins Erdgeschoss ... Durch die Turnhalle ... Ich ... Dann gehen Sie nach links ...«, stammelte der Rektor.

»Vergiss es! Dort wird ebenfalls Polizei sein«, jammerte Alma. »Wir sitzen in der Falle!«

Er sah erst sie an, dann den Mann auf dem Boden, der blutete und immer blasser wurde.

»Dieser Mann braucht Hilfe«, erklärte Alma mit zittriger Stimme. »Wir müssen ihn ins Krankenhaus bringen. Wir können ihnen doch einfach sagen, warum wir hier sind. Das alles sollte doch gar nicht passieren.«

Absolem nickte. Sie hatte recht. Es war das Beste, wenn sie aufgaben. Was hatte sich Hutmacher nur dabei gedacht, dass er wild um sich schoss?

Nein, die Polizei würde es verstehen. Er würde den Beamten alles erklären, ihnen von den entführten Kindern erzählen. Und dann ... und dann ...

Die Polizei wurde vom Zirkel kontrolliert. Wenn sie sich ergaben, waren sie so gut wie tot. Das wusste er ganz genau. Alma wusste es ebenfalls. Nein, es musste einen anderen Weg geben.

Er warf einen Blick auf den Monitor. Der Polizist war um die Ecke gebogen. Hutmacher war nirgends zu sehen. Vielleicht hatte er ein Versteck gefunden. Oder er war ins Freie gelangt.

»Wie aktiviere ich dieses Allgemeine-Durchsage-Ding?«, fragte er den Rektor.

»Das was?«

»Sie wissen schon! Die Lautsprecheranlage! Mit der Sie allgemeine Ankündigungen machen.«

»Das Beschallungssystem?«

»Ja! Das verdammte Beschallungssystem. Wie kann ich es benutzen?« Absolem richtete mit zitternder Hand die Waffe auf den Mann.

Der Rektor schluckte schwer. »Bitte ... Ich zeige es Ihnen.«

* * *

Vom Schützen war nichts zu sehen. Carver zögerte. Er musste sich zurückziehen. Die ESU würde bald hier sein und sich viel besser um die ganze Angelegenheit kümmern können.

Aber das Mädchen im Rollstuhl und dieser Micah waren bestimmt nicht als Einzige im Gebäude geblieben. Er durfte keine Kinder zurücklassen. Also machte er noch einen Schritt und einen weiteren. Dabei kam er sich exponiert vor und wusste, dass der Schütze hinter jeder Tür lauern konnte. Falls es wirklich nur einen Schützen gab. Auf dem Revier war von mehreren Personen die Rede gewesen. Vielleicht lief hier nicht nur ein Bewaffneter herum. Vielleicht ...

Ein lautes, elektronisches Kreischen. »Achtung, Achtung.« Eine nervöse Stimme, wacklig und unsicher, von starkem Hall begleitet. »Wir haben den Rektor in unserer Gewalt. Und die Sekretärin. Wenn Sie nicht verschwinden, erschießen wir sie.«

Carver mahlte mit den Kiefern. *Wir.* Es waren mehrere. Er ging weiter.

»Das ist mein Ernst! Hauen Sie ab. Sagen Sie es ihm! Sagen Sie ihm, dass er die Schule verlassen soll.«

Eine andere Stimme, völlig verängstigt. »Ja, bitte gehen Sie. Diese Leute sind bewaffnet.«

Sagen Sie *ihm,* dass er die Schule verlassen soll. Sie beobachteten ihn. Carver schaute sich um und entdeckte die Überwachungskameras. Verdammt!

Wenn sie die Bilder sahen, mussten sie sich im Verwaltungstrakt aufhalten.

Er warf noch einen letzten Blick hinauf zur Kamera, deren Linse ihn anstarrte, drehte um und eilte zurück zum Eingang.

Kapitel 15

Abby versuchte immer, eine mentale Mauer zwischen ihrem Job und dem Rest ihres Lebens aufzubauen. Das war nicht einfach; die meisten Polizisten nahmen etwas von ihrer Arbeit mit nach Hause. Es gab schließlich einen guten Grund dafür, dass sich so viele Polizisten scheiden ließen. Normalerweise konnte sie Beruf und alles andere dennoch recht gut voneinander getrennt halten.

Doch nun kollidierte ihr Job mit ihrem Leben und brachte die hauchdünne Mauer zum Einsturz. Es war brutal und schmerzhaft und raubte ihr den Atem.

Samanthas Schule. Ein Ort, an dem Abby schon unzählige Male gewesen war, wenn sie ihre Tochter auf dem Weg zur Arbeit abgesetzt hatte. Ein Gebäude, das sie als Teil der verlässlichen Routine ihres Lebens ansah. Sie hatte nie groß darüber nachgedacht, was nur bewies, dass sie es für sicher hielt.

Jetzt war es jedoch alles andere als sicher. Überall heulten Sirenen, ein Hubschrauber flog über ihre Köpfe hinweg, der Van der ESU parkte am Straßenrand. Sie wies sich bei einem Streifenbeamten aus, der die Straße blockierte und den Verkehr umleitete.

Abby arbeitete schon sehr lange als Verhandlungsspezialistin, und all das gehörte zu ihrem Alltag. Aber doch nicht hier. Plötzlich kamen ihr all die ESU-Leute, die in schusssicheren Westen und Helmen rings um die Schule ausschwärmten, völlig falsch und unheilvoll vor.

Sie sah zum hundertsten Mal aufs Handy, nachdem sie zuvor schon mehrfach versucht hatte, Sam zu erreichen. Auch ihre Nachricht »Alles okay?« war noch ungelesen. Nun steckte sie das Handy wieder ein, parkte den Wagen, stieg aus und sah sich um.

Ein vertrautes Gesicht. Carver. Was machte er denn hier? Die Schule lag doch gar nicht in seinem Bezirk.

Er sprach gerade mit Mrs Pratchett, der Vizerektorin, einer dünnen Frau, die einen grauen Blazer und einen langen braunen Rock trug. Abby ging zu den beiden hinüber, holte tief Luft und wappnete sich.

»Carver«, sagte sie. Ihre Stimme klang schrill, ihre Angst war nicht zu überhören. »Wie ist die Lage?«

Er drehte sich zu ihr um. Einige Jahre zuvor hatte Hank, Abbys Adoptivvater, einen Herzinfarkt gehabt. Abby und ihre Mom hatten vor der Notaufnahme gewartet, und als endlich ein Doktor herauskam und ihre Namen rief, hatte Abby ihm verzweifelt ins Gesicht gesehen. Sie hatte anhand seiner Miene herausfinden wollen, ob er gute oder schlechte Nachrichten hatte. In diesen wenigen Sekunden, bevor er ihnen mitteilte, dass Hank wieder auf die Beine kommen werde, hatte sie jeden Teil seines Gesichtsausdrucks registriert und zu analysieren versucht. Er lächelte nicht – das war nicht gut. Er runzelte leicht die Stirn – was auch daran liegen konnte, dass er viel zu tun hatte. Er presste die Lippen aufeinander – schlechte Nachrichten? Oder war das seine professionelle Miene? Seine Augen wirkten müde, aber möglicherweise war seine Schicht auch bald zu Ende.

Jetzt verspürte sie abermals diesen Drang, wollte Carvers Miene ergründen und herausfinden, ob er ihr gleich etwas Schreckliches sagen würde. Seine dunkelgrünen Augen spiegelten Sorge, aber nicht direkt Angst wider. Sein braunes Haar war zerzaust, was er nicht einmal zur Kenntnis zu nehmen schien.

»Abby«, sagte er. »Wir versuchen noch, uns einen Überblick zu verschaffen. Es sind Schüsse gefallen, und nach allem, was wir bisher wissen, gehören die Schützen nicht zur Schule.«

»Gibt es Verletzte?« Sie wollte, dass er die Frage verneinte. Sie wünschte sich, dass all das hier einfach aufhörte.

»Das wissen wir noch nicht. Im Augenblick versuchen wir erst einmal, alle Kinder in Sicherheit zu bringen. Darüber habe ich gerade mit Mrs Pratchett gesprochen.«

»Wir haben die Kinder auf dem Basketballplatz versammelt«, berichtete die Vizerektorin. »Und wir überprüfen anhand des Anwesenheitssystems, wer noch fehlt. Bisher werden nur vier Schüler vermisst.«

»Wer?« Abbys Kehle schnürte sich zusammen.

»Frank Howard, Barry Johns, Lisbeth Reynolds und Ruby Allen.«

Abby stieß die Luft aus und war erleichtert. Sam ging es gut. Sie drehte sich zum Basketballplatz um und wollte schon hineilen und Sam in die Arme schließen.

»Die Schützen haben Geiseln genommen«, fuhr Carver fort.

Abby erstarrte und drehte sich wieder um. »Die vermissten Kinder?«

Carver schüttelte den Kopf. »Soweit wir wissen nicht. Sie haben den Rektor und die Sekretärin in ihrer Gewalt und drohen, sie zu erschießen, wenn wir nicht verschwinden.«

»Sie wollen die Geiseln erschießen? Wer hat mit ihnen gesprochen?«

»Niemand. Ich war im Gebäude. Sie haben es über die Lautsprecher mitgeteilt.«

»Was bedeutet, dass sie sich im Büro des Rektors aufhalten müssen, nicht wahr?« Abby drehte sich zur Vizerektorin um.

»Oder in meinem Büro«, erwiderte sie. »Sie können auch das Mikrofon der Sekretärin benutzt haben. Sie hat ebenfalls eins.«

»Haben sie sonst noch was gesagt?«

»Nein«, antwortete Carver. »Sie haben den Rektor ans Mikro gelassen, und er hat ihre Worte wiederholt und verlangt, dass ich das Gebäude verlasse.«

Abby wollte den genauen Wortlaut wissen und wie sie sich angehört hatten, doch das konnte warten. »Wissen wir, mit wem wir es zu tun haben?«

»Einen habe ich gesehen. Es war ein großer Mann, kurzes Haar, in Jeans und Mantel. Er hat auf mich geschossen, und ich habe das Feuer erwidert, aber er ist mir entkommen. Laut einiger Aussagen der Schüler sind es entweder zwei oder drei, da bin ich mir noch nicht sicher. Aber direkt vor der Schießerei wurde die Zentrale vom FBI darüber informiert, dass es in den Foren der Wächter um diese Schule ging.«

»In den Foren der Wächter?« Abby runzelte die Stirn. Sie hatte noch nicht viel über diese Wächter-Verschwörungstheoretiker gehört. Offenbar gewannen sie seit einiger Zeit an Fahrt, und laut einem Artikel, den sie vor einigen Wochen gelesen hatte, gab es über eine Million »Anhänger«, wie sie sich nannten. Allerdings musste man auch nur ein entsprechendes Meme auf Facebook oder Twitter posten, um dazuzugehören. Einige Promis hatten ihre halb garen Theorien weitergetragen, und die Nation war leicht schockiert gewesen, als ein Kongressabgeordneter verkündete, die Gruppe zu unterstützen.

»Das FBI beobachtet ihre Chats?«, hakte sie nach.

»Ja«, bestätigte Carver. »Vor einigen Monaten hat ein Mann in Oklahoma gedroht, die dortige Bücherei in die Luft zu jagen. Wie sich herausstellte, war der Grund dafür eine der Theorien der Wächter. Das FBI bewertet sie als inländische Terrorismusgefahr.«

»Okay.« Abby sah zum ESU-Van hinüber. »Ich gehe mal eben ...«

Das Handy der Vizerektorin klingelte. »Entschuldigung«, murmelte sie. »Die Eltern rufen schon die ganze Zeit ...« Sie riss die Augen auf, als sie aufs Display blickte.

»Was ist?«, fragte Abby.

»Das ist das Büro des Rektors!«

»Augenblick!« Abby wollte der Frau das Handy abnehmen, doch die hatte das Gespräch bereits angenommen.

»Hallo? Henry?«, fragte sie aufgeregt. Dann versteinerte sich ihre Miene, und sie sah verängstigt aus. Sie hörte einige Sekunden lang zu und wisperte dann: »Okay.«

Im nächsten Moment reichte sie Carver das Handy. »Es ist einer von ihnen«, sagte sie mit bebender Stimme. »Er will sofort mit der Polizei sprechen.«

Carver und Abby tauschten Blicke. Sie zögerte nur den Bruchteil einer Sekunde, bevor sie der Frau das Handy aus der Hand nahm.

»Hier spricht Abby.« Ihre Stimme klang leise, ruhig, gelassen. Es war die Stimme einer Person, die alles unter Kontrolle hatte. »Mit wem spreche ich?«

Kapitel 16

Absolem hielt sich den Telefonhörer ans Ohr. Sein eigenes Handy konnte er nicht nehmen, wenn er der Polizei und dem FBI nicht gleich seine komplette Identität inklusive seiner Sozialversicherungsnummer, seiner Adresse und seiner gottverdammten Lieblingscornflakes verraten wollte. Doch er wagte es auch nicht, sich an den Schreibtisch des Rektors zu setzen, wo ihn die Scharfschützen und die im Hubschrauber draußen sehen konnten. Daher hockte er unter dem Fenster am Boden und lehnte sich an die Wand, sodass er nicht zu sehen war. Viel weiter reichte das Telefonkabel auch nicht, und das Gerät hing nur wenige Zentimeter über dem Boden.

»Hier ist Abby«, sagte eine Frauenstimme. »Mit wem spreche ich?«

»Ich sagte, ich will mit der Polizei sprechen«, bellte er ins Telefon. Er sah durch den Türrahmen zu den Geiseln hinüber, die nebeneinander auf dem Boden saßen. Alma bedrohte sie mit der Waffe. Jemand stöhnte; er war sich nicht sicher, ob es eine der Geiseln oder Alma war.

»Ich bin Polizistin.« Sie hörte sich ruhig und entspannt an. Hatte sie überhaupt eine Ahnung, was hier vor sich ging? »Wie heißen Sie?«

»Sagen Sie den Polizisten, wenn irgendjemand, und ich meine *irgendjemand,* das Gebäude betritt, erschießen wir die Geiseln. Haben Sie das verstanden?« Ja, das würde er tun. Ganz bestimmt. Wahrscheinlich arbeiteten sie alle mit dem Zirkel zusammen. Verkauften Kinder. Er hatte das moralische Recht, ihr Leben zu bedrohen.

»Verstanden.« Ihre Stimme blieb gleichmäßig und schwankte nicht. »Niemand wird die Schule betreten. Wir wollen nicht, dass jemand verletzt wird.«

»Gut.« Das herunterbaumelnde Telefon schlug gegen sein Handgelenk, und sein Arm war für einen Moment wie betäubt. »Wir sind bewaffnet, wir haben Geiseln, und wir sehen Sie über die Überwachungskameras, also bleiben Sie verdammt noch mal weg.«

»Das ist angekommen. Für mich hört sich das ganz danach an, als wäre die Lage sehr angespannt, und ich muss Ihnen gestehen, dass sich die Leute Sorgen machen. Wir möchten alle, dass diese Angelegenheit geregelt wird, ohne dass jemand zu Schaden kommt.«

»Dann bleiben Sie weg. Und machen Sie keine Dummheiten wie die Stromzufuhr oder die Telefonkabel durchzuschneiden. Wir wissen, wie die Polizei vorgeht, verstanden? Legen Sie sich lieber nicht mit uns an.«

»Alles klar. Würden Sie mir Ihren Namen nennen? Ich muss wissen, wie ich Sie ansprechen kann.«

»Den müssen Sie nicht, äh …« Er stockte. Aus dem Augenwinkel sah er, wie der Rektor eine Hand hob.

»Keine Bewegung!«, brüllte Alma. »Ich schieße! Keine Bewegung!«

»Hey, bleiben Sie, wo Sie sind!«, schrie Absolem und richtete die Waffe auf die Geiseln.

Der Rektor zuckte zusammen und erstarrte. Die Frau am Telefon sagte etwas, das Absolem nicht mitbekam.

»Was? Was haben Sie gesagt?«

Sie wiederholte es; er hörte die Silben, aber sein Gehirn konnte keinen Sinn in die Worte bringen. Ihm war speiübel. Seine Nase pochte, er schmeckte Blut, die Welt drehte sich um ihn. Verdammt noch mal, wo steckte Hutmacher? Die Polizei konnte jeden Augenblick ins Gebäude eindringen. Sie würden eine Blendgranate reinwerfen und durchs Fenster stürmen. Er hatte das schon so oft in Filmen gesehen. Wenn sie das taten, würde er den Rektor erschießen. Und die Sekretärin. Er würde so viele dieser Arschlöcher mitnehmen, wie er nur konnte.

Die Frau – Abby – wiederholte ihre Worte erneut, und ihre Stimme blieb völlig gleichmäßig. »Das hört sich an, als hätten Sie da ein Problem. Geht es allen gut? Ist jemand verletzt?«

»Ich bin ... Ja. Nein, es geht mir gut.« Ein Blutstropfen fiel auf den Boden. Mist! Er wischte sich das Blut von den Lippen und berührte vorsichtig seine Nase. Es tat höllisch weh, und ihm kamen sofort die Tränen.

»Ist noch jemand verletzt? Einer Ihrer Freunde vielleicht?«

»Nein, hören Sie, es geht allen gut. Sagen Sie den anderen Polizisten einfach, dass sie sich fernhalten sollen.«

»Wie geht es Henry und Thelma? Sind sie unverletzt?«

»Wem?«

»Henry ist der Rektor, Thelma ist die Schulsekretärin. Sie sind doch bei Ihnen, oder nicht?«

Er blickte durch den Türrahmen. Thelma schluchzte und hatte eine große blutende Prellung auf der Stirn. Hinter ihr konnte er die Füße des Mannes sehen, den er erschossen hatte. Ramirez. »Es geht ihnen gut.« Er schluckte schwer, und seine Kehle schnürte sich zusammen. »Sie sind hier, also machen Sie keine Dummheiten.«

»Sie sagen, dass Henry und Thelma bei Ihnen sind und dass die Polizei und auch jeder andere sich fernhalten sollen, weil Sie nicht wollen, dass jemand verletzt wird.«

»Ja, ganz genau!« Er war schon ganz heiser und merkte, dass er schrie. Daraufhin senkte er die Stimme. »Genau.«

»Okay. Ich werde mich mit dem Commander besprechen, aber die Leute machen sich große Sorgen. Wie kann ich sie davon überzeugen, dass es Henry und Thelma gut geht?«

Er mahlte mit den Kiefern. »Einer der Polizisten hat den Rektor über die Lautsprecher gehört.«

»Einer der Polizisten hat den Rektor über die Lautsprecher gehört?«

»Ja! Ich habe Henry ... den Rektor etwas sagen lassen.«

»Ich bin sehr froh, dass Sie das getan haben. Wie finde ich diesen Polizisten?«

»Hören Sie, bringen Sie einfach ... nur ...« Er umklammerte den Hörer immer fester. Jede verstreichende Sekunde fühlte sich wie eine Stunde an. Er wollte doch nur, dass sie sich fernhielten. »Fragen Sie ihn einfach, okay?«

»Okay, aber das könnte eine Weile dauern, und ich bin mir nicht sicher, ob ich ihn finden kann. Aber ich würde dem Commander gern versichern können, dass es Henry und Thelma gut geht.«

Absolem blinzelte eine frustrierte Träne weg. Seine Nase schmerzte höllisch. »Es geht ihnen gut. Darauf können Sie sich verlassen.«

»Ich glaube Ihnen. Sie scheinen ein ehrlicher Mann zu sein. Aber der Commander wird mich fragen, woher ich weiß, dass es ihnen gut geht, und wenn ich darauf antworte, dass ich mich auf Ihr Wort verlasse, wird er mir das niemals glauben.«

Da hatte sie recht. Verdammt! Der Polizeicommander würde wahrscheinlich lieber davon ausgehen, dass die Geiseln tot waren. Damit sie die Schule stürmen und die Sache schnell vertuschen konnten. »Okay, wissen Sie was? Warten Sie kurz.« Er gab dem Rektor einen Wink. »Kommen Sie her. Sofort!«

Der Rektor schaute von Absolem zu Alma.

»Jetzt machen Sie schon, was er sagt«, verlangte Alma. »Aber schön langsam.«

Absolem zielte mit der Waffe auf den Rektor. Der Mann stand auf und kam langsam näher, ließ die Pistole dabei keine Sekunde aus den Augen.

»Setzen Sie sich«, sagte Absolem. »Nicht zu nah.« Sein Herz raste. Was würde er tun, wenn der Rektor versuchte, ihm die Waffe zu entreißen? Dann würde er den Mann erschießen.

Doch der Rektor setzte sich nur einen Meter entfernt auf den Boden.

»Hier.« Absolem reichte ihm das Telefon. »Sagen Sie der Polizei, dass es Ihnen allen gut geht.«

Der Rektor nahm den Hörer zaghaft entgegen und hielt ihn sich ans Ohr. Das Kabel war nicht lang genug, und er musste sich vorbeugen, um hineinsprechen zu können. »Hallo? Hier ist Henry Bell. Ich bin unverletzt.«

Er hielt inne und lauschte. »Thelma hat einen Schlag auf den Kopf bekommen ...«

Absolem hob drohend die Waffe. Der Rektor riss die Augen auf.

»Und, äh ... Carlos Ramirez ist ebenfalls hier ...«

Absolem riss ihm das Telefon aus der Hand. »Haben Sie verstanden? Es geht allen gut. Und jetzt sorgen Sie dafür, dass hier niemand reinkommt.«

»Danke, dass ich mit ihm sprechen durfte.« Abby schien wirklich dankbar zu sein. »Es macht auf mich ganz den Eindruck, als wollten Sie das Richtige tun.«

»Sicher.« Absolems Atem ging langsam ruhiger. »Sagen Sie allen, sie sollen wegbleiben. Ich will nicht, dass jemand verletzt wird. Und sorgen Sie dafür, dass der Hubschrauber verschwindet.«

»Alle halten sich zurück. Und ich sorge dafür, dass der Hubschrauber verschwindet, aber das könnte ein bisschen dauern, weil ich nämlich glaube, dass das kein Polizeihubschrauber ist, sondern dass er zu einem hiesigen Nachrichtensender gehört.«

»Mir egal, er soll einfach abhauen.«

»Ich werde es weitergeben«, versprach Abby. »Was soll ich den anderen sagen, mit wem ich gesprochen habe?«

»Ich lege jetzt auf.« Seine Hand zitterte von der Anstrengung, das in der Luft baumelnde Telefon festzuhalten. »Geben Sie es einfach weiter.«

Sie sagte noch etwas, doch er ließ den Hörer sinken. Dann krabbelte er zum Gerät und legte auf.

Kapitel 17

»Euretwegen werden wir alle sterben.«

Sam ignorierte Rays verängstigtes Flüstern. Sie umklammerte eine Seite des Schreibtischs, Fiona die andere.

»Wir wollen ihn nicht über den Boden ziehen und Lärm machen«, meinte sie leise zu Fiona.

Ihre Freundin nickte mit grimmiger Miene. Sie hoben den Tisch an und trugen ihn ein Stück zur Seite und weg von der Tür. Daraufhin bewegte sich die Tür leicht, und eine Schrecksekunde lang glaubte Sam schon, der Mann mit der Waffe habe die ganze Zeit davor gewartet und werde sich jetzt Zutritt verschaffen. Aber die Tür blieb zu.

Wieder drückte sie ein Ohr dagegen, hörte aber nichts. Ganz langsam drehte sie den Türknauf, öffnete die Tür einen Spalt weit und spähte hinaus.

Der Flur war leer.

Sie trat durch den Spalt, hielt den Atem an, sah sich in alle Richtungen um, hielt Ausschau nach Bewegungen. Nicht weit entfernt waren gedämpft eine Sirene, Hupen und das Geräusch eines Hubschraubers zu hören. Sie machte einige Schritte und zuckte zusammen, weil selbst die leiseste Bewegung laut durch den Flur zu hallen schien. Hinter sich hörte sie das schwere

Atmen ihrer Freunde, und da merkte sie, dass sie noch immer die Luft anhielt, und stieß sie sacht aus.

Das Musikzimmer lag in der obersten Etage der Schule. Um zum Ausgang zu gelangen, mussten sie zur Treppe und zwei Stockwerke nach unten.

Sie ging voran, und ihre Freunde folgten ihr auf dem Fuß. Keiner von ihnen sagte etwas, und sie gaben sich die größte Mühe, leise zu sein. Als sie sich der Tür des Sekretariats näherten, hörten sie noch etwas anderes. Es klang wie ein Weinen.

Die Tür stand offen, und Sam lugte um die Ecke.

Eine Frau stand darin und wandte ihr den Rücken zu. Erleichterung überkam Sam beim Anblick einer Erwachsenen, vermutlich jemandem von der Schule, und sie machte schon den Mund auf, um etwas zu sagen. Doch dann verschlug es ihr die Sprache.

Die Frau hatte eine Waffe in der Hand. Sam bewegte sich ein kleines Stück, sodass sie auch den restlichen Raum sehen konnte.

Mr Bell und Mrs Nelson saßen nebeneinander auf dem Boden und lehnten mit dem Rücken an der Wand. Mrs Nelsons Gesicht war voller Blut. Ihnen gegenüber lag jemand auf dem Boden … Mr Ramirez! Zusammengekrümmt und reglos in einer Blutlache.

Sam hatte noch nie so viel Blut gesehen. Ihr wurde ganz schwummrig. O Gott, sie würde doch nicht etwa ohnmächtig werden. Sie lehnte sich an die Wand, atmete leise ein und aus und biss sich so fest auf die Unterlippe, wie sie nur konnte. Dabei mussten sie weiter, doch ihre Füße wollten sich einfach nicht in Bewegung setzen. Sie kam nicht von der Stelle, konnte den Blick nicht abwenden.

Ein weiterer Mann trat in ihr Blickfeld, blieb vor dem Fenster stehen und verschloss die Jalousie mit einer Hand. In der anderen hielt er eine Waffe. Das war der Mann, den sie zuvor gesehen hatte und dem das Blut übers Gesicht lief. Seine untere Gesichtshälfte war komplett blutverschmiert, und er sah grauenvoll und furchterregend aus.

Mrs Nelson riss die Augen auf, als sie Sam bemerkte, und keuchte leise auf.

Die Frau mit der Waffe drehte sich um.

Sam rannte los.

* * *

»Hey!«

Der Schrei bewirkte, dass Absolem herumwirbelte, die Waffe hob und auf die Geiseln richtete. Aber Alma starrte durch die Tür, stand ganz versteinert und mit offenem Mund da.

»Was ist?«, fragte Absolem. »Hast du was gesehen?«

»Da draußen war jemand.«

»War es Hutmacher?«

»Nein ... Ich ...«

Absolem machte zwei schnelle Schritte zum Monitor und überflog die winzigen Fenster der einzelnen Überwachungskameras auf der Suche nach einer Bewegung. Da. Drei Kinder liefen durch einen der Flure. Etwas anderes konnte er nicht entdecken.

»Das sind nur ein paar Kinder«, sagte er zu Alma, ohne den Blick vom Monitor abzuwenden.

»Ich dachte ... Ich dachte, es wäre ... Einen Augenblick dachte ich ...«

Er wusste, was sie gedacht hatte. Ihm gingen dieselben Bilder durch den Kopf, und zwar nonstop. Männer in voller Körperpanzerung und mit Sturmgewehren, die durch den Flur rannten. Eine Blendgranate, die in den Raum geworfen wurde. Plötzliches grelles Licht, und dann verschwommene Gestalten, die auf sie zugerannt kamen und sie erschießen wollten.

»Das waren nur Kinder«, wiederholte er, um sie und auch sich selbst zu beruhigen. »Wir müssen die Kameras ständig im Auge behalten.«

Das war unmöglich, was er auch selbst wusste. Sie mussten die Kameras überwachen, aber auch die Geiseln, zudem mit der Polizei reden, die anderen Wächter informieren, die Jalousien schließen und die Fenster gegen Scharfschützen verbarrikadieren …

Sein Herz drohte ihm aus der Brust zu springen, als er die wegrennenden Kinder sah. Die auf dem Weg nach draußen waren. Um dieser Hölle zu entrinnen. Wie gern hätte er sich ihnen angeschlossen.

Eine weitere Gestalt, die auf einem der Kamerafeeds auftauchte.

Hutmacher.

Absolem beobachtete, wie sich die Kinder durch die Schule bewegten, aus einem Feed verschwanden, nur um in einem anderen wieder aufzutauchen. Und da war Hutmacher in einem anderen Bildausschnitt, der der Kamera den Rücken zuwandte, durch einen Flur marschierte und sich nach links und rechts umsah.

Und dann tauchten sie alle auf demselben Feed auf.

* * *

Sam war nur noch wenige Meter von der Eingangstür entfernt, als er auf einmal um die Ecke kam und ihr den Weg versperrte. Sie stolperte und blieb mit quietschenden Schuhen stehen, während er sich umdrehte und sich ihnen mit ausdrucksloser Miene zuwandte. Auf seinem blauen T-Shirt zeichneten sich deutliche Schweißflecken ab. Er schob die Unterlippe vor, auf der Speichel glitzerte. Seine Augen waren dunkel und glänzten, und er sah sie direkt an.

Er hielt eine Waffe in der Hand.

Als er sie hob, starrte Sam einen Sekundenbruchteil direkt in den Lauf der Pistole.

Dann drehte sie sich um und rannte zusammen mit Ray und Fiona den Weg zurück, den sie gekommen war. Bei ihren Anti-Amok-Übungen rieten ihnen die Lehrer immer, im Zickzack zu rennen, weil sie dann schwerer zu treffen seien. In diesem Augenblick, wo sie seine schweren Schritte hinter sich hörte, wollte sie jedoch nur noch schnellstmöglich weg, und Zickzack kam ihr da wirklich dämlich vor.

Die Turnhalle. Dort gab es noch einen Ausgang. Sie lief noch schneller, und der Flur verschwamm an den Rändern ihres Blickfelds. Ein schneller Blick nach hinten – er verfolgte sie noch immer, mit vor Anstrengung hochrotem Gesicht, aber sie hatten etwas Abstand gewonnen. Er schoss nicht auf sie, sondern versuchte, sie einzuholen.

»Turnhalle«, rief sie ihren Freunden zu.

Fiona fiel immer mehr zurück und wirkte völlig verängstigt. Ray biss grimmig die Zähne zusammen und stieß den Atem zischend dazwischen hervor. Sam bog nach links um die Ecke, und ihre Freunde folgten ihr.

Da war die Turnhalle, der Weg ins Freie. Die Tür war zu, doch tagsüber wurde sie eigentlich nie abgeschlossen. Allein der Anblick der Tür löste einen neuen Adrenalinstoß aus. Fast geschafft. Fiona wimmerte, und Sam flehte sie innerlich an, schneller zu laufen, mitzuhalten. Sie waren schneller als er und hatten die Tür gleich erreicht. Hier waren die Sirenen deutlicher zu hören, denn die Doppeltür dämpfte die Geräusche kaum.

Sie knallte gegen die Tür, rüttelte am Griff, stemmte sich dagegen. Die Tür klapperte, blieb jedoch zu.

Sam geriet in Panik und schrie die Tür innerlich an, dass sie endlich aufgehen sollte. Aber sie war verschlossen, die Sicherheit blieb wenige Zentimeter entfernt und doch unerreichbar.

Ein stechender Schmerz am Scheitel, ihr Kopf wurde nach hinten gezerrt. Sie kreischte auf, als sie hin und her geschüttelt wurde, und vor Schmerz kamen ihr die Tränen. Er hatte sie an den Haaren gepackt, zerrte sie nach hinten und von der Tür weg. Ein plötzlicher Ruck ließ sie zur Seite taumeln, sie knallte gegen die Wand, und schwarze Punkte tanzten vor ihren Augen. Sie fiel keuchend auf die Knie.

Weitere Schreie, ein Knacken, ein leiser Schmerzensschrei.

»Auf den Boden mit euch, oder ich leg euch um!« Der Schrei war laut, wütend, unbeherrscht.

Etwas rammte sich in ihren Rücken, und sie sackte schluchzend zu Boden. Hinter ihr schrie Fiona, und Ray keuchte vor Schmerz auf.

Von ihrer Position am Boden sah sie den Spalt unter der Tür, durch den ein schmaler verlockender Sonnenstrahl fiel.

Kapitel 18

Erleichterung überkam Abby, als der Van der Verhandlungsspezialisten sich auf der überfüllten Straße dem von der Polizei abgesperrten Bereich näherte. Abby bemerkte, dass Will Vereen am Steuer saß. Sie hatte ihn direkt nach dem Telefonat mit dem Geiselnehmer in der Schule angerufen. Nun lotste sie ihn zu der Stelle, die sie für den Van reserviert hatte – nur wenige Meter vom mobilen Kommandozentrum entfernt.

Der Bereich vor der Schule hatte sich stark verändert. Überall flackerten Blaulichter, und die Geräusche von Funkgeräten und den Rotoren der Hubschrauber über ihren Köpfen hallten durch die Luft. ESU-Beamte in voller Kampfmontur – Westen und Helmen – versammelten sich an einer Seite, während Streifenpolizisten Zivilisten verscheuchten. Wo sie auch hinschaute, reckten Menschen Handys in die Luft, um das Geschehen zu filmen, online hochzuladen und sich in den sozialen Medien etwas kurzzeitigen Ruhm zu verschaffen.

Captain Franco Estrada, der Commander des 109. Reviers, stand neben dem Kommandowagen, trug eine schusssichere Weste und instruierte gerade einen der Polizisten. Abby ging zu ihm hinüber, und im Näherkommen hörte sie schon seine laute Stimme, die das Getöse rundherum übertönte.

»... leiten Sie den Verkehr auf der 149. um. Ich will keine weiteren Fahrzeuge im Umkreis von zwei Blocks um diese Schule sehen.« Er bemerkte Abby und bedeutete ihr, zu ihm zu kommen. Danach wandte er sich wieder dem Beamten zu. »Und ziehen Sie sich eine Weste an. Ich will hier niemanden ohne Weste sehen, verstanden?«

Der Mann nickte und ging weg.

»Lieutenant Mullen, nicht wahr?«, fragte Estrada, der zwar noch pechschwarzes Haar, aber schon silbergraue Strähnen im gepflegten Vollbart hatte. Er machte ein finsteres Gesicht, doch Abby vermutete, dass das bei ihm ein Dauerzustand war, den der Job mit sich brachte. Obwohl sie in diesem Bezirk wohnte und arbeitete, war sie Estrada erst wenige Male begegnet und hatte noch nie mit ihm gesprochen.

»Ja, Sir«, bestätigte sie.

»Sie haben mit den Leuten da drin gesprochen?«

»Ja, sie haben die Vizerektorin von einem Festnetztelefon aus angerufen und wollten mit der Polizei reden.«

»Und Sie waren zufällig hier?«

»Meine Tochter geht auf diese Schule.«

Seine Miene verfinsterte sich noch mehr. »Geht es ihr gut?«

Laut der Vizerektorin tat es das, aber Abbys anhaltende Sorge würde erst vergehen, wenn sie ihre Tochter mit eigenen Augen gesehen hatte. Estradas Frage ließ diese Angst nur noch weiter in den Vordergrund treten und riss sie aus ihrer Konzentration.

»Äh ... Ja.« Sie blinzelte mehrmals schnell. »Es werden nur noch vier Kinder vermisst. Ich habe ihre Namen.«

»Aber sie sind unseres Wissens keine Geiseln.«

»Nein. Uns sind nur drei Geiseln bekannt, die alle zu den Angestellten gehören.«

»Woher wissen wir von den Geiseln?«

»Es ist mir gelungen, einen Geiselnehmer davon zu überzeugen, mich einige Sekunden mit dem Rektor sprechen zu lassen.«

Estrada zog eine Augenbraue hoch. »Gut gemacht. Können wir die Leute in der Schule anrufen?«

»Das Telefon, das sie benutzt haben, scheint nicht mehr zu funktionieren, und bei allen anderen Nummern geht niemand ran. Ich habe mir das Handy der Vizerektorin geben lassen und vermute, dass sie sich bald wieder melden werden.«

»Gut.« Er sah auf die Uhr. »Es ist jetzt zehn Uhr siebenundvierzig. Ich möchte Sie um zehn nach elf bei der Besprechung im Kommandozentrum sehen. Sie übernehmen vorerst die Verhandlungen. Stellen Sie sich ein Team zusammen.«

»Okay.«

»Ich will nicht, dass die ESU letzten Endes die Schule stürmen muss, Lieutenant.«

Sie schluckte schwer. »Ich auch nicht.«

»Gut. Und ich möchte hier niemanden ohne Weste sehen. Sagen Sie das auch Ihrem Team. Jeder hat eine Weste zu tragen.«

»Verstanden.« Sie kehrte zu ihrem Van zurück, der soeben geparkt hatte. Will stieg aus. »Abby, ist Sam ...«

»Es geht ihr gut.« Sie verdrängte die beharrliche Unruhe, aber sie musste sich konzentrieren. »Wir haben nicht viel Zeit und müssen uns schnell an die Arbeit machen. Estrada hat hier das Kommando, ich leite die Verhandlungen.«

»Okay«, sagte Will. »Tammi ist hinten und bereitet schon mal die Tafel vor.«

»Ich will sehen, was ...« Das Handy in ihrer Tasche klingelte. Das der Vizerektorin. Sie hob einen Finger und bedeutete Will, dass er kurz warten musste, bevor sie zum Handy griff. Die Nummer auf dem Display war unbekannt. Das konnte einer der Geiselnehmer sein, der von seinem Handy aus anrief.

Sie holte tief Luft und nahm den Anruf an. »Hallo.«

»Mrs Pratchett?« Eine schrille, fast schon hysterische Frauenstimme. »Hier ist Lorna, Penny Smiths Mutter. Sie geht in die zehnte Klasse. Ich habe gehört, es hätte eine Schießerei an der Schule gegeben. Geht es Penny gut? Sie geht nicht an ihr Handy.«

»Lorna, hier spricht Lieutenant Mullen«, sagte Abby. »Mrs Pratchett ist gerade beschäftigt, aber Ihrer Tochter sollte es gut gehen. Ich muss diese Leitung frei halten …«

»Kann ich mit ihr sprechen? Gab es wirklich eine Schießerei? Ist jemand verletzt?«

Abby ging zum Heck des Vans und stieg ein. Im Inneren erwartete sie der vertraute Arbeitsbereich. An einer Wand hing im hinteren Bereich ein riesiges Whiteboard, auf dem Officer Tammi Summers eifrig herumkritzelte. Am anderen Ende stand ein Schreibtisch mit zwei Telefonen und einem Funkgerät.

»Lorna … Wie haben Sie davon erfahren?«

»Es stand im Eltern-Chat. Könnte ich bitte mit Penny sprechen? Nur für zehn Sekunden. Warum geht sie nicht an ihr Handy?«

Abby massierte sich die Stirn. Wenn die Information schon im Eltern-Chat stand, dann würden vermutlich bald alle versuchen, jemanden zu erreichen, um zu erfahren, was hier vor sich ging. Dieses Handy würde in einer Tour klingeln. Dabei musste die Leitung doch frei bleiben.

Sie gab Will einen Wink. »Hol Carver«, bat sie ihn. »Er ist draußen.«

»Hallo?«, fragte Lorna. »Sind Sie noch dran?«

»Tut mir sehr leid, aber ich muss jetzt auflegen.« Abby beendete das Gespräch und wandte sich Tammi zu. Die junge Polizistin sah ungewöhnlich blass aus. »Ist alles okay?«

Tammi schluckte schwer. »Ja. Ich habe nur schon während der Fahrt an der Tafel gestanden. Das war ein Fehler. Mir wird beim Autofahren schnell übel.«

Abby wusste genau, wie es ihr ging. Sie hatte dasselbe einige Jahre zuvor auch mal gemacht und sich an ihrem Ziel fast übergeben müssen.

Sie warf einen Blick auf die fast leere Tafel. In ein oder zwei Stunden würden dort haufenweise Informationen stehen und alles würde nach Whiteboard-Marker riechen.

»Ich habe einige Informationen über die Wächter ausgedruckt.« Tammi reichte ihr einen Papierstapel. »Wir wissen nicht, ob es sich bei den Geiselnehmern um Wächter handelt, halten es aber vorerst für möglich.«

Heck»Ich möchte wissen, mit wie vielen Personen wir es zu tun haben.« Abby überflog den Ausdruck. »Einige der Kinder oder Lehrer haben sie gesehen.«

Die Hecktüren gingen auf, und Carver trat ein, dicht gefolgt von Will.

»Hey, brauchst du mich?«, erkundigte sich Carver.

»Hast du gerade was zu tun?«, fragte Abby.

»Nein, das ist nicht mein Bezirk. Man hat mich nur gebeten, noch ein bisschen zu warten, bis ich meine Aussage zu Protokoll geben kann.«

»Könntest du mir einen Gefallen tun und Officer Summers zeigen, wo sich die Lehrer und Schüler aufhalten? Und wenn du schon mal da bist, bitte doch die Vizerektorin, die Eltern zu kontaktieren und auf den neuesten Stand zu bringen. Das fehlte mir gerade noch, dass sie ständig hier anrufen.« Sie hielt inne und spürte erneut diese Last auf ihrem Herzen. »Und sagst du Sam bitte, dass sie mich anrufen soll? Ich muss ihre Stimme hören.«

»Klar, kein Problem.«

Abby warf Tammi einen Blick zu. »Nimm von allen die Aussage auf, die etwas gesehen haben. Beschreibungen, alles, was gesagt oder getan wurde – du kennst das ja.«

Tammi würde es auch guttun, mal ein bisschen frische Luft zu schnappen. Abby wollte nicht, dass sich ihre Kollegin noch im Wagen übergab. Wenn sie Tammis erleichterte Miene richtig deutete, hatte sie in eine ähnliche Richtung gedacht.

Abbys Handy klingelte. Sie warf einen Blick aufs Display. Steve. Verdammt! Sie wandte sich erneut an Tammi. »Sag mir Bescheid, sobald du was Handfestes herausgefunden hast.«

Tammi nickte und stieg hinter Carver wieder aus. Abby holte tief Luft und nahm den Anruf an. »Steve.«

»Abby.« Seine Stimme klang angespannt und kurz vor einer Panik. »Die Mutter von Debra aus Sams Klasse hat mich angerufen. Es soll eine Schießerei in ihrer Schule gegeben haben. Weißt du irgendwas …«

»Ich bin vor der Schule. Wir kümmern uns darum.«

»Ich kann Sam nicht erreichen, es geht immer gleich die Mailbox ran. Geht es ihr gut?«

Das war jetzt das dritte Mal innerhalb von zehn Minuten, dass jemand wissen wollte, ob es Sam gut ging. Aber aus Steves Mund war die Frage noch viel schlimmer. Steve war zwar alles andere als ein guter Ehemann gewesen, doch er war ein guter Vater. Und in seiner Stimme schwang dieselbe Angst mit, die auch an Abby nagte. Sie hatte ebenfalls mehrfach versucht, Sam zu erreichen, und jedes Mal auf die Mailbox gesprochen. Allerdings wusste sie auch, dass Sam das Handy während des Unterrichts ausstellte. Vermutlich hatte sie in dem ganzen Chaos nur vergessen, es wieder einzuschalten.

»Sam geht es gut«, antwortete sie. »Die Vizerektorin sagte, sie steht auf der Liste. Sobald ich mit ihr gesprochen habe, sage ich ihr, dass sie dich anrufen soll. Und du musst Ben von der Schule abholen. Es ist zwar noch früh, aber …«

»Selbstverständlich, ich hole ihn gleich ab. Was meinst du damit, sobald du mit ihr gesprochen hast? Wo ist Sam denn jetzt?«

Das Handy der Vizedirektorin klingelte. Abby warf einen Blick darauf. »Henry Bell Büro« stand auf dem Display. Es waren die Geiselnehmer. Steves Stimme dröhnte noch immer in ihren Ohren, aber dafür fehlte ihr jetzt die Geduld.

»Ich muss auflegen, Steve. Ich richte ihr aus, dass sie dich anrufen soll.« Sie beendete das Gespräch und steckte das Handy ein. Dann drehte sie sich zu Will um und hielt das Telefon der Vizerektorin hoch. »Sie sind es.«

Eine Sekunde lang schwiegen sie beide. Das Handy klingelte weiter.

»Beim letzten Mal lief es ganz gut«, meinte Abby. »Ich leite weiterhin die Verhandlung. Du bist mein Stellvertreter. Ich möchte, dass du mithörst.«

Sie bedauerte es, dass sie das Handy der Vizerektorin noch nicht über das Telefon im Van umgeleitet hatten. Auf diese Weise hätte Will das Gespräch über seine Kopfhörer mithören und aufzeichnen können. Aber nun mussten sie es auf die altmodische Weise machen. Sie stellten sich so dicht nebeneinander, dass sich ihre Köpfe berührten, und hielten das Handy zwischen sich. Abby holte tief Luft, und ihr Herz raste.

»Hier ist Abby«, meldete sie sich.

»Ich sagte doch, dass Sie den Hubschrauber wegschaffen sollen!« Die Stimme des Mannes klang wütend und ängstlich, aber nicht mehr so schlimm wie zuvor. Gut. Abby wollte, dass er ruhig war. Er musste das Gefühl bekommen, die Lage unter Kontrolle zu haben und dass sie alle zusammenarbeiten, um eine Lösung zu finden.

»Tut mir leid«, erwiderte sie, da sie ihn zuerst einmal besänftigen musste. »Aber ich hatte Sie gewarnt, dass das einige Zeit dauern könnte. Ich muss den Commander davon überzeugen, und danach muss er mit demjenigen sprechen, der dafür …«

»Das ist mir egal! Tun Sie es einfach!«

»Wie soll ich den Commander dazu bringen, das in die Wege zu leiten?« Sie ließ einen Hauch von Hilflosigkeit in der Stimme mitschwingen, blieb jedoch ruhig. Er sollte sie als einfache Polizistin einstufen, die gegen ihren allmächtigen Commander anzukommen versuchte.

Kurzes Schweigen. Er dachte darüber nach und versuchte, das Problem für sie zu lösen. »Sagen Sie ihm, dass ich die Geiseln erschieße, wenn der Hubschrauber nicht wegfliegt.«

Eine schlimme Drohung, und nun musste sie ihn dazu bringen, diese in einem anderen Licht zu betrachten. Sie formulierte seinen Satz um. »Sie wollen also, dass ich dem Commander ausrichte, wenn der Hubschrauber verschwindet, bleiben alle am Leben?«

»Ja, ich will ... Hören Sie, wir wollen wirklich nicht, dass jemand verletzt wird. Doch der Hubschrauber macht uns nervös, okay?«

»Was am Hubschrauber macht Sie nervös?« Sie wusste genau, was ihm Sorgen machte.

»Wir wollen ihn nicht mehr sehen, okay?«

Er war besorgt, dass ein Scharfschütze im Hubschrauber sitzen und jeden Moment das Feuer eröffnen konnte. Es wurde Zeit, ihm diese Sorge zu nehmen. Und der beste Weg war, es einfach offen auszusprechen. Im direkten Sonnenlicht war es schwer, sich zu fürchten. »Wir würden Henrys, Thelmas und Carlos' Leben nie durch etwas Unbedachtes in Gefahr bringen.«

»Ach nein? Sie haben so was schon früher getan.«

Sie ging fest davon aus, dass er ihr problemlos einige Beispiele nennen konnte, und wollte sich nicht in einen Streit über alternative Fakten verwickeln lassen. »Ich habe fast den Eindruck, Sie befürchten, dass wir uns jeden Moment Zutritt verschaffen könnten. Wie kommen Sie darauf?«

»Wir wissen, wie die Leute denken, die das Sagen haben. Denen ist völlig egal, ob irgendwer verletzt wird oder stirbt. Sie wollen diesen Schlamassel nur unter den Teppich kehren.«

Das hörte sich ganz danach an, als würde dieser Mann an die paranoiden Theorien der Wächter glauben. Sie musste sich unbedingt von den Personen distanzieren, die er als Feind ansah. »Für mich klingt es aber so, als wäre Ihnen das nicht egal. Und mir ist es auch nicht egal. Ich möchte nicht, dass jemand verletzt wird.«

Sie hielt das Handy ein Stück weg und deckte es halb mit der Hand ab. So würde er den Eindruck bekommen, dass sie mit Personen um sie herum sprach. Sie schrie niemand Besonderen an: »Leute, ich hab euch doch gesagt, ihr sollt Abstand halten! Tretet alle ein paar Schritte zurück. Und sagt denen, dass sie den Hubschrauber hier wegschaffen sollen; der macht alle nervös.«

Nach einer kurzen Pause sagte sie ins Telefon: »Entschuldigen Sie. Ich möchte, dass wir zusammenarbeiten, damit niemandem etwas passiert.«

»Wenn Sie diese Leute dazu bringen, zu tun, was wir sagen, wird niemand verletzt.« Er hörte sich deutlich ruhiger an. Wie ein Mann, der langsam wieder die Kontrolle hatte. Sie machten Fortschritte.

Abby ließ ihre Stimme etwas fröhlicher klingen. Wie die einer Freundin. Einer Vertrauten. »Sie scheinen ein guter Mensch zu sein. Wie ist es hierzu gekommen?«

Kapitel 19

Absolem saß am Schreibtisch des Rektors, hielt den Telefonhörer umklammert und wackelte nervös mit den Beinen. In der letzten halben Stunde hatte er kaum zu blinzeln gewagt und ständig den Kopf hin und her gedreht, um nach einer Bedrohung, einer Gefahr Ausschau zu halten. Er hatte einen Aktenschrank vor das Fenster geschoben und die Jalousien zugezogen, fühlte sich jedoch nicht mal ansatzweise sicherer. Sie konnten immer noch reinkommen. Oder sie krochen durch die Belüftungsschächte oder leiteten Giftgas ins Gebäude. All das hatte der Zirkel schon früher gemacht.

»Hallo?« Die sanfte, ruhige Stimme drang aus dem Telefon. »Sind Sie noch dran?«

Abby war keine Zirkel-Agentin, beschloss er. Nicht, dass es von Bedeutung war – der Polizeichef gehörte dazu, und er würde sie zum Schweigen bringen wollen. Sie waren nur aus einem einzigen Grund noch nicht tot: Weil es da draußen zu viele Zeugen gab. Absolem hatte kurz davor aus dem Fenster gespäht und gesehen, dass unten auf der Straße viele Leute mit ihren Handys filmten. Das war gut, denn so waren sie sicherer.

»Wir wollten das alles nicht«, gab er mit heiserer Stimme zu.

»Was ist passiert, dass Sie in diese Lage geraten sind?«, erkundigte sich Abby. Sie schien wirklich neugierig zu sein und es wissen zu wollen.

»Wir kamen einfach nur her, um uns umzusehen, okay?«

»Sie wollten sich umsehen?«

»Ja. Wir hatten verlässliche Informationen, dass hier in dieser Schule ein Kindersex-Sklavenring operiert.« Es knackte in der Leitung. Hörte sie jemand ab? Der Zirkel hatte auch Leute bei allen Telefongesellschaften. Er ermahnte sich, vorsichtig zu sein und nichts Wichtiges auszuplaudern. »Wir wollten sie auf frischer Tat ertappen. Wir wollten niemandem wehtun; wir haben das alles nur gemacht, um die Kinder zu retten.«

»Sie sind in die Schule gekommen, um Kinder vor einem schrecklichen Schicksal zu bewahren.« Sie hörte sich aufrichtig an, aber er blieb misstrauisch. Es hieß zwar immer, man solle jemandem einen Vertrauensbonus gewähren, aber das behaupteten auch nur Leute, die es nicht besser wussten. Vertrauen war niemals ein Bonus und auch nichts, was man automatisch verdient hatte. Wenn Leute Vertrauen wollten, mussten sie es sich verdienen.

»Ganz genau – wir wollten diesen üblichen Machenschaften Einhalt gebieten. Diese Psychos verkaufen Kinder, verstehen Sie? Sie haben ja keine Ahnung, wozu diese Leute in der Lage sind.«

»Ich habe zwei Kinder«, sagte Abby, »und die Vorstellung, dass da draußen Sexualstraftäter herumlaufen, raubt mir oft den Schlaf. Würde ich von Kindern erfahren, die verkauft werden sollten, würde ich auch alle Hebel in Bewegung setzen, um ihnen zu helfen.«

»Genau so geht es mir auch. Ich wollte diesen Kindern helfen. Aber ich wollte nie, dass jemand ...« Wieder dachte er daran, wie die Waffe in seiner Hand gebebt hatte und der Mann zu Boden gegangen war. Aber er hatte ihn angegriffen,

Absolem hatte sich bloß verteidigt. Möglicherweise arbeitete dieser Mann sogar für sie. Es hatte sich unmöglich vermeiden lassen. »Ich wollte nur helfen.«

»Wer hat Ihnen die Informationen über die Kinder gegeben?«

»Die hat uns niemand gegeben. Mir wurde nicht aufgetragen, hierherzukommen.« Er versteifte sich. Worauf wollte sie hinaus? Dass man ihn irgendwie manipuliert hatte? »Wir haben das selbst herausgefunden. Wir waren cleverer als diese Mistkerle.«

»Dann waren Sie und Ihre Freunde schlau genug, es selbst herauszufinden. Und Sie sind hergekommen, um sich zu vergewissern, ob es stimmt. Mehr wollten Sie hier gar nicht. Sie wollten nur diese Kinder retten.«

»Ganz genau! Wir hatten ja keine Ahnung, dass die Sache aus dem Ruder laufen würde. Es war nicht meine Schuld, dass … Ich meine, wir wollten uns die Aufnahmen der Überwachungskameras ansehen und …« Der Hubschrauber kam näher, und das Geräusch der Rotoren wurde unerträglich laut. Sie wollten ihn erledigen!

Er sprang auf, wobei ihm das Telefon aus der Hand fiel, und warf sich auf den Boden. Seine Waffe? Wo war seine Waffe? Er hatte sie auf dem Tisch liegen lassen. Sofort schoss er wieder hoch, griff nach der Pistole und zielte durch die Tür auf die Geiseln. Wenn der Scharfschütze ihn jetzt erschoss, würde er sie mit in den Tod nehmen – er würde sie alle wegpusten.

Der Hubschrauber entfernte sich wieder. Er nahm den Telefonhörer in die Hand. »Sagen Sie denen, dass sie wegbleiben sollen, haben Sie verstanden? Die sollen verdammt noch mal Abstand halten!«

»Wir halten alle Abstand«, erwiderte Abby. »Wir wollen nicht, dass irgendjemand verletzt wird.«

»Ach ja? Der Hubschrauber war eben aber ziemlich nah am Gebäude.«

»Warten Sie kurz.« Es hörte sich so an, als würde Abby das Handy mit der Hand abdecken, doch er konnte trotzdem hören, wie sie jemanden anschrie. »Hey, Sie! Ich hab doch gesagt, Sie sollen vom Gebäude wegbleiben! Und suchen Sie den Commander – ich will, dass der Hubschrauber hier verschwindet, verstanden?«

Absolem atmete aus und sah sich hektisch im Raum um. Immer wieder starrte er den Lüftungsschlitz an und versuchte zu erkennen, ob sich da etwas bewegte. Bisher nicht. Er ließ nicht locker und beschloss, den Schreibtisch vor die Lüftung zu schieben. Sie würden alle Belüftungsschächte in diesen Räumen zustellen müssen.

»Entschuldigen Sie«, sagte Abby. »Es macht auf mich den Eindruck, als stünden Sie unter großem Stress. Wir müssen uns etwas überlegen, damit alles einfacher wird.«

»Ich wollte einfach nur diese Kinder retten«, wiederholte er mit brechender Stimme.

»Das kann ich voll und ganz verstehen. Sie sind ein sehr mitfühlender Mensch, und es ist Ihnen wichtig, das Richtige zu tun. Sie haben sich in Gefahr gebracht, um unschuldige Kinder zu retten. Ich wünschte, es gäbe mehr Menschen, die so denken wie Sie.«

»Ja, und Sie sehen ja, was mir das gebracht hat.«

»Wie haben Sie von dem Handel erfahren?«

»Ich gehöre einer Gruppe an. Vielleicht haben Sie schon mal von ihr gehört.« Er zögerte und war sich nicht sicher, ob er ihr das verraten sollte. Aber sie würde es so oder so herausfinden. »Die Wächter.«

»Ich glaube, von den Wächtern habe ich schon einmal etwas gehört!« Sie klang erstaunt. »Hatten Sie nicht auch etwas mit der Verhaftung von Harvey Weinstein zu tun?«

»Ja, wir sind diejenigen, die alles rausgefunden haben«, erwiderte Absolem bedächtig. »Wir halten Ausschau nach Korruption, versuchen, Menschen zu helfen, die sich nicht selbst helfen können. Es gibt da eine kleine Gruppe … einen Zirkel, der sämtliche Zügel in der Hand hält.«

»Ein Zirkel?«

»Ja, genau. Wissen Sie, wen ich meine? Denn Sie arbeiten für diese Leute.«

»Wie kommen Sie auf die Idee, ich würde für diese Leute arbeiten?« Sie schien verwirrt zu sein.

Er lachte angespannt auf. »Weil so gut wie jeder für sie arbeitet. Insbesondere die Polizei. Sie wissen es möglicherweise nicht und bilden sich ein, Sie wären nur eine Polizistin. Aber was immer Sie auch tun oder sagen, Sie befolgen nur Befehle, richtig? Und von wem kommen diese Befehle? Wessen Agenda treiben Sie tatsächlich voran? Wenn der Zirkel das NYPD in der Tasche hat, dann tun Sie im Grunde genommen alles für die.«

»Das heißt also, jeder, der nichts von diesem Zirkel weiß, könnte in Wirklichkeit für diese Leute arbeiten. Und die Wächter kämpfen dagegen an?«

»So ist es. Und wir haben gestern einiges herausgefunden. Es wurde eine verschlüsselte Nachricht veröffentlicht, und einige von uns haben den Code zusammen geknackt. Und wir haben beschlossen, uns zu treffen und der Sache nachzugehen.«

Eine Bewegung auf dem Flur. Er rückte ein Stück zur Seite, um durch die Tür sehen zu können, und sein Herz setzte einen Schlag aus. Hutmacher betrat das Sekretariat und schob einen Jungen und zwei Mädchen vor sich her. Ein Mädchen hatte eine aufgeplatzte Lippe, der Junge eine große Prellung auf der Wange. Die Kinder sahen benommen aus und starrten unfokussiert ins Leere. Eines der Mädchen weinte.

»Ich muss auflegen«, murmelte er. »Sorgen Sie dafür, dass sich niemand dem Gebäude nähert, okay?«

»Wir haben noch mehr zu besprechen«, beharrte Abby. »Und wir müssen herausfinden, wie wir die Lage unter Kontrolle behalten können.«

»Halten Sie uns einfach alle vom Leib. Hier ist alles unter Kontrolle, solange uns niemand zu nahe kommt, verstanden? Ich rufe später wieder an.«

»Okay. Welchen Namen soll ich meinem Commander nennen, wenn er mich fragt, mit wem ich gesprochen habe?«

»Sagen Sie ihm einfach, Sie hätten mit dem Mann im Gebäude gesprochen. Das sollte ja wohl reichen.«

»Ich muss meinem Commander vermitteln, dass wir Fortschritte machen, doch das wird er mir nicht glauben, wenn ich ihm nicht wenigstens einen Vornamen nennen kann. Sie wissen doch, wie das ist.«

War das denn so wichtig? Aus diesem Grund hatten sie doch Decknamen. Damit sie geschützt waren. »Ich werde Ihnen meinen Namen nicht verraten, aber Sie können mich Absolem nennen.«

»Absolem, okay. Wann werden Sie …«

Er legte auf und ging zur Tür. »Was zum Teufel machst du da?«

Hutmacher grinste ihn an. »Ich habe über die Lautsprecher gehört, wie du den Bullen gesagt hast, dass wir Geiseln haben. Das war eine gute Idee. Ich habe noch mehr gefunden. Wer weiß denn schon, wie viel den Bullen an diesen alten Arschlöchern liegt.« Er deutete mit dem Kopf auf den Rektor und die Sekretärin. »Aber sie werden nicht wollen, dass Kinder verletzt werden.«

Absolem schluckte schwer. Während der letzten zehn Minuten hatte er sie als die Guten dargestellt. Und jetzt bedrohte Hutmacher Kinder. »Niemand wird den Kindern etwas tun.« Er warf Alma einen Blick zu, die kreidebleich war und nickte.

»Das werden wir ja noch sehen. Hängt ganz davon ab, was die Polizei macht«, meinte Hutmacher. »Wir hatten Glück. Die Tür, durch die sie entkommen wollten, war verschlossen. Aber wir müssen auch die anderen Türen verriegeln. Und alle Fenster. Das Gebäude ist riesig; wir wollen doch nicht, dass die Polizei irgendwie reinkommen kann.«

»Die Polizei kann die Türen notfalls einschlagen«, gab Alma mit zittriger Stimme zu bedenken. »Wir sollten uns ergeben ...«

»Niemand ergibt sich!«, blaffte Absolem.

»Verdammt richtig«, stimmte Hutmacher ihm zu. »Und die Polizei wird nicht einfach reinkommen, klar? Dafür haben wir ja jetzt die.« Er schubste den Jungen in Richtung der anderen beiden Geiseln, die in der Ecke saßen. Der Junge stolperte und fiel hin.

»Lass das«, verlangte Absolem. »Es ist nicht nötig ...«

»Sag mir nicht, was ich zu tun habe«, fauchte Hutmacher.

Absolem ging zu ihm. »Wir müssen alle zusammenarbeiten, verstanden?«

Hutmacher starrte ihn wütend an, und Absolem wurde unangenehm bewusst, dass der jüngere Mann deutlich größer war als er. Zudem schien er zu zittern, jedoch nicht aus Angst, sondern eher so, als könnte er seine Wut kaum noch zurückhalten. Sein Gesicht war gerötet, seine Augen quollen leicht hervor.

»Du hast recht«, sagte Absolem. »Wir sollten alle Eingänge sofort verriegeln. Und uns vergewissern, dass alle Fenster verschlossen sind. Die Fenster im Erdgeschoss sind vergittert, aber auf dieser Etage könnte die Polizei problemlos eindringen.«

Hutmacher schob die beiden Mädchen in Richtung der anderen Geiseln. Nun saßen alle fünf nebeneinander an der Wand. Die Mädchen hielten einander umschlungen. Absolem hätte ihnen am liebsten gesagt, dass sie keine Angst haben mussten. Dass ihnen niemand wehtun würde. Dass sie nur hier waren, um zu helfen.

Aber er wollte auch, dass sich die Mädchen weiterhin fürchteten, damit sie keinen Fluchtversuch wagten.

Ein plötzliches Geräusch ließ Absolem zusammenzucken. Es war eine Gitarre, die einen Song anstimmte. Wurde auf irgendeinem Computer ein Video abgespielt? Nein, das war ein Klingelton.

Hutmacher stürzte zu den Geiseln. »Wessen Handy ist das?«, brüllte er. »Wo ist es?«

Absolem kippte die Handtasche der Sekretärin auf dem Schreibtisch aus. Ein Haufen Kram flog heraus und verteilte sich auf der Tischplatte – ein Portemonnaie, eine Sonnenbrille, ein Lippenstift – und ein Handy! Er hob es hoch, doch es klingelte nicht. Das Display war dunkel.

Der Klingelton ertönte weiter und kam eindeutig aus der Ecke und von einem der Schüler.

»Wo ist es?« Hutmacher betatschte eines der beiden Mädchen.

»Das ist nicht meins!«, kreischte sie. »Fassen Sie mich nicht an!«

»Hier, es ist mein Handy.« Der Junge zog es aus der Hosentasche. Seine Hand zitterte, als er es Hutmacher reichte.

Hutmacher riss es ihm in dem Augenblick aus der Hand, als es verstummte. Sofort klingelte es erneut. Als Hutmacher aufs Display drückte, hörte das Klingeln sofort auf.

»Handys«, schnaubte er. »Gebt uns sofort eure verdammten Handys!«

Die anderen Teenager holten schnell die Handys aus den Hosentaschen, und Hutmacher riss sie ihnen aus den Händen und schaltete sie aus.

»Mein Handy ist in der Tasche in meinem Büro«, wimmerte der Rektor.

»Ich hole es«, sagte Alma mit angespannter Stimme.

»He, du.« Hutmacher trat dem Rektor gegen ein Bein. »Wo sind die Schlüssel der Schule?«

»Die ... die hab ich nicht.«

Hutmacher trat fester zu. Der Mann schrie auf.

»Sie sind in meiner obersten Schreibtischschublade«, sprudelte es aus der Sekretärin heraus.

Hutmacher kramte in der Schublade herum und tauchte mit einem Schlüsselbund in der Hand wieder auf. »Ich bin gleich wieder da. Behaltet die Kamerafeeds im Auge, und gebt mir Bescheid, falls irgendjemand kommt.« Er ging hinaus.

Absolem blickte auf die Geiseln und warf dem Mann auf dem Boden einen flüchtigen Blick zu, dessen Blut die Bodenfliesen um ihn herum bedeckte. Wie hatte es nur so weit kommen können?

Kapitel 20

»Mir bleiben noch vierzehn Minuten bis zum Treffen mit dem Bürgermeister und dem Polizeichef«, sagte Estrada. »Fassen wir uns daher kurz.«

Sie saßen um einen langen Metalltisch im mobilen Kommandozentrum herum. Abby hatte sich vor dem Hinsetzen die Weste ausgezogen und über die Rückenlehne ihres Stuhls gehängt. Baker, der ESU-Commander, behielt die Weste an und schien sich darin wohlzufühlen. Ein detaillierter Bauplan der Schule lag auf dem Tisch.

»Agent Kelly ist unser Kontaktmann beim FBI.« Estrada deutete auf den Agenten. »Er wird uns darüber informieren, was sie bisher herausfinden konnten.«

Abby hatte einige Monate zuvor schon einmal mit Kelly zusammengearbeitet. Seit ihrer letzten Begegnung ließ er sich offenbar einen Ziegenbart wachsen. Das war keine besonders kluge Entscheidung, da sein Bart dünn und löchrig aussah und eine kahle Stelle direkt unter dem Kinn den Anschein erweckte, die beiden Barthälften seien sich nicht grün.

Er beugte sich vor und räusperte sich. »Heute Vormittag fiel einem unserer Analysten eine ungewöhnlich hohe Aktivität in einem der Wächterforen auf. Es kamen sehr viele Nachrichten darüber, dass Kinder in einer Highschool in New York als Sexsklaven verkauft werden sollten. Im Forum wurde zwar noch über das Datum und die Uhrzeit debattiert, doch der Großteil war sich einig, dass der Handel heute Vormittag stattfinden sollte.«

»Und wie sind sie darauf gekommen?«, hakte Estrada nach.

»Ein Mitglied hat einige Rechtschreibfehler im Tweet eines hochrangigen Polizeibeamten gefunden. Die Wächter hielten das für Absicht und ein Signal des sogenannten Zirkels, für den er arbeiten soll. Und als sie diese Worte entschlüsselt hatten ...«

»Großer Gott! Vergessen Sie, dass ich gefragt habe.« Estrada stöhnte auf.

»Normalerweise gerät so etwas schnell wieder in Vergessenheit, doch in diesem Fall erhielten wir Hinweise darauf, dass eine Gruppe vor Ort das ... nun ja, entschlüsselt hatte und tatsächlich etwas unternehmen wollte.«

»Kennen wir die Identität der Personen, die zu dieser Gruppe gehören?«

»Noch nicht, aber wir arbeiten daran. Alles deutet auf eine sehr kleine Gruppe hin. Weniger als zehn Mitglieder. Wir haben das NYPD informiert und versucht, die Schule zu kontaktieren, doch da ging niemand ans Telefon. Und dann trafen die ersten Berichte über die Schießerei ein.«

»Haben Sie eine Ahnung, wie gefährlich diese Verrückten sind?«

»Die Gruppe der Wächter-Verschwörungstheoretiker hat allein in den Vereinigten Staaten vermutlich über eine Million Anhänger. Darunter findet man alle Bevölkerungsschichten, vom gelangweilten zwölfjährigen Jungen bis zur achtzigjährigen Großmutter.« Kelly zuckte mit den Achseln. »Der Onkel meiner Frau ist einer dieser sogenannten Wächter, und es ist immer das reinste Vergnügen, Weihnachten mit ihm an einem Tisch zu sitzen. Bedauerlicherweise gehören zu der Gruppe auch zahlreiche gut bewaffnete Extremisten, auch einige ehemalige Straftäter. Im letzten Jahr haben wir einen Wächter verhaftet, der zu Hause mehrere Rohrbomben gebaut hatte. Ich kann also beim besten Willen nicht sagen, ob wir es hier auch mit solchen Leuten zu tun haben.«

Estrada wandte sich an Abby. »Sie haben mit einem von ihnen gesprochen. Wie ist Ihr Eindruck?«

»Ich glaube, diese Leute sind sehr gefährlich, aber nicht, weil sie aggressiv sind«, antwortete Abby. »Die Kernemotion, die sie im Augenblick antreibt, ist eindeutig Angst. Er ist nicht auf einen Kampf aus, sondern verlangt, dass wir uns zurückhalten, und droht, andernfalls den Geiseln etwas anzutun. Dieses Szenario ist nichts, was er hat kommen sehen, und im Augenblick hat er das Gefühl, in der Falle zu sitzen, und fürchtet sich. Solange diese Angst bestehen bleibt, ist das Leben der Geiseln in Gefahr. Schlimmer noch ist sein Misstrauen. Er ist davon überzeugt, dass die Polizei sie alle tot sehen will. Seinen Worten zufolge wollten wir ›diesen Schlamassel unter den Teppich kehren‹.«

»Die Wächter sind fest davon überzeugt, dass die Strafverfolgungsbehörden von dem geheimen Zirkel kontrolliert werden«, warf Kelly ein.

»Was können wir dann tun, um mit ihnen zusammenzuarbeiten?«, fragte Estrada.

»Zuerst einmal müssen wir seine Angst lindern und ihm das Gefühl geben, die Kontrolle zu haben«, erklärte Abby. »Ich schlage vor, dass wir den Hubschrauber abziehen, wenn wir ihn nicht unbedingt benötigen. Momentan baue ich eine Verbindung zu ihm auf und arbeite daran, seine Wahrnehmung von mir zu verändern. Als ersten Schritt muss ich ihn dazu bringen, dass er mir vertraut und mich als seine Verbündete bei der Polizei ansieht. Er geht bereits davon aus, dass ich schon von den Wächtern gehört habe und weiß, wie sie Harvey Weinstein auffliegen ließen.«

»Wie sie was?« Estrada kniff sich in den Nasenrücken.

»Die Wächter behaupten, sie hätten die Wahrheit über Weinsteins sexuellen Missbrauch aufgedeckt«, erläuterte Abby. »Sie sehen das als einen ihrer großen Siege an.«

»Und Sie gehen davon aus, dass er Sie nicht durchschaut, wenn Sie behaupten, ihm zu glauben?«

»Anfangs wird er an mir zweifeln, aber der Mensch an sich möchte gern glauben. Und diese Leute brauchen eine Verbündete. Ich habe auch betont, dass er ein mitfühlender Mensch ist, der nur das Richtige tun will. Hoffentlich konnte ich ihn durch diese Aussage dazu bringen, dieser Erwartungshaltung gerecht werden zu wollen. Das wäre bei den Verhandlungen sehr hilfreich.«

»Gut. Haben Sie von ihm schon etwas erfahren?«

»Einen Decknamen. Er sagte, ich soll ihn Absolem nennen. Angesichts dieses seltsamen Namens und weil er so schnell damit rausgerückt ist, handelt es sich vermutlich um einen Spitznamen oder einen Online-Benutzernamen.«

»Wir werden das in den Foren überprüfen«, versprach Kelly.

Abby nickte und sah Estrada an. »Es wäre keine dumme Idee, die Nummernschilder aller Fahrzeuge in der näheren Umgebung zu überprüfen.«

»Das wurde längst in die Wege geleitet«, erwiderte Estrada. »Wir suchen nach Fahrzeugen, die keinem Mitarbeiter der Schule oder Anwohner gehören. Zudem haben wir die Aufnahmen der Überwachungskameras der Gegend angefordert. Was können Sie mir über die Geiseln sagen? Sie haben mit dem Rektor gesprochen.«

»Nur ganz kurz. Ich hatte den Eindruck, dass einige von ihnen verletzt sind. Als ich mit dem Rektor sprach, deutete sein Tonfall an, dass er mir etwas über Carlos Ramirez mitteilen wollte, aber Absolem hat ihm das Telefon sofort wieder weggenommen. Henry erwähnte noch, dass Thelma Nelson einen Schlag auf den Kopf bekommen habe.«

»Können wir sie dazu bringen, die verletzten Geiseln freizulassen?«

»Ich werde es versuchen, gehe aber eigentlich nicht davon aus. Bislang konnten wir keinerlei Vertrauen aufbauen.«

Estrada warf Baker einen Blick zu. »Wie sieht es mit einem Zugriff aus?«

Baker zeigte auf den Gebäudeplan. »Der Verwaltungstrakt der Schule befindet sich im obersten Stockwerk und dort im Ostteil. Hier ist das Büro des Rektors, der angrenzende Raum ist das Sekretariat. Sie haben in diesen Räumen die Jalousien zugezogen und die Fenster mit Möbeln verbarrikadiert. Wir wissen, dass sie den Festnetzanschluss im Büro des Rektors benutzen.«

»Ich gehe davon aus, dass sie dort auch die Geiseln festhalten«, warf Abby ein. »Als wir das erste Mal miteinander telefoniert haben, schrie er die Geiseln an, dass sie den Mund halten sollten.«

»Laut der Vizerektorin ist das auch der einzige Ort, von dem aus sich die Überwachungskameras steuern lassen«, fuhr Baker fort. »Daher gehe ich davon aus, dass sie sich dort verschanzen werden. Bedauerlicherweise erfassen die Kameras einen sehr großen Bereich. Solange wir die Stromzufuhr nicht kappen, werden sie uns kommen sehen.«

»Und wenn wir den Strom abschalten, könnten sie die Geiseln umbringen«, warnte Abby. »Das hat er schon gesagt.«

»Ich hatte gehofft, die Kameraaufnahmen würden in einer Cloud gespeichert, damit wir sehen könnten, was sie sehen, und gegebenenfalls etwas verändern, uns sozusagen unsichtbar machen können, doch es scheint sich um ein geschlossenes System zu handeln, daher können wir das vergessen. Unsere beste Option wäre, schnell und hart zuzuschlagen. Wir können uns vom Dach abseilen und durch die Fenster eindringen. Ich hatte den Eindruck, dass das Fenster im Sekretariat nicht so gründlich verbarrikadiert wurde.« Er tippte auf den Gebäudeplan. »Wir könnten es schaffen, sie zu überwältigen, ohne dass eine Geisel verletzt wird, aber es wäre riskant. Momentan arbeiten wir in der Akademie daran, eine Replik dieses Bereichs aufzubauen. Sobald wir damit fertig sind, lassen wir ein Team den Zugriff simulieren. Mullen muss uns etwas Zeit verschaffen, während wir daran arbeiten.«

Estrada sah auf die Uhr. »Okay. Ich möchte in einer halben Stunde einen kurzen Statusbericht von Ihnen beiden hören. Mullen, sorgen Sie dafür, dass wir ebenfalls Kontakt aufnehmen können. Wir kommen nicht weiter, wenn sie unsere Anrufe nicht annehmen.«

Kapitel 21

Rufe und schrille Schreie. Sams Kopf pochte. Sie hatte einen metallischen Geruch in der Nase und einen bitteren Geschmack im Mund. Das Licht war zu grell. Ihr fiel das Atmen schwer, und es roch komisch in diesem Raum, und irgendwo heulte noch immer eine Sirene, und alles drang gleichzeitig auf sie ein – sie wollte nur noch, dass es aufhörte. Es sollte endlich aufhören!

Mit zusammengekniffenen Augen sah sie sich um. Eine große Blutlache auf dem Boden, und mittendrin lag Mr Ramirez und rührte sich nicht. Mr Bell und Mrs Nelson saßen neben Ray und rissen entsetzt die Augen auf, und all diese Fremden schrien einander an und wedelten mit Waffen herum. Wo sie auch hinsah, war jemand verletzt. Fionas Lippe blutete, und auf Mrs Nelsons Stirn prangte eine fiese Schramme, einer der Männer hatte eine blutige Nase, das Blut lief ihm über Gesicht, Kinn und Hemd und tropfte auf den Boden, und Mr Ramirez, o Gott, seine Brust …

Sie schloss die Augen und holte tief und zittrig Luft. Dann gleich noch einmal. Mit geschlossenen Augen fühlte sie sich nicht länger derart überwältigt. Sie ignorierte das Geschrei und biss sich so fest auf die Unterlippe, dass sie schließlich blutete.

Ein stechender, klarer Schmerz, darauf konnte sie sich konzentrieren. Sie kniff weiter die Augen zu und atmete tief und gleichmäßig ein und aus.

Nach einigen Minuten war die Welt wieder erträglicher und dieses überwältigende Gefühl von zuvor hatte stark nachgelassen.

Sie hörte den beiden Männern und der Frau zu, die sich lautstark stritten und einander ins Wort fielen, sodass ihre Stimmen zu einem unverständlichen Gebrüll verschmolzen.

»Musstest nicht schießen …«

»Wer hat denn zuerst geschossen? Das war nicht ich, du Arsch, warum hältst du dann …«

»Wir müssen diesen Mann ins Krankenhaus bringen, sonst …«

»Schulkinder? Was hast du dir dabei gedacht? Du wirst uns noch …«

»Ich sagte, ihr sollt euch nicht bewegen!«

Sie schlug langsam die Augen auf. Das Licht schmerzte noch immer, als würde ihr jemand eine zackige Glasscherbe ins Gehirn bohren. Sie blickte auf Mr Ramirez hinab. Sein Hemd war voller Blut.

»Entschuldigung«, murmelte sie.

»Der Zirkel wird die Polizei reinschicken, um uns …«

»Nicht, solange wir die Kinder hier haben …«

»Entschuldigung!«, sagte sie lauter. Die beiden Männer schrien sich weiterhin an und ignorierten sie, aber die Frau warf ihr einen Blick zu. Sie war totenblass, hatte vom Weinen eine gerötete Nase, und die Waffe bebte in ihren Händen.

»Was?«, fuhr die Frau sie an. »Was willst du?«

»Das Krankenzimmer ist ein Stück den Flur entlang«, sagte Sam. »Mr Ramirez sollte verbunden werden.«

Die Frau starrte sie mit offenem Mund an.

»Ich habe mal einen Erste-Hilfe-Kurs gemacht«, fuhr Sam fort. »Ich kann ihn verbinden und vielleicht die Blutung stoppen.«

Die Frau blinzelte und nickte zögernd. »Okay. Komm mit.« Sie wandte sich den beiden Männern zu, die endlich aufgehört hatten, sich anzuschreien. »Absolem, ich hole ein paar Verbände für diesen Mann. Das Mädchen zeigt mir, wo ich das Krankenzimmer finde.«

Absolem? Sam beäugte die beiden Männer.

»Okay«, erwiderte der Mann mit der gebrochenen Nase. »Aber komm sofort wieder her.« Er versuchte, sich mit dem Ärmel das Blut aus dem Gesicht zu wischen, verteilte es jedoch nur auf der Wange.

»Wenn sie weglaufen will, erschieß sie«, sagte der andere Kerl, ohne auch nur in ihre Richtung zu sehen.

Sams Magen zog sich zusammen. Sie starrte die Waffe in der Hand der Frau an. »Ich werde nicht weglaufen«, flüsterte sie.

»Okay.« Die Frau legte Sam eine Hand auf den Unterarm und führte sie aus dem Raum. »Welche Richtung?«

»Hier entlang.« Sam ging sehr langsam weiter. »Es ist die dritte Tür auf der linken Seite.«

»Das hat Hutmacher nicht so gemeint«, sagte die Frau, als sie einige Meter gegangen waren. »Keiner von uns will euch etwas tun.«

Sam machte einen Schritt und noch einen weiteren. Was würde Mom tun? Ganz von vorn anfangen. »Mein Name ist Samantha.«

»Ich bin Alma.« Die Frau sagte das, ohne groß darüber nachzudenken. Sie versuchte nicht, sich wie ihre Freunde hinter seltsamen Spitznamen zu verstecken.

»Sie scheinen anders zu sein als die anderen beiden, Alma.«

»Wie meinst du das?« Alma wirkte angespannt.

»Sie würden keine Geiseln nehmen oder unschuldige Teenager erschießen oder …«

»Du hast ja keine Ahnung, was du da redest. Meine Freunde würden so etwas auch nicht tun. Wir hatten all das nicht geplant, sondern wollten nur helfen.« Almas Stimme wurde schriller.

»Helfen?«

»Sei still.« Almas Lippen bebten. Sie ging schneller, bohrte die Finger in Sams Unterarm und zog sie mit sich.

»Okay.« Innerlich verfluchte sich Sam. Mom hätte so etwas nie getan. Sie hätte die großen Probleme umschifft, statt sie anzusprechen. Um hier eine Art von Bindung aufzubauen, musste Sam das richtig angehen.

Sie erreichten die Tür des Krankenzimmers, und Alma drückte sie auf, ging hinein und zerrte Sam mit sich.

In dem sterilen weißen Raum war vom draußen tobenden Chaos nichts zu spüren. Hier lagen keine heruntergefallenen Blöcke oder Rucksäcke herum. Hier war kein Schluchzen oder Schreien zu hören. Hier gab es kein Blut. Wären Almas knochige Finger um Sams Arm nicht gewesen und die Waffe in der Hand der Frau, hätte sich Sam glatt einreden können, dies sei ein stinknormaler Schultag, an dem sie wegen Magenkrämpfen oder Kopfschmerzen zur Schulkrankenschwester ging.

Alma ließ sie los. »Such zusammen, was du brauchst, aber schnell.« Ihre Stimme klang stählern und kalt, doch unter dieser Fassade ließ sich ein deutliches Beben ausmachen. Sie hatte schreckliche Angst.

»Okay.« Sam wandte sich dem Arzneischrank zu. Einige Sekunden lang starrte sie einfach nur hinein und fragte sich, was in aller Welt sie hier eigentlich tat. Sie hatte in diesem Sommer auf das beharrliche Drängen ihrer Mom einen zweitägigen Erste-Hilfe-Kurs absolviert, konnte aber trotzdem kaum die Hälfte der vor ihr liegenden Gegenstände identifizieren.

Dads Lieblingsmantra lautete »Tu so, dann wirst du so«. Er grinste immer stolz, wenn er das sagte, als hätte er sich den cleversten Satz aller Zeiten ausgedacht. Bei seinem albernen Grinsen musste sie immer die Augen verdrehen. Jetzt wünschte sie sich, dass er bei ihr wäre und sie wie immer zum Lachen brachte. Sie wünschte sich, er könnte ihr sagen, was sie tun sollte.

Da, auf dem obersten Regalbrett. Bandagen und etwas Alkohol. Mr Ramirez lag blutend im Sekretariat. Sie musste sich beeilen.

Aber sie musste auch Zeit schinden. Damit sie diese Frau besser kennenlernen konnte. Je länger sie sich unterhielten, desto schwerer würde es Alma später fallen, den Abzug zu drücken, falls es so weit kam.

»Wo wir schon mal hier sind, könnten wir auch etwas für Mrs ... für Thelma mitnehmen«, schlug sie vor.

»Für Thelma?«

»Die Sekretärin? Sie wurde auch verletzt.«

»Ach, richtig.«

»Und für Ihren Freund. Äh ... Absolem? Wir sollten ihm etwas für seine Nase mitbringen.«

»Gute Idee.« Alma ging zum Aktenschrank und zog die oberste Schublade auf. Was hatte sie vor? Sam beäugte die Waffe in Almas Hand. Konnte sie sich die Pistole schnappen?

Dummerweise stand der Schreibtisch zwischen ihnen. Sie wäre auf keinen Fall schnell genug gewesen. Dann fiel ihr wieder ein, wie Alma ihren Arm umklammert hatte. Die Frau war kräftiger, als sie aussah. Zudem hatte Sam noch immer Kopfschmerzen; bei jeder Bewegung schoss ihr ein stechender Schmerz durch den Schädel. Nein. Sie würde ihr die Waffe nicht abnehmen können. Notgedrungen drehte sie sich wieder zum Schrank um.

»Sind Sie die Mutter eines der Kinder an dieser Schule, Alma?« Sam fuhr mit den Fingern über die Etiketten an den Fläschchen und tat so, als würde sie sie lesen.

»Nein. Meine Kinder gehen auf eine andere Schule.«

»Ach, Sie haben Kinder?« Sam bemühte sich um einen lässigen, beiläufigen Tonfall und ließ ihre Stimme etwas herzlicher klingen. »Wie alt?«

»Meine Tochter Frances ist zehn, Kyle ist elf.«

»Oh, wow, nur ein Jahr auseinander.« Sam erinnerte sich vage, dass das für Eltern hart sein sollte, auch wenn sie nicht wusste, warum das so war. »Ist das nicht hart?«

»Anfangs war es das.« Etwas schwang in Almas Stimme mit. Ein Hauch von Zärtlichkeit. »Gott, die ersten beiden Jahre nach Frances' Geburt habe ich so gut wie gar nicht geschlafen. Aber es war die Sache wert. Heute sind sie die besten Freunde.« Sie knallte die Schublade zu und zog die nächste auf.

»Ich fände es toll, wenn mein Bruder und ich näher beieinander wären.« Sams Gedanken überschlugen sich, während sie sich um einen lockeren Tonfall bemühte. Namen. Namen waren wichtig. Dadurch wurde es persönlich und real. »Aber Ben ist erst acht. Er steht total auf Tiere. Mochte Kyle mit acht auch Tiere?«

»Frances war die Tierfreundin. Das ist sie noch immer. Kyle interessiert sich vor allem für seine Minecraft-Welt.« Alma schluchzte kurz auf und wischte sich über die Augen. Sie knallte auch diese Schublade zu und öffnete die nächste.

Sams Herz machte einen Satz. Sie hatte die Frau durcheinandergebracht. Aber nein, das war doch gut. Alma dachte an die Welt außerhalb der Schule. Vielleicht fragte sie sich, ob sie ihre Kinder jemals wiedersehen würde.

»Tut mir leid«, murmelte Sam herzlich. »Das muss sehr schwer für Sie sein. Sie hatten ja keine Ahnung, dass sich die

Sache so entwickeln würde. Wahrscheinlich hatten Sie gehofft, heute Nachmittag wieder zu Hause bei Ihren Kindern zu sein.«

»Ich dachte, ich wäre zum Mittagessen wieder zu Hause«, wisperte Alma.

»Sie wären zum Mittagessen wieder zu Hause?« Das hatte Sam von ihrer Mom gelernt. Wenn man die letzten Worte einer Person wiederholte, brachte man sie fast immer dazu, noch mehr zu sagen.

»Frances hat um vier Ballettunterricht. Und Kyle hat immer Hunger, wenn er nach Hause kommt; er mag das Essen in der Schulcafeteria nicht. Und jetzt ...« Almas Stimme brach.

»Kann ich irgendwie helfen?«, fragte Sam und machte die Schranktür zu.

Alma drehte sich mit tränenfeuchten Augen zu ihr um. »Ja, ich glaube, das kannst du.« Sie hörte sich fast schon hoffnungsvoll an.

Das war's. Sam war zu ihr durchgedrungen. Jetzt würde Alma vielleicht vorschlagen, dass Sam der Polizei sagte, es sei alles ein riesiges Missverständnis gewesen, wenn sie sie und die anderen Geiseln freiließen. Oder sie ließen wenigstens Sam gehen und sie konnte der Polizei alles sagen. Oder Alma ließ sie zumindest mit ihrer Mom sprechen.

Was immer es war, so wusste Sam, dass der Vorschlag von Alma kommen musste. Sie durfte die Frau nicht drängen. »Super.« Sam setzte ein Lächeln auf. »Was kann ich für Sie tun?«

Alma machte ein paar Schritte auf Sam zu und starrte sie aufgeregt an. »Weißt du, wo der Zirkel die Kinder eingesperrt hat, die er verkaufen will? Sie werden irgendwo in dieser Schule festgehalten. Sobald wir sie gefunden haben, können wir alle wieder gehen.«

Kapitel 22

Absolems Nase pochte noch immer, und der dumpfe Schmerz ließ einfach nicht nach. Sein Hemd war voller Blutflecken, und er wischte sich die Lippen und das Kinn ständig mit dem Ärmel ab. Seine Nase war vom Schleim oder Blut verstopft, und er musste die ganze Zeit durch den Mund atmen.

Wie schlimm war es? Er holte sein Handy aus der Tasche, aktivierte die Kamera und betrachtete sich auf dem Display.

Er war kaum wiederzuerkennen.

Das lag nicht nur an der Nase, obwohl das geschwollene, rot angelaufene Ding entsetzlich aussah. Offenbar hatte er sich das Blut nie richtig aus dem Gesicht gewischt – auf der rechten Wange prangten mehrere getrocknete Blutflecken. Seine Augen waren blutunterlaufen und leicht bläulich umrandet. Sein Haar war total zerzaust. Er sah aus wie ein Gestörter.

Seine Nase schien etwas schief zu sein, und er drückte vorsichtig dagegen, um sie zu richten. Sofort schoss ihm ein stechender Schmerz durch den Schädel, der von einem grässlichen Knirschen begleitet wurde. Er stöhnte leise.

»Was hast du für ein Problem?«, brummte Hutmacher. Der Mann saß auf dem Stuhl der Sekretärin und starrte auf den Monitor – sah sich die Kamerafeeds an.

»Du hast mir die verdammte Nase gebrochen«, fauchte Absolem.

»Hör auf zu jammern. Das war ein Versehen. Ich dachte, jemand wollte mir die Waffe abnehmen, und habe reagiert. Du kannst von Glück reden, dass ich dich nicht versehentlich erschossen habe.«

Absolem wollte schon etwas erwidern, hielt jedoch den Mund. Was brachte das auch schon? Durch einen Streit ließ sich die Uhr auch nicht zurückdrehen. Ihre schlechten Entscheidungen von davor schienen bereits Jahre her zu sein. Jetzt mussten sie mit den Konsequenzen leben.

Er schloss die Kamera-App und loggte sich ins Wächterforum ein, wo er die Posts überflog. Es gab Dutzende neuer Threads, in denen es um den Zwischenfall ging, und die Moderatoren kamen gar nicht mehr hinterher mit dem Versuch, alles zu einem Megathread zusammenzufassen. Bisher hatten sie es nicht geschafft. Er hätte zu gern etwas gepostet und ihnen den Einblick eines Insiders gewährt. Während er auf der Unterlippe herumkaute, dachte er darüber nach und malte sich ihre Antworten und ihr Lob für diese Tat aus. Wie ihnen die Wächter zur Seite stehen würden.

Nein. Die Polizei würde das Forum ebenfalls überwachen. Das war nicht sicher. Vielleicht später, wenn sie die Sache besser im Griff hatten. Vorerst war es das Beste, sich still zu verhalten.

»Ich muss diese Polizistin wieder anrufen«, erklärte er stattdessen.

Hutmacher warf ihm einen Blick zu. »Ach ja? Und was willst du ihr sagen?«

Ja, was wollte er ihr eigentlich sagen? Zugegeben, die Sache war mies gelaufen. Aber sie konnten ihre Karten noch immer klug ausspielen und dem Zirkel und seinen entsetzlichen Vorhaben eins auswischen. Wenn es ihnen doch nur gelänge, weitere Beweise für das zu finden, was sie bereits entdeckt hatten, dann könnten sie der Welt die Wahrheit vor Augen führen – Absolem und seine Partner versuchten, einen widerlichen Handel mit Kindern zu verhindern, und die Ereignisse, die sich hier abgespielt hatten, waren nur aus reinem Selbstschutz geschehen.

Er sah zu den vier Geiseln hinüber, die in der Ecke des Raums hockten. »Wir könnten verlangen, dass sie dem Handel mit Kindern in dieser Schule nachgehen.«

Hutmacher schnaubte. »Was? Von der Polizei? Warum sollte sie das tun?«

»Wir könnten anbieten, Geiseln freizulassen, wenn sie gründlich ermitteln.« Bei diesem Gedanken wurde Absolem immer aufgeregter. Das war doch eine gute Idee. »Vermutlich sieht die ganze Stadt das hier inzwischen in den Nachrichten, meinst du nicht auch? Vielleicht sogar das ganze Land. Sie werden uns die Forderungen nicht abschlagen können, wenn sie die Bevölkerung nicht verärgern wollen.«

»Mach dir doch nichts vor. Bei der Polizei gibt es nur Arschlöcher, und die Schlampe, mit der du vorhin telefoniert hast, gehört auch dazu. Glaubst du wirklich, dass sie einfach klein beigeben und zustimmen, wenn wir von ihnen verlangen, dieser Sache nachzugehen, von der wir wissen, dass sie dabei ihre Finger im Spiel haben? Die schicken uns viel eher zum Teufel.«

Absolem mahlte mit dem Kiefer. »Was schlägst du dann vor?«

»Wir verlangen, dass sie uns einen Wagen zur Verfügung stellen. Nein, weißt du was? Einen Privathubschrauber. Und einen Haufen Bargeld. Dann steigen wir mit den Geiseln in den Hubschrauber und verschwinden von hier.«

»Da spielen die niemals mit!«

»Wieso nicht? Wir haben sechs Geiseln in unserer Gewalt. Selbst wenn der Kerl hier stirbt, geht es um das Leben von fünf Geiseln, darunter dem Rektor dieser Schule. Verlangen wir zweihunderttausend für jede Geisel, dann ist das gerade mal eine Million, und das zahlen diese Typen doch aus der Portokasse. Die wollen nur, dass das alles wieder so wird wie vorher. Und das würde dadurch passieren.«

»Was ist mit dem Kinderhandel? Findest du nicht, dass die Welt wissen sollte …«

»Das wird nie passieren, du dämliches Arschloch!«, brüllte Hutmacher ihn an. »Geht das nicht in deinen Dickschädel? Sie haben gewonnen. Wieder mal. Wir müssen das Beste aus dieser beschissenen Situation machen. Mit einer Million Dollar kommt man in Mexiko ganz schön weit. Wir könnten uns drei schöne Häuser kaufen und unser restliches Leben wie …«

»Was geht hier vor sich?« Die plötzliche Stimme aus Richtung Tür ließ sie beide herumwirbeln. Es war Alma mit dem anderen Mädchen, das zwei Tüten in den Händen hielt.

»Wir besprechen nur unsere nächsten Schritte«, antwortete Hutmacher leise und starrte das Mädchen an. »Was hast du da?«

Zu Absolems Überraschung sah das Mädchen Hutmacher in die Augen und lächelte verlegen. »Nicht viel. Vor allem grundlegende Erste Hilfe.« Die Kleine kam auf Absolem zu. »Ich habe Ihnen etwas Mull für Ihre Nase mitgebracht. Und ich habe auch Schmerztabletten gefunden.« Sie kramte in der Plastiktüte herum, bis sie beides gefunden hatte, und reichte es ihm.

»Oh. Danke.« Absolem blinzelte.

»Darf ich jetzt Mr Ramirez verbinden?«, fragte sie.

»Äh … Ja. Mach das.« Absolem starrte den Mull und die Schachtel mit den Schmerztabletten in seiner Hand an.

Das Mädchen hockte sich neben Mr Ramirez und knöpfte ihm vorsichtig das blutgetränkte Hemd auf.

Alma bedeutete Absolem, zu ihr zu kommen. Er stand auf, und sie traten zusammen auf den Flur.

»Ich habe mit Samantha über die vermissten Kinder gesprochen«, raunte Alma ihm leise zu.

»Samantha? Heißt das Mädchen so?«

»Ja. Das andere Mädchen heißt Fiona und der Junge Ray. Jedenfalls hat sie gesagt, dass sie noch nie etwas von Kindern gehört hätte, die hier verkauft werden.«

»Das kommt ja wohl kaum überraschend. Sie werden die Schüler bestimmt nicht einbeziehen.«

Alma nickte. »Aber sie hat vorgeschlagen, uns in der Schule herumzuführen. Sie kennt da ein paar entlegene Ecken, in denen die Kinder vielleicht festgehalten werden.«

Absolem warf Samantha einen misstrauischen Blick zu. Das Mädchen hatte Mr Ramirez' Hemd aufgeknöpft und wickelte nun einen Verband ab, sah dabei allerdings kreidebleich aus.

»Das gefällt mir nicht.«

»Mir auch nicht«, gab Alma zu. »Aber wenn wir sie finden sollten ...«

»Ja.« Wenn sie die Kinder fanden, würde das alles ändern.

»Hutmacher will, dass wir einen Privathubschrauber verlangen. Und Lösegeld. Damit wir uns nach Mexiko absetzen können.«

Alma riss die Augen auf. »Das können wir nicht machen. Es würde sowieso nicht funktionieren. Und selbst wenn, lasse ich meine Familie nicht zurück.«

»Ich bin ganz deiner Meinung und rede gleich noch mal mit der Polizistin. Diesen Blödsinn werde ich dabei aber nicht erwähnen.«

»Du musst uns Zeit verschaffen, damit wir die Kinder finden können.«

Absolem erwiderte nichts. Ihm ging gerade noch eine ganz andere Option durch den Kopf. Machten sie etwa gerade einen schrecklichen Fehler? Hatten sich die Kinder vielleicht nie hier aufgehalten?

War dies möglicherweise nur eine Falle, mit der der Zirkel die Wächter ausschalten wollte?

Sich Zeit zu verschaffen würde ihnen nichts nützen. Sie mussten zurückschlagen.

»Ich traue Hutmacher nicht«, sagte Alma.

»Ich auch nicht.« Absolem schaute durch die Tür ins Sekretariat.

Hutmacher saß reglos da und starrte Samantha an. Er verzog die Lippen auf eine Art und Weise, die Absolem an eine große Kröte erinnerte. Nun wünschte er sich, diesen Mann nie in die Sache mit reingezogen zu haben. Aber Wünsche konnten die Vergangenheit nicht ändern.

Kapitel 23

5. April 2015

»Es tut mir sehr leid. Wir haben getan, was wir konnten …«

Neal starrte die Krankenschwester an, die noch mehr sagte und mit jedem Wort den Turm aus Hoffnungen und Träumen, den er sich in den letzten fünf Monaten aufgebaut hatte, zusammenstürzen ließ.

»Wir konnten keinen Puls finden. Der Fötus ist einfach …«

Noch an diesem Vormittag hatten sie über einen Namen diskutiert. Erst gestern Abend hatte er sich online Babybetten angesehen. Vor einer Woche war er an einem Spielplatz vorbeigekommen und hatte sich ausgemalt, wie er eines Tages mit seinem Kind hierherkommen würde.

»Sie hat vermutlich …«

»Sie?«, unterbrach er die Krankenschwester.

Sie riss die Augen auf. »Ich meine den Fötus«, stammelte sie.

»Das Kind … Es war ein Mädchen?« Bei der letzten Untersuchung hatten sie dem Arzt gesagt, dass sie das Geschlecht nicht wissen wollten. Es sollte eine Überraschung werden. Und nun kannten sie es. Überraschung!

Die Schwester wurde ganz blass und nickte knapp. »Ich, ähm ... Sie können jetzt reingehen.« Sie eilte durch den Flur davon.

Er betrat den Raum, dessen Wände von einem Sammelsurium an medizinischen Instrumenten und Monitoren bedeckt waren. Jackie lag im Bett und war mit einer türkisfarbenen Decke zugedeckt. Sie starrte ins Leere und sah ihn nicht einmal an, als er hereinkam.

»Hey«, flüsterte er.

Ihre Lippen bebten leicht. Das war die einzige Reaktion. Vor drei Tagen hatte sie ihm gesagt, sie hoffe, ihr Kind werde ihre Nase und nicht seine erben. Hatte sie da schon gewusst, dass sie ein Mädchen erwartete? Er wollte es nicht hoffen.

Er trat ans Bett. Sie ließ eine Hand schlaff und leblos herabhängen, und er nahm sie und drückte sie leicht. »Es tut mir so leid, Liebes.«

»Mir auch«, murmelte sie.

Als sie ihn früher an diesem Tag angerufen und über Krämpfe geklagt hatte, da hatte sich keiner von ihnen große Sorgen gemacht. Jackie hatte schon seit Monaten immer mal wieder Krämpfe. Sie suchten alle paar Tage den Arzt auf und bekamen immer wieder zu hören, dass alles gut sei.

Aus diesem Grund hatte er sich auch nichts dabei gedacht, als ihn sein Chef nicht sofort gehen ließ. Es gab noch dringenden Papierkram zu erledigen, der nicht warten konnte. Keine große Sache. Er kümmerte sich darum. Es dauerte nicht einmal eine Stunde. Doch dann fiel auf dem Heimweg auch noch eine Ampel aus und er stand über dreißig Minuten im Stau.

Als er nach Hause kam, hatte Jackie Blut auf der Hose und stöhnte vor Schmerzen.

Schuldgefühle stiegen in ihm auf, als er nun neben dem Bett stand. Das war alles seine Schuld. Hätte er seinem Chef doch nur gesagt, dass er sich seinen Papierkram sonst wo hinstecken konnte! Wäre er doch nur auf einem anderen Weg nach Hause gefahren! Vielleicht hätte er seine Tochter dann noch retten können und Jackie würde jetzt nicht mit leerem Blick hier liegen.

Noch in der Mittagspause hatte ihm ein Kollege geraten, die letzten Tage in Freiheit zu genießen, und Neal hatte gelacht.

Er drückte Jackies Hand noch einmal. »Ich hole dir ein paar Sachen von zu Hause, okay?«

Ihre Augenlider flatterten. Sie sagte kein Wort.

Er eilte aus dem Zimmer.

Die Krankenschwester unterhielt sich auf dem Flur mit einem Arzt. Als Neal durch die Tür kam, warf sie ihm einen Blick zu und senkte die Stimme. Der Arzt runzelte die Stirn, drehte sich um und musterte Neal lange, bevor er sich erneut der Schwester zuwandte und leise etwas zu ihr sagte.

Worüber sprachen die beiden? Plötzlich aufkeimendes Misstrauen durchdrang die Schuldgefühle, die ihn zu überwältigen drohten. Er ging auf sie zu, doch dann verstummten die beiden auf einmal und entfernten sich von ihm.

Sie hatten über ihn gesprochen. Über Jackie.

Über ihre Tochter.

Über etwas, das er nicht hören, nicht erfahren sollte.

Hätten sie das wirklich verhindern können? Bei jedem vorherigen Arztbesuch war alles in Ordnung gewesen. Was war heute passiert?

Dann musste er an seinen Chef denken. Seit wann war der Papierkram denn so wichtig? Dringender Papierkram? So etwas gab es doch gar nicht. Und diese Ampel. Unzählige Male war er diese Straße entlanggefahren, auf dem Weg zur Arbeit und wieder nach Hause. War die Ampel jemals zuvor defekt gewesen? Noch nie!

Und wieso ausgerechnet heute? Was genau war heute vorgefallen?

Dieser Blick, den der Arzt ihm zugeworfen hatte. Als würde er etwas wissen.

Die Schuldgefühle waren vollends verflogen. Das konnte nicht seine Schuld gewesen sein. Er war sich nicht sicher, wer die Verantwortung dafür trug, jedenfalls noch nicht. Aber eines wusste er ganz genau: Irgendjemand hatte Schuld, doch er war es nicht.

Kapitel 24

Abby saß auf dem Platz der Verhandlungsleiterin und hatte sich die Kopfhörer aufgesetzt. Sowohl der Apparat des Rektors als auch der im Sekretariat war besetzt. Abby rief beide Nummern im Abstand von wenigen Minuten an. Wenn die Geiselnehmer nicht bald ans Telefon gingen, würde sie sich das Megafon schnappen und verlangen, dass sie endlich rangingen. Dabei konnte sie das Megafon nicht leiden. Es verlieh all ihren Worten so eine aggressive Note.

Will saß neben ihr und hatte sich die Kopfhörer um den Hals gelegt. Er blätterte in der ersten Zusammenfassung, die Tammi über die Wächter ausgedruckt hatte.

»Einige ihrer Theorien sind ziemlich komplex«, murmelte er. »Es wird ziemlich schwierig werden, damit zu arbeiten.«

»Wir müssen hinsichtlich der Wächter-Verschwörungstheorien eigentlich gar nichts steuern«, erwiderte Abby. »Wir nutzen sie einfach, um eine Verbindung aufzubauen und ihnen das Gefühl der Bestätigung zu vermitteln.«

»Aber ihre Theorien beinhalten, dass man der Polizei nicht vertrauen kann. Darauf lässt sich keine Vertrauensbasis aufbauen.«

»Die Polizei‹ ist ein sehr großer, abstrakter Begriff. Sie werden mit Abby und Will sprechen, ihren Freunden bei der Polizei.«

Will musterte sie skeptisch. »Wir haben es hier nicht mit einem halluzinierenden Drogensüchtigen auf Entzug zu tun. Das ist nur eine Theorie. Wir können sie in die richtige Richtung stupsen, damit sie erkennen, dass sie keinen Sinn ergibt.«

Abby zog überrascht die Augenbrauen hoch. »Warum?«

»Wenn wir die Theorie zunichtemachen, müssen sie erkennen, dass sie keinen guten Grund mehr haben, sich zu verschanzen. Der Grund, aus dem sie dort sind, existiert nicht mehr.«

Abby schüttelte den Kopf. »Du hast vollkommen recht, das ist keine Halluzination oder Illusion. Es ist eher eine Religion. Man sagt einem religiösen Extremisten, der Geiseln genommen hat, aber auch nicht, dass sein Gott nicht existiert.«

»Das ist keine Religion.« Will schlug sich mit den Papieren auf die Handfläche. »Hier steht, die Wächter glauben, Michael Jackson wäre von dem Zirkel ermordet worden, weil er ihn auffliegen lassen wollte. Das ist doch …«

Das Telefon klingelte. Sie erstarrten beide. Abby warf einen Blick aufs Display. Sie hatten es geschafft, die Telefongesellschaft davon zu überzeugen, sämtliche Anrufe aus der Schule, die auf Judith Pratchetts Handy eingingen, auf den Apparat im Van umleiten zu lassen. Und dieser Anruf kam vom Festnetztelefon des Rektors.

Abby wartete, bis sich Will die Kopfhörer aufgesetzt hatte, bevor sie ranging. »Hallo?«

»Ist da Abby?« Dieselbe Stimme. Es war wieder Absolem.

»Ja. Ich bin froh, dass Sie anrufen, Absolem. Die Leute hier machen sich langsam Sorgen. Wie geht es Ihnen da drin?«

»Es geht uns gut.« Er klang vorsichtig, aber nicht so verängstigt und manisch wie zuvor. »Solange sich die Polizei von der Schule fernhält, wird niemand verletzt.«

»Das ist gut. Ich weiß Ihre Bemühungen, diese Sache nicht aus dem Ruder laufen zu lassen, zu schätzen. Mir ist bewusst, dass Sie den Leuten Ihre Seite der Geschichte vor Augen führen wollen, und ich werde mein Bestes geben, um allen zu erklären, dass Sie nur diesen Kindern helfen wollten. Aber ich mache mir wirklich Sorgen wegen dem, was passieren könnte, wenn jemand verletzt wird.«

»Solange Sie sich fernhalten, gibt es keinen Grund dafür.«

Abby wartete eine Sekunde, bevor sie weitersprach. »Henry sagte, Thelma wäre am Kopf verletzt. Darum mache ich mir Sorgen um ihre Sicherheit. Eine Kopfverletzung kann schnell einen schlimmen Verlauf nehmen, wenn sie nicht ärztlich versorgt wird.«

»Es geht ihr gut. Das ist nicht der Grund, aus dem ich anrufe. Ich möchte, dass Sie etwas für mich tun.«

Abby warf Will einen Blick zu und war gleichzeitig erleichtert und beklommen. Bei jeder Krise veränderte sich die Kommunikation, sobald Forderungen gestellt wurden. Dadurch bekam der Verhandler wichtige Informationen über den Geisteszustand seines Gegenübers. Zudem deutete das an, dass derjenige nach vorn blickte und nicht in der unangenehmen Gegenwart stecken geblieben war. Manchmal konnte man die Forderungen sogar erfüllen, wenn es sich um einfache handelte, um seinen guten Willen zu beweisen.

Meist hatten sie es jedoch mit etwas Kniffligem zu tun und mussten sehr vorsichtig zu Werke gehen.

»Wie kann ich Ihnen helfen?«, erkundigte sich Abby.

»Erinnern Sie sich an diesen Tweet, den ich erwähnt habe? Den mit dem Code?«

»Daran erinnere ich mich. Sie und Ihre Freunde konnten eine Nachricht entschlüsseln und fanden heraus, dass an dieser Schule Kinder als Sexsklaven verkauft werden. Darum haben Sie beschlossen, diesen Kindern zu helfen.«

»Genau.« Er schien zufrieden zu sein. »Die Nachricht kam vom Chef des NYPD.«

»Vom Polizeichef?«, wiederholte Abby und ließ ihre Stimme überrascht klingen.

»Wir verlangen seine Entlassung. Er soll öffentlich erklären, dass seine Nachricht mit der Absicht verschickt wurde, potenzielle Kunden anzulocken. Er soll zugeben, dass er dazu instruiert wurde. Wir wollen diese Mistkerle ein für alle Mal auffliegen lassen.«

Eine unmögliche, irrsinnige Forderung. Aber das war definitiv etwas, mit dem sie arbeiten konnte. Zuerst einmal musste sie den Tonfall ändern. Er wirkte sehr wütend. Absolem wollte dem zwielichtigen Zirkel schaden, der seiner Meinung nach die Fäden in der Hand hielt. Wut war eine gefährliche Motivation, die dazu führte, dass sich Menschen in etwas verbissen und nicht mehr flexibel waren. Doch Abby konnte ihm seine Worte widerspiegeln und ihn dazu bringen, seine Forderungen in einem besseren Licht zu betrachten.

»Ich würde mich gern vergewissern, dass ich das richtig verstanden habe. Sie wollen, dass der Polizeichef zugibt, was Sie herausgefunden haben, nämlich dass es in seinem Tweet um den Handel mit Kindern ging. Denn sobald er das tut, wird die Öffentlichkeit begreifen, dass Sie das Recht hatten, so zu handeln, und dass Sie all das nur getan haben, um diese Kinder zu retten.«

»Ja, das ist korrekt.«

»Wenn es uns gelingt, das an die Öffentlichkeit zu bringen, wird man Ihr Vorgehen garantiert verstehen. Insbesondere, wenn niemand schwer verletzt wurde.«

Erst nach einer kurzen Pause murmelte er: »Gut.«

»Es gibt da jedoch etwas, das mir Sorgen macht: Falls doch jemand schwer verletzt wird und wir ihm nicht helfen, wirft das ein schlechtes Licht auf die ganze Angelegenheit. Schließlich sind Sie ja dort, um Leben zu retten.«

»Ja.« Er räusperte sich. »Thelma ... Ihr geht es gut. Aber wir haben hier einen Verletzten. Es war nicht unsere Schuld. Es war ein Unfall.«

»Okay. Was können wir deswegen unternehmen?« Wenn sie eine Lösung vorschlug, würde sich Absolem weigern und einen Trick vermuten. Der Vorschlag musste von ihm kommen.

»Ich schätze, ihm sollte bald jemand helfen. Aber zuerst will ich diese Entlassung.«

»Okay, aber dafür brauche ich noch etwas mehr. Ich benötige zusätzliche Beweise, denn er wird es wahrscheinlich nicht zugeben, wenn ich es von ihm verlange. Ich muss recherchieren, aber das bedeutet auch, dass ich die Genehmigung brauche, die Polizeidatenbank benutzen zu dürfen. Ich muss die Mitarbeiter der Schule und ein paar Leute, die mit meinem Chief zusammenarbeiten, befragen. Außerdem brauche ich einen Gerichtsbeschluss, um von Twitter weitere Informationen über diesen Tweet und alle, die ihn gelesen haben, zu erhalten, damit ich die Namen mit denen der bekannten Sexualstraftäter vergleichen kann. Und ich muss die Foren der Sexualstraftäter, die sich auf Kinder konzentrieren, durchgehen und herausfinden, ob das zum Thema gemacht wurde. Dafür muss ich wiederum mit dem FBI zusammenarbeiten, und da muss ich erst einmal jemanden finden, dem ich vertrauen kann.«

»Oh ... Okay.«

Abby lehnte sich auf ihrem Stuhl zurück. Ihr rechtes Ohr war schon ganz platt. Die Kopfhörer drückten auf ihre Brillenbügel, und sie rückte sie ein wenig zurecht. »All das dauert seine Zeit. Ich möchte Sie daher bitten, Geduld zu bewahren und diesen Stress noch etwas länger zu ertragen. In der Zwischenzeit sorge ich dafür, dass hier alles unter Kontrolle ist, wenn Sie dasselbe bei sich tun. Das bedeutet, dass Sie Ihre beiden Freunde und die anderen Leute, die bei Ihnen sind, unter Kontrolle behalten müssen. Schaffen Sie das?«

»Meine Freunde werden damit einverstanden sein. Sie wollen ebenfalls, dass die Menschen die Wahrheit erkennen. Und den Geiseln geht es gut. Eine von ihnen kümmert sich gerade um Carlos, und sie scheint das sehr gut zu machen. Und die anderen tun auch, was von ihnen verlangt wird.«

»Das ist gut. Ich möchte Sie außerdem bitten, die Leitung freizuhalten, damit ich Sie jederzeit anrufen kann, wenn ich Neuigkeiten hinsichtlich meiner Ermittlungen habe.«

»Ich will nicht, dass uns hier Leute anrufen, uns bedrohen oder verlangen, dass wir aufgeben.«

»Das wird nicht passieren, das verspreche ich Ihnen. Aber ich muss in der Lage sein, Sie zu erreichen, falls es neue Informationen gibt oder Fragen hinsichtlich der Ermittlungen aufkommen.«

»Ja, okay.«

»Gut. Ich mache mir Sorgen um Carlos. Meine Nachforschungen könnten eine Weile dauern, und ich möchte nicht, dass sich sein Zustand verschlechtert.«

»Er wird versorgt. Es geht ihm gut.«

»Sobald die Menschen erkennen, warum Sie das alles getan haben, stehen Sie in einem sehr guten Licht da. Sollte Carlos allerdings schwer verletzt sein …«

»Ich sagte doch, dass es ihm gut geht.« Er wurde immer ungeduldiger und abweisender.

Sie beschloss, nicht weiter in ihn zu dringen und bei ihrem nächsten Telefonat erneut auf Carlos zu sprechen zu kommen. »Was ist mit den anderen? Hat jemand Hunger oder Durst?«

»Darum kümmern wir uns selbst. Machen Sie einfach, was Sie gesagt haben.« Dann war die Leitung tot.

Abby nahm die Kopfhörer ab und legte sie auf den Tisch. Sie nahm auch die Brille ab, woraufhin die Welt um sie herum verschwamm, und stieß die Luft aus.

»Wir müssen Carlos Ramirez da schnellstmöglich rausholen«, sagte Will.

»Ja.« Abby setzte die Brille wieder auf. »Ist dir aufgefallen, wie er von der Geisel gesprochen hat, die sich um Carlos kümmert? Er hat zuerst ›eine von ihnen‹ gesagt und danach abstrakt von ›ihr‹ gesprochen.«

Will nickte. »Thelma hat er vorher allerdings namentlich erwähnt. Es war also jemand anderes. Und ich bilde mir ein, jemanden im Hintergrund gehört zu haben. Warte kurz.«

Er fummelte am Aufnahmegerät herum. Abby hatte im Hintergrund nichts gehört. Aber wer die Verhandlungen leitete, musste sich auch auf den Dialog konzentrieren, genau auf das Gegenüber achten und sich ständig überlegen, wie man das Gespräch am besten lenkte und beeinflusste. Was bedeutete, dass der ganze Rest – Hintergrundgeräusche, kleine Eigenarten, Veränderungen des Tonfalls – oftmals verblasste. Es war die Aufgabe des Stellvertreters, auf die ganzen Details zu achten.

»Da.« Will drückte auf Play.

Abby hörte sich fragen: »Wie kann ich Ihnen helfen?« Absolem antwortete und redete von Twitter. Und im Hintergrund … irgendetwas. Sie runzelte die Stirn. Will spulte zurück und passte ein paar Einstellungen an, sodass Abbys und Absolems Stimme leiser und die Hintergrundgeräusche verstärkt wurden. Er spielte die Aufnahme erneut ab. Und da hörten sie es: ein lautes Schluchzen, und jemand sagte: »O Gott.« Eine hohe Frauenstimme. Abby war sich fast sicher, dass sie einem Mädchen gehören musste.

»Eine der Schülerinnen?«, fragte sie.

»Es hört sich fast danach an, nicht wahr? Wie ein Mädchen.«

Abbys Blick fiel auf die Liste der vermissten Kinder auf dem Whiteboard, obwohl sie die Namen längst auswendig kannte. »Dann war es vermutlich entweder Lisbeth oder Ruby.«

»Sie könnte diejenige sein, die sich um Carlos kümmert. Wir können bei den Eltern nachfragen, ob eine von ihnen einen Erste-Hilfe-Kurs besucht hat.« Will spulte noch etwas weiter zurück. »Da war noch etwas anderes. Hör dir das an.«

Abby hörte Absolem sagen: »Das ist nicht der Grund, aus dem ich anrufe. Ich möchte, dass Sie etwas für mich tun.« Will hielt die Aufnahme an und beäugte sie.

»Er hat die Stimme gesenkt«, erkannte Abby.

»Genau. Er wollte nicht, dass die anderen ihn hören. Ich vermute, dass seine Partner nicht mit seinen Forderungen einverstanden sind. Er ruft aus dem Büro des Rektors an, richtig? Und wir vermuten, dass wenigstens einer von ihnen im Sekretariat die Kamerafeeds im Auge behält. Er hat die Stimme gesenkt, damit sie ihn nicht hören konnten.«

»Ich glaube, du hast recht. Das könnten wir ausnutzen, um ...«

Die Hecktür wurde geöffnet, und Carver und Tammi stiegen wieder ein. Sobald Abby Carvers Miene sah, zog sich ihr Magen vor Angst zusammen.

»Was habt ihr herausgefunden?«, wollte sie wissen.

»Wir haben die Beschreibungen der drei Eindringlinge«, berichtete Carver. »Sie haben einen Jungen nach dem Weg zum Sekretariat gefragt. Und wir haben einige hilfreiche Aussagen von Mitarbeitern und anderen Kindern. Die Geiselnehmer haben Handfeuerwaffen, und nur eine hatte eine Tasche dabei, daher werden sie nur über begrenzte Munition verfügen. Aber es gibt auch schlechte Neuigkeiten. Über Samantha.«

»Wurde sie verletzt?« Abby sprang auf und wollte sich schon an ihnen vorbeidrängeln. »Wo ist sie?«

»Sie ist nicht bei den anderen Kindern«, antwortete Carver. »Sie wird vermisst.«

»Aber sie haben doch die Namen überprüft«, entgegnete Abby und sah zu der Namensliste auf dem Whiteboard hinüber, als könnte sie den Namen ihrer Tochter übersehen haben.

»Sie haben die Namen entsprechend der Anwesenheitslisten überprüft«, erklärte Carver. »Aber Samantha war heute nicht im Unterricht. Ich habe mit einer ihrer Freundinnen gesprochen, die sagte, dass sie manchmal den Unterricht schwänzt, um mit ihrer Band zu proben. Keines der Bandmitglieder ist auf dem Basketballplatz. Und sie gehen auch alle nicht ans Handy.«

Abby drehte sich der Kopf, und sie musste an dieses Mädchen von der Aufnahme denken, das »O Gott« gesagt hatte. Ein Mädchen, das, wie ihr jetzt bewusst wurde, fast wie Sams Freundin Fiona geklungen hatte. Und Sam hatte einen Erste-Hilfe-Kurs gemacht.

Ihre Tochter war in der Schule.

Kapitel 25

Das klebrige Blut drang in Sams Jeans, und sie glaubte, es ständig auf der Haut zu spüren, was sich feucht und widerlich anfühlte. Aber sie verdrängte diese Empfindung, ebenso wie sie die Waffen um sich herum ignorierte, das gelegentliche Wimmern ihrer Freundin, die unheimlichen Blicke, die Hutmacher ihr zuwarf.

Mr Ramirez atmete schwer, und ihm sickerte etwas Blut aus dem Mund. Das in seiner Brust klaffende Loch war mit blutigem Schaum bedeckt und zischte, wann immer er einatmete. Die Kugel hatte vermutlich seine Lunge punktiert.

Sam hatte bei Mr Ramirez Chemieunterricht. Sie konnte das Fach nicht leiden, auch wenn er ständig erklärte, wie nützlich Chemie sein konnte. Fiona und Sam witzelten immer, dass sich Mr Ramirez wahrscheinlich heimlich Periodensystempornos anschaue. Sie hatten sich über die Elemente unterhalten, die ihn so richtig antörnten, und sich dabei kaputtgelacht. Als ihr das jetzt durch den Kopf ging, musste sie ein Schluchzen unterdrücken. Sie hätten so etwas nicht sagen dürfen. Er hatte doch nur versucht, in ihnen Freude an etwas zu wecken, das er unterrichtete.

Sie hatte einige in Alkohol getränkte Tücher aus dem Krankenzimmer mitgebracht und benutzte mehrere davon, um die Wunde vorsichtig zu säubern. Jedes Tuch wurde innerhalb von Sekunden rosa, und sie warf eines nach dem anderen weg und bereute es, nicht mehr eingesteckt zu haben.

Was jetzt? Die Wunde einfach zu verbinden, würde nichts nützen.

»Alma«, sagte sie leise. »Sie müssen auf Ihrem Handy nachsehen, wie man eine Brustverletzung versorgt.«

»Ich dachte, du weißt, wie man das macht«, schaltete sich Hutmacher ein. »Bei dir hat es sich so angehört, als wärst du praktisch eine Chirurgin.«

Sam warf ihm einen Blick zu und setzte eine geknickte Miene auf. »Ich habe einen Erste-Hilfe-Kurs gemacht, aber Schusswunden kamen darin nicht vor, und ich glaube, seine Lunge wurde punktiert.«

Er starrte sie an und schob die Unterlippe vor. Sie hielt seinem Blick kurz stand, sah dann aber weg. Anders als seine beiden Freunde schien ihm die Situation keinerlei Sorgen zu machen. Auf gewisse Weise wirkte es eher, als würde er sie genießen. Hatte er Spaß an der Gefahr? Oder stand er darauf, andere mit einer Waffe zu bedrohen? Sam wusste es nicht und beschloss, sich möglichst von ihm fernzuhalten. Trotz ihrer verrückten Anschuldigungen über eine unheimliche Gruppe, die die Welt kontrollierte, wirkte Alma deutlich zugänglicher.

»Ich glaube, man bezeichnet das als saugende Brustwunde«, las Alma vom Handy ab. »Ähm … Hier steht, dass man die Wunde mit Plastik abdecken soll. Du kannst die Verpackung der sterilen Verbände dafür nehmen.«

»Gibt es denn auch … ein Video oder so?«, fragte Sam leicht verzweifelt.

»Ich kann mir das nicht ansehen …«

»Wie wäre es, wenn du einfach tust, was Alma dir sagt?«, fuhr Hutmacher Sam an. »Der Kerl ist doch sowieso erledigt. Wenn du Ärztin spielen willst, dann nur zu. Aber du wirst das hier nicht in eine Krankenpflegeschule verwandeln.«

»Hutmacher«, sagte Alma. »Wir sollten nach Möglichkeit versuchen …«

Hutmacher wirbelte herum, stand auf und ballte die Fäuste. »Was ist das zwischen dir und diesem Mädchen?«, schnaubte er. »Freundet ihr euch etwa an? Willst du uns übers Ohr hauen, Alma? Glaubst du, wenn das hier vorbei ist, erzählt das Mädchen der Polizei, dass du nichts mit der Sache zu tun hattest?«

»N…nein.«

»Denn ich erinnere mich noch sehr gut daran, dass du diese Leute mit der Waffe bedroht hast. Und als ich sagte, dass wir nicht in die Schule gehen sollten, warst du es, die darauf bestanden hat.«

Almas Lippen bebten, und sie ließ langsam das Handy sinken.

Sam wandte ihnen den Rücken zu und konzentrierte sich auf Mr Ramirez. Die sterilen Verbände waren einzeln in weiße Plastiktüten verpackt. Sie öffnete vorsichtig eine, um das Plastik nicht zu weit einzureißen. Danach wischte sie das Plastik mit einem Alkoholtuch ab und hoffte, es so ausreichend sterilisiert zu haben. Sie presste es auf die Wunde. Mr Ramirez stöhnte leise und hatte die Augen noch immer geschlossen. Sam konnte nur hoffen, dass er wirklich bewusstlos war. Sie wollte sich gar nicht vorstellen, was er sonst für Schmerzen haben musste. Als sie das Plastikstück mit einem Verband befestigen wollte, rutschte es immer wieder weg.

»Jemand muss ihn anheben, während ich ihn verbinde«, bat sie.

Hutmacher hockte sich neben sie. Er blickte auf Mr Ramirez hinab, schob ihm die Hände unter die Achseln und zerrte ihn grob in eine sitzende Position.

»Danke«, murmelte Sam und wickelte Mr Ramirez das Klebeband um die Brust. Dabei musste sie sich vorbeugen und kam Hutmacher deutlich näher. Sein schwerer Atem strich über ihre Wange, und der Blutgeruch vermischte sich mit einem stechenden Geruch. Sie konzentrierte sich auf ihre Aufgabe und achtete darauf, das Klebeband nicht zu verdrehen. Hutmacher atmete tief ein, als sie den Kopf wegdrehte. Sie gab sich die größte Mühe, ihn zu ignorieren, und schaffte es, das Klebeband einmal um Mr Ramirez' Körper zu wickeln. Eigentlich wollte sie es nur noch hinter sich bringen, aber sie wusste, dass das noch nicht ausreiche.

»Ich, äh … muss ihn noch verbinden«, sagte sie.

»Nur zu«, erwiderte Hutmacher.

Ihm den Verband um die Brust zu wickeln war sogar noch schlimmer, denn sie musste es mehrmals tun und konnte Hutmachers Nähe kaum noch ertragen. Einmal stieß sie mit der Stirn gegen seine Wange. Schon jetzt sickerte Blut durch den Verband und färbte den weißen Stoff rötlich. Mr Ramirez fühlte sich kalt an. Zu kalt? Sie hatte keine Ahnung. Sein Atem ging flach und gepresst. Ihr kamen die Tränen, und sie wusste nicht einmal, ob es daran lag, dass sie solche Angst vor Hutmacher hatte, ob sie wusste, dass Mr Ramirez sterben würde, oder weil ihr einfach alles zu viel wurde. Sie schniefte und gab sich die größte Mühe, ihn so fest wie möglich zu verbinden.

Endlich war sie fertig. Sie befestigte den Verband, lehnte sich zurück und stieß erschaudernd die Luft aus. Danach wischte sie sich mit einem in Alkohol getränkten Tuch das klebrige Blut von den Fingern.

Hutmacher legte Mr Ramirez wieder auf den Boden, nahm erneut vor dem Computer Platz und starrte den Bildschirm an, ohne ein Wort zu sagen.

Sam knöpfte Mr Ramirez' Hemd wieder zu. Sobald das erledigt war, untersuchte sie ihn auf weitere Verletzungen. Seine Hose war voller Blut, und sie überprüfte sie auf Löcher. Der Umriss seiner Brieftasche und seines Handys zeichneten sich in den Taschen ab. Bewahrte er in seiner Brieftasche Fotos von seinen Kindern auf? Hatte er verpasste Anrufe von seiner Frau oder einem engen Freund? Sam stieß die Luft aus. Sie hatte getan, was sie konnte.

Die ganze Zeit über hatte sie allein aus der Not heraus gehandelt und eine Aufgabe war der anderen gefolgt. Da es nun nichts mehr zu tun gab, fühlte sie sich verloren. Sie kehrte in die Ecke zurück, setzte sich neben Fiona und verschränkte die Finger mit ihren. Fiona drückte leicht ihre Hand. Sam sah ihre Freundin an und schenkte ihr den Hauch eines Lächelns.

Würden sie irgendwann so über diesen Augenblick reden wie über vieles andere? Würden sie sagen »Ach, und erinnerst du dich noch, wie ...« und »Ich konnte nicht fassen, dass ...«, wie sie es sonst auch bei gemeinsamen Erinnerungen taten? Manchmal hatte Sam den Eindruck, dass Fiona und sie fast die ganze Zeit über Dinge sprachen, die bereits passiert waren. Über den Tag in der ersten Klasse, an dem Fiona Britneys Zopf mit einer Schere abgeschnitten hatte. Oder als Sam einmal versehentlich in einen Raum geplatzt war und Mrs Heroux, ihre Französischlehrerin, dabei ertappte, wie sie den Vater eines Mitschülers küsste. Oder wie sich Fiona in der zweiten Klasse absichtlich übergeben hatte, um einen Mathetest nicht mitschreiben zu müssen. Oder wie sie sich mal mit fünf unter dem Schreibtisch von Fionas Dad versteckt und beide ein großes Blatt Papier gegessen hatten, weil sie wissen wollten, wie es schmeckte.

Und jetzt das. Irgendwie konnte sie sich nicht vorstellen, dass sie genauso über diesen Tag sprechen würden. Nicht einmal dann, wenn sie hier unbeschadet wieder rauskamen. Sie lehnte sich an die Schulter ihrer besten Freundin und versuchte, in der Berührung Trost zu finden.

Der zweite Mann – Absolem – kam aus dem Büro des Rektors. »Ich habe mit der Polizistin gesprochen und uns Zeit verschafft.«

»Was ist mit dem Privathubschrauber?«, fragte Hutmacher.

»Den habe ich bisher noch nicht erwähnt«, erwiderte Absolem. »Ich habe alles in meiner Macht Stehende getan, um sie davon abzuhalten, das Gebäude zu stürmen.«

»Du hast eine Ewigkeit telefoniert!«, fauchte Hutmacher. »Worüber habt ihr denn noch geredet? Über das Wetter?«

»Ich bin mir noch immer nicht sicher, ob wir ihr überhaupt trauen können.« Absolem hob die Stimme. »Soll ich ihr etwa in den ersten zehn Minuten des Gesprächs schon einen Geiselaustausch vorschlagen?«

»Versuch bloß nicht, irgendeinen Deal mit ihr auszuhandeln«, warnte Hutmacher ihn.

»Dafür solltest du mich doch besser kennen«, konterte Absolem.

Sam, die im Haus von Eltern aufgewachsen war, deren Ehe zerbrach, hatte gelernt, genau zuzuhören, während sie so tat, als würde sie nichts mitbekommen. Wann immer sich Mom und Dad gestritten hatten, war Sam wie ein tauber Geist durchs Haus geschlichen, hatte keinerlei Geräusche gemacht, kaum geatmet und die lauten Stimmen, die Anschuldigungen, das Geschrei, das letzten Endes immer kam, zu ignorieren. Zuerst hatte sie sich in ihrem Zimmer unter einer Decke versteckt und darauf gewartet, dass es wieder aufhörte. Aber als es andauerte, hatte sie gelernt, damit zu leben. Sie hatte auf jedes Wort geachtet und sich eingebildet, dass sie den nächsten Streit verhindern könnte, wenn sie doch nur verstand, was eigentlich los war. Dass sie dafür sorgen konnte, dass Dad nicht ging.

Nun spitzte sie abermals die Ohren in der Hoffnung, sich in Sicherheit bringen zu können, wenn sie begriff, was hier passierte.

Hutmacher starrte Absolem einige Sekunden lang an und schien sich dann zu entspannen. »Und? Glaubst du, wir können ihr vertrauen?«

»Das weiß ich noch nicht, aber sie gehört nicht zu den Agenten, von denen wir wissen. Und sie klingt, als wollte sie wirklich nicht, dass jemand verletzt wird.«

»Ach ja? Wie heißt sie denn?«

»Abby.«

Fiona keuchte auf, und Sam drückte fest ihre Hand. Ihr Herz raste. Ihre Mom war diejenige, mit der Absolem telefonierte. Wusste sie, dass Sam hier als Geisel festgehalten wurde? Würde das etwas an ihrer Verhandlungstaktik ändern?

Sam gestattete sich einen Hoffnungsfunken. Ihre Mom war da und versuchte, sie hier rauszuholen. Und wenn das irgendjemand schaffen konnte, dann ihre Mom.

Kapitel 26

Als Sam acht Jahre alt gewesen war, hatte Abby sie mal mit ins Einkaufszentrum genommen, weil Sam neue Schuhe brauchte. Es dauerte unerträglich lange fünfundvierzig Minuten, bis sie das richtige Paar gefunden hatten – weiß mit rosafarbenen Glitzerstreifen. Abby hatte sich erleichtert und erschöpft in die Schlange vor der Kasse gestellt. Sam wartete neben ihr. Bis sie auf einmal nicht mehr da war.

Es geschah ganz schnell. Abby schaute sich um, erst verwirrt, dann verärgert und schließlich immer beunruhigter.

Und wenige Sekunden später voller Panik.

Sam war verschwunden.

Sie rief immer wieder nach Sam, lief durch den ganzen Laden, ins Freie und wieder hinein, alle starrten sie an, schauten sich um, erkundigten sich, ob ihr Kind verschwunden sei, und ja, richtig, ihre Tochter war weg, und jemand fragte, wie er aussah, und Abby starrte die Person an, bis ihr klar wurde, dass sie Sam für einen Jungen hielt, um zu kreischen, dass sie ein Mädchen sei, nur ein kleines Mädchen, ihr Name sei Samantha, hatte irgendjemand gesehen, wohin sie gegangen war …?

Und dann stand sie einfach da.

Ihr hatte noch ein anderes Schuhpaar gefallen, eins mit lilafarbenen Streifen. Sie hatte beschlossen, selbst nachzusehen, ob es noch ein Paar in ihrer Größe gab, und war im hinten angrenzenden Lager verschwunden.

Dieses Ereignis hatte sich Abby eingeprägt. Dieses Gefühl des absoluten Entsetzens. Hin und wieder träumte sie sogar noch davon, wachte schwer atmend auf, stellte erleichtert fest, dass sie im Bett lag, dass es nur ein Traum gewesen war, dass Sam in ihrem Zimmer schlief, und rief sich in Erinnerung, dass an jenem Tag nichts passiert war und Sam nach wenigen panischen Minuten wieder vor ihr gestanden hatte.

Nun war dieses Gefühl zurückgekehrt. Die Sekunden verstrichen, doch es ließ sie nicht los.

Die Unwissenheit.

Die Verzweiflung.

Die Atemlosigkeit.

Die Angst.

»… gehe davon aus, dass alle drei Kinder noch in der Schule sind«, sagte Will gerade.

Abby blinzelte, sah ihn an und merkte, dass sie keines seiner Worte verstanden hatte.

Sie saßen im mobilen Kommandozentrum und brachten Estrada auf den neuesten Stand. Vielmehr brachte Will ihn auf den neuesten Stand. Abby …

Abby versuchte, sich daran zu erinnern, wie man atmete.

Sie rief sich ins Gedächtnis, dass Geiselnahmen üblicherweise gewaltlos endeten, wenn man sie richtig anging. Sie sagte sich, dass Sam ein kluges Mädchen war. Sie versuchte, all die Namen der schrecklichen Ereignisse zu verdrängen, der Platte-Canyon-Highschool und der West Nickel Mines und Ruby Ridge und das Wilcox-Massaker und der Sacramento-Geiselkrise und … und …

»Wissen wir, ob sie als Geiseln festgehalten werden?«, wollte Estrada von Will wissen und warf Abby nur einen kurzen Blick zu.

Über so etwas sprach man nicht vor den Eltern. Man weihte sie nicht in Details ein, sondern versicherte ihnen, dass man »tat, was man konnte«, und dass »wir sehr viel Erfahrung mit derartigen Situationen haben«. Aber man erzählte den Eltern nicht, dass man nicht wusste, ob ihre Kinder Geiseln waren oder ob sie sich in einem Klassenzimmer versteckten und Angst hatten, entdeckt zu werden. Man sagte den Eltern auch nicht, dass man nicht wusste, wer die Leute waren, die ihre Kinder in ihrer Gewalt hatten, und gerade mal einen Onlinenamen kannte. Man informierte sie ebenso wenig darüber, dass die Geiselnehmer nur Pistolen und wenig Munition dabeihatten, aber immer noch genug, um ihre Kinder und auch die anderen Geiseln mehr als einmal zu ermorden.

All das teilte man den Eltern nicht mit.

»Wir wissen es nicht mit Sicherheit, aber wir glauben, Fiona Brocks Stimme beim letzten Telefonat im Hintergrund gehört zu haben«, antwortete Will.

»Okay«, meinte Estrada. »Mir wurde mitgeteilt, dass Lisbeth Reynolds, eines der anderen vermissten Kinder, nach Hause gekommen ist. Und Barry Johns tauchte einige Blocks weiter auf. Er ist losgerannt, hat sich verlaufen und in einer Gasse versteckt. Somit sind zwei der vier vermissten Kinder wieder aufgetaucht. Der Aufenthaltsort der anderen beiden ist noch unbekannt.«

War Sam etwa auch nach Hause gelaufen, genau wie Lisbeth? Dort war niemand. War sie gerade in ihrem Zimmer? Abby holte ihr Handy aus der Tasche und wollte Sam schon erneut anrufen. Ihr Finger verharrte einen Zentimeter über dem Display. Ein schreckliches Bild tauchte vor ihrem inneren Auge auf: Sam, die sich irgendwo in der Schule unter einem

Schreibtisch versteckte. Ein bewaffneter Mann lief auf dem Flur vorbei, Sam hielt den Atem an, damit er sie nicht hörte. Und dann ... klingelte ihr Handy.

Mit leisem Keuchen ließ Abby das Handy sinken. Sam wäre nie wie Lisbeth nach Hause gegangen, ohne es jemandem zu sagen. Und sie hätte sich inzwischen gemeldet, wenn sie dazu in der Lage gewesen wäre.

Ihre Bewegung führte dazu, dass sich die beiden Männer zu ihr umdrehten.

»Wir haben bei den Verhandlungen einige Fortschritte gemacht«, sagte sie und bemühte sich um eine ruhige Stimme, was ihr jedoch misslang. Ihr Stimmbänder waren förmlich belegt von Angsttränen, und vor Anspannung klang ihre Stimme gepresst, rau, schwankend. »Wir haben uns sehr viel Zeit verschafft, und sie wollen die Leitungen offen lassen, damit wir sie erreichen können, daher können wir sie vorerst anrufen, wann immer wir wollen. Sie haben zudem bestätigt, dass Carlos Ramirez bei ihnen ist und dass er verletzt wurde, und es scheint wahrscheinlich, dass sie zustimmen werden, ihn ärztlich versorgen zu lassen, wenngleich wir in dieser Hinsicht noch nichts Konkretes vereinbart haben.«

»Was wollen diese Leute?«, fragte Estrada.

Abby ließ Will die Lage zusammenfassen; ihr war die Anstrengung dieser wenigen einfachen Sätze beinahe zu viel gewesen. Sie würde das nächste Gespräch mit Absolem ein wenig aufschieben müssen, bis sie sich wieder besser unter Kontrolle hatte.

Estrada hörte aufmerksam zu und beugte sich mit geschürzten Lippen vor. Als Will seinen Bericht beendet hatte, atmete Estrada leise aus und räusperte sich.

»Okay, dann bleibt uns also noch Zeit«, stellte er fest. »Wir müssen entscheiden, wie wir den Verhandler wechseln wollen.«

Abby starrte ihn verdutzt an. »Wie bitte?«

»Sie können nicht mit diesen Leuten verhandeln, wenn sie Ihre Tochter als Geisel genommen haben.«

»Aber sie wissen nicht, dass sie meine Tochter ist. Demzufolge sollte sie das auch nicht beeinflussen.« Sie sah Will Hilfe suchend an, doch er wich ihrem Blick aus.

»Hierbei geht es nicht darum, was die Geiselnehmer wissen«, entgegnete Estrada. »Sie können nicht mit diesen Leuten verhandeln, solange Ihr Kind in Gefahr ist.«

Ganz im Gegenteil; sie war die Einzige, die das tun konnte. Sie würde nicht darauf vertrauen, dass irgendjemand anderes es richtig machte und Sam rettete, und das musste sie auch deutlich zum Ausdruck bringen. »Bei allem gebührenden Respekt, Sir, scheint es mir mehr etwas damit zu tun zu haben, dass ich eine Frau bin, und weniger damit, wie ich meinen Job mache. Sie sagen das nur, weil ich Mutter bin. Wäre ich ein Mann, würden Sie nicht einmal auf die Idee kommen.«

Estrada starrte sie überrascht an. Sie hatte ihn regelrecht angeschrien und stand aufrecht und mit geballten Fäusten da. Wann war das denn passiert?

»Hierbei geht es nicht darum, dass Sie Mutter sind«, erwiderte er sanft. »Ich habe drei Kinder, Mullen. Wenn sich eines von ihnen in dieser Schule befinden würde, könnte ich keinen klaren Gedanken mehr fassen. Ich bin vielmehr erstaunt, wie gut Sie sich bisher schlagen. Aber Sie können unmöglich weiterhin die Verhandlungen leiten.«

Sie setzte sich wieder. »Es ist immer gefährlich, den Ansprechpartner zu wechseln. Ich habe bereits eine Beziehung zu diesen Leuten aufgebaut und Fortschritte gemacht. Wenn wir jetzt wechseln ...«

»Du hast uns einen guten Grund dafür geliefert, mit dem wir den Wechsel erklären können«, schaltete sich Will ein.

Sie starrte ihn fassungslos an. »Wie bitte?«

»Du hast ihnen gesagt, dass du Recherchen hinsichtlich ihrer Behauptungen anstellen willst, nicht wahr? Und es klang so, als würdest du das ganz allein machen wollen. Daher werden sie verstehen, dass du nicht mit ihnen reden kannst, solange du damit beschäftigt bist.«

»Ich weiß nicht, ob ich das schaffe, Will. Im Grunde genommen hilft mir Sams Anwesenheit sogar dabei, mich besser zu konzentrieren. Und wir wissen noch nicht mal, ob sie eine Geisel ist. Was ist, wenn wir wechseln und sie taucht zwei Minuten später hier auf? Dann hätten wir die ganze Verhandlung völlig umsonst gefährdet, und das können wir uns nicht leisten.«

»Das hier ist keine Diskussion, Mullen«, erklärte Estrada. »Und es ist auch nicht Ihre Entscheidung oder Vereens, sondern meine. Ich möchte, dass Sie wechseln, und zwar so schnell wie möglich.«

»Aber ...«

»Vereen.« Estrada wandte sich Will zu. »Kommen Sie in zwanzig Minuten zur Besprechung mit Baker von der ESU her. Wir sind hier fertig.«

Es war wie einer dieser Albträume, in denen man immer weiter fiel. Und Abby hatte nichts, woran sie sich festhalten konnte.

Kapitel 27

Abby saß auf dem Platz der Verhandlungsleitung und hatte sich die Kopfhörer aufgesetzt. Eine unsichtbare Faust schien ihr Herz gepackt zu haben und langsam zu zerquetschen.

»Schaffst du das?«, erkundigte sich Will.

»Ja«, flüsterte sie.

Will berührte sie am Unterarm, doch sie zog ihn ruckartig weg. Er ließ die Hand sinken und setzte sich ebenfalls die Kopfhörer auf.

Sie wählte. Das Telefon klingelte. Einmal. Zweimal.

Ihre Kehle war wie zugeschnürt. Sie war nicht einmal sicher, ob sie überhaupt einen Ton herausbrachte, wenn jemand ranging. Möglicherweise war sie der Sache doch nicht gewachsen und Will und Estrada hatten recht: Sie konnte nicht länger mit diesen Leuten verhandeln. Sie schaffte es ja nicht einmal, diese einfache Übergabe zu regeln. Ihr Blick verharrte auf der Trenntaste. Vielleicht sollte sie auflegen, einen Spaziergang machen, sich beruhigen und es danach noch einmal probieren. Beinahe hätte sie es getan.

Es klingelte ein drittes Mal.

Aber die Geiselnehmer waren paranoid, und wenn sie jetzt anrief und dann auflegte, würde das die Sache auch nicht besser machen. Sie durfte es nicht vermasseln. Sam zuliebe musste sie alles richtig machen.

Sie schloss die Augen und biss die Zähne zusammen.

Das vierte Klingeln.

Was sollte sie tun, wenn sie nicht rangingen? Wenn jemand anderes als Absolem ans Telefon kam? Oder wenn sie bereits wussten, dass Sam ihre Tochter war, und drohten, sie zu erschießen, wenn sie die Forderungen nicht erfüllten? Was sollte sie dann tun?

Ein Klicken, dann eine Stimme.

»Hallo?« Es war Absolem. Er sprach leise, als wollte er nicht, dass die anderen ihn hören konnten.

»Hi, Absolem, hier ist Abby.« Ihre Stimme klang so herzlich und natürlich wie immer. Das jahrelange Training hatte sie auf solche Situationen vorbereitet. Lass sie nie merken, was du fühlst. Selbst jetzt, wo sie sich Mühe geben musste, nicht den Kopf zu verlieren, gelang es ihr problemlos, das Gespräch zu führen. Sie lächelte, weil sie hoffte, dass man es ihr anhören würde. »Ich habe schon gute Neuigkeiten. Es ist mir gelungen, Zugriff auf die Polizeidatenbank zu bekommen, damit ich gründliche Nachforschungen anstellen kann.«

»Okay, gut. Was haben Sie herausgefunden?«

»Wie wir bereits besprochen haben, wird es eine Weile dauern, der Sache nachzugehen, und das kann ich nicht von hier aus machen. Ich muss aufs Revier zurückkehren und es dort erledigen. Dann wird sich zeigen, was ich herausfinden kann.«

»Nein!« Absolem hob panisch die Stimme. »Wir brauchen Sie hier, damit Sie uns die Leute vom Hals schaffen.«

»Tut mir leid, aber ich kann von hier aus schlecht recherchieren«, erwiderte Abby.

»Dann finden Sie eine Lösung, verdammt! Wir brauchen Sie, damit die Wahrheit über das, was passiert ist, ans Licht kommt.«

Abby musste die Forderung neu formulieren, und sie wusste auch schon, wie sie das tun konnte, allerdings war sie ein bisschen langsamer als sonst. Absolem bemerkte das nicht einmal, aber Will beäugte sie bei ihrem kurzen Schweigen fragend.

Sie räusperte sich. »Es ist verständlich, dass Sie unter Stress stehen. Sie möchten, dass ich Beweise für die Wahrheit finde und den Polizeichef mit dem Kinderhandel in dieser Schule in Verbindung bringe, weil ich momentan die einzige Polizistin bin, die Ihnen glaubt. Aber Sie möchten mich auch vor Ort haben, damit ich die Sicherheit aller gewährleisten kann. Und es fällt Ihnen schwer, der Polizei zu vertrauen, wenn niemand hier ist, auf den Sie sich verlassen können.«

»Ganz genau, also finden Sie eine Lösung.«

»Was schlagen Sie vor, wie wir das regeln?« Sie hatte das Problem deutlich angesprochen und ihm nur einen Ausweg gelassen.

Jetzt musste er nur noch den Köder schlucken und ihr die Lösung präsentieren.

* * *

Das dauerte alles viel zu lange. Absolem umklammerte frustriert den Telefonhörer. Auf einmal war alles so schwer und unüberwindbar. Es gab keine vernünftige Lösung. Wie sollte diese Polizistin die Wahrheit für sie herausfinden, während sie lange genug überlebten, ohne dass die Polizei das Gebäude stürmte? Nicht zu vergessen der Lehrer, der offensichtlich im Sterben lag, der Zirkel, dessen Agenten vermutlich immer näher kamen, Hutmacher, der alles noch viel schlimmer machte, Alma, die das Vertrauen in ihn verlor, und … und …

Er stöhnte hilflos auf.

»Hey, Absolem.« Abbys Stimme drang ruhig und warm an sein Ohr. »Sie machen das gut. Ich weiß es wirklich zu schätzen, wie Sie sich um die Sicherheit aller sorgen. Wir können das zusammen schaffen, okay? Immer schön einen Schritt nach dem anderen. Lassen Sie uns überlegen, wie wir weiter vorgehen.«

»Okay«, erwiderte er erschöpft. »Gut. Ich muss darüber nachdenken.«

Er brauchte sie, damit sie das für ihn tat. Die Wächter hatten keinen Zugriff auf derartige Ressourcen wie sie. Es gab keinen anderen Weg. Aber wenn sie hier wegging, wer würde dann verhindern, dass die Polizei und das FBI das Gebäude stürmten? Sie war die Einzige, der er vertraute. Aber konnte er auch ihrem Urteil vertrauen?

Ihm blieb nichts anderes übrig.

»Gibt es jemanden, dem Sie vertrauen und der dafür sorgen kann, dass sich die Leute fernhalten?«, fragte er. »Es muss eine Person sein, der Sie Ihr absolutes Vertrauen schenken. Jemand, dem das Leben der Geiseln hier wichtiger ist als alles andere. Und Sie müssen demjenigen nicht sagen, was Sie vorhaben. Das muss sonst niemand wissen. Aber wir brauchen hier jemanden, der dafür sorgt, dass sich alle von uns fernhalten, und zwar um jeden Preis.«

»Sie wollen wissen, ob ich jemanden kenne, der vertrauenswürdig und gut ist und der auf jeden Fall dafür sorgen kann, dass alle in Sicherheit sind? Jemanden, der hier alles unter Kontrolle behält?«

»Genau.«

»Ich wüsste da jemanden, der das kann«, erklärte Abby, ohne zu zögern. »Es ist einer meiner Kollegen. Sein Name ist Will. Ich kenne ihn schon sehr lange, und er ist einer der ehrenwertesten Menschen, die ich kenne. Jeder respektiert ihn, und man wird auf ihn hören. Und er würde nie etwas tun, das andere in Gefahr bringt.«

»Okay. Können Sie ihn herholen und dafür sorgen, dass er alles unter Kontrolle behält?«

»Aber sicher. Ich rufe ihn sofort an. Was ist mit Ihnen? Wie sieht es bei Ihnen aus? Haben Sie alles unter Kontrolle?«

»Aber sicher.«

* * *

Sam war schwindelig. Sie hatte nicht gefrühstückt und seit dem Aufwachen auch so gut wie nichts getrunken. Wenn ihr Blutzuckerspiegel sank, wurde ihr immer übel und schwindelig. Sie lehnte sich an Fiona an, legte ihrer Freundin den Kopf auf die Schulter und holte tief Luft, um gegen die Übelkeit anzukämpfen.

Im Nebenraum telefonierte Absolem wieder, vermutlich mit ihrer Mom. Sie versuchte, etwas zu verstehen, doch mehr als ein leises Murmeln drang nicht an ihr Ohr.

Ihr kam der Gedanke, dass ihre Mom sie hören würde, wenn sie jetzt um Hilfe rief. Einige Sekunden lang malte sie es sich aus, wie ihre Mom telefonierte, den Hilfeschrei ihrer Tochter hörte und mit gezogener Waffe in die Schule stürmte, um sie zu retten.

Allerdings wusste sie auch, dass es nicht so laufen würde. Wenn sie jetzt schrie, würde Hutmacher sie schlagen oder, schlimmer noch, sie erschießen. Mom würde es zwar hören, könnte aber nicht herkommen, weil sie dadurch sich selbst und die anderen Geiseln in Gefahr bringen würde. Und alles würde den Bach runtergehen.

Aber vielleicht konnte sie ihrer Mom ja eine Nachricht übermitteln?

Einmal, als sie noch jünger gewesen war, hatte ihre Mom mit einem Mann reden müssen, der sich mit seiner Frau und seinem Kind in seinem Haus verbarrikadiert hatte und drohte, sie zu erschießen. Mom hatte im Laufe des Tages immer wieder mit ihm gesprochen. Es dauerte zweiundzwanzig Stunden, bis sie den Mann dazu bringen konnte, sich zu ergeben, und die Frau und die Tochter verließen das Haus unbeschadet. Später hatte Sam ihre Mom gefragt, worüber sie die ganze Zeit mit dem Mann gesprochen hatte.

Und sie hatte erwidert, dass sie vor allem zuhörte. Weil verzweifelte Menschen vor allem gehört werden wollten. Und weil Informationen für einen Verhandlungsspezialisten wie Sauerstoff waren. Je mehr er wusste, desto besser, hatte Mom gesagt. Wenn sie genug Informationen hatte, konnte sie eine handfeste Strategie entwickeln, um die Lage unter Kontrolle zu bringen.

Mom brauchte Informationen.

»Alma«, sagte sie mit lauter, alarmierter Stimme. »Ich glaube, Mr Ramirez atmet nicht mehr. Darf ich mal nach ihm sehen?«

Alma, die in den Aktenschränken der Sekretärin herumkramte, hob den Kopf und betrachtete den Mann. »Für mich sieht er unverändert aus«, meinte sie zögerlich.

»Er hat eine Schusswunde in der Brust und wahrscheinlich eine punktierte Lunge.« Sam hob die Stimme. »Wenn es schlecht läuft, wird er sterben! Wir müssen ihn zu einem Arzt bringen.«

»Halt die Klappe!«, bellte Hutmacher von seinem Stuhl.

»Aber, Hutmacher, Sie müssen auf mich hören …«

»Niemand hat dich nach deiner verdammten Meinung gefragt!«

»Wir sind zu sechst!«, rief Sam verzweifelt aus. »Selbst, wenn Sie ihn gehen lassen, haben Sie noch fünf Geiseln. Und wenn Sie und Alma …«

»Ich hab gesagt, du sollst verdammt noch mal die Klappe halten!«, schrie Hutmacher, sprang von seinem Stuhl auf und richtete die Waffe auf sie. »Muss ich dich erst abknallen, damit du Ruhe gibst?«

* * *

Es fing mit Gemurmel im Hintergrund an, und Abby versuchte, es zu ignorieren und sich auf Absolem zu konzentrieren. Bei diesem Telefonat war es noch Wills Aufgabe, auf die Geräusche im Hintergrund zu achten.

Doch als die Stimmen lauter wurden, konnte sie sie nicht länger ignorieren.

Es war Sam. Sie schrie jemanden an. Stritt sich. Widersprach bewaffneten Männern und machte sie gefährlich und unberechenbar.

Dann schrie ein Mann: »Muss ich dich erst abknallen, damit du Ruhe gibst?«

Es folgten weitere Schreie, und Absolem brüllte: »Hört damit auf – keine Bewegung. Keiner rührt sich vom Fleck.«

»Absolem.« Abby hob die Stimme. »Das hört sich ganz danach an, als ob ...«

»Nicht schießen!«, kreischte eine Frau.

»Hör auf zu reden. Halt den Mund. Du bringst uns noch alle um!«

»Nimm die Waffe runter!«

»Haltet jetzt endlich alle die Klappe!«, brüllte Absolem.

»Absolem!« Abby schrie nun ebenfalls. »Sagen Sie allen, dass sie sich beruhigen sollen. Sie müssen sich alle wieder beruhigen!«

Das Geschrei ging weiter, aber Abby hörte die Worte gar nicht mehr. Ihr stockte der Atem, und eine Eiseskälte breitete sich in ihrer Brust aus, als ihr durch den Kopf ging, was sie eben gesagt hatte.

Sie hatte den Mann angeschrien. Sie hatte ihm gesagt, dass er sich beruhigen sollte.

Hatte sich schon mal irgendwer beruhigt, wenn man ihn dazu aufforderte? Abby hatte es nie erlebt, nicht in den vielen

Hundert Verhandlungstranskripten, die sie gelesen hatte, und auch nicht in ihrem Leben. Sie wusste, wie sinnlos das war.

Sagte man einem wütenden Menschen, dass er sich beruhigen sollte, wurde er nur noch wütender.

Verhandlungsspezialisten sagten so etwas *nie*. Es gehörte nicht zu ihrem Vokabular. Wie oft hatte sie das Kollegen schon eingetrichtert? *Sagt nie jemandem, dass er sich entspannen oder beruhigen soll.*

Sie versuchte, ihre Stimme wiederzufinden, etwas anderes zu sagen, bekam jedoch keinen Ton heraus. Ihre Kehle war wie zugeschnürt. Sie blinzelte mehrmals schnell und gab sich die größte Mühe, sich auf das zu konzentrieren, was hier vor sich ging. Ihr Blick begegnete Wills.

Er starrte sie entgeistert an.

Dann brüllte Absolem ins Telefon: »Wir reden später weiter. Holen Sie einfach diesen Typen her.«

Und er legte auf.

»Großer Gott«, hauchte Abby.

»Abby«, sagte Will leise.

»Nein.« Sie hob eine Hand. »Tu das nicht. Bitte. Gib mir einfach einen Moment.«

Sie nahm den Kopfhörer ab und stand benommen auf. Taumelte zum Whiteboard und starrte es an. Sie musste etwas davon aufschreiben. Es gab neue Informationen. Sie hatten …

Dieser Mann hatte gedroht, Sam zu erschießen. Und Abby hatte möglicherweise alles sogar noch schlimmer gemacht.

Sie schlug mit der Handfläche gegen das Whiteboard und verschmierte ein paar Buchstaben. »Verdammt!« Ihre Stimme hörte sich ebenfalls falsch an, wie die eines verwundeten Tiers.

»Ich bezweifle, dass er dich überhaupt gehört hat«, sagte Will. »Und es klang nicht so, als wäre irgendjemand verletzt worden. Du hast den Wechsel gut hinbekommen. Ich schätze, wenn ich ihn anrufe, wird er mir zumindest ein bisschen vertrauen.«

»Ja«, murmelte sie mit hohler Stimme.

»Ich rufe ihn in ein paar Minuten an, um mich zu vergewissern, dass sich alle beruhigt haben ... dass alle in Sicherheit sind.«

»Ja.«

»Ich glaube, Sam wollte, dass wir sie hören. Sie hat uns Informationen gegeben. Wir kennen jetzt zwei weitere Namen. Wir wissen, wie viele Geiseln sie haben und wie es Carlos geht. Wir wissen ...«

»Sie hätte dieses Risiko nicht eingehen dürfen.« Abbys Stimme zitterte. »Sie hätte einfach abwarten und uns unseren Job machen lassen müssen. Was in aller Welt hat sie sich dabei gedacht? Was soll ich nur tun, wenn sie sie erschießen, Will?«

»Das werden sie nicht tun.«

»Das weißt du nicht.«

Einige Sekunden lang schweigen sie beide.

»Ich sollte nicht länger hierbleiben«, stellte Abby schließlich fest.

»Ja, da hast du recht«, stimmte Will ihr zu.

»Du brauchst einen anderen Stellvertreter. Lass Tammi das übernehmen, aber dann muss jemand anderes ihren Job machen. Vielleicht Elsbeth. Oder Bradley. Bradley ist gut ...«

»Ich kümmere mich darum.«

»Okay.«

»Wir holen sie da raus. Wir holen sie alle raus. Du kannst mir vertrauen.«

Konnte sie das? Konnte sie irgendjemandem das Leben ihrer Tochter anvertrauen?

Es war nicht weiter wichtig. Sie traute sich selbst nicht länger.

Kapitel 28

Abby zögerte, bevor sie an Steves Haustür klopfte. Sie wäre am liebsten vor der Schule geblieben, wollte Will jedoch nicht ablenken. Damit hätte sie Sam nur noch mehr in Gefahr gebracht. Daher hatte sie sich gezwungen, in ihren Wagen zu steigen und wegzufahren. Und das Einzige, was ihr in diesem Augenblick einfiel, war, Ben in die Arme zu nehmen.

Steve öffnete die Tür. Er sah furchtbar aus. Zerknittertes T-Shirt, blasses Gesicht, blutunterlaufene Augen. Wenn sie seine Miene richtig deutete, machte sie auch keinen besseren Eindruck.

»Hi«, flüsterte Abby. »Hast du Ben abgeholt? Ist er hier?«

»Ich ... Ja. Ich habe dich mehrmals angerufen, aber du bist nicht rangegangen. Sam geht auch nicht an ihr Handy. Wo ist sie?«

»Sam ist ... Sie ist noch immer da. In der Schule.«

»Warum? Wieso hast du sie nicht mitgebracht?« Seine Stimme klang schrill und frustriert. An jedem anderen Tag wäre der Zorn, der ständig in ihr loderte, aufgeflammt. Aber nicht heute.

»Steve.« Sie senkte die Stimme, falls Ben in der Nähe war. »In der Schule gibt es eine Geiselnahme. Mehrere Bewaffnete halten sechs Geiseln im Gebäude fest. Sam ist eine der Geiseln.«

Er riss entsetzt die Augen auf. »Was? Aber du hast doch gesagt, es geht ihr gut ...«

»Ja, zuerst sind wir auch davon ausgegangen, bis sich herausgestellt hat, dass sie noch immer im Gebäude ist.«

»Wieso konntest du dich denn nicht selbst überzeugen ...«
Abby fing an zu weinen.

Sie hatte seit über fünf Jahren nicht mehr vor ihm geweint. Das war eine bewusste Entscheidung gewesen. Steve hatte das Privileg dieser Intimität verloren. Als sie ihn wegen der Affäre zur Rede gestellt hatte, waren ebenso wenig Tränen geflossen wie später bei ihren endlosen Streitereien. Auch nicht, als er endlich gegangen war. Und später erst recht nicht. Selbstverständlich hatte sie bei der Trennung geweint, als sie das Gefühl gehabt hatte, ihr Leben würde auseinanderbrechen. Aber nur, wenn sie allein war. Nie in seiner Gegenwart.

Doch jetzt konnte sie die Tränen einfach nicht länger zurückhalten.

Wieso hatte sie sich denn nicht selbst vergewissert, dass es Sam gut ging? Sie hatte sich fast zwei Stunden dort aufgehalten, bevor sie erfuhr, dass ihre Tochter alles andere als sicher war. Und sobald sie das wusste, hatte sie die Situation völlig falsch angefasst. Zudem hatte sich Sam vermutlich derart in Gefahr gebracht, weil sie sich an einiges von dem erinnert hatte, was sie von Abby über derartige Situationen wusste.

»Ach, Abby, bitte, ähm ... Komm doch rein.« Steve ließ sie ins Haus. »Beruhige dich wieder, okay? Hör auf zu weinen.«

Beruhige dich. Die Ironie, dass ihr Ex-Mann genau die Worte benutzte, mit denen sie Absolem törichterweise angeschrien hatte, entging ihr nicht, und sie hätte laut losgelacht, wäre sie nicht von unkontrollierbarem Schluchzen geschüttelt worden. Sie ließ sich in die Küche führen und sackte auf einen der Stühle.

»Ich bringe dir ein Glas Wasser, okay? Und du ... versuchst einfach zu atmen, ja?«

»Wo ist Ben?«, stieß sie hervor.

»Er ist oben und guckt fern.«

»Was hast du ihm gesagt?«

»Nicht viel.« Steve reichte ihr ein Glas Wasser. »Nur, dass es einen Unfall an Sams Schule gegeben hat, du vor Ort wärst und es Sam gut geht. Und dann habe ich ihm erlaubt, sich ›Mikrokosmos‹ anzusehen. Ist Sam verletzt?«

Abby schüttelte den Kopf und trank einen Schluck Wasser. »Nicht, dass wir wüssten.«

Steve setzte sich ihr gegenüber. »Was wollen diese Leute?«

»Ich darf nicht darüber reden. Aber es wird verhandelt. Sie sprechen mit uns.«

»Aber sie lassen sie nicht gehen, richtig?«

»Wir tun, was wir können, Steve. Wir haben mit solchen Situationen viel Erfahrung.« Das war es, was er hören musste. Abby wünschte sich nur, dass sie dieser Satz ebenso beruhigen würde.

»Wie lange dauert so etwas normalerweise?«

Abby zuckte mit den Achseln. »Du erinnerst dich bestimmt, dass ich häufiger angerufen wurde, als wir noch zusammen waren. Manchmal war es nach zwanzig Minuten schon vorbei. Dann wieder hat es Stunden gedauert.« Oder Tage. »Ich möchte Ben gern in den Arm nehmen. Ist das okay?«

»Aber natürlich.« Steve wirkte zutiefst erschüttert. Abby konnte es nachvollziehen.

Sie wusch sich im Bad schnell das Gesicht, damit man ihr nicht auf den ersten Blick ansehen konnte, dass sie geweint hatte. Sobald sie mit ihrem Aussehen halbwegs zufrieden war, ging sie nach oben und zu Bens Zimmer. Steve hatte in beide

Kinderzimmer einen Fernseher gestellt, was Abby wahnsinnig ärgerte. Sie hatten sich deswegen oft gestritten, aber Steve gab in dieser Hinsicht einfach nicht nach.

»Ben?« Sie öffnete die Tür.

Ihr Herz setzte einen Schlag aus.

Ben saß auf dem Bett und starrte den Fernseher an. Aber da lief nicht sein Lieblingsfilm »Mikrokosmos«, sondern eine Nachrichtensendung. Eine Reporterin stand auf einer Straße vor mehreren Streifenwagen, und hinter ihr war die Christopher-Columbus-Highschool zu sehen.

Abby stürmte ins Zimmer und hielt Ausschau nach der Fernbedienung. Als sie sie nicht fand, zog sie den Stecker raus und der Bildschirm wurde schwarz.

»Mom? Was machst du denn hier?« Ben sah sie mit großen Augen an.

»Ich wollte dich sehen«, antwortete sie atemlos. »Was hast du da geguckt?«

»Ich hab mir ›Mikrokosmos‹ angesehen, aber als der Film zu Ende war, sah ich Sams Schule.«

»Oh.« Ihr Verstand war wie gelähmt.

»Sie haben gesagt, dass es in der Schule eine Schießerei gegeben hat.«

Verdammt, verdammt, verdammt! »Ja, das stimmt, aber wir glauben, dass keines der Kinder verletzt wurde.«

»Mrs Browning sagt, wenn jemand in unserer Schule schießt, müssen wir uns unter den Tischen verstecken, bis der Lehrer sagt, dass wir ins Freie rennen dürfen.« Ben starrte seine Hände an. »Wir haben das auch geübt.«

»Ich weiß, Schatz. Daran erinnere ich mich.« Abby bekam kaum noch Luft.

»Weiß Sam, dass sie sich unter dem Tisch verstecken muss? Haben ihre Lehrer ihr das gesagt?«

»Das haben sie bestimmt.«

»Dad sagt, Sam geht es gut.«

Abby zögerte. »Ja, es geht ihr gut.«

»Ist sie hier?«

»Nein, Schatz, Sam ist noch in der Schule.«

»Warum?«

»Weil da ein paar Leute sind, die nicht alle gehen lassen wollen.«

»Warum?«

»Weil sie traurig und wütend sind.«

Ben dachte darüber nach. »Wie die Leute, mit denen du manchmal bei der Arbeit reden musst?«

»Ja, genau so.«

»Dann redest du jetzt mit diesen Leuten?«

»Ich habe vorhin mit ihnen gesprochen. Jetzt macht Will das. Er kann das sehr gut.«

»Und wenn er damit fertig ist, lassen sie Sam nach Hause gehen?«

Abby musste die Tränen wegblinzeln. »Ja. Aber das könnte einige Zeit dauern.«

»Okay.«

»Möchtest du in den Arm?«

»Okay.«

Sie umarmte ihn, drückte die Nase gegen sein blondes Haar, atmete tief ein und sammelte ihren ganzen Mut zusammen. Dabei stellte sie sich vor, wie sie Sam in diese Umarmung einbezog, die Kinder fest an sich drückte und nie wieder gehen ließ.

»Du zerquetschst mich, Mom.«

»Entschuldige.« Sie ließ ihn los. »Ich werde jetzt nach unten gehen und mit deinem Dad reden, okay?«

»Ja.«

»Ich möchte nicht, dass du heute noch mal fernsiehst, okay? Du kannst ein Buch lesen.«

Ben nickte.

Sie verließ das Zimmer und ging wieder nach unten. Steve saß noch immer in der Küche. Er hatte sich ein Bier aufgemacht, starrte mit leerem Blick an die Wand und fummelte das Etikett von der Bierflasche.

»Ben hat sich die Nachrichten angesehen, als ich ins Zimmer kam«, sagte Abby mit schneidender Stimme.

»Ach, Mist!«, murmelte Steve. »Wenn der Stream zu Ende ist, schaltet er immer auf den Nachrichtensender um. Ich weiß nicht, warum das passiert.«

»Er hat das mit Sams Schule gesehen, Steve. Du kannst ihn nicht allein in seinem Zimmer Nachrichten gucken lassen ...«

»Willst du dich jetzt wirklich deswegen streiten?«, fiel Steve ihr ins Wort.

Abby schloss die Augen und holte tief Luft. »Nein, will ich nicht.«

»Gut. Es tut mir leid, dass er das gesehen hat. Was hast du ihm gesagt?«

»Nur ein paar grundlegende Dinge. Einige wütende und traurige Menschen lassen Sam nicht nach Hause gehen, aber wir reden mit ihnen.«

»Traurig und wütend, ja?«

»Genau.«

Steve hatte das Etikett jetzt ganz abgepult und zerknüllte es. »Wer leitet die Verhandlungen?«

»Will Vereen.«

Steve beäugte sie. »Wolverine, ja?« Er nannte ihren Partner immer so. »Warum bist du nicht da? Als wir vorhin telefoniert haben, klang es so, als hättest du etwas damit zu tun.«

»Das war, bevor wir herausgefunden haben, dass Sam noch in der Schule ist. Jetzt kann ich das nicht mehr machen.«

»Wieso denn nicht?«

Ihre Kehle schnürte sich zusammen. »Man muss ruhig, geduldig und mitfühlend vorgehen, und das schafft eine Person nicht, die eine direkte Beziehung zu den Geiseln hat.«

»Zum Teufel mit euren Vorschriften! Das ist unsere Tochter da drin ...«

»Ich habe es versucht, Steve! Ich habe mit ihnen gesprochen und alles nur noch schlimmer gemacht. Wenn ich mit ihnen rede, bringe ich Sam nur in Gefahr.«

Steve nippte an seinem Bier und ließ sie nicht aus den Augen. Abby lehnte sich erschöpft an den Küchentresen.

»Ist Will gut?«

»Was? Ob er gut in seinem Job ist? Er ist der Beste.«

Steve schüttelte den Kopf. »Du bist die Beste. Und das weißt du auch, oder? Du bist die beste Verhandlungsspezialistin im NYPD.«

Abby blinzelte erstaunt. Dass Steve ihr sagte, sie sei in irgendetwas die Beste, war bisher auch noch nicht vorgekommen. »Du weißt doch gar nichts über Verhandlungsspezialisten.«

»Ich weiß, dass sie dir die Ausbildung anvertrauen. Und ich weiß von diesem Bankraub letztes Jahr, von diesem Fletcher-Kind und von all den anderen Malen während unserer Ehe, die du andere davon abgebracht hast, sich das Leben zu nehmen, ihre Häuser zu verlassen oder was auch immer. Ich erinnere mich an so gut wie jeden dieser Fälle, Abby. Du bist da rausgegangen und hast mir hinterher davon erzählt. Du bist die beste.«

»Nicht heute.«

»Du solltest trotzdem dort sein. Unterstütz Wolverine. Sag ihm, was er sagen soll.«

Abby seufzte. »Ich wäre nur im Weg. Außerdem läuft das nicht so. Der Verhandlungsleiter sitzt am Telefon.«

»Jetzt komm schon. Wie oft hast du mir am Anfang erzählt, dass der Verhandlungsleiter eine falsche Entscheidung getroffen hat. Dass du es anders gemacht hättest. Wenn er dich nur gefragt hätte, dann …«

»Anfangs wusste ich es nicht besser.«

»Keiner kann das so gut wie du, Abby.«

Abby verdrehte verzweifelt die Augen. Steve bekam es einfach nicht in den Kopf, dass man manchmal jemand anderen ans Ruder lassen musste. In seiner Welt musste man immer derjenige sein, der das Ruder in der Hand hielt und die Macht hatte.

Ihr Handy piepte, und sie zog es mit rasendem Herzen aus der Tasche. War es eine Nachricht von Will? War es vorbei? War Sam verletzt?

Nein. Auf dem Display stand der Name Isaac. Es dauerte einige Sekunden, bis sie begriffen hatte, was das bedeutete. Das war gar keine Nachricht von Isaac, sondern eine neue Nachricht in dem Chat mit der Person, die sich als Isaac ausgab.

> Manchmal können wir nicht einmal den Worten trauen, die in Stein gemeißelt sind.

Sie blinzelte und las die seltsame und verwirrende Nachricht gleich mehrmals. Erst dann begriff sie, dass er auf das antwortete, was sie ihm am Vortag geschrieben hatte. Als sie ihm das Foto des Denkmals geschickt hatte. Er teilte ihr mit, dass ihre Ahnung richtig war.

»Was ist?«, fragte Steve. »Ist das Will?«

»Nein.« Sie schüttelte den Kopf und steckte das Handy wieder ein. »Es geht um etwas anderes, das nichts damit zu tun hat.«

»Oh.« Er sackte ein wenig in sich zusammen.

»Ich muss los. Sorg bitte dafür, dass Ben nicht länger allein in seinem Zimmer sitzt, okay? Er ist sehr aufgewühlt, auch wenn er sich das nicht anmerken lässt. Du weißt ja, wie er ist.«

»Ja, natürlich.«

»Und er soll nicht wieder Nachrichten gucken.«

»Das wird er nicht.«

»Ich meine ja nur, weil dort alles schlimmer klingt, als es ist, und ich möchte nicht, dass er …«

»Ich lasse ihn nicht noch mal Nachrichten gucken, Abby.« Steve klang genervt.

»Okay. Danke, Steve.«

»Rufst du mich an, sobald es Neuigkeiten gibt?« Er sah sie flehentlich an.

»Natürlich.«

Er würde auf ihren Anruf warten und sie auf Wills. Zwei hilflose, ängstliche Elternteile, die nichts anderes tun konnten als zu warten.

Kapitel 29

Sobald sie die Tür öffnete, bereute Abby es schon, nach Hause gefahren zu sein. Sie hatte keine Ahnung, was sie hier tun sollte, außer ihr Handy anzustarren und darauf zu warten, dass Will anrief und sagte, dass es vorbei war. Kurz hatte sie überlegt, unterwegs anzuhalten und sich eine Schachtel Zigaretten zu besorgen. Sie hatte mit Anfang zwanzig aufgehört, aber so hätte sie jetzt wenigstens etwas zu tun gehabt.

Keebles kam zur Tür getrabt und legte fragend den Kopf schief. Vermutlich wollte sie nur ein Leckerchen, aber es fiel Abby leicht, sich vorzustellen, dass die Hündin sich fragte, wo Sam steckte.

Abby schloss die Tür hinter sich und ging in die Küche. Sie hätte etwas essen sollen, schließlich hatte sie seit dem Frühstück am frühen Morgen nichts mehr zu sich genommen. Sie holte einen Bagel aus der Gefriertruhe und taute ihn in der Mikrowelle auf. Als er fertig war, setzte sie sich und biss hinein.

Erst da merkte sie, dass sie nicht schlucken konnte.

Zugegeben, sie hatte auch keinen Hunger, aber das war nicht das Problem. Der Bissen in ihrem Mund wurde von ihrem Gehirn nicht als Nahrung registriert. Er fühlte sich wie Staub an. Ihre Kehle funktionierte nicht richtig. Sie kaute und kaute, bekam den Happen jedoch nicht runter. Schließlich spuckte sie ihn in den Müll und warf den restlichen Bagel gleich hinterher.

Danach stieß sie ein inbrünstiges Schluchzen aus. Die Angst war allgegenwärtig wie eine Finsternis, die ihren Verstand einhüllte. Sie ging die Gespräche mit Absolem immer wieder im Kopf durch und überlegte, wie groß das Risiko wohl war, dass er durchdrehte und eine Geisel erschoss, möglicherweise sogar ihre Tochter.

Sie rief sich immer wieder ins Gedächtnis, dass er sich als Guter dargestellt hatte und dieses Image bestimmt nicht beflecken wollte.

Aber er hatte auch noch andere Dinge gesagt …

Sagen Sie ihm, dass ich die Geiseln erschieße, wenn der Hubschrauber nicht wegfliegt.

Wir wollen diese Mistkerle ein für alle Mal auffliegen lassen.

Ein verstörter Mann mit einem vollkommen verqueren Weltbild. Wenn die Dinge nicht so liefen, wie er sich das vorstellte …

Sie stand auf und ging in Sams Zimmer.

Keebles kauerte völlig angespannt vor Sams Kommode und starrte darunter. Abby runzelte die Stirn. Was war da? Vielleicht etwas Wichtiges? Möglicherweise etwas, das diese ganze Sache in einem anderen Licht dastehen ließ? Wenn Sam in ihrem Zimmer ein Geheimnis verbarg, konnte das den Verhandlern vielleicht helfen. Mit pochendem Herzen kniete sich Abby hin und spähte unter die Kommode.

Staubmäuse und etwas Rundes … eine Tablette?

Ein M&M. Keebles starrte einen M&M an, der heruntergefallen sein musste.

Abby stand auf, wischte sich den Staub von der Hose und entdeckte im Augenwinkel etwas auf Sams Schreibtisch. Ein Buch. Das Buch über die Wilcox-Sekte, das Norman ihr gegeben hatte. Ihr war gar nicht aufgefallen, dass Sam es heimlich an sich genommen hatte.

Sie nahm es in die Hand und starrte den Titel mit leerem Blick an. Es schien ebenso wie die Nachricht vom falschen Isaac zu einem anderen Leben zu gehören. Noch vor wenigen Stunden hatte sie über die Identität des Schwindlers nachgedacht. Er konnte ein anderer Überlebender sein. Dieser andere George. Doch das war unmöglich, schließlich hatte man neunundfünfzig Tote gefunden und es gab drei Überlebende. Neunundfünfzig plus drei ergibt zweiundsechzig.

Sie musste an Absolems Worte denken. *Aber was immer Sie auch tun oder sagen, Sie befolgen nur Befehle, richtig? Und von wem kommen diese Befehle? Wessen Agenda treiben Sie tatsächlich voran?*

Sie hatte immer nur an diese neunundfünfzig Toten gedacht und sich gefragt, ob sich die Polizei möglicherweise vertan hatte und es nur achtundfünfzig gewesen waren. Aber wie kam sie überhaupt auf die Gesamtzahl von zweiundsechzig? Weil Norman sie erwähnt hatte. Doch er hatte auch gesagt, dass dort Menschen aus anderen Staaten gelebt hatten und andere kamen und gingen. Woher wusste er dann überhaupt, dass sich an diesem Tag zweiundsechzig Personen dort aufgehalten hatten?

Weil sie vor über dreißig Jahren am Telefon diese Zahl genannt hatte. Sie hatte Norman erzählt, dass zweiundsechzig Menschen da seien, und wiederholt, was Moses ihr aufgetragen hatte.

»Erzähl ihnen von der Waffe.« Er drückt einen Finger an ihre Schläfe – wie eine Waffe. »Sag ihnen, dass alle zweiundsechzig von uns hier drin sind.«

Er hatte die Zahl sogar auf ein Stück Papier geschrieben und unterstrichen. Sie erinnerte sich noch daran, es in der Hand gehalten zu haben. Zweiundsechzig. Das war das Einzige, was dort stand. Das Einzige, was für Wilcox wichtig gewesen war.

Dass die Polizei glaubte, es hätten sich zweiundsechzig Personen dort aufgehalten.

Wo es doch eigentlich dreiundsechzig gewesen waren.

Und dann diese Nachricht des falschen Isaac.

Manchmal können wir nicht einmal den Worten trauen, die in Stein gemeißelt sind.

Sie war zuerst davon ausgegangen, dass er ihr recht geben wollte und dass auf dem Denkmal ein Name fehlte. Doch davon, dass dort etwas fehlte, schrieb er nichts, sondern bezog sich auf die Namen, die dort standen. Einer der Namen gehörte dort nicht hin.

Wilcox' Name.

Sie konnte sich deutlich vorstellen, wie sich alles abgespielt hatte. Er betrat den Speisesaal und wartete. Als er hörte, wie Abby von außen die Tür verriegelte, so wie er es ihr aufgetragen hatte, ging er in die Küche und legte das Feuer. Danach verschwand er durch die Hintertür, die er von außen abschloss. Im darauffolgenden Chaos – das tobende Feuer, all die Feuerwehrleute, Polizisten und Anwohner, die helfen und die Lage unter Kontrolle bekommen wollten – war er entkommen.

Später hatte die Polizei neunundfünfzig Leichen und drei Überlebende gezählt. Zweiundsechzig. Als sie nach den Namen fragten, erzählten ihnen die Kinder und Nachbarn von einem George, doch die Polizei ging davon aus, dass damit George Fletcher gemeint war. Sie wusste ja nichts von einem zweiten George.

Eine der Leichen wurde als Moses Wilcox identifiziert. Doch er war es nicht.

Wenn sie richtig lag, war Moses Wilcox noch am Leben und hatte dieses entsetzliche Massaker geplant, um seine Flucht zu vertuschen. Für alle Welt war Wilcox tot, und er konnte irgendwo ein neues Leben anfangen, ohne dass jemand nach ihm suchte.

Sie warf das Buch wieder auf den Schreibtisch, wo es mit einem Knall landete und Keebles zusammenzucken ließ. Nichts von alldem war von Bedeutung. Nichts davon konnte ihr Sam zurückgeben.

Aber vielleicht hatte Steve recht. Wenn sie sich stark genug konzentrieren konnte, um einem Plan auf die Schliche zu kommen, den ein verdrehter Mann vor über dreißig Jahren geschmiedet hatte, dann konnte sie eventuell auch dem Verhandlungsteam helfen. Sie konnte etwas für Sam tun. Selbst wenn sie nicht aktiv an den Verhandlungen teilnahm, brauchten ihre Kollegen Informationen. Und sie konnte ihnen welche besorgen.

Sie zückte ihr Handy und rief Tammi Summers an.

Tammi ging nach dem ersten Klingeln ran. »Hallo?« Sie klang besorgt.

»Gibt es Neuigkeiten, Tammi?«

»Nein, noch nicht. Will hat mit ihnen gesprochen, und es hörte sich so an, als hätte sich die Lage beruhigt, aber sie wollen keine Geiseln freilassen und weigern sich auch, einem Arzt Zutritt zu gewähren.«

Abby wurde das Herz schwer. Nach einem Wechsel des Verhandlungsleiters kam es häufig vor, dass die Dinge kurzzeitig ins Stocken gerieten, aber sie hatte gehofft, dass Absolem Will schneller vertrauen würde. So weit schien es jedoch noch nicht zu sein. »Okay. Wie läuft die Informationsbeschaffung?«

»Äh ... Ziemlich gut. Die Namen, die Ihre ... die wir beim letzten Telefonat aufschnappen konnten, haben uns einen Durchbruch ermöglicht.«

Stimmt. Sam hatte zwei Namen gerufen. Alma und Hutmacher.

»Es gibt noch mehr Neuigkeiten«, fuhr Tammi fort. »Aus dem Wächterforum.«

»Schieß los!«

»Einer der Benutzer hat die Vornamen der Geiseln gepostet. Jemand namens Haselmaus.«

»Was?« Abby umklammerte das Telefon. Ihre Stimme war kaum lauter als ein Flüstern. »Tammi, wenn die Wächter herausfinden, dass Sam meine …«

»Ich weiß, und wir kümmern uns darum. Die anderen Forenmitglieder sind nicht unbedingt überzeugt, und einige andere behaupten, sie hätten eine andere Namensliste vorliegen, es herrscht also große Verwirrung. Und sie haben sowieso nur die Vornamen veröffentlicht.«

»Aber wenn dieser Haselmaus die Namen posten kann, muss er Kontakt zu den Wächtern in der Schule haben. Oder er ist sogar einer von ihnen.«

»Ist er nicht«, widersprach Tammi. »Ich bin mir ziemlich sicher, dass ich weiß, wer er ist. Ich schicke gleich einen Streifenwagen los, um ihn verhören zu lassen.«

»Das erledige ich«, sagte Abby entschieden. »Ich kann das besser als jeder andere. Und ich will nicht, dass ein unerfahrener Beamter die Sache vermasselt.«

»Ich weiß nicht …«

»Frag Will. Er wird Ja sagen.« Jedenfalls hoffte Abby das.

Kurz herrschte Schweigen. »Dafür musst du aber die Stadt verlassen«, meinte Tammi dann.

»Kein Problem.« Abby war erleichtert. Sie konnte immer noch helfen und bekam etwas zu tun.

»Lass mich zuerst mit Will reden, okay? Ich rufe in ein paar Minuten zurück.«

»Okay.« Abby beendete das Gespräch und wählte Carvers Nummer.

»Abby.« Er hörte sich besorgt an. »Man sagte mir, Will und du hättet die Rollen getauscht.«

»Ja. Pass mal auf, ich helfe dem Team jetzt auf andere Weise, und man wird mich vermutlich losschicken, um jemanden zu verhören, der mit der Sache zu tun hat. Das könnte einige Stunden dauern.«

»Oh. Okay.«

Abby holte tief Luft. »Könntest du mich begleiten? Ich würde nur ungern allein fahren.«

Kapitel 30

Warum gibt es zahllose Artikel über die Brände in Australien? Wer profitiert davon? Und direkt danach interessieren sich die Medien für Drohnen in Colorado – Zufall?

Abby las den Text zweimal, scrollte nach unten und überflog die Antworten. Sehr viele Posts im Wächterforum fingen so an – mehrere Fragen, keine unmittelbare Antwort. Und dann kamen auch schon haufenweise Antworten, die Wächter stellten Theorien auf, verlinkten auf andere Artikel oder Threads, die ihre Ideen stützten.

Sie kannte die Macht offener Fragen, schließlich gehörten sie zum besten Handwerkszeug der Verhandlungsspezialisten. Eine offene Frage brachte Menschen zum Reden und brachte sie dazu, Dinge aus einer anderen Perspektive zu betrachten. Wenn man die Frage richtig formulierte, konnte man andere so manipulieren, dass sie einem die richtige Lösung vorschlugen und sie auch noch als ihre Idee ansahen.

Fragen bezogen das Gegenüber ein.

Als sie die Antworten überflog, bekam sie ein besseres Verständnis für die Dynamik innerhalb der Wächtergemeinschaft und der unterschiedlichen Gruppen im Forum. Danach kehrte sie zum Thread über die Identität der Geiseln zurück, den sie schon mehrmals gelesen hatte. Tammi hatte recht. Haselmaus hatte eine Namensliste gepostet, besaß im Forum allerdings keine besonders hohe Glaubwürdigkeit, und einige andere Mitglieder hatten weitere Versionen dieser Liste veröffentlicht. War da etwa eine Art von Gegenspionage am Werk? Ein FBI-Agent, der undercover für Verwirrung sorgte? Das war durchaus denkbar, allerdings machte es den Anschein, als könnten die Wächter schon selbst mehr als genug Chaos anrichten. Inzwischen kursierten über fünfzig mögliche Namen und Identitäten, darunter wenigstens drei Promis und ein Politiker. Gut.

Sie tippte auf das Display, um zum nächsten Thread zu wechseln. Der Wagen ruckte, und ihr Finger verfehlte das winzige Symbol. Sie stöhnte frustriert auf.

»Entschuldige«, sagte Carver. Er saß am Steuer und richtete den Blick angespannt auf die Straße. »Wir sind gleich da. Vielleicht solltest du das einfach mal wegstecken.«

Abby schaltete das Display aus und sah aus dem Beifahrerfenster. Sie war halb krank vor Sorge. Will hatte sie vor zwanzig Minuten auf den neuesten Stand gebracht – es gab kaum eine Kommunikation mit den Leuten in der Schule. Ebenso wenig hatten sie damit Erfolg gehabt, den verletzten Lehrer medizinisch versorgen zu dürfen. Und es gab keine Neuigkeiten von Sam. Penny, Abbys Mutter, hatte sie ebenfalls vor Kurzem angerufen, nachdem sie von der Lage in der Schule erfahren hatte, und Abby hatte ihr mitteilen müssen, dass Sam eine der Geiseln war. Obwohl sie ihr Bestes gab, um ihre Mutter zu beruhigen, hatte sie die Sorgen in ihrer Stimme gehört, und Abbys Angst war dadurch nur noch größer geworden.

»Ich versuche zu verstehen, wie diese Leute denken«, erklärte sie. »Was sie antreibt.«

»Das ist ein Haufen bescheuerter Spinner«, meinte Carver.
»So einfach ist das nicht. Und sie sind ganz bestimmt nicht bescheuert. Die meisten Menschen glauben an irgendeine Verschwörungstheorie. Bedeutet das etwa, dass wir alle verrückt sind?«
»Blödsinn. Ich kenne so gut wie niemanden, der an eine Verschwörungstheorie glaubt.«
»Ach nein?« Abby verstaute das Handy in ihrer Tasche. »Glaubst du, dass Elvis noch am Leben ist?«
»Natürlich nicht.«
»Was ist mit dem elften September? Glaubst du, dass die Regierung damit nur irgendetwas verschleiern wollte?«
Carver schnaubte. »Nein.«
»Schön, dass du das so siehst. Bist du dir sicher, dass wir über den Mord an JFK alles wissen, was es zu wissen gibt?«
Sie fuhren einige Sekunden lang schweigend weiter.
»Augenblick mal«, sagte Carver schließlich.
Abby warf ihm einen kritischen Blick zu. »Ich will damit ja nur sagen, dass wir alle wissen, was passiert ist, nicht wahr? Oswald war ein Einzeltäter. Mit deinen Worten: ein Spinner.«
»Okay, dagegen sage ich auch nichts. Trotzdem gibt es da einige Fragen, die nie ganz beantwortet wurden. Wenn man etwas darüber liest, findet man diverse Widersprüche in der offiziellen Variante. Daher könnte an einigen Dingen, die die Leute so behaupten, durchaus etwas dran sein.«
»Aha.«
»Ich bin eben aufgeschlossen. Das bedeutet aber noch lange nicht, dass ich an Verschwörungstheorien glaube.«
»Zwei Drittel aller Amerikaner sind der Auffassung, dass wir nicht die ganze Geschichte über JFK kennen, obwohl es nicht den Hauch eines Beweises für das Gegenteil gibt. Du befindest dich also in guter Gesellschaft.«
Carver verdrehte die Augen. »Na, vielen Dank auch.«

»Wir mögen es, Muster zu entdecken. Unser Gehirn ist entsprechend verdrahtet. Die Wächter unterscheiden sich nicht so stark von dir und mir. Sie behaupten nicht einfach so, Michael Jackson wäre von einer zwielichtigen Regierung ermordet worden. Bei ihnen handelt es sich um Menschen, die Dinge bemerken, die ihnen unangenehm sind oder die sie wütend oder ängstlich machen. Dinge, die zufällig oder chaotisch wirken. Und dann bietet ihnen jemand eine perfekte Lösung an. Es gibt einen Grund für diese schrecklichen Dinge. Sie werden von einer kleinen Gruppe ruchloser Menschen verursacht. Hier sind ein paar Fakten, die das untermauern. Und weißt du, was diese Arschlöcher noch getan haben? Du kannst uns helfen, sie zu bekämpfen.«

Carver fuhr vom Highway herunter und sah auf die Navi-App seines Handys. »Es ist trotzdem ziemlich dämlich. Man muss nur fünf Minuten online recherchieren, um herauszufinden, dass es Blödsinn ist.«

Abby seufzte. »Fünf Minuten Onlinerecherche können alles Mögliche zutage bringen. Merk dir lieber, dass du diesen Typen nicht behandelst, als wäre er dumm oder verrückt, wenn wir mit ihm reden, sonst sagt er nämlich keinen Ton. Wir brauchen aber seine Kooperation.«

»In welcher Verbindung steht er zu diesen Leuten in der Schule?«

»Haselmaus ist derjenige, der die Liste mit den Namen der Geiseln gepostet hat. Die korrekte Liste, wohlgemerkt. Daher muss er mit ihnen in Kontakt gestanden haben, nachdem sie in der Schule aufgetaucht sind.«

»Und wir haben seine IP? Kennen wir daher seine Adresse?«

»Nein. Das Forum läuft über Tor«, erklärte Abby. Websites, die über den Tor-Browser zu erreichen waren, wurden im Allgemeinen als Dark Web bezeichnet, und dort genossen die Benutzer Anonymität. »Aber Tammi ist all seine Posts durchgegangen. Er hat einmal geschrieben, er würde mehrere Stunden von Manhattan entfernt wohnen. In einem anderen Post erwähnte er, dass sein Dad zweimal wegen angeblicher Drogendelikte verhaftet worden sei. In einem anderen Post bezeichnete er seine Mathelehrerin als mögliche Agenten des Zirkels. Der Name der Lehrerin lautet Libby Hadden. Es gibt nur zwei Libby Hadden in den Vereinigten Staaten und nur eine an der Ostküste. Tammi hat mit ihr telefoniert; sie unterrichtet an der Monticello-Highschool. Und es gibt im Einzugsbereich der Schule nur einen Mann, der in den vergangenen Jahren zweimal wegen Drogendelikten verhaftet wurde. Richard Fry. Sein Sohn ist Dennis Fry, der bei derselben Hadden Matheunterricht hat. Er ist unsere Haselmaus.«

»Da hat Tammi aber gute Arbeit geleistet.«

Abby musste lächeln. »Ja, so was kann sie wirklich gut.«

Sie fuhren schweigend durch Monticello. Es war ein friedlicher Ort, eine dieser Städte, in denen man überall einen Parkplatz fand und keine Verkehrsstaus kannte. Der Gegensatz zu dem Chaos, das sie hinter sich gelassen hatte, setzte Abby zu. Sam kauerte in irgendeinem Raum in der Schule, wurde wahrscheinlich mit einer Waffe bedroht und das Gebäude war von der Polizei umstellt, während Abby kilometerweit entfernt an mit Gras bewachsenen Wegen und verschlafenen Geschäften vorbeifuhr.

Das Haus der Frys lag an einer Nebenstraße mit hohen Bäumen zu beiden Seiten, deren Laub sich auf der Straße sammelte und die letzten Sonnenstrahlen einfing. Wacklige Zäune markierten die Grundstücksgrenzen. Überall lag Müll herum – Papier, Plastiktüten, Flaschen. Als sie vor Richard Frys Haus parkten, erkannten sie auch den Grund dafür.

Der Garten war die reinste Müllhalde.

Das war nicht nur ein vernachlässigter Garten mit altem Spielzeug oder zerbrochenen Plastikstühlen. Hier hatten sie es mit einem gepflegten Schrottplatz zu tun, der in einzelne Abschnitte unterteilt war – ein Haufen platter Bälle ragte neben einem halben Dutzend kaputter Fahrräder auf. Daneben ein Turm aus Pizzaschachteln. Ein Berg aus zerrissenen, dreckigen Kleidungsstücken. Ein großer Bereich war für alte Elektrogeräte reserviert, vor allem Kühlschränke, Waschmaschinen und Trockner. Diese waren fast wie ein zweiter Zaun nebeneinander aufgereiht und versperrten die Sicht auf den restlichen Garten. Der Metallzaun war in Plastiktüten, Stoff und Papier gehüllt – lauter Sachen, die der Wind aus der Müllsammlung weggeweht hatte.

»Der Nachbar dieses Typen möchte ich nicht sein«, kommentierte Carver.

»Ich auch nicht.« Abby stieg aus dem Wagen. Der Gestank traf sie wie ein Schlag. Die ganze Straße hätte eigentlich nach nasser Erde und Bäumen riechen müssen, stattdessen hing ein widerlicher Geruch in der Luft, in dem sich verdorbenes Essen, Rost und Chemikalien vereinten.

Das Tor fasste sich klebrig an, und die Scharniere quietschten, als Abby es aufdrückte. Der Weg bis zur Haustür war nur wenige Meter lang, dennoch musste sie langsam gehen und einen Bogen um mehrere Kisten voller Schrauben machen, um sich vorsichtig zwischen einem Reifenstapel und einem Haufen Glasflaschen hindurchzubewegen, von denen mehrere zerbrochen waren, sodass Scherben in der Sonne glitzerten.

Sie klopfte an die Tür. Carver wartete wenige Schritte hinter ihr. Nach einigen Minuten klopfte sie erneut. Die Tür ging einen Spalt weit auf, und sie sah eine Kette, die zur Sicherheit vorgelegt war.

»Ja?« Ein unrasierter Mann sah sie durch den Türspalt mit blutunterlaufenen Augen an.

»Mr Fry?«

»Ja?«

Sie zeigte ihm ihre Dienstmarke, wobei sie mit dem Daumen das NYPD-Logo verdeckte. »Ich bin Lieutenant Mullen, das ist mein Partner Detective Carver. Dürfen wir reinkommen?«

»Hat sich diese Schlampe Paula schon wieder beschwert? Das Zeug in meinem Garten ist mein Eigentum, verstanden? Ich habe das Recht, meinen Besitz zu behalten.«

»Hierbei geht es nicht um eine Beschwerde«, erklärte Abby. »Wir möchten mit Ihrem Sohn Dennis sprechen.«

»Mit Dennis?«, wiederholte er überrascht. »Was hat er angestellt?«

»Nichts«, antwortete Abby. »Aber er hat möglicherweise Informationen über einige Leute, gegen die wir ermitteln.«

»Dennis hat nicht viele Freunde.«

»Wir möchten ihm nur ein paar Fragen stellen, dann sind wir auch schon wieder weg.«

Er schien darüber nachzudenken. Endlich meinte er: »Okay, kommen Sie rein. Aber passen Sie auf, wo Sie hintreten.«

Er schloss die Tür, nahm die Kette ab und ließ sie hinein.

Das Innere des Hauses sah noch schlimmer aus als der Garten, falls das überhaupt möglich war. Der Raum besaß eine eigene Topografie – Haufen, Stapel und Berge an Müll, die teilweise bis zur Decke reichten. Die Luft war zum Schneiden dick, und Abby musste sich zusammenreißen, um sich nicht Mund und Nase abzudecken. Sie ging hinter Richard her und gab sich die größte Mühe, nichts umzuwerfen. Der Mann führte sie durch das Labyrinth und sagte ständig Sachen wie »Seien Sie hier vorsichtig« oder »Passen Sie auf Ihre Tasche auf.« Abby musste sich fast schon seitlich durch das Haus bewegen. Richard schien nicht die geringsten Probleme zu haben und genau zu wissen, wohin er seinen Fuß setzen und an welchen Müllhaufen er sich anlehnen konnte. Auf halbem Weg durchs Wohnzimmer blieb er stehen, nahm eine Ausgabe des *National Geographic*-Magazins von einem Stapel und legte sie sanft auf einen anderen. Offensichtlich mit seinem Aufräumversuch zufrieden, bedeutete er Abby, ihm weiter zu folgen.

»Sein Zimmer ist da drüben.« Richard drückte eine Tür auf. Sie bewegte sich nicht weit – gerade genug, dass man sich hindurchquetschen konnte –, da sie dahinter anscheinend von irgendetwas blockiert wurde.

»Dennis?«, fragte Richard und betrat das Zimmer. »Hier sind ein paar Leute, die … Oh, Scheiße!«

Als sie die eindringliche Stimme hörte, drückte Abby die Tür weiter auf und wäre beinahe auf einigen am Boden liegenden Flugblättern ausgerutscht. Sie schaute sich im Zimmer um und nahm den leeren Stuhl, das offene Fenster und die sich davor bewegende Gestalt wahr. Dennis wollte offensichtlich Reißaus nehmen.

»Er haut ab, Carver!«, schrie sie.

Hinter sich hörte sie einiges umstürzen, als Carver sich umdrehte und zurück zur Haustür lief. Abby drängte sich an Richard vorbei und stolperte über einen Kleiderhaufen. Sie gelangte irgendwie zum Fenster, sprang hindurch und verfehlte nur knapp einen zerbrochenen Tontopf.

Der Junge lief im Zickzack zwischen den Müllhaufen hindurch zum hinteren Zaun. Abby rannte ihm hinterher und musste feststellen, dass der ganze Abfall ein trügerisches Labyrinth bildete. Dennis kannte sich hier offenkundig aus, denn er bewegte sich schnell und sprang über Metall, Plastik und verrottendes Holz.

Abby hielt auf dem kürzesten Weg auf ihn zu und prallte gegen einen Stapel Plastikkisten. Etwas Feuchtes und Öliges bespritzte sie und bekleckerte ihre Brille, was sie jedoch ignorierte, um mit zusammengebissenen Zähnen weiterzurennen. Ein Haufen Müllsäcke versperrte ihr den Weg, und sie kletterte darüber, wobei das Plastik unter ihren Füßen zerriss und alte Zeitungen und schimmlige Bücher zum Vorschein kamen. Aus dem Augenwinkel bemerkte sie Carver, der sich den Weg an der endlosen Mauer aus Kühlschränken entlang bahnte.

»Der Wagen«, rief sie. »Schneid ihm den Weg ab!«

Dennis hatte den Zaun erreicht und lief daran entlang. Sie erkannte, worauf er zuhielt: mehrere Stühle, die es ihm ermöglichten, über den Zaun zu klettern und auf die Straße zu gelangen. Sie erklomm den Müllberg, und der unebene Haufen bebte unter ihren Füßen und sackte in sich zusammen. Abby rutschte aus, stürzte, rappelte sich wieder auf. »Stehen bleiben!«

Dennis blieb jedoch nicht stehen. Er hatte die Stühle erreicht und kletterte hinauf. Einer der Stühle geriet ins Wanken, doch er hielt sich am Zaun fest, bewahrte das Gleichgewicht und kletterte weiter. Dann sprang er über den Zaun und war verschwunden.

Eine Sekunde später stand Abby ebenfalls vor den Stühlen. Als sie daran hochkletterte, brach der ganze Berg unter ihr zusammen. Sie stürzte nach vorn und schaffte es irgendwie über den Holzzaun, zerkratzte sich dabei jedoch die Arme und Beine. Auf der anderen Seite rutschte sie kurzerhand zu Boden und sprang sofort wieder auf.

Dennis rannte über die Straße auf eine dichte Baumgruppe zu. Sie hastete ihm hinterher. Er war schnell, doch nun, wo sie keine Hindernisse mehr überwinden musste, holte sie rasch auf.

Und dann tauchte auch Carvers Wagen auf, bog mit quietschenden Reifen um die Kurve und versperrte Dennis den Weg. Der Junge blieb stehen und drehte sich wieder um. Abby prallte unverhofft gegen ihn, und sie gingen beide zu Boden. Bevor Dennis zu Atem kommen konnte, hatte sie ihn schon auf den Bauch gedreht und hielt ihm ein Handgelenk hinter dem Rücken fest. Er schrie vor Schmerzen auf.

Schwer atmend zerrte Abby sein anderes Handgelenk nach hinten. Carver stand nun neben ihr und ließ die Handschellen zuschnappen. Abby stand auf und wischte sich das Gesicht ab, um danach angewidert ihre Finger anzustarren. Was immer ihr zuvor ins Gesicht gespritzt war, stank wie geronnene Milch.

»Dennis Fry«, sagte sie. »Bist du Haselmaus?«

Carver stellte den Jungen auf die Beine. Er war blass, hatte ein schmutziges, sommersprossiges Gesicht und sah sich mit großen braunen Augen panisch um.

»Ich hab nichts gemacht«, erwiderte er. »Ich wusste nicht, dass sie da mit Waffen reingehen wollen. Das schwöre ich!«

Abby nahm die Brille ab und putzte sie. »Ich glaube dir. Wir möchten dir nur ein paar Fragen stellen.«

Kapitel 31

Für Abby und Carver war offensichtlich, dass sie Dennis alias Haselmaus nicht in seinem Zuhause befragen konnten. Abby bezweifelte, dass sie dort überhaupt alle eine Sitzgelegenheit finden konnten, und sie wollte sich von diesem Gestank und den erdrückenden Müllbergen auch nicht ablenken lassen.

Stattdessen fragten sie Dennis, ob sie ihm ein spätes Mittagessen im hiesigen Wendy's ausgeben konnten. Die Alternative sei das Verhörzimmer der Polizei, fügte Abby hinzu. Im Wendy's würde es darüber hinaus auch jede Menge Zeugen geben, was Dennis letzten Endes zu überzeugen schien, dass sie ihn doch nicht in eine Seitengasse zerren und erschießen wollten.

Er weigerte sich, in den Wagen zu steigen. Daher gingen sie zu Fuß, nachdem Abby ihm die Handschellen abgenommen hatte. Carver kehrte ins Haus zurück, um sich bei Richard Fry zu erkundigen, ob er bei der Befragung seines Sohnes anwesend sein wollte.

Die Nachricht, dass sein Vater abgelehnt hatte, schien Dennis nicht zu überraschen.

»Er verlässt das Haus nur ganz früh am Morgen, wenn alle anderen noch schlafen«, sagte er. »Er kann die Gegenwart anderer Menschen nicht leiden.«

Der Junge schien sich in dem geräumigen Fastfoodrestaurant nicht wohlzufühlen. Er saß gekrümmt da und presste Arme und Beine zusammen, als wollte er möglichst wenig Platz einnehmen. Abby erinnerte sich an sein Zimmer und den Müll, den sein Vater auf allen Seiten auftürmte, sodass er so gut wie gar keinen Platz mehr fand.

Er vermied es sichtlich, den Jungen am Nachbartisch einen Blick zuzuwerfen. Sie waren etwa in seinem Alter und gingen vermutlich auf dieselbe Schule. In einer solch kleinen Gemeinde konnte man sogar davon ausgehen, dass sie in derselben Klasse waren. Sie schauten immer wieder zu ihnen herüber und tuschelten miteinander. Zwei kicherten leise. Abby warf ihnen einen langen, eisigen Blick zu, und sie wandten sich ab, unterhielten sich aber leise weiter.

Carver ging zum Bestellen an den Tresen, und Abby blieb Dennis gegenüber am Tisch sitzen. Sein Kampfgeist schien völlig verflogen zu sein. Nun hatte er vor allem Angst.

»Dann erzähl doch mal«, verlangte Abby. »Warum hast du dir den Spitznamen Haselmaus ausgesucht?«

Er sah sich scheu um. Wollte er ihr jetzt etwa weismachen, dass sie den Falschen erwischt hätten?

Doch dann antwortete er: »Er war noch verfügbar. Und wir benutzen alle Namen aus Lewis Carrolls Büchern.«

»Weil sich die Wächter in den Kaninchenbau wagen, richtig?«

»Ja.«

»Aber warum dann nicht Humpty Dumpty oder Diedeldum?«

»Die Namen waren schon vergeben, als ich mich im Forum angemeldet habe. Und ich wollte nichts Lahmes wie eine Zahl hinter dem Namen, verstehen Sie? Wie Grinsekatze54 oder so. Daher hab ich die kleineren Charaktere ausprobiert. Dodo war schon weg, Haselmaus aber noch nicht.«

»Wann hast du dich im Forum angemeldet?«

Er machte sich noch kleiner als zuvor. »Das weiß ich nicht mehr.«

»Du hast gesagt, alle guten Namen wären schon weggewesen, dann war es also nicht direkt am Anfang, richtig?«

»Ich schätze, nicht.«

Abby schenkte ihm ein Lächeln und wusste genau, dass sich nichts von der Angst, der Ungeduld oder der Wut, die in ihr tobten, darin widerspiegelte. Viele Leute glaubten, die Art, wie jemand lächelte, würde ihnen viel über die Person verraten. Das mochte auf die meisten Menschen sogar zutreffen, vielleicht sogar auf Abby, wenn sie ihre Kinder oder Freunde anlächelte.

Aber ein Lächeln konnte auch eine nützliche Maske sein. Dieses Lächeln war herzlich, offen und aufrichtig. Es versprach Akzeptanz und Sicherheit. Nur ein guter Mensch würde so lächeln. Oder eine gute Lügnerin. Die Abby zufälligerweise war.

Ihr Lächeln bewirkte einiges in Dennis' Körpersprache. Seine Schultern entspannten sich. Er lehnte sich leicht zurück. Auf seinen Lippen zeichnete sich sogar der Hauch eines Lächelns ab.

»Kannst du es ungefähr schätzen?«, fragte sie.

»Keine Ahnung. Vor etwa einem Jahr vielleicht.«

Das war nah dran. Er hatte sich vor elf Monaten dort angemeldet. Das Datum, an dem der Benutzername erstellt worden war, fand sich in den Profildetails.

»Wieso hast du dich im Forum angemeldet?«

»Ich hatte dieses YouTube-Video gesehen, und da haben sie ein paar echt interessante Sachen erzählt. Und auf das Forum verlinkt.«

»Was denn für Sachen? Worum ging es in dem Video?«

Bei ihren Lehrveranstaltungen sprach Abby immer von der 7-38-55-Regel. Wenn jemand etwas sagte, vermittelten die Worte nur zu sieben Prozent, was er empfand. Der Tonfall machte achtunddreißig Prozent aus. Die restlichen fünfundfünfzig Prozent fielen auf die Körpersprache. Während einer Krise sprach sie meist nur per Telefon oder durch eine geschlossene Tür mit den Menschen und hatte somit nur Tonfall und Worte – fünfundvierzig Prozent –, mit denen sie arbeiten konnte. Aber hier, Auge in Auge mit diesem Kind, hatte sie die ganzen hundert Prozent und wusste auch, wie sie damit umgehen musste.

Als sie nach dem Video fragte, konnte er höchstwahrscheinlich keine Langeweile, Skepsis oder Ungeduld bei ihr bemerken. Ebenso wenig konnte ihm auffallen, dass sie ständig an ihre Tochter dachte, sich Sorgen machte und die schlimmsten Szenarien ausmalte und am liebsten ständig auf ihrem Handy nachsehen wollte, ob es Neuigkeiten von Will gab.

Alles, was sie Dennis vermittelte, war Neugier, Interesse und Respekt.

Er war vierzehn und hatte keine Freunde. Demzufolge sehnte er sich verzweifelt nach jemandem, der ihm zuhörte. Abgesehen davon, war es das, was viele Verschwörungstheoretiker – und nicht nur sie – am liebsten taten: über ihre Leidenschaften reden.

Sie konnte richtiggehend erkennen, wann sie ihn geknackt hatte. Sein veränderter Gesichtsausdruck. Wie er plötzlich die Augen aufriss. Die Art, wie er sich vorbeugte.

»Da war dieser Kerl, der über falsche Verhaftungen gesprochen hat.« Nun sprudelten die Worte nur so aus Dennis heraus. »Nichts für ungut, ich weiß ja, dass Sie Polizistin sind, und ich bin keiner dieser Typen, die glauben, alle Polizisten sind Arschlöcher, okay? Aber wussten Sie, dass dreiundsiebzig Prozent aller Verhaftungen total der Betrug sind? Darum versuchen sie immer, sich außergerichtlich zu einigen, weil sie genau wissen, dass sie nichts in der Hand haben. Wenn sie das aber so regeln, müssen sie nichts beweisen.«

»Dreiundsiebzig Prozent? Das scheint mir aber zu hoch gegriffen zu sein.« Abby runzelte die Stirn.

»Es gibt dazu Statistiken, die Sie online leicht finden können, wenn Sie wissen, wo Sie suchen müssen. Sie müssen mir das nicht glauben. Das sollten Sie auch gar nicht. Forschen Sie selbst nach. Graben Sie tiefer. Dreiundsiebzig Prozent. Jedenfalls hat der Typ darüber gesprochen. Er hat Beispiele genannt und erklärt, warum sie das getan haben, und Beweise gezeigt, und ich wusste, was er meinte, verstehen Sie?«

»Woher wusstest du das?« Sie kannte die Antwort längst. Das war also der Aufhänger gewesen, mit dem sie Dennis gepackt hatten. Die Drogendelikte seines Vaters.

»Mein Dad wurde zweimal verhaftet, okay? Wegen Drogenbesitz. Doch das ist völliger Blödsinn. Okay, mein Dad hatte einen Joint dabei ... aber die Hälfte der Leute hier raucht Gras. Und werden die etwa verhaftet?«

Wahrscheinlich nicht, aber die hatten auch keine Nachbarn, die sich ständig über Richard Frys Müll ärgern mussten. Abby konnte sich gut vorstellen, dass Richard nicht gerade der Lieblingseinwohner der Polizei war.

»Jedenfalls hat der Typ gesagt, dass wir uns schlaumachen sollen, wenn wir uns wehren wollen. Und dass wir uns in diesem Forum anmelden und die Sachen nachlesen können, die andere rausgefunden haben. Ich wollte nicht, dass mein Dad wieder verhaftet wird, denn beim nächsten Mal beschließen sie vielleicht, dass ich nicht mehr bei ihm wohnen darf, verstehen Sie? Ich will nicht in irgendeinem beschissenen Pflegeheim landen. Außerdem hat sich rausgestellt, dass sie so auch an einige der Kinder kommen.«

»Sie? Du meinst den Zirkel?«

»Ja. Sie sorgen dafür, dass die Eltern eingesperrt werden, und dann landen die Kinder angeblich im Pflegeheim oder so, dabei werden sie in Wirklichkeit verkauft.«

»Aus den Pflegeheimen?«

»Nein! Die kommen da gar nicht erst an. Irgend so eine Lady taucht auf, gibt sich als Sozialarbeiterin aus und hat vielleicht sogar einen richtigen Ausweis dabei, okay? Dann nimmt sie die Kinder mit, und ein paar von ihnen sieht man nie wieder. Es gibt einen Haufen Beweise dafür, dass so was passiert.«

Carver trat an den Tisch und stellte Tabletts vor ihnen ab. Dennis bekam einen Burger und eine große Cola. Abby hatte zwar gesagt, dass sie nichts essen wollte, aber nun stellte er ihr einen Hähnchensalat mit ein paar Früchten hin. Er hatte sich ebenfalls einen Burger gekauft.

Als er sich gesetzt hatte, warf sie ihm einen flüchtigen Blick zu. Sie wollte, dass er sich unsichtbar machte. Schon jetzt wurde Dennis immer kleiner.

Carver setzte ein unschuldiges Lächeln auf. »Mann, hab ich einen Hunger«, sagte er und wickelte seinen Burger aus. Er nahm einen ordentlichen Bissen und betrachtete abgelenkt die hohen Glaswände, lehnte sich zurück und erweckte den Anschein, als würde er sich nicht im Geringsten für ihre Unterhaltung interessieren.

»Du hast also dieses YouTube-Video gesehen«, wiederholte Abby. »Und dich im Forum angemeldet, richtig? Da gibt es bestimmt auch einen Thread für neue Mitglieder. Hast du dich da sofort vorgestellt?«

»Nein«, antwortete Dennis und widmete sich kurz seinem Burger. »Ich lese hauptsächlich die Threads. Hab rumgelauert, wissen Sie? War eine Alice.«

»Eine Alice?« Abby grinste. »Was bedeutet das?«

»So nennen wir die Neuankömmlinge, die noch keinen Benutzernamen haben. Alices, okay? Weil sie sich noch nicht dazu entschieden haben, in den Kaninchenbau zu gehen.«

»Verbringst du viel Zeit mit dem Lesen der Threads?«

»Nicht nur damit. Es gibt auch einige echt unglaubliche Wächter-YouTuber, die schon Hunderte von Videos veröffentlicht haben.« Nun war er abermals in Fahrt. Er redete mit vollem Mund weiter und war viel zu aufgeregt, um jetzt aufhören zu können. »Aber das war nicht nur Wächterkram, verstehen Sie? Wächter sind keine Schafe. Wir lassen uns nicht von anderen vorschreiben, was wir denken sollen. Darum hab ich alles über den Sexhandel und die korrupte Polizei und die Leute dahinter gelesen. Hat man erst einmal angefangen, sich zu informieren, sieht man die Zeichen überall. Ich verbringe jeden Tag gute … sechs bis acht Stunden damit. Früher habe ich täglich stundenlang Fortnite gespielt, aber an jenem Tag hab ich einfach so damit aufgehört.« Er schnippte mit den Fingern.

Abby ließ ihn reden und warf nur hin und wieder eine ergänzende Frage ein. Dieser Junge konnte vermutlich zehn Stunden am Stück plappern. Mit genug Zeit hätte sie ihn einfach gewähren lassen und Vertrauen aufgebaut. Doch das war heute nicht möglich. Sie aß ein bisschen was von ihrem Salat und musste jeden Bissen mit Wasser herunterspülen. Aber sie wusste, dass sie etwas essen musste, um weiter klar denken zu können. Und so tat sie es und hörte aufmerksam zu, während Carver das Chamäleon spielte und mit dem Hintergrund verschmolz.

Endlich, nachdem er ihr ausgiebig erklärt hatte, wie der Zirkel die Menschen durch Medikamente steuerte, räusperte sich Abby. »Du weißt, warum wir eigentlich hier sind, Dennis.«

Seine Skepsis kehrte augenblicklich zurück. Sie konnte nur hoffen, dass ihr Timing stimmte.

»Geht es um diese Schule?«, fragte er.

»Ja. Drei deiner Freunde sind dort. Absolem, Hutmacher und, äh …« Sie runzelte die Stirn, als wäre ihr der dritte Name entfallen. Das Schweigen zog sich in die Länge. Die meisten Menschen hatten ein Problem mit Stille und konnten sie nicht lange ertragen.

»Rote Königin«, murmelte Dennis geknickt.

»Genau.« Alma war also Rote Königin. »Ich weiß, warum sie dorthin gegangen sind. Tatsächlich habe ich vorhin sogar mit Absolem gesprochen, und er hat mir alles erklärt.«

»Sie haben mit Absolem gesprochen?« Es war offensichtlich, dass er ihr nicht glaubte.

»Aber ja. Wenn du mit ihm chattest oder telefonierst, kannst du ihn ja fragen.«

»Oh.« Da war irgendetwas. Sein Blick huschte zur Seite. Aber Abby war sich fast sicher, dass sie durch diese Aussage etwas mehr Vertrauen gewonnen hatte.

Sie seufzte. »Ich glaube, dass deine Freunde das Richtige tun wollten. Sie dachten, diese entführten Kinder werden in dieser Schule verkauft, nicht wahr? Sie wollten ihnen helfen. Aber die Sache lief aus dem Ruder.«

»Ja. Sie hatten all das nicht geplant, sondern wollten sich da nur mal umsehen, das schwöre ich.«

»Ich glaube dir. Das tue ich wirklich. Und ich möchte das in Ordnung bringen, ohne dass irgendjemand verletzt wird. Solange es keine Schwerverletzten gibt, kann ich deinen Freunden helfen. Ich kann mich für sie einsetzen, den Leuten helfen, ihre Seite der Geschichte zu verstehen. Aber wenn jemand erschossen wird …« Sie hob die Hände. »Dann kann ich nichts mehr für sie tun.«

»Okay. Aber warum reden Sie mit mir? Sie sollten lieber mit den anderen Polizisten sprechen.«

»Ich hatte den Eindruck, dass sich deine Freunde nicht ganz einig sind, wie es weitergehen soll. Und ich hatte gehofft, du könntest ein wenig Licht in die Angelegenheit bringen. Bisher konnte ich nämlich nur mit Absolem sprechen.«

»Ich hab keine Ahnung, was da passiert.«

Abby nickte und machte ein nachdenkliches Gesicht. Er wusste selbstverständlich Bescheid. Schließlich hatte er die Namen der Geiseln veröffentlicht. Aber sie wollte ihn nicht der Lüge bezichtigen und in die Defensive treiben. »Du hast keine Ahnung.«

»Nein, okay, ich habe die Nachrichten gesehen, aber das war's auch schon.«

»Du hast vorhin erwähnt, dass deine Freunde darüber gesprochen hätten, sich in der Schule mal umzusehen. Wo haben sie das gesagt?«

Er verspannte sich. »Wie meinen Sie das?«

»Habt ihr telefoniert oder euch getroffen?«

»Nein, das war in einem privaten Chat.« Er zuckte mit den Achseln und wollte es so aussehen lassen, als wäre das keine große Sache. Aber Dennis war ein schlechter Lügner. Sein Blick huschte umher, und er fasste sich an die Lippen. Entweder log er, oder es war ihm sehr unangenehm, über diesen Chat zu sprechen.

»Was für ein privater Chat? Unterhaltet ihr euch dort häufiger?«

»Na ja, hin und wieder.«

»Warum nicht im Forum?«

»Weiß ich nicht.«

»Dennis.« Sie beugte sich vor und zog die Augenbrauen hoch. »Deine Freunde sind in Gefahr. Und ich versuche wirklich, ihnen zu helfen. Ich muss es wissen.«

Er zögerte, bevor er weitersprach. »Die Sache ist die, vor ein paar Monaten ist etwas passiert, und da hat Absolem beschlossen, dass wir diesen Chat erstellen sollten, okay? Jeder weiß doch, dass das FBI und die Polizei in unserem Forum mitlesen.

Einige der Mitglieder, die dort posten, haben ein falsches Profil angelegt und sind in Wirklichkeit Polizisten. Daher hielt er es für schlauer, wenn wir einen eigenen privaten Chat nutzen. Wo nur Leute sind, denen wir vertrauen und die in der Nähe wohnen.«

»Dann ist es also ein privater Chat für dich, Hutmacher, Rote Königin, Absolem und …?«

»Und das war's«, sagte er schnell. »Nur für uns vier.«

»Es ist kein Verbrechen, sich in einem privaten Chat zu unterhalten«, erklärte Abby leise. »Wir möchten nur mehr Details wissen, damit diese Situation friedlich beendet werden kann.«

»Es gibt da noch diesen anderen Kerl«, gab Dennis nach einer Sekunde zu. »Jabberwocky. Aber der hat nichts gemacht und ist auch nicht zu der Schule gegangen.«

»Ihr seid also zu fünft in dem Chat.«

»Ja.«

»Und sie haben sogar heute etwas geschrieben, nachdem sie die Schule betreten hatten.« Sie senkte die Stimme ein wenig, die nun tiefer und fester klang. Es war keine Frage; sie sprach eine Tatsache aus. Es war Zeit, mit Dennis Tacheles zu reden.

Er rutschte betreten auf seinem Sitz herum. »Ja, aber nur ein paar Kommentare. Rote Königin hat was über die Geiseln geschrieben. Aber dann … Na ja, ich hab was im Forum gepostet, und Absolem hat mir gesagt, dass ich nichts mehr schreiben darf, weil sie nicht wollen, dass Informationen durchsickern.«

»Haben sie noch etwas anderes im Chat gepostet?«

»Nein. Ich meine … Sie sind ja ziemlich beschäftigt.«

»Entscheidet Absolem, wer dem Chat beitreten darf?«

»Ja, aber Rote Königin und Hutmacher waren sowieso schon eng mit ihm befreundet. Sie kennen sich schon seit über einem Jahr aus dem Forum.«

»Und was ist mit dir?«

»Er sagte, er wäre von meinen analytischen Fähigkeiten sehr beeindruckt. Ich habe mehrere, na ja ... Codes in öffentlichen Mitteilungen und so gefunden.« Er wirkte bei diesen Worten misstrauisch, als würde er damit rechnen, verspottet zu werden, aber Abby nickte nur und hörte aufmerksam zu. »Und er wusste, dass ich im selben Staat lebe, daher war das entschieden.«

»Und was ist mit Jabberwocky?«

»Den habe ich vorgeschlagen. Rote Königin und Hutmacher waren nicht gerade begeistert, aber Absolem meinte, Jabberwocky wäre in Ordnung.«

»Was hatten Rote Königin und Hutmacher denn gegen ihn?«

»Es ist nicht so, als könnten sie ihn nicht leiden; er ist nur ein bisschen komisch. Er hat sich schon vor einer Weile im Forum angemeldet, aber viele meiden ihn. Der Grund dafür ist vor allem, dass er ständig persönliche Treffen vorschlägt, was man ja eher einem Undercovercop zutrauen würde. Und manchmal hatte ich den Eindruck, dass er sich zu sehr bemüht, verstehen Sie? Als würde er die Leute ständig wegen irgendwelcher Posts loben. Keine Ahnung. Aber ich vermute, dass er einfach nur ahnungslos war und nett sein wollte. Jedenfalls hat er damit aufgehört, und es war eh keine große Sache.«

»Hast du dich mal mit ihm getroffen?«

»Nein.«

»Wieso nicht?«

Dennis blickte peinlich berührt zu Boden. »Weil die Leute im Forum nicht wissen, wie alt ich bin.«

Abby nickte verständnisvoll. »Dann lebt dieser Jabberwocky auch in der Gegend?«

»Ja.«

»Woher weißt du das?«

»Weil ich mal überlegt hatte, mich doch mit ihm zu treffen, und er vorschlug, dass wir uns in der Nähe seiner Wohnung treffen könnten. Er hat mir seine Adresse gegeben.«

Abby ließ die Worte kurz in der Luft hängen. »Du hast erwähnt, dass Absolem etwas erlebt hat, was dazu führte, dass er diese private Gruppe bilden wollte. Weißt du, was das war?«

»Nein. Er wollte nicht darüber reden. Aber er sagte, er habe herausfinden müssen, dass man niemandem trauen kann und dass man ständig von Agenten umgeben ist. Ich hatte den Eindruck, dass sich jemand, der ihm nahestand, als Agent entpuppt hat.«

»Ein Agent ist jemand, der für den Zirkel arbeitet?«

»Ja.«

»Und du sagst, dass das vor einigen Monaten passiert ist?«

»Ja, ein paar Tage vor Halloween. Danach war er irgendwie anders. Er hängte sich mehr rein.«

»Wie meinst du das?«

»Davor hat er nicht viel gepostet, hauptsächlich ... Memes und so'n Zeug. Aber was immer da passiert ist, hat ihn verändert. Er fing an, darüber zu reden, dass wir zurückschlagen und dem Zirkel den Kampf erklären müssen. Das, was da passiert ist, hat ihn ganz schön mitgenommen, verstehen Sie?«

Abby lehnte sich zurück und holte tief Luft. »Dennis ... Dieser Chat. Ist der noch aktiv? Können wir ihn nutzen, um mit deinen Freunden zu reden? Kannst du ihn benutzen?«

Erneut war da dieser Gesichtsausdruck. Wieder zuckte sein Blick zur Seite. Der Gedanke behagte ihm nicht. »Nein. Das geht nicht.«

»Mir ist bewusst, dass du deine Freunde beschützen willst ...«

»Sie verstehen es nicht! Es geht wirklich nicht. Als Sie vor der Tür standen, hab ich den Chat verlassen. Darauf hat Absolem von Anfang an bestanden. Dass wir den Chat verlassen, wann immer wir glauben, dass uns der Zirkel auf die Schliche gekommen ist. Auf diese Weise kommt der Zirkel nicht an unser Chatlog, und sie können sich nicht als einer von uns ausgeben, verstehen Sie? Und wir waren uns einig, dass es ein Zeichen ist, wenn jemand den Chat verlässt. Dass derjenige dann aufgeflogen ist.«

Er sah sichtlich geknickt aus, weil er nun von seinen Freunden abgeschnitten war.

»Na, da war Absolem aber wirklich vorsichtig«, stellte Abby fest und ließ sich ihre Enttäuschung nicht anmerken. Sie hätte zu gern einen Blick in diesen Chat geworfen. »Er geht wohl kein Risiko ein.«

»Nein. Ich sagte ja bereits, dass ich glaube, er wäre von jemandem verletzt worden, der ihm sehr nahestand.«

Kapitel 32

12. Mai 2017

»Erinnerst du dich daran, dass ich dir gestern von der Symbiose zwischen den großen Pharmaunternehmen und der FDA erzählt habe?«, fragte Neal.

»Ja.« Jackie lächelte ihn an. »Es ging um das Heilmittel gegen Krebs, richtig?«

»Unter anderem. Es gibt da zwar auch noch Impfstoffe gegen Aids, von denen wir nichts erfahren sollen, aber die Krebsheilmittel sind das Offensichtlichste. Wenn wir den Krebs ausrotten, dann bricht eine ganze Industrie aus Strahlen- und Chemotherapie zusammen. Darum wollen sie die FDA auf ihrer Seite haben, damit diese Heilmittel gar nicht erst auf den Markt kommen können.«

»Ich erinnere mich.«

Neal betrachtete sie. Wenn er sie in letzter Zeit anschaute, staunte er immer wieder aufs Neue darüber, wie wunderschön sie war. Im Augenblick gingen sie im Park spazieren und ihr kastanienbraunes Haar glänzte im Sonnenlicht. Er liebte es, wie sie sich bewegte, als wäre sie vollkommen sorgenfrei, und wie ihre Schritte richtiggehend beschwingt wirkten. Die

Schwerkraft schien bei Jackie anders zu wirken als bei allen anderen Menschen.

Und er unterhielt sich so gern mit ihr.

»Wie sich herausgestellt hat, haben die Pharmaunternehmen noch einen anderen Komplizen. Rate mal, wen.«

»Keine Ahnung.«

»Na los, rate!«

»Ich weiß es nicht.« Sie lachte auf. »Die Polizei? Das Militär?«

»Die mexikanischen Drogenkartelle.«

»Waaaas?«, kreischte sie und riss die Augen auf. »Ist nicht dein Ernst.« Ihre leicht geöffneten Lippen waren für ihn die süßeste Verführung der Welt.

»Doch, doch. Ich habe mir gestern dieses Video angesehen, in dem dieser Mann alles erklärt. Die Pharmariesen machen die Leute von Schmerzmitteln abhängig, um dann von einem Tag auf den anderen die Versorgung einzustellen. Was sollen die Leute jetzt machen? Sie sind ja bereits süchtig, nicht wahr? Also besorgen sie sich das, was sie an der nächsten Straßenecke kriegen können. Heroin. Es gibt einen Riesenhaufen interner Memos und anonymer Quellen aus diesen Unternehmen, die das beweisen. Die Drogenkartelle zahlen den Pharmariesen einen Anteil ihrer Einnahmen, die dafür die Leute von Schmerzmitteln abhängig machen und die Drogenbehörde beeinflussen.«

Sie gingen eine Weile schweigend weiter.

»Ich habe dich schon sehr lange nicht mehr so begeistert gesehen«, sagte Jackie schließlich. »Seitdem du diese Leute gefunden hast, bist du so engagiert, und das freut mich sehr.«

Neal nickte. Er wusste genau, was sie meinte. Die letzten beiden Jahre waren hart gewesen. Jackies Fehlgeburt, der Tod seiner Mom, dann seine Entlassung. Sein Leben war den Bach runtergegangen. Manchmal kam er morgens kaum aus dem

Bett. Er hatte stundenlang vor dem Fernseher gehockt, ohne wirklich zu registrieren, was er sich eigentlich ansah.

Von den Wächtern hatte er durch den Facebook-Post eines Freundes erfahren. Er hatte durch seinen Feed gescrollt und die Überschrift bemerkt:

Baut der Katastrophenschutz ein Konzentrationslager?

Tat er das? Verwirrt hatte Neal den Link angeklickt und sich den Artikel durchgelesen. Er war nicht sehr gut geschrieben und enthielt kaum Informationen, daher hatte Neal »Katastrophenschutz Konzentrationslager« gegoogelt.

Und bekam haufenweise Ergebnisse. Da er ohnehin nichts Besseres zu tun hatte, sah er sie sich genauer an.

Sobald er erst einmal mit dem Lesen angefangen hatte, konnte er gar nicht mehr aufhören. Danach entdeckte er die Videos. Darin ging es nicht nur um den Katastrophenschutz, sondern auch um die großen Pharmaunternehmen, Kindersklaverei und die zunehmende Arbeitslosigkeit, und das traf bei ihm einen Nerv.

Seine Mutter war an Krebs gestorben.

Er hatte seinen Job verloren, weil man den nach Indien outgesourct hatte.

Irgendwie passte alles zusammen und ergab Sinn.

Jetzt wachte er jeden Morgen sehr früh auf. Er las viel und erzählte Jackie lebhaft und aufgeregt davon. Wie sich herausstellte, konnten sie zurückschlagen. Er konnte helfen, Beweise zu sammeln, Verbindungen zu entdecken, die Muster zu erkennen. Eines nicht mehr fernen Tages würde der Zirkel, der die Fäden zog, enttarnt werden, und zwar von Menschen wie Neal.

Den Wächtern.

Nachdem sie von ihrem Morgenspaziergang zurückgekehrt waren, setzte sich Neal an den Computer und suchte das Wächterforum auf. Es gab vier neue Threads. Im Forum war rund um die Uhr etwas los; es pulsierte förmlich vor Informationen, Debatten und Streitereien. Neal las sich die Threads gern durch und lernte die Mitglieder besser kennen.

In jedem dieser Threads gab es Dutzende neuer Antworten. Er fing an zu lesen.

Da poppte ein neuer Thread auf. Das Thema lautete

Pharmariesen beeinflussen DEA???

Ein Mitglied bat um Links, die das bewiesen.

Neals Herz machte einen Satz. Das konnte sein erster Post im Forum werden. Genau dieses Video hatte er sich eben angesehen! Und es wäre ein nützlicher Beitrag.

Bevor er seine Meinung ändern konnte, bewegte er den Cursor über den Antwort-Button. Doch der war ausgegraut. Er war nicht angemeldet. Weil er noch kein Benutzerprofil hatte.

Er klickte auf »Registrieren« und sollte einen Benutzernamen eingeben.

In letzter Zeit gab es immer mehr Mitglieder mit Namen aus den Büchern von Lewis Carroll, weil sie sich alle in den Kaninchenbau wagten. Die Idee gefiel ihm. Er zögerte eine Sekunde, schrieb dann »Absolem« und klickte auf »Verfügbarkeit überprüfen«.

Ein grünes Häkchen. Der Name war verfügbar. Das war doch ein guter Anfang. Er konnte sich später immer noch entscheiden, ihn zu ändern.

Er registrierte sich und schrieb seine erste Antwort als Absolem.

Eine Minute später war sein Post sechsundfünfzig Mal gelesen worden und hatte drei Antworten.

Jetzt war er Teil dieser Community.

Kapitel 33

Absolem starrte sein Handy fassungslos an.

Er hatte den Browser geöffnet und das Wächterforum aufgerufen. Beim Durchgehen der Threads über die Columbus-High fiel sein Blick auf den kurzen Betreff:

Highschool-Schießerei – klassischer Hoax.

Das Mitglied deutete an, dass das alles nur ein Fake sei – eine Kollaboration zwischen der Polizei und den Medien, um die Wächter in einem schlechten Licht dastehen zu lassen. Mehrere andere Wächter schienen die Idee zu unterstützen und merkten an, dass so etwas schon früher passiert sei.

Absolem tippte auf »Antworten« und schrieb erbost:

> Wollt ihr damit sagen, dass ich mich an einem Hoax beteilige? Ich stehe im zweiten Stock des Gebäudes und blicke auf die verdammte Polizei hinab. Wenn ihr mir nicht glaubt, kommt doch rüber und schließt euch uns an.

Er musste die gesamte Wächter-Community und die Öffentlichkeit auf seine Seite bringen. Dafür brauchte er allerdings Beweise für den Kinderhandel. Im Papierkram der Schule hatten sie bisher nichts finden können. Alma ging sorgfältig sämtliche Aktenschränke durch, bisher jedoch ohne Erfolg. Wo waren die Beweise?

Vielleicht lautete die eigentliche Frage aber auch: Wer war darin verwickelt? Der Zirkel musste jemanden in der Verwaltung der Schule haben. Jemanden, den diese Leute manipulieren und benutzen konnten. Jemand Schwachen, der sich leicht einschüchtern oder bestechen ließ.

Er beäugte den Rektor, der zusammengesunken an der Wand saß. Der perfekte Kandidat.

Absolem griff sich seine Waffe und marschierte zu dem Mann, um ihm die Pistole an die Schläfe zu drücken.

»Wer hat Sie rekrutiert?«, fauchte er.

Der Rektor zuckte zusammen und versuchte, von ihm abzurücken. »Was?«

»Irgendjemand ist an Sie herangetreten. Die wollten, dass Sie ihren Kinderhandel hier vor Ihrer Nase dulden. Wer war es?«

»Ich weiß nicht, wovon Sie reden. Bitte, ich ...«

»Wer immer es war, er ist jetzt nicht hier. Jetzt haben Sie es mit mir zu tun. Ich zähle bis fünf, und wenn Sie mir dann keinen Namen genannt haben, schieße ich. Eins.«

»Ich flehe Sie an! Niemand ist wegen irgendetwas auf mich zugetreten! Ich bin der Rektor dieser Schule und würde nie ...«

»Zwei.«

»Bitte erschießen Sie mich nicht. Sie machen einen großen Fehler.«

»Drei.«

Der Mann wimmerte und hob eine Hand, als könnte er sich so vor der Kugel schützen.

»Das reicht, Absolem«, schaltete sich Alma mit zitternder Stimme ein.

»Vier.«

»Was gewinnen Sie dadurch, dass Sie ihn erschießen?«

Es war eines der Mädchen. Samantha. Die Kleine, die Carlos verarztet hatte. Sie sah ihn mit flehentlichem Blick an. Die Frage ließ ihn zögern.

»Halt dich da raus«, knurrte er. »Das geht dich nichts an.«

»Ich will ja nur wissen, was Sie sich davon versprechen. Das hilft diesen armen Kindern doch auch nicht mehr, oder?«

»Er hat mit einigen sehr bösen Menschen zusammengearbeitet«, stieß Absolem zwischen zusammengebissenen Zähnen hervor. »Die Dinge getan haben, die du dir nicht mal vorstellen kannst.«

»Woher wissen Sie, dass er mit ihnen zusammengearbeitet hat?«

»Weil es Sinn ergibt.«

»Das hört sich aber nicht so an, als wären Sie sich da sicher«, gab das Mädchen langsam zu bedenken.

»Ich bin mir sicher«, erwiderte Absolem nach einer kurzen Pause.

»Nehmen wir mal an, er hat es getan. Was bringt es dann, ihn zu erschießen?«

Diese ständige Fragerei gab ihm zu denken. Denn eigentlich hätte er gar nichts davon. Er würde nur die Gelegenheit verlieren, dem Rektor ein Geständnis abzuzwingen. Und es würde übel aussehen. Die Polizei vielleicht sogar dazu bringen, das Gebäude zu stürmen. Zudem hätten sie eine Geisel weniger.

Er ließ die Waffe sinken.

Hutmacher stieß ein Schnauben aus. »Hätte ich dir eh nicht zugetraut.«

Absolem wirbelte zu dem Mann herum. »Du weißt, dass ich das tun könnte.«

»Wieso? Weil du den Zirkel-Agenten umgelegt hast, wie du immer behauptest?« Hutmacher zog eine Augenbraue hoch.

»Ja, ganz genau deswegen.« Absolem wandte sich wieder dem Rektor zu, der sich ganz klein machte. »Ich habe schon einmal getötet, Mr Bell. Vergessen Sie das nicht. Und ich werde nicht zögern, es wieder zu tun.«

Kapitel 34

»Sieht nicht so aus, als wäre jemand zu Hause.« Carver spähte durch das Fenster.

Abby schaute erneut ungeduldig auf ihr Handy. Das hatte sie schon auf der Fahrt zu der Adresse, die Dennis ihnen genannt hatte und an der Jabberwocky angeblich wohnte, immer wieder getan. Sie hielt im Forum ständig Ausschau nach Updates und hatte Absolems Kommentar zu einem der Posts gesehen, in dem er wütend jemanden beschimpfte, der das Ganze als Hoax bezeichnete. Waren sich Will und Tammi bewusst, dass die Geiselnehmer nun auch im Forum kommentierten? Nutzten sie das aus? Sie hatte ihnen die Info geschickt und ärgerte sich über Will, der sie nicht auf dem Laufenden hielt, obwohl sie gleichzeitig wusste, dass er gute Gründe dafür hatte – ein Verhandlungsspezialist hatte in einer solchen Krise schon genug zu tun, ohne dass er auch noch den verängstigten Elternteil einer Geisel mit Updates versorgte.

Sie ließ ihre Frustration an der Tür aus und hämmerte mit der Faust dagegen.

»Wir könnten uns bei den Nachbarn erkundigen«, schlug Carver vor. »Vielleicht weiß ja jemand, wann er nach Hause kommt. Oder hat sogar eine Telefonnummer.«

»Ja«, murmelte Abby verunsichert. Irgendetwas an diesem Haus kam ihr komisch vor. Die Fenster waren sehr schmutzig, der Garten voller trockener Blätter und Unkraut. Gut, Jabberwocky konnte auch einfach schlampig sein, aber diesen Eindruck hatte sie nicht. Das Haus war frisch gestrichen. Die Reihe toter Rosenbüsche verriet ihr, dass sich bis vor Kurzem noch jemand um den Garten gekümmert hatte.

Jetzt jedoch nicht mehr. Er war nicht zu Hause, und das schon seit einer ganzen Weile. Möglicherweise war er über die Feiertage weggefahren und noch nicht zurückgekehrt.

Es war eine Sackgasse.

»Ich höre mich mal um.« Carver entfernte sich vom Haus.

Abby lief auf der dunklen Veranda auf und ab. Wie lange saß Sam jetzt schon in dieser Schule fest, zusammen mit drei unberechenbaren, gefährlichen, bewaffneten Menschen? Wie lange musste sie sich schon fragen, ob sie das überleben und ihre Eltern, ihren Bruder, ihren Hund wiedersehen würde. Ob sie je wieder Geige spielen würde.

Als Abbys Handy vibrierte, holte sie es aus der Tasche und starrte das Display an. Sie hatte eine Nachricht vom vorgeblichen Isaac bekommen. Der Person, von der sie nun vermutete, dass es sich um Moses Wilcox handelte.

Sie schluckte schwer, tippte aufs Display und öffnete den Chat. Dann las sie die Nachricht.

Ich weiß von Sam. Sie wird es überleben; sie ist eine Kämpferin, das liegt ihr im Blut, genau wie dir. Ich kann helfen.

Die Worte wollten ihr einfach nicht in den Kopf. Woher konnte er von Sam wissen? Über die Geiselnahme wurde zwar in den Medien berichtet, doch sie hatten die Namen der Geiseln nicht veröffentlicht.

Offensichtlich hatte sie ihn mit ihrer Nachricht am Vortag dazu bewogen, sein Schweigen zu brechen, und seine Aufmerksamkeit auf sich und ihre Familie gelenkt. Danach musste er von der Schießerei erfahren haben. Er wusste, dass Sam auf diese Schule ging. Aber woher …

Das verdammte Wächterforum. Irgendwie musste er davon erfahren haben, und er las genau wie die Polizei die Posts mit. Als er Samanthas Namen gesehen hatte, war er, anders als die Wächter, nicht von den anderen Listen, die dort kursierten, aufs Glatteis geführt worden.

Moses Wilcox war ein Mann, der jeden Augenblick der Schwäche ausnutzte. Er fing die Menschen ein, wenn sie am Boden lagen, und erweckte bei ihnen den Eindruck, er hätte Antworten für sie. Er lullte sie mit schönen Worten und vorgespiegelten Empfindungen ein.

Selbstverständlich versuchte er, diese Gelegenheit zu nutzen, wo sie gerade das schlimmste Erlebnis ihres Lebens hatte.

Wäre ihre Tochter nicht in Gefahr gewesen, hätte sie geantwortet und versucht, ihn zum Reden zu bringen. Vielleicht sogar ein Treffen vorgeschlagen. Doch sie durfte sich davon jetzt nicht ablenken lassen. Wilcox – oder wer immer es war – musste warten.

Abby trat einen Schritt vom Haus zurück. Man konnte den richtigen Namen eines Hausbesitzers auch über die richtigen Kanäle oder seine Nachbarn herausbekommen. Sich seine Telefonnummer besorgen, vielleicht sogar seine E-Mail-Adresse. Doch das hätte alles zu lange gedauert.

Sie schob die Fußmatte mit dem Fuß zur Seite. Darunter befand sich nichts als Staub. Danach verließ sie die Veranda, ging zu einer Regenrinne in der Nähe und stocherte darin herum. Nasses Laub und Schlamm. Sonst nichts. Sie wandte sich ab, ließ den Blick geduldig über den Vorgarten schweifen und kniff in der zunehmenden Dunkelheit die Augen zusammen.

Da!

Rasch überquerte sie den Rasen und hockte sich neben einen der Steine, die ein Blumenbeet säumten. Wenn sie nicht gewusst hätte, wonach sie suchen musste, wäre ihr der Stein niemals aufgefallen, der auch nicht groß anders aussah als die anderen. Allerdings hatte sie so einen Stein schon mehrfach gesehen. Er war ein modernes Wunder – ein falscher Stein, den man im Laden kaufen konnte, um darin einen Hausschlüssel zu verstecken. Das Problem mit guten falschen Steinen war jedoch, dass es auf dem Markt nur wenige Modelle gab. Und alle Steine einer Modellreihe waren identisch. Die meisten Einbrecher wussten, wie sie aussahen, ebenso wie manche Polizisten.

Sie hob den Stein hoch, schob ihn auf und nahm den Hausschlüssel heraus.

Das war allerdings Einbruch, denn das, was sie jetzt vorhatte, ließ sich nicht rechtfertigen. Es konnte sie ihren Job kosten. Sie ins Gefängnis bringen.

Sie zögerte nicht.

Schon stand Abby vor der Haustür und schloss sie auf. Im Haus war es stockdunkel und still wie in einem Grab. Falls sie noch irgendwelche Zweifel daran gehabt hatte, dass in letzter Zeit jemand hier gewesen war, so verflogen sie auf einen Schlag. Im Inneren roch es so muffig und schal wie in einem Haus, das schon länger nicht mehr betreten worden war.

Sie schaltete das Licht ein und schaute sich um. Das Wohnzimmer war spärlich möbliert – eine Couch und ein Ohrensessel, dazu ein kleiner Tisch, auf dem sich nichts außer einer dünnen Staubschicht befand. In der Wand zu ihrer Rechten war ein Alkoven mit einem kleinen Blumentopf, in dem eine vollkommen vertrocknete Pflanze neben drei Bilderrahmen auf einem Regalbrett stand. Auf allen drei Fotos war dasselbe Mädchen zu sehen – zuerst etwa in Bens Alter, wie sie grinsend eine Rutsche heruntersauste. Das zweite Foto zeigte sie einige Jahre später über eine Blume auf einem Feld gebeugt. Auf dem dritten saß sie in einem Café und schaute aus dem Fenster. War das Jabberwockys Tochter?

Abby durchquerte den Raum. Ein fast schon überquellendes Bücherregal stand neben einem Schreibtisch mit einem Monitor, einer Maus und einer Tastatur. Der Computer war in einer Halterung unter dem Schreibtisch befestigt. Offensichtlich hatte alles in diesem Raum seinen Platz.

Sie ging zum Bücherregal und überflog die Buchrücken. Die Verschwörungstitel waren leicht zu entdecken – sie standen alle nebeneinander und trugen Titel wie »Das größte Geheimnis« und »Kontrollierte Zerstörung«. Beim Rest schien es sich um Fachbücher über Psychologie zu verschiedenen Themen zu handeln. Der Name Sigmund Freud fiel ihr ins Auge, aber nur, weil sie ihn erkannte. Anscheinend standen Freuds Bücher alle auf demselben Regalbrett. Dazu mehrere Bände von Carl Jung. Es machte ganz den Anschein, als wären die Bücher nach dem Namen des Autors sortiert worden. Nach einer Minute hatte sie erkannt, dass diese Bücher im Regal alphabetisch geordnet waren, ebenso wie die über die Verschwörungstheorien.

Abby wandte sich erneut dem Schreibtisch zu. Er hatte drei Schubladen, und sie zog die oberste auf. Darin lagen mehrere Briefe, Rechnungen und Quittungen. Sie nahm einige heraus und ging sie durch.

Theodor Quinn. Das war Jabberwockys richtiger Name.

»Himmel noch mal. Abby!« Carvers Stimme ließ sie zusammenzucken. Sie drehte sich um. Er stand in der Haustür und starrte sie schockiert an.

»Ich brauche nur zehn Minuten«, sagte sie.

»Bist du verrückt geworden? Hat dich jemand reingehen sehen? Was ...«

»Was ist, wenn ich etwas finde, das Will helfen kann? Wenn ich damit Sam retten kann? Oder wenn ich nicht reingegangen wäre und Sam«, sie schluckte schwer, »etwas passiert?«

Carver sah sie nur schweigend an.

»Zehn Minuten«, wiederholte Abby. »Du kannst mich später anzeigen, wenn du willst. Du musst dich nicht zum Komplizen machen.«

Sie bereute die Worte, kaum dass sie sie ausgesprochen hatte, weil er dermaßen verletzt aussah. Aber sie hatte keine Zeit, das jetzt wiedergutzumachen. Sie drehte sich wieder um und zog die nächste Schreibtischschublade auf. Ein Jahresplaner lag auf mehreren Notizbüchern. Theodor Quinn war ein Mensch, den sie als detailversessenen, präzisen Planer einschätzte. Sie blätterte den Kalender schnell durch, in dem es erstaunlich wenig Einträge gab. Ein paar Anschriften, E-Mail-Adressen und Telefonnummern von Kontakten. Hin und wieder ein Termin für ein Treffen oder eine Aufgabenliste. Er hatte sich Zahnarzttermine und regelmäßige Friseurbesuche notiert. Zwei Einträge lauteten:

Mittagessen – Georgia.

Einige Verabredungen mit jemandem namens Professor Landsman.

Und dann, am Samstag, den 25. Mai, nach einer vollkommen leeren Woche, ein einziger Eintrag:

19.30 Uhr – Interview mit Absolem.

Die Haustür fiel zu, und Carver trat zu ihr an den Schreibtisch. Er hockte sich hin und schaltete den Computer ein. Sie warf ihm einen Blick zu und überlegte, ob sie etwas sagen, ihn bitten sollte, draußen zu warten. Dann entschied sie jedoch, dass sie genug gesagt hatte, widmete sich wieder dem Kalender und blätterte weiter.

Am Sonntag, dem 9. Juni, ein weiteres Interview mit Absolem. Das nächste über drei Wochen später. Ein weiteres zwei Wochen danach. Es gab keine Interviews mit anderen Personen, und die geringe Zahl anderer Kontakte, die es davor gegeben hatte, schrumpfte immer weiter – keine Friseurtermine mehr, keine Treffen mit Professor Landsman. Dafür immer häufiger mit Absolem. Jede Woche, bald zweimal die Woche und nicht nur an den Wochenenden. Sie wurden auch nicht mehr als Interviews aufgeführt, stattdessen stand da nur noch »Absolem«.

29. Oktober – Absolem.

Und danach … nichts mehr. Der restliche Kalender war leer.

»Abby«, sagte Carver.

»Das musst du dir ansehen«, murmelte sie.

»Und du solltest dir das ansehen«, verlangte Carver.

Sie hob den Blick. Carver starrte den Monitor an. Ein Desktop mit einem See als Hintergrundbild. Es dauerte einen Moment, bis sie begriff, was Carver ihr zeigen wollte. Eines der Symbole auf dem Desktop war ein Dokument mit dem Titel »Absolem«.

Carver klickte es an, und das Dokument wurde geöffnet. Ein kleines Pop-up-Fenster informierte sie darüber, dass dieses Dokument zuletzt am 20. August geöffnet worden war. Abby überflog die ersten Sätze und begriff bald, was sie da vor sich hatten. Eine Zusammenfassung der Absolem-Interviews. Sie las sich die erste Seite so schnell durch, dass die Worte miteinander verschmolzen.

> Testperson sagte, sie sei jetzt runter auf vier Stunden
> Recherche pro Tag …
> … keine verschriebenen Medikamente …
> … zeigte wenig Interesse, über etwas anderes als die
> Wächter und den Zirkel zu sprechen …

»Ich bezweifle, dass Jabberwocky ein Wächter war«, stellte Carver fest.

»Es sieht nicht danach aus.« Abby beugte sich vor und scrollte weiter nach unten. Das Dokument war über dreißig Seiten lang und beschrieb die Interviews. »Er hat Nachforschungen angestellt.«

»Glaubst du, er wollte ein Buch schreiben?«

»Oder einen Artikel. Vielleicht eine wissenschaftliche Abhandlung. In seinem Kalender steht ein Professor Landsman. Wir könnten mal mit ihm sprechen.«

Sie hielt inne. Etwas war ihr aufgefallen. Theodor hatte einen Satz markiert.

> Testperson hat zugestimmt, mir ihren richtigen Namen
> zu verraten: Neal Wyatt.

»Neal Wyatt«, sagte Abby laut. Neal Wyatt war Absolem. Er war der Mann, der Sam in seiner Gewalt hatte.

Kapitel 35

Das ständige Flackern des Blaulichts drang durch die nicht verdeckten Stellen des Fensters und spiegelte sich an den Wänden wider. Sam starrte es an und war fast wie in Trance. Rot, blau, rot, blau. Wie weit weg standen diese Streifenwagen? Zehn Meter? Zwanzig?

So nah. Und doch so nutzlos.

Es war eine ständige Anstrengung, nicht in Tränen auszubrechen. Fionas Weinkrämpfe waren schon schlimm genug. Dass Mr Bell dann zusammenbrach und schluchzend um ihre Freilassung bettelte, hatte es noch schlimmer gemacht. Sam spürte, wie sich die Tränen in ihren Tränendrüsen sammelten und nur auf das Startsignal warteten.

Noch nicht, Tränen. Vielleicht in fünf Minuten. Oder zehn.

Die drohenden Tränen waren natürlich nicht das einzige körperliche Problem. Sie war müde, ihr tat alles weh, und sie hatte wahnsinnigen Hunger und Durst.

Aber vor allem musste sie dringend auf die Toilette. Sie versuchte, eine bequemere Position zu finden, wusste aber auch, dass sie es nicht viel länger aufhalten konnte. Wenn sie sich aber erst einmal in die Hose gemacht hatte, würde sie die Tränen garantiert nicht länger zurückhalten können.

Dennoch gelang es ihr trotz des ganzen Elends, einen Plan zu schmieden. Okay, nicht wirklich einen Plan, aber zumindest etwas. Einen Versuch.

»Ich würde gern Mr Ramirez' Verband überprüfen«, sagte sie laut. »Wäre das okay?«

»Wofür?«, fauchte Hutmacher. Während der letzten Stunden hatte er auch seine beiden Partner ständig angefahren, und es machte den Anschein, als würde er zunehmend die Selbstbeherrschung verlieren.

»Ich muss nachsehen, ob sich die Wunde entzündet hat.«

Er erwiderte nichts, und auch Alma und Absolem schwiegen. Alma ging den Aktenschrank der Sekretärin durch, las unzählige Unterlagen und ignorierte alles um sich herum. Absolem hatte nur Augen für sein Handy, auf dem er ständig herumtippte.

»Kannst du mir helfen, Fiona?«, bat Sam. »Du müsstest ihn für mich stützen.«

Fiona blinzelte und sah aus, als wäre sie aus einem Traum gerissen worden. »Klar«, antwortete sie teilnahmslos.

Sie standen beide auf und gingen zu Mr Ramirez. Er atmete nur schwach und hatte rötlichen Schaum auf den Lippen.

»Er sieht nicht besonders gut aus.« Fionas Stimme bebte.

»Ja, aber du musst jetzt für mich tapfer sein, okay?«, meinte Sam. »Wie damals in der zweiten Klasse bei diesem Mathetest.«

Fiona starrte sie verwirrt an. Sam sah ihr nicht in die Augen, sondern knöpfte stattdessen Mr Ramirez' Hemd auf. Sie hoffte, dass Fiona den Hinweis kapierte, aber ihre Freundin wirkte unkonzentriert und verängstigt. Vielleicht gab es ja noch einen anderen Weg. Sie zermarterte sich das Hirn, doch ihr dröhnte der Schädel. Die Tränen drohten erneut, sich Bahn zu brechen, und sie fragte sich, warum sie sie überhaupt so lange zurückgehalten hatte und wie ihr das gelungen war. Ihr stockte der Atem, als sie Mr Ramirez' Hemd öffnete. Der Verband war blutrot, und die Haut sah in der Tat entzündet aus. Allerdings hatte Sam keine Ahnung, was sie dagegen unternehmen sollte.

»Das ist übel, Sam«, stieß Fiona hervor.

»Ich weiß.«

»O Gott, ich glaube, mir wird schlecht!« Fiona taumelte würgend in eine Ecke des Raums. Sie übergab sich lautstark auf den Boden. Genau, wie sie es vor all den Jahren in der zweiten Klasse getan hatte.

Dabei war sie derart überzeugend, dass eine Sekunde verstrich, bevor Sam überhaupt registrierte, was los war. Alle Augen waren auf Fiona gerichtet. Sam griff in Mr Ramirez ausgebeulte Hosentasche und zog mit pochendem Herzen das Handy heraus. Dabei fiel es ihr vor Nervosität beinahe aus der Hand. Wie aus weiter Ferne hörte sie Hutmacher angewidert fluchen und Alma fragen, ob es Fiona gut ging, während Fiona weiterhin würgte und röchelte und dabei lauthals schluchzte. Sam ließ das Handy unauffällig und schwer atmend in ihrer Tasche verschwinden.

»Das machst du wieder weg!«, brüllte Hutmacher Fiona an, die zitternd in der Ecke kauerte und noch immer würgte.

»Lass das Kind in Ruhe, Hutmacher«, schimpfte Alma wütend.

»Das Kind hat hier gerade alles vollgestunken. Ich bleibe hier nicht noch stundenlang sitzen und hab den Geruch der Kotze in der Nase.«

»Tut mir leid«, murmelte Fiona geknickt.

»Wir werden nicht mehr lange hierbleiben«, erklärte Absolem. »Haltet einfach die Füße still.«

»Das hast du schon vor zwei Stunden gesagt!«, brüllte Hutmacher. »Weißt du was? Wie wäre es, wenn ich an deiner Stelle mit der Polizei telefoniere? Bisher hast du da ja nichts zustande gebracht!«

»Ich habe dir doch gesagt, dass sich die Polizistin darum kümmert!« Nun hob auch Absolem die Stimme. »Was willst du denn machen? Sie anrufen und drohen, die Geiseln zu erschießen? Dadurch wird alles nur noch schlimmer.«

»Glaubst du wirklich, die Lage könnte noch schlimmer werden?«

Sam knöpfte Mr Ramirez' Hemd wieder zu und setzte sich an ihren Platz. Einige Sekunden später gesellte sich Fiona zu ihr. Keiner sah zu ihnen herüber. Konnte sie das Handy jetzt benutzen? Sie steckte eine Hand in die Tasche und befühlte es. Nein, so ging das nicht.

Die beiden Männer stritten sich weiter, und Alma versuchte gelegentlich, sie zu beschwichtigen. Nach einer Weile stand Sam auf und ging zu Hutmacher.

Er hielt inne und wirbelte zu ihr herum. »Was ist?«

»Wir sollten bald mal eine Pinkelpause machen«, sagte sie leise. »Oder ... Ich meine ...« Sie starrte den Boden an und spielte die Verlegene.

Hutmacher betrachtete sie und sagte keinen Ton. Auf kranke Weise genoss er die Situation, davon war sie überzeugt. Gut. Hutmacher ähnelte einigen Jungen aus ihrer Klasse sehr. Sie wurden unangenehm, wenn man sie in die Ecke drängte, aber solange sie das Gefühl hatten, der Boss zu sein, konnte man mit ihnen reden.

»Bitte.« Das Wort kam ihr wie ein gebrochenes Flüstern über die Lippen.

»Ich bringe sie hin«, sagte Alma.

»Einen Teufel wirst du tun«, fauchte Hutmacher. »Was machst du, wenn sie wegrennen? Hast du dann den Mumm, auf sie zu schießen?«

»Ich übernehme das«, erklärte Absolem ermattet. »Wir teilen sie auf. Ich bringe zuerst die Mädchen auf die Toilette, dann die Männer.«

»Okay.« Hutmacher zuckte mit den Achseln. »Vielleicht findest du ja auch den Putzschrank des Hausmeisters und kannst einen Mopp mitbringen, um das wegzuwischen.«

Sie verließen zusammen den Raum, und Absolem bildete mit der Waffe in der Hand die Nachhut. Das Handy in ihrer Tasche schien tonnenschwer zu sein. Konnte man es durch den Stoff hindurch sehen? Würde Absolem es bemerken? Was sollte sie tun, wenn es herausfiel? Die Taschen ihrer Jacke waren Mist, da fiel ständig irgendwas raus. Aber sie traute sich auch nicht, die Hände reinzustecken, um nicht auch noch darauf aufmerksam zu machen.

Sie wurde langsamer, bis sie neben Absolem ging.

»Danke«, sagte sie leise. »Dass Sie uns hinbringen.«

»Sicher.«

»Alma sagte, Sie hätten Kinder retten wollen, die verkauft werden sollen. Für Sex.«

»So ist es.«

»Ich wusste gar nicht, dass so etwas in diesem Land passiert. Das ist ja schrecklich. Wieso unternimmt die Polizei denn nichts?«

Er schnaubte verächtlich. »Weil die da mit drinsteckt.«

Sie hatten die Mitarbeitertoilette erreicht. Mrs Nelson öffnete die Tür der Damentoilette, und sie gingen hinein. Absolem folgte ihnen.

»Sie können vor der Tür warten«, verlangte Mrs Nelson entrüstet. »Wir werden wohl kaum durch die Toilette fliehen.«

Absolems Miene blieb gleichgültig. »Entweder gehen Sie auf die Toilette, während ich hier stehe, oder Sie lassen es. Ihre Entscheidung.«

Mrs Nelson wandte sich kopfschüttelnd ab und betrat eine der beiden Kabinen. Fiona warf Sam einen Blick zu.

»Geh du zuerst«, sagte Sam. »Ich kann so lange warten.«

Fiona verschwand in der zweiten Kabine.

»Die Polizei steckt also mit denen unter einer Decke?«, wollte Sam von Absolem wissen.

»Ja. Die Leute, die dafür verantwortlich sind, haben die oberste Polizeiriege in der Tasche.« Absolem drehte sich zu Sam um. Seine Nase war noch immer geschwollen, und die Veilchen unter seinen Augen wurden dunkler. Immerhin blutete er nicht mehr so stark wie zuvor. »Ebenso das FBI und das Militär. Und sie alle lassen zu, dass Kinder wie du oder sogar noch jünger, entführt und verkauft werden, damit sich Pädophile immer wieder an ihnen vergehen können.«

»O Gott!«, flüsterte Sam und tat so, als würde ihr der Atem stocken. Sie zwang sich, an Mom, Dad und Ben da draußen zu denken. Dass sie sie möglicherweise nie wiedersehen würde. Dann warf sie einen Blick auf die Waffe in der Hand dieses Psychopathen, ließ ihre ganze Angst geballt an die Oberfläche kommen.

Ihr kamen die Tränen, und eine einzige rann ihr über die linke Wange. Sie wischte sie nicht weg, sondern ließ sie einfach schniefend zu.

Absolem räusperte sich und wirkte auf einmal verlegen.

»Das wusste ich nicht.« Sie schniefte lauter. »Ich will mir gar nicht vorstellen, was diese Kinder durchmachen müssen.«

»Das solltest du auch nicht.« Er tätschelte ihr unbeholfen die Schulter. »Aus diesem Grund machen wir das ja. Damit Kinder wie du in Sicherheit sind.«

Sie lächelte ihn an und unterdrückte den Reflex, vor seiner Berührung zurückzuweichen, während ihr die nächste Träne über die Wange lief. »Danke.«

Die Spülung wurde betätigt, und Mrs Nelson trat aus der Kabine. Sam warf Absolem noch einen tränenverhangenen Blick zu, ging in die Kabine und schloss die Tür.

Im Inneren holte sie tief Luft und wischte sich rasch über die Augen. Beim Pinkeln nahm sie das Handy aus der Tasche. Es war ausgeschaltet. Sie schaltete es ein, und es fuhr langsam hoch. Was sollte sie ihrer Mom schreiben? So viele Informationen wie möglich. Sie hatte keine Ahnung, was nützlich war, daher wollte sie ihr einfach alles mitteilen. Wo sie waren, wie die Verrückten, die sie festhielten, aussahen, welche Waffen sie bei sich hatten. Zeit hatte sie genug; sie konnte einfach behaupten, dass sie Magen-Darm-Probleme hatte. Oder …

Himmel, was sollte sie tun, wenn das Handy nach dem Hochfahren piepte? Ihr Handy machte das immer, wenn sie es morgens einschaltete und die ganzen Nachrichten und Benachrichtigungen eintrafen. Ramirez würde ebenfalls haufenweise verpasste Anrufe und Nachrichten von seiner besorgten Frau, seiner Familie und anderen haben.

Das Handy schien gleich einsatzbereit zu sein. Panikartig betätigte Sam die Toilettenspülung, und das Wasser rauschte laut durch die Schüssel. Das Handy blinkte und ging an, um dann, wie befürchtet, zu piepen. Dann tat es das gleich noch einmal, und die Meldungen erschienen auf dem Display. Verzweifelt fuhr sie mit den Fingern über die Seiten, suchte nach der Lautstärketaste und drückte sie, während es munter weiter piepte, wobei ihr jeder Ton so laut wie eine Kirchenglocke vorkam. Endlich vibrierte das Handy nur noch, als sie es geschafft hatte, es auf stumm zu stellen. Einige Sekunden lang stand sie reglos da.

Hatte Absolem das Handy trotz der Spülung gehört?

Niemand hämmerte an die Tür oder schimpfte wütend. Es war ihm nicht aufgefallen.

Doch sie wagte es nicht, sich jetzt Zeit zu lassen. Vielleicht meinte er ja doch, etwas gehört zu haben, und wunderte sich, warum sie nicht aus der Kabine kam, wo sie doch schon längst gespült hatte. Er würde Verdacht schöpfen und vielleicht sogar die Tür aufbrechen. Wenn er dann sah, dass sie ein Handy in der Hand hielt …

Sie schrieb rasch eine Nachricht, tippte, so schnell sie konnte, ohne dabei auf Rechtschreibfehler zu achten.

»Bist du fertig?« Absolems Stimme hallte durch den Raum.

»Ich glaube, sie hat ihre Tage«, meinte Fiona. »Das könnte noch einen Moment dauern.«

»Oh.«

Was für ein Glück, dass Fiona so gut mitdachte. Sam hatte die Nachricht beendet. Wie war die Handynummer ihrer Mom doch gleich? Sie kannte sie auswendig – ihre Mom hatte sie schon vor Jahren gezwungen, sie sich zu merken –, aber wer hatte denn heutzutage noch alle Telefonnummern im Kopf? Verdammt, verdammt!

Sie schloss die Augen, erinnerte sich an die Ziffern und tippte sie ein, bevor sie auf »Senden« drückte.

Die Nachricht war unterwegs.

Sie steckte das Handy wieder in die Tasche, zögerte dann allerdings. Irgendwann würde es doch bemerkt werden. Oder ihr aus der Tasche fallen. Wenn das passierte, wäre sie am Arsch.

Stattdessen umwickelte sie es mit Toilettenpapier und warf es in den Mülleimer. Sie konnte ja später erneut darum bitten, auf die Toilette gehen zu dürfen. Erst recht jetzt, wo sie dank Fiona behaupten konnte, ihre Tage zu haben.

Allerdings hoffte sie, dass das nicht nötig war. Sie wünschte sich sehr, in wenigen Stunden draußen und endlich in Sicherheit zu sein. Bei diesem Gedanken musste sie abermals weinen.

Kapitel 36

»Wir können uns hier unterhalten«, sagte Professor Landsman.

Carver betrat den Raum und schaute sich um. Dies war offensichtlich Landsmans privates Behandlungszimmer. Ein Ohrensessel stand einem Zweisitzersofa gegenüber, dazwischen ein Kaffeetisch. Ein Bücherregal voller Bände mit Titeln wie »Akzeptanz und Verpflichtung« und »Kommunikationswunder für Paare«. An der hinteren Wand hing ein Landschaftsgemälde, das nach Carvers Vorstellung eine Art intimes Band zwischen den Paaren herstellen sollte, die hier zur Therapie herkamen. Wie sehr man seinen Partner auch hasste, so konnte man sich immer noch darin einig sein, dass dieses Bild grässlich war.

»Sie sagten, es habe etwas mit Mr Quinn zu tun?« Landsman setzte sich.

Wie sich herausgestellt hatte, als sie ihn anriefen, lebte Landsman nur wenige Kilometer von Theodor Quinns Haus entfernt. Daher hatten sie beschlossen, persönlich mit ihm zu sprechen. Allerdings hatte Carver erwartet, das in seinem Wohnzimmer oder der Küche zu tun und nicht in seinem Behandlungszimmer. Wenn er jemanden verhörte, war er normalerweise derjenige, der den Raum dominierte. Doch jetzt saß er seltsamerweise auf einer unbequemen Couch für Paare, während sich Landsman vorbeugte und die Fingerspitzen aneinanderlegte, als wollte er sich nun anhören, warum Carver und Abby nicht mehr Zeit miteinander verbrachten.

Landsman hatte einen dichten schwarzen Bart, buschige Augenbrauen und eine wilde Mähne. Mit den vielen Haaren im Gesicht erinnerte er eher an einen mittelalterlichen Zaren als an einen Paartherapeuten. Sogar aus seinen Ohren ragten Haarbüschel. Konnte er sich die Sorgen und Probleme seiner Patienten überhaupt richtig anhören?

»Als ich am Telefon sagte, dass wir mit Ihnen über Theodor Quinn sprechen möchten, schienen Sie nicht sehr überrascht zu sein«, stellte Abby fest.

Landsman nickte. »Ich habe schon befürchtet, dass ihm etwas zugestoßen sein könnte. Vor einigen Wochen habe ich seiner Tochter sogar eine E-Mail geschickt, doch sie versicherte mir, dass sie mit ihrem Vater gesprochen habe und dass er sich nur eine Auszeit nehme.«

»Wie kamen Sie darauf, ihm könnte etwas zugestoßen sein?«, hakte Abby nach.

»Weil er sich vor einigen Monaten plötzlich einfach nicht mehr gemeldet hat.«

»Woher kennen Sie Theodor Quinn?«

»Ich war während seiner Promotion sein Doktorvater, und als daraus nichts wurde, hat er sich später noch häufiger ratsuchend an mich gewandt.«

Carver warf Abby einen Blick zu, doch sie wirkte kurzzeitig wie weggetreten und hatte ganz glasige Augen. Das war im Laufe des Tages schon mehrmals passiert. Er wollte sich gar nicht ausmalen, welche Horrorszenarien ihr durch den Kopf gingen. Daher übernahm er das Kommando. »Als daraus nichts wurde? Was meinen Sie damit?«

Landsman kratzte sich am Hals. »Er war nicht dafür geschaffen. Die Promotion ist nichts für jedermann.«

»Aber danach hat er den Kontakt zu Ihnen gehalten?«

»Er hat sich etwa ein Jahr später wieder gemeldet und meinte, er würde ein Buch schreiben. Es hatte etwas mit dem Thema zu tun, an dem er schon vor der geplanten Promotion geforscht hat. Sucht nach sozialen Medien. Nur, dass er sich nun einer anderen Herangehensweise bediente. Er hatte die Theorie aufgestellt, dass es eine Verbindung zwischen der Sucht nach sozialen Medien und dem Hang, Verschwörungstheorien zu glauben, gab.«

Carver beugte sich vor. »Was für eine Verbindung?«

»Nun ja ... Verschwörungstheoretiker haben oftmals bestimmte Eigenschaften. Nervosität, den Drang, ihre Umgebung zu kontrollieren und die Ordnung aufrechtzuhalten, Selbstbefangenheit, Narzissmus, Widerwärtigkeit, Paranoia ...«

»Das trifft doch bestimmt nicht auf alle zu.« Carver rutschte unruhig auf seinem Platz herum und musste daran denken, wie er zuvor mit Abby über JFK diskutiert hatte.

»Das sind statistische Tendenzen. Es bedeutet noch lange nicht, dass jede Person, die an eine Verschwörungstheorie glaubt, all diese Eigenschaften besitzt.«

»Sie könnte sogar gar keine davon besitzen und ein richtig toller Mensch sein.« Irgendwie musste Carver das unbedingt betonen. Das lag bestimmt an dieser therapeutischen Umgebung, die ihn in die Defensive trieb.

»Äh ... Genau. Jedenfalls weisen Menschen, die süchtig nach sozialen Medien sind, häufig damit verbundene Charakterzüge auf. Unter anderem neigen sie dazu, liebenswürdiger als andere zu sein. Können Sie mir so weit folgen?«

»Ja.«

»Theodor behauptete, da Verschwörungstheorien in der modernen Zeit über die sozialen Medien verbreitet werden, sei eine Untergruppe von Verschwörungstheoretikern entstanden, die tatsächlich umgänglich statt unsympathisch sind. Anders ausgedrückt, war er der Ansicht, moderne Verschwörungstheoretiker wollten einfach nur mit dem Strom schwimmen.«

»Okay.« Carver rieb sich den Nasenrücken. Theodors Forschung hörte sich unfassbar langweilig an. »Und warum hat er Kontakt zu Ihnen aufgenommen?«

»Er wollte, dass ich ihm helfe, effektive Fragebögen für seine Forschung zu entwickeln.«

»Und das haben Sie getan?«

»Ich habe ihm aus professioneller Höflichkeit einige Anregungen gegeben. Wir haben uns mehrmals getroffen. Doch dann rief er auf einmal nicht mehr an. Zuvor haben wir alle paar Wochen telefoniert. Und dann ... nichts mehr.«

»Wann haben Sie das letzte Mal mit ihm gesprochen?«

»Das weiß ich nicht mehr so genau. Irgendwann im Sommer, schätze ich, vielleicht auch etwas später.«

Carver rutschte auf der unbequemen Couch herum. Wie schafften es die Patienten dieses Mannes nur, hier lange zu sitzen? Das war eine der schlimmsten Sitzgelegenheiten, die er je erlebt hatte. Würden Abby und er darüber in Zukunft Witze reißen? *Erinnerst du dich noch, wie wir ein paar Monate vor unserer Beziehung bei einer Paartherapie waren? Ha, ha.*

Vermutlich nicht.

»Was hat er Ihnen über seine Fortschritte bei seiner Forschung erzählt?«

»Er war deswegen sehr aufgeregt. Offenbar hatte er eine sehr große Online-Community gefunden, auf die seine Theorie zutraf. Er fand dort Freunde und führte Interviews durch.«

»Wissen Sie auch, mit wem er gesprochen hat?«

»Nein. Ich habe nie danach gefragt und hatte auch nicht den Eindruck, dass er mir irgendwelche Informationen geben wollte.«

»Hat er mal jemanden namens Neal Wyatt erwähnt?«

»Nicht, dass ich wüsste.«
»Was ist mit jemandem namens Absolem?«
Landsman runzelte die Stirn. »Ganz bestimmt nicht. Daran würde ich mich erinnern.«
»Wirkte er je besorgt oder ängstlich, wenn Sie mit ihm gesprochen haben?«
»Nein, meist war er vielmehr sehr aufgeregt.«
Carver trommelte auf der Armlehne der Couch herum. »Sie sagten, er wäre dem Doktorandenprogramm nicht gewachsen gewesen. Was muss ich mir darunter vorstellen?«
»Das möchte ich wirklich nicht näher ausführen. Es steht mir nicht zu. Sie sollten ihn danach fragen.«
Carver seufzte. »Es ist sehr bewundernswert, dass Sie Ihren Kollegen schützen möchten, Professor Landsman, aber wir sind nicht hier, weil Quinn einen Strafzettel für zu schnelles Fahren bekommen hat. Wir haben Grund zu der Annahme, dass Quinn Kontakt zu einigen sehr gestörten Personen hatte, und wir vermuten, ihm könnte etwas zugestoßen sein. Daher wüssten wir es, auch in Quinns Interesse, sehr zu schätzen, wenn Sie uns alles erzählen. Warum hat er seinen Doktor nicht gemacht?«
Landsman schien darüber nachzudenken. Er wandte den Blick ab und betrachtete das Gemälde an der Wand. »Für seine Doktorarbeit führte Quinn ein Experiment durch, mit dem er seine Theorie belegen wollte. Doch die Erkenntnisse stützten seine Theorie nicht, sondern widersprachen ihr sogar. Daher hat er die Ergebnisse manipuliert. Er hat seine Interviews frisiert, irreführende Fragen gestellt und schließlich sogar einige der Daten verändert. Ich habe es herausgefunden und beschlossen, das Doktorandenprogramm zu beenden.«
Carver hatte längst aufgemerkt. »Was ist mit seiner späteren Forschung? Glauben Sie, er hat dabei ebenfalls Ergebnisse gefälscht? Oder Interviews auf eine bestimmte Weise durchgeführt, um die erwünschten Resultate zu erzielen?«

Landsman zuckte hilflos mit den Achseln. »Das kann ich Ihnen beim besten Willen nicht sagen. Aber meiner Erfahrung nach machen Menschen, die so etwas einmal getan haben, es meist wieder.«

»Wenn er also mit diesen Leuten gesprochen hat ...«

Ein plötzliches lautes Piepen unterbrach Carver. Er drehte sich zu Abby um, die ihr Handy aus der Tasche geholt hatte und eine Nachricht las. Auf einmal fiel ihr die Kinnlade herunter und sie riss die Augen auf.

»Was ist?«, fragte Carver und ging sofort vom Schlimmsten aus.

Abby sah ihn mit sichtlich verängstigter Miene an. »Ich habe eben eine Nachricht von Sam bekommen. Aus der Schule.«

Kapitel 37

Sie riefen immer wieder an.

Das schrille Klingeln des Telefons ging Absolem zunehmend auf die Nerven. Manchmal ging er einfach nur ran, damit es aufhörte. Und wenn er das tat, hatte er immer diesen Will in der Leitung.

»Hey, Absolem«, sagte Will. Er hörte sich an wie dieser Schauspieler. Wie hieß er doch gleich? Der Name lag Absolem auf der Zunge. Hatte der Zirkel einen Schauspieler engagiert, der mit ihm reden sollte?

Nein, das ergab keinen Sinn.

»Ich hatte Sie gebeten, nicht mehr anzurufen, solange Abby keine Fortschritte vermelden kann«, sagte Absolem.

»Darum rufe ich ja an. Ich wollte Ihnen mitteilen, dass sie auf ein paar Probleme gestoßen ist. Aber keine Sorge, Abby kann sie bestimmt umschiffen.«

»Gut.«

»Aber ich mache mir Sorgen um diesen Mann, der verletzt wurde. Es macht den Eindruck, dass Sie das alles aus einem wirklich guten Grund tun. Und sobald das vorbei ist, soll dieser Eindruck auch bestehen bleiben. Allerdings sähe es nicht gerade gut aus, wenn er nicht die Hilfe bekommen hat, die er benötigt ...«

»Es geht ihm gut«, fauchte Absolem und beäugte den am Boden liegenden Verletzten. Dem Mann ging es alles andere als gut. Doch Absolem bezweifelte, dass er es schaffen würde, selbst wenn sie jetzt einen Arzt zu ihm ließen. Und das NYPD würde garantiert die ganze Welt wissen lassen, dass die Wächter in der Schule kaltblütig einen Mann erschossen hatten.

Will hatte recht; es ging vor allem um die öffentliche Wahrnehmung. Und Absolem wollte, dass die Menschen da draußen die Wahrheit erfuhren. Sie sollten erkennen, dass er hier der Gute war und es mit unüberwindbaren Gegnern aufnahm.

Doch dafür musste Abby zuerst ihren Teil erledigen und die Wahrheit über den Zirkel ans Licht bringen. Sobald diese an die Öffentlichkeit gelangt war, konnten sie dem Mann die ärztliche Versorgung verschaffen, die er benötigte.

»Lassen Sie uns doch mal zusammen darüber nachdenken«, schlug Will vor. »Wenn Sie den Mann freilassen, damit er die notwendige Hilfe erhält, was wäre dann das bestmögliche Szenario?«

»Das beste Szenario?« Absolem runzelte die Stirn. »Das beste Szenario wäre vermutlich, dass er behandelt wird und überlebt.«

»Dass er überlebt?«, wiederholte Will. »Sind Sie etwa besorgt, er könnte nicht überleben?«

Absolem schloss frustriert die Augen. »Nein, ich sagte doch schon, dass es ihm gut geht. Es ist nur ein Kratzer.«

»Es ist nur ein Kratzer«, wiederholte Will.

»Genau. Er hat sich auf ... jemanden gestürzt und wurde angeschossen. Aber es ist nichts Ernstes, okay? Sie können mir vertrauen.«

»Sie sind ein ehrenwerter Mann, und ich weiß, dass ich Ihnen vertrauen kann«, erklärte Will. »Das ist also das beste Szenario, ja? Er wird behandelt, es geht ihm gut, und wir sagen allen, wie kooperativ Sie gewesen sind. Weil Sie all das tun, um Leben zu retten, und nicht, um anderen wehzutun.«

»Das ist richtig.«

»Was ist das Schlimmste, das passieren könnte?«

Die Gespräche mit Will drehten sich immer im Kreis. Das Schlimmste, das passieren konnte, war, dass der Mann starb und der Zirkel den Wächtern die Schuld in die Schuhe schob. Oder dass sie Absolem reinlegten und das NYPD das Gebäude stürmte, wenn sie versuchten, den Mann freizulassen, und sie alle erschossen wurden. Oder es stellte sich letzten Endes heraus, dass Carlos ein Zirkel-Agent gewesen war und er die schwere Verletzung die ganze Zeit nur vorgetäuscht hatte, um rausgelassen zu werden und dem Zirkel die ganzen gesammelten Informationen geben zu können. Oder …

»Was denken Sie?«, hakte Will nach. »Was könnte Ihrer Meinung nach schlimmstenfalls passieren?«

»Es geht ihm gut, verdammt noch mal!«, fuhr Absolem den Mann an. »Ich muss mich um ein paar Sachen kümmern. Wir reden in einer halben Stunde weiter.«

Er legte auf und massierte sich die Stirn, während er einen Augenblick der Stille genoss. Die Tür zum angrenzenden Büro war geschlossen, und jenseits davon wartete das Chaos. Ein sterbender Mann, ein Haufen Geiseln, der Gestank nach Erbrochenem in der Luft, zwei andere Wächter, deren Vertrauen in ihn von Minute zu Minute abnahm.

Wie in aller Welt hatte das passieren können? Er dachte über all seine Entscheidungen nach, die Augenblicke in der Vergangenheit, die ihn an diesen Punkt geführt hatten.

Die Waffe, die in seiner Hand zuckte, Carlos, der auf dem Boden zusammenbrach ...

Hutmachers glänzende Augen, als er die Pistolen aus dem Handschuhfach nahm ...

Wie er an seinem Computer saß und zwei Rechtschreibfehler in einem Tweet bemerkte ...

Er stöhnte leise, während ihm die Erinnerungen durch den Kopf schossen, er in der Zeit vor- und zurücksprang, eine Litanei an Entscheidungen vor sich sah, die ihn alle näher an diese Falle brachte, die er sich selbst gestellt hatte.

Das Gesicht seiner Frau, kurz bevor sie gegangen war ...

Ein Hammer in seiner Hand, der sich hob und senkte, Blut und Zahnsplitter flogen durch die Luft, sein Blick von Tränen umwölkt ...

Das nächtliche Graben im Garten, während ihm der Schweiß trotz der Kälte den Rücken herunterlief und das Grab immer tiefer wurde ...

Der Kauf der drei Pistolen auf der Waffenshow, wobei er behauptete, sie nur für den Selbstschutz zu benötigen, und das vielsagende Grinsen des Verkäufers ...

Wie sie beide zusammen im Wohnzimmer saßen, ein Bier tranken und sich in diesem Augenblick eine Freundschaft bildete, die alles verändern würde.

»Du musst mich nicht länger Absolem nennen. Wir sind Freunde. Du kannst Neal sagen.«

Kapitel 38

»Hier ist Sam. Sind im Sekretariat sechs Geisel ich glaube eine stirbt alle hungrig. Drei Leute mit Pistolen Hutmacher – wütend, gewalttätig, alma – Mutter will zu Kindern Absolem – hat schon Zirkel getötet. kann nicht antworten«

Will betrachtete den Text nachdenklich.

»Die Nachricht erweckt den Anschein, als hätte sie sie sehr schnell geschrieben«, stellte er fest.

»Ja.« Abby hatte einen ganz trockenen Hals. Sie trank einen Schluck Wasser, doch das nützte nichts. Solange ihre Tochter in Gefahr war, hatte ihr Körper offenbar die Fähigkeit verlernt, Wasser aufzunehmen.

Sie hielten sich wieder im Van der Verhandlungsspezialisten vor der Highschool auf. Nach dem Erhalt der Nachricht waren sie so schnell wie möglich zurückgefahren, Carver hatte das Gaspedal durchgedrückt und Abby die ganze Zeit abwechselnd mit Will und Tammi telefoniert. Jetzt, wo sie hier waren, hatte Abby nicht die Absicht, wieder wegzugehen.

»Wir gehen davon aus, dass es ihr gelungen ist, einige Sekunden lang mit dem Handy einer anderen Person allein zu sein«, sagte Carver. »›Kann nicht antworten‹ bedeutet vermutlich, dass sie nicht ans Telefon gehen kann.«

»Hast du versucht, ihr eine Nachricht zu schreiben oder sie anzurufen?«

»Nein«, antwortete Abby sofort. »Falls sie es bei sich hat, würde ich sie dadurch nur in Gefahr bringen.«

»Diese Handynummer ist auf Carlos Ramirez registriert«, berichtete Tammi. »Es besteht ein hohes Risiko, dass jemand anderes dort anruft.«

»Hoffentlich hat Sam das Handy ausgeschaltet.« Abby trank ihr Glas leer. Sie versuchte, das Zittern ihrer Hand zu verbergen, aber wenn sie Wills kurzen Blick richtig deutete, war es ihm nicht entgangen.

»Die Nachricht bestätigt viel von dem, was wir bereits wissen«, stellte Will fest. »Höchstwahrscheinlich ist Ramirez die schwer verletzte Geisel.«

»Für mich hört sich das so an, als wäre Hutmacher der Sprunghafteste der drei Geiselnehmer«, sagte Carver. »Es ist durchaus denkbar, dass sich Absolem zur Kooperation bewegen lässt, Hutmacher jedoch nicht mitspielt.«

»Sam sagte, Absolem hätte schon einmal getötet«, warf Abby ein. »Was bedeutet, dass er sogar noch gefährlicher ist. Wenn er glaubt, er würde den Rest seines Lebens im Gefängnis verbringen müssen, wird er sich vermutlich nicht ergeben.«

»Im Augenblick kooperiert er eindeutig nicht«, berichtete Will. »Ich habe sieben Mal mit ihm telefoniert. Er fasst sich immer sehr kurz und hat nie auch nur das geringste Interesse gezeigt, von uns Hilfe anzunehmen. Zudem weigert er sich, über irgendetwas anderes als deine Fortschritte bei der Suche nach Beweisen für die Zusammenarbeit zwischen dem NYPD und dem Zirkel zu sprechen.«

»Was hast du über ihn, Tammi?«, fragte Abby. Bei den Worten »schon mal getötet« hatte sich ihr Magen zusammengezogen. Wen hatte Neal getötet?

Tammi blätterte in einem Papierstapel herum. »Sobald du mir den Namen Neal Wyatt genannt hast, konnte ich einiges über ihn herausfinden. In den sozialen Medien ist er so gut wie nie aktiv. Ich habe ein altes Facebook-Profil gefunden, das privat ist. Er ist mit Jackie Wyatt verheiratet, die online auch nicht aktiver ist. Sie leben in Monticello. Ich bin gerade dabei, mir seine Telefonunterlagen zu beschaffen.«

»Hat schon jemand mit Jackie gesprochen?«

»Sie geht nicht ans Telefon. Ein Streifenwagen ist bei ihr vorbeigefahren, aber es war niemand zu Hause. Der Wagen stand auch nicht vor der Tür. Ein Nachbar sagte, Jackie würde mehrmals die Woche morgens joggen gehen, hat sie aber auch schon mindestens einen Monat nicht mehr gesehen.«

»Durchsuchungsbeschluss?«, fragte Will.

»Ist beantragt.«

Abby betrachtete das Whiteboard. Tammi hatte die Phantombilder der drei bewaffneten Wächter dort aufgehängt. Unter dem von Neal hing ein Foto, das durch einen Fensterspalt aufgenommen worden war, und seine verbeulte Nase verlieh seinem Gesicht etwas Unangenehmes und Bösartiges. »Was wissen wir noch über ihn?«

»Ich habe viele seiner Posts im Wächterforum gelesen«, fuhr Tammi fort. »Er fing recht scheu an; die meisten seiner ersten Nachrichten bestanden nur aus einem oder zwei Sätzen und unterstützten im Allgemeinen die Theorie eines anderen Mitglieds, ohne etwas Neues hinzuzufügen. Nach einigen Monaten wurde er dominanter und entwickelte eigene Theorien. Dazu führt er immer sehr viele Referenzen an, was den Leuten gefällt. Auf diese Weise wirken seine Posts eher wie Fakten und weniger wie, äh …«

»Die wirren Monologe eines Verrückten?«, schlug Carver vor.

»Ja. Allerdings sehen diese Leute das natürlich nicht so. Seine Theorien werden im Allgemeinen als vernünftig eingestuft. Er ist im Forum offensichtlich beliebt. Darüber hinaus wirkt er charmant und hat einen selbstironischen Sinn für Humor. Er postet sehr viele Meme. Aber in den letzten beiden Monaten haben sich seine Posts verändert. Es gibt keine Memes und keine Witze mehr. Er kritisiert häufiger die Theorien anderer Mitglieder, und seine Posts sind deutlich radikaler geworden.«

»Wir reden hier über Leute, die glauben, einige unserer Politiker würden über Hirnwellen ferngesteuert«, meinte Carver. »Da hätte ich *deutlich radikaler* gern etwas genauer.«

»Seine Theorien sind spezifischer, er beschuldigt bestimmte Personen und rät zum Handeln. Es geht nicht länger nur darum herauszufinden, was der Zirkel macht, sondern darum, wie sich die Wächter wehren können.«

Abby nickte. Sehr viel von dem, was Tammi beschrieb, hatte sie ebenfalls im Forum gesehen. »Und wie reagieren die anderen auf seine Posts?«

»Der Großteil ist nicht bereit, ein Risiko einzugehen. Diese Leute geben sich mit dem Reden zufrieden. Es gibt immer einige, die massive Proteste vorschlagen, doch im Allgemeinen verläuft sich das Ganze. Mehrere andere Mitglieder sind aber ganz auf seiner Seite. Die Namen, die immer wieder auftauchen, lauten Hutmacher, Rote Königin, Haselmaus und Jabberwocky.«

»Rote Königin ist Alma«, erklärte Abby. »Haselmaus ist ein Teenager namens Dennis. Wir haben mit ihm gesprochen, und er ist bereit, mit uns zu kooperieren, vielleicht kommt er sogar her und telefoniert mit den Geiselnehmern, falls wir das für eine gute Idee halten. Jabberwocky ist ein ehemaliger Psychologiestudent, der bei den Wächtern recherchiert hat. Er hat sich auch regelmäßig mit Neal getroffen. Wir wissen nicht, wo er sich momentan aufhält.«

»Wie reagieren die anderen Mitglieder auf das, was gerade geschieht?«, fragte Will.

»Im Forum gibt es im Grunde genommen zwei Lager. Der Großteil hat Angst. Sie sagen, Absolem hätte voreilig gehandelt und dass das FBI und die Polizei nun die Mitglieder des Forums unter die Lupe nehmen werden. Diverse Mitglieder haben sogar das Forum verlassen, und manche davon schrieben vorher noch panische Nachrichten in der Art von ›So hatte ich mir das nicht vorgestellt‹. Einige erklärten, sie würden sich in ihr Versteck zurückziehen, was immer das zu bedeuten hat.«

»Wahrscheinlich meinen sie damit abgelegene Hütten im Wald, in denen sie sich die Decke über den Kopf ziehen und warten, bis Gras über die Sache gewachsen ist«, mutmaßte Carver.

»Eine kleine Gruppe ist aber auch begeistert. Wie ja bereits bekannt ist, hat Absolem kürzlich aus der Schule etwas gepostet, und diese Leute gehen fest davon aus, dass der Zirkel endlich auffliegen wird. Jabberwocky sagt allen ständig, dass sie nicht aufgeben dürfen. Einige Mitglieder protestieren in einigen Blocks Entfernung.«

»Die haben wir gesehen.« Abby verzog grimmig das Gesicht. Sie hatten die Gruppe im Vorbeifahren bemerkt, Männer und Frauen, die Schilder hochhielten, auf denen stand »TOD DEM ZIRKEL« und »ENTHÜLLT DIE WAHRHEIT« sowie selbstverständlich auch »RETTET DIE KINDER«. Was sich natürlich auf die imaginären Kinder bezog, die in der Schule als Sexsklaven verkauft werden sollten, und nicht auf die Kinder, die wirklich dort als Geiseln festgehalten wurden, wie ihre Tochter. Abby war froh gewesen, dass Carver hinter dem Steuer saß, denn sonst hätte sie glatt auf den Gedanken kommen können, das Lenkrad rumzureißen und die Leute zu überfahren.

»Kennen wir inzwischen Almas Nachnamen?«, erkundigte sich Carver.

Tammi schüttelte den Kopf. »In der Hinsicht hatten wir bisher keinen Erfolg.«

»Wir haben überlegt, ob wir die Phantombilder und das Foto an die Medien rausgeben sollen«, sagte Will. »Vielleicht identifiziert sie ja jemand. Allerdings sind wir besorgt, dass das die Verhandlungen erschweren könnte.«

Abby konnte die Sorge nachvollziehen. Es war wahrscheinlich, dass die drei Wächter die Medienberichte verfolgten. Sobald die Medien Wind von den Namen bekämen, würden die Wächter eine derart schlechte Presse erhalten, dass jede Hoffnung darauf, dieser Albtraum könnte ein Ende finden, vergebens wäre.

»Was ist mit den Interviews, die du erwähnt hast, Abby?«, wollte Tammi wissen.

»Ich leite sie dir weiter«, versprach Abby. »Auf dem Weg hierher habe ich sie überflogen. Theodor Quinn hat sich im April als Jabberwocky im Wächterforum angemeldet. Er hat mehrfach versucht, Mitglieder unter vier Augen zu sprechen, aber jeder Vorschlag eines Telefonats oder Treffens traf auf Misstrauen, vor allem, da er ja noch nicht lange dabei war. Dann ist es ihm letzten Juni gelungen, Neal davon zu überzeugen, mit ihm zu telefonieren. Dabei hat Theodor versucht, Neal über seine Kindheit auszufragen, aber Neal war nicht besonders gesprächig. Theodor gab sich die größte Mühe, als anderer Wächter aufzutreten, was Neal offenbar geglaubt hat. In der Abschrift steht, dass Neal immer wieder Dinge gesagt hat wie ›Wir Wächter‹ oder ›Wir sind uns ähnlicher, als ich dachte‹, und dass er Theodor nach seiner Meinung über einige Wächtertheorien gefragt hat.«

»Solange sich Theodor auf Wächterkram konzentriert hat, war Neal also gern bereit mitzuspielen«, fasste Will zusammen.

»So ist es. Und das ist Theodor nicht entgangen. Während der nächsten Interviews ging es nur um Wächterthemen, und

Theodor gab sich als neuer Wächter aus, der sich noch zurechtfinden musste. Danach freundeten sie sich an. Bis zu diesem Punkt nannte Theodor ihn Absolem, doch dann verriet Neal ihm seinen richtigen Namen. Er öffnete sich und erzählte Theodor von seinen Eltern, wie sein Vater seinen Job verloren hatte, als er noch ein Kind gewesen war. In einem Interview erwähnt er Jackie und sagt, dass sie sich Kinder wünschten und Jackie eine Fehlgeburt gehabt hatte. Es hörte sich ganz danach an, als wären sie Freunde geworden. Sie haben sich sogar mehrmals in Theodors Haus getroffen. In den letzten beiden dokumentierten Interviews unterhielten sie sich nicht mehr über Neals Leben und wieder über Wächtersachen, und zwar detailreicher. Doch danach gab es keine Aufzeichnungen mehr. Wir wissen, dass es noch weitere Treffen gab und dass sie sich häufiger gesehen haben, doch die Dokumente geben dazu nichts her. Wenn wir mehr erfahren wollen, brauchen wir einen Durchsuchungsbeschluss für Theodors Haus, und ich bin mir nicht sicher, ob wir den bekommen werden.«

Carver warf Abby einen vielsagenden Blick zu, hielt jedoch den Mund.

»Dennis hat uns erzählt, dass kurz vor Halloween etwas passiert sein muss, da Absolem danach verändert war«, fuhr Abby fort. »Das passt zu den Verhaltensänderungen, die uns im Forum aufgefallen sind. Und wir wissen, dass sich Theodor und Neal am neunundzwanzigsten Oktober getroffen haben. Es ist sehr wahrscheinlich, dass dabei irgendetwas vorgefallen ist, das sich stark auf Neal ausgewirkt hat. Wir werden allerdings erst mehr darüber erfahren, wenn wir Theodor gefunden haben.«

»Ich bin dran«, sagte Tammi.

»Okay.« Abby wandte sich Will zu. »Wie kommst du voran?«

»Bisher haben wir sehr wenige Informationen, mit denen wir arbeiten können«, gab Will zu. »Ich habe Neal mit seinem

Spitznamen angesprochen und vor allem versucht, ihm zu vermitteln, dass wir uns Sorgen um sie machen und dass es nicht gut aussehen würde, wenn jemand verletzt wird. Das hat uns jedoch nicht weitergebracht. Jetzt macht es ganz den Anschein, als gäbe es auch einen guten Grund dafür. Neal sucht nicht nur nach einem Ausweg aus dieser Sache. Er will diesem Zirkel einen entscheidenden Schlag versetzen und ihn bloßstellen. Samantha schrieb, dass er schon einmal getötet habe. Ich muss ihn dazu bringen, mich als Verbündeten anzusehen. Damit mir das gelingt, muss ich ihn aber auch dazu bringen, über die Fakten zu reden. Vielleicht gelingt mir das, indem ich seine Posts im Forum anspreche.«

»Das ist eine gute Idee«, meinte Abby. »Er hat einen privaten Chat, in dem er über seine Geheimnisse spricht. Anscheinend gehen die Wächter davon aus, dass es im Forum Mitglieder gibt, die für das FBI oder die Polizei arbeiten, daher wird er es nicht als feindseligen Akt ansehen, wenn er erfährt, dass du die Posts im Forum gelesen hast. Du kannst mich als Backup einsetzen. Wir werden ihm erzählen, dass ich ein bisschen recherchiert habe und mich zwischendurch mal bei ihm melden wollte.«

»Das würde ich lieber nicht tun«, erklärte Will. »Das könnte die Sache nur erschweren. Mir wäre es lieber, wenn er weiter davon ausgeht, dass du vorerst aus dem Spiel bist. Wenn er den Eindruck hat, er könnte mit dir reden, will er vielleicht nicht mehr länger mit mir sprechen.«

»Das hängt eigentlich nur davon ab, wie wir das anstellen«, erwiderte Abby. »Ich könnte behaupten ...«

Die Hecktür ging auf, und sie drehten sich alle um.

Estrada, der Einsatzleiter, und Baker von ESU, die beide schusssichere Westen trugen, stiegen ein. Baker hatte auch einen Helm auf, und bei dem Anblick zog sich Abbys Magen zusammen.

Estrada warf Abby einen kurzen Blick zu und runzelte die Stirn. Dann wandte er sich an Will. »Vereen, wir wollten Sie nur wissen lassen, dass wir reingehen.«

»Was?«, stieß Abby hervor. »Jetzt? Aber wir haben eben einen gewaltigen Durchbruch erzielt.«

»Ich weiß.« Estrada wandte den Blick nicht von Will ab. »Aus diesem Grund schlagen wir auch zu. Es ist offensichtlich, dass Carlos Ramirez nicht mehr viel Zeit bleibt. Die Nachricht, die Sie erhalten haben, bestätigt das. Die Geiselnehmer haben sich wiederholt geweigert, ihn rauszuschicken oder ihm medizinische Hilfe zukommen zu lassen, und jetzt wissen wir, dass sie schon früher getötet haben. Wenn wir noch länger warten, riskieren wir damit Ramirez' Leben.«

»Ich halte das für einen Fehler, Sir«, warf Will ein. »Statistisch und mit genug Zeit gesehen, funktionieren die Verhandlungen in den meisten Fällen deutlich besser als …«

»Mit genug Zeit«, fiel Estrada ihm ins Wort. »Wie ich bereits sagte, haben wir in diesem Fall keine Zeit. Denken Sie, dass Sie in zehn oder zwanzig Minuten irgendwelche Resultate erzielen können?«

Will mahlte mit den Kiefern. Abby wusste genauso gut wie er, dass Verhandlungen unter Zeitdruck nie funktionierten.

»Ein Zugriff könnte zu noch mehr Toten führen«, gab Will zu bedenken. »Baker sagte, die Chancen, das ohne Verluste zu bewerkstelligen, sind gering.«

»Unsere Chancen haben sich deutlich verbessert«, erwiderte Baker. »Wir wissen jetzt, wo sich die Überwachungskameras befinden.«

Kapitel 39

»Es war schon längst Essenszeit.«

Sam nahm die Worte nur beiläufig zur Kenntnis, da sie aufgrund von Hunger und Erschöpfung und durch das ständige dumpfe Dröhnen in ihrem Kopf ganz benommen war. Eine Sekunde lang schienen dieser Satz und der bissige Tonfall fehl am Platz zu sein. Das war etwas, dachte sie, das ihr Dad sagen würde. *Es war schon längst Essenszeit, Kinder. Lasst uns Pizza bestellen.* Vielleicht würde sie dann sagen, dass sie lieber einen Salat wollte oder zu diesem Mexikaner, den Dad nicht leiden konnte. Doch diese Beschwerden kamen ihr jetzt so albern vor. Was hätte sie dafür gegeben, jetzt mit Dad und Ben Pizza zu essen. Ihr Bruder würde auch eine Cola bestellen, weil ihm Mom nie eine erlaubte, erst recht nicht abends, während Dad so etwas egal war. Und Sam würde ihn zum millionsten Mal an das Experiment mit dem Zahn erinnern, der sich in Cola aufgelöst hatte. Ein Experiment, bei dem sie sich nicht mal sicher war, ob es wirklich stattgefunden hatte. Irgendjemand hatte ihr mal erzählt, das sei nur ein Mythos. Die Pizza mit reichlich Käse würde himmlisch schmecken. Und Ben würde die Cola austrinken und rülpsen, und Dad würde lachen, als wäre das auch nur ansatzweise lustig, und …

Ihr kamen die Tränen. Das passierte jetzt schon seit einer ganzen Weile. Ständig musste sie weinen. Wenn sie damit aufhörte, fing Fiona an oder Ray. Allerdings lautlos, denn einmal hatte Fiona zu laut geweint, und da war Hutmacher auf sie zugestürmt und hatte sie geschlagen.

Sie war sich nicht einmal mehr sicher, was sie eben gedacht hatte.

Ach ja. Irgendjemand hatte gesagt, dass es schon längst Essenszeit war.

Hutmacher.

Er überprüfte seine Waffe und schob sie in seinen Gürtel. Dann kam er zu ihnen herüber und hockte sich vor Fiona.

»Lass uns gehen, Prinzessin«, verlangte er. »Du zeigst mir jetzt, wo die Cafeteria ist.«

Fiona zuckte zusammen und wich vor ihm zurück. Hutmacher packte ihren Arm und zerrte sie auf die Beine. Sie keuchte auf und geriet ins Stolpern.

»Ich zeige es Ihnen«, rief Sam rasch. »Fiona geht es nicht so gut.«

Er sah ihr mit ausdrucksloser Miene in die Augen. »Okay, Doc. Geh voraus.« Danach drehte er sich zu Alma um, die auf dem Stuhl der Sekretärin saß und die Kamerafeeds im Auge behielt. »Ich besorge uns was zu essen. Wenn ihr Bewegungen seht, lasst ihr es mich wissen, okay?«

Alma nickte deprimiert. Sie war ganz blass und hatte zerzaustes Haar. Vor einer Weile war sie ins Büro des Rektors gegangen und zwanzig Minuten später mit verquollenen roten Augen wieder herausgekommen. Absolem schien sich unter Kontrolle zu haben, und Hutmacher benahm sich seltsam fröhlich, nur Alma schien unter der Anspannung langsam zusammenzubrechen.

Als Sam aufstand, drehte sich kurz alles. Sie war vor Hunger ganz geschwächt. Hatte sie schon jemals einen ganzen Tag lang nichts gegessen? Fiona war Jüdin und fastete jedes Jahr zu Yom Kippur. Sie sagte immer, es fühle sich gut und reinigend an. Sam fühlte sich jedoch alles andere als gereinigt. Sie war einfach nur schwach und leer.

Sie verließen den Raum, und Hutmacher verspannte sich, als er den Korridor entlangblickte. Wie fühlte es sich für ihn an, den Raum zu verlassen, in dem sie sich verschanzt hatten? An einem Ort herumzulaufen, an dem er sich nicht auskannte, noch dazu in dem Wissen, dass die Polizei jeden Moment das Gebäude stürmen konnte? Er musste mit den Nerven am Ende sein.

»Die Cafeteria ist im Erdgeschoss«, sagte sie.

»Dann machen wir wohl einen kleinen Ausflug.« Hutmachers Stimme klang ruhig und gelassen.

»Sie haben vorhin mal gesagt, Sie hätten die Schule gar nicht betreten wollen. Wieso haben Sie Ihre Meinung geändert?«

Hutmacher schwieg einige Sekunden lang, bevor er halb zu sich selbst antwortete: »Weil es sich richtig angefühlt hat.«

»Es hat sich richtig angefühlt?«

»Ja. Hierherzukommen. Mit der Unterstützung meiner Freunde. Mit einer Waffe in der Tasche. Es fühlte sich richtig an.«

Sam schluckte schwer. Sie hatte auf eine weitere verrückte Verschwörungstheorie gehofft, dass Hutmacher ihr erzählte, er habe diese imaginären Kinder vor ihrem imaginären Schicksal retten wollen. Aber sie musste das Gespräch am Laufen halten, diesen Mann besser kennenlernen, sich mit ihm anfreunden. »Warum hat es sich richtig angefühlt?«

Sie hatten die Treppe erreicht. Hutmacher blieb stehen, hielt sie am Arm fest und lauschte einige Sekunden lang. »Warum interessiert dich das, Doc?«

»Ich will mich bloß unterhalten.«

Er starrte sie an. »Ach ja? Und wieso? Möchtest du mich besser kennenlernen?«

»Ich dachte nur ... Wenn ich Sie verstehe, kann ich Ihnen vielleicht helfen, unbeschadet hier rauszukommen. Ihnen allen.«

Hutmacher ging die Stufen hinunter und zerrte sie mit sich. »Glaubst du wirklich, das hier endet damit, dass niemand verletzt wird?«

Ihr Herz setzte einen Schlag aus. »Wird es das nicht? Darum redet Absolem doch mit der Polizei, oder nicht? Er versucht, einen Weg zu finden, die Sache zu beenden.«

»Absolem glaubt, das NYPD würde der Welt verkünden, dass wir die ganze Zeit recht hatten. Das die Polizei korrupt ist und einigen Pädophilen geholfen hat, kleine Kinder zu kaufen. Und dann werden uns alle als große Helden feiern.« Hutmacher lachte heiser auf, was im leeren Treppenhaus widerhallte. »Und Alma bildet sich ein, wir könnten die Kinder noch immer irgendwo in einem Spind oder Kellerraum finden.«

»Und was denken Sie?«

»Ich denke, dass die Polizei in einigen Stunden schwer bewaffnet hier reinstürmen wird. Und dass wir dann alle entweder erschossen oder verhaftet werden.«

Sam warf ihm einen Seitenblick zu. Seine Stimme klang so gleichgültig, als würde er über das Wetter reden.

»Wir können überlegen, wie sich das vermeiden lässt«, schlug sie vor. »So weit muss es nicht kommen.«

Sie waren im Erdgeschoss angekommen, und er blieb abermals stehen und schaute sich misstrauisch um, bevor er sie aufforderte, ihm den Weg zu zeigen. »Wer sagt denn, dass ich das vermeiden will?«

Sam wusste nicht, was sie darauf erwidern sollte, und sie überkam eine Erkenntnis, bei der ihr eiskalt wurde. Manchen Menschen konnte man nicht mit Vernunft beikommen. Einige waren dafür schon viel zu weit abgedriftet. Ihre Mom hätte vielleicht gewusst, was sie zu diesem Mann sagen konnte. Wie er sich zum Aufgeben bewegen ließ. Aber Sam hatte einfach keine Ahnung.

»Möglicherweise ist das genau das, wo ich sein möchte«, erklärte Hutmacher. »Vielleicht könnte ich mir schlechtere Orte vorstellen, an denen ich meine letzten Stunden verbringe, als in einer Schule und mit einer Ärztin an meiner Seite, die mir Gesellschaft leistet.« Seine Hand glitt von ihrem Arm herunter und wanderte an ihrem Rücken nach unten. Sam wollte sich ihm entziehen, doch Hutmacher blieb neben ihr und ließ die Hand immer weiter nach unten wandern, was ihr schrecklich unangenehm war. Schließlich kniff er ihr sogar noch leicht keuchend in den Hintern.

Sie rückte von ihm ab. »Ähm ... Die Cafeteria liegt hinter dieser Tür.« Ihre Stimme klang gebrochen und verängstigt. Sie versuchte nicht länger herauszufinden, wie dieser Mann tickte. Jetzt wollte sie nur noch schnellstmöglich von ihm weg.

Hutmacher starrte sie noch kurz an und ging dann zur Tür der Cafeteria. Er öffnete sie einen Spalt weit und spähte hinein.

»Na, das wird lustig«, murmelte er.

Sam wusste genau, was er vor sich sah. Den großen, leeren Raum voller rechteckiger weißer Tische. Ein sadistisches Design, das den Horror der sozialen Ordnung innerhalb der Highschool noch auf die Spitze zu treiben schien. War man das Kind, das allein an einem Sechsertisch saß? Oder musste man sich jeden Tag aufs Neue entscheiden, wer seine Cafeteria-Freunde waren? Und würden die anderen an deinem Tisch bemerken, was du isst und wie du es tust?

Aber das war natürlich nicht das, was Hutmacher Sorgen bereitete.

Zwei Wände der Cafeteria bestanden aus riesigen Fenstern, die zum Schulhof und zur Straße hinausgingen. Wo Dutzende bewaffneter Polizisten standen.

Kapitel 40

»Ich dachte, wir hätten Zugriff auf die Überwachungskameras in der Schule«, sagte Will.

»Den haben wir nicht«, erwiderte Baker. »Aber es ist uns gelungen, an Backups zu gelangen, die nur wenige Tage alt sind. Damit konnten wir eine Route erstellen, die die blinden Flecken des Sicherheitsnetzwerks ausnutzt. Sie werden uns nicht kommen sehen.«

Baker stand hinter dem Van der Verhandlungsspezialisten, dessen Hecktür geöffnet war, und die Dunkelheit hinter ihm wurde von Blaulichtern erhellt. Es war offensichtlich, dass dies keine Diskussion werden sollte. Die Entscheidung war gefallen. Die ESU würde zuschlagen. Das Verhandlungsteam wurde nicht länger gebraucht.

»Sie gehen nicht über das Dach rein?«, fragte Abby.

»Nein. Wir gehen durch eine der Türen und die Treppe rauf.«

»Wann?«, wollte Will wissen.

»Wir wollen so schnell wie möglich rein. Aber zuerst schaffen wir die Medienvertreter weg, damit sie uns nicht dabei filmen.« Baker warf Abby einen Blick zu. »Das ist ein einfacher

Weg, und wir werden sie überraschen. Es besteht so gut wie kein Risiko ...«

Sein Funkgerät knackte, und eine Stimme meldete sich. »Es gibt Bewegung in der Cafeteria.«

Baker aktivierte das Mikro. »Welche Art von Bewegung?«

Nach einer kurzen Pause kam die Antwort: »Zwei Personen. Ein Mann und ein Mädchen. Er hält ihr eine Waffe an den Kopf.«

Baker verschwand in die Nacht, dicht gefolgt vom Commander. Abby war schon auf den Beinen und losgerannt, bevor sie es überhaupt realisierte. Sie sprang aus dem Van, und die kalte Nachtluft wehte ihr ins Gesicht. Die beiden Männer bewegten sich bereits auf die Straßenecke zu. Sie rannte ihnen hinterher, wobei ihre Füße kaum den Boden berührten, und schlängelte sich zwischen den Polizisten, Fahrzeugen und behelfsmäßigen Absperrungen hindurch.

Als sie Baker erreichte, blickte er gerade durch ein Nachtsichtgerät in die dunkle Cafeteria. Abby versuchte, durch die staubigen Fenster etwas zu erkennen, doch abgesehen von den schwachen Umrissen einiger Tische, sah sie nichts. War da eine Bewegung, oder hatte sie sich das nur eingebildet? Sie atmete schwer und spürte die Kälte kaum. Als sie sich umschaute, bemerkte sie einen ESU-Officer, der in sein Funkgerät sprach und sich die Nachtsichtbrille auf die Stirn hochgeschoben hatte.

»Hey.« Sie trat auf ihn zu. »Könnte ich die mal kurz haben?«

Sie griff bereits nach der Brille, als sie das fragte, und er runzelte verwirrt die Stirn, weil sie sie ihm einfach abnahm.

»Hey, Moment mal ...«

Sie ignorierte ihn und hielt sich die Brille vor die Augen. Die Welt verschwamm in einem grünlichen Nebel, und sie konnte das Innere der Cafeteria glasklar erkennen.

Und da war Sam.

Mit weit aufgerissenen Augen, die Lippen vor Furcht verzerrt, der Körper schlaff und hilflos. Ein großer Mann, den Abby anhand der Skizze sofort als Hutmacher erkannte, presste ihr eine Waffe an die Schläfe. Er bewegte sich rückwärts und zerrte Sam wie einen menschlichen Schild mit sich.

»Ich habe Sichtlinie«, sagte jemand über Funk. »Ich kann ihn ausschalten.«

Abby schluckte schwer. Ihr war selbst nicht klar, was sie sich erhoffte. Wenn er schoss, würde der ESU-Trupp innerhalb von Sekunden die Cafeteria stürmen und Sam in Sicherheit bringen. Dann könnte sie ihre Tochter bald wieder in den Armen halten und sie hätten diesen Albtraum hinter sich.

Aber was war, wenn er den Mann verfehlte und Sam traf? Oder wenn er Hutmacher nicht tötete und der als Vergeltung Sam erschoss? Zudem fragte sich eine leise Stimme in ihrem Hinterkopf, was dann mit den anderen Geiseln wäre. Was würde passieren, wenn die Polizei jetzt das Feuer eröffnete?

»Soll ich schießen, Sir?«

* * *

Sam konnte die dunklen Gestalten der Polizisten auf der Straße im flackernden Licht gerade so erkennen. Hutmacher hatte seinen drallen Arm um sie gelegt und zerrte sie mit sich, und sie hatte seinen stechenden Schweißgeruch in der Nase. Die Mündung seiner Waffe drückte sich gegen ihre Schläfe, und der ständige Schmerz entlockte ihr ein Wimmern. Hutmacher atmete schwer, während er sich bewegte, und sah alle paar Sekunden zu einem anderen Fenster hin, achtete jedoch immer darauf, sie vor sich zu haben.

Sein Arm war nur wenige Zentimeter entfernt. Wenn sie richtig fest zubiss, würde er sie vielleicht loslassen. Dann konnte sie sich flach auf den Boden werfen und der Polizei den Rest überlassen.

Allerdings ließ er sie eventuell gar nicht los, sondern erschoss sie einfach.

Er bewegte sich langsam durch den Raum, lockerte nie seinen eisernen Griff und hielt ihr die ganze Zeit die Waffe an den Kopf. Der Lauf fühlte sich kalt und hart an. Der Tod war nur einen Sekundenbruchteil entfernt. Die Welt schien zu verblassen, bis es nichts mehr gab außer dieser Waffe und dem Arm, der sie festhielt, und natürlich dieses nutzlose rotblaue Licht, das in der Ferne schimmerte.

* * *

»Negativ«, sagte Baker. »Nicht schießen.«

Jemand riss Abby das Nachtsichtgerät aus der Hand, und Sam verschwand und wurde von Dunkelheit ersetzt. Abby schluchzte leise auf und versuchte, die Brille wieder an sich zu nehmen, die nun wieder bei ihrem ursprünglichen Besitzer war.

»Was soll der Scheiß?« Er starrte sie wütend an.

»Hey.« Baker drehte sich kurz zu ihnen um. »Entspannen Sie sich, Jones. Sie gehört zu mir.«

Jones warf Abby noch einen durchdringenden Blick zu und ging mit dem Nachtsichtgerät in der Hand davon.

Abby trat schweigend neben Baker. Sie wollte ihn nicht durcheinanderbringen, nicht jetzt, wenn die Entscheidungen dieses Mannes das Schicksal ihrer Tochter besiegeln konnten.

Baker starrte angespannt in die Cafeteria. Die Zeit schien in Zeitlupe zu vergehen, während Abby versuchte, in der dunklen Cafeteria irgendetwas zu erkennen. Endlich ließ Baker das Nachtsichtgerät sinken.

»Sie sind weg«, sagte er. »Sie sind nach hinten in die Küche gegangen.«

»Wahrscheinlich wollen sie was zu essen holen«, mutmaßte Estrada.

»Wir könnten zuschlagen, wenn sie wieder auftauchen«, schlug Baker nach einer Sekunde vor. »Sie haben sich aufgeteilt. Ein Team kann durch das Fenster in den Verwaltungstrakt im obersten Stockwerk eindringen und die beiden Geiselnehmer da oben ausschalten. Und wir kümmern uns um diesen Kerl, sobald er wieder auftaucht.«

»Halten Sie das für die richtige Vorgehensweise?«, wollte Estrada wissen.

Baker zögerte kurz. »Ich sage dem zweiten Team, dass es sich bereithalten soll. Wir treffen die Entscheidung, sobald sie wieder auftauchen.«

* * *

Sam starrte nach vorn, als Hutmacher sie in die Küche zerrte. Er trat die Tür zu, und Finsternis umfing sie, als die Streifenwagen nicht mehr zu sehen waren. Eine Sekunde später hatte er den Lichtschalter gefunden und der Raum wurde in fluoreszierendes Licht getaucht. Er schubste sie beiseite, und Sam stolperte und musste sich an einem Metallschrank festhalten, um nicht hinzufallen.

Hutmacher schaute sich schwer atmend um. »Na, sieh mal einer an«, meinte er und ging auf einen Kistenstapel zu. Er öffnete die oberste. »Truthahnsandwiches! Das esst ihr zu Mittag?«

»Nur mittwochs«, erwiderte Sam leise. Sie klammerte sich weiterhin am Schrank fest, da sie sich nicht sicher war, ob ihre Beine sie getragen hätten. Ihr Herz raste, und sie konnte noch immer den Lauf der Waffe an der Schläfe spüren.

»Nur mittwochs? Was für ein Glück, dass wir nicht an einem Donnerstag hergekommen sind. Mach mal den Kühlschrank da vorn auf und zeig mir, was da drin ist.« Er kramte in der Kiste herum.

Sie zwang sich, der Aufforderung nachzukommen und langsam zu dem großen Metallkühlschrank am hinteren Ende der Küche zu gehen.

Ein Messer lag neben einem Haufen Gurkenscheiben auf der Arbeitsplatte und war offenbar bei der Evakuierung der Schule dort zurückgelassen worden. Die scharfe Klinge glänzte im Licht und war so lang, dass sie eine tiefe Wunde verursachen würde.

Sam blieb nicht stehen, ging einfach weiter, änderte kaum merklich den Kurs, hob beiläufig die Hand und ließ sie über die Arbeitsplatte gleiten. Berührte den Messergriff. Fasste zu. Das Messer lag schwer in ihrer Hand, und die Klinge funkelte im grellen Deckenlicht.

»Hey, Doc?«

Sie wirbelte herum und verbarg das Messer hinter ihrem Rücken. Hutmacher stand nicht weit entfernt, hatte zwei Pappkartons unter dem Arm und richtete die Waffe auf sie.

»Wieso legst du das Messer nicht wieder weg?«, verlangte er.

Sie ließ die Klinge fallen, als hätten sich ihre Finger plötzlich in Gummi verwandelt. Es landete nur wenige Zentimeter neben ihrem Fuß klappernd auf dem Boden. Hutmacher stellte die Kartons auf der Arbeitsplatte ab, kam näher und bewegte so schnell den Arm, dass er verschwamm, als er sie schlug.

Sam schrie auf, taumelte nach hinten und prallte gegen den Kühlschrank. Ihre Wange brannte, und sie hatte Tränen in den Augen. Hutmacher kickte das Messer mit ausdrucksloser Miene weg.

Dann deutete er auf den Kühlschrank. »Aufmachen!«

Sie tat es, auch wenn ihre Hände zitterten. Darin waren Packungen mit Schokoladenmilch gestapelt. Hutmacher hob seine Kartons wieder auf und kam zu ihr. »Halt mal.«

Die Kartons waren nicht besonders schwer. Sie balancierte sie auf beiden Armen, während ihr die Tränen über die Wangen liefen. Hutmacher öffnete den obersten Karton und warf mehrere Sandwiches auf den Boden. Dann nahm er ein halbes Dutzend Milchpackungen heraus und stopfte sie in den Karton.

»Gehen wir, Doc. Wir haben alles, was wir brauchen.«

* * *

»Da sind sie.« Baker spähte angespannt durchs Nachtsichtgerät. »Sie haben etwas zu essen aus der Küche geholt.«

Abby konnte rein gar nichts erkennen. »Geht es Sam gut?«, sprudelte es aus ihr heraus.

»Ja. Sie trägt die Kartons«, antwortete Baker nach kurzer Pause und aktivierte sein Schultermikro. »Team Alpha, seid ihr in Position?«

Die Antwort kam fast augenblicklich. »Bestätigt.«

»Dodger, haben Sie Sichtlinie zum Ziel?«

Der Mann, der eine Sekunde später antwortete, klang zögerlich. »Negativ, noch nicht.«

Abby ließ den Blick über die Gebäude um sich herum schweifen und fragte sich, wo er postiert war. Sah er in einem der Apartments aus dem Fenster? Lag er auf einem Dach und beobachtete durch das Zielfernrohr seines Präzisionsgewehrs, wie Hutmacher und Sam sich durch die Cafeteria bewegten?

»Der Mann wird nervös«, stellte Baker fest. »Das gefällt mir nicht.«

»Ich hatte ihn kurz im Visier«, meldete Dodger. »Aber er dreht sich immer wieder um. Das wird eine knappe Kiste.«

Tut es nicht! Die Worte lagen Abby bereits auf der Zunge. Würde er schießen und das Leben ihrer Tochter auf diese Weise riskieren?

Tut es nicht!

Baker seufzte. »Abbruch. Team Alpha, wir brechen ab.«

Abby stieß die Luft aus, lang und fast schon qualvoll. Erleichterung und Enttäuschung machten sich in ihr breit. Ihre Tochter war noch am Leben. Und sie wurde mit einer Waffe am Kopf weggezerrt.

Kapitel 41

»Das ist sogar noch besser«, teilte Baker Estrada mit. »Diese Leute haben vermutlich den ganzen Tag nichts gegessen. Sie stopfen sich die Bäuche voll, während wir reingehen.«

Abby stand einige Meter weiter, starrte in die dunkle Cafeteria und sah vor ihrem inneren Auge noch immer, wie Sam mit einer Waffe am Kopf durch die Finsternis gezerrt wurde. Sie hatte die Fäuste so fest geballt, dass sich die Fingernägel in ihre Handflächen bohrten, und bildete sich ein, die vagen Umrisse von Sam und Hutmacher weiterhin vor sich zu sehen, als hätten sie sich auf ihren Netzhäuten eingebrannt.

»Mir wurde eben mitgeteilt, dass die Medienvertreter von der 157. Straße geschafft wurden«, sagte Estrada. »Sie können reingehen.«

»Wir geben ihnen noch fünf Minuten, damit sie in den Verwaltungstrakt zurückkehren können«, erwiderte Baker. »Schließlich wollen wir es nicht mit zwei Gruppen zu tun bekommen, wenn wir zuschlagen.«

»Sobald sie gegessen haben, werden sie auch wieder rationaler vorgehen«, warf Abby ein. »Dann kann man leichter mit ihnen verhandeln und sie davon überzeugen, sich zu ergeben.«

Estrada schüttelte den Kopf. »Das haben wir schon den ganzen Tag versucht. Und eine der Geiseln wird sterben, wenn sie nicht bald ärztlich versorgt wird. Ich bin ganz Bakers Meinung; es ist sicherer zuzuschlagen, wenn sie essen.«

»*Sicherer?* Ist das Ihre Vorstellung …«

»Das ist nicht Ihre Entscheidung, Mullen. Ich weiß, dass Ihre Tochter da drin ist. Aber wenn Sie uns nicht unseren Job machen lassen, dann werde ich Sie hinter die Absperrung verbannen.«

Abby klappte den Mund wieder zu. Mit genügend Zeit hätte sie Estrada vermutlich davon überzeugen können, dass das eine schlechte Idee war. Aber wie er bereits oft genug betont hatte, lief ihnen die Zeit davon.

* * *

In einer oder zwei Minuten wären sie wieder bei den anderen. Das war alles, woran Sam denken konnte. Denn auf einmal erschien ihr dieser Raum richtiggehend sicher. Sie würde sich neben Fiona setzen und wie die anderen Geiseln den Mund halten, bis es ihrer Mom gelang, diese Leute zum Aufgeben zu bewegen. Ihre anfänglichen Pläne, sich mit den Wächtern anzufreunden und alles in ihrer Macht Stehende zu tun, um der Polizei zu helfen, kamen ihr auf einmal unfassbar dumm vor. Wenn sie im Musikzimmer geblieben wären, so wie Ray es verlangt hatte, dann wären sie jetzt vermutlich immer noch dort und in Sicherheit.

Stattdessen wurde sie von Hutmacher durch die Flure gezerrt, während die Kartons in ihren Händen wackelten und immer schwerer zu werden schienen.

»Hier machen wir eine Pause«, erklärte Hutmacher.

»Was? Das Sekretariat ist doch …« Ihre Stimme brach, als er sie in ein leeres Klassenzimmer zerrte.

Im Raum herrschte das reinste Chaos, Stühle waren umgefallen, Rucksäcke, Blöcke und Stifte lagen überall herum. Hutmacher schloss die Tür hinter ihnen.

»Stell die Kartons auf den Lehrerschreibtisch.« Er deutete mit der Waffe darauf.

Sam biss sich auf die Unterlippe, als sie ans andere Ende des Raums ging.

»Ich habe mir überlegt, dass wir nach unserem Ausflug ein schönes Picknick machen können.« Hutmacher öffnete den oberen Karton, nahm ein Sandwich heraus und riss die Plastikverpackung mit den Zähnen auf. »Willst du eins?«

Sam schüttelte den Kopf. »Nein«, flüsterte sie. »Wir sollten zurückgehen. Ihre Freunde warten bestimmt schon.«

»Die können noch ein bisschen länger warten«, sagte Hutmacher mit vollem Mund, aus dem etwas Salat herausragte. »Ich finde, wir haben für das, was wir getan haben, eine Belohnung verdient. Stimmst du mir da nicht zu?«

Sam senkte den Blick. Ihre Mom hätte gewusst, was sie darauf erwidern musste. Sie hätte gewusst, ob sie lächeln, lachen oder ihn mit einem wütenden Blick durchbohren musste. Sam hingegen hatte nicht die geringste Ahnung. Sie war sich nicht einmal sicher, ob es überhaupt etwas gab, das sie tun konnte. Im Augenblick entwickelte sich dieser Albtraum, ohne dass sie irgendeinen Einfluss darauf hatte.

»Ich glaube, das ist das erste Mal, dass ich Schokomilch trinke, seit ich die Schule verlassen habe«, stellte Hutmacher fest und nahm eine Packung aus dem Karton. »Früher hab ich das Zeug geliebt, und jetzt frage ich mich, wieso ich es danach nie wieder gekauft habe.«

Er schraubte den Deckel ab und trank, um die Packung dabei gleich zusammenzudrücken. Ein Rinnsal lief ihm am Mund herunter, was er entweder nicht bemerkte oder was ihn nicht störte. Danach warf er die Packung auf den Boden, sodass die restliche Flüssigkeit durch die Gegend spritzte.

»Willst du wirklich nichts?«, fragte er. »Es ist genug für alle da.«

Sie schüttelte wieder den Kopf.

»Wie du willst.« Er legte den Rest seines Sandwichs auf den Schreibtisch und kam auf sie zu. »Wie sieht es aus, Doc? Ich habe dich zu diesem tollen Essen eingeladen, da können wir in unserer Beziehung doch auch den nächsten Schritt machen, nicht wahr?«

Sam wich bis an die Wand zurück und maß bereits die Entfernung zur Tür ab, während sie ihre Flucht plante – ihm einen Stuhl in den Weg schleudern und wegrennen. Oder über einen der Tische springen und ihn als Barriere nutzen, die immer zwischen ihnen blieb. Oder sie würde sich einen Stift schnappen und ihm ins Auge rammen, um dann hinauszustürzen.

Dummerweise weigerte sich ihr Körper, irgendetwas davon zu tun, daher konnte sie nur hilflos in die Ecke des Raums zurückweichen, während Hutmacher immer näher kam.

* * *

»Zentrale, Team Alpha. Es kann losgehen.«

Die Stimme drang laut und deutlich aus dem Funkgerät im Kommandozentrum. Abby stand in der Ecke und war vor Angst wie erstarrt. Sie war Estrada und Baker hierher gefolgt, und sie hatten sie nicht rausgeschickt. Aber sie wusste, dass ein falsches Wort ihren Rauswurf bedeuten würde. Tatsächlich war sie sich jedoch nicht einmal sicher, ob sie überhaupt einen Ton herausbekommen würde, selbst wenn sie es wollte. Ihre Kehle war derart zugeschnürt, dass sie kaum noch atmen konnte.

Auf einem Bildschirm an der Wand war der Feed der Körperkamera des ESU-Teamleiters zu sehen. Abby starrte wie gebannt darauf und beobachtete, wie ein Mann eine Ramme an der Tür anbrachte.

»Wie laut ist das Ding?«, wollte Estrada wissen.

»Das Gerät ist hydraulisch und daher sehr leise«, antwortete Baker. »Das Lauteste wird das zersplitternde Holz des Türrahmens sein. Sie befinden sich auf der anderen Seite des Gebäudes und im Erdgeschoss, daher wird man im Verwaltungstrakt nichts davon hören.«

»Okay, legen Sie los«, befahl Estrada.

Baker aktivierte sein Mikrofon. »Team Alpha, es geht los.«

Der Mann auf dem Bildschirm fummelte an einer Art Fernbedienung herum. Eine Sekunde später bebte die Tür und brach auf. Sofort packte der Mann das Gerät und schob es zur Seite, und der Feed auf dem Bildschirm wackelte, als das Team ins Gebäude stürmte.

»Sehen Sie, dass sie sich auf der linken Seite des Flurs halten?«, fragte Baker. »Da unten gibt es nur eine einzige Überwachungskamera, und sie bewegen sich durch die tote Zone. Im Anschluss daran haben sie einen freien Weg in den Verwaltungstrakt.«

»Bald haben wir es geschafft«, brummte Estrada grimmig.

* * *

Absolem tigerte durch den Raum. Wo blieb Hutmacher? Er hatte den Mann auf den Kamerafeeds gesehen, als er zusammen mit dem Mädchen aus der Cafeteria gekommen war. Sie trug zwei Kartons, in denen sich vermutlich etwas zu essen befand. Und dann waren sie auf dem Rückweg einfach in ein Klassenzimmer gegangen und aus dem Blickfeld der Kameras verschwunden.

Er konnte sie natürlich über die Lautsprecher rufen, doch dann hätte ihn auch die Polizei gehört. Die sollte aber nicht wissen, was im Gebäude vor sich ging. Er wollte nicht, dass irgendwer dachte, er habe die Lage nicht mehr unter Kontrolle.

Also setzte er sich wieder und hielt Ausschau nach Bewegungen, während er Hutmacher innerlich anflehte, das Klassenzimmer wieder zu verlassen.

»Absolem«, sagte Alma eindringlich.

»Was ist?« Die Frau trieb ihn noch in den Wahnsinn. Die ganze Zeit suchte sie in den Schülerakten herum und versuchte, einen Hinweis auf die entführten Kinder zu finden. Hin und wieder bildete sie sich ein, eine codierte Nachricht, einen Hinweis oder eine fehlende Seite entdeckt zu haben. Hatte sie es denn noch immer nicht kapiert? Die Schule hätte wohl kaum schriftliche Aufzeichnungen über illegale Aktivitäten an einem derart offensichtlichen Ort aufbewahrt.

»Sieh dir das an!« Sie reichte ihm mit kreidebleichem Gesicht ihr Handy. Er nahm es entgegen und starrte irritiert aufs Display. Darauf war das Wächterforum zu sehen, und sie hatte einen der Threads geöffnet, in denen es um sie ging. Ein Post in Großbuchstaben fiel ihm ins Auge.

DIE POLIZEI IST EBEN DURCH DIE HINTERTÜR
INS GEBÄUDE EINGEDRUNGEN!!!!!

Absolem blinzelte und überprüfte, um welche Uhrzeit der Post geschrieben worden war. Vor nicht einmal einer Minute. Der Benutzer war Grinse_Katze_2, ein verlässlicher Wächter, der nicht zu Hysterie oder nur in Großbuchstaben verfassten Posts neigte.

»Woher weiß er das?«, schrie er Alma an.

»Er protestiert draußen und muss sie gesehen haben!«

Absolem starrte erneut auf den Bildschirm mit den Kamerafeeds, doch da war nichts. Hatte die Polizei etwa die Überwachungskameras gehackt?

»Schließ die Tür, und verriegle sie!«, brüllte er Alma an. »Und mach dich bereit zu schießen.«

Er zog seine Waffe und richtete sie mit zitternder Hand auf den Rektor. Verdammt, noch nicht. Jetzt noch nicht!

* * *

Ein plötzliches Geräusch, das laut und kreischend durch die ganze Schule hallte.

»Achtung, Polizei! Rufen Sie Ihre Leute zurück, oder ich erschieße die Geiseln. Verschwinden Sie sofort! Auf der Stelle!« Das war Absolems Stimme, die da aus den Lautsprechern kam.

»Sie können sie sehen«, stieß Abby hervor.

»Das ist unmöglich«, entgegnete Baker. »Wir müssen weitermachen. Unser Team ist nur noch dreißig Sekunden entfernt.«

Abby starrte den wackligen Feed an und erkannte, dass sich das Team noch immer vorwärtsbewegte.

»Aber sie sind jetzt gewarnt. Sie können sie nicht mehr überraschen.« Sie hob die Stimme, die erstaunlich ruhig klang.

»Holen Sie sie da raus«, entschied Estrada. »Wir dürfen kein Risiko eingehen.«

Baker holte tief Luft, bevor er sein Mikro aktivierte. »Team Alpha, Abbruch. Verlassen Sie das Gebäude.«

* * *

Hutmacher ragte mit teilnahmsloser Miene über Sam auf. Schaumiger Speichel bedeckte seine Unterlippe und lief ihm über das Kinn. Er berührte ihre Wange, und sie zuckte zusammen, saß jedoch in der Falle.

»Achtung, Polizei! Rufen Sie Ihre Leute zurück, oder ich erschieße die Geiseln. Verschwinden Sie sofort! Auf der Stelle!«

Das laute Kreischen hallte durch den Raum, und Hutmacher drehte sich um.

Sam rannte los und stolperte durch die Tür, während ihr Herz raste und ihr ein Wimmern die Kehle emporstieg. Schon war sie aus dem Raum gestürzt und bemerkte eine Bewegung auf dem Flur. Gestalten entfernten sich von ihr. Sie machte den Mund auf, um einen Hilfeschrei auszustoßen.

Auf einmal umklammerte eine Hand ihren Arm. Sie wurde nach hinten gezerrt, und als sie schreien wollte, presste sich eine Hand auf ihren Mund.

Dann hatte sie Finger an der Kehle. Die zudrückten.

Hutmacher rammte sie gegen die Wand, ohne ihren Hals loszulassen. Sie versuchte zu schreien, doch sie bekam keine Luft und brachte gerade mal ein erbärmliches Krächzen heraus. Panisch zerrte sie an seiner Hand und versuchte, die Finger zu lösen, die ihr die Luftröhre zudrückten, sein Handgelenk zu zerkratzen. Sie trat gegen seinen Fußknöchel, aber es war ein schwacher, hilfloser Tritt, den er nicht einmal zu bemerken schien.

Sein Gesicht wirkte immer noch ungerührt, und er starrte sie mit leeren Augen und kaum vorhandenem Interesse an, während sie nach Luft rang, um sich schlug, sich aufbäumte.

Ihre Lungenflügel brannten. Schwarze Flecken tanzten vor ihren Augen. Die Welt schien zu verblassen.

Sie konnte nicht atmen.

Kapitel 42

Abby sah auf dem Bildschirm, wie das ESU-Team ins Freie rannte und gar nicht mehr den Versuch unternahm, leise zu sein oder sich in der blinden Zone der Überwachungskameras zu bewegen. Es war die absolute Katastrophe. Ein missglückter Befreiungsversuch bedeutete, dass sämtliches Vertrauen zwischen den Geiselnehmern und dem Verhandlungsteam dahin war. Alles, was sie und Will aufgebaut hatten, war innerhalb von Minuten zunichtegemacht worden. Nun war es unwahrscheinlicher als je zuvor, dass sie eine Kapitulation aushandeln konnten.

Die Hecktür des Kommandozentrums wurde aufgerissen. Tammi stand davor, schwer atmend, die Weste schief und halb offen am Leib.

»Sir«, sagte sie. »Absolem telefoniert mit Will. Es hört sich nicht gut an.«

Abby war bereits draußen, rannte zum Van, sprang hinein. Will saß am Schreibtisch und hatte die Kopfhörer aufgesetzt.

»Das ist verständlich«, sagte er gerade. »Es macht den Anschein, als hätte die Polizei in böser Absicht gehandelt. Es muss sehr stressig für Sie …« Er hielt inne und sah Abby mit ernster Miene an, während der Mann am anderen Ende der Leitung auf ihn einschrie.

* * *

»Ich hätte dem niemals zustimmen dürfen!« Absolem stand im Büro des Rektors und brüllte ins Telefon, während er die Geiseln durch die Tür mit der Waffe bedrohte. »Es war idiotisch, Ihnen zu vertrauen.«

»Bislang konnten wir dank unserer Zusammenarbeit doch verhindern, dass jemand verletzt wurde, Absolem«, sagte Will. »Sie haben da drin alles unter Kontrolle, und das weiß ich sehr zu schätzen. Sie sind ein ehrlicher Mann ...«

»Das hat mir ja auch viel gebracht«, fauchte Absolem. Sein Herz drohte, ihm aus der Brust zu springen. Vor wenigen Sekunden hatte er ein Team aus mehreren Polizisten auf einem Kamerafeed gesehen, das soeben das Gebäude verließ. Er konnte es nicht fassen, dass sie kurz davorgestanden hatten, hier reinzustürmen und ihnen den Garaus zu machen. Wenn Alma den Post nicht gesehen hätte ...

»Wir sind uns noch immer nicht sicher, was da genau passiert ist«, behauptete Will. »Wir vermuten, dass es sich um eine andere Gruppe handelt, möglicherweise vom FBI. Ich werde mit ein paar Leuten reden und die Sache klären. In der Zwischenzeit ...«

»In der Zwischenzeit können Sie Ihren Leuten sagen, dass sie Mist gebaut haben«, fiel Absolem ihm ins Wort. Sie zwangen ihn regelrecht dazu. Er musste jetzt Position beziehen und dafür sorgen, dass sie so etwas kein weiteres Mal versuchten. »Und das hat Konsequenzen.«

Er legte auf, ging aus dem Raum und hob die Waffe.
Dann drückte er den Abzug.

* * *

Sam spürte, wie ihr Körper an Kraft verlor. Ihre Hände waren ganz geschwächt, als sie die Finger in irgendetwas krallte – wobei sie selbst nicht wusste, was das war.

Auf einmal hörte sie eine laute Explosion ganz in der Nähe.

Der Griff um ihren Hals lockerte sich, und sie rang nach Luft und stieß ein keuchendes Röcheln aus. Im nächsten Augenblick kauerte sie auf den Knien, atmete hektisch ein und zitterte am ganzen Körper. Sie starrte den Boden an, ihre Hände, die sie nach und nach wieder klarer erkennen konnte. Ihr Hals schmerzte, ihr Kopf pochte, und ihr war speiübel.

Aber sie war am Leben.

Eine kräftige Hand legte sich um ihren Unterarm und zerrte sie auf die Beine.

»Komm mit, Doc«, raunte ihr Hutmacher ins Ohr. »Und wenn du schreist, wenn du auch nur flüsterst, dann verteile ich dein Hirn auf der Wand. Hast du das verstanden?«

Sie nickte schwach und brachte keinen Ton heraus.

Er zerrte sie aus dem Klassenzimmer, und sie stolperte, da ihre Füße noch ganz taub waren und zitterten. Schon ging es die Treppe hinauf, wobei sie taumelte, sich das Knie stieß, sodass Schmerz durch ihren Körper zuckte. Weitere Stufen, leere Flure. Eine verschlossene Tür. Hutmacher hämmerte dagegen, schrie, dass sie ihn reinlassen sollten, dass er es nur war. Das Schloss klackte, die Tür ging auf, und Alma stand mit schlaffem, bleichem Gesicht im Türrahmen. Weinen drang an ihr Ohr, jemand sagte wieder und wieder »O Gott, o Gott, o Gott!« Es fiel Sam schwer, sich zu konzentrieren, da noch immer dunkle Flecken vor ihren Augen tanzten, und sie schaute sich benommen um. Sah die Blutspritzer.

Absolem stand über Mr Ramirez und richtete die Waffe nach unten. Mr Ramirez' Kopf war ... er war ... Da waren Blut und Knochensplitter und ...

Sam wandte sich ab und erbrach Galle.

Mr Ramirez war tot.

* * *

»Es wurde geschossen. Wiederhole, es wurde geschossen.«

Ein Schuss. Abby hatte ihn im Van gehört. Direkt nachdem Absolem Will gesagt hatte, dass es Konsequenzen geben werde.

Sie hatten eben eine der Geiseln exekutiert.

»Ruf sie an!«, verlangte sie. »Frag sie, was passiert ist. Wen sie erschossen haben. Ruf sie an! Frag sie, wen sie erschossen haben!«

Sie stürzte nach vorn, drückte Knöpfe, wählte die Nummer des Rektors. »Lass mich mit ihnen reden! Mit mir werden sie reden! Wir müssen wissen, wen sie erschossen haben!«

Jemand packte sie, zerrte sie weg, um sie herum Schreie, jemand anderes sagte »Schafft sie hier raus«, während sie sich mit Händen und Füßen wehrte.

»Wen haben sie erschossen?«, schrie sie, während sie ins Freie gezerrt wurde. »Wen haben sie erschossen?«

Kapitel 43

»… aber wie? Wie sind sie reingekommen?«
 »… müssen sie übersehen haben …«
 »… hatten die Kamerafeeds im Auge, frag Alma. Alma! Reiß dich zusammen …«
 »… o Gott, o Gott, o Gott …«
 »… halt die Klappe …«
 »… müssen ihn hier rausschaffen …«
 »… ruf sie an und sag ihnen …«
 »… wo warst du, als das alles passiert ist? Wieso bist du nicht zurückgekommen …«
 »… kleinen Umweg gemacht …«
 »… vielleicht hast du sie reingelassen …«
 »… nimm die Waffe aus meinem Gesicht …«
 »… Alma! Reiß dich zusammen …«
Sam krümmte sich vor der Wand zusammen, drückte sich die Hände auf die Ohren und kniff die Augen zu, denn wenn sie sie geöffnet hätte, dann hätte sie die Flecken gesehen und das viele Blut und diese kleinen Stücke … Sie hustete und musste sich wieder übergeben, aber es kam nur Galle, denn in ihrem Magen war nichts als Wasser. Alle schrien und schwenkten die

Waffen durch die Luft, und sie war fest davon überzeugt, dass gleich wieder jemand schießen würde.

Die Tür war zu und verriegelt, und sie waren erneut in diesem Raum gefangen, in dem der widerliche Geruch nach Erbrochenem, Blut und Schweiß in der Luft hing.

Ihr Hals pochte, und sie hatte höllische Kopfschmerzen. Es fühlte sich so an, als wäre sie vollkommen ausgelaugt, als hätte das Entsetzen der letzten Stunde ihr das letzte bisschen Energie entzogen. Sie konnte sich nur noch die Ohren zuhalten und die Augen zukneifen. Das Wichtigste war, nichts mehr zu sehen.

»Einer von ihnen ist ein Agent. Wir müssen ihnen die Zähne ziehen. Wir brauchen eine Zange. Weißt du, wo der Schrank des Hausmeisters ist?«

»Hast du den Verstand verloren? Du willst ihnen die Zähne ziehen?«

»Sie haben winzige Mikrofone in den Zähnen, damit der Zirkel alles hören kann. Daher wissen sie immer Bescheid. Sie wussten auch, dass du nicht hier warst.«

»Das wussten sie, weil sie mich durch die Fenster der Cafeteria gesehen haben, die Volltrottel.«

»Wir sollten ihnen die Zähne ziehen. Nur, um ganz sicherzugehen. Ich weiß, welche es sind; ich habe die Pläne gesehen.«

»Wir haben keine Mikrofone in den Zähnen! Bitte lassen Sie uns gehen!«

»Halt die Klappe, verdammt noch mal!«

Jemand berührte sie. Sam zuckte zusammen, aber es war eine sanfte Berührung, nicht Hutmachers eiserner Griff und seine tastenden Finger. Eine zärtliche Liebkosung.

Sie schlug die Augen auf. Es war Fiona. Sie krabbelte zu Sam und verschränkte die Finger mit ihren. Sam wimmerte leise und vergrub den Kopf an Fionas Brust. Wieder schluchzte sie bitterlich und erschauderte, als ihre Freundin ihr übers Haar strich, ohne ein Wort zu sagen. Es gab auch nichts zu sagen. Außerdem war Reden gefährlich.

Ihr ging durch den Kopf, dass es falsch gewesen war, so mit ihrer Mom zu reden, wie sie es am Vorabend getan hatte. Möglicherweise würden sie jetzt nie wieder miteinander sprechen, und dann wäre Moms letzte Erinnerung an Sam, dass ihre Tochter sie als Lügnerin bezeichnet hatte.

Sie dachte an die Brandnacht vor all den Jahren. An ihre Mom, die mit ihren Eltern und dem Rest der Gemeinde in dem brennenden Haus gefangen gewesen war. Umgeben von Flammen. Jetzt hatte Sam eine ungefähre Ahnung, wie sich ihre Mom vor all den Jahren gefühlt haben musste. Vermutlich war der Raum voller Rauch gewesen. Sam betastete ihre geschwollene Wange. Man hatte nicht mehr atmen können.

»Sagen Sie mir, wo der Hausmeister sein Werkzeug aufbewahrt.«

»Wir spielen hier nicht Zahnarzt, okay? Wenn du willst, sperren wir sie in einem anderen Raum ein.«

»Und was ist, wenn die Polizei zurückkommt? Wir müssen sie in unserer Nähe behalten.«

»Wir behalten einen hier. Wenn die Polizei herkommt, sind wir sowieso am Ende. Und wir müssen außerdem die Leiche hier rausschaffen. Großer Gott, musstest du ihm unbedingt in den Kopf schießen? Was für eine Sauerei.«

»Wie ist die Polizei reingekommen?«

»Das finden wir schon noch heraus. Bringen wir erst mal die Leute hier weg. Mann, ich wünschte, ich könnte ein Fenster öffnen. Hier stinkt's zum Himmel.«

»Steht auf, ihr zwei.«

Sam erstarrte und klammerte sich an Fionas Jacke. Sie konnte sich nicht bewegen.

Fiona strich ihr übers Haar und beugte sich vor. »Sam? Wir müssen hier weg, okay? Aber ich bin bei dir. Du kannst die

Augen zulassen und einfach meine Hand halten, okay? Schaffst du das?«

Sam nickte. Fiona half ihr sanft auf die Beine, und Sam kniff die Augen noch fester zu, denn wenn sie sie versehentlich öffnete, wenn sie sehen musste, was Mr Ramirez zugestoßen war ... Großer Gott, diese leeren Augen!

»Beweg dich, Doc!« Hutmachers Stimme kam ganz aus der Nähe. »Oder muss ich dir Beine machen?«

»Komm schon, Sam!« Fiona zog sie mit sich, und sie setzte einen Fuß vor den anderen. Der Blutgeruch wurde langsam schwächer. Aber er war immer noch da. Sie konnte ihn noch fühlen. Genau wie sie weiterhin Hutmachers Finger an ihrer Kehle spürte. Oder den Lauf seiner Waffe an ihrer Schläfe.

Ein Schritt nach dem anderen. Mit geschlossenen Augen. Im Vertrauen darauf, dass ihre Freundin sie führte.

Kapitel 44

Abby beugte sich zitternd vor Kälte über die Motorhaube von Carvers Wagen und beobachtete die Demonstranten auf der Straße. Es waren bereits Dutzende, die die Polizei anschrien und Parolen über den Zirkel, Kindersklaverei und eine neue Weltordnung grölten. Einige Medienvertreter filmten die Proteste, und im Hintergrund wurden mehrere Teilnehmer interviewt. Sie wollte Wut auf diese Menschen empfinden, sehnte sich nach loderndem Zorn, doch sie war vor Angst wie betäubt, und ihr Körper schien für keine anderen Emotionen Raum zu haben.

»Hier.« Carver reichte ihr einen großen Pappbecher, aus dem Dampf aufstieg. »Trink. Das ist Tee.«

»Danke«, flüsterte sie und nippte daran. Der Becher wärmte ihre Hände. Das war immerhin eine kleine Erleichterung.

»Es heißt, die Demonstranten hätten die Wächter in der Schule gewarnt«, sagte Carver.

Es dauerte einige Sekunden, bis der Satz zu ihr durchgedrungen war und sie die Bedeutung der Worte aneinandergereiht hatte. Ihr Verstand spielte nicht richtig mit, und sie konnte sich nur mit Mühe und Not zusammenreißen.

»Ja, ich weiß«, erwiderte sie schließlich. »Es stand im Forum.«

»Du hast den Post gelesen?«

»Ich habe alle Posts gelesen.« Sie trank noch einen Schluck. »Ich hatte gehofft, dass die Geiselnehmer vielleicht posten, wen sie exekutiert haben.«

Sechs Geiseln. Eine davon war ihre Tochter. Eine Wahrscheinlichkeit von einem Sechstel, ein Würfelwurf. Sie verdrängte diese Gedanken. Sollte sie das Forum erneut aufrufen? Vielleicht gab es einen neuen Post. Ein kleiner Teil von ihr erkannte die Ironie darin. Ihre größte Hoffnung auf neue Informationen basierte auf einem Forum, das ständig Lügen und unsinnige Anschuldigungen verbreitete. Sie schloss die Augen und hörte den Demonstranten zu.

»Unsere Kinder stehen nicht zum Verkauf!«

»Haltet den Zirkel des Todes auf!«

»Das Blut des Messias muss befreit werden!«

»Nieder mit dem Zirkel!«

»Die neue Weltordnung wird sich erheben!«

»Hört sich ganz danach an, als weiteten sich die Proteste aus«, stellte Carver fest.

»Es greift um sich«, sagte Abby. »Die Wächter sind davon überzeugt, dass sich hier tatsächlich Leute aus dem Zirkel aufhalten, und sie wollen sie finden. Einer der Demonstranten sagte, als das ESU-Team rauskam, hätten sie etwas ins Freie geschleppt, das wie ein Kind aussah. Und zwei Sender sind live vor Ort und interviewen die Leute. Es kommen immer mehr. Sie haben sogar schon einen Bus organisiert, der die Leute aufsammelt und zur Demo bringt. Das Forum ist voll davon.«

»Vielleicht solltest du das nicht mehr lesen«, meinte Carver sanft. »Tammi behält das Forum im Auge, und das FBI tut es ebenfalls. Wenn sie etwas über die Geiseln erfahren, lassen sie es dich wissen.«

Abby musterte ihn fragend. »Okay, und wenn ich da nicht mehr mitlese ... was mache ich dann? Soll ich nach Hause gehen und schlafen?«

»Du könntest dich zuerst einmal in den Wagen setzen. Dann schalte ich die Heizung ein.«

Abby merkte deutlich, dass sie kurz vor dem Zusammenbrechen war, und sie versuchte, sich zusammenzureißen. Sie musste stark bleiben. »Weißt du was?«, fragte sie. »Sam hat gestern das mit Wilcox herausgefunden. Ich hatte es die ganze Zeit geheim gehalten. Und jetzt weiß sie Bescheid.«

Carver sah sie nur an und sagte nichts. Der aus seinem Becher aufsteigende Dampf vermischte sich mit seinem kondensierenden Atem.

»Ich habe mir immer eingeredet, dass ich es ihr nicht erzähle, um sie zu schützen, verstehst du? Damit sie all diese schrecklichen Dinge aus meiner Vergangenheit nicht belasten.«

»Das ergibt doch Sinn.«

Abby schüttelte den Kopf. »Aber es ist Blödsinn, nicht wahr? Ich wusste, dass sie es irgendwann herausfinden würde. Vielleicht wollte ich einfach nicht, dass mich meine Kinder in diesem Licht sehen. Als Überlebende eines Massakers. Als jemanden, der in einer Sekte aufgewachsen ist. Im Grunde genommen war ich nur egoistisch.«

Carver räusperte sich. »Es könnte auch ein bisschen von beidem gewesen sein. Du wolltest sie beschützen und von ihr in einem anderen Licht gesehen werden. Das hört sich für mich nicht unbedingt egoistisch an.«

Abby trank einen großen Schluck von dem rasch abkühlenden Tee. »Und jetzt sitzt sie in derselben Situation, in der ich als kleines Mädchen war. Belagert von der Polizei, in der Gewalt gefährlicher Menschen mit einer verdrehten Realitätswahrnehmung.«

»Das ist nicht dasselbe.« Carver trat näher an sie heran. »Du hattest niemanden, der auf dich aufgepasst hat. Aber sie hat dich.«

Abby zerknüllte den leeren Becher. »Falls sie überhaupt noch am Leben ist. Wenn sie … wenn sie sie nicht erschossen haben.«

»Wir wissen nicht mal mit Sicherheit, dass eine der Geiseln tot ist.«

»Sie haben eine ermordet.«

»Und selbst wenn, werden sie eine der älteren Geiseln getötet haben. Keins der Kinder. Diese Leute sehen sich als Helden, oder nicht?«

Sie zuckte mit den Achseln und wusste selbst nicht mehr, was sie denken sollte.

Carver legte einen Arm um sie und zog sie an sich. Sie ließ es geschehen und empfand seine Nähe als tröstlich. Was hätte sie heute nur ohne ihn getan? So unmöglich es auch klang, der Tag wäre sogar noch viel schlimmer gewesen. Sie wäre völlig durchgedreht. Nun schloss sie die Augen und genoss das Gefühl, einen Moment lang in seinen Armen zu liegen.

Ihr Handy klingelte. Sie löste sich von Carver, holte es aus der Tasche und starrte aufs Display. Steve. Das Klingeln vermischte sich mit den Rufen der Demonstranten. Mit ihnen im Hintergrund und ihrer unbändigen Angst um Sam schien es ihr im Augenblick unmöglich zu sein, mit Steve zu reden. Sie wollte den Anruf schon wegdrücken.

Aber vielleicht war es Ben, der sie brauchte?

Sie ging ran. »Hallo?«

»Abby?« Steves Stimme klang müde und angespannt. »Was ist das für ein Lärm?«

»Das ist nichts, nur ein paar Leute auf der Straße.«

»Okay. Gibt es Neuigkeiten von Sam?«

Ja. Eine Geisel war erschossen worden. Ihre Tochter konnte längst tot sein. Wieder einmal sah Abby deutlich vor sich, wie ihre Tochter durch die Schulcafeteria gezerrt wurde, während man ihr eine Waffe an den Kopf drückte. »Bisher gibt es keine Neuigkeiten. Wir haben sie vor einer halben Stunde gesehen. Sie sah unverletzt aus.«

»Das ist gut«, meinte Steve erleichtert. »Gibt es schon Fortschritte bei den Verhandlungen?«

»Will arbeitet daran. Wie geht es Ben?«

»Gut. Na ja ... schwer zu sagen. Du weißt ja, wie er ist.«

Ja, das wusste sie. Wenn Ben Angst hatte, traurig oder wütend war, machte er dicht, zog sich wie eine Schnecke in sein mentales Schneckenhaus zurück. Seine Antworten wurden einsilbig, sein Gesicht ausdruckslos, nur an seinen leicht zitternden Lippen merkte man seinen Gemütszustand. Im Allgemeinen konnte Abby spüren, was in ihm vorging, und ihn wieder aus diesem Zustand herauslocken. Steve war in dieser Hinsicht jedoch völlig nutzlos.

»Schläft er?«

»Nein ... Er will nicht einschlafen. Ich habe ihm schon drei Gutenachtgeschichten vorgelesen. Er sitzt einfach nur in seinem Bett.«

»Gib ihn mir mal.«

»Okay, warte kurz.«

Sie lauschte, als Steve Ben das Telefon gab und ihm sagte, er solle mit Mommy reden.

»Hi«, sagte Ben.

»Ben, Schätzchen, liegst du im Bett?«

»Ja.«

»Dad sagte, du willst wach bleiben. Es ist schon sehr spät, du solltest jetzt wirklich schlafen.«

»Okay.«

Abby seufzte. »Ich könnte mir vorstellen, dass du Jeepers und Brezel vor dem Schlafengehen gern gesehen hättest, nicht wahr?« Andere Kinder kuschelten mit ihren Teddybären oder Welpen, Ben mit seiner Tarantel und seiner Schlange.

Nach einer kurzen Pause murmelte er: »Ja, ich muss mit ihnen reden.«

»Was möchtest du ihnen denn sagen?«

»Ich will ihnen das von Sam erzählen. Jeepers macht sich bestimmt Sorgen, und ich muss ihm sagen, dass ihr nichts passieren wird.«

»Ja.« Abby wischte sich eine Träne von der Wange.

»Brezel vermisst Sam auch.«

»Das weiß ich, Schatz. Das ist eine gute Idee. Gib mir mal wieder Daddy.«

»Hey«, sagte Steve.

»Hör mal, ich weiß, dass es viel verlangt ist, aber könntest du Ben ...«

»Na sicher. Ich bringe ihn gleich rüber. Wenn er bei dir einschläft, lege ich mich auf die Couch.«

»Danke, Steve.« Abby verspannte sich, als sie Tammi auf sich zukommen sah. »Ich muss jetzt auflegen.«

»Okay, bis später.«

Sie steckte das Handy weg und musterte Tammi, versuchte, aus der Körpersprache der jungen Frau etwas abzulesen. Sie zog ob der Kälte die Schultern hoch und sah elend aus. Lag das daran, dass sie schlechte Nachrichten für Abby hatte?

»Hey.« Tammi trat so nah an sie heran, dass sie sich unterhalten konnte, ohne dass jemand mithörte.

Abby beugte sich vor, um trotz der lärmenden Demonstranten im Hintergrund etwas zu verstehen. »Wissen wir ...«

»Sie haben Ramirez getötet«, erklärte Tammi. »Sie haben ihn erschossen. Nicht Sam. Sam geht es gut.«

Abby stieß die Luft aus und spürte, wie sich die Angst in ihrer Magengrube veränderte. Das binäre »lebendig oder tot«-Entsetzen machte der ihr inzwischen vertrauten Sorge um die Sicherheit ihrer Tochter Platz.

»Dann geht es Sam also definitiv gut?«, hakte Carver nach.

»Ja«, bestätigte Tammi. »Will hat Absolem gefragt. Er konnte ihm diese Information entlocken. Die anderen Geiseln sind unversehrt.«

»Und, was ist jetzt der Plan?«, wollte Abby wissen.

Tammi sah sie betrübt an. »Wir versuchen, das gebrochene Vertrauen wiederherzustellen. Estrada will nicht, dass du mit den Wächtern redest. Will hätte es vielleicht gestattet, doch Estrada will nichts davon hören.«

Abby nickte und hatte mit nichts anderem gerechnet. Nach ihrem hysterischen Anfall wäre es völlig verrückt gewesen, sie mit Absolem sprechen zu lassen.

»Es gibt noch eine Neuigkeit«, fuhr Tammi fort. »Ich habe Jackie Wyatt gefunden.«

Es dauerte einen Moment, bis Abby wusste, wen Tammi meinte. »Neals Frau?«

»Ja. Ich habe ihre Telefonnummer von einem ihrer Facebook-Kontakte bekommen und eben mit ihr gesprochen. Sie wohnt momentan bei ihrer Mom in der Bronx. Will möchte sie herholen lassen und mit ihr reden.«

»Ich hole sie ab«, schlug Abby sofort vor.

»Das dachte ich mir.« Tammi berührte Abby am Arm. »Und das geht in Ordnung. Hol sie ab, und bring sie direkt hierher. Aber ... sorg bitte dafür, dass ich diese Entscheidung nicht bereue, ja?«

Kapitel 45

Jackie wartete am Fenster und starrte mit geballten Fäusten auf die Straße hinunter. Sobald der Streifenwagen auftauchte, würde die Hölle losbrechen. Mutter würde fragen, was die Beamten wollten, und Jackie würde ihr gestehen müssen, dass sie hier waren, um sie abzuholen. Dann würde Mutter erst richtig durchdrehen, denn wenn es etwas gab, das sie sich nie entgehen ließ, dann war es die Gelegenheit für ein Drama. Warum wollten sie Jackie abholen? Wegen Neal? Dabei hatte sie ihr immer wieder gesagt, dass er nichts taugte, und wieso wollte Jackie eigentlich nie auf sie hören? Was sollten die Nachbarn denken? Paula von nebenan fragte sowieso schon ständig, wieso Jackie nicht zur Arbeit ging, und jetzt würde sie auch noch glauben, Jackie habe etwas verbrochen. Wollte Jackie, dass ihre Mutter an einem Herzinfarkt starb, bevor sie ihr Enkelkind in den Armen halten konnte? War es das, was sie wollte?

Mutters Dramen spielten sich immer in Form von Fragen ab, die lautstark gestellt wurden und keinen Raum für Antworten ließen.

Jackie war derart in ihre Überlegungen darüber vertieft, was ihre Mutter wohl sagen würde, dass sie fast nicht begriff, was passierte, als die Polizei tatsächlich auftauchte und in einem

Zivilfahrzeug vor dem Haus parkte. Aber dann stiegen sie aus, ein Mann und eine Frau, und obwohl sie keine Uniformen trugen, spürte man sofort, dass sie Polizisten waren. Das lag an der Art, wie sie sich verhielten. Jedenfalls beim Mann. Die Frau wirkte zu klein, zu blass und zu müde.

Sofort stürmte Jackie vom Fenster zur Tür und riss sie auf, bevor die beiden anklopfen konnten.

»Tschüss, Mutter. Ich geh noch mal weg! Du musst nicht auf mich warten!«, rief sie und ging bereits hinaus, was die Polizisten erstaunt zur Kenntnis nahmen.

»Wo willst du denn um diese Uhrzeit noch hin?«, rief ihre Mutter aus ihrem Schlafzimmer.

Doch Jackie zog bereits die Tür hinter sich zu, weil eine Antwort auf eine Frage ihrer Mutter stets weitere Fragen nach sich zog.

»Hi«, raunte sie dem Mann zu. »Ich bin Jackie.«

»Okay.« Der Mann zeigte ihr seine Dienstmarke, als könnte es noch Zweifel an seiner Identität geben. »Ich bin Detective Carver. Das ist Lieutenant Mullen.«

Detective Carver war ein attraktiver Mann, wenn man auf diesen Typ stand. Er hatte mit seinen breiten Schultern, der Größe und dieser Narbe am Kinn, bei der man sich ausmalen konnte, er habe sie sich bei einer Schlägerei zugezogen, auch wenn es vermutlich nur beim Rasieren passiert war, etwas Urtümliches und Wildes an sich. Lieutenant Mullen hingegen … Bei ihr sah die Sache schon anders aus. Sie schien von einer unheimlichen Aura umgeben zu sein, als stünde sie kurz davor zu explodieren oder als wäre sie bereits in die Luft gegangen und dies war der übrig gebliebene Rest. Und hinter ihrer ausdruckslosen Miene lauerte etwas, das Jackie nur zu gut kannte: eine tief sitzende Furcht.

Aber dann blinzelte Mullen und schüttelte den Kopf, als würde sie sich konzentrieren, und sie lächelte Jackie an. Da begriff Jackie, dass sie die Frau falsch eingeschätzt hatte. Mullens Miene war freundlich, herzlich und vollkommen ruhig. Jackie konnte andere gut einschätzen, und diese Frau hatte sich im Griff. Sie war cool. Unter anderen Umständen hätten sie sich sogar anfreunden können.

»Hey, Jackie«, sagte Mullen leise. »Sie können mich Abby nennen. Sollen wir in den Wagen steigen?«

Jackie nickte und folgte ihnen, wurde jedoch langsamer, je näher sie dem Auto kamen. Das lag nicht etwa daran, dass sie wirklich Angst hatte. Allerdings wäre jeder, der die vergangenen Jahre an Neals Seite verbracht hatte, nur sehr argwöhnisch in einen Polizeiwagen eingestiegen. All die Geschichten, die er ihr erzählt hatte, strömten auf einmal auf sie ein, über die Leute, die verschwanden, und die Morde, die die Polizei nicht einmal zu verschleiern versuchte, sondern bei denen sie einfach behauptete, die Schüsse seien gerechtfertigt gewesen, als ob so etwas überhaupt möglich sein konnte. Sie merkte erst jetzt, dass sie tatsächlich zugehört hatte, als sie in den Wagen einsteigen sollte und sich auf einmal ausmalte, wie sie eines Tages selbst in einer solchen Geschichte vorkam. Wie sie mit diesem Wagen weggebracht und von da an nicht mehr gesehen wurde.

»Sie können sich auf den Rücksitz setzen«, sagte Abby.

»Äh ... können wir uns vielleicht doch hier unterhalten?«, fragte Jackie. Sie versuchte, bestimmt zu klingen, weil Neal immer gesagt hatte, diese Leute könnten Schwäche riechen, aber ihre Stimme klang zu schrill, und außerdem klang das weniger wie eine Aussage, sondern eher wie eine Bitte.

Abby lächelte noch einmal und strich sich eine Haarsträhne hinters Ohr. Sie hatte erstaunlich große Ohren, die sie aufgrund des schmalen, zarten Gesichts ein wenig wie eine Maus aussehen ließen. Eine freundliche, süße Maus. »Es ist bestimmt nicht leicht, mitten in der Nacht in ein Fahrzeug mit zwei Polizisten auf den Vordersitzen zu steigen. Soll ich mich zu Ihnen auf den Rücksitz setzen? Wäre Ihnen das lieber?«

Jackie merkte, dass sie das Lächeln erwiderte. Es war ihr schlichtweg unmöglich, es nicht zu tun. »Okay, danke.«

Sie rutschte durch, und Abby nahm neben ihr Platz. Als sie wegfuhren, drehte sich Jackie noch einmal um und stellte fest, dass das Licht im Schlafzimmer ihrer Mutter brannte. Sie wandte schnell den Blick ab.

»Stimmt es, was mir die Frau am Telefon gesagt hat?«, fragte sie. »Ist Neal … wirklich einer der Bewaffneten in der Highschool?«

Es kam ihr vor, als wollte sie wissen, ob die Sonne nachts aufging oder ob Hunde sprechen konnten. Das schien unmöglich zu sein. Zugegeben, sie hatte ihre Probleme mit Neal, und sie war wütend auf ihn und auch besorgt, aber … das? Sich in einer Schule zu verschanzen? Kinder als Geisel zu nehmen?

»Leider ja«, bestätigte Abby. »Wie lange sind Sie schon mit Neal verheiratet?«

»Sechs Jahre«, antwortete Jackie. »Aber wir haben schon vorher zusammengelebt. Ich kenne ihn schon sehr lange. Und das … was Sie da sagen, das ist nicht mein Neal.«

»Nicht Ihr Neal?«, hakte Abby nach.

»Nein. Okay, gut, er hat verrückte Theorien, aber so etwas würde er niemals tun. Er ist ein guter Mensch.«

»Ich glaube Ihnen«, erwiderte Abby. »Ich habe mit ihm telefoniert, und er machte auf mich den Eindruck eines sehr guten Menschen, der nur in einer schlimmen Lage gelandet ist.«

»So ist es! Würden Sie ihn kennen … Bevor er sich wie ein Besessener mit diesem Wächterkram beschäftigt hat, war er ein netter … anständiger Kerl.«

»Und was ist dann passiert?«, erkundigte sich Abby.

Jackie seufzte. Sie hatte schon früher versucht, es zu erklären, aber die Leute verstanden es einfach nicht. Die meisten glaubten einfach, Neal habe den Verstand verloren. Aber so war es nicht. Das war überhaupt nicht der Fall.

»Wir hatten eine schwere Zeit. Er hat seinen Job verloren. Seine Mom starb. Und wir hatten … andere Probleme. Er saß also zu Hause vor dem Fernseher, war untätig, bedrückt und wütend. Wir haben uns viel gestritten. Und dann hat er diese Leute entdeckt. Die Wächter. Und er war richtig aufgeregt. Es war, als hätte ich meinen alten Neal zurück.« Ihre Stimme bebte. Sie schluckte schwer und schüttelte den Kopf.

»Er hat etwas gefunden, bei dem er sich gut fühlte und durch das er ein Ziel bekam«, erkannte Abby.

»Genau. Er redete wieder viel mit mir. Beispielsweise erklärte er mir oft eine ganze Stunde lang, was er herausgefunden hatte. Und er fand neue Freunde, die sogar sehr nett zu sein schienen. Menschen, die etwas bewirken wollten. Mir ist bewusst, dass vieles, was die Wächter sagen, ziemlich … weit hergeholt ist, aber es gibt auf der Welt auch verrückte Dinge, von denen alle wissen, nicht wahr? Wie dieses MK-Ultra-Programm der CIA? Ich habe mal eine Doku darüber gesehen. Neal und seine Freunde sind vor allem offen für Ideen und glauben nicht alles, was man ihnen vorsetzt. Das ist doch nichts Schlechtes.«

»Das ist nichts Schlechtes«, stimmte Abby zu.

»Und es war ja auch nicht so, als hätte das sein ganzes Leben ausgemacht, verstehen Sie? Okay, anfangs hat er Stunden vor dem Computer verbracht und recherchiert und gelesen. Aber nach einem oder zwei Monaten beruhigte er sich und beschäftigte sich nur noch ein paar Stunden am Tag damit und chattete mit seinen Freunden. Das war alles.«

»Es war sein Hobby«, sagte Abby. »Das verstehe ich. Meine Kinder verbringen sehr viel Zeit mit ihren Hobbys. Solange sie noch genug Zeit für ihre Hausaufgaben finden und sich mit Freunden treffen, habe ich nichts dagegen. Das ist viel besser, als den Fernseher anzustarren.«

»Genau«, meinte Jackie. »Ich habe mich darüber gefreut, dass er etwas gefunden hatte, was ihn wirklich interessierte.«

»Hat er Sie daran beteiligt?«

»Er hat es ein paarmal versucht. Er schlug vor, dass ich mich auch in diesem Forum anmelde, aber das war nichts für mich. Wie Sie ja bereits sagten, es war sein Hobby, aber nicht meins. Und er hat es verstanden und benahm sich deswegen nicht wie ein Arschloch – schließlich hatte ich ja auch Hobbys, die ihn nicht interessierten, wie das Gärtnern oder das Joggen. Und ich habe ihm gern zugehört. Kennen Sie das, wenn Sie manchmal jemandem zuhören, den Sie lieben, und sich einfach darüber freuen, wie enthusiastisch er ist?«

»O ja!« Abby grinste breit. »Sie sollten mal hören, wie mein Sohn von seinen Haustieren erzählt. Und was ist dann passiert?«

»Tja … Diesen Sommer hat er wieder mehr Zeit damit verbracht. Manchmal sechs, sieben Stunden pro Tag. Er stand erst sehr spät auf und kannte kein anderes Thema mehr. Er hat ständig nur darüber gesprochen.«

»Hat er irgendetwas Besonderes erwähnt?«

Jackie schüttelte den Kopf. »Für mich hörte es sich nach den üblichen Sachen an. Aber es sprudelte nur so aus ihm heraus, verstehen Sie? Er wurde sehr wütend darüber, wie wir vom Zirkel kontrolliert werden … So bezeichnen die Wächter die Leute, die alle Fäden in der Hand haben. Er traf sich drei- oder viermal die Woche mit Wächterfreunden und kam erst mitten in der Nacht nach Hause. Und dann wurde er wieder gefeuert. Was mich nicht groß gewundert hat, schließlich hat er kaum geschlafen und hing den ganzen Tag vor dem Computer oder am Handy.«

Sie wischte sich eine Träne von der Wange und sah aus dem Fenster.

»Wusste er, dass Sie schwanger sind?«, erkundigte sich Abby.

Jackie sah sie überrascht an. Man sah es unter ihrem Mantel eigentlich noch gar nicht, und sie hatte es auch definitiv nicht erwähnt. Woher wusste sie das? Hatte Neal etwas gesagt? Hatte ihr Arzt ihre Akte an den Zirkel verkauft, der sie der Polizei zur Verfügung gestellt hatte? Wusste diese Frau daher ...

»Als ich schwanger war, habe ich beim Autofahren auch immer eine Hand auf meinen Bauch gelegt«, gestand Abby. »So, wie Sie es jetzt auch machen. Das ist typisch für werdende Mütter.« Sie schenkte Jackie ein Lächeln.

Erleichtert erwiderte Jackie es. Das ergab Sinn. Dann verblasste ihr Lächeln wieder. »Ich habe es ihm noch nicht gesagt. Zuerst wollte ich ihm keine falschen Hoffnungen machen. Wir haben schon einmal ein ... Ich hatte eine Fehlgeburt. Damals, in unserer schweren Zeit. Aber dann fing ich an, mir Sorgen zu machen, dass Neal kein guter Vater sein kann. Schließlich habe ich auf einer Beziehungspause bestanden. Gewissermaßen als Ultimatum, verstehen Sie? ›Reiß dich zusammen, oder ich bin weg.‹ Wir lieben uns, und ich dachte, das wäre auch gut für ihn.«

»Wann war das?«

»Vor ein paar Monaten. Kurz vor Halloween. Er wollte wieder zu einem seiner Treffen, und ich habe meine Sachen gepackt und ihm mitgeteilt, dass ich bei seiner Rückkehr nicht mehr da sein würde.«

»Wie hat er reagiert?«

»Er ... Es war schlimm. Wir haben uns schrecklich gestritten. Und dann bin ich gegangen.«

»Sie sind also kurz vor Halloween ausgezogen«, fasste Abby zusammen. »Was ist danach passiert?«

»Er hat mich nie angerufen. Letzten Endes rief ich bei ihm an. Ich habe ihn vermisst. Aber er ging nicht ans Telefon. Da schrieb ich ihm eine Nachricht, und er hat geantwortet, dass es sicherer für mich wäre, wenn ich mich von ihm fernhalte.

Es klang richtiggehend paranoid. Da beschloss ich, ihn aufzusuchen, und fuhr zu unserem Haus. aber ...« Sie schloss die Augen, hielt sich eine Hand vor den Mund und wünschte sich, die Zeit zurückdrehen und einiges anders machen zu können.

»Sie waren bei Ihrem Haus«, sagte Abby. »Was ist passiert?«

»Er ging nicht an die Tür. Alle Vorhänge waren zugezogen. Und er hatte die Schlösser ausgetauscht. Ich kam nicht rein.«

Kapitel 46

29. Oktober 2019

Es war der Koffer, der ihm den Rest gab. Ein Koffer, den sie auch in den Flitterwochen dabeigehabt hatten, während dieser wunderschönen Woche in Mexiko. Und dann erneut bei der Reise zum Grand Canyon, von der sie immer geträumt hatte. Und bei der zu ihrem fünften Hochzeitstag nach Florida. Es war ein Koffer, den Neal immer mit wunderschönen Erinnerungen in Verbindung brachte.

Doch jetzt hatte sie diesen Koffer gepackt, um ihn zu verlassen.

Es war ein großer Koffer, und die Art, wie sie ihn hinter sich herzog, ließ deutlich erkennen, dass er schwer war. Sie nahm nicht nur eine kleine Reisetasche mit. Und sie hatte auch keine halbe Stunde lang wütend Sachen hineingeworfen. Das war im Voraus geplant worden, und zwar über längere Zeit.

Auch das, was sie sagte, hörte sich geplant an. Es war ein endloser Monolog darüber, dass er überhaupt nicht mehr anwesend sei. Sie lebte mit einem Fremden zusammen. Wenn sie mit ihm sprach, hatte sie das Gefühl, sich mit einer dunklen Sturmwolke zu unterhalten.

Normalerweise rang Jackie nach Worten, wenn sie versuchte, etwas Wichtiges zu erklären; sie stotterte und murmelte. Diesmal jedoch nicht. Diese Rede hatte sie geübt.

Die Frage war nur: Warum?

»Wieso tust du das?«, stieß er hervor.

Sie blinzelte. Die Frage riss sie aus dem Konzept. »Weil ... Wegen dem, was ich eben gesagt habe. Ich habe das Gefühl, dass du gar nicht mehr da bist ...«

»Blödsinn! Deswegen würdest du mich nicht verlassen. Irgendjemand hat dich gegen mich aufgehetzt. War es deine Mutter? Es war deine Mutter, nicht wahr? Sie konnte mich noch nie leiden. Was hat sie gesagt? Hat sie dir Geld geboten? Hat sie gedroht, dich aus ihrem Testament zu streichen? Ist es das?«

Jackie kamen die Tränen. »Es ist nicht wegen meiner Mutter, Neal. Ich bin unglücklich. Ich will dich zurückhaben. Den alten Neal. Nicht diesen ... besessenen, wütenden ...«

»Waren *sie* es?« Der Gedanke kam ihm über die Lippen, bevor er Zeit gehabt hatte, darüber nachzudenken.

»Sie?« Ihr Tonfall veränderte sich. Der Schmerz war fort und hatte etwas anderem, etwas Schneidendem Platz gemacht.

»Hat jemand Kontakt zu dir aufgenommen? Dich bedroht? Dich erpresst? Haben sie dir etwas angeboten ...«

»Du glaubst, ich würde dich wegen einer ... einer ... einer Gruppe zwielichtiger Leute verlassen?« Sie riss die Augen auf. »Bist du jetzt völlig verrückt geworden? Warum sollten sie ... Ach, weißt du was? Vergiss es!«

Sie marschierte zur Tür und zog den Koffer hinter sich her.

»Du gehst nicht!« Er sprang vom Stuhl auf und packte ihren Unterarm. Umklammerte ihn fest.

»Fass mich nicht an!«, kreischte sie und entzog ihm ihren Arm.

Da wollte er sie schlagen, was ihm noch nie zuvor in den Sinn gekommen war, aber nun ließ sich dieser Drang kaum noch unterdrücken. Tatsächlich hatte er sogar schon mit der Hand ausgeholt.

Stattdessen schlug er gegen die Wand, und der plötzliche Schmerz ließ ihn für einige Sekunden alles andere vergessen. Er nahm nur beiläufig wahr, wie sie hinausging und die Tür hinter sich zuknallte.

Danach taumelte er zu seinem Computer und suchte nach einer Erklärung. Warum? Wieso war sie gegangen? Jackie hätte ihn nie auf diese Weise verlassen. Seine Instinkte hatten ihn nicht getrogen. Er konnte deutlich die Hand des Zirkels in alldem erkennen. Dadurch sollte er von dem abgelenkt werden, was er zusammen mit Theodor tat. Darum ging es hier eigentlich. Sie mussten es irgendwie herausgefunden haben.

Er klickte das Forum an und erstellte einen neuen Thread. Der Titel lautete

ZIRKEL GREIFT JETZT UNSERE FAMILIEN AN.

Die Worte strömten nur so aus ihm heraus.

> *Meine Frau hat mich eben verlassen, und ihr Verhalten ließ deutlich erkennen, dass jemand anderes das schon seit einer ganzen Zeit organisiert hatte. Wir waren glücklich, und das geschah aus heiterem Himmel. Vielleicht hat sie mir auch schon seit einer Weile was vorgespielt. Hat sie mich für jemanden ausspioniert? Sollte dem so sein, dann stehen all eure Identitäten auf dem Spiel. Es tut mir leid, ich hätte ihr nie von dem hier erzählen dürfen. Aber die Frage bleibt: Warum wollten sie, dass sie mich verlässt?*

> *Mir fielen die kürzlichen Scheidungen mehrerer anderer Mitglieder wieder ein. Es waren allein drei im letzten Monat. Und dann noch diese schreckliche Sorgerechtssache, die Weißer_König durchmachen musste. Das übersteigt die durchschnittliche Scheidungsrate doch bei Weitem.*

Er hielt inne, recherchierte Scheidungsraten und hängte den Link an seinen Post an. Das machte er immer, seine Posts durch Fakten zu stützen.

> *Und das sind nur die, von denen wir wissen. Wie viele von euch haben sich getrennt, ohne der Gruppe davon zu erzählen? Ich urteile über niemanden, aber wir müssen es wissen. Falls das etwas ist, das der Zirkel vorantreibt. Falls sie unsere Familien gegen uns aufhetzen, sie zu Agenten machen …*

Er machte eine Pause und starrte den Bildschirm an.
Da gab es ein Muster, das spürte er deutlich.
Aber auch, dass dem nicht so sein konnte.
Denn eines wusste er besser als alles andere: Jackie hätte sich nie vom Zirkel benutzen lassen. Sie hätte sich von diesen Leuten nie derart beeinflussen lassen, dass sie sich gegen ihn wandte.
Die Teile passten zusammen. Er dachte an all die Augenblicke, in denen er sich ihr Verhalten nicht hatte erklären können. Und nun hatte er eine Erklärung. Wie für den Tag, an dem sie laufen gegangen war, obwohl es geregnet hatte. Oder diesen Abend, an dem sie ständig auf ihr Handy schaute. Und dann hatte sie einmal vor dem Haus telefoniert, als wollte sie

nicht, dass er mithörte. Und dann das vor zehn Minuten, als sie ihn ohne Vorwarnung verlassen hatte. All das ließ sich dadurch erklären, dass sie für den Zirkel arbeitete.

Aber das war nicht möglich.

Er löschte den Post und schloss das Browserfenster. Etwas in ihm zerbrach.

Ein Anruf holte ihn aus seinen Gedanken. Er starrte das Display an.

Jabberwocky.

»Hey«, meldete er sich und versuchte, seine Stimme unter Kontrolle zu behalten.

»Hi.« Theodor klang fröhlich. »Ich wollte dich fragen, ob wir uns vielleicht eine halbe Stunde später treffen können. Ich muss hier noch was fertig machen.«

»Ja, äh ... Pass mal auf, ich glaube, ich schaffe das heute nicht. Mir geht es nicht so gut; vielleicht hab ich mir irgendwas eingefangen.«

»Das ist echt schade, Mann«, erwiderte Theodor. »Bist du sicher? Wir müssen auch nicht so lange machen.«

»Ja, ich glaube, ich muss mich ausruhen. Und ich möchte mich eigentlich lieber nicht ins Auto setzen.«

»Warum treffen wir uns nicht bei dir?«, schlug Theodor vor.

»Bei mir?«

»Klar! Ich war noch nie bei dir. Du kommst immer nur zu mir. Ich besorge unterwegs noch Bier.«

»Okay.« Neal verkrampfte den Kiefer. »Dann komm vorbei.«

»Super!«, sagte Theodor. »Wie ist deine Adresse?«

Kapitel 47

»Was ist deiner Meinung nach passiert?«, wollte Carver von Abby wissen.

Sie parkten um die Ecke und ein Stück vom Großteil der Polizeifahrzeuge, dem Kommandozentrum und dem Van der Verhandlungsspezialisten entfernt. Der Basketballplatz befand sich zwischen ihnen und der Schule. Mit dem Maschendrahtzaun, der hoch genug war, um verworfene Bälle abzuhalten, wirkte das Gebäude in der Dunkelheit wie ein Gefängnis. Das konnte aber auch an Carvers Stimmung liegen. Er fühlte sich schon den ganzen Tag hilflos und wurde immer frustrierter. Ständig dachte er über diese Augenblicke in der Schule nach. Was wäre gewesen, wenn er schneller, früher losgelaufen wäre? Hätte er die Geiseln dann retten oder wenigstens Sam aus der Schule holen können?

»Was?«, fragte Abby nach einigen Sekunden.

»Jackie hat uns erzählt, dass sie Neal kurz vor Halloween verlassen hat. Wir wissen, dass sich Neal und Theodor da zum letzten Mal getroffen haben. Und es hörte sich ganz danach an, als hätte Neal die Trennung sehr schlecht verkraftet. Er ist noch wütender geworden, nicht wahr? Er wollte sich um jeden Preis am Zirkel rächen. Aber warum?«

»Ich weiß es nicht«, antwortete Abby müde.

»Theodor hat Nachforschungen über die Wächter angestellt. Und Neal war seine wichtigste Quelle.« Carver ließ seine Worte wirken.

»Ja«, stimmte Abby schließlich zu. »Und laut Landsman hatte Theodor kein Problem damit, seine Ergebnisse zu manipulieren, um die Resultate zu erzielen, die er haben wollte.«

»Neal muss aufgeregt gewesen sein, als sie sich getroffen haben. Und leicht zu manipulieren.«

»Du glaubst, Theodor hätte Neals Stimmung nach der Trennung ausgenutzt, aber wofür? Damit etwas passierte, das er für sein Buch gebrauchen konnte?«

»Er war in einem kritischen Zustand. Möglicherweise hat Theodor eine Gelegenheit erkannt.«

»Oder er hat ihn schon seit einer ganzen Weile manipuliert.« Abby drehte sich zu Carver um. »Jackie sagte, Neal wäre in den Monaten vor Halloween immer besessener von den Wächtern geworden. Etwa zu der Zeit fingen die Treffen mit Theodor an. Vielleicht gibt es da eine Verbindung.«

»Und sie trafen sich immer häufiger«, fuhr Carver fort. »Zudem hört es sich nicht so an, als hätte Neal gewusst, welchem Zweck er diente. Theodor hat sich als anderer Wächter ausgegeben.«

»Ja.« Abby kaute auf der Unterlippe herum.

»Könnte uns das bei den Verhandlungen helfen, falls dem so war?«

»Jede Information ist dabei hilfreich«, bestätigte Abby. »Wenn Will Neal erkennen lässt, dass er sich nur so verhält, weil er von Theodor manipuliert wurde, könnte sich das auf Neals Verhalten auswirken. Er wäre eher bereit aufzugeben.«

»Was ist mit Jackie?«

»Was soll mit ihr sein?«

»Wird Will sie mit Neal reden lassen?«

»Gut möglich.« Abby runzelte die Stirn. »Es ist immer knifflig, Partner in so eine Situation einzubeziehen. Die Lage ist ohnehin schon sehr angespannt. Schaltet man sie dann noch mit ein, kommen sehr viele unbekannte Probleme mit ins Spiel. Und Jackie ist in solchen Dingen nicht geschult. Will müsste ihr genau sagen, was sie sagen darf und was nicht. Falls Neal selbstmordgefährdet ist, würde das alles nur noch schlimmer machen.«

»Wieso?«

»Selbstmordgefährdete möchten oftmals mit den Menschen reden, die ihnen etwas bedeuten, bevor sie sich umbringen. Das könnte ihn zum Äußersten treiben.«

Carver nickte. »Aber er schien nicht selbstmordgefährdet zu sein.«

»Nein. Und dann ist da noch die Sache mit der Schwangerschaft. Für jeden Verhandlungsspezialisten ist die Zukunft ein hervorragender Ansatzpunkt. Wir möchten, dass die Menschen Hoffnung schöpfen. Ein ungeborenes Kind ist das Beste, was einem in dieser Hinsicht passieren kann. Das könnte alles verändern.«

»Würdest du sie mit ihm reden lassen, wenn du die Leitung hättest?«

Abby seufzte. »Ich weiß es nicht.«

Carver nahm ihre Hand. Sie fühlte sich kalt an. Fror Abby? Spürte sie überhaupt, ob es warm oder kalt war, ob sie Hunger hatte oder müde war? Oder war sie allein von der schrecklichen Sorge um ihre Tochter erfüllt?

Er drückte ihre Hand leicht. »Würdest du Neal mit Jackie reden lassen?«

»Ja«, antwortete Abby nach einer kurzen Pause. »Ich denke, das würde ich. Allerdings würde ich damit wahrscheinlich bis nach der Hausdurchsuchung warten. Dabei könnte noch etwas Relevantes zutage kommen.«

Nachdem sie Jackie vor der Schule abgesetzt hatten, war Tammi dank der von ihr genannten Adresse in der Lage gewesen, einen Streifenwagen zu Neals und Jackies Haus zu schicken. Sie brauchten nicht einmal einen Durchsuchungsbeschluss, da es rein rechtlich noch Jackies Zuhause war und sie ihnen die Erlaubnis gab.

Carver saß in der Dunkelheit, hielt Abbys Hand und sagte lange Zeit gar nichts.

»Sieh mal«, meinte Abby irgendwann.

Carver blinzelte. Er wäre beinahe eingeschlafen. »Was ist?«

»Sie drängen die Demonstranten weiter zurück.«

Sie hatte recht. Trotz der späten Stunde und der Kälte war die Demo immer größer geworden und wurde nun von mehreren uniformierten Beamten weggedrängt.

»Das macht die Sache nur noch schlimmer«, stellte Carver fest. »Jetzt können sie behaupten, dass die Polizei irgendwas verbergen will.«

»Ich bezweifle, dass es noch irgendetwas gibt, was die Lage schlimmer machen könnte.«

Eine plötzliche Bewegung in der Menge sorgte dafür, dass die Polizisten noch erbitterter vorgingen. Ein Beamter sagte etwas durch ein Megafon, und mehrere Demonstranten schrien. Jemand fiel hin.

»O Scheiße!« Carver sprang aus dem Wagen und rannte auf die Menge zu. Weitere Schreie. Jemand schlug einen Polizisten mit einem Protestschild. Eine Frau durchbrach die Absperrung und rannte zu Carvers Entsetzen auf die Schule zu.

»Haltet sie auf!«, schrie Carver, doch seine Stimme wurde vom Lärm um ihn herum übertönt. Ein anderer Polizist jagte der Frau schreiend hinterher.

»Mein Kind ist da drin!«, kreischte die Frau. »Mein Kind ist da drin!«

Carver rannte, so schnell er konnte, und der Wind dröhnte in seinen Ohren. Er musste die Frau packen und dort wegholen, bevor sie noch versehentlich erschossen wurde. Sie hatte die Tür fast erreicht.

Entsetzt beobachtete Carver, wie die Frau die Tür aufzog. Es dauerte eine Sekunde, bis er begriff, was geschehen war. Die Frau war zu der Tür gerannt, die die ESU zwei Stunden zuvor aufgebrochen hatte.

Und jetzt verschwand sie in der Schule.

Kapitel 48

»Es ist jemand im Gebäude.«

Beim Klang der Stimme setzte sich Absolem überrascht auf. War er eingedöst? Es schien eigentlich unmöglich zu sein, in einer Situation einzuschlafen, in der jede Minute ihre letzte sein konnte. Aber nachdem sie die meisten Geiseln weggesperrt und die Sandwiches gegessen hatten, die Hutmacher aus der Cafeteria geholt hatte, war eine ungewöhnliche Stille über sie gekommen. Gut möglich, dass er tatsächlich weggedämmert war.

»Wer ist es?« Er eilte mit der Waffe in der Hand zu Alma, und Hutmacher trat ebenfalls zu ihnen.

Sie zeigte auf den Bildschirm. »Seht selbst.«

Er betrachtete die Kamerafeeds. Eine Frau schlich angespannt durch einen der Flure und schaute sich hektisch nach links und rechts um.

Absolem mahlte mit den Kiefern und zielte mit der Waffe auf den Rektor, der noch immer in einer Ecke des Raums saß, jetzt allerdings mit hinter dem Rücken gefesselten Händen. Dann nahm er das Mikrofon vom Schreibtisch der Sekretärin. »Achtung«, brüllte er hinein und hörte seine Stimme draußen aus den Lautsprechern hallen. »Verschwinden Sie aus dem Gebäude, oder ich erschieße den Rektor. Hauen Sie ab! Sofort!«

Die Frau auf dem Bildschirm blieb kurz stehen, blickte nach oben und ging dann weiter.

Absolem eilte zum Rektor und zog ihn auf die Beine. Er zerrte den Mann zum Schreibtisch und hielt ihm das Mikrofon unter die Nase. »Sagen Sie es ihr!«

»Ähm … Hier ist Henry, der Rektor der Schule.« Die Stimme des Mannes zitterte stark. »Man hält mir eine Waffe an den Kopf. Bitte tun Sie, was diese Leute verlangen.«

»Sie geht nicht«, stellte Alma alarmiert fest.

»Möglicherweise nimmt sie uns nicht ernst genug.« Absolem legte den Finger auf den Abzug.

»Warte. Tu das nicht!«, rief Alma. »Wir wissen nicht, wer sie …«

»Was denkst du, wer das ist?«, fauchte Hutmacher. »Das ist eine Polizistin. Erschieß ihn. Dann kapiert sie es.«

»Und wenn das die Frau ist, mit der du vorhin gesprochen hast?«, fragte Alma panisch. »Abby? Vielleicht ist sie es?«

Absolem zögerte. Konnte das möglich sein? Die Frau schien nicht bewaffnet zu sein. Eigentlich sah sie nicht mal wie eine Polizistin aus. Sie trug eine schlichte Bluse und Jeans und hatte die Haare zu einem einfachen Pferdeschwanz gebunden. War das Abby?

Das Telefon im Büro des Rektors klingelte.

»Erschieß das Arschloch«, verlangte Hutmacher. »Ich hole die anderen Geiseln.«

»Geh ans Telefon«, forderte Alma.

»Bitte«, murmelte der Rektor. »Das ist doch nur eine Frau. Es gibt keinen Grund …«

»Halt die Klappe!« Hutmacher schlug dem Mann in den Bauch.

Der Rektor sackte keuchend in sich zusammen. Alma schrie Hutmacher an, und das Telefon klingelte immer noch, während die Frau … einfach weiterging und von einem Kamerafeed in den nächsten wechselte.

Absolem rannte ins Büro des Rektors und nahm den Hörer ab.

»Hallo?«

»Gut, dass Sie rangehen, Absolem.« Wills Stimme. Tief und gefasst. »Die Frau, die das Gebäude gerade betreten hat, ist keine Polizistin. Wir vermuten, dass es sich um die Mutter eines der Kinder handelt, die Sie da drin festhalten.«

»Das ist gequirlte Scheiße«, fluchte Absolem. »Wie ist sie ins Gebäude gekommen?«

»Sie hat die Polizeiabsperrung durchbrochen. Ich kann mir vorstellen, dass es bei Ihnen gerade drunter und drüber geht, aber wir sollten versuchen, die Lage unter Kontrolle zu behalten.«

Es war denkbar, dass Will log. Sie konnte auch eine Polizistin in Zivil sein. Oder eine Zirkel-Attentäterin, die das Problem ein für alle Mal lösen wollte.

»Und was soll ich Ihrer Meinung nach jetzt machen?«, verlangte Absolem zu erfahren.

»Das werden wir zusammen herausfinden«, erwiderte Will. »Sie ist offensichtlich emotional, und wir brauchen jetzt nicht noch mehr Anspannung, nicht wahr?«

»Absolem, sie haben es gerade im Forum gepostet«, rief Alma. »Sie schreiben, die Frau habe die Absperrung der Polizei durchbrochen. Es gibt sogar ein Video.«

»Sie stellt für niemanden eine Gefahr dar«, erklärte Will.

Absolem stand kurz davor, den Telefonhörer zu zertrümmern. War das wirklich nur eine Mutter? Oder eine Attentäterin? Oder jemand ganz anderes? Wenn sie eine Attentäterin war, dann war es ihr egal, ob sie die Geiseln erschossen. Vermutlich war sie sogar bereit, sie selbst zu töten, um sämtliche Beweise zu vernichten.

Er legte auf, verließ den Raum und ignorierte die Tatsache, dass das Telefon sofort wieder klingelte.

»Wo ist sie jetzt?«, fragte er Alma.

»Kamera vierzehn.« Alma deutete auf den Bildschirm.

Das sagte ihm nichts. Die Frau war offenbar stehen geblieben und starrte etwas an, das die Kamera nicht erfasste. Absolem versuchte zu erkennen, wo genau sie sich im Gebäude aufhielt, was ihm jedoch nicht gelang.

»Ich weiß, wo das ist«, meinte Hutmacher. »Ich gehe sie holen.«

»Ich komme mit«, warf Absolem rasch ein.

»Du solltest hierbleiben und mit deinen Freunden telefonieren.« Hutmacher war schon auf dem Weg zur Tür.

»Du brauchst Verstärkung«, entgegnete Absolem. Er wollte nicht, dass Hutmacher mit dieser Frau allein war. Tatsächlich wollte er Hutmacher sogar nirgendwo mehr allein lassen.

Hutmacher zuckte mit den Achseln. »Okay. Dann lass uns gehen.«

Er schloss die Tür auf und ging auf den Flur. Absolem folgte ihm dicht auf den Fersen. Während sie durch die leeren Flure gingen, stellten sich Absolems Nackenhaare auf. Im Laufe des Tages waren die Spannungen zwischen ihm und Hutmacher immer größer geworden, und jetzt hatte Absolem keine Ahnung, was der Mann vorhatte. Führte er ihn möglicherweise gar nicht zu der Frau? Hatte er etwa vor, Absolem in einen abgelegenen Winkel zu bringen, den die Kameras nicht erfassten, und ihn auszuschalten, ohne dass Alma es mitbekam? Vielleicht arbeitete Hutmacher auch längst mit der Polizei zusammen, oder mit dem Zirkel oder gar dieser unbekannten Frau.

Absolem war schon einmal verraten worden. Beim letzten Mal hatte er Glück gehabt. Diesmal würde er vorbereitet sein.

Eventuell war es auch schlauer, die Sache sofort zu beenden.

Er hob die Waffe, zielte auf Hutmachers Hinterkopf und versuchte, das Zittern seiner Hand zu unterdrücken. Ein Schuss, mehr brauchte es nicht …

»Da«, sagte Hutmacher leise.

Die Frau, die sie auf den Kamerafeeds gesehen hatten, stand im Flur und starrte mit fasziniertem Gesicht und offenem Mund durch eine Tür.

»Keine Bewegung«, sagte Absolem laut und richtete den Lauf der Waffe auf die Frau. »Hände auf den Kopf.«

Sie warf ihm einen Blick zu. Ihr Gesicht wirkte vollkommen leer, und es war, als würde sie die Waffe gar nicht zur Kenntnis nehmen. Ganz langsam legte sie die Hände auf den Kopf.

Hutmacher ging zu ihr, packte ihre Hände und zerrte sie hinter ihren Rücken. Absolem trat näher und versuchte zu erkennen, was die Frau angestarrt hatte.

Da war nichts. Nur ein Lagerraum mit einer Schneefräse, einem Rasenmäher und mehreren Metallbehältern. Er knallte die Tür zu und drehte sich mit rasendem Herzen zu der Frau um.

»Wer zum Teufel sind Sie?«, fuhr er sie an.

»Ich bin die Mutter eines der Kinder hier«, antwortete sie hastig. »Ich wollte sie rausholen. Das ist alles!«

»Das ist alles?« Absolem starrte sie fassungslos an. Ihre Miene wirkte irgendwie merkwürdig. Ihre Augen waren glasig, ihr Mund schlaff. War sie geistig nicht ganz auf der Höhe? »Wessen Mutter?«

»Samantha«, antwortete die Frau. »Ich bin Samanthas Mom.«

Kapitel 49

Sam lehnte mit dem Rücken an der Wand und hatte die Knie an die Brust gezogen. Sie starrte den klaustrophobisch wirkenden Raum – den Lagerraum neben der Turnhalle –, in dem sie zu viert eingesperrt waren, müde an. Vor einer Stunde hatte Hutmacher sie hergebracht. Sie empfand es sogar als Erleichterung, vor diesen drei bewaffneten Irren durch eine verschlossene Tür geschützt zu sein. Ihre Welt war auf diese drei Personen beschränkt, die hier zusammen mit ihr festgehalten wurden: Ray, Fiona und Mrs Nelson, die Sekretärin. Mr Bell war im Sekretariat bei den Geiselnehmern geblieben.

Ebenso war es eine Erleichterung, Mr Ramirez' Leiche nicht mehr sehen zu müssen, seine leeren Augen, den toten Blick. Obwohl sie ihn immer noch vor sich sah, wann immer sie die Augen schloss.

Ein lautes Klappern ließ sie zusammenschrecken und ihr Herz rasen. Sie starrte Ray an, der einen Hockeyschläger in der Hand hielt.

»Ich sagte, du sollst das Ding weglegen, Ray«, fauchte Sam frustriert.

Der Raum war mit allerlei Sportgeräten vollgestopft, sodass ihnen gerade mal ein schmaler, langer Streifen auf dem Boden zum Sitzen blieb. Und seitdem Ray den Hockeyschläger gefunden hatte und herumschwenkte, hatten sie sogar noch weniger Platz.

»Nimm dir auch einen, statt mich anzuschreien«, erwiderte Ray angewidert. »Wenigstens versuche ich was.« Er holte erneut aus und hämmerte den Schläger gegen eines der Metallregale. Das laute Klappern ließ sie alle zusammenzucken.

»Ich schwöre bei Gott, wenn du das noch mal machst, nehme ich mir einen Schläger und probiere ihn bei dir aus!«, brüllte Fiona.

»Ich sage euch nur, dass das unsere Gelegenheit ist«, erwiderte Ray. »Wenn sie uns holen kommen, tauchen sie garantiert nicht zu dritt auf, oder? Es werden nur einer oder zwei herkommen. Haben wir alle einen Schläger in der Hand, können wir sie überraschen und …«

»Und sie erschießen uns«, beendete Sam erschöpft den Satz für ihn. Sie sprachen jetzt schon zum dritten Mal darüber. »Weil sie Pistolen haben. Und du hast einen Schläger. Mir ist klar, dass du dich für einen großen, krassen Kerl hältst, aber du bist trotzdem erst vierzehn. Und diese Typen … sie sind stark.« Die Erinnerung an die Hand, die ihr die Kehle zugedrückt hatte, brach wieder über sie herein. Ihre Haut war noch immer ganz empfindlich, und Fiona hatte gesagt, dass sie dort blaue Flecken hatte.

»Wir sollten wirklich versuchen, ein bisschen zu schlafen«, meinte Mrs Nelson.

Sie breiteten mehrere Turnmatten auf dem Boden aus. Es war gerade genug Platz, dass sie sich alle hinlegen konnten, allerdings pressten sie sich wie Sardinen aneinander. Sie mussten sich paarweise auf eine Matte legen. Fiona und Sam hatten das herausgefunden und sich sofort zusammengetan. Wenn sie sich schlafen legten, musste sich Ray an Mrs Nelson kuscheln. Vermutlich war er deshalb so erpicht darauf, sich den Weg freizukämpfen.

»Wir können nicht schlafen«, erklärte Fiona. »Was ist, wenn die Polizei kommt, um uns rauszuholen. Wir müssen darauf vorbereitet sein. Es kann nicht mehr lange dauern.«

Sam beäugte sie fragend. »Ach nein? Die Belagerung der Branch Davidians dauerte fast zwei Monate. Vor ein paar Jahren hat ein Mann einen Jungen entführt und in einen Bunker verschleppt, und sie haben eine ganze Woche darin ausgeharrt. Und es gab da einen Zwischenfall in einer Amish-Schule, der …« Auf einmal merkte sie, dass die anderen sie entsetzt anstarrten. »… eine Weile gedauert hat. Jedenfalls muss das nicht unbedingt schnell zu Ende gehen. Wir sollten geduldig sein.«

Sie schluckte schwer und hatte einen ganz trockenen Hals. Warum hatte man ihnen nicht wenigstens etwas Wasser dagelassen? Absolem hatte ihnen einen Karton mit Sandwiches und Schokomilchpackungen mitgegeben, aber der war längst leer. Und Sam hätte ihre Schokomilch nur zu gern gegen ein Glas Wasser eingetauscht.

»Was ist, wenn sie uns … einfach hier lassen?«, murmelte Fiona.

Sam sah sich reflexartig im Raum um und versuchte, sich vorzustellen, hier mehrere Tage eingesperrt zu sein. Ohne etwas zu essen oder zu trinken. Hier gab es nichts Nützliches, nur stapelweise Hula-Hoop-Reifen, große Netzsäcke voller unterschiedlicher Bälle, Schaumstoffrollen und natürlich Rays dämliche Hockeyschläger.

»Das werden sie nicht tun«, versuchte sie, die anderen zu beruhigen. »Außerdem habe ich dummes Zeug erzählt. Wir sind hier nicht in einem Bunker oder dergleichen, sondern in einer Schule. Und sie sind bloß zu dritt und können ganz bestimmt nicht …«

Das Schloss klapperte, und Sam wirbelte herum und kroch von der Tür weg, da sie Angst hatte, gleich könnte Hutmacher vor ihr stehen. Weil er sie holen wollte. Und sie konnte ihm nicht entkommen. Plötzlich wünschte sie sich doch einen Hockeyschläger oder irgendetwas anderes, womit sie sich wehren konnte.

Die Tür ging auf. Hutmacher und Absolem. Und noch jemand anderes. Eine Frau.

»Hey, Doc«, sagte Hutmacher. »Rate mal, wer dich besuchen kommt?«

Er schob die Frau herein, und sie stolperte über den Rand der Matte und fiel auf die Knie. Die Tür ging wieder zu. Das Geräusch des Schlüssels im Schloss hallte laut durch den stillen Raum.

Die Frau hob den Blick, schaute sich um und blinzelte mehrmals.

»Geht es Ihnen gut?«, erkundigte sich Sam.

»Du bist es«, flüsterte die Frau. »Du bist es wirklich.«

Sam runzelte die Stirn. »Äh ... Kennen wir uns?«

Die Frau schloss die Augen. »Und ich sah und hörte eine Stimme vieler Engel um den Stuhl und um die Tiere und um die Ältesten her; und ihre Zahl war vieltausendmal tausend«, sagte sie leise.

»Sie ist verrückt.« Rays Stimme zitterte.

»Das ist aus der Offenbarung«, erkannte Mrs Nelson.

»Wer sind Sie?«, wollte Sam wissen. »Wie sind Sie hier reingekommen? Sind Sie von der Polizei?«

Die Frau riss die Augen auf. »Mein Name ist Deborah. Vater hat mich zu dir geschickt.«

»Vater? Meinen Sie ... meinen Dad?«

Die Frau grinste Sam an und riss die Augen auf. Ray hatte recht. Das war eine Irre. Sie beugte sich vor und berührte Sams Fuß. Sam wich rasch zurück.

»Siehe«, flüsterte die Frau. »Ich sende einen Engel vor dir her, der dich behüte auf dem Wege und bringe dich an den Ort, den ich bereitet habe.«

Kapitel 50

Zwölf Stunden, nachdem sie als Verhandlungsleiterin ersetzt worden war, fand sich Abby abermals zusammen mit dem Rest der Taskforce im Kommandozentrum wieder. Sie hatte nicht die geringste Ahnung, warum das so war. Will hatte sie einfach angerufen und gebeten, zu ihnen zu kommen, weil die Besprechung gleich anfangen werde und Estrada sie dabeihaben wollte. Sollte sie etwa wieder mit Absolem sprechen? Sie bezweifelte es, doch ihr wollte kein anderer Grund einfallen.

Die anderen sahen sie auf eine Art und Weise an, die sie ganz nervös machte. Sie warfen ihr aus den Augenwinkeln Blicke zu, und einige rückten kaum merklich von ihr ab. So beäugte man den Obdachlosen an der Straßenecke oder jemanden mit einer Missbildung. Als wäre ihr Unglück oder ihre Tragödie ansteckend und man könnte sich durch einen direkten Blick infizieren. Sie war die Mutter, deren Tochter in der Schule festgehalten wurde. Der Tochter, die man beobachtet hatte, wie sie mit einer Waffe am Kopf durch die Gegend gezerrt wurde. Aber sie war natürlich auch ihre Kollegin, und es fiel ihnen schwer, diese beiden Aspekte in Einklang zu bringen. Erst jetzt fiel Abby auf, dass Carver das nicht getan hatte. Er war den ganzen Tag über offen und verlässlich gewesen. Jetzt wünschte sie sich, ihn hier im Kommandozentrum an ihrer Seite zu haben.

»Okay.« Estrada beugte sich über den Tisch. Trotz der Tatsache, dass er den Krisenstab schon seit mehr als zwölf Stunden leitete, wirkte er aufmerksam und energisch. »Kurzes Update. Aufgrund der Informationslecks von Zivilisten an die Geiselnehmer in der Schule haben wir die Absperrung erweitert. Ich habe dafür Verstärkung aus den angrenzenden Bezirken erhalten. Es wird niemandem gestattet, auch nur einen Fuß hineinzusetzen, ohne dass ich es vorher genehmige. Wenn irgendjemand von Ihnen also noch jemand Neues hinzuziehen will, muss er mich das im Vorfeld wissen lassen. Ich gehe davon aus, dass Sie morgen früh einige Leute austauschen wollen, damit sich diese etwas Ruhe gönnen können. Geben Sie mir dafür eine Namensliste.«

Will und Baker nickten. Abby knirschte mit den Zähnen. Es war die richtige Entscheidung, in Schichten zu arbeiten, rief ihr aber gleichzeitig ins Gedächtnis, was ihnen allen bewusst war: Diese Sache konnte sehr viel länger dauern als einen einzigen Tag.

»Wo stehen wir, Baker?«, fragte Estrada.

»Nach dem gescheiterten Zugriff müssen wir davon ausgehen, dass die Leute im Gebäude Maßnahmen ergriffen haben, damit wir sie kein zweites Mal überraschen können«, antwortete Baker. »Daher schließen wir ein erneutes Vorgehen aus dieser Richtung vorerst aus. Wir sind somit wieder bei unserem ursprünglichen Szenario, dass wir uns nach dem Abseilen vom Dach durch die Fenster Zutritt verschaffen. Aber das müssen wir noch üben. Daher wäre es besser, noch ein wenig damit zu warten. Außerdem sind sie momentan ohnehin beunruhigt.«

»Wir haben«, Estrada sah auf die Uhr, »noch fünfeinhalb Stunden bis Sonnenaufgang. Danach ist das Thema vom Tisch.«

»Ich bin der Ansicht, dass wir das nicht heute Nacht tun sollten. Es sei denn, es ist unsere letzte Option. Vorhin haben wir unter Druck gehandelt. Weil wir Carlos Ramirez retten wollten. Dafür ist es jetzt zu spät.«

»Okay, wir kehren also an den Verhandlungstisch zurück. Wie sieht es da aus?«

Abby wandte sich Will zu.

»Nicht gut«, gestand Will. »Wie zu erwarten war, ist die bisher geschaffene Vertrauensbasis mit den Geiselnehmern so gut wie dahin. Die Gespräche mit Neal waren seitdem kurz und von Wut geprägt. Wenn das so weitergeht, werden wir erneut den Verhandler austauschen müssen.«

Abby räusperte sich. »Ich könnte versuchen …«

»Nein.« Estradas Ausruf war knapp und endgültig.

Sie beharrte nicht darauf. Aus diesem Grund hatte man sie also nicht angerufen. Warum war sie dann hier?

Will fuhr fort. »Wir haben mit Jackie noch ein Ass im Ärmel. Ich habe vor, sie mit Neal telefonieren zu lassen, um etwas Vertrauen aufzubauen und uns einen emotionalen Hebel zu verschaffen. Aber dafür muss er sich erst einmal beruhigen. Darüber hinaus haben wir bei der Durchsuchung ihres Hauses einige beunruhigende Dinge entdeckt.« Er schlug einen dünnen braunen Ordner auf, nahm ein Foto heraus und legte es auf den Tisch. »Das ist ein Foto, das uns die Polizei aus Monticello aus ihrem Haus geschickt hat. Der Fleck war unter einem Teppich verborgen.«

Abby betrachtete das Foto. Darauf war ein Holzfußboden zu sehen, auf dem ein riesiger dunkler Fleck prangte. Für sie stand zweifelsfrei fest, was sie da vor sich sah. Getrocknetes Blut.

»Unsere Forensiker sind bereits auf dem Weg dorthin, allerdings wird es einige Zeit dauern, bis wir eine Bestätigung haben«, sagte Will. »Dennoch machte es den Anschein, dass dort jemand sehr viel Blut verloren hat. Und das passt zu der

Nachricht, die wir von Samantha Mullen erhalten haben und in der stand, dass er schon früher getötet hat. Wir werden ihn selbstverständlich nicht darüber informieren, dass wir das gefunden haben, weil eine Kapitulation dann nur noch unwahrscheinlicher wird.«

»Haben sie im Haus sonst noch etwas gefunden?«, hakte Abby nach.

»Die Kollegen suchen noch«, antwortete Will. »Und sie halten uns auf dem Laufenden.«

»Was ist mit der letzten Entwicklung?«, wollte Estrada wissen.

Alle drehten sich zu Abby um. Sie blinzelte verblüfft. »Äh ... Welche meinen Sie?«

Estrada griff nach einer Fernbedienung und richtete sie auf einen großen Bildschirm an der Wand. Ein Video wurde abgespielt. Darauf war die Frau zu sehen, die kurz zuvor die Absperrung durchbrochen hatte und in die Schule gelaufen war. Das Bild war unscharf, die Kamera wackelte, und im Hintergrund waren viele Schreie zu hören, dennoch konnte Abby deutlich verstehen, dass die Frau kreischte: »Mein Kind ist da drin!«

»Kennen Sie diese Frau?«, fragte Estrada Abby.

»Das ist nicht Fiona Brocks Mutter«, erwiderte Abby. »Ich kenne sie gut, aber ich wüsste nicht, dass mir Ray Millers Mom je begegnet wäre, daher vermute ich ...«

»Ich habe mit Ray Millers Mutter gesprochen«, sagte Estrada. »Sie ist es nicht.«

»Gibt es noch einen vermissten Schüler?« Abby war verwirrt.

»Abby«, wandte sich Will an sie. »Ich habe vor zwanzig Minuten mit Absolem über diese Frau gesprochen. Und er hat mir mitgeteilt, dass es Samanthas Mom sein soll.«

Abby starrte ihn an und hatte das Gefühl, die ganze Welt sei aus den Angeln gehoben worden. »Was ... Wie kommt er ... Warum sagt er so was?«

»Das hat sie ihm erzählt«, antwortete Will. »Sie halten sie jetzt zusammen mit den anderen Geiseln fest.«

»Ich dachte, sie wäre vielleicht mit Ihnen verwandt«, warf Estrada ein. »Jemand, dem viel an Samantha liegt ...«

»Ich habe diese Frau in meinem ganzen Leben noch nicht gesehen.«

»Wir haben noch bessere Aufnahmen von ihr«, sagte Estrada. »Ein Lokalsender dreht einen Beitrag über die Demonstranten und hat dort eine Weile gefilmt. Sie hielt sich vorher stundenlang dort auf.«

Er spielte ein neues Video ab. Die Demonstranten standen auf der anderen Straßenseite der Schule, hielten Schilder hoch, sangen und skandierten Parolen. Es waren vor allem Männer, daher fiel die Frau sofort auf. Sie brüllte wütend etwas, reckte beide Fäuste in die Luft und sah genauso aus wie alle um sie herum. Ihre Worte waren in dem Lärm nicht zu verstehen.

»Sie sieht nicht wie ein Elternteil aus«, stellte Abby fest, »sondern wie eine Demonstrantin. Eine Wächterin.«

»Warum hat sie sich dann beim Betreten der Schule als Mutter ausgegeben?«, fragte Will.

Abby zuckte mit den Achseln. Das ergab keinen Sinn.

»Das hier wurde sogar noch früher aufgenommen.« Estrada ließ ein weiteres Video laufen. Diesmal waren nur etwa ein Dutzend Demonstranten zu sehen. Nur eine Frau. Dieselbe Frau. Und diesmal zoomte die Kamera sie heran, sodass Abby ihr Gesicht deutlich sehen konnte, als sie etwas schrie. Sie schien etwa in Abbys Alter zu sein.

»Sind Sie sicher, dass Sie sie noch nie gesehen haben?«, vergewisserte sich Estrada.

»Ja, ich bin mir sicher ...« Was rief die Frau da. »Könnten Sie das bitte etwas lauter machen?«

Er kam der Bitte nach, und die Rufe der Demonstranten hallten durch die enge Kommandozentrale.

»Das ... Blut ... Messias ... befreit ...« Die Stimme der Frau war höher als die der anderen und deshalb herauszuhören.

»›Das Blut des Messias muss befreit werden‹«, sagte Abby. »Das habe ich vorhin gehört. Das hat sie gerufen.«

»Ja«, stimmte Baker ihr zu. »Das habe ich auch gehört. Sie ist eine dieser Psychos. Und die spielen irgendein Spiel mit uns.«

Abby starrte den Bildschirm an. »Aber die Wächter beziehen Religion im Allgemeinen nicht in ihre Verschwörungstheorien ein. Von einem Messias war bei ihnen nie die Rede.«

»Sie glauben an eine Art nahende Apokalypse, nicht wahr?«, fragte Estrada. »Vielleicht glauben einige von ihnen auch an einen Messias.«

Die Frau hob beim Schreien die Hände über den Kopf. Allerdings schüttelte sie nicht die Fäuste, es sah vielmehr eher nach einem Gebet aus.

Abbys Magen zog sich zusammen, als ihr etwas Vertrautes ins Auge fiel. »Halten Sie das Video an!«, verlangte sie.

Er tat es, und Abby starrte das Standbild an, insbesondere die Hände der Frau.

»Was ist? Erkennen Sie sie?«, fragte Estrada.

»Diese Kratzer auf ihren Händen«, murmelte Abby, deren Herz raste. »Sehen Sie sie?«

»O ja, ich sehe sie«, bestätigte Estrada. »Sie muss sich irgendwie verletzt haben.«

Abby betrachtete die vielen Kratzspuren auf den Händen der Frau, die sogar aus der Entfernung zu erkennen waren. »Ich habe so etwas schon früher gesehen. Solche Spuren sieht man bei Menschen, die sich die Hände mit einer Metallbürste schrubben.« Sie kannte diese Kratzer sehr gut und wusste, wie sie sich anfühlten. Ihre Hände hatten früher genauso ausgesehen.

»Was? Warum sollte sie so etwas tun?«

»Sie könnte einer religiösen Sekte angehören.«

»Sie sagten doch, die Wächter wären nicht religiös.«

»Und sie sind keine Sekte«, sagte Abby. »Ich bezweifle, dass sie eine Wächterin ist. Sie ist etwas ganz anderes.«

Die Nachricht, die sie vom falschen Isaac erhalten hatte. Von dem Mann, bei dem sie vermutete, dass er Moses Wilcox war. Steckte er dahinter?

War das passiert, weil sie ihm dummerweise diese Nachricht geschickt hatte?

»Können wir deswegen irgendetwas unternehmen?«, wollte Estrada von Will wissen.

»Ich wüsste nicht, was«, erwiderte Will. »Wer immer die Frau auch ist, wir sollten sie wie eine weitere Geisel behandeln, solange wir nichts Genaueres wissen. Wir sollten in meinen Unterhaltungen mit Absolem auf keinen Fall irgendwelche Zweifel an ihr einstreuen, da die Lage auch so schon verwirrend genug ist.«

Will hatte recht. Selbst, wenn Moses irgendein Spiel spielte, konnten sie deswegen nichts unternehmen. Jedenfalls nicht jetzt.

»Okay. Danke, Abby«, sagte Estrada. »Wir halten Sie auf dem Laufenden. Äh ... Wie ich bereits sagte, wollen wir hier die Übersicht behalten und nur relevante Personen vor Ort haben. Mir wäre es lieber, wenn Sie zu Ihrer Familie fahren. Sie braucht Sie jetzt.«

Abby stand wie benommen auf. Alle Augen waren auf sie gerichtet, als sie das Kommandozentrum verließ und die Tür hinter sich schloss. Draußen holte sie ihr Handy aus der Tasche und rief den Chat mit »Isaac« auf, um sich seine letzte Nachricht noch einmal durchzulesen.

Ich kann helfen.

Zitternd vor Wut tippte sie eine Antwort. Ließ seinen Namen aus dem Grab auferstehen und zeigte anschuldigend auf ihn.

Warst du das, Moses? Hast du diese Frau geschickt?

Sie schickte die Nachricht ab und wartete. Würde er sie erneut ignorieren?

Nein, es tauchten bereits die Zeichen auf, an denen man erkannte, dass eine Antwort geschrieben wurde. Drei Punkte, die da waren und wieder verschwanden. An und aus, an und aus, er saß irgendwo, zog die Fäden, formulierte eine Antwort.

Ja.

Er hatte fast eine Minute dafür gebraucht. Was hatte er geschrieben und wieder gelöscht? Eine Entschuldigung? Eine überhebliche Erklärung? Ein langes und ausschweifendes Bibelzitat? Sie mahlte mit den Kiefern, und ihr schossen ein Dutzend Erwiderungen durch den Kopf. Aber sie hatte keine Zeit für einen Dialog mit diesem Geist aus ihrer Vergangenheit. Und sie konnte seine Reaktion auf ihre Worte auch nicht vorhersehen. Daher steckte sie das Handy wieder ein. Später. Sie würde sich später damit beschäftigen.

Carver wartete in seinem Wagen auf sie. Abby stieg ein und schloss die Tür.

»Worum ging es da eben?«, erkundigte sich Carver.

Abby brachte ihn auf den neuesten Stand und sah, wie sich der Schreck auch in seinen Augen widerspiegelte.

»Ich rufe Will nachher an«, fügte sie hinzu. »Damit er weiß, dass Moses Wilcox die Frau geschickt hat. Will weiß ... Bescheid.«

»Okay. Soll ich dich nach Hause bringen?«

»Nein.« Sie konnte diesen Gedanken nicht ertragen. »Aber du solltest lieber nach Hause fahren. Bring mich einfach zu meinem Wagen. Du musst den weiten Weg nicht auf dich nehmen.«

»Schon klar.« Carver beäugte sie kritisch. »Wo soll ich dich hinbringen? Raus mit der Sprache, Abby.«

Sie schenkte ihm ein müdes Lächeln. »Zu Neals und Jackies Haus in Monticello. Dort wurde ein Blutfleck gefunden, und ich will mir die Sache mal ansehen.« Irgendetwas an Neal passte für sie nicht zusammen und kam ihr komisch vor. Sie musste tiefer graben und es herausfinden. Vielleicht wusste sie dann auch, wie sie ihn zum Aufgeben bewegen konnten. Wie sich die Sache beenden ließ und sie ihre Tochter zurückbekam.

Carver ließ den Motor an. »Hast du die Adresse?«

»Ja.« Sie hatte in der Ecke des Fotos gestanden, das Will ihnen gezeigt hatte.

»Okay. Dann fahren wir da jetzt hin.«

Kapitel 51

Der Fleck auf dem Hartholzfußboden erzählte eine unheilvolle Geschichte. Er war seltsam geformt und in mehrere Richtungen verschmiert, und die Farben reichten von Schwarz bis zu einem verblassten Braun. Ein breiter Streifen des fleckigen Bodens war zerkratzt, und Carver kniete sich neben die Kratzer und nahm sie in Augenschein. Er hatte so etwas schon häufiger gesehen.

»Jemand hat versucht, das Blut wegzuwischen«, stellte er fest.

Ahmed Nader, der CSU-Detective, untersuchte gerade sorgfältig einen Teil des Flecks. »So sieht es jedenfalls aus.«

Der Fleck bedeckte einen großen Teil des Fußbodens in Neal Wyatts Wohnzimmer. Carver richtete sich auf und schaute sich um. Ohne den Fleck wäre es hier richtig gemütlich gewesen. Eine Couch vor einem kleinen Fernseher. Mehrere Topfpflanzen, alle üppig und grün. Ein runder Tisch. Alles makellos sauber und aufgeräumt, was den Fleck nur umso grotesker erscheinen ließ.

Ein großer Teppich lehnte aufgerollt an der Wand. Ein Streifenpolizist maß die Entfernung zwischen Couch und Blutfleck aus.

»Sind Sie derjenige, der den Blutfleck entdeckt hat, Officer?«, wandte sich Carver an ihn.

Der Mann nickte. »Sie können mich Mitch nennen. Ja. Ich meine, zuerst haben wir uns nur umgesehen, denn es hieß, wir sollten nach Unterlagen, Waffen und dergleichen Ausschau halten, daher habe ich nicht nach Flecken gesucht, okay? Aber Sie kennen das bestimmt, manchmal betritt man einen Raum und spürt sofort, dass irgendwas nicht stimmt. Das ist wie ein sechster Sinn. Und ich habe es gemerkt, sobald ich hier reinkam – bämm! Es war, als wäre in meinem Kopf ein Radar losgegangen. Daher habe ich versucht, der Sache auf den Grund zu gehen. Ich sagte zu Paulie – das ist mein Partner –, ich sagte ›Hier ist irgendwas komisch‹ und er meinte ›Nö.‹ Aber ich wurde dieses seltsame Gefühl nicht los. Und dann bemerkte ich, dass der Teppich merkwürdig lag. Ich meine, hier ist ja alles aufgeräumt, jeder Gegenstand liegt da, wo er hingehört. Aber der Teppich bedeckte nicht den ganzen Boden; und er lag zu weit an der Wand. Da piepte mein Radar noch schneller, ich zog den Teppich weg, und was hatte ich vor mir?«

»Den Fleck?«, mutmaßte Carver.

Mitch deutete mit dem Maßband auf ihn und grinste breit. »Den Fleck!«

»Gute Arbeit.«

»Und ich hab sofort gemerkt, dass das kein Kaffeefleck ist. Schließlich hatte ich mal einen Hund, der auf den Boden gepisst hat – ich hab einen ähnlichen Fußboden und die Pisse hat da eine ziemliche Sauerei hinterlassen. Aber so sah das auch nicht aus. Außerdem gibt es hier keine Hinweise auf einen Hund, nicht wahr?«

»Das ist korrekt«, stimmte Carver ihm zu. »Ein Hund wäre uns aufgefallen.«

»Genau! Jedenfalls meinte ich: ›Paulie, Alter, ich glaub, das ist ein Blutfleck.‹ Und wir haben ihn gemeldet.« Er schien betrübt über das enttäuschende Ende seiner Geschichte zu sein.

»Carver«, rief Abby.

»Erzählen Sie mir gern später mehr darüber«, sagte Carver zu Mitch.

Er ging ins Schlafzimmer, in dem Abbie zusammen mit dem eben erwähnten Paulie vor einer großen Kommode stand.

»Guck mal, was wir gefunden haben.« Abby hielt mit ernster Miene eine kleine braune Brieftasche in der behandschuhten Hand.

Carver nahm sie entgegen, klappte sie auf und entdeckte einen Führerschein. Der Name darauf lautete Theodor Quinn.

Abgesehen vom Führerschein, befanden sich darin eine einzige Kreditkarte, der Mitgliedsausweis einer Bücherei in Middletown und das Foto eines Mädchens, das Carver sofort als das erkannte, das er auch auf den Fotos in Theodor Quinns Haus gesehen hatte.

»Wo lag die Brieftasche?«, fragte er.

»In der untersten Schublade«, antwortete Paulie.

Carver zog sie auf. Darin lagen Unterwäsche und Socken. »Sie lag einfach hier drin?«

»Unter den Socken«, erklärte Paulie, der die Neigung seines Partners zu aufregenden Geschichten nicht zu teilen schien.

Carver schob die Schublade wieder zu und sah Abby an. »Was denkst du?«

»Ich würde sagen, es sieht nicht gut für Jabberwocky aus«, meinte sie.

Er nickte. »Haben Sie sonst noch was gefunden?«, wandte er sich an Paulie.

»Einen Laptop«, erwiderte Paulie. »Er ist passwortgeschützt. Und Munition.«

»Wo haben Sie die Munition gesehen?«

»In einer Metallkiste in der Garage.«

»Können Sie sie mir zeigen?«

Ohne ein weiteres Wort führte Paulie ihn in die Garage und zeigte auf eine Metallkiste in einem der Regale.

Carver nahm den Deckel ab. Wie Paulie gesagt hatte, befanden sich darin fünf Schachteln mit Patronen Kaliber .357. Eine der Schachteln war offen. Carver holte sie heraus und kippte den Inhalt auf seine Handfläche. Fünf Patronen. Die Schachtel hatte ursprünglich fünfzig enthalten. Drei Wächter in der Schule, drei Wachen, jeder hatte also fünfzehn Patronen.

Er legte die Patronen zurück und schaute sich um. Wie der Rest des Hauses war auch die Garage sehr aufgeräumt. Farbdosen auf einem Regalbrett, Putzmittel auf einem anderen, ein Werkzeugkasten und eine Bohrmaschine ganz unten. Eine Harke, ein Gartenschlauch und eine Schaufel in der Ecke.

Carver runzelte die Stirn und sah sich die Gartenwerkzeuge genauer an. Die Erde darauf fiel in der ansonsten sauberen Garage umso deutlicher auf. Sämtliche Geräte waren vor Kurzem benutzt worden. Auch die Schaufel.

»Hey, Paulie, haben Sie sich schon im Garten umgesehen?«

»Nein.«

Carver verließ das Haus und betrat den Garten. Das Licht war nicht hell genug, dass er viel erkennen konnte, daher schaltete er seine Taschenlampe ein und ließ den Lichtstrahl langsam über den Boden wandern. Ein gut gepflegter Rasen, umgeben von Blumenbeeten, in denen trotz der Kälte Blumen mit weißen Blüten standen. Carver kniff die Augen zusammen und trat näher.

»Oh, die sind schön«, sagte Mitch hinter ihm. »Ich wusste gar nicht, dass es Blumen gibt, die im Winter blühen.«

»Das sind Schneeglöckchen«, sagte Carver. »Meine Mom pflanzt jeden Herbst welche.«

»Jeden Herbst? Meine Eltern haben sich nie groß um Blumen geschert. Aber wir haben im dritten Stock gelebt und hatten keinen Garten. Vermutlich hatten wir nur ein paar Topfpflanzen, aber daran erinnere ich mich nicht mehr so genau. Suchen Sie hier etwas Bestimmtes?«

»Ja, denn das Radar in meinem Kopf ist gerade angesprungen«, murmelte Carver.

»Oh, das Gefühl kenne ich. Man darf es nicht ignorieren. Es ist manchmal fast wie ein sechster Sinn. Ich glaube, alle Polizisten haben es. Bei Paulie bin ich mir allerdings nicht so sicher. Falls er das kennt, hat er es nie erwähnt. Aber ich habe es.«

Carver schwenkte den Lichtstrahl seiner Taschenlampe zu einem Blumenbeet auf der gegenüberliegenden Seite. Die Schneeglöckchen darin waren alle eingegangen. »Was sagt Ihnen Ihr sechster Sinn jetzt, Mitch?«

»Er, äh … sagt mir, dass hier irgendwas nicht stimmt.«

»Ach ja?« Carver trat näher an das Blumenbeet heran. Auch die Schneeglöckchen in der Nähe ließen die Köpfe hängen. »Was stimmt hier Ihrer Meinung nach nicht?«

Mitch spähte über Carvers Schulter. »Der Mann, der hier wohnt, hat sich nicht gut um diese Blumen gekümmert.«

»Tja …« Carver hockte sich hin und sah sich die Stelle genauer an. »Die anderen sehen aber gut aus, nicht wahr? Und diese bekommen ebenso viel Sonnenlicht ab wie der Rest. Was stimmt dann nicht mit diesem Beet?«

»Vielleicht hat er hier etwas ausgeschüttet. Bleiche oder etwas in der Art. Ich wollte mal eine Blume mit Wasser aus einem Eimer gießen, mit dem ich den Boden gewischt hatte. Weil ich mir dachte, so könnte ich zwei Fliegen mit einer Klappe schlagen. Also den Boden wischen und gleichzeitig die Blumen gießen. Nur, dass die Blumen eingegangen sind. Und ich fand heraus, dass sie die Lauge im Wasser nicht vertragen haben.«

»Gut möglich«, stimmte Carver ihm zu. »Aber er hat den Garten wirklich gut gepflegt, da kommt es mir komisch vor, dass er hier derart nachlässig gewesen ist. Aber wissen Sie was? Sie haben recht. Ich würde wetten, dass dieses Beet anders ist. Das würde die Sache erklären. Wenn der Boden sauer ist, sterben die Pflanzen ab.«

»Ach ja?«, fragte Mitch zögernd.

»Wissen Sie, wodurch der Boden auch sauer werden kann?« Carver stand wieder auf. »Durch verwesende Leichen.«

»Wirklich? Das ist ja … Oh. Oh!«

»Was sagt Ihr Radar jetzt?«

»O Mann, schneller könnte es gar nicht mehr piepen.«

»Geht mir genauso.«

Carver ging zurück in die Garage, um die Schaufel zu holen. Dann machte er sich daran, an einer Stelle des fraglichen Beets vorsichtig zu graben. Der Boden gab leicht nach. Zu leicht.

Es dauerte nur zehn Minuten, bis er auf ein Stück Stoff stieß. Als er die Erde darum entfernte, stieß er auf eine verwesende Hand.

Kapitel 52

Wie die meisten Polizisten hatte auch Abby schon mehr als genug Menschen mitten in der Nacht aus dem Schlaf gerissen. Üblicherweise wurde man auf intime Weise geweckt: von einem Kind, das einen Albtraum gehabt hatte, einem Partner, der einen in den Arm nehmen wollte, oder vielleicht von einer Katze, die eines ihrer unerklärlichen Rituale ausführte. Es war, als würde man diese Zwischenzone zwischen Traum und Wachzustand betreten, in der tief vergrabene Ängste oder Hoffnungen an die Oberfläche des Bewusstseins eines Menschen drangen. Und all die Barrieren, die Menschen tagsüber um sich herum aufbauten – das mit Bedacht ausgewählte Outfit, die zarte Schicht Make-up, die sorgsam zurechtgelegte Frisur –, verschwanden.

Es war, als würde man das geheime Tagebuch eines anderen Menschen lesen.

Theodor Quinns Tochter Georgia gelang es besser als vielen anderen. Sie hatte sich einen flauschigen lilafarbenen Bademantel übergestreift und sich die Dienstmarken zeigen lassen, bevor sie die Tür öffnete. Selbst jetzt, mit Anfang zwanzig, hatte sie sich diesen unschuldigen, kindlichen Look bewahrt, den Abby auch auf den Fotos in Theodors Haus gesehen hatte.

Als sie ihr sagten, dass es um ihren Vater ging, und fragten, ob sie hereinkommen durften, machte sie die Tür weiter auf und trat zur Seite.

»Meine Mitbewohnerin schläft«, sagte sie kaum lauter als ein Flüstern. »Am besten gehen wir in die Küche.«

Sie führte sie in eine kleine Küche und setzte sich auf einen der Stühle, die um einen schlichten Holztisch herumstanden. Abby und Carver nahmen ihr gegenüber Platz. Jemand hatte mit einem Stift auf der Tischplatte herumgekritzelt und eine lange, gewundene Linie gezeichnet.

»Was ist passiert?«, fragte Georgia. »Wurde mein Dad verletzt?« Ihre Stimme zitterte leicht.

»Miss Quinn«, begann Carver. »Wird Ihr Vater vermisst?«

»Nicht, dass ich wüsste. Ich habe erst Sonntag von ihm gehört.«

»Haben Sie miteinander telefoniert?«

»Nein. Mein Dad telefoniert nicht gern. Er ruft nur zu meinem Geburtstag an, und selbst dann fasst er sich kurz. Kommen Sie am besten gleich zur Sache. Ist etwas passiert? War er in einen Unfall verwickelt?«

»Wir sind uns noch nicht sicher«, gestand Abby. »Aber wir haben die Brieftasche Ihres Vaters gefunden.«

»Sie kommen mitten in der Nacht hierher, weil Sie seine Brieftasche gefunden haben? Wieso rufen Sie ihn nicht einfach an?«

»Das haben wir versucht«, erwiderte Abby. »Sein Handy ist ausgeschaltet, und laut der Telefongesellschaft ist es das schon seit einer ganzen Weile.«

»Wie kommunizieren Sie mit Ihrem Dad?«, erkundigte sich Carver.

»Wir chatten auf Telegram. Das hat er am liebsten. Chats und E-Mails.«

»Wann haben Sie ihn das letzte Mal gesehen?«

»Keine Ahnung. Vor ein paar Monaten. Warten Sie kurz.«
Sie stand auf, ging hinaus und kam mit einem Handy und einer Schachtel Zigaretten wieder zurück.

»War ja klar, dass Sie zwei Tage, nachdem ich mit dem Rauchen aufgehört habe, mitten in der Nacht hier auftauchen.« Georgia steckte sich eine Zigarette locker in den Mundwinkel und zündete sie an. Dann schloss sie die Augen und zog daran.

»Tut mir leid«, sagte Carver.

Sie stieß eine Rauchwolke aus. »Ist ja auch egal. Ich hätte es sowieso nicht geschafft. Sie wollten wissen, wann ich meinen Dad das letzte Mal gesehen habe.« Sie tippte auf ihrem Handy herum. »Wir haben uns im September zum Mittagessen getroffen.«

»Ist das normal, dass Sie Ihren Dad monatelang nicht sehen?«

»Unsere Beziehung ist kompliziert.« Georgia stieß etwas Rauch aus. »Ich weiß ja nicht, worum es hierbei geht, aber ich habe wirklich keine Ahnung, wo mein Dad steckt. Ich kann ihm gern morgen früh eine Nachricht schreiben, damit er weiß, dass Sie seine Brieftasche haben, okay?«

Diese Leiche, die sie in Neal Wyatts Garten gefunden hatten. Stark zersetzt und voller Maden, das Gesicht völlig zertrümmert. Der Rechtsmediziner hatte gesagt, dass sie wenigstens seit einem Monat, vermutlich jedoch länger in diesem flachen Grab gelegen hatte. Theodor Quinn würde sich seine Brieftasche so schnell nicht abholen.

Solange sie die Leiche nicht offiziell identifiziert hatten, mussten sie mit Bedacht vorgehen. Allerdings konnte diese Sache nicht warten.

»Miss Quinn, wir sind hier, weil Ihr Dad Kontakt zu einigen Leuten hatte, die mit der ...«

»... die mit der Geiselnahme in der Highschool zu tun haben?«

Abby blinzelte erstaunt. »Ja. Woher wissen Sie das?«

Georgia zog an ihrer Zigarette und schnippte die Asche in eine schmutzige Kaffeetasse. »Ich hab's im Fernsehen gesehen. Das sind diese Wächter-Psychos, nicht wahr? Ich habe mich schon gefragt, ob mein Dad einen von ihnen kennt.«

»Sie wussten von seinem Interesse an den Wächtern?«

»O ja. Er hat über fast nichts anderes geredet. Er schrieb da eine wichtige Abhandlung. Er sollte vielleicht einen Buchvertrag bekommen. Jeden Tag arbeitete er stundenlang daran. Er schuf sein Meisterwerk. Bla, bla, bla. Hab ich alles schon öfter gehört. Mein Dad redete viel zu gern über seine großartigen zukünftigen Leistungen.« Georgia zuckte mit den Achseln. »Und dann verlor er das Interesse daran.«

»Er verlor das Interesse?«, hakte Abby nach.

»Ja. Bei unserem letzten Treffen habe ich mich nach seinen Fortschritten erkundigt, und er sagte, er hätte entschieden, die Sache aufzugeben. Es war ihm sogar ein bisschen peinlich. Er meinte, er hätte diese Leute völlig falsch verstanden.«

»Er hätte sie falsch verstanden?«

»Sie sind fast wie meine Therapeutin, die meine Sätze auch ständig wiederholt. Ja, das hat er gesagt. Er wollte nicht darüber reden, aber ich hatte den Eindruck, dass er sich deswegen schämte, was mir komisch vorkam.«

»Wieso das?«

»Weil Scham etwas ist, das mein Dad früher nicht kannte. Er hatte kein Problem damit, Menschen zu manipulieren oder zu benutzen, wie es ihm passte. Er erkannte schnell, wann ihm jemand nützlich sein konnte, und nutzte ihn schamlos für seine Zwecke aus. Das mag sich aus meinem Mund komisch anhören, aber wenn Sie in meiner Haut stecken würden, wüssten Sie, was ich meine.«

Abby kannte die Art von Menschen, die Georgia beschrieb, sehr gut. »Ihr letztes Treffen … Sie sagten, das wäre im September gewesen?«

»Ja. Das ist nicht ungewöhnlich. Mein Dad macht so was ständig. Er ist völlig besessen von einem Projekt und hält es für etwas Unglaubliches, das ihn berühmt machen und seinen Namen in den Geschichtsbüchern verewigen wird. Aber mittendrin wird er ungeduldig und nimmt den kürzesten Weg, verändert das Projekt grundlegend oder verliert das Interesse. So geht es ihm mit praktisch allem im Leben. Ähnlich ist er auch mit der Ehe mit meiner Mom umgegangen. Er verwandelte sich innerhalb einer Woche vom liebevollen Ehemann in ein ausgemachtes Arschloch.« Sie ließ den Zigarettenstummel in die Tasse fallen. »Jedenfalls hat mein Dad schon vor Monaten aufgehört, weitere Nachforschungen über sie anzustellen, daher bezweifle ich, dass er etwas mit diesen Psychos in der Schule zu tun hat.«

»Sind Sie sicher, dass er sich nicht weiter mit ihnen getroffen hat?«, fragte Carver.

»Wenn, dann hat er mir nichts davon erzählt. Aber warum hätte er das tun sollen?«

»Ist Ihnen in den letzten Monaten irgendeine Verhaltensveränderung aufgefallen?«

Sie schüttelte den Kopf. »Eigentlich nicht. Aber ich habe ihn wie gesagt nicht gesehen; wir haben die letzten Monate nur gechattet oder gemailt. Und offen gesagt, sind Verhaltensveränderungen bei meinem Dad nichts Neues.«

Abby nickte und dachte an ihren Chat mit Isaac. Da chattete man jahrelang mit jemandem und ging davon aus, dass man wusste, wer er war, nur um später herauszufinden, dass man sich geirrt hatte und es sich um eine völlig andere Person handelte. Dieser Dennis hatte sich mit den Wächtern angefreundet und ihnen verschwiegen, dass er ein vierzehnjähriger Junge war. Derartige Onlinechats waren wie ein digitaler Nebel, der die Person, mit der man sich unterhielt, hinter einer Wolke aus LOLs, Emojis und GIFs verbarg. Mit wem hatte Georgia in den letzten Monaten gechattet? Wahrscheinlich mit Neal Wyatt.

Abby überließ Carver die Gesprächsführung, der Georgia über die Bekannten ihres Vaters, seine akademische Vergangenheit und alles, was er ihr über die Wächter, denen er begegnet war, erzählt hatte, ausfragte. Sie hörte nur mit einem Ohr zu und wusste, dass sie beide dasselbe dachten.

Theodor hatte Nachforschungen über die Wächter angestellt und sich dabei auf Neal konzentriert. Bei den Interviews hatte er Neal manipuliert und dafür gesorgt, dass der Mann immer tiefer in den Verschwörungstheorien der Wächter versank. Doch irgendwann hatte er offenbar beschlossen, die Taktik zu ändern. Möglicherweise hatte er einfach das Interesse verloren, wie Georgia behauptete. Oder er hatte versucht, die Ergebnisse in die gewünschte Richtung zu steuern.

Und als er sich mit Neal traf, direkt nachdem dieser von Jackie verlassen worden war, hatte Theodor erkannt, dass Neal verletzlich war. Er hatte beschlossen, das auszunutzen. Und es war gehörig schiefgelaufen. Was immer in dieser Nacht vorgefallen war, hatte damit geendet, dass Neal Theodor ermordete und in seinem Garten vergrub.

Danach hatte Neal aus irgendeinem Grund angefangen, sich als Theodor auszugeben. Er hatte mit Georgia gechattet. Im Forum und im Chat als Jabberwocky gepostet. Während er immer wütender und verzweifelter wurde. Was letzten Endes darin gipfelte, dass er mit einer Waffe in der Tasche in Sams Schule gekommen war.

Kapitel 53

Absolem saß im Büro des Rektors und hatte die Tür halb geschlossen. Er spähte durch den Spalt hindurch. Der Rektor war an der Wand zusammengesackt und sah völlig erschöpft aus. Hutmacher hockte auf einem Stuhl, sein Kopf ruhte auf der Brust, und ein Speichelfaden hing von seinem Kinn herunter. Alma war noch immer hellwach und starrte mit blutunterlaufenen Augen auf den Bildschirm. Sie war überzeugt davon, dass die Polizei jeden Moment das Gebäude stürmen würde, daher sah sie sich entweder die Kamerafeeds an oder las Forenposts.

Auch Absolem holte sein Handy hervor und rief das Forum auf. In der letzten Stunde waren deutlich weniger neue Posts geschrieben worden, da die meisten Wächter inzwischen schliefen. Hin und wieder schrieb noch einer der Wächter etwas, der an der Demo vor der Tür teilnahm, oder einer der europäischen Wächter, die den Ereignissen noch hinterherhinkten.

Absolem loggte sich aus seinem Konto aus. Der Benutzername in der rechten oberen Bildschirmecke veränderte sich in »Gast«.

Er tippte den Anmeldebutton an und gab den anderen Namen ein, den er verwendete.

Der Benutzername veränderte sich von »Gast« zu »Jabberwocky«.

Danach ging er erneut mehrere Threads durch, zitierte hier einen Post, stimmte da zu oder schlug dort Alternativen vor. Er bedankte sich bei dem Mitglied, das sie vor dem Versuch der Polizei, das Gebäude zu stürmen, gewarnt hatte. Ein derartiges Verhalten konnte man gar nicht genug loben. Danach spürte er einige Mitglieder auf, die die ganze Geiselnahme für einen schrecklichen Fehler hielten. Er erstellte einen neuen Thread und deutete an, dass es sich bei diesen Leuten tatsächlich um Spione oder Agenten des Zirkels handelte.

Soweit es die anderen Forenmitglieder wussten, gehörte Jabberwocky nicht zu den Wächtern in der Schule. Er hatte bei diesem Spiel nichts zu verlieren. Als er vorschlug, jemand sollte einige Live-Kameras organisieren, die das NYPD die ganze Zeit filmten, reagierten die anderen Wächter. Viele hielten das für eine gute Idee. Einer versprach, am nächsten Morgen vorbeizukommen und sich darum zu kümmern.

Das Telefon des Rektors klingelte, und er ging sofort ran.

»Hallo?«

»Hey, Absolem, wie geht es Ihnen da drin?« Es war wieder Will.

»Uns geht es gut, aber ich bekomme langsam das Gefühl, dass Sie und Abby Ihren Teil des Handels nicht einhalten.«

»Sie müssen Geduld haben; derartige Nachforschungen brauchen Zeit. Wir kümmern uns noch darum. Vergessen Sie nicht, dass wir nur zu zweit sind. Wenn Sie einverstanden sind, dass wir mehr Leute hinzuziehen, Menschen, denen wir vertrauen ...«

»Nein. Auf gar keinen Fall. Das NYPD ist durch und durch korrupt. Nur Sie und Abby, niemand sonst.«

»Dann müssen Sie weiterhin geduldig sein. Aber hier ist jemand, der mit Ihnen sprechen möchte. Jemand, den Sie bereits kennen.«

»Ist es Abby? Hat sie etwas herausgefunden?«

»Augenblick, ich stelle sie durch.«

Es folgte kurz Stille. Absolem wartete angespannt.

»Hi. Ähm ... Ich bin's.«

Das war nicht Abbys Stimme. Mit rasendem Herzen lauschte Absolem der Frau am anderen Ende der Leitung.

»Schatz? Ich bin's, Jackie. Ich weiß, dass ... dass du vermutlich nicht mit mir reden willst. Aber Will dachte, wir sollten uns mal unterhalten. Weil es da etwas gibt, das ich dir schon vor einer Weile hätte erzählen müssen. Es tut mir sehr leid, dass ich dir das nicht früher gesagt habe, dann hätte das alles vielleicht verhindert werden können.« Sie schniefte, und ihr Atem ging stockend. »Neal ... Ich bin schwanger. Ich habe es vor einigen Monaten erfahren. Wir bekommen ein Kind. Und ... ich möchte, dass unser Sohn seinen Daddy kennenlernt, okay? Ich möchte, dass wir eine Familie sind. Will sagte, wenn du kooperierst ...«

Absolem legte auf. Er konnte kaum noch atmen.

Als das Telefon wieder klingelte, ging er nicht ran.

Kapitel 54

Ein plötzliches Piepen bewirkte, dass sich Abby ruckartig und mit rasendem Herzen aufsetzte. Offensichtlich war sie eingeschlafen. Sie saß in Carvers Wagen, und etwas Schweres und Warmes lag auf ihr. Carvers Trenchcoat. Wahrscheinlich hatte er sie damit zugedeckt, als er bemerkt hatte, dass sie eingeschlafen war.

Sie massierte sich den schmerzenden Nacken und sah sich müde um. Carver saß auf dem Fahrersitz, den Kopf an die Fensterscheibe gelehnt, die Augen geschlossen, den Mund leicht geöffnet. Sie sah ihn einige Sekunden lang an und schöpfte allein dank seiner Anwesenheit Kraft.

Der Wagen parkte neben einem Schild, auf dem klar und deutlich stand, dass man hier nicht parken durfte. Neben sich sah sie nackte, skelettartige Bäume aus der Dunkelheit aufragen und etwas weiter entfernt das Wasser.

Als sie nach dem Gespräch mit Georgia zurückgefahren waren, hatte etwas an ihr genagt; irgendetwas passte an der ganzen Sache nicht zusammen. Es war, als hätte sie ein Puzzle gemacht und würde mit dem letzten Teil in der Hand dasitzen, das jedoch nicht in die Lücke passte. Doch statt herauszufinden, wo ihr ein Fehler unterlaufen war, hatte sie versucht, das Teil mit Gewalt in die Lücke zu quetschen. Sie wollte es in Ordnung bringen, neu überdenken, doch je näher sie der Schule kamen, desto mehr überkamen sie Angst und Hilflosigkeit. Daher hatte sie Carver gebeten, einfach weiterzufahren und einen Ort zu finden, an dem sie es herausfinden konnte. Irgendwann musste sie dann eingeschlafen sein.

Nun realisierte sie auch, wo sie sich befanden: am MacNeil-Park, nur wenige Blocks von ihrem Haus entfernt. Als die Kinder noch klein gewesen waren, hatten Steve und sie hier fast jedes Wochenende mit ihnen verbracht. Sam liebte den Park, zog sich die Rollerblades an und drehte eine Runde nach der anderen. Wie lange war es jetzt her, dass sie den Park zuletzt besucht hatte? Wann hatten sie aufgehört, hierherzukommen, und warum?

Irgendetwas hatte sie geweckt. Ihr Handy. Sie holte es aus der Tasche, starrte die Nachricht an und rieb sich die Augen.

Sie war von Tammi.

Neal hat aufgelegt, als wir Jackie mit ihm sprechen ließen.

Abby runzelte die Stirn. Irgendetwas war da. Etwas Wichtiges. Eine Wahrheit, fast schon greifbar nah, aber doch außerhalb der Reichweite.

Sie stieg aus und schloss die Tür, bereute ihren Entschluss aber fast augenblicklich. Im Wagen war es zwar eiskalt, aber draußen war es noch schlimmer. Die Kälte, die sich kurz vor der Morgendämmerung auf die Straßen legte, kam durch ihre vielen Kleiderschichten und drang ihr durch Mark und Bein. Sie wickelte Carvers Mantel fester um sich, ging zum Gehweg, der um den Park herumführte, und rief Tammi an.

»Hey«, meldete sich Tammi, die sich erschöpft und hundemüde anhörte. »Ich war mir nicht sicher, ob du schläfst, dachte aber, du möchtest bestimmt auf dem Laufenden gehalten werden …«

»Das stimmt. Danke«, erwiderte Abby. »Hat Will schon eine Erklärung von ihm bekommen?«

»Nein. Er ist nur einmal ans Telefon gegangen und hat Will gesagt, dass er nicht wieder anrufen soll. Seitdem geht er nicht mehr ran. Wir haben es im Viertelstundentakt versucht. Inzwischen denken wir wieder über Alternativen nach.«

Abby seufzte frustriert. »Wenn Neal nur etwas länger mit ihr gesprochen hätte, damit sie ihm sagen konnte, dass sie schwanger ist …«

»Sie hat ihm gesagt, dass sie schwanger ist. Direkt danach hat er aufgelegt.«

Abby war verblüfft. »Er hat aufgelegt, als sie sagte, dass sie schwanger ist?«

»Ja.«

Sie ging noch mal alles durch, was sie wusste, nahm es auseinander und setzte es neu zusammen …

»Bist du noch da, Abby?«, fragte Tammi.

Abby blinzelte. »Ja … Ich war nur kurz in Gedanken. Danke, dass du mir Bescheid gesagt hast. Meldest du dich bitte, wenn es etwas Neues gibt?«

»Sicher.«

Abby legte auf, steckte die Hände in die Manteltaschen und wandte sich dem East River zu, während sie in der Kälte erschauderte. Der Himmel wurde heller, das Dunkelblau schlug in Violett um, die Wellen schwappten träge ans steinige Ufer. Sie stützte sich auf das eiskalte Geländer und blickte zum Horizont hinüber.

Das passte doch alles nicht zusammen. Ebenso wenig wie das, was sie schon zuvor gestört hatte – der Garten hinter Neals Haus, in dem die Leiche vergraben gewesen war. So gut gepflegt. Selbst die Erde über dem Grab war von den weißen

Blumen bedeckt. Hatte Jackie nicht gesagt, dass sie gegärtnert habe? Doch, das hatte sie. Ihren Worten zufolge hatte Neal kein Interesse daran gehabt. Und sie hatte gesagt, sie habe Neal Ende Oktober, also vor über zwei Monaten verlassen. Abbys Theorie zufolge war das gewesen, bevor Neal Theodor ermordet und im Garten verscharrt hatte. War Neal seitdem etwa unter die Gärtner gegangen, damit Jackies Mühe nicht umsonst gewesen war? Durchaus denkbar.

Oder Jackie hatte sie angelogen. War sie später in ihr Haus zurückgekehrt? Konnte das der Punkt sein, der Abby beunruhigte?

»Wie geht es dir?«

Carver trat neben sie und blickte aufs Wasser hinaus, wobei er sichtlich fröstelte. Sofort knöpfte Abby den Trenchcoat auf und wollte ihm den Mantel zurückgeben.

»Nein, das ist nicht nötig. Behalt ihn.« Er winkte ab. »So kalt ist es nicht.«

»Es ist eiskalt«, widersprach Abby.

»Das passt schon so. Worüber hast du nachgedacht?«

»Ich versuche nur, etwas zu verstehen. Jackie hat mit Neal telefoniert. Sie hat ihm erzählt, dass sie schwanger ist. Und er hat aufgelegt.«

»Hm.« Carver runzelte die Stirn. »Das hat ihn also geärgert. Vielleicht wollte er keine Kinder? Oder könnte es daran liegen, dass Jackie fremdgegangen ist?«

Abby schüttelte den Kopf. »Er hätte doch nachfragen müssen, oder? Wir reden hier schließlich von einem Mann, der ständig auf Wahrheitssuche ist. Und selbst, wenn ihn das ärgert, würde er doch nicht einfach auflegen. Er würde sie anschreien oder behaupten, das alles nur für sie getan zu haben. Er steckt in einer unmöglichen Lage fest und hat den Eindruck, jeder Augenblick könnte sein letzter sein. Da müsste er doch mit ihr reden wollen. Sie ist doch wahrscheinlich der Mensch, der ihm am nächsten ist.«

»Vermutlich.«

»Glaubst du, ich denke zu viel darüber nach?«

Er schüttelte den Kopf. »Mich beschäftigt da auch etwas, das mich einfach nicht loslässt.«

»Hat es was mit Jackie zu tun?«

»Nein. Es geht um Theodor. Georgia hat uns erzählt, dass sie ihn zuletzt im September gesehen hat, und da hatte er das Interesse an den Wächtern angeblich verloren.«

»Genau.«

»Aber wir wissen, dass er sich immer häufiger mit Neal getroffen hat, und zwar bis Ende Oktober. Sein Terminkalender war voller Treffen mit Neal. Warum sollte er das tun, wenn er sich nicht länger für sie interessiert hätte?«

Abby dachte an den Kalender zurück. Und an das Gespräch mit Georgia. »Sie hat nicht gesagt, dass er das Interesse an den Wächtern verloren hat, sondern an seiner Forschung. Und das stimmt auch mit den Interview-Zusammenfassungen überein, die wir auf seinem Computer gefunden haben. Er hat im August aufgehört, sich weiter Notizen zu machen.«

»Okay. Er hatte also noch immer Interesse an den Wächtern oder an Neal, jedoch nicht mehr an seiner Forschung.«

Abby sah ihn an und keuchte dann auf. Plötzlich passte alles zusammen.

»Er hatte sogar noch mehr Interesse an den Wächtern, Carver. Er hat ihre Verschwörungstheorien geglaubt.«

Carver schnaubte. »Im Ernst?«

»Denk doch mal darüber nach. Das würde zu seiner Persönlichkeit passen. Weißt du noch, was Landsman gesagt hat? Über die Eigenschaften von Verschwörungstheoretikern? Sie wollen ihre Umgebung kontrollieren – sein Haus war pedantisch aufgeräumt, alles stand an seinem Platz, er hatte sogar die Bücher alphabetisch sortiert. Georgia beschrieb ihren Vater als egozentrisch, unsympathisch, narzisstisch. Und Theodor hat Georgia gesagt, er hätte die Wächter völlig falsch verstanden. Wahrscheinlich hat Neal ihn umgekrempelt. Er glaubte wirklich daran, dass die Wächter recht hatten. Und er traf sich immer öfter mit Neal, zwei- oder dreimal die Woche. Sie sind beide immer tiefer in die alternative Welt der Wächter eingetaucht.«

»Okay … Gehen wir mal davon aus, dass dem so war.«

Sie wollte, dass er es ebenfalls erkannte, um sicherzugehen, dass ihr Verstand ihr nicht einfach nur einen Streich spielte. »Gut, spielen wir das Ganze mal durch. Georgia sagte, sie würde nur mit ihrem Dad chatten.«

»Genau. Und in den letzten beiden Monaten war es vermutlich Neal, der ihr schrieb und sich als ihr Dad ausgab, so wie er im Forum als Jabberwocky kommentiert hat.«

»Würde man es nicht merken, wenn man auf einmal mit einer völlig anderen Person chattet?«

»Nicht unbedingt …« Carver zögerte. »Dir ist es auch nicht aufgefallen, oder? Als du dachtest, du würdest mit Isaac chatten?«

Abby verzog das Gesicht. »Das ist nicht dasselbe. Ich hatte es von Anfang an nur mit Moses zu tun. Zugegeben, er hat mich reingelegt, aber die Person, die mir schrieb, war immer dieselbe. Seine Art zu chatten, die Themen, über die wir sprachen, sein Verhalten – all das war konsistent.«

Carver überlegte. »Neal hat sich bestimmt den Chat durchgelesen und versucht, den Stil ihres Dads zu übernehmen.«

»Das dachte ich zuerst auch … Aber warum sollte er das tun? Wieso brach er den Kontakt nicht einfach ab, sondern machte sich diese Mühe?«

Er kniff die Augen zusammen. »Worauf willst du hinaus?«

Abby wurde immer aufgeregter. »Denk mal an diesen Tag im Oktober. Jackie verlässt Neal und sagt ihm, dass er sich zusammenreißen muss, wenn er sie wiederhaben will.«

»Ja«, meinte Carver. »Direkt im Anschluss trifft sich Neal mit Theodor und erzählt ihm davon. Theodor sagt etwas, das Neal verärgert. Der dreht durch, bringt Theodor um und vergräbt die Leiche in seinem Garten.«

»Und beschließt dann, so zu tun, als wäre er Theodor«, sagte Abby langsam. »Er chattet mit Georgia und meldet sich nicht ein einziges Mal bei Jackie.«

Carver starrte sie an. Abby konnte sehen, wie ihre Worte bei ihm ankamen und wie es ihm dämmerte. Sie hatten es die ganze Zeit direkt vor der Nase gehabt.

»Der Garten hinter Neals Haus«, fuhr Abby fort. »Er war so gut gepflegt. Jemand hatte sogar Blumen auf das Grab gepflanzt. Dabei hat uns Jackie erzählt, dass sie gegärtnert hat und nicht Neal. Und weißt du, wer noch einen makellosen Garten hatte?«

»Theodor Quinn«, antwortete Carver.

»Ganz genau.«

»Neal hat Theodor nicht umbracht und seine Identität angenommen«, erkannte Carver. »Es war genau andersrum.«

Abby stieß die Luft aus, und ihr Herzschlag beschleunigte sich. »Neal muss etwas gesagt haben, das Theodor verärgert hat.«

Carver nickte. »Vielleicht hat er Theodor gesagt, dass er sein Leben nicht länger den Wächtern widmen konnte, weil sein normales Leben zu sehr darunter litt.«

»Theodor hat Neal ermordet, ihn in seinem Garten vergraben und seinen Onlinenamen Absolem angenommen«, fuhr Abby fort. »Neal ist seit über zwei Monaten tot. Darum redet er nicht mit Jackie, und darum geht er ihr aus dem Weg und hat sogar die Schlösser ausgetauscht.«

»Es passt alles zusammen. Wir wissen, dass er im Forum auf einmal anders auftrat. Aggressiver. Größere Dinge plante. Wie ein Mann, der den Zirkel ein für alle Mal vernichten will.«

»Er trat anders auf, weil er ein anderer war. Ein Mann, der berühmt werden wollte. Der sich danach sehnte, in den Geschichtsbüchern zu enden.«

Carver schüttelte den Kopf. »Aber ... Das wäre Tammi doch beim Hintergrundcheck aufgefallen. Wir haben Fotos ...«

»Unser bestes Foto von ihm ist eins mit gebrochener Nase und verletztem Gesicht. Und in den Interviews hat Neal Theodor gesagt, dass sie einander ähnlicher wären, als er dachte, weißt du noch? Möglicherweise bezog er sich auf ihr Erscheinungsbild – sie sahen sich ähnlich.«

»Und Hutmacher und Alma hatten ihn nie zuvor gesehen und konnten daher nicht wissen, dass er es gar nicht war.«

»Erinnerst du dich an das, was Dennis uns erzählt hat? Hutmacher und Alma wollten Jabberwocky gar nicht in ihrem privaten Chat dabeihaben. Sie haben ihm nicht vertraut. Aber Absolem hat ihm sein Vertrauen ausgesprochen.«

»Selbstverständlich hat er das«, erkannte Carver. »Zu diesem Zeitpunkt war Theodor sowohl Absolem als auch Jabberwocky.«

Abby mahlte mit den Kiefern, und entsetzliche Angst stieg in ihr auf. »Theodor weiß jetzt, dass Jackie draußen auf ihn wartet. Wenn er aufgibt, fliegt alles auf. Die anderen Wächter erfahren dann, dass er nicht die Person ist, für die er sich ausgibt. Wahrscheinlich ist ihm auch klar, dass wir uns dann auf die Suche nach Neal machen werden – und dass wir ihn finden.«

Carver sah sie nur schweigend an.

»Absolem wird die Geiseln niemals freilassen«, erkannte Abby. »Weitere Verhandlungen mit ihm sind sinnlos.«

Kapitel 55

29. Oktober 2019

»Ich kann dir nicht folgen«, sagte Theodor erneut.

Neal bot ihm noch ein Bier an, doch er schüttelte den Kopf. Auch Neal drehte sich der Kopf. Er hatte inzwischen schon vier ... nein, fünf Bierflaschen geleert, seitdem Jackie gegangen war.

»Jackie bedeutet alles für mich«, erklärte er. »Das, was wir machen ... Es mag vielleicht wichtig sein ...«

»Vielleicht?«, fauchte Theodor. »Wir sind die Einzigen, die überhaupt kämpfen. Wenn wir aufgeben, kann der Zirkel schalten und walten, wie er will ...«

»Ja«, erwiderte Neal ungeduldig. Sie stritten sich jetzt schon seit gefühlten Stunden und drehten sich im Kreis. »Okay. Es ist wichtig. Aber soweit es mich betrifft, haben diese Leute gewonnen, wenn ich Jackie verliere, verstehst du? Sie haben mir Jackie weggenommen.«

»Ein Grund mehr, sie zu bekämpfen! Wenn sie uns zu Hause angreifen, müssen sie dafür bezahlen. Wir müssen zurückschlagen.«

»Das machen sie doch gar nicht ... Hast du mir nicht zugehört? Sie hat mich verlassen, weil ich keine Zeit mehr für sie hatte. Und das schon seit Monaten!«

»Nein, das glaube ich nicht. Du bist ein guter Mensch. Du liebst sie. Du solltest dich eher fragen, warum sie dich wirklich verlassen hat. Wurde sie dazu gezwungen? Hat man sie eingeschüchtert, ihr gedroht, euch beide umzubringen, wenn sie nicht geht?«

Neal hätte wirklich gern genickt und Theodor recht gegeben. Es wäre so einfach gewesen, sich das einzureden. Theodor bot ihm einen leichten Ausweg, indem er behauptete, es sei gar nicht Neals Schuld gewesen. Ebenso wenig Jackies. Sie waren beide Opfer. Er hätte wütend sein und auf Rache sinnen sollen ...

Doch dann hätte er sich nur etwas vorgemacht. Jackie hätte so etwas nie getan. Sie hätte mit ihm geredet. Zusammen hätten sie einen Weg gefunden, die Sache zu bewältigen. Genau wie nach der Fehlgeburt. Wie damals, als sie beinahe ihr Haus verloren hätten. Wie sie es immer und bei allem taten.

Und da war es wieder. Wenn es so einfach war, »Beweise« dafür zu finden, dass Jackie ihn wegen des Zirkels verlassen hatte, was hatten sie dann noch alles falsch verstanden? Vielleicht eines der Attentate, die der Zirkel angeblich verübt hatte? Oder die Allianz zwischen dem Zirkel und den Pharmariesen? Wenn man anfing, alles auseinanderzunehmen, was blieb dann noch übrig?

»Und was ist, wenn wir uns irren?«, fragte er müde. Inzwischen bedauerte er es, Theodor zu sich eingeladen zu haben, denn er wollte nur noch ins Bett.

»Wobei?«

»Bei ... vielen Dingen. Ich weiß es doch auch nicht. Erinnerst du dich an die Diskussion vor einigen Tagen über dieses Enthüllungsvideo?«

Ein beliebter YouTuber hatte mehrere Videos gepostet, in denen er die Theorien der Wächter angeblich entlarvte. Er fing damit an, eine der grundlegenden Überzeugungen der Wächter vorzustellen, wie beispielsweise die Verbindung des Zirkels zum Weinstein-Skandal. Und dann nahm er alles auseinander. Die Wächter im Forum hatten endlose Stunden damit verbracht, diese Videos durchzugehen und seine sogenannten Beweise zu widerlegen. Die Entlarvung des Entlarvers. Sie hatten alle einen Heidenspaß gehabt.

Dummerweise lief jedoch vieles auf die üblichen Begründungen hinaus:

> Wir können keinen polizeilichen Quellen vertrauen, weil die Polizei korrupt ist.

Und:

> Wir können keiner Äußerung des Justizministeriums trauen, weil es vom Zirkel infiltriert wurde.

Zudem beruhten sehr viele ihrer Beweise auf Dingen, die andere Wächter gesagt hatten. Und das stellte ein Riesenproblem dar.

»Was ist damit?«, fragte Theodor.

»Ich weiß nicht, ob du dich daran erinnerst, aber irgendwann kam auch etwas auf, das Senator John Argyle gesagt hat, und jemand merkte an, dass wir ihn längst als Agent des Zirkels enttarnt hatten. Dieser Punkt wäre gewissermaßen in Stein gemeißelt.«

»Ja, natürlich.«

»Ich bin derjenige, der es bewiesen hat«, gestand Neal. »Das war vor einem Jahr. Mein größter Erfolg.«

Theodor runzelte die Stirn. »Und?«

»Es stimmt nicht.«

»Wie meinst du das?«

»Ich meine damit, dass es zwar stimmen könnte, ich kann es jedoch nicht mit Gewissheit sagen. Aber als ich die Theorie entwickelt habe, war es auch nicht mehr als das: eine Theorie. Er hatte etwas über die Optimierung der FDA-Verfahren gesagt und damit meine Aufmerksamkeit erregt. Dann habe ich ein paar Artikel gefunden, in denen es um seine Arbeit ging. Ich schrieb im Forum darüber, verlinkte die Artikel, und alle machten es zum Thema. Einen Tag später waren sie bereits davon überzeugt, dass ich recht hatte. Zu einhundert Prozent überzeugt. Verdammt noch mal, ich war es ja ebenfalls. Aber es gab überhaupt keine handfesten Beweise. Es war nur eine Theorie. Ich muss es wissen, weil ich sie schließlich selbst aufgestellt habe.«

Theodor starrte ihn nur schweigend an.

»Es fühlte sich gut an, mir einzureden, ich hätte es herausgefunden. Und es würde sich ebenso gut anfühlen, mir einzureden, Jackie hätte mich nur verlassen, weil der Zirkel sie dazu gezwungen hat. Aber es ist ebenso möglich, dass beides nicht stimmt. Vielleicht ist vieles von dem, was wir glauben, in Wirklichkeit ganz anders.«

Er wurde immer müder. Das lag am vielen Bier.

»Ich sollte darüber einen Post machen. Wir müssen uns alle fragen, was stimmt und was nicht.«

»Nein«, erklärte Theodor entschieden. »Du hattest in Bezug auf John Argyle recht. Das war nicht nur eine erfundene Theorie.«

»Sie ist aber erfunden, das kannst du mir glauben. Das ist Unsinn. Alles, was wir glauben, ist Unsinn.«

»Sie haben dich umgedreht, nicht wahr?«

»Was?« Neal starrte Theodor fassungslos an.

»Der Zirkel. Was haben sie dir gesagt? Was haben sie gegen dich in der Hand?«

»Hörst du dir selbst überhaupt noch zu?« Neal sprang von seinem Stuhl auf und ballte die Fäuste. »Mach, dass du verschwindest.«

Nun erhob sich Theodor ebenfalls. Baute sich vor ihm auf. Schrie. Schubste ihn.

Neal taumelte nach hinten. Er hatte zu viel getrunken. Hilflos wedelte er mit den Armen und versuchte, das Gleichgewicht zu halten, doch er schaffte es nicht.

* * *

So viel Blut, und die Lache wurde immer größer, breitete sich auf dem ganzen Fußboden aus, so rot, klebrig und entsetzlich. Hieß es nicht, man müsse Druck auf die Wunde ausüben? Doch das Blut sprudelte weiter aus Neals Kopf, und wie sollte man überhaupt Druck auf ein Loch im Schädel ausüben? Außerdem lag Neal auf dem Boden, und man hörte doch immer, dass man jemanden, der gestürzt war, nicht bewegen durfte, falls er sich am Rückgrat verletzt hatte, doch die Blutlache wurde größer und größer, das Blut war überall, und jetzt trat er auch noch rein und hinterließ einen blutigen Fußabdruck und verschmierte es, und nun war es wirklich überall. Neal schluchzte ... Nein, Augenblick, das war er selbst. Er schluchzte – tief, schwer, panisch, weil Neal keinerlei Geräusch mehr von sich gab und die Decke anstarrte, wobei seine offenen Augen so verdammt hohl und leer und furchterregend aussahen.

»Neal«, sagte Theodor erneut. Nicht zum ersten Mal. Er hatte seinen Freund wieder und wieder gerufen und keine Antwort bekommen.

Er musste einen Krankenwagen rufen, doch das viele Blut und diese schreckliche Stille ließen ihn vermuten, dass das längst sinnlos geworden war, weil Neal tot, tot, tot war. Und wenn sie kamen und das Blut und seine Fußabdrücke sahen, würden die Fragen losgehen. *Wie hat das angefangen? Warum haben Sie uns nicht sofort angerufen?* Was sollte er darauf antworten? Was konnte er denn schon sagen? Dass Neal ausgerutscht war? Dass er nicht sofort Hilfe geholt hatte, weil er zuerst dachte, es sei keine große Sache, Neal werde gleich wieder aufstehen und ihn rausschmeißen?

War Neal ausgerutscht? Oder hatten sie sich vorher ein bisschen rumgeschubst? Er konnte sich nicht genau erinnern, in seinem Kopf ging alles durcheinander, und das viele Blut machte ihn ganz nervös, denn eigentlich durfte das doch gar nicht so viel sein, und jetzt merkte er, dass er auch Blut am Ärmel und an der Hose hatte, und da war ein winziger Tropfen auf dem Tisch – warum in aller Welt stand dieser Tisch mit seinen festen, tödlichen Ecken überhaupt an der Stelle?

Hatte er das getan? Nein, das war unmöglich.

Theodor tat nie irgendetwas aus dem Bauch heraus. Er dachte vorher gründlich über alles nach. Und *so etwas* hätte er nie getan. Das war nicht seine Schuld. Sie hatten sich gestritten, und Neal hatte ihn geschubst, daher hatte er zurückgeschubst. Neal hatte falsch reagiert. Theodor hatte doch nur helfen wollen, aber Neal war völlig durchgedreht. Wieso hatte er sich nur so verhalten?

Weil ihm klar geworden war, dass Theodor die Wahrheit ans Licht gebracht hatte. Das war die einzige Erklärung. Theodor hatte herausgefunden, dass Neal die Seiten gewechselt hatte.

Er war ein Agent.

Was wäre passiert, wenn Theodor ihn nicht rechtzeitig aufgehalten hätte? Neal hätte nie zugelassen, dass er dieses Haus lebendig verließ. Nicht mit dem Wissen, das er jetzt besaß. Das hier war bloße Selbstverteidigung gewesen.

Es fiel ihm noch immer schwer, es zu glauben. Neals Verrat. Die plötzliche Gewalt. Das war zu viel. Wie sollte er jetzt damit umgehen? Vielleicht sollte er einfach nach Hause fahren.

Dummerweise hatte er überall Finger- und Fußabdrücke hinterlassen. Und der Zirkel würde längst davon wissen, dass er sich mit Neal traf.

Wahrscheinlich würde man sich dort wundern, warum man nicht längst etwas vom neuen Agenten gehört hatte. Sie würden den GPS-Tracker überprüfen, den sie allen Agenten einsetzten. Sich die Audioaufnahmen anhören. Ermittlungen einleiten.

Er musste sich beeilen.

Sie waren auf dem Weg.

Er taumelte durch das dunkle Haus, sah sich panisch um, schluchzte vor Furcht. Wie viel Zeit blieb ihm noch? Eine Stunde? Vermutlich weniger. Und er wusste, was sie mit ihm machen würden, sobald sie hier waren. Zwar versuchte er, nicht darüber nachzudenken, doch er wusste es einfach. Er hatte genug Berichte gehört und Fotos gesehen. *Bitte, Gott, mach, dass ich verschont werde!*

Dann entdeckte er Neals Werkzeugkasten auf dem obersten Regalbrett in der Garage. Als er ihn herauszog, ging der Deckel auf und ihm fiel ein Schraubendreher auf den Kopf. Vor Schmerz zischend stellte er den Kasten auf den Boden. Er kramte darin herum, und das Krachen der metallenen Gegenstände hallte laut durch den staubigen Raum. *Komm schon, komm schon ...* Schließlich kippte er den gesamten Inhalt auf den Boden, wobei ihn das laute Klappern zusammenzucken ließ. Hatte das jemand gehört? Die Nachbarn vielleicht? Ein Passant, der zufällig vorbeikam und jetzt die Polizei rief? Oder möglicherweise *sie?*

Da! Er schnappte sich die Zange und rannte mit rasendem Herzen aus der Garage.

Zuerst musste er den GPS-Tracker rausbekommen. Er kniete sich auf den Boden und versuchte, sich an die Pläne zu erinnern, die er sich eingeprägt hatte. Doch es fiel ihm schwer, sich zu konzentrieren; er atmete schnell und unregelmäßig und hatte die brutalen Dinge im Kopf, die sie ihm antun würden, sobald sie hier auftauchten. Die Verbrennungen. Die Verstümmelungen.

Er holte tief Luft und zwang sich zur Konzentration. Dies war der Augenblick, um sich zu beweisen. Um zu zeigen, was er wert war. Stundenlang hatte er trainiert und Dinge auswendig gelernt, um sich auf diesen Moment vorzubereiten. Ja, jetzt erinnerte er sich.

Theodor packte Neals Kinn und drückte seinen Mund mit Gewalt auf. Er griff mit der Zange nach dem verborgenen Tracker und zog ihn heraus. Zitternd stand er auf und ging ins Badezimmer. Als er versuchte, den Tracker in der Toilette runterzuspülen, ließ er versehentlich die Zange hineinfallen. *Verdammt noch mal!* Rasch holte er die Zange wieder heraus und spülte den Tracker weg.

Jetzt noch das Mikrofon.

Während er versuchte, das Mikrofon mit der Zange herauszuziehen, blinkte irgendetwas in der Dunkelheit. Ein weißer Lichtfleck, ein Handy. Er hob es auf und starrte aufs Display. Eine neue Nachricht.

Rote_Königin: Absolem, bist du da?

Absolem war natürlich nicht sein Name, sondern Neals. Aber Online-Decknamen waren die Kostüme, die sie alle trugen, um nicht erkennbar zu sein und ihre Spuren zu verwischen. Er musste antworten, um jeden in die Irre zu führen, der zuhörte, zusah, sich Notizen machte.

Er kannte Rote Königin; sie war ebenfalls ein Mitglied im Forum. War sie auch eine Doppelagentin? Er glaubte es nicht, war sich jedoch nicht sicher.

Mit zitternden Fingern tippte er: Ich bin da. Dabei blieb etwas Blut auf dem Display zurück, ein klebriger roter Fleck. Seine DNA und sein Fingerabdruck.

Rote_Königin: Hast du den Thread gesehen, den sie vorhin gepostet haben? Über die Kinder?

Er hätte am liebsten das Handy zertrümmert und Rote Königin angeschrien, dass dies nicht der richtige Zeitpunkt war, dass sie möglicherweise kamen, dass er aufgeflogen sein konnte. Stattdessen zwang er sich jedoch, eine Antwort zu tippen, ruhig, knapp, ohne Rechtschreibfehler.

Absolem: Bin beschäftigt. Sehe es mir später an.

Er schaltete das Display aus und griff abermals zur Zange.
Wo genau befand sich das Mikrofon?

Kapitel 56

Als Sam die Augen aufschlug, sah sie als Erstes diese seltsame Frau, diese Deborah, die am Rand der Matte hockte und sie anstarrte. Ihre Lippen bewegten sich leicht, als würde sie beten.

Die Frau machte Sam ganz verrückt.

Wie spät war es? Im fensterlosen Lagerraum ließ sich das unmöglich sagen, und Sam hatte keine Armbanduhr. Die anderen schienen zu schlafen. Fiona lag neben Sam, hatte die Augen geschlossen und sah zum ersten Mal, seitdem diese ganze Sache angefangen hatte, friedlich aus.

Ganz vorsichtig setzte sich Sam auf und zog die Füße an, die Deborah beinahe berührten. Aus irgendeinem Grund hatte sie Angst, die Frau könnte sie berühren oder sie an ihrer Kleidung zu sich zerren. Als sie hier aufgetaucht war, hatte Deborah vor allem rätselhafte Bibelzitate von sich gegeben. Doch nachdem sie sie mit unzähligen Fragen bestürmt hatten, reagierte sie irgendwann nicht mehr, schloss die Augen, fing an zu beten und ignorierte die Menschen um sich herum.

»Du musst keine Angst vor mir haben«, sagte Deborah leise. »Ich bin hier, um dir zu helfen.«

Sam schluckte schwer. »Ich habe keine Angst. Wie sind Sie in die Schule gekommen?«

Deborah schenkte ihr ein schelmisches Lächeln. »Ich bin reingerannt. Die Polizei hatte die Tür aufgebrochen und nicht wieder versperrt.«

»Welche Tür?«, fragte Sam atemlos.

Deborah überlegte kurz. »Die auf der Rückseite in der Nähe des Basketballplatzes.«

Sam nickte. Im Erdgeschoss neben dem Kunstraum. Wenn sie die Gelegenheit zur Flucht bekamen, konnten sie dort das Gebäude verlassen. »Warum sind Sie hergekommen? Sie haben vorhin etwas über meinen Dad gesagt. Sind Sie eine seiner Kolleginnen? Eine seiner Studentinnen?« Dad war ein bedeutender Matheprofessor an der Columbia University, zu dem viele Studenten aufblickten. War eine von ihnen auf die verrückte Idee gekommen, sich ihm zuliebe in diese Lage zu bringen? Das war doch völlig verrückt.

Deborah schüttelte den Kopf und lächelte beharrlich weiter. »Nicht über deinen Dad. *Vater.*«

Also ein Priester. Das erklärte die Gebete und die Bibelzitate. »Aber warum hat er Sie hergeschickt, um mich zu beschützen?« Sam ging in Gedanken sämtliche Priester durch, die sie kannte.

»Weil du vom Blut des Messias bist.«

Die Frau hatte völlig den Verstand verloren. »Das bin ich nicht. Sie müssen jemand anderen meinen.«

»Du bist es. Ich kann es in deinen Augen sehen. Wenn wir hier weggehen, bringe ich dich zu Vater. Er wird dir die Augen öffnen.«

Sam beschloss, die Taktik zu ändern. Sie hatte schon genug Probleme, ohne dass ihr auch noch diese religiöse Fanatikerin das Leben schwer machte. »Okay, ich glaube Ihnen. Aber vorerst möchte ich …«

Das Schloss klackte. Instinktiv wich Sam so weit von der Tür weg, wie es ihr nur möglich war. Neben ihr regte sich Fiona und hob den Kopf.

Im Türrahmen tauchten Hutmacher und Alma auf.

»Wir dachten, ihr wollt vielleicht mal auf die Toilette«, sagte Alma. »Immer zwei auf einmal.«

»Ich muss aufs Klo«, sagte Fiona und rieb sich die Augen.

»Ich auch«, fiel Sam rasch ein.

»Ich komme mit«, verlangte Deborah. »Ich muss mich waschen.«

»Immer nur zwei«, wiederholte Alma. »Ihr zwei. Die Mädchen.«

»Nein«, verlangte Deborah. »Samantha und ich gehen zusammen.«

»Schon okay. Ich gehe mit Fiona.« Sam stand auf und ging vorsichtig zur Tür.

»Nein!« Deborah klammerte sich an ihr Bein.

Panisch riss Sam ihr Bein frei, wobei sie versehentlich auf Ray trat, und taumelte aus dem Raum. Fiona folgte ihr, doch Deborah sprang ebenfalls auf und wollte ihnen hinterher. Bevor einer auch nur ein Wort sagen konnte, knallte Hutmacher die Tür zu und verriegelte sie. Gedämpftes Klopfen drang von der anderen Seite herüber.

»Lasst mich raus!«, kreischte Deborah.

»Was hat die denn?«, fragte Hutmacher schneidend.

»Ich glaube, sie hat nur Angst«, antwortete Sam. »So wie wir alle.« Sie schaute sich um. Durch ein Fenster im angrenzenden Raum konnte sie erkennen, dass es langsam hell wurde. Es dämmerte. Sie hielten sich nun seit fast vierundzwanzig Stunden in der Schule auf.

»Ich bringe sie zur Toilette und hole danach die Sekretärin und die andere Frau«, sagte Alma.

Hutmacher starrte seine Waffe mit finsterer Miene an.

Alma führte sie durch den Flur zur nächsten Toilette.

»Äh ... Können wir vielleicht dahin gehen, wo wir gestern waren?«, bat Sam.

»Wieso?«, wollte Alma wissen.

»Ich würde mir gern das Gesicht waschen und etwas trinken. Und die Waschbecken in den Toiletten hier unten funktionieren nicht gut. Der Wasserdruck ist zu gering.«

Fiona schien sich vor Verwirrung anzuspannen, doch ihr Gesicht blieb ausdruckslos und müde und verbarg ihr Erstaunen.

»Ja, sicher.« Alma drehte sich um und führte sie beide zu der Toilette in der Nähe des Sekretariats.

»Wie kommen Sie mit der Situation zurecht?«, erkundigte sich Sam. »Es war eine lange Nacht. Das muss schwer für Sie gewesen sein.«

»Es war … eine große Herausforderung.« Almas Stimme brach. »Ich vermisse meine Kinder.«

»Das muss schwer sein, sie so lange nicht zu sehen«, meinte Sam. »Mir fällt die lange Trennung von meinem kleinen Bruder auch sehr schwer. Wenn wir uns wiedersehen, muss ich ihn erst mal eine Ewigkeit in den Arm nehmen.«

Alma lächelte sie an, doch Sam sah in diesem Lächeln keinerlei Hoffnung. Alma konnte sich etwas Ähnliches für sich nicht vorstellen. Sie sah es nicht. Und Sam hatte keine Ahnung, wie sie sie dazu bringen konnte.

Aber sie kannte jemanden, der das schaffen konnte.

»Haben Sie mal versucht, mit der Polizei zu reden?«, fragte sie.

»Das macht Absolem. Er versucht, uns alle sicher hier rauszubekommen.«

»Und was ist, wenn Sie mal mit ihr sprechen? Wenn ich das richtig verstanden habe, redet Absolem mit einer Frau, nicht wahr? Vielleicht wäre ein Gespräch von Frau zu Frau effektiver.«

»Er redet nicht mehr mit einer Frau. Jetzt ist es ein Mann. Und Absolem hat das übernommen. Wir sind ein Team.« Alma verspannte sich und verkrampfte die Kiefer.

»Das ist völlig verständlich. Sie sind ein Team.«

Alma erwiderte nichts mehr. Sam zermarterte sich das Hirn, doch ihr wollte nichts einfallen, was sie noch sagen konnte, um Alma am Reden zu halten, und jetzt näherten sie sich der Toilette, sodass sie sich geschlagen geben musste. Sie war völlig erschöpft von dem Bemühen, in diesen unfassbar brenzlichen Situationen stets das Richtige zu sagen, und sehnte sich nach dem Frieden und der Ruhe in ihrem Zimmer, in dem ihr nur Keebles und ihre Geige Gesellschaft leisteten.

Als sie die Toilette betraten, steuerte Fiona die linke Kabine an – die, in der Sam das Handy versteckt hatte. Da ihr nichts anderes übrig blieb, stürzte Sam vor, drängelte sich an ihrer Freundin vorbei, betrat die Kabine und verriegelte die Tür hinter sich. War Alma ihr aggressives Verhalten aufgefallen?

Sam holte das Toilettenpapierbündel aus dem Mülleimer und wickelte es auseinander. Danach schaltete sie das Handy an und betete, dass es stumm blieb. Als das Display anging, vibrierte das Handy und zeigte zahlreiche Benachrichtigungen an. Auch wenn es nicht piepte, hatte Sam das Gefühl, dass man die Vibration im leisen Raum hören konnte.

Sie kaute auf der Unterlippe herum, während sie das Gerät anstarrte. Sollte sie ihrer Mom noch eine Nachricht schreiben und die Information über Deborah und ihren neuen Aufenthaltsort durchgeben?

Aber das hätte bedeutet, dass sie in diesen Lagerraum zurückmusste. Zu dieser Fanatikerin Deborah. Während Absolem und Hutmacher hinter der Tür lauerten.

Daher wählte sie stattdessen nur die Nummer ihrer Mom.

Ihre Mom ging sofort ran.

»Hallo?« Eine atemlose, hoffnungsvolle Stimme. Sam kamen sofort die Tränen. Sie hätte so gern losgeweint, ihrer Mom alles erzählt und sie angefleht, sie hier rauszuholen.

Stattdessen öffnete sie die Tür und hielt Alma das Handy hin.

Alma riss die Augen auf und verzog vor Entsetzen das Gesicht, als sie merkte, was Sam in der Hand hielt. Sofort hob sie die Waffe.

»Hallo?«, drang die Stimme von Sams Mom aus dem Handy.

»Die Frau am anderen Ende ist die Polizistin, mit der Absolem am Anfang gesprochen hat«, teilte Sam Alma mit. Sie achtete darauf, dass ihre Stimme ruhig und fest klang und sah Alma in die Augen, während sie ihr das Handy reichte. »Sie können jetzt mit ihr reden. Sie sollten es sogar tun. Hier, wo die anderen Sie nicht hören können.«

Eine Sekunde lang stand Alma einfach nur da und richtete die Waffe auf Sam, während Sam ihr das Handy hinhielt, was wie ein seltsamer Showdown wirkte. Almas Miene wirkte fast schon traurig, als wollte sie Sam anflehen, die Verbindung zu trennen.

»Reden Sie einfach mit ihr«, verlangte Sam noch einmal. »Sie versteht vermutlich besser als jeder andere, was Sie gerade durchmachen.«

Ihr schlug das Herz bis zum Hals, doch sie wagte es nicht, sich zu rühren oder auch nur zu blinzeln. Sie konnte nur hoffen, dass Fiona schlau genug war, in der anderen Kabine zu bleiben und sich nicht sehen zu lassen.

Endlich ließ Alma die Waffe sinken und nahm Sam das Handy so vorsichtig aus der ausgestreckten Hand, als könnte es gleich explodieren. Sie hielt es sich ans Ohr. »Hallo?«

Kapitel 57

Einige Sekunden lang hörte Abby die Stimme ihrer Tochter. Obwohl Sam nicht mit ihr sprach, überkam sie eine regelrechte Flutwelle an Emotionen, die ihr den Atem raubte.

Als die Frau ans Handy kam, konnte sich Abby kaum weit genug zusammenreißen, um etwas zu erwidern.

»Hallo?«, fragte die Frau verwirrt.

»Hi«, sagte Abby automatisch. »Ich bin Abby. Mit wem spreche ich?«

Sie wusste bereits, wen sie am anderen Ende hatte. Das konnte nur Alma sein. Allerdings zog sie es im Zweifelsfall vor, der Person, mit der sie sprach, das Gefühl zu geben, die Kontrolle zu haben.

»Äh …« Die Frau zögerte. »Sie können mich Rote … Äh … Mein Name ist Alma.«

Inzwischen war Abby schon schnellen Schrittes auf dem Weg zum Wagen, und Carver lief neben ihr her. Sie mussten schnellstmöglich zur Schule gelangen, um das Gespräch aus dem Van der Verhandlungsspezialisten fortzusetzen. Abby brauchte eine zweite Person, die mithörte, sämtliche Informationen aufschrieb; und vor allem mussten sie dieses Gespräch aufzeichnen. Sie brauchte ihr Team.

»Hi, Alma. Schön, dass wir endlich miteinander sprechen können.« Sie achtete auf eine ruhige Atmung, was bei dem schnellen Marsch nicht unbedingt leicht war. »Das war eine anstrengende Nacht für uns alle, und Sie haben vermutlich große Angst. Erzählen Sie mir ein bisschen darüber, was bei Ihnen los ist.«

»Ich bin mir nicht sicher … Ich bin mit den beiden Mädchen hier; ich habe sie zur Toilette gebracht. Wir machen eine Pinkelpause, es dürfen immer zwei auf einmal gehen.«

»Das hört sich doch nach einer guten Idee an.« Der Wind peitschte Abby beim Gehen ins Gesicht. Konnte die Frau die Wellen hören? Abby wünschte sich, die Hintergrundgeräusche ausschalten zu können. »Für mich ist das Wichtigste, dass alle in Sicherheit sind. Und es macht auf mich den Eindruck, dass Sie das ebenso sehen. Sind Sie verletzt?«

»N-nein. Ich bin nur müde und habe Angst.«

»Das muss auch sehr beängstigend für Sie sein.« Sie hatten den Wagen erreicht, und Carver öffnete ihr hastig die Tür. Abby ließ sich auf den Beifahrersitz sinken. »Was ist mit den beiden Mädchen, die bei Ihnen sind? Geht es ihnen gut?«

»Ja, es geht ihnen gut. Eine der beiden hat mir eben dieses Handy gegeben. Ich habe nicht die geringste Ahnung, woher sie es hat.«

»Ich bin sehr froh, dass Sie es jetzt haben und wir uns unterhalten können. Ist sonst noch jemand bei Ihnen?«

»Vielleicht.« Die Frau machte dicht und merkte vermutlich, dass sie nicht zu viel preisgeben durfte.

Carver ließ den Wagen an und sagte lautlos »Schule«, wobei er sie fragend ansah. Abby nickte. Er ließ den Motor an. Sie waren nicht weit von der Schule entfernt, und es war noch sehr früh, daher würde die Fahrt nur wenige Minuten dauern.

»Wie sind Sie in diese Sache hineingeraten, Alma?«, fragte Abby.

»Ich hätte nie gedacht, dass so etwas passieren würde. Wir wollten diesen Kindern helfen ... Sind Sie die Frau, mit der Absolem zuerst gesprochen hat? Er sagte, Sie würden für uns Informationen besorgen. Er sagte, Sie finden heraus, ob die Polizei an der Entführung dieser Kinder beteiligt war.«

»Das stimmt, aber das ist ein langwieriger Prozess. Ich möchte ehrlich zu Ihnen sein: Solche Ermittlungen dauern Zeit, Alma, insbesondere, da ich allein arbeite. Es könnte noch eine Weile dauern, bis ich ...«

»Wie lange?«

Es wurde Zeit, ihr diese falsche Hoffnung zu nehmen. Abby hatte den Eindruck, dass die Wächter nie nachgeben würden, solange sie darauf hofften, dass Abby ihnen die Erlösung präsentierte.

»Das könnte Monate dauern.«

»*Monate?*«

»Aus diesem Grund bin ich ja so froh, dass ich mit Ihnen reden kann. Wir müssen uns zusammen überlegen, wie es weitergehen soll. Ich weiß, dass Sie nur diesen Kindern helfen wollten, und das finde ich ganz großartig. Ich bin selbst Mutter und habe zwei Kinder.«

»Ich habe auch Kinder.« Almas Stimme brach.

Abby lächelte, damit man es ihrer Stimme anhörte. »Das höre ich gern, Alma. Bei Ihnen sind momentan ebenfalls Kinder, und es ist sehr beruhigend, dass eine Mutter auf sie aufpasst. Es muss sehr schwer für Sie sein, Ihre Kinder über so lange Zeit nicht zu sehen.«

»Es ist ... Es ist furchtbar. Sie machen sich bestimmt große Sorgen.«

»Das kann ich mir vorstellen. Wie alt sind Ihre Kinder?«

»Zehn und elf.«

»Oh, das ist ja unglaublich. Nur ein Jahr auseinander? Das hätte ich nie geschafft. Meine sind vierzehn und acht. Ich musste gerade erst eine Geschäftsreise machen und war mehrere Tage von ihnen getrennt, und das ist mir wirklich sehr schwergefallen. Für Sie muss das noch viel härter sein. Aber stellen Sie sich nur vor, wie wunderbar es sein wird, sie nach dieser Sache wieder in den Armen zu halten.«

»Falls ich sie denn je wiedersehe.«

»Alma, ich verspreche Ihnen von Mutter zu Mutter, dass ich alles in meiner Macht Stehende tun werde, damit Sie zu Ihren Kindern zurückkommen. Aber dafür müssen wir zusammenarbeiten.«

»O Gott, sie werden sich schon fragen, wo ich bin. Ich muss wieder zurück.«

Sie hatten die Schule erreicht. Zu ihrem Glück war der Großteil der Demonstranten verschwunden, nur noch ein paar Verrückte marschierten mit Schildern herum. Carver fuhr zu den Polizisten, die die Straße absperrten, und winkte ihnen zu. Sie schienen ihn zu erkennen, weil sie sie durchließen.

»Ich möchte weiter mit Ihnen telefonieren. Wäre das möglich?«

Kurzes Schweigen. »Ich denke nicht. Absolem ... Er redet mit der Polizei. Wir haben uns darauf geeinigt, dass er das übernimmt. Aber ich kann ihm sagen, dass Sie angerufen haben.«

»Warum sollten wir Absolem damit belasten, dass Sie mit mir gesprochen haben?«

»Er hat ... Er möchte das so. Und ich vertraue ihm. Ich muss jetzt auflegen.«

Carver parkte den Wagen, und Abby stieg aus. Wenn Alma jetzt wirklich auflegte, bekam sie vielleicht nie wieder die Gelegenheit, mit ihr zu sprechen.

»Warten Sie, Alma, das ist wichtig. Warum vertrauen Sie Absolem so weit, dass Sie ihn das tun lassen?«

»Ich kenne ihn schon seit sehr langer Zeit.« Almas Stimme wurde entschlossener. »Wir sind gute Freunde.«

»Ach, Sie sind ihm vor gestern schon einmal begegnet?«
Abby ging zum Van und riss die Hecktür auf. Sie stieg ein und
gab dem verwirrten Will, der sie mit müden Augen anstarrte,
und Tammi mit hektischen Gesten zu verstehen, dass sie nichts
sagen sollten.

»Ich ... ich habe ihn online kennengelernt. Wir sind schon
sehr lange Freunde. Sie würden das nicht verstehen.«

»Ich habe einen Freund aus Kindertagen, mit dem ich über
Jahre in Kontakt geblieben bin, ohne dass wir uns wiederge-
sehen haben.« Abby winkte Will zu sich, und er eilte an ihre
Seite. Sie hielt das Handy so, dass er mithören konnte. »Daher
kann ich sehr gut verstehen, wie nah einem Onlinefreunde sein
können. Ich glaube durchaus, dass Sie Absolem sehr naheste-
hen und der Auffassung sind, ihm bedingungslos vertrauen zu
können.«

»Ich muss jetzt auflegen.«

»Nur noch eine Frage, Alma. Wenn Sie ihn schon so lange
kennen, sind Ihnen dann irgendwelche Verhaltensänderungen
bei ihm aufgefallen, insbesondere in den letzten beiden
Monaten?«

Am anderen Ende herrschte Schweigen. Sie hatte einen
wunden Punkt getroffen.

»Mein Freund und ich, wir chatten jeden Tag«, sagte
Abby. »Wir reden über unsere Familien, haben unsere kleinen
Insiderwitze – Sie wissen ja, wie das ist. Bei Ihnen und Absolem
ist es bestimmt ähnlich, nicht wahr? Aber möglicherweise
ist Ihnen in letzter Zeit etwas Seltsames bei ihm aufgefallen.
Vielleicht hat er sich nicht an etwas erinnert, das Sie ihm erzählt
haben. Oder er benutzte andere Abkürzungen als zuvor. Oder
er schickte nicht mehr dieselben Emojis und GIFs wie sonst. Es
war beinahe so, als hätte er sich über Nacht verändert.«

»Ich verstehe nicht, was Sie mir sagen wollen.«

»Der Absolem, den Sie so gut kennen, ist nicht die Person, mit der Sie die letzten beiden Monate gechattet haben«, erklärte Abby so ruhig und entschlossen, als wäre das eine Tatsache. »Wenn Sie darüber nachdenken, werden Sie feststellen, dass ich recht habe. Er ist ein völlig anderer Mensch.«

Will starrte Abby schockiert an, und sie warf ihm einen vielsagenden Blick zu und nickte in der Hoffnung, dass er ihr vertraute.

Er nickte ebenfalls.

Abby holte tief Luft. »Es tut mir sehr leid, Ihnen das sagen zu müssen, Alma, aber Sie können diesem Mann nicht vertrauen.«

Kapitel 58

»Sie haben sich bisher gut geschlagen«, fuhr Abby fort. »Es war sehr schlau von Ihnen, diesen Anruf anzunehmen; Sie besitzen offensichtlich gute Instinkte. Wann ist Ihnen zum ersten Mal aufgefallen, dass sich Absolems Verhalten verändert hat?«

Das war ein riskantes Spiel, dass sie Alma davon zu überzeugen versuchte, eine Person, die sie als ihren Freund betrachtete, sei jemand völlig anderes. Abby hätte das bei einem beliebigen Passanten auf der Straße niemals gewagt. Aber Alma gehörte dem Wächterforum seit über einem Jahr an. Sie war darauf trainiert, um die Ecke zu denken und allem und jedem zu misstrauen. Und dort Muster zu erkennen, wo es gar keine gab. Und auf eine seltsame, ironische Weise war es dadurch leichter, sie von einer wahren Verschwörung im wirklichen Leben zu überzeugen.

Oder auch nicht. Möglicherweise hatte sich Abby auch geirrt. Alma konnte sie als Außenseiterin ansehen, und ihr Zugehörigkeitsgefühl zu den anderen Wächtern ließ sich nicht so leicht ins Wanken bringen. Abby hoffte inständig, dass das nicht der Fall war.

»Ich ... Sie irren sich«, widersprach Alma. Das Zögern in ihrer Stimme war nicht zu überhören. Ihr ging bereits etwas durch den Kopf. »Ich vertraue ihm voll und ganz. Er steht unter großem Stress. Seine Frau hat ihn verlassen.«

»Das würde Wut erklären«, meinte Abby. »Oder Traurigkeit. Aber auch eine unerklärliche Vergesslichkeit? Plötzliche Verhaltensänderungen? Was ist Ihnen aufgefallen?«

»Da war … Es war nichts. Ich sollte jetzt wirklich auflegen.«

»Ich kann mir nicht vorstellen, dass es nichts war. Für mich hörte es sich so an, als hätte es Sie beunruhigt. Was ist passiert?«

»Kennen Sie das Buch ›Die kleine Raupe Nimmersatt‹?«

»Aber natürlich.« Abby lächelte und bemühte sich um einen beschwingteren, freundlicheren Tonfall. Wie bei einer Unterhaltung zwischen zwei Müttern. »Mein Sohn hat es geliebt.«

»Meine Kinder lieben es ebenfalls. Und ich habe immer mit ihm Witze darüber gemacht. An einem Samstag habe ich, ähm … Absolem mal geschrieben, dass er doch pappsatt sein müsse nach einem Stück Schokoladenkuchen, einer Eiswaffel, einer sauren Gurke …« Alma stockte.

»Und einem Lolli«, sagte Abby. »Und einem Stück Melone.«

»Ja, genau. Er postete dann immer ein witziges GIF von jemandem, der sich Schlagsahne in den Mund sprühte oder etwas in der Art. Aber als ich vor einem Monat etwas Ähnliches geschrieben habe, hat er … es nicht kapiert. Er erwiderte, er hätte nur ein kleines Frühstück gehabt. Aber das hat nichts zu bedeuten – vielleicht war er den Witz auch einfach leid oder nicht in der Stimmung.«

»Klang er denn so, als wäre er den Witz leid?«

Nach einer kurzen Pause: »Nein. Er schien vielmehr verwirrt zu sein.«

Abby und Will tauschten Blicke. Der Zweifel war gesät. Der Spalt zwischen Alma und ihren Partnern würde von Sekunde zu Sekunde größer werden.

***

»Machen Sie die Tür auf! Lassen Sie mich sofort raus!«

Das Geschrei der Frau ging Hutmacher auf die Nerven. Sie hatte eine schrille Stimme, die sich immer tiefer in seinen Schädel zu bohren schien. Und dieser Tonfall, als wäre sie in der Lage, Forderungen zu stellen.

Er hämmerte mit der Faust gegen die Tür. »Halt verdammt noch mal die Klappe, du dämliche Kuh!«

Aber das tat sie nicht. Sie kreischte weiter. Er hörte die gedämpften Stimmen der anderen, die zusammen mit ihr eingesperrt waren, sie beruhigten, sie anflehten, leise zu sein. Der Junge fragte sie, ob sie wollte, dass sie alle umgebracht würden.

Wollte sie das? Das war eine verdammt gute Frage. Hutmacher war nicht ganz abgeneigt. Sie hatten auch ohne die drei im Lager genug Geiseln.

Wo zum Henker steckten Alma und die beiden Mädchen? Wie lange konnten die denn zum Pinkeln brauchen?

Die Prinzessin und der Doc. Na, die beiden würde er auf jeden Fall lieber am Leben halten. Die Prinzessin erinnerte ihn an all die anderen eingebildeten Schlampen von der Highschool. Daddy kaufte ihr vermutlich jedes Jahr zu Weihnachten ein Pony, das in einem nagelneuen Sportwagen geliefert wurde, denn warum auch nicht? Sie war eines dieser Mädchen, die mit einem Ausschnitt bis zum Bauchnabel rumliefen und sich später beschwerten, wenn man ihre Titten anstarrte.

Aber Doc? Die war ein ganz anderes Kaliber. Wollte jedermanns beste Freundin sein. Immer lächelnd, mit den Wimpern klimpernd und schüchtern dreinschauend. Aber wenn man ihr den Rücken zudrehte, dann – bämm! – rammte sie einem das Messer rein. Sie glaubte, er sei zu dämlich, um es zu merken, doch er hatte sie durchschaut. Solche wie sie kannte er ebenfalls gut genug. Wie die Frau, die sich bei Walmart über ihn beschwert hatte. Oder das Mädchen aus dem Spanischkurs, das ...

»Machen Sie sofort die Tür auf!«

Sofort? *Sofort?*

Okay, er würde sofort die Tür aufmachen. Gar kein Problem. Er drehte den Schlüssel im Schloss und riss die Tür auf.

Die irre Schlampe sprang ihn an, krümmte die Finger, zerkratzte sein Gesicht, bohrte die Nägel hinein, ging auf seine Augen los und stieß dabei einen schrillen Schrei aus. Er taumelte nach hinten, brüllte vor Schmerz und rammte der Frau die Faust in die Magengrube. Sie keuchte auf und krümmte sich, und er riss das Knie hoch und traf sie im Gesicht. Ein zufriedenstellendes Knirschen folgte. Sie sackte zu Boden, ihr Kampfgeist war erloschen. Tja, dumm gelaufen. Sein Kampfgeist war immer noch da.

Es hieß zwar, man solle niemanden treten, der am Boden liegt, doch Hutmacher hatte andere Erfahrungen gemacht. Wenn er am Boden lag, wurde er von allen um sich herum erst recht getreten. Und es wurde Zeit, ebenfalls mal auszuteilen.

Er trat ihr ins Gesicht, das jetzt blutüberströmt aussah. Der zweite Tritt traf sie zwischen die Beine und ließ sie laut aufkeuchen.

Eine Bewegung im Lagerraum. Er warf einen Blick hinein und bemerkte, dass der Junge einen Hockeyschläger in der Hand hielt. Als er den Jungen wütend anstarrte, ließ der den Schläger fallen.

Hutmacher richtete die Waffe auf den Jungen. »Na los«, schnaubte er. »Heb ihn wieder auf.«

Der Junge schüttelte den Kopf, und ein nasser Fleck zeichnete sich vorn auf seiner Hose ab. Erbärmlich. Hutmachers Gesicht brannte, und dieser vertraute Zorn durchflutete ihn so rein, dass es fast einem Glücksgefühl glich. Sein Finger zuckte auf dem Abzug. Eine Sekunde lang überlegte er, den Jungen zu erschießen.

Stattdessen ließ er den Arm sinken.

Und drückte den Abzug, um der auf dem Boden liegenden Frau eine Kugel in den Leib zu jagen.

* * *

Der Knall bewirkte, dass es Alma die Sprache verschlug. Ein Schuss. Hatte die Polizei das Gebäude gestürmt, während sie am Telefon abgelenkt wurde? Hatte sie Hutmacher oder Absolem erschossen? Oder feuerte einer ihrer Partner seine Waffe ab?

Sie wich von der Tür zurück und hob die Waffe, um sich gegen jeden zu verteidigen, der gleich reinstürmen würde.

»Alma? Was war das?«, fragte Abby, deren Stimme besorgt, aber immer noch ruhig klang.

»Ich weiß es nicht«, antwortete Alma mit erstickter Stimme. Ihr war ganz schwindelig, und sie befürchtete, gleich das Bewusstsein zu verlieren. »Hat die Polizei das Gebäude gestürmt? War das einer Ihrer Leute?«

Sie lehnte sich an die Wand und blickte von der Tür zu Samantha, die noch immer in der Kabine stand, während das andere Mädchen – Fiona – soeben herauskam. Alma richtete die Waffe auf Fiona und bedeutete ihr, zu ihrer Freundin zu gehen.

»Keiner hat das Gebäude betreten«, versicherte Abby ihr. »Sind Sie verletzt? Oder eines der Mädchen bei Ihnen?«

»Nein.« Sie konnte dieser Frau nicht vertrauen. Sie durfte niemandem vertrauen. Sie war auf sich allein gestellt. Ihr kamen die Tränen, doch sie durfte jetzt nicht zusammenbrechen. Nicht jetzt. Später, wenn sie allein war. »Das war die Polizei, nicht wahr? Sie hat einen meiner Freunde erschossen. Kommen die jetzt auch her, um mich zu erschießen? Ich habe die Mädchen …

die Geiseln bei mir! Sagen Sie ihnen, wenn sie hier reinkommen, dann …« Sie konnte es nicht einmal aussprechen. Dann erschieße ich die Mädchen? Die Geiseln? Das würde sie niemals tun, und das hatte sie vom ersten Augenblick an gewusst. Die Waffe in ihrer Hand war nichts als eine Requisite. Eine Lüge.

»Alma, ich versichere Ihnen, dass niemand kommt. Das hört sich an, als stünden Sie unter großem Druck. Wir sollten zusammen …«

Alma trennte die Verbindung und steckte sich das Handy in die Tasche. Sie drehte sich zu den Mädchen um. »Wir gehen.«

»Vielleicht sollten wir hierbleiben und warten«, schlug Samantha vor. »Wir wissen ja nicht, ob es draußen sicher ist.«

Eine Sekunde lang war Alma irritiert, wie ähnlich sich Sam und die Frau am Telefon anhörten. Sie wirkten beide ruhig und gefasst, trotz der Situation. Selbst ihre Betonung war ähnlich.

»Nein.« Bemerkten die beiden, wie die Waffe in ihrer Hand bebte? War ihnen bewusst, dass sie einfach weglaufen konnten und sie nichts unternehmen würde, um sie aufzuhalten? »Wir gehen zurück zu diesem Lagerraum.«

Sie zeigte auf die Tür und machte einen Schritt darauf zu. Beinahe hatte sie den Eindruck, die beiden würden sich weigern. Doch dann gaben sie nach und traten vor sie. Samantha öffnete die Tür und erstarrte.

Hutmacher stand vor ihr.

»Da seid ihr ja«, sagte er. »Ich dachte schon, ihr hättet euch verlaufen.«

»Wir waren gerade auf dem Rückweg«, erwiderte Alma. Mit Hutmachers Gesicht stimmte irgendetwas nicht. Seine Augen wirkten … tot. Angst machte sich in ihrer Magengrube breit, kroch ihre Kehle hinauf, ihre Beine hinunter, ließ ihre Knie nachgeben. »Was war das eben für ein Geräusch?«

»Ich musste auf Docs Mom schießen«, antwortete Hutmacher. »Darum bin ich hier, Doc. Deine Mom ist verletzt.

Sie braucht deinen medizinischen Sachverstand. Ich hab sie ins Krankenzimmer gebracht. Lass uns gehen. Alma, bring du die Prinzessin zu den anderen Geiseln.«

»Wir begleiten dich«, stieß Alma hervor. Sie hatte keine Ahnung, warum ihr das über die Lippen gekommen war, aber sie wollte das Mädchen nicht mit Hutmacher allein lassen. Nicht jetzt, wo er sie so komisch ansah.

»Nein«, erwiderte er. »Wir kommen schon zurecht.«

Sie wollte schon widersprechen. Auf gar keinen Fall würde sie zulassen, dass er der Kleinen etwas …

Das Handy in ihrer Tasche summte. Das Geräusch war auf dem stillen Flur laut und deutlich zu hören. Instinktiv legte Alma eine Hand darauf.

Hutmacher hatte es eindeutig bemerkt. Er beäugte sie fragend.

»Alma.« Seine Stimme glich einem Flüstern, einem eindringlichen, gefährlichen Zischen. »Was hast du da?«

Sie schluckte schwer. »Ich bringe Fiona zu den anderen«, sagte sie mit zittriger Stimme. »Bring du Sam zu ihrer Mutter.«

Hutmacher verzog die Lippen zu einem spöttischen Grinsen. »Ja. Das ist eine gute Idee.«

Kapitel 59

Sam konnte mit ihren tränenverhangenen Augen kaum sehen, wohin sie ging. Hutmacher zerrte sie durch den Flur, hielt die Waffe auf Hüfthöhe und drückte sie ihr gelegentlich in den Rücken. Das Krankenzimmer war nur wenige Schritte entfernt, doch der Weg schien endlos zu sein. Sein Schweißgestank verstopfte ihr die Nase, und sie musste immer wieder an die letzte Nacht denken. Seine Hand an ihrer Kehle. Seine leeren Augen, als er zugedrückt und sie beinahe erstickt hatte.

Er riss die Tür des Krankenzimmers auf und stieß Sam hinein. Sie stolperte, fiel beinahe auf den Boden und konnte sich gerade noch an der schmalen Pritsche festhalten. Dann ließ sie den Blick durch den kleinen Raum schweifen, doch Deborah war nicht da. Sie drehte sich zu Hutmacher um.

Der die Tür schloss und verriegelte.

»Wo ist Debo… meine Mom?«, fragte sie. Ihre Stimme hörte sich selbst in ihren Ohren komisch an. Wie von einem anderen, gebrochenen, verängstigten Kind.

»Sie ist da, wo ich sie liegen gelassen habe.« Er leckte sich die gummiartigen Lippen. »Ich bezweifle, dass du ihr noch helfen kannst, Doc. Es geht sowieso bald alles zu Ende. Da sollten wir uns jetzt besser darauf konzentrieren, unsere letzten gemeinsamen Momente zu genießen.«

Sam wich einen Schritt zurück. Doch sie konnte nirgendwohin. »Wenn das hier vorbei ist ... Ich könnte ihnen sagen, dass Sie versucht haben, uns zu helfen. Wenn Sie mich zu ihr bringen, kann ich sie verbinden, sie retten. Man würde Sie nicht des Mordes ...«

»Weißt du was?«, unterbrach Hutmacher sie. »Wenn ich die Zeit zurückdrehen könnte ... Dann würde ich alles noch mal genauso machen. Alles.«

»Alles?«, wiederholte Sam. Solange sie ihn am Reden hielt, war alles gut. Solange er redete, machte er nichts anderes.

»Ja. Alles.« Er zielte mit der Waffe auf ihren Kopf. »Zieh dich aus.«

»Warten Sie ...«

»Wir sind mit dem Kennenlernen beim ersten Date durch, Doc. Ich habe dich zum Essen eingeladen, dich ein bisschen herumgeführt, und jetzt wird es Zeit, dass ich auch was von der Sache habe. Runter mit den Klamotten. Sofort.«

Sams Lippen bebten. Sie war vor Angst wie gelähmt. Ihr Blick zuckte zur Tür, die verriegelt war; es gab keinen Ausweg. Niemand würde sie retten. Nicht ihre Mom, nicht die vielen Polizisten, die keine fünfzig Meter entfernt waren, und auch nicht Alma oder Absolem. Sie versuchte, sich einzureden, dass sie das überstehen würde, es schnell vorbei wäre und sie es bald hinter sich hätte. Aber es kam ihr wie das Ende vor. Sie konnte es nicht, sie konnte es einfach nicht ...

»Du willst nicht, dass ich das für dich mache, Doc, das kannst du mir glauben«, knurrte Hutmacher.

»Meine Mom ist Polizistin«, sprudelte es aus ihr heraus. »Sie ist da draußen.«

Er runzelte die Stirn und starrte sie verwirrt an. »Die dämliche Kuh ist Polizistin?«

»Nein! Sie hat nur so getan. Meine richtige Mutter ist Lieutenant Abby Mullen. Sie gehört zum Verhandlungsteam. Mein Name ist Samantha Mullen. Sie können sie googeln, dann sehen Sie es schwarz auf weiß. Und ich kann Ihnen meine Facebook-Seite zeigen. Ich habe Fotos von ihr.« Sie plapperte vor lauter Verzweiflung einfach weiter. »Sie ist diejenige, mit der Absolem gesprochen hat. Und Alma. Sie haben beide mit ihr gesprochen. Ich kann Ihnen ihre Nummer geben, dann können Sie ebenfalls mit ihr reden. Sie können mich gegen einen Fluchtwagen eintauschen, und niemand wird Sie aufhalten. Sie ist meine Mom, das schwöre ich, sehen Sie einfach nach. Sie wollen das nicht tun. Sie können noch hier rauskommen und verschwinden. Sie können …«

»Halt verdammt noch mal die Klappe!« Sein Gebrüll ließ sie zusammenschrecken, und sie wimmerte leise.

Er starrte sie lange Zeit an, und seine ausdruckslose Miene verriet ihr rein gar nichts von dem, was im Kopf dieses Monsters vor sich ging.

»Weißt du was, Doc?«, meinte er nach einer Weile. »Ich glaube dir. Ich hatte mich schon gefragt, woher du deine rotzfreche Art hast, und jetzt ist mir ein Licht aufgegangen. Und wenn du wirklich die Tochter eines Lieutenants bist, dann kriege ich alles, was ich will. Mommy will ihr kostbares Kind doch nicht verlieren, oder?«

»Wollen Sie sie anrufen?«, fragte Sam leise.

Er schnaubte. »Anrufen? Nein. Ich habe genug vom Telefonieren. Wir gehen raus und treffen uns mit ihr, und zwar sofort.«

* * *

Die ersten Sekunden, nachdem Hutmacher mit Samantha weggegangen war, stand Alma wie angewurzelt da. Das Handy summte noch immer in ihrer Tasche, doch sie machte keine Anstalten ranzugehen. Fiona schluchzte leise.

Wenn sie Hutmachers Verhalten richtig deutete, schien er zu ahnen, dass Alma etwas zu verbergen hatte. Dass er das Summen des Handys in ihrer Tasche gehört hatte. Aber die größte Angst machte ihr die Tatsache, dass es ihn nicht zu interessieren schien. Soweit es Hutmacher betraf, waren sie keine Gruppe mehr, die gegen einen gemeinsamen Feind vorging.

Und wenn er eigene Wege ging, blieb ihr nur noch Absolem. Doch sie wusste nicht, was sie davon halten sollte. Denn Abby hatte die Wahrheit richtig erkannt: Absolem hatte sich vor ein paar Monaten verändert. Schlagartig, von einem Tag auf den anderen. Und das lag nicht nur an dem Schreck, weil ihn seine Frau verlassen hatte. Tatsächlich hätte der Absolem, den sie gekannt hatte, seine Frau nicht so einfach abgeschrieben. Wie oft hatte er Alma gestanden, dass er großes Glück gehabt hatte, sie gefunden zu haben? Dass sie das einzig Gute in seinem Leben war? Wann immer er sie erwähnte, konnte man ihm die Zuneigung deutlich anmerken.

Und dann, nachdem sie gegangen war, nichts mehr. Er schrieb nicht einmal, dass er sie vermisse.

Sie führte Fiona zurück zum Lagerraum. Das Mädchen ging gehorsam mit und wirkte völlig erschöpft und am Ende. Alma hätte beinahe gesagt, dass sie gehen konnte, wenn sie das wollte.

Stattdessen sagte sie: »Warte. Lass uns woanders hingehen.«

Fiona fragte nicht einmal nach dem Grund dafür.

Sie kehrten ins Sekretariat zurück.

Absolem stand am Schreibtisch und starrte auf den Bildschirm. Das Telefon im Büro des Rektors klingelte, aber Absolem schien nicht vorzuhaben ranzugehen. In der Ecke kauerte der Rektor am Boden, blass, mit eingesunkenen Augen und vollkommen ausgelaugt.

Als sie hereinkamen, blickte Absolem nicht einmal auf. Er sagte nur: »Hutmacher hat eine der Geiseln erschossen.«

»Das hat er mir erzählt«, erwiderte Alma. »Du solltest mit der Polizei reden. Wir müssen eine Kapitulation aushandeln.«

Damit erregte sie doch seine Aufmerksamkeit. Er hob den Kopf und starrte sie stirnrunzelnd an. »Aber sie haben die Verbindung zum Zirkel noch nicht zugegeben.«

Sie stand kurz davor, ihn anzuschreien. Ihm die Augen auszukratzen. Begriff er es denn nicht? Es war vorbei. »Sie werden das Gebäude stürmen, wenn du nicht mit ihnen redest. Bitte! Ich möchte meine Kinder wiedersehen.«

»Das wirst du auch«, murmelte er abgelenkt. »Aber zuerst müssen wir die Sache durchziehen. Die Wächter verlassen sich auf uns. So eine Gelegenheit bekommen wir wahrscheinlich nie wieder.«

Das ständige Klingeln des Telefons raubte ihr den Verstand. Wenn zu Hause das Telefon klingelte, rief sie meist: »Geht da auch mal jemand ran?« Aber hier gab es niemanden, dem sie das zurufen konnte. Wenn Absolem nicht ranging, würde sie es tun müssen. Allerdings bezweifelte sie, dass er sie ließ.

Das Handy in ihrer Tasche summte erneut.

»Bitte«, flehte sie. »Meine Kinder brauchen mich. Kevin. Und Olivia. Du weißt, dass Olivia es nicht ertragen kann, von mir getrennt zu sein.«

»Olivia wird dich bald wiedersehen«, sagte Absolem. »Das verspreche ich.«

»Gut.« Almas Kehle war staubtrocken. Die Namen ihrer Kinder lauteten nicht Olivia und Kevin.

Absolem wusste das. Sie hatte ihm häufiger von ihren Kindern erzählt. Er kannte ihre Namen. Früher hatte er sich hin und wieder nach ihnen erkundigt. Er hatte nach Frances' Allergien gefragt. Oder ob Kyle in nächster Zeit ein wichtiges Spiel hatte. Allerdings war das vor der Trennung von seiner Frau gewesen. Danach hatte er ihr solche Fragen nicht mehr gestellt, und Alma hatte die Kinder auch nicht erwähnt, weil es ihr taktlos vorgekommen war, ihm ihr perfektes Familienleben unter die Nase zu reiben.

Aber er hatte ihre Namen gekannt.

»Ich bringe Fiona in den Lagerraum zurück«, sagte sie. »Vielleicht sollte ich Mr Bell auch lieber mitnehmen.«

»Nein«, widersprach Absolem. »Ich will ihn in meiner Nähe haben.«

»Okay«, gab sie rasch nach. »Dann bringe ich nur das Mädchen runter.«

»Und such auf dem Rückweg Hutmacher«, verlangte Absolem. »Ich hab gesehen, wie er mit dem anderen Mädchen im Krankenzimmer verschwunden ist. Wir müssen zusammen unsere Strategie für heute planen.«

»Ist gut.« Alma war schon halb auf dem Flur. »Bin gleich wieder da.«

* * *

Abby rief die Nummer erneut an und hatte den Klingelton im Ohr, während sie an den Schuss dachte, den sie gehört hatte, und sich in Erinnerung rief, dass er nicht in Almas Nähe gefallen war, dass Sam bei Alma war, dass Sam noch in Sicherheit war. *Na los, Alma, geh ran, komm schon!*

»Er nimmt nicht ab.« Will schob sich die Kopfhörer halb vom Kopf. »Vielleicht sollte ich Almas Nummer ausprobieren. Möglicherweise geht sie bei einer anderen Nummer ran.«

Abby nickte zögerlich. »Okay, wir können …«

Der Klingelton an ihrem Ohr verstummte abrupt. »Hallo?« Almas Stimme, halb flüsternd, verängstigt.

Abby gab Will ein Signal. »Hi, Alma, gut, dass Sie rangehen. Wo sind Sie?«

»Ich bin wieder in der Toilette. Wenn ich … Wenn ich mit den Geiseln rauskomme, gewähren Sie mir dann Immunität? Vor Gericht, meine ich?«

»Wir können es versuchen, Alma«, erwiderte Abby. Will stand neben ihr und lauschte mit funkelnden Augen. »Ich kann Ihnen auf jeden Fall garantieren, dass ich vor Gericht Ihre Kooperation bestätige. So etwas kommt bei Richtern immer gut an.«

»Ich möchte meine Kinder wiedersehen.«

»Wenn Sie rauskommen, verspreche ich Ihnen, alles dafür zu tun, dass Sie Ihre Kinder noch heute sehen, okay?«

»Ich habe niemandem etwas getan. Das können die Mädchen und die anderen Geiseln bestätigen. Ich wollte doch nur diesen armen Kindern helfen.«

»Das hört sich für mich so an, als wären Sie da unabsichtlich in eine schlimme Situation hineingeraten. Wir werden tun, was wir können, um Ihnen zu helfen. Aber zuerst müssen Sie mit den Geiseln rauskommen.«

»Gut. Sie sind im Lagerraum. Ich hole sie jetzt da raus.«

Abby holte tief Luft. Sie musste dafür sorgen, dass alles richtig ablief. Selbst das kleinste Missverständnis konnte schon eine Katastrophe auslösen. Sie ging zum Bauplan der Schule, der an der Wand hing. »Die Geiseln werden also in einem Lagerraum festhalten. In welcher Etage?«

»Der obersten. Der Lagerraum mit den ganzen Sportsachen.«

Will tippte den entsprechenden Raum an. Die nächste Treppe war nicht weit entfernt, aber …

»Alma, wo sind Hutmacher und Absolem?«

»Absolem ist im Sekretariat. Und Hutmacher ist ins Krankenzimmer gegangen.« Almas Stimme brach bei den letzten Worten. Sie hatte offensichtlich Angst und wollte ihre beiden Partner hintergehen.

Abby betrachtete die Karte. Wenn sie zur nächsten Treppe wollten, mussten sie am Sekretariat und an der Krankenstube vorbei, wo sich Absolem und Hutmacher aufhielten.

»Sie müssen die Geiseln über eine Treppe im südlichen Teil runterbringen, die gleich neben dem Chorraum ist, okay? Wissen Sie, wo das ist?«

»Nein.«

»Die Mädchen können es Ihnen sagen. Sie können Sie dorthin führen. Sobald Sie im Erdgeschoss sind, gehen Sie zum Ausgang neben dem Kunstzimmer. Ich möchte, dass Sie mir Bescheid sagen, wenn Sie dort sind, okay? Das ist sehr wichtig, denn dann kann ich alle darauf vorbereiten und es gibt keine Missverständnisse.« Das hätte ihr gerade noch gefehlt, dass ein nervöser Polizist das Feuer eröffnete, wenn Alma gerade rauskommen und sich ergeben wollte.

»O-okay.«

»Und sagen Sie ihnen, dass sie den Flur nehmen sollen, der nicht durch den Verwaltungstrakt führt, verstanden? Gehen Sie nicht einmal in die Nähe des Sekretariats.«

»Gut. Oh!« Alma klang erschrocken.

»Was ist?«

»Ich bin jetzt beim Lagerraum. Hier ist Blut.«

Abby verspannte sich. »Blut?«

Eines der Telefone am anderen Ende des Vans klingelte. Will rannte los und warf einen Blick aufs Display. Er drehte sich zu Abby um und sagte lautlos: »Er ist es.«

* * *

Absolem starrte die Kamerafeeds an und begriff, dass langsam alles auseinanderfiel.

Zuerst hatte Hutmacher diese Frau erschossen. Dann hatte er eins der Mädchen ins Krankenzimmer geschleift. Zu diesem

Zeitpunkt war ihm klar geworden, dass sich Hutmachers Absichten drastisch von seinen eigenen unterschieden. Sein Magen zog sich zusammen, als er daran dachte, was Hutmacher dem Mädchen da drin antun mochte. Einem minderjährigen Kind wie jenen, die der Zirkel verschacherte. All diese sexuellen Witze und Memes, die Hutmacher hin und wieder im Forum postete, kamen ihm auf einmal gar nicht mehr nur »unreif« und »fehl am Platze« vor. Der Mann war schlicht und einfach ein Schwein.

Dann bemerkte Absolem, dass Alma mit dem anderen Mädchen einen Flur entlanglief und sich immer wieder nervös umschaute. Mit einem Handy am Ohr! Sie telefonierte mit jemandem. Vermutlich mit der Polizei. Oder vielleicht auch direkt mit dem Zirkel.

Absolem schluckte schwer. Das Ende war nahe; er konnte es spüren. Aber er würde bis dahin nicht tatenlos rumsitzen.

»Aufstehen!«, schrie er den Rektor an.

Der Mann zuckte zusammen, und Absolem musste ihn ein zweites Mal anbrüllen und ihn mit der Waffe bedrohen, bis er sich endlich in Bewegung setzte. Er zerrte den Mann in sein Büro, griff nach dem Telefon und wählte. Will würde ihn ermahnen, dass er alles unter Kontrolle behalten sollte. Oder ihn wieder mit Neals Ex-Frau reden lassen wollen, was Absolem auf keinen Fall tun würde. Nein. Es gab nur eine einzige Person, mit der er jetzt sprechen wollte.

Es knackte in der Leitung, als Will ranging.

»Danke, dass Sie zurückrufen, Absolem …«

»Ich halte dem Rektor eine Pistole an den Kopf«, unterbrach Absolem ihn. »Wenn Sie mir nicht sofort Abbys Telefonnummer geben, puste ich ihm die Rübe weg.«

»Ich bin mir nicht sicher, ob ich sie bei mir habe. Was wollen Sie …«

»Ich zähle bis fünf. Wenn Sie mir dann nicht ihre Nummer gegeben haben, stirbt dieser Mann.« Diesmal würde er es durchziehen.

»Absolem ...«

»Eins.« Absolem drückte dem Rektor die Pistole an den Kopf. Der Mann schluchzte verzweifelt auf. Aber er war sowieso ein Zirkel-Agent, die Kinder wurden schließlich in seiner Schule verkauft.

»Es macht den Anschein, als würden Sie unter großen Druck stehen ...«

»Zwei.« Er würde nicht wanken. Wenn sie ihn nicht mit Abby sprechen ließen, würde er mit der Gewissheit sterben, dass er den Zirkel beinahe in die Knie gezwungen hatte. Alle Wächter würden es wissen.

»Ich brauche etwas mehr Zeit, um ihre Nummer ...«

»Drei.« Vielleicht hätte er lieber sagen sollen, dass er bis zehn zähle. Doch jetzt konnte er seine Meinung nicht mehr ändern.

Auf der anderen Seite herrschte Stille. Hatte Will sein Adressbuch in der Hand und suchte die Nummer heraus? Oder sagte er den Polizisten, dass sie das Gebäude stürmen sollten? Falls sie das taten, würde Absolem auf jeden Fall schießen.

»Vier.« Er legte den Finger an den Abzug. Es würde alles enden. Er biss die Zähne aufeinander und wappnete sich.

»Absolem, hier ist Abby. Ich bin hier.«

Ihre Stimme zu hören überraschte ihn. »Ich wusste nicht, dass Sie wieder da sind«, murmelte er verwirrt.

»Ich bin eben zurückgekommen.« Sie schien außer Atem zu sein. »Will sagte, Sie möchten mit mir reden. Und ich habe auch einiges mit Ihnen zu besprechen.«

Kapitel 60

Abby versuchte, ihr rasendes Herz unter Kontrolle zu bekommen, während sie ihren Kopfhörer zurechtrückte. »Das hört sich ganz danach an, als hätten Sie eine anstrengende Nacht hinter sich.«

»Ich kann mich kaum noch auf den Beinen halten.« Er klang verängstigt und wütend. »Sie haben gesagt, ich könne Will vertrauen. Aber er hatte nicht alles unter Kontrolle. Die Polizei wollte das Gebäude stürmen.«

»Davon habe ich gehört, und es tut mir sehr leid. Doch jetzt bin ich ja hier.« Will telefonierte derweil hektisch und brachte die ESU hinsichtlich Almas Kapitulation und der Freilassung der Geiseln auf den neuesten Stand. »Ich bin Ihnen sehr dankbar, dass Sie Ihrerseits so gut wie alles unter Kontrolle behalten haben.«

Sie stellte sich vor, wie ihre Tochter durch die Flure eilte und Alma und die anderen Geiseln zum Ausgang führte. Vielleicht würde Abby Sam schon in wenigen Minuten in die Arme schließen können. Sie versuchte, sich auf das Telefonat zu konzentrieren, denn sie musste Alma Zeit zum Gehen verschaffen und Absolem daran hindern, Henry Bell zu erschießen.

»Was ist mit dem, was Sie mir versprochen haben?«, verlangte Absolem zu erfahren. »Es gab bisher kein Schuldbekenntnis vom NYPD. Und ich habe die ganze Nacht nichts von Ihnen gehört.«

»Das tut mir sehr leid, aber ich musste äußerst unbürokratisch vorgehen und sehr schwierige Nachforschungen anstellen.« Sie warf Carver einen Blick zu, der schweigend in der Ecke stand und zuhörte, und winkte ihn zu sich.

»Was haben Sie herausgefunden?«

Was wollte er hören? Sollte sie ihn einfach anlügen und behaupten, sie hätte die Korruption aufgedeckt?

Nein. Diese Leute waren nicht an Antworten interessiert. Sie wollten Fragen.

»Ich habe eine Menge seltsamer Zufälle gefunden«, behauptete sie. Carver hockte sich neben sie. Abby nahm Stift und Papier und schrieb: »Sei für Sam da, wenn sie rauskommt«. Er nickte und ging hinaus. Abby schloss die Augen und konzentrierte sich auf das Gespräch. »Es gibt Lücken im Kalender des Chiefs. Vier Stunden, zweimal die Woche, ohne Erklärung. Seine Sekretärin konnte mir dazu keine klare Auskunft geben. Nach allem, was ich herausfinden konnte, hatte es etwas mit dem DAS-System zu tun. Ergibt das für Sie irgendeinen Sinn? Warum sollte er so viel Zeit mit dem DAS-System verbringen?«

Das Domain Awareness System archivierte die Aufnahmen von über achtzehntausend in der Stadt verteilten Überwachungskameras in einer riesigen digitalen Datenbank, die später von einem Machine-Learning-Algorithmus und Detectives analysiert wurden. Da es aus Datenschutzgründen ständig Kritik daran gab, ging Abby davon aus, dass Absolem das interessieren würde.

»Im DAS?« Seine Stimme veränderte sich, und unter die Wut mischte sich Aufregung. »Wir haben diesbezüglich einige

Theorien, aber ich hätte nie gedacht, dass sie direkt mit dem Zirkel zu tun haben könnten.«

Ihr Handy klingelte. Alma. Sie drückte den Ton weg, während Absolem etwas über eine Verbindung zwischen dem DAS und den Unterwasserdrohnen des NYPD faselte.

Sie warf Will einen Blick zu. »Ist das ESU in Position?«

Er reckte den Daumen in die Luft.

Die Zeit war gekommen.

* * *

Alma lief schwer atmend hinter den drei Geiseln her. Sie hatte den Großteil der letzten vierundzwanzig Stunden die Kamerafeeds im Auge behalten und wusste, dass sie irgendwo auf diesem geteilten Bildschirm zu sehen sein würden. Ohne es bewusst zu tun, hob sie den Kopf und hielt Ausschau nach den Kameras.

Sahen Absolem und Hutmacher zu, wie sie sie verriet? Rannte einer der beiden gerade mit der Waffe in der Hand durch die Schule, um sie aufzuhalten?

Falls dem so war, kamen sie zu spät. Da war der Ausgang.

»Okay, wartet«, sagte sie. »Man hat mir gesagt, ich soll anrufen, bevor wir rausgehen.«

Sie holte das Telefon aus der Tasche und rief Abby an. Die Frau brauchte verdammt lange, um ranzugehen.

»Hallo?« Abbys Stimme.

»Ich bin an der Tür.«

»Gut gemacht. Sie müssen alle auf Abstand von der Tür bleiben. Sind Sie bewaffnet?«

»Ich ... ich habe eine Waffe, sie aber nicht abgefeuert.«

»Okay. Ich möchte, dass Sie die Waffe auf den Boden legen und in Richtung Tür treten. Dann legen Sie die Arme über den Kopf. Lassen Sie die Geiseln zuerst raus, bevor Sie auf die Tür zugehen. Draußen stehen bewaffnete Beamte in schusssicheren Westen, also erschrecken Sie nicht. Man wird Ihnen nichts tun. Wir möchten nur alle unversehrt ins Freie schaffen, okay?«

»Ja.«

»Dann los.«

Alma beendete die Verbindung. Sie legte die Pistole auf den Boden und trat danach, traf sie jedoch mit dem Absatz, sodass sie nur einen halben Meter weit weg rutschte und gegen die Wand prallte. Der Junge starrte die Waffe an und verspannte sich.

»Wag es nicht, Ray«, schimpfte Fiona. »Die Polizei macht gleich die Tür auf, und wenn du eine Waffe in der Hand hältst ...«

Schon wurde die Tür aufgerissen.

Alma sah zu, wie die drei Geiseln nach draußen rannten, und hörte, wie ihnen jemand zurief, dass sie sich beeilen sollten. Ganz langsam, fast wie in einem Traum, legte sie die Hände auf den Kopf und trat vor. Die Polizisten in voller Montur erwarteten sie, als sie ins Freie trat. Ihr liefen die Tränen über die Wangen.

Einer der Polizisten packte ihre Hände und zog sie hinter ihren Rücken, und sie stellte erstaunt fest, dass sie keine Angst hatte und auch nicht wütend oder traurig war. Der Zirkel oder die Tatsache, dass die Wächter den Sexhandel nicht hatten aufdecken können, waren ihr völlig egal. Vielleicht war sie ja doch keine so gute Wächterin.

Alles, was sie empfand, war Erleichterung.

* * *

Sam hatte das Gefühl, als würde ihr Arm in einem Schraubstock stecken. Hutmacher umklammerte ihn fest, zerrte sie durch den Flur und raunte ihr Anweisungen ins Ohr.

»Wenn wir rausgehen, sagst du kein Wort außer ›Bitte tun Sie alles, was er sagt‹, hast du verstanden? Du musst verlangen, dass sie deine Mom holen und tun, was immer ich sage.«

Sie nickte und hatte zu große Angst, um etwas zu sagen.

»Und du musst ganz stillhalten. Wenn du dich wehrst, erschieße ich dich und wir gehen zusammen unter. Ich habe keine Angst vor dem Tod. Glaubst du mir das?«

Sie nickte wieder.

»Ich werde einen Wagen verlangen, und wenn sie ihn mir bringen, steigst du mit mir ein. Auch da wirst du dich nicht wehren.«

»Sie können mich gegen einen Fluchtwagen eintauschen«, flüsterte sie.

Unmöglicherweise verbog er ihren Arm noch mehr, und sie wimmerte vor Schmerz.

»Hältst du mich für einen Volltrottel? Sobald ich dich gehen lasse, erschießen die mich. Nein. Wir gehen zusammen raus, wir fahren zusammen weg. Wir beide machen Flitterwochen, Doc.«

Sie senkte den Blick zu Boden, und ihr drehte sich der Magen um. Auf einmal fiel ihr etwas ins Auge. Ein Blutfleck. Nicht besonders überraschend nach all der Gewalt in den letzten vierundzwanzig Stunden. Allerdings sah dieser Fleck frisch aus. Und da war noch einer. Einige Schritte weiter gleich mehrere.

»Ich werde dich gleich ganz dicht vor mir halten«, sagte Hutmacher. »Ich drücke dir die Waffe an die Schläfe, also sei lieber brav, sonst ...« Er wurde langsamer und verstummte.

Eine Blutlache auf dem Boden vor einer offenen Tür, und ein verschmierter roter Handabdruck an der Wand. Hutmacher schlich lautlos zur Tür und trat sie plötzlich weit auf, um mit der Waffe in den Raum zu zielen.

Es war nur ein Lagerraum mit einem Rasenmäher, einer Schneefräse und ein paar Behältern. Darin hielt sich niemand auf, und es gab auch keinen Platz, um sich zu verstecken.

»Wonach hat sie hier gesucht?«, murmelte er.

»Wer?«

Er antwortete nicht und starrte nur weiter in den Raum.

Ein durchdringendes, lautes Piepen dröhnte in ihren Ohren. Sam erschrak, und ihr Herz setzte einen Schlag aus. Hutmachers Klammergriff an ihrem Arm ließ etwas nach, als er sich verwirrt umsah.

Ihr blieb nur ein Sekundenbruchteil, um zu handeln. Fast schon reflexartig schoss ihr Knie hoch und traf ihn im Schritt.

Das hatte sie sich im Laufe der Nacht zahllose Male ausgemalt. Sie hatte es sich deutlich vorgestellt und die Bewegung im Kopf geübt. Und nun, wo er die Waffe woanders hinhielt und sie nicht beachtete, hatte sie ihre Chance genutzt.

Sie legte ihre ganze Wut und all ihren Hass in diesen Tritt, und als sie traf, spürte sie, dass sie es richtig gemacht hatte. Hutmacher stieß ein lautes Röcheln aus und krümmte sich, und schon rannte sie los, da sie genau wusste, dass ihr nur wenige Sekunden blieben, bevor er das Feuer eröffnete. Sie hastete zur nächsten Ecke, lief im Zickzack, wie man es ihr beigebracht hatte, und dann ging die Waffe hinter ihr los. Einmal, zweimal, und sie war um die Ecke und glaubte, unverletzt zu sein, war sich aber nicht sicher, doch es blieb keine Zeit zum Nachsehen, daher rannte sie weiter, während das schrille Piepen in ihren Ohren dröhnte. Als sie den Rauch sah, begriff sie auch, was los war.

Der Feueralarm war ausgelöst worden.

Kapitel 61

Die Anspannung, die sich in den letzten vierundzwanzig Stunden aufgebaut hatte, brach sich auf einen Schlag Bahn. Carver rannte die Straße entlang, während in der Schule der Feueralarm heulte. Polizisten in voller Kampfmontur rannten brüllend um ihn herum, und ihre Stimmen wurden nur kurz vom Getöse eines Hubschraubers übertönt, der über ihre Köpfe hinwegflog. Medienvertreter versuchten am Rand der Absperrung, etwas mitzubekommen, Polizisten gaben ihr Bestes, um zu verhindern, dass sie zu nahe kamen, und schrien sie durch Megafone an. Rauchgeruch hing in der Luft.

Und dann entdeckte er sie. Die schmutzigen Geiseln, die benommen und geschockt aussahen und von Rettungssanitätern versorgt wurden. Carver hielt direkt auf sie zu und passierte dabei eine Gruppe von ESU-Leuten. Er kam an einer Frau vorbei, deren Kopf gerade bandagiert wurde, einem Jungen im Teenageralter, der unkontrolliert zitterte, während ihn eine Krankenschwester in eine Decke hüllte. Dann folgte ein weinendes Mädchen, das auf dem Trittbrett eines Krankenwagens saß, während ein Polizist sie tröstete und sanft ihre Hand hielt.

Wo in aller Welt steckte Sam?

Auf einmal rannten mehrere ESU-Beamte die Straße entlang. Carver hörte bruchstückhaft, was sie sich zuriefen.

»… noch eine Geisel, es ist der Rektor …«

»… bisher nicht gefunden …«

»… auf Signal warten …«

»… auf dem Dach bereit …«

Er hielt einen Sanitäter an, der an ihm vorbeilaufen wollte. »Wo ist die andere Geisel?«, brüllte er. »Samantha Mullen. Sie ist vierzehn!«

Der Mann schüttelte den Kopf. »Das sind die drei, die rausgekommen sind. Vielleicht ist sie bei einem anderen Team.«

Carver wandte sich ab und lief zu dem schluchzenden Mädchen. Die Kleine schien sich etwas beruhigt zu haben, wenngleich ihre Lippen noch bebten und sie zusammengesunken und geknickt dasaß.

»Hi«, sagte er so sanft, wie er nur konnte, ohne dass seine Stimme im Hintergrundlärm unterging. »Du bist Fiona, stimmt's?«

»J-ja.«

»Fiona, wo ist Sam?«

»Sie ist nicht mit uns rausgekommen.« Sie fing wieder an zu weinen. »Der andere Kerl hat sie.«

»Welcher andere Kerl?«

Sie wollte antworten, hyperventilierte aber schon, und ein Sanitäter schob ihn weg und schrie ihn zornig an.

Carver wirbelte herum. Da! Die Frau, die hinten im Streifenwagen saß. Sie schien genauso unter Schock zu stehen wie alle anderen. Er erkannte sie anhand des Phantombilds wieder. Das war Alma, die Rote Königin.

Er eilte zum Wagen und zeigte dem Streifenpolizisten, der danebenstand, seine Dienstmarke. »Ich bin Detective Carver und muss kurz mit ihr sprechen. Nur eine halbe Minute.«

Der Mann nickte zögerlich, und Carver riss die Wagentür auf. Die Frau saß mit hinter dem Rücken gefesselten Händen da.

»Alma, ich bin Detective Carver«, sagte er. »Wo ist Samantha?«

»Hutmacher hat sie«, stieß sie hervor. »Es tut mir so leid; ich konnte ihn nicht aufhalten. Er ist mit ihr ins Krankenzimmer gegangen.«

Jemand schrie etwas von einem Feuer. Sie mussten das Gebäude evakuieren.

Carver rannte an den Krankenwagen, den Sanitätern und den Polizisten vorbei und in die Schule.

* * *

»Was zum Teufel ist das?«, schrie Absolem ins Telefon. »Waren Sie das?«

»Wir haben gar nichts gemacht«, erwiderte Abby. »Würden Sie mir verraten, was da drin vor sich geht?«

»Das ist der Feueralarm«, warf der Rektor ein. »Der Feueralarm ist losgegangen.«

»Hat die Polizei in der Schule Feuer gelegt?«, brüllte Absolem.

»Nein, natürlich nicht. Wir wollen doch nicht, dass jemand verletzt wird.« Abby klang nervös, und ihre Ruhe schien nach und nach zu verfliegen.

»Sie vielleicht nicht, der Zirkel aber schon. Sie wollen alle Zeugen beseitigen.« Absolem konnte den Rauch bereits riechen. Oder bildete er sich das nur ein? Das ließ sich unmöglich sagen. »Sie können ihnen gleich sagen, dass ich den Rektor erschossen habe. Ich hätte ihn gehen lassen, Abby, aber indem sie die Schule in Brand stecken, haben sie ihn selbst zum …«

»Warten Sie, Theodor.«

Er war dermaßen überrascht, diesen Namen zu hören, dass er den Mund zuklappte.

»Sie haben es fast geschafft«, fuhr Abby fort. »Die Wahrheit ist nicht mehr fern. Warum sollte das sonst passieren?«

Sie hatte recht. So etwas Radikales wie ein Feuer in der Schule zu legen, so etwas hätte der Zirkel nie gemacht, wenn nicht die Gefahr bestünde, dass er ihn zerstören konnte.

»Sie haben sie monatelang zum Narren gehalten«, sagte Abby. »Und jetzt ist es endlich Zeit, sie auffliegen zu lassen. Was immer es ist, Sie haben es herausgefunden. Wissen Sie, was sie zu verschleiern versuchen? Es ist nicht nur der Sexhandel. Die Sache ist viel größer. Sie müssen es herausgefunden haben.«

Hatte er das?

Und ob er das hatte. Sie hatte recht. Das DAS-System. Die Schule. Die Falle, in die sie alle getappt waren. Almas überraschender Verrat. Nun erkannte er das Muster.

»Ja.« Er musste lauter sprechen, um den Feueralarm zu übertönen. »Sie haben recht. Wir waren so blind. Jetzt erkenne ich es. Es ist alles eine große ...«

»Warten Sie kurz«, rief Abby. Dann schien sie das Telefon zuzuhalten, während sie rief: »Alle raus! Du auch, Tammi. Raus mit dir. Schließt die Tür hinter euch. Sofort, verdammt!«

Irgendwo im Hintergrund knallte etwas.

»Entschuldigen Sie«, sagte Abby deutlich leiser. »Ich wollte nur nicht, dass es irgendjemand mithört. Schließlich kann ja keiner genau sagen, für wen die Leute arbeiten.«

»Okay«, meinte Absolem. »Ich wollte gerade sagen ...« Er stockte.

»Was ist?«, wollte Abby wissen.

»Augenblick.« Er legte den Telefonhörer auf den Tisch und führte den Rektor hinaus.

»Wenn Sie einen Fluchtversuch wagen, schieße ich Ihnen in den Rücken, verstanden?«, zischte er dem Mann zu.

Der Rektor nickte und zitterte am ganzen Leib.

Absolem kehrte ins Büro des Rektors zurück und schloss die Tür. »Verzeihung, aber ich musste ebenfalls einige Sicherheitsmaßnahmen treffen.«

»Sind Sie jetzt allein?« Abbys Stimme klang gedämpft und verschwörerisch.

»Ja. Was mir klar geworden ist ...«

Das Fenster zersprang in eine Million Stücke. Etwas explodierte, und er konnte kaum noch etwas sehen, seine Ohren klingelten, verschwommene Gestalten drangen in den Raum ein und jemand packte ihn, schleuderte ihn zu Boden und fesselte ihm die Hände hinter dem Rücken. Er schrie vor Verzweiflung auf. Ihm war der Sieg aus den Händen gerissen worden.

Der Zirkel hatte gewonnen.

* * *

Abby saß noch immer auf dem Platz des Verhandlungsleiters und hörte zu, wie die ESU-Leute herumschrien, Glas zersprang und Möbelstücke zertrümmert wurden. Und dann, ganz leise, ein Ruf: »Sicher!«

Baker stand neben ihr und sprach in sein Schultermikro. »Team Alpha, ist die Geisel unverletzt?«

Das Funkgerät knisterte. »Hier Team Alpha. Er steht unter Schock, scheint jedoch unverletzt zu sein. Wir bringen ihn jetzt raus.«

Abby nahm sich die Kopfhörer ab, ließ sie auf den Hals rutschen und spürte, wie ihre Anspannung langsam nachließ. Es war geschafft. Mit Henry Bell hatten sie die letzte Geisel gerettet.

Baker legte ihr eine Hand auf die Schulter. »Hervorragende Arbeit. Ich hätte nie gedacht, dass Sie es schaffen, ihn von der Geisel zu trennen.«

Sie nickte und drehte sich auf ihrem Stuhl um. Will, der immer noch die Kopfhörer auf hatte, grinste sie an.

»Ich war mir auch nicht sicher, ob mir das gelingt«, gab Abby zu, deren Stimme kaum lauter als ein Flüstern war. Sie legte die Kopfhörer auf den Tisch und ging zur Hecktür. Laut der über Funk eingetroffenen Meldungen war Alma bereits verhaftet worden und alle Geiseln befanden sich in Sicherheit. Carver musste inzwischen längst bei Sam sein.

Sie öffnete die Tür und musste im hellen Licht erst einmal blinzeln. Die Sonne war inzwischen aufgegangen, und die Strahlen spiegelten sich in den Fenstern der Schule. Der Feueralarm heulte immer noch, und schwarze Rauchwolken quollen aus einem Fenster. In der Ferne waren die Sirenen der näher kommenden Löschfahrzeuge zu hören. Jemand schrie Leute an, sie sollten sich Feuerlöscher schnappen.

Abby sah sich suchend nach ihrer Tochter um. Sie ging langsam auf die Krankenwagen zu und ließ den Blick über die Umstehenden schweifen. Die Rettungssanitäter. Die benommenen Geiseln.

Ihre Schritte beschleunigten sich ebenso wie ihr Herzschlag. Wo war Carver?

Wo steckte Sam?

* * *

Der Rauch wurde dichter, als Sam durch den Flur rannte, und kurz darauf war auch der Grund dafür offensichtlich. Dichte Rauchschwaden waberten aus der offen stehenden Tür eines Klassenzimmers. Sie wurde nicht langsamer und rannte in den Rauch, weil sie genau wusste, dass Hutmacher ihr auf den Fersen war.

Im Raum brannte es. Sam warf nur einen flüchtigen Blick hinein und sah durch trüben Qualm, dass die Tische und Stühle in Flammen standen. Selbst der Boden brannte lichterloh. Die Hitze, die herausdrang, war unerträglich. Sie drehte den Kopf zur Seite, war halb blind und musste husten. Doch sie lief weiter, ließ die tosenden Flammen hinter sich. Das ergab keinen Sinn. Warum legten sie ein Feuer, wo sie doch noch im Gebäude waren?

Allerdings war das momentan unwichtig. Sie hatte die Bücherei fast erreicht, in der sich ein Notausgang befand. Dort gelangte sie möglicherweise ins Freie.

Inzwischen taumelte sie eher, als dass sie lief, ihre Lungenflügel brannten vom eingeatmeten Rauch, auch ihre Augen brannten und waren tränenverhangen. Nur noch wenige Schritte. Die Bücherei war direkt vor ihr. Sie hatte keine Ahnung, ob Hutmacher ihr noch folgte, und sie hörte nichts außer dem schrillen Feueralarm und ihrem eigenen Husten. Aber sie wagte es auch nicht, sich umzudrehen.

Sam preschte durch die Doppeltür, die hinter ihr zuschwang. Hier war der Feueralarm leiser, als dürfte selbst er in der Bücherei nicht so viel Lärm machen.

Deborah saß zusammengesackt am Platz der Bibliothekarin. Ihre Bluse war blutgetränkt, und etwas Blut rann ihr über die Lippen. Sie hob den Kopf, als Sam hereinstürmte, und bewegte die Lippen, als wollte sie etwas sagen. Sam eilte an ihre Seite, obwohl sie wusste, dass ihr vielleicht nur Sekunden blieben, bevor Hutmacher ihr folgte.

»Können Sie aufstehen?«, fragte sie Deborah, die von einem stechenden Geruch umgeben war. Bei dem ganzen Rauch in Sams Nase konnte sie nicht genau sagen, was das war.

»Feuer«, wisperte Deborah.

»Ich weiß.« Sam wagte es nicht, die Frau zu bewegen. Doch der Notausgang war gleich auf der anderen Seite des Raums. »Warten Sie hier. Ich hole Hilfe.«

Sie wollte loslaufen, doch Deborah hielt sie am Handgelenk fest. Die Frau war erstaunlich kräftig.

»Feuer«, wiederholte sie. »Der wird euch mit dem heiligen Geist und mit Feuer taufen.«

Dieser stechende Geruch. Benzin.

Ein Blechkanister lag neben der Frau, aus dem immer noch etwas Flüssigkeit sickerte. Der Teppich um sie herum war feucht.

Deborah hatte das Feuer im Klassenzimmer gelegt. Hatte sie als Nächstes die Bücherei in Brand stecken wollen?

Die Frau hielt etwas in der anderen Hand.

Ein Feuerzeug.

»Das Feuer hat den Messias einmal gereinigt«, krächzte Deborah. »Es wird auch uns reinigen.«

Sam wollte ihr den Arm entziehen, doch die Frau hielt sie eisern fest.

»Warten Sie«, rief Sam panisch. »Sie sagten doch, Vater hätte Sie geschickt, um mich zu beschützen. Tun Sie das nicht. Das ist nicht, was er will, oder?«

Deborah blinzelte und bewegte die Lippen, ohne dass ein Ton herauskam. Sam zerrte erneut an ihrem Arm, konnte sich jedoch nicht befreien.

»Hab keine Angst«, sagte Deborah. »Die Feuerprobe macht uns stärker. Unsere Reinheit wird unser Schild sein. Nur die Verruchten müssen die Flammen fürchten.«

Sie hob die andere Hand und betätigte das Feuerzeug.

Es schlug einen Funken, aber es kam keine Flamme.

»Lassen Sie mich los!«, schrie Sam. Sie zog an ihrem Arm, doch es machte den Anschein, als würde Deborah ihre ganze Kraft aufwenden, um sie mit ihren knochigen Fingern festzuhalten.

»Wir werden aus den Flammen wiedergeboren!« Sie grinste irre.

Als sie abermals das Feuerzeug betätigte, flackerte eine kleine Flamme auf. Deborah verlagerte leicht das Gewicht und hielt die Flamme an ihre Bluse.

Sam stand noch immer gekrümmt da, weil die Frau ihr Handgelenk umklammerte. Sie trat Deborah ins Gesicht. Nach einem Knirschen und Stöhnen war Sam frei, taumelte nach hinten und bemerkte erst jetzt die anderen feuchten Flecken auf dem Teppich. Deborah hatte rings um sich herum Benzin verteilt, bevor sie zusammengebrochen war.

Die Verrückte hielt die Flamme an ihre Kleidung, die sofort zu brennen anfing. Sam taumelte nach hinten, während rings um sie herum Flammen aus dem Boden schossen. Sie stürzte in die hinterste Ecke der Bücherei, wo sie kurzzeitig in Sicherheit war. Deborah stieß ein grässliches Kreischen aus und rollte sich auf dem Teppich hin und her, woraufhin immer mehr Stellen Feuer fingen. Bücher brannten, die Hitze um Sam herum wurde unerträglich.

Sie rannte zum Notausgang und stemmte sich gegen die Tür.

Doch die Tür ging nicht auf.

Kapitel 62

Sam rüttelte mehrmals an der Tür und schrie frustriert auf. Die Hitze der Flammen loderte in ihrem Rücken, immer mehr Rauch ballte sich im Raum, das Feuer knisterte, und irgendwo im Hintergrund jaulte noch immer der Feueralarm, oder es waren Deborahs Schreie – alles vermischte sich zu einer einzigen Kakofonie.

Notgedrungen drehte sich Sam wieder um. Der mittlere Teil der Bücherei, der zwischen ihr und der Doppeltür lag, stand jetzt in Flammen. Deborah lag reglos in der Mitte des Feuers. Sam lief zur Seite, um das Feuer herum, zurück zur Doppeltür, während Funken um sie herum aufstoben, ihr Rauch in die Lunge drang, doch sie musste aus diesem Inferno hinaus …

Die Tür ging auf.

Hutmacher stand schnaubend vor Zorn im Türrahmen, und der Feuerschein tauchte sein Gesicht in ein höllisches Licht.

Dann ein Grinsen.

»Was geht, Doc?«, brüllte er und stieß ein schnaubendes Lachen aus, gleich gefolgt von einem zweiten, als wäre er äußerst zufrieden mit sich. Er hob die Waffe.

Sam wich in einen der Gänge aus, als der Schuss losging. Wieder und immer wieder nahm sie Reißaus. Sie lief geduckt und schirmte den Kopf mit den Händen vor dem Feuer und den Schüssen ab. Als sie sich umschaute, stellte sie fest, dass Hutmacher gar nicht auf sie zielte. Er schoss quer durch den Raum, in die Decke, auf Regale, Deborahs verbrannte Leiche.

Aber nun setzte er sich in Bewegung und ließ die Waffe sinken. Er wollte sie nicht erschießen, sondern sie mit bloßen Händen umbringen.

Sie rannte im Zickzack durch die Gänge, und der Rauch war so dicht, dass sie kaum sehen konnte, wohin sie lief. Irgendwo im Raum krachte etwas, Funken stoben auf, und brennende Blätter segelten durch die Luft. Ihre Kehle brannte, und sie musste immer heftiger husten und hielt sich die Jacke vor das Gesicht. Hinter ihr lachte Hutmacher oder schrie oder weinte – es war für sie nicht eindeutig zu erkennen.

Sam wusste schon gar nicht mehr, wo genau sie sich in diesem Labyrinth befand. Überall waren Flammen, und als sie versehentlich ein Metallregal berührte, verbrannte sie sich die Finger und stieß einen Schrei aus, der in ein endloses Husten überging.

Hinter ihr brach ein Bücherregal zusammen. Als sie sich umschaute, sah sie nichts als Flammen. Doch vor sich konnte sie durch den Rauch das Blassblau der Doppeltür ausmachen.

Das Feuer toste hinter ihr. Sie sah sich hektisch um, aber ihr blieb kein anderer Ausweg. Hutmacher taumelte durch den Gang auf sie zu und schien die Flammen gar nicht wahrzunehmen. Das nächste Bücherregal krachte in sich zusammen, Funken und Glut segelten von oben herab. Sam duckte sich schreiend, Hutmacher ging jedoch weiter, während alles auf ihn herabstürzte, und in seinen Augen funkelte eine tödliche Hitze. Einer seiner Ärmel brannte, was er gar nicht zur Kenntnis nahm, stattdessen starrte er weiterhin Sam an.

Er streckte einen Arm aus und erwischte ihre Haare. Sie hustete und schrie, und dann kam kein Ton mehr über ihre

Lippen, da er ihr die Kehle zudrückte und sie keine Luft mehr bekam.

Schwarze Flecken tanzten vor ihren Augen, als sie ihm ins boshaft verzogene Gesicht starrte. Jetzt fiel ihr wieder ein, dass er ihr erzählt hatte, er würde alles genauso machen, wenn er noch einmal die Gelegenheit dazu bekäme. Das war genau das, was er wollte. Um sie herum schlugen die Flammen immer höher, brennende Papierschnipsel segelten wie Schneeflocken von oben herab, der Rauch ließ alles dunkler werden, oder vielleicht wurde auch die Welt selbst dunkler, weil Sam keine Luft mehr bekam und um ihr Leben rang.

Ein Schuss, gefolgt von einem zweiten – er schoss wieder... Aber nein, seine Waffe war auf den Boden gerichtet, und er riss die Augen auf, in denen sich Erstaunen und Schmerz widerspiegelten, sein Griff lockerte sich, und Sam atmete tief ein, auch wenn der Rauch noch so sehr brannte.

Hutmacher ging zu Boden.

Hinter ihm, fast unsichtbar im grauen Rauch, stand Jonathan Carver.

* * *

Das Mädchen fiel wie eine Puppe zu Boden. Carver holsterte seine Waffe und eilte zu ihr. Die Hitze war unerträglich. Er musste sie hier rausschaffen. Rasch hob er sie hoch und warf sie sich über die Schulter, um sie durch den wabernden Rauch zur Doppeltür zu tragen.

Als er sich der Tür näherte, sackte ein hohes Bücherregal zur Seite, glühende Asche fiel herunter und versperrte ihnen den Weg. Etwas schmerzte an Carvers Arm, und er wischte sich rasch einen brennenden Fetzen vom Ärmel.

Seine Lunge und seine Kehle brannten. Er musste mit Sam schnellstmöglich hier raus. Durch eine Rauchvergiftung starb man ebenso schnell wie durch die Flammen. Er wirbelte herum und entdeckte noch eine andere Tür, über der ein Notausgangsschild hing. Der Teppich zwischen ihnen und dieser Tür brannte an mehreren Stellen, aber das schien der einzige Ausweg zu sein.

Sam hustete auf seiner Schulter und zuckte heftig. Er rückte sie zurecht und versuchte, sie möglichst gut festzuhalten.

»Sam!«, schrie er. »Ich renne jetzt zur Tür. Ich hab dich, aber du musst stillhalten, okay? Beweg dich nicht.« Er bekam einen Hustenanfall.

Sie schien sich ein wenig zu entspannen. Carver wappnete sich und durchquerte den brennenden Raum, so schnell er konnte. Dabei entdeckte er in den Flammen eine verkohlte Gestalt, blieb jedoch nicht stehen. Vor ihm brannte es ebenfalls. Er bewegte sich so, dass er Sam mit seinem Körper vor den Flammen schützte. Als er direkt am Feuer vorbeigehen musste, fing sein Ärmel an zu rauchen und sein Schuh wurde ein wenig angesengt. Er zog ihn über den Boden, um die Flammen gleich zu ersticken, bewegte sich weiter, konnte kaum noch atmen, die Flammen rösteten ihm die Gesichtshaut, Sam rührte sich nicht mehr, er konnte nur hoffen, dass es ihr gut ging, hatte keine Zeit zum Nachsehen, konnte nichts mehr erkennen, nicht einmal die Tür.

Eine Mauer. Wie in aller Welt war er hier gelandet? Wo war die verdammte Tür? Er hustete und würgte, drehte sich um die eigene Achse. Nach links oder nach rechts? Möglicherweise war er zu weit nach rechts abgedriftet. Er wandte sich nach links, hielt sich dicht an der Wand und setzte einen Fuß vor den anderen. Mit dem Mangel an Sauerstoff verlor er zunehmend an Kraft.

Da! Die Tür. Er berührte den Türknauf und zuckte zischend zurück. Das Ding war kochend heiß. Rasch zog er sich den

Ärmel über die Hand, packte den Knauf erneut und drehte ihn. Rüttelte an der Tür.

Verschlossen.

Ihm blieb nicht mehr viel Zeit. Sacht lehnte er Sam an die Wand. Ihre Augenlider flatterten.

»Nur noch eine Sekunde, Sam. Halte durch, okay?«

Sie nickte schwach.

Er tat einen Schritt zurück, trat zu und verpasste den Türknauf nur knapp. Die Tür sprang auf, und in dem Moment, in dem die Masse an Sauerstoff in den Raum drang, loderte das Feuer erst richtig auf. Carvers Rücken brannte, was er jedoch ignorierte, stattdessen hob er Sam hoch, stürzte aus der Bücherei und ließ das Inferno hinter sich zurück.

Sofort war er von Menschen umringt. Jemand schrie ihn an, dass er still stehen bleiben sollte, während man auf ihn einschlug und die zahlreichen Flammen auf seinem Rücken löschte. Er hielt Sam weiterhin fest, blinzelte immer wieder und atmete tief die frische Luft ein, und dann sah er eine kleine blonde Frau auf sich zurennen, und er lächelte sie an, obwohl er das Gefühl hatte, gleich zusammenbrechen zu müssen, aber er hoffte wirklich, noch ein paar Sekunden auf den Beinen bleiben zu können.

Jemand nahm ihm Sam ab, und nun lag das Mädchen in Abbys Armen. Carver stand lächelnd daneben, denn nun war endlich wieder alles gut.

Kapitel 63

Abby konnte nicht aufhören, Sam zu berühren. Sie strich ihr übers Haar, nahm ihre Hand, drückte sie ein weiteres Mal an sich. Sam protestierte nicht ein Mal.

Sie saß hinten im Krankenwagen und trug eine Sauerstoffmaske. Sie wollten sie ins Krankenhaus bringen, aber Sam wollte Abby einfach nicht loslassen, obwohl sie versprochen hatte, sie zu begleiten. Sie sagte nur wieder und wieder, dass sie nach Hause wollte. Irgendwann hatte der verzweifelte Rettungssanitäter Sam schließlich die Maske aufgesetzt und Abby gebeten, etwas auf Abstand zu gehen.

»Wie fühlst du dich?«, fragte Abby zum vierten … nein, fünften Mal. »Blinzle einmal für ›gut‹, zweimal für ›schlecht‹, dreimal für ›Mom, du gehst mir auf die Nerven‹.«

Sam blinzelte dreimal.

»Also fast wieder wie immer.« Abby drückte Sams Hand.

Nun, wo Sam in Sicherheit und die lebensbedrohliche Gefahr fast vorbei war, schossen all die Befürchtungen, die Abby in den vergangenen vierundzwanzig Stunden zurückgehalten hatte, ungezügelt durch ihren Kopf. Sam hatte ein höllisches, brutales Erlebnis hinter sich. Sie hatte mehrere Personen auf furchtbare Weise sterben sehen. Nach allem, was Carver erzählt hatte, war sie von Hutmacher fast erwürgt worden. Die Male auf Sams Hals waren deutlich zu erkennen. Abgesehen von den körperlichen Verletzungen war sich Abby natürlich auch bewusst, wie schädlich sich ein derart traumatisches Erlebnis auf die Psyche auswirken konnte.

Doch sie ließ sich ihre Sorge nicht anmerken. Sam brauchte von ihrer Mom nun Unterstützung und Geduld, und Abby würde ihr beides geben.

»Oh, sieh mal, wer da ist.« Abby berührte Sam an der Schulter und deutete auf jemanden.

Steve war in den abgesperrten Bereich gelassen worden und schaute sich verloren und verwirrt um. Das hier war nicht sein Territorium, umgeben von Feuerwehrleuten, Polizisten und plärrenden Sirenen. Abby winkte ihm zu, und sobald er sie entdeckte, strahlte er, kam angerannt und schloss Sam mit Tränen in den Augen in die Arme.

»Pass auf ihre Maske auf, Steve!«, ermahnte Abby ihn.

Man konnte ihm die Erleichterung deutlich ansehen. Sie hatten ihre Tochter wieder zurückbekommen.

Endlich löste er sich von ihr. »Wie fühlst du dich?«

Sam verdrehte die Augen.

»Wir bringen sie zum Arzt und lassen sie gründlich durchchecken«, sagte Abby. »Aber es sieht ganz danach aus, als wäre bald wieder alles gut.«

Steve stieß die Luft aus. »Okay.«

»Ist Ben in der Schule?«

»Nein, er hat letzte Nacht kaum geschlafen. Ich habe ihn bei dir gelassen, und Gina passt auf ihn auf.«

Gina war Steves Nichte, die hin und wieder als Babysitter für Ben einsprang. Abby hatte so ihre Probleme mit ihr, weil Gina Ben so viele Süßigkeiten essen ließ, wie er wollte, nicht darauf achtete, ob er nach der Schlafenszeit noch fernsah, und öfter Wörter benutzte, die ein Achtjähriger eigentlich nicht zu hören bekommen sollte. Allerdings konnte man das alles auch über Steve sagen, insofern versuchte sie, sich nicht zu sehr darüber aufzuregen.

Der Sanitäter kehrte zurück und nahm Sam die Maske ab. »Wie fühlst du dich?« Er untersuchte ihr Augen. »Hast du Kopfschmerzen? Leidest du unter Kurzatmigkeit?«

»Eigentlich nicht.« Sam war sehr heiser.

Er leuchtete ihr mit einer kleinen Taschenlampe in die Nase. »Na, das hätte viel schlimmer ausgehen können. Aber du solltest dich trotzdem noch von einem Arzt untersuchen lassen.«

»Kann ich nach Hause fahren, meinen Bruder sehen und duschen?«, wollte Sam wissen.

»Wir wohnen ganz in der Nähe«, fügte Abby hinzu.

Der Sanitäter zuckte mit den Achseln. »Okay. Aber warten Sie nicht zu lange damit.« Er warf Sam noch einen letzten Blick zu und ging dann weg.

»Wo ist Carver?«, erkundigte sich Sam.

»Sie haben ihn ins Krankenhaus gebracht«, antwortete Abby. »Er hat mehrere Verbrennungen und deutlich mehr Rauch eingeatmet als du.«

»Verbrennungen? Geht es ihm gut?« Sam sah sie entsetzt an.

»Ja, es geht ihm gut. Es war nichts Ernstes.«

»Wer ist Carver?«, wollte Steve wissen.

»Er ist Moms …«

»Er ist ein Detective, der hier ausgeholfen und Sam das Leben gerettet hat«, fiel Abby ihr ins Wort. »Er ist ins Feuer gerannt und hat Sam rausgeholt.«

Sam klappte den Mund zu. Es war offensichtlich noch zu früh, um darüber zu reden. Und Abby wusste, dass Carver weitaus mehr getan hatte, als Sam nur aus dem Feuer zu retten.

»Oh, dann muss ich unbedingt mit ihm reden und mich bedanken«, sagte Steve. »Vielleicht sollten wir ihm einen

Blumenstrauß und einen Dankesbrief schicken oder etwas in der Art.«

»Das sollten wir auf jeden Fall tun!« Sam strahlte. »Er würde sich bestimmt über einen Blumenstrauß von dir freuen, Dad. Und Mom kann bestimmt seine Telefonnummer herausfinden, stimmt's, Mom?«

Abby hätte sich normalerweise geärgert, jetzt war sie jedoch heilfroh, dass sich ihre Tochter gerade derart über die Situation amüsierte. »Ja, das sollte möglich sein.«

»Okay.« Steve runzelte die Stirn. Er war nicht auf den Kopf gefallen und merkte meist, wenn ihn jemand auf die Schippe nahm. »Kommt, ich bringe euch nach Hause.«

»Mein Wagen steht noch hier«, erwiderte Abby.

»Oh.« Steve wirkte enttäuscht.

»Aber es wäre großartig, wenn du uns unterwegs was zum Frühstück besorgen könntest«, fügte Abby hinzu.

Sie hatte zwar eigentlich gar keine Lust, Zeit mit Steve zu verbringen, aber Sam brauchte jetzt beide Elternteile.

»Kein Problem! Starbucks oder Dunkin' Donuts?«, fragte Steve.

»Sind das die einzigen Optionen?« Abby musterte ihn skeptisch.

»Dunkin' Donuts«, entschied Sam.

»Möchtest du mitfahren und dir die Donuts selbst aussuchen?«, wollte Steve von Sam wissen.

»Klar, Dad. Weil ich wirklich gern durch die Gegend laufe, während ich wie ein Lagerfeuer stinke und wie ein Kriegsflüchtling aussehe.« Sam schüttelte den Kopf.

»Oh, gut, dein Sarkasmus ist auch noch da«, kommentierte Steve trocken. »Wir sehen uns dann bei deiner Mom.« Er umarmte Sam noch einmal und entfernte sich.

»Okay.« Abby berührte Sam am Arm. »Lass uns nach Hause fahren.«

Kapitel 64

Es kam Abby surreal vor, dass auf der Straße so reger Verkehr herrschte. Rational wusste sie zwar, dass dies die Rushhour war und alle zur Arbeit fuhren wie an jedem typischen Vormittag in der Stadt. Aber nach allem, was Sam und sie in den vergangenen vierundzwanzig Stunden durchgemacht hatten, schien es ihr angebracht zu sein, dass alle einen Tag freinahmen und Zeit mit ihrer Familie verbrachten. Es war, als würde sie nach dem Essen in einem Restaurant sitzen und auf die Rechnung warten, während um sie herum alle aßen, als hätten sie einen Grund, hungrig zu sein. Wussten die anderen denn nicht, wie voll man selbst war?

Sie warf Sam einen besorgten Blick zu. Ihre Tochter starrte schweigend aus dem Beifahrerfenster. Abby fuhr mit den Fingern über Sams Haar, um sie wissen zu lassen, dass sie bei ihr war.

»Mom«, sagte Sam. »Diese Frau, Deborah, die in die Schule kam? Die sich in Brand gesteckt hat?«

»Ja?«, erwiderte Abby. Sam hatte ihr kurz davon berichtet, war jedoch nicht ins Detail gegangen. Allerdings hatte Abby eigene Theorien, was diese Frau betraf.

»Sie hat immer wieder vom Messias gesprochen. Und von mir. Als wäre sie mein Schutzengel.«

»Sie schien eine religiöse Fanatikerin zu sein«, erklärte Abby. »Wir werden sie auf jeden Fall genauer unter die Lupe nehmen.«

»Ja, aber ... Sie wusste, wer ich war. Sie hat mich sofort erkannt. Sie sagte, ich wäre vom Blut des Messias und dass sie das in meinen Augen sehen könnte.«

»Das muss sehr beunruhigend gewesen sein.«

»Sie hat mir Angst gemacht. Sie sagte, sie wollte mich zu irgendeinem Priester bringen.«

Der Wagen ruckte, als Abby zu fest aufs Gaspedal trat. »Was für einem Priester?«

»Keine Ahnung, das hat sie nicht gesagt.« Sam stieß die Luft aus. »Sie wollte uns beide in Brand stecken. Sie sagte, das Feuer würde uns reinigen.«

»Ich bin nur froh, dass Carver dich da rechtzeitig rausholen konnte.« Abbys Stimme zitterte.

»Ihre Schreie, als sie verbrannt ist ...« Sam wischte sich eine Träne weg. »Warum hat sie das getan? Warum steckt sich ein Mensch selbst in Brand?«

Abby seufzte. »Menschen machen manchmal schreckliche Fehler.«

Sam lehnte den Kopf ans Fenster. »Geht es Fiona gut?«

»Ich habe sie nicht gesehen, aber man hat mir versichert, dass es ihr gut geht. Und Ray und Mr Bell auch. Mrs Nelson hat offenbar eine leichte Gehirnerschütterung.«

»Haben sie Absolem und Alma verhaftet?«

»Ja.«

»Alma wollte das alles nicht. Glaubst du, sie muss ins Gefängnis?«

»Ja. Aber ich werde dem Staatsanwalt mitteilen, dass sie am Ende mit uns kooperiert hat.«

»Ich war mir nicht sicher, ob ich ihr das Handy geben sollte.«

Abby strich ihrer Tochter noch einmal übers Haar. »Ich würde sagen, du hast damit vermutlich einigen Menschen das Leben gerettet.«

»Mr Ramirez konnte ich nicht retten.« Sams Lippen bebten.

»Du hast mehr getan, als man von dir erwarten konnte, Schatz. Du hast mehr Leben gerettet, als wir es von außerhalb der Schule konnten. Ich kann gar nicht in Worte fassen, wie stolz ich auf dich bin.«

»Okay.« Sam schniefte. »Ich will zu Ben.«

»Wir sind in zehn Minuten zu Hause.«

»Okay.«

Sam schloss die Augen und ließ den Kopf wieder gegen das Fenster sinken. Abby betrachtete sie lächelnd und musste dann abrupt auf die Bremse treten, da der Wagen vor ihr auf einmal stehen geblieben war. Es wäre unfassbar dumm gewesen, jetzt noch einen Unfall zu bauen. Sie konzentrierte sich auf den Verkehr.

Abbys Handy klingelte und ließ Sam zusammenschrecken. Abby ging schnell ran. »Hallo?«

»Hi, Abby, hier ist Gina.« Die Stimme von Steves Nichte drang schrill aus dem Lautsprecher.

»Hey, Gina, wir sind in etwa zehn Minuten zu Hause.«

»Oh, gut. Ben ist noch nicht aufgewacht. Er wird sich sehr freuen, euch zu sehen. Und dein Vater ist auch hier.«

»Ach ja?« Abby lächelte erstaunt.

»Ja. Er will ein bisschen mit Ben in den Park gehen. Er ist wirklich nett.«

Etwas an der Art, wie sie das sagte, ließ Abby alarmiert aufmerken. Gina redete fast so, als wäre sie ihm zum ersten Mal begegnet. »Ist meine Mom auch da, Gina?«

»Nein, nur dein Dad. Ich hätte ihn beinahe nicht erkannt; ich glaube, ich habe ihn zuletzt auf eurer Hochzeit gesehen. Aber die Ähnlichkeit zwischen euch ist unverkennbar, nicht wahr?«

Das stimmte nun eindeutig nicht. Abby war adoptiert, und ihr Dad sah vollkommen anders aus. Und wieso kam er ohne Mom vorbei? Und woher wusste er überhaupt, wohin er fahren musste? Bei ihrem Telefonat am Vortag hatte Abby ihren Eltern gesagt, dass Ben bei Steve war.

»Er ist noch nicht mit ihm in den Park gegangen, oder, Gina?« In Abbys Stimme schwang Furcht mit.

»Nein, darum rufe ich ja an. Um mich zu vergewissern, dass das in Ordnung ist. Dein Dad wartet draußen.«

»Verriegle die Haustür, und geh sofort in Bens Zimmer. Lass ihn ja nicht aus den Augen.«

»Okay. Stimmt irgendwas nicht?«

»Tu es einfach, und zwar sofort. Lass nicht zu, dass dieser Mann Ben irgendwohin mitnimmt. Und lass ihn auch nicht ins Haus. Das ist nicht mein Vater.«

»Okay, bin schon unterwegs.« Gina klang immer nervöser.

»Was ist los, Mom?«, wollte Sam wissen.

»Gina? Hast du die Tür abgeschlossen?« Abby schaltete die Sirene ein und gab Gas.

»Äh … Ja. Ich gehe jetzt in Bens Zimmer.«

»Okay. Ich lege jetzt auf. Wir sind gleich da.« Sie beendete das Gespräch.

»Was ist los, Mom?« Sam starrte sie besorgt an.

»Schatz, hol mein Handy aus der Tasche, und wähl den Notruf.« Abby hupte mehrmals und verkrampfte die Kiefer. Sie wechselte die Spur, fuhr an zwei Fahrzeugen vorbei und musste sich wieder einfädeln, als ein Wagen hupend und mit Lichthupe auf sie zukam.

»Warum? Wer ist in unserem Haus?«

»Ich weiß es nicht. Aber bestimmt nicht Grandpa.«

Die Ähnlichkeit zwischen euch ist unverkennbar.

Kurz musste sie an ihren anderen Vater denken. Dessen Foto sie in dem Zeitungsausschnitt gesehen hatte.

Die Ähnlichkeit zwischen euch ist unverkennbar.

Aber da gab es ein Problem: Sie sahen sich auch nicht ähnlich. Abby hatte vor allem das Aussehen ihrer Mutter geerbt. Und ihr leiblicher Vater war tot, da war sie sich ganz sicher. Wer hielt sich dann in ihrem Haus auf? Jedenfalls nicht ihr Dad.

Sie hat mich sofort erkannt. Sie sagte, ich wäre vom Blut des Messias und dass sie das in meinen Augen sehen könnte.

Sam hatte Abbys Augen.

Die Frau hatte gesagt, das Blut des Messias müsse befreit werden. Damit hatte sie Sam gemeint. Sie hatte nicht nur über irgendjemanden gesprochen, der mit der Wilcox-Sekte zu tun hatte.

»Neun, eins, eins, wie lautet Ihr Notfall?« Eine Frauenstimme plärrte aus dem Handylautsprecher.

»Hier spricht Lieutenant Abby Mullen.« Abby scherte aus, um ein Motorrad zu überholen. Jemand hupte laut. Sam kreischte vor Angst auf. »Ich möchte, dass ein Streifenwagen bei meinem Haus vorbeifährt. Mir wurde mitgeteilt, dass sich dort ein Eindringling aufhält.«

Sie nannte der Zentrale ihre Adresse. Eine rote Ampel. Abby ging vom Gas und wünschte sich, Sam hätte nicht bei ihr im Wagen gesessen. Ein Schulbus fuhr vorbei, und Abby beschleunigte und raste zwischen dem Bus und einem Pick-up-Truck hindurch, der mit quietschenden Bremsen anhielt.

Das Blut des Messias.

Sie waren nur noch wenige Minuten vom Haus entfernt. Sie raste mit heulender Sirene durch das Viertel und ärgerte sich darüber, dass sie nicht schneller vorankam. Dabei dachte sie an Ben, der in seinem Bett lag, und an den Mann vor der

Tür, diesen Fremden, der mit ihm in den Park gehen wollte. Sie mahlte mit den Zähnen, raste die Straße entlang, und die Welt um sie herum schien zu verschwimmen.

Endlich kamen sie zu Hause an. Abby trat auf die Bremse, und ein Reifen stieß gegen den Bordstein. Atemlos starrte sie aus dem Fenster. Im Haus war es dunkel; sie konnte keine Bewegung erkennen.

»Bleib im Wagen.«

»Was ist los, Mom?«, fragte Sam.

Abby blickte die Straße entlang und hielt Ausschau nach dem Mann, von dem Gina erzählt hatte, konnte ihn aber nirgends entdecken. »Ich kümmere mich darum, Schatz. Bleib einfach im Wagen und schließ die Türen ab.«

Sie schnappte sich ihr Handy, stieg aus und schloss leise die Tür, um ja kein Geräusch zu machen. Mit einer Hand am Holster schlich sie zur Haustür. Sie drehte den Türknauf. Abgeschlossen.

Nachdem sie aufgeschlossen hatte, trat sie mit angehaltenem Atem ein und schlich zu Bens Zimmer. Die Tür war geschlossen.

Sie riss sie auf.

Ben saß auf dem Bett und sah verschlafen und verwirrt aus. Gina stand mit tränenüberströmtem Gesicht neben ihm. Sie hatte eine von Bens dicken Enzyklopädien in der Hand und sah aus, als wollte sie sie jedem, der durch die Tür kam, an den Kopf werfen. Sobald sie Abby sah, atmete sie erleichtert auf.

»Ich hab ihn nicht reingelassen«, sprudelte es aus Gina heraus. »Er hat geklopft und geklingelt, aber ich hab ihn nicht reingelassen.«

Abby nickte und schaute durch das Fenster auf die Straße. Sam saß noch im Wagen und war vor Angst ganz blass um die Nase.

Sonst konnte sie niemanden sehen.

Kapitel 65

Abby lag im Dunkeln im Bett, links und rechts ihre Kinder, die tief und fest schliefen.

Der Tag war chaotisch gewesen, selbst wenn sie die Ereignisse des Vormittags außer Acht ließ. Zuerst hatte sie Gina beruhigen und mit den Polizisten reden müssen, die kurz darauf auftauchten. Dann war Steve mit einem Karton voller Donuts und entsetztem Gesicht eingetroffen. Irgendwie hatte sie alles geregelt und war mit Sam ins Krankenhaus gefahren, um sie untersuchen zu lassen, was bedeutete, dass Steve und Ben mitkamen, weil keiner zurückbleiben wollte, und Sam war im Krankenhaus zweimal in Tränen ausgebrochen, und Steve fragte immer wieder nach dem Mann, der vor dem Haus aufgetaucht war, und Sam wollte Fiona sehen …

Es war ein hektischer Tag gewesen.

Weder Ben noch Sam hatten allein schlafen wollen, und so waren sie alle in Abbys Bett gelandet. Wogegen sie rein gar nichts einzuwenden hatte. Denn sie wollte offen gesagt keinen der beiden aus den Augen lassen. Sie würden einfach in ihrem Schlafzimmer bleiben. *Ihr geht nie wieder zur Schule, Kinder. Mom hat viel zu große Angst, euch gehen zu lassen.*

Sie seufzte schwer. Eigentlich hatte sie gehofft, ebenfalls einschlafen zu können. Ihr Schlafdefizit war inzwischen so groß, dass sie bald halluzinieren würde.

Aber sie konnte nicht schlafen. Noch nicht.

Vorsichtig nahm sie Bens Hand von sich herunter. Sie schlich sich leise aus dem Zimmer und sah sich noch einmal zu ihren Kindern um. Ihren wunderschönen Kindern.

Dann setzte sie sich an den Esstisch und rief den Chat mit Moses Wilcox auf.

Ganz langsam tippte sie eine Nachricht.

> Du warst heute bei meinem Haus.

Sie sah zu, wie sich das Symbol änderte und anzeigte, dass er ihre Nachricht gelesen hatte. Würde er es leugnen? Oder würde er einfach behaupten, er habe sie besuchen wollen?

Im Grunde genommen war es auch egal, was er schrieb. Sie wollte nur eine Antwort, damit sie dem IT-Team etwas als Anhaltspunkt geben konnte, damit es seinen ungefähren Standort ermittelte. Vermutlich hatte er allein dadurch, dass er den Chat geöffnet und ihre Nachricht gelesen hatte, schon genug getan. Sie würden ihn kriegen.

Trotzdem war sie gespannt, was er schreiben würde.

Mehrere Minuten vergingen. Sie starrte das Display derart gebannt an, dass sie es immer noch vor sich sah, wenn sie die Augen schloss. Er würde nicht antworten.

Ihr Handy klingelte.

Sie schlug erschrocken die Augen auf und hätte das Handy beinahe fallen gelassen. Ein Videochat.

Rasch stand sie auf, verließ das Haus mit dem klingelnden Handy in der Hand. Sie ging zu ihrem Wagen, stieg ein und schloss die Tür. Das Handy klingelte weiter.

Sie fuhr mit dem Finger über das Display. Ein Gesicht tauchte darauf auf.

Sie hatte Moses so in Erinnerung, wie eine Siebenjährige sich an eine Autoritätsperson erinnerte. Überlebensgroß. Mächtig. Furchteinflößend. Das Gesicht, das nun auf dem Display erschien, war alles andere als das. Sein langes Haar war silbergrau geworden, und er hatte ein faltiges Gesicht. Außerdem trug er eine Brille. Doch die Augen hinter den Brillengläsern waren noch immer dieselben, durchdringend und scharf. Wie die Augen eines Raubtiers. Sie kam sich vor wie die Beute.

»Hallo, Abihail«, sagte er.

Sie musste ihn am Reden halten. Je länger er am Handy war, desto leichter würden sie ihn finden können. Desto mehr Informationen hatten sie, die sie nutzen konnten.

»Hallo, Moses«, erwiderte sie. Das war nicht die ausgebildete, ruhige Stimme einer Verhandlungsspezialistin, sondern die erstickte, panische eines siebenjährigen Mädchens, das Angst vor dem allmächtigen Priester hatte. »Ich ... ich bin froh, dass du anrufst.«

Er kniff die Augen zusammen. »Ach ja?«

Dieser Mann war alles andere als dumm, und sie hatte ihm in ihren Chats in all den Jahren, die sie ihn für Isaac gehalten hatte, oft genug gesagt, wie sehr sie Moses Wilcox verabscheute.

»Ja.« Nach und nach kehrte ihre Selbstbeherrschung zurück. Sie war nicht mehr sieben und auch nicht länger in seiner Gewalt. Er hatte angerufen, was bedeutete, dass er mit ihr reden wollte. »Wir haben viel zu besprechen.«

Er nickte nachdenklich. »Wie geht es Sam?«

»Ganz gut. Sie schläft jetzt. Sie hat mir erzählt, dass sie jemanden getroffen hat, den du kennst. Eine Frau namens Deborah.«

Diese Nachricht schien ihn zufriedenzustellen. »Eine sehr gläubige Frau. Du hättest sie gemocht. Wo ist Deborah jetzt?«

Abby war sich so gut wie sicher, dass er die Antwort auf diese Frage kannte. »Sie ist tot. Es hat gebrannt.«

Seine Miene blieb ausdruckslos. »Ah. ›Der wird euch mit dem heiligen Geist und mit Feuer taufen.‹«

Bibelzitate waren Moses' Rüstung, und er versteckte sich nur zu gern dahinter. Wenn sie ihn jetzt gefragt hätte, was das bedeutete, hätte das zu einer religiösen Diskussion geführt, die er dominierte, indem er die Bedeutung der Verse an seine Ansprüche anpasste. Kurz überlegte sie, das zu tun. Dadurch hielt sie ihn auf jeden Fall am Reden. Doch ein solches Gespräch hätte sie nicht weitergebracht. Und es gab einiges, was sie wissen musste.

»Warum hast du Deborah zu dieser Schule geschickt?«

»Ich habe sie nirgendwo hingeschickt, Abihail. Sie hat sich freiwillig gemeldet. Ich habe ihr erzählt, dass meine Enkelin in Gefahr schwebte, und Deborah bot sofort ihre Hilfe an. Sie war eine einfallsreiche Frau.«

Da hatte sie es. Er redete nicht um den heißen Brei herum. Abby erschauderte und holte tief Luft.

»Ist sie wirklich deine Enkelin?«

»Was denkst du?«, fragte Moses.

Ja, was dachte sie? Ihre leibliche Mutter hatte sich der Wilcox-Sekte mit Mitte zwanzig angeschlossen. Was hätte Moses Wilcox mit einer attraktiven jungen Frau gemacht, die alles tat, was er von ihr verlangte?

Die Ähnlichkeit zwischen euch ist unverkennbar.

Nun sah sie es ebenfalls. Dieselben Augenbrauen, das gleiche Kinn. Identische Augen.

Als Kind hatte sie immer gewusst, dass es ihr Schicksal war, Moses Wilcox' Nachkommen auf die Welt zu bringen, die die Überlebenden der Apokalypse als kriegerische Engel beschützten. Allerdings war sie immer davon ausgegangen, dass sie ihn heiraten und seine Kinder bekommen sollte.

Doch möglicherweise war jedes ihrer Kinder auch so schon Moses' Nachkomme.

»Ich schätze, du hast mich nicht grundlos Abihail genannt«, sagte sie schließlich.

Er schenkte ihr ein zufriedenes Lächeln. »Ja, da hast du vollkommen recht.«

Abihail. Im Hebräischen bedeutete es »Mein Vater, der Tapfere«. Ein Narzisst wie Moses hätte niemals dem Kind eines anderen Mannes diesen Namen gegeben.

»Du bist mein Vater.«

»Selbstverständlich bin ich das. Und jetzt, wo wir endlich die Gelegenheit haben, uns zu unterhalten, gibt es da irgendetwas, das du mir sagen möchtest?«

Was wollte er hören? Darum ging es ihm bei diesem Telefonat schließlich.

»Ich weiß nicht«, gab sie vorsichtig zu. »Wir haben uns so lange nicht gesehen, da gibt es eine ganze Menge, worüber wir sprechen könnten.«

»Warum fangen wir nicht mit dem ersten Brief an die Thessalonicher, Kapitel fünf, Vers achtzehn an«, verlangte er mit schneidender Stimme und kniff die Augen zusammen.

Ein weiterer Test, bei dem sie nur versagen konnte. »Ich habe meine Bibelstudien vernachlässigt. Es gab eben keinen Lehrer, der es mit dir aufnehmen konnte.«

»Lass mich deinem Gedächtnis auf die Sprünge helfen.« Er wurde wütender und hob die Stimme. »›Dankt für alles; denn das will Gott von euch, die ihr Christus Jesus gehört.‹«

Er wollte, dass sie ihm dankte. Die Vorstellung war derart absurd, dass sie beinahe losgeschnaubt hätte. Doch es war eigentlich auch egal. Sie bedankte sich ständig bei Psychos, Drogensüchtigen und Ehemännern, die ihre Frauen misshandelten. Sie dankte ihnen dafür, dass sie mit ihr sprachen, dass sie ihre Geiseln nicht umbrachten, dass sie nicht völlig durchdrehten. »Danke« war eine der billigsten Phrasen in ihrem Arsenal.

»Danke, dass du mir in der Brandnacht geholfen hast zu überleben«, sagte sie. »Und dass du mich vieles gelehrt hast. Und dass du eine Frau geschickt hast, die Sam beschützen und retten sollte. Und dass du mir all die schweren Jahre zugehört und mich getröstet hast.«

Die Art, wie er lächelte. So unfassbar zufrieden. Sie kämpfte gegen den Drang an, die Augen zu verdrehen.

»Gern geschehen«, erwiderte er wohlwollend.

»Deshalb warst du heute bei meinem Haus, nicht wahr?«

»Ja. Bedauerlicherweise warst du nicht da.«

Er hatte sie gar nicht sehen wollen, sondern gewusst, dass sie noch nicht zu Hause war. »Ich hörte, du wolltest mit Ben in den Park gehen.«

»Ich wollte meinen Enkel kennenlernen.«

»Und Sam erzählte mir, dass Deborah sie zu dir bringen wollte.«

Eine Sekunde lang schwieg er, um sie dann anzulächeln. »Sie sind meine Enkel, Abihail. Sie gehören zu meiner Herde.«

Abby spürte, wie ihre Selbstbeherrschung arg ins Wanken geriet. Die in ihr aufbrandende Wut vermischte sich mit der Angst, die sie überkam. »Halt dich ja von uns fern, du Mistkerl«, fauchte sie. »Wenn du dich auch nur in unsere Nähe wagst, bringe ich dich um. Hast du das verstanden?«

Er blinzelte überrascht. Sie umklammerte das Handy ganz fest und hätte am liebsten die Hand hindurchgesteckt und ihm den dürren Hals umgedreht.

»Gib Acht vor dem Feuer, das in dir brennt, mein Kind«, sagte er schließlich. »Denn es wird dich ganz verschlingen.«

Er verlagerte das Gewicht, und sie begriff, dass er drauf und dran war, das Gespräch zu beenden. Rasch drückte sie die Lautstärke- und die Einschalttaste ihres Handys und hörte am zufriedenstellenden Klicken, dass sie einen Screenshot gemacht hatte. Eine Sekunde später wurde das Display dunkel.

Sie tippte darauf und rief ihre Fotos auf. Das letzte Bild erschien ganz oben, eine verschwommene Aufnahme von Moses Wilcox. Er hatte gerade geblinzelt, ein Auge geschlossen, den Mund zu einem fast spöttischen Grinsen verzogen. Darauf sah er beinahe aus wie ein verrückter Kobold.

»Ich komme dich holen, du Mistkerl«, flüsterte Abby dem Foto auf dem Display zu.

Kapitel 66

Nach zwei Tagen im Gefängnis staunte Absolem darüber, dass er noch immer am Leben war.

Zuerst, als die Polizei in den Raum gestürmt war, hatte er geglaubt, das sei sein Ende. Sie würden doch bestimmt hinterher behaupten, er habe Selbstmord begangen, so wie Jeffrey Epstein oder Johnny J. Und selbst, wenn einige Leute die Wahrheit ahnten, ließ sie sich doch nicht beweisen. Absolem wäre Geschichte, die Wahrheit würde wieder einmal unter den Teppich gekehrt.

Nur, dass man ihn stattdessen verhaftete und ins Gefängnis steckte ... zu anderen Insassen.

Woraufhin er davon ausging, dass ihn einer der anderen umbringen werde. Wieder und wieder versuchte er herauszufinden, wer der Agent war. Der große Kerl mit dem Hakenkreuztattoo am Hals? Der fette, glatzköpfige Latino, der ihn immer schief anguckte? Nein – es musste der scheinbar harmlose dünne Mann sein, der zitternd auf seiner Pritsche lag, sich Zeit ließ und auf den richtigen Augenblick wartete.

Er schlief so gut wie nie, blieb wachsam und wappnete sich für den unausweichlichen Angriff.

Aber wer immer der Attentäter war, er musste herausgefunden haben, dass Absolem ihn erwartete. Denn er schlug nie zu.

Er telefonierte mit Georgia. Sie wollte, dass er sich einen Anwalt nahm, doch wofür sollte er sich die Mühe machen? Sie würden ihn doch ohnehin nicht laufen lassen. Er hatte keinen Zweifel daran, dass er einen vom Zirkel ausgesuchten Richter bekam und auch die Geschworenen vom Zirkel ausgewählt würden. Der Staatsanwalt würde ihr Agent sein, und selbst Absolems Verteidiger würde garantiert für den Zirkel arbeiten.

Nein, da sparte er sein Geld lieber, damit Georgia es bekam, statt es für den Versuch, sich aus einem korrupten System zu befreien, aus dem Fenster zu werfen.

Und nun brachten sie ihn für die Anklageverlesung zu einem Richter. Er hatte eine Pflichtverteidigerin, eine grauhaarige Frau, die beim Reden missbilligend die Lippen schürzte, als wüsste sie längst, dass er ein aussichtsloser Fall war. Was selbstverständlich stimmte.

Sie führten ihn mit gefesselten Händen in den Gerichtssaal, in dem überall bewaffnete Wachen herumstanden. Er erspähte Georgia unter den Zuschauern und warf ihr einen kurzen Blick zu. Ihre Augen waren verquollen, ihr Haar war zerzaust. Es schmerzte ihn, dass sie für die Sache ihres Vaters leiden musste, auch wenn diese gut und gerecht war.

Der Richter kam herein, ein strenger Mann mit einem Muttermal über dem Mund, und sie erhoben sich alle. Als der Richter ihn anstarrte, erwiderte Absolem den Blick, damit kein Zweifel daran bestand, dass sie beide wussten, wer der andere war. Schmunzelte der Richter, oder bildete sich Absolem das nur ein? Wie viel hatten sie ihm gezahlt, damit er Absolem für den Rest seines Lebens wegsperrte?

Dann las der Richter die Fallnummer vor, und Absolem hoffte, dass irgendjemand die Zahlenreihe mitschrieb. Ein anderer Wächter, der herausfinden wollte, ob es ein Code war oder nur zufällig zusammengewürfelte Ziffern, die nichts zu bedeuten hatten. Er sagte, dies sei der Fall »Das Volk gegen Theodor Quinn«, und das konnte durchaus stimmen, denn er hatte es mit einer sehr kleinen, zwielichtigen Gruppe aufgenommen. Dann sagte seine Pflichtverteidigerin, sie würden »auf die Verlesung verzichten«, einfach so. Absolem hatte das von Anfang an gewusst: Sie war eine von ihnen, und sie arbeiteten alle zusammen, um die Sache zu beschleunigen und ihn verschwinden zu lassen.

Er wartete darauf, dass der Richter ihn fragte, wie er plädierte, doch zu seiner Überraschung lief das anders ab als erwartet. Der Richter fragte: »Wie plädiert die Verteidigung?« und *seine Pflichtverteidigerin* antwortete an seiner statt und sagte, er plädiere auf nicht schuldig. Und jetzt sprachen sie bereits über Fristen, Mitteilungen und Anträge. Sie wollten ihn hier wieder rausschaffen, ohne dass er ein einziges Wort von sich gegeben hatte.

Er blickte hinter sich. Dort saßen mehrere Personen, und zwei davon starrten ihn eindringlich an. Eine Frau mit lockigem braunem Haar und rosafarbenem Pullover sagte lautlos etwas.

Der Zirkel kann uns nicht erreichen.

Eine Wächterin, die ihn unterstützte.

Er räusperte sich. »Äh … Ich habe noch nicht plädiert.«

Der Richter verstummte und beäugte ihn leidenschaftslos. »Ihre Pflichtverteidigerin sagte, Sie würden auf nicht schuldig plädieren.«

»Darf ich dazu auch noch was sagen?«

Jetzt beugte sich seine Pflichtverteidigerin zu ihm herüber und flüsterte ihm hektisch etwas ins Ohr. Er ignorierte sie und erhob sich.

Der Zirkel hatte ihn unterschätzt und würde es bereuen.

»Das DAS-System ist mit achtzehntausend Überwachungskameras in der ganzen Stadt verbunden«, verkündete Absolem laut. »Und in den letzten zehn Jahren hat das NYPD sechs U-Boot-Drohnen erworben. Aber ist es wirklich das NYPD, das all diese Anlagen kontrolliert? Und gibt es sie wirklich nur in New York, oder hat man in den ganzen Vereinigten Staaten ähnliche Systeme eingerichtet?«

Jemand brüllte ihn an, seine Verteidigerin zupfte an seinem Ärmel, ein bewaffneter Wachmann kam auf ihn zu.

»Wie sind die Überwachungsnetzwerke mit der Christopher-Columbus-Highschool verbunden?« Absolem schrie jetzt. »Warum hat die Polizei dort Feuer gelegt? Denken Sie an den genauen Standort! Wieso wurden zwei Wächter in einen Hinterhalt gelockt? Ganz genau, zwei Wächter, denn die dritte Person war eine Doppelagentin! Was verbindet all diese Ereignisse?«

Er wurde aus dem Gerichtssaal gezerrt und starrte die hinteren Bänke an, auf denen Georgia und die andere Wächterin saßen.

»Forschen Sie nach!«, kreischte er. »Wer hat etwas zu gewinnen? Was haben sie vor? Glauben Sie mir nicht einfach so! Stellen Sie selbst Nachforschungen an!«

Jemand rammte ihn gegen die Wand, doch das war ihm egal. Selbst wenn sie ihn jetzt umbrachten, war es zu spät. In einer Stunde würden die anderen Wächter begriffen haben, was er erkannt hatte. Das ganze Ausmaß der Verschwörung des Zirkels. Und sie würden alles in ihrer Macht Stehende tun, um den Zirkel ein für alle Mal bloßzustellen.

Der Zirkel kann uns nicht erreichen.

Er grinste, als er abgeführt wurde, und murmelte: »Sie können das, was kommen wird, nicht aufhalten.«

Kapitel 67

Es war Steves Wochenende mit den Kindern, und nach einem ganzen Tag, an dem sie sie nicht gesehen hatte, fühlte sich Abby wie ein gespanntes Gummiband kurz vor dem Zerreißen. Zugegeben, sie hatte Sam zweimal angerufen, einmal hatte sie so getan, als könnte sie die Fernbedienung für den Fernseher nicht finden, und einige Stunden später hatte sie gar keine Ausrede mehr gesucht, sondern nur ihre Stimme hören und sich vergewissern wollen, dass es ihr gut ging.

Doch das war nicht dasselbe, als bei ihnen zu sein. Sie mit eigenen Augen zu sehen.

Sam hatte sich schon beschwert, Abby würde sie »wie eine gruselige Irre« anstarren. Dabei wusste sie vermutlich nicht mal, dass sich Abby manchmal nachts in ihr Zimmer schlich, nur um sicherzugehen, dass sie wirklich in ihrem Bett lag. Denn sie hatte den Nagel auf den Kopf getroffen: Abby war in der Tat eine gruselige Irre, die ihre eigene Tochter stalkte.

Aber jetzt hielten sich ihre Kinder an einem der wenigen Orte in New York auf, die Abby nicht uneingeladen aufsuchen konnte: im Haus ihres Ex-Mannes. Sie konnte zwar trotzdem hinfahren, aber die gönnerhaften Kommentare, die Steve jetzt schon vom Stapel ließ, hielten sie davon ab. Er hatte bereits zweimal etwas über eine posttraumatische Belastungsstörung gefaselt und sogar vorgeschlagen, dass sie einen Therapeuten aufsuchte, um »nur zur Sicherheit« über die Geschehnisse zu sprechen. Als sie ihn allerdings gefragt hatte, ob er ebenfalls zur Therapie ging, hatte er sie nur verwirrt angestarrt.

Zu Hause zu bleiben fiel ihr ebenfalls schwer, weil die Zimmer der Kinder so leer waren. Es sei denn, man zählte die Hündin, die Spinne, die Schlange, das Chamäleon und das Vivarium mit den Grillen dazu, was Abby nicht tat.

Daher war sie zu Carver gefahren.

Allerdings wollte sie es noch immer langsam angehen lassen und ihn auf Abstand halten. Sie hatte in den letzten Monaten so viel durchgemacht, dass es sich so anfühlte, als wäre ihr Verstand von einer Büffelherde niedergetrampelt worden. Daher sagte sie sich, sie würden nur zusammen essen und einen angenehmen Abend miteinander verbringen.

Nach dem Essen hatte er eine Flasche Wein aufgemacht, und sie hatten auf der Couch ein Glas getrunken. Und noch ein zweites. Wenn sie noch ein drittes Glas trank, würde sie nicht mehr nach Hause fahren können.

»Meine Schwester hat mir heute eine unglaubliche Geschichte über Wale erzählt«, berichtete Carver.

»Welche Schwester?«, hakte Abby nach. »Du hast tripsillionen.«

»Ich habe vier Schwestern, aber wenn ich sage, ich hätte mit meiner Schwester gesprochen, meine ich immer Holly.«

»Was würdest du sagen, wenn du mit …« Sie versuchte, sich an den Namen zu erinnern. »Dana gesprochen hast?«

»Dann sage ich, dass ich mit Dana gesprochen habe.«

»Wieso? Ist Holly deine Lieblingsschwester?«

Carver runzelte die Stirn. »Nein. Ich rede nur am häufigsten mit … Du hast meine Geschichte unterbrochen.«

»Entschuldige.« Abby leerte ihr Weinglas.

»Okay. Sie unterhalten sich in verschiedenen Frequenzen.«

»Deine Schwestern?«

»Was? Nein. Wale. Wale unterhalten sich in verschiedenen Frequenzen.« Ein leises Lächeln umspielte seine Lippen, und Abby war kurz von der wundervollen Form seines Mundes abgelenkt und den Fältchen in seinen Augenwinkeln, die ihn so herzlich aussehen ließen. Er saß so dicht neben ihr, dass sie seine Körperwärme spürte. Sein dünner Wollpullover sah wundervoll weich aus. Ihr Knie berührte das seine, und ihr Rock war ein bisschen hochgerutscht.

Es dauerte eine Sekunde, bis seine Worte bei ihr ankamen und sie merkte, dass sie ihn anstarrte. »Wale. Okay.«

Seine Augen funkelten amüsiert. »Sie rufen einander über größere Entfernungen. So finden sie sich im Meer wieder. Unterschiedliche Walarten nutzen unterschiedliche Frequenzen, damit sie sich nicht in die Quere kommen. Ein Wal ruft, und die anderen antworten.«

Abby wollte hier nicht weg. Sie wollte bleiben und ihm die ganze Nacht zuhören. Das warme Licht in Carvers Wohnung ließ seine gebräunte Haut golden schimmern. Sie merkte, dass sie sich zu ihm hinüberbeugte. »Ich nehme noch ein Glas.«

»Gern.« Er lächelte sie an und schenkte ihr etwas ein. Dabei berührte sein Arm den ihren, und sie leckte sich die Lippen.

»Wo war ich?«, fragte er.

»Unterschiedliche Frequenzen.«

»Ach ja. Wissenschaftler haben also diesen einen Wal aufgenommen. Er lebt sehr tief in eiskaltem Wasser. Und er ruft auf völlig anderen Frequenzen als alle anderen. Daher bekommt er nie eine Antwort. Nie! Er schwimmt in diesem kalten, dunklen Ozean und ruft nach jemandem, der sein Freund sein möchte. Oder nach jemandem, der sich in ihn verliebt. Doch niemand antwortet ihm.«

»Das ist sehr traurig.«

»Ja. Weinst du?«

»Nein.« Dennoch lief ihr eine Träne über die Wange, und sie wischte sie weg. Rasch trank sie einen großen Schluck.

Abby verbrachte ihre Tage damit, herauszufinden, was andere Menschen wollten. Sie wählte ihre Worte und ihren Tonfall mit Bedacht, damit sie sich sicherer fühlten und ruhiger wurden. Aber an diesem Abend ging es um das, was sie wollte. Was sie brauchte.

Sie spürte deutlich den Wein, der ihren Verstand umwölkte, all die scharfen Ecken abschliff und sie dämpfte. Und mehr noch ... Im Augenblick half er ihr dabei, auf höchst geschickte Art eine Entscheidung zu treffen. Sie hatte definitiv zu viel Wein getrunken, um noch zu fahren. Gut, sie konnte auch ein Uber nehmen, aber ... viel besser wäre es, wenn sie das nicht tat. Und wenn sie ehrlich zu sich war, dann war sie in der Erwartung hergekommen, hier zu übernachten. Sie hatte die guten schwarzen Seidendessous doch nicht grundlos angezogen – und wann trug sie schon mal den Slip passend zum BH?

Nun beugte sie sich etwas näher zu Carver hinüber, sodass ihr Arm seinen Merinopullover berührte. Sie fühlte sich bei ihm vollkommen sicher und empfand dennoch ein leises Frösteln in der Brust. »Ich hätte die Wale bestimmt dazu gebracht, sich besser zu verstehen.«

Sein rechter Mundwinkel zuckte. »Hättest du das?«

»Ja. Ich weiß nicht, ob ich es dir schon mal erzählt habe, aber ich kann ganz gut verhandeln. Ich bringe fast jeden dazu, mit mir zu reden.«

»Wirklich?« Er senkte die Stimme und kam ihr immer näher. »Und wie machst du das?«

»Na, zuerst einmal höre ich meinem Gegenüber gut zu. Und ich wiederhole seine Worte, um ihm das Gefühl zu geben, gehört zu werden.«

Zwischen seinen Augenbrauen entstand eine Falte, und er erweckte den Anschein, als wäre dies das wichtigste Thema der Welt. »Und wenn er sagt: ›Mmmmmmmmmmmmmmm‹?«

»Machst du etwa gerade einen Wal nach?«

»Pass auf, was du sagst! Das ist ein perfekter Wal.« Als er grinste, bewegte sich die Narbe an seinem Kinn ein wenig, wodurch sein Grinsen sexy und ein bisschen teuflisch wirkte.

Sie trank einen großen Schluck Wein, obwohl sich ihr bereits leicht der Kopf drehte. Er glitt ihr schwer und seidig über die Zunge. »Okay, ich würde also ›Mmmmmmmmmmmmmmm‹ erwidern. Seine Worte wiederholen, verstehst du? Möglicherweise formuliere ich sie auch ein wenig anders, um sie positiver wirken zu lassen, in etwa so ›Mmmmmmmmmmmmm‹.«

»Aber in der richtigen Frequenz.«

»Auf jeden Fall. Ich spreche mit jedem in der richtigen Frequenz. Das ist mein grundlegendstes Prinzip.«

Carvers grüne Augen funkelten. »Und was dann?«

»Ich würde ihm offene Fragen stellen. Damit er ausführlich antwortet.«

Er nickte. »Du würdest ihn also fragen, ob er Fisch mag?«

Abby verspürte den starken Drang, seine Wange zu berühren, doch sie behielt die Hände bei sich. »Nein. Das ist eine Ja-oder-Nein-Frage. So etwas ist nicht gut für einen Dialog. Ich würde eher fragen ›Wieso sind dir Fische so wichtig?‹ Oder ›Wie kann ich dir mit den Fischen helfen?‹«

Er rückte noch näher und sah sie fasziniert an. »Und dann?«

Sie stellte ihr Glas auf den Tisch und wandte sich ihm ganz zu. »Und dann«, flüsterte sie und war nur noch wenige Zentimeter von ihm entfernt. »Dann würde ich herausfinden, was er wirklich will.«

Carver stellte sein Glas neben Abbys und drehte sich wieder zu ihr um. Er legte ihr eine Hand in den Nacken und presste die Lippen auf ihre. Der Kuss fing ganz zaghaft an, als wären sie sich beide nicht sicher, was der andere empfand. Doch dann öffnete Abby den Mund und kam ihm mit der Zunge entgegen. Er streichelte ihren Nacken, während er sie küsste, und legte ihr die andere Hand an die Taille.

Als sie den Kuss vertieften, wollte sich Abby nur noch an ihn pressen.

Ihr Herz raste, und sie schob die Finger unter seinen weichen Pullover.

Sie löste sich von ihm, knabberte an seiner Unterlippe und fuhr mit den Händen über seinen muskulösen Bauch. Dann zog sie ihm den Pullover ganz aus und betrachtete seinen Körper. »Ich will dich.«

Sein Blick fiel auf ihre Bluse, und er knöpfte sie langsam auf. Abby stockte der Atem, als seine Hände ihre Brüste beim Ausziehen der Bluse berührten. Sie öffnete den Verschluss ihres BHs, lehnte sich zurück, legte sich rücklings auf die Couch und zog ihn zu sich herunter. Während er sie erneut küsste, schlang sie die Beine um ihn, und er bahnte sich eine Spur aus heißen Küssen über ihren Hals und ihre Brust.

Sie brauchte mehr von ihm und griff nach unten, um seine Hose zu öffnen und ihm die Boxershorts herunterzuziehen. Er schob eine Hand unter ihren Rock und streifte ihr das seidige Höschen herunter, das sie nicht für jede Gelegenheit anzog. Schon beugte er sich wieder über sie und vertiefte den Kuss. Während sie miteinander verschmolzen, kam ihr Verstand zum ersten Mal seit einer Ewigkeit zur Ruhe und sie kannte nichts mehr als die alles umfassende herrliche Lust.

Kapitel 68

Der Gang zwischen den Bücherregalen schien endlos zu sein. Sam rannte, so schnell sie konnte, ohne zu wissen, wohin sie eigentlich wollte. Sie wusste nur, wovor sie weglief. Er war hinter ihr; sie konnte seinen angestrengten Atem hören, seinen Gestank riechen, und wenn er sie erwischte, würde er ihr die Kehle zudrücken und sie würde keine Luft mehr bekommen. Feuer leckte an ihren Füßen, die Bücher um sie herum brannten, hinter ihr ertönte ein abgehacktes, irres Lachen, und sie versuchte, noch schneller zu laufen, aber er kam ihr immer näher und der Gang wurde schmaler, jetzt konnte sie nicht einmal mehr rennen, bahnte sich einen Weg zwischen den brennenden Büchern hindurch, eine Hand packte sie von hinten …

Sam setzte sich schwer atmend im Bett auf, tastete nach dem Nachtlicht und schaltete es ein. In letzter Zeit machte sie abends immer das Nachtlicht an, doch Mom schaltete es aus, wenn sie eingeschlafen war.

Was nicht bedeutete, dass sie überhaupt viel Schlaf bekam. Seit diesem schrecklichen Tag hatte Sam noch keine ganze Nacht durchschlafen können. Die Psychologin sagte, dass das zu erwarten gewesen sei. Außerdem war sie damit immer noch besser dran als Ray, der es nicht einmal schaffte, das Schulgebäude zu betreten.

Es wäre alles gut gewesen, hätte sie wenigstens Geige spielen können. Aber das konnte sie nicht. Als sie es das erste Mal versucht hatte, bekam sie Herzrasen und Atemnot. Die nächsten Male war es auch nicht viel besser. Inzwischen traute sie sich gar nicht mehr, das Instrument anzufassen. Zwei Wochen, ohne dass sie Geige gespielt hatte. Früher hatte sie immer geglaubt, das könnte nur passieren, wenn sie sich alle Finger brach.

Ihre Psychologin ließ sie alle Dinge aufschreiben, die sie vermied, damit sie ihnen dann Angststufen zuweisen konnte. Die Liste lag auf ihrem Schreibtisch, damit sie sie ständig aktualisieren konnte.

Geige spielen – 7

Morgens zur Schule gehen – 3

Die Schulcafeteria betreten – 9

Einen Rollkragenpullover oder eine Halskette tragen – 6

Bei geschlossener Tür in einem Klassenzimmer sitzen – 4

Den Musikraum in der Schule betreten – 10

Die Liste war endlos. Angeblich konnte sie die Aktivitäten aufspalten, um sich zu trainieren. Wenn sie beispielsweise die Geige in der Hand hielt, ohne zu spielen, war das nur eine Vier auf ihrer Liste, daher schaffte sie das mehrmals am Tag. Was an und für sich auch schon Folter war.

Im Augenblick machte sie ihre Atemübungen. Gestern Abend war es ihr gelungen, schon nach wenigen Minuten einzuschlafen. Doch der Albtraum stand ihr noch derart schrecklich und lebhaft vor Augen, dass sie sich einfach nicht beruhigen konnte.

In manchen Nächten schleifte sie ihre Matratze in Bens Zimmer und schlief dort. Da gab es etwas, vor dem sie sich nicht länger fürchtete – seine Schlange und seine Spinne. Die Tiere machten ihr gar nichts mehr aus. Aber in dieser Nacht brachte sie es nicht über sich, da sie daran denken musste, wie traurig ihre Mom am nächsten Morgen aussehen würde, wenn sie merkte, dass Sam erneut eine schlaflose Nacht gehabt hatte. *Nein. Da bleibe ich lieber bis morgen früh hier liegen.*

Sie starrte die Decke an und dachte an den Moment, als Deborah sie gepackt hatte. Dieses Umklammern ihres Handgelenks. Sie ging es wieder und wieder durch.

Erst da merkte sie, dass sie summte. Drei schnelle Töne, wieder und wieder. Sie überlegte, welches Lied das sein mochte, aber nein, es war keins, das sie kannte. Sie summte diesen Moment, diese Umklammerung, diese eiskalte Furcht in ihrer Brust, diesen Versuch, sich zu befreien.

All das hatte eine Melodie.

Erstaunt rief sie das Bild der Cafeteria vor ihrem inneren Auge auf. Wie Hutmacher sie hineingezerrt und die Polizei hilflos von draußen zugesehen hatte. Diese unerträgliche Minute hatte einen eigenen Rhythmus. Und einen klaren Akkord.

Sie setzte sich auf und schlug die Decke zurück. Keebles, die in der Zimmerecke geschlafen hatte, hob den Kopf, seufzte schwer und schlief weiter, da sie Sams rätselhafte nächtliche Aktivitäten inzwischen gewohnt war. Sam stand auf und griff nach ihrer Geige.

Ihre Elektrogeige war nicht vollkommen lautlos, aber wenn sie nicht an die Lautsprecher angeschlossen und die Tür geschlossen war, konnte man sie außerhalb ihres Zimmers kaum hören. Was vermutlich auch besser war, wenn sie um zwei Uhr nachts darauf spielen wollte. Sie schloss die Kopfhörer an und legte sich die Geige unter das Kinn. Ihr Herz raste, und Angst und Aufregung machten sich in ihr breit.

Wo sollte sie anfangen? Sie stellte sich die ersten Momente vor, in denen sie die Schreie vor dem Musikzimmer gehört hatten. Den Anfang von allem.

Ja, auch dieser Moment hatte eine Form. Sie zog den Bogen über die Saiten, und eine wütende, heftige Melodie drang aus ihren Kopfhörern. Nein, irgendetwas war zwischen ihrem Kopf und ihren Fingern verloren gegangen. Sie beschwor das Bild erneut herauf. Ein schnelleres Tempo, unregelmäßig, eine Reihe kreischender, schriller Töne. Mit jedem Versuch kam sie der Version in ihrem Kopf näher.

Sie machte weiter, dachte an diese angespannten Minuten voller Angst und Unsicherheit, in denen sie nicht gewusst hatten, ob sie sich verstecken oder den Raum verlassen sollten. Dichte Musik in einem chaotischen Tempo, und dann ... eine lange Pause. Fast zu lang, nervenaufreibend für jeden Zuhörer, eine Reflexion von dem, was sie gefühlt hatte, als sie verzweifelt an der Tür lauschte und nichts hörte. Gefolgt von einem Wirbel aus Noten, die einander jagten, der finale Aufbau vor dem Öffnen der Tür.

Als sie fertig war, atmete sie schwer und zitterte am ganzen Körper.

Dann spielte sie es erneut.

Dabei zeichnete sie es auch gleich auf. Zwei Minuten und sechsunddreißig Sekunden Musik aus ihrem Kopf. Sie versuchte, die Noten zu Papier zu bringen, hatte aber noch nie etwas komponiert und wusste nicht, wie sie es anstellen sollte. Es kam ihr merkwürdig und falsch vor, als würde sie langsam etwas zu essen aus ihrem Mund holen und auf einen Teller legen, bis sie satt war. Sie spielte ein paar Noten, versuchte, zu begreifen, was sie eben gespielt hatte, und notierte es. Hinterher spielte sie das, was sie aufgeschrieben hatte, um sich zu vergewissern, dass es stimmte. Nach und nach brachte sie alles zu Papier.

Um halb vier konnte sie noch immer nicht einschlafen, diesmal jedoch nicht aus Angst, sondern vor Aufregung. Sie schnappte sich ihr Handy und schrieb Fiona das eine Wort, das in ihren Chats in letzter Zeit am häufigsten vorkam.

Wach?

Sie schliefen beide schlecht, daher wunderte sie sich nicht, als Fiona sofort antwortete.

Ja. Kann nicht schlafen.

Ich schicke dir gleich was. Hab ich geschrieben.

Sam schickte Fiona die Audiodatei und bereute es fast augenblicklich. Fiona schrieb bestimmt gleich, dass es furchtbar war. Oder dass sie den Song kannte; war der nicht auf diesem Green-Day-Album? Hatte Sam wirklich geglaubt, das Stück komponiert zu haben? Das kannte doch jeder. Oder sie bezeichnete es als banal. Oder sie schrieb, es sei nett, was sogar noch schlimmer war. Oder …

Sam, das ist der Haaaaaaammer! Hast du das geschrieben????

Sam grinste. Ja. Eben gerade.

Wie heißt es?

Ja, wie hieß es eigentlich?

Es heißt »Kein Ausweg«.

Sie beobachtete, wie die drei Punkte im Chatfenster auftauchten, wieder verschwanden und erneut auftauchten.

Ich finde, da fehlt noch das Schlagzeug.

Sam hätte Fiona am liebsten umarmt. Sie sah auf die Uhr. Zwanzig nach vier.

Ein paar Stunden haben wir noch, bis die Schule anfängt.

Kapitel 69

Der heutige Tag war besser, davon war Abby überzeugt. Zwar hatte Sam noch immer eingesunkene, blutunterlaufene Augen, doch sie wirkte so beschwingt wie seit einer ganzen Weile nicht mehr. Und sie hatte den Geigenkoffer auf der Schulter gehabt, als sie zur Schule gegangen war. Abby gestattete sich einen Augenblick der Hoffnung.

Sie musste zur Arbeit; es war schon spät. Doch sie ging stattdessen in die Garage und nahm die Abdeckung von dem großen Brett, das dort hing. Dann trat sie einen Schritt zurück und betrachtete die Artikel, die Fotos, ihre handschriftlichen Notizen. Das Foto, das Moses Wilcox vor all den Jahren zeigte und durch eine schnelle Googlesuche zu finden gewesen war, hing ganz oben. Daneben hatte sie den verschwommenen Handyscreenshot befestigt. Moses, grauhaarig und runzlig.

Es hatte einige Tage gedauert, den Beschluss zu bekommen und die Position seines Handys während ihres Videochats zu ermitteln. Er hatte sie aus Stewartstown in Pennsylvania angerufen. Die örtliche Polizei hörte sich um, aber niemand erkannte den Mann auf dem Foto. Auf dem Screenshot sah es aus, als würde er in einer winzigen Holzhütte sitzen. Hinter ihm war eine Bettkante zu erkennen. Sie war davon ausgegangen, dass er sich in einem Motel oder Airbnb aufhielt, doch bisher hatte man den Raum nicht finden können.

Sie hatte vor, möglichst bald selbst hinzufahren.

Das Handy, das er für den Anruf benutzt hatte, war seitdem ausgeschaltet und nicht ein Mal wieder eingeschaltet worden. Er las die Nachrichten nicht, die sie im Chat hinterließ, und ignorierte ihre Versuche, ihn anzurufen. Es machte ganz den Anschein, als wäre er vom Antlitz der Erde verschwunden.

Auf dem Brett herrschte ein Durcheinander aus Hinweisen und Versuchen, den Aufenthaltsort von Moses Wilcox seit der Nacht des Wilcox-Massakers nachzuvollziehen.

Namen und Kontaktinformationen von Personen, die das Vorgehen der Polizei in jener Nacht erbost kritisiert und Moses als Heiligen dargestellt hatten. Hatte eine dieser Personen ihm in den Tagen nach dem Brand Unterschlupf gewährt? Mehrere Zeugenaussagen schienen relevante Hinweise zu erhalten – in dieser Nacht war jemand gesehen worden, der durch die Felder rannte. Ein gestohlener Wagen aus Ayden in North Carolina, der drei Tage später in Virginia wieder auftauchte. Die Adressen, an die Abby und Eden Briefe geschickt hatten, angeblich an Issac, jedoch in Wirklichkeit an Moses.

Ein weiterer Abschnitt drehte sich um Deborah. Abby hatte Fotokopien der Ermittlungsunterlagen des NYPD hinsichtlich der Identität der Frau. Man hatte nicht viel herausfinden können. Es gab keine bestätigte Identität, keine Vorstrafen, nur wenige Fotos, eine Skizze und Berichte über das, was sie zu den Geiseln gesagt hatte.

Aber Abby ignorierte diese Spuren zunehmend und konzentrierte sich stattdessen auf die Feuer.

Das erste hatte sie eher zufällig entdeckt. Es handelte sich um ein Haus, das in einer Stadt niedergebrannt war, in der eine Adresse lag, an die Abby als Teenager Briefe geschickt hatte. Ein Mann war bei diesem Feuer umgekommen, seine

Frau verschwunden. Die Polizei vermutete Brandstiftung. Die Nachbarn hatten ausgesagt, in der Woche davor Fremde zu seltsamen Zeiten kommen und gehen gesehen zu haben. Zudem hatten sie ständig jemanden reden gehört. Vor allem eine Stimme, die stundenlang ohne Unterlass redete oder schrie. Abby konnte es sich fast bildlich vorstellen. Moses Wilcox, wie er im Wohnzimmer dieses Hauses stand und vor einer neuen Herde predigte. Ihr sagte, dass der Teufel in Keimen lauerte und dass sie sich ständig die Hände waschen mussten. Dass die Apokalypse nahte und Gott ihn als den Messias auserkoren habe. Dass das Feuer ihre Sünden fortwasche, so wie Deborah es auch zu Sam gesagt hatte.

Abby hatte Datenbanken durchstöbert und mit Polizisten im ganzen Land telefoniert, immer auf der Suche nach weiteren seltsamen Brandstiftungen, die damit in Verbindung stehen konnten.

Sie hatte fünf gefunden. Die Fotos hingen nun am unteren Rand des Brettes, und darauf waren die verkohlten Überreste der Gebäude zu sehen. Die Fotos der verbrannten Leichen hatte sie nicht dazu gehängt, für den Fall, dass Sam oder Ben das Brett versehentlich entdeckten. Zwei dieser Brände hatte sie mit einem Sternchen markiert, das für eine weitere Besonderheit stand, auf die sie bei ihren Nachforschungen gestoßen war.

Jetzt hatte sie möglicherweise ein sechstes. Sie hielt das ausgedruckte Foto davon in der Hand, auf dessen Rückseite eine Telefonnummer stand, die sie jetzt wählte.

Nahezu augenblicklich ging eine fröhlich klingende Frau ran. »Guten Morgen, hier ist das Bloomington-Polizeirevier. Wie kann ich Ihnen helfen?«

»Hi«, sagte Abby. »Ich rufe wegen der Brandstiftung in Ireland Grove vor einem Jahr an. Möglicherweise habe ich Informationen zu diesem Fall. Könnten Sie mich bitte mit dem dafür zuständigen Detective verbinden?«

Die Frau bat Abby, einen Moment zu warten, der sich ganz schön in die Länge zog. Dann stellte sie sie zu Detective Dacosta durch. Er klang misstrauisch und schlecht gelaunt, doch damit hatte Abby kein Problem; sie kam mit misstrauischen, schlecht gelaunten Männern problemlos klar, und nach zehn Minuten waren sie praktisch die besten Freunde. Er gab ihr Informationen zu dem Feuer durch. Sehr vieles stimmte überein. Zahllose Fremde, die in der Nähe gesehen worden waren. Eine Zeugin, die sagte, sie sei eine Woche vor dem Brand zu einer Art Massengebet eingeladen worden, bei dem es um die »Flammen des Himmels« ging. Sie hatte nicht daran teilgenommen. Dacosta versprach, Abby einige Details zu schicken, falls sie Interesse habe.

»Wissen Sie«, fügte er hinzu. »Sie sind nicht die Einzige, die sich in letzter Zeit für diesen Fall interessiert hat.«

Jetzt kommt das schon wieder. Abby nahm einen blauen Marker und malte ein Sternchen auf das Foto des niedergebrannten Hauses. »Ach ja?«, erwiderte sie. »Wer hatte denn noch Interesse daran?« Dabei wusste sie längst, wie die Antwort lautete.

»Das FBI hat vor einer Weile angerufen. Angeblich ging es um eine laufende Ermittlung. Sie haben mir eine Telefonnummer hinterlassen, für den Fall, dass ich noch etwas herausfinde.«

Das war interessant. Bisher hatten die Polizisten, mit denen sie gesprochen hatte, weder Namen noch Telefonnummern für sie gehabt. »Würden Sie mir die Nummer geben?«, bat sie.

»Aber sicher.« Er sagte ihr die Nummer durch. »Der Name lautete Agent Caldwell.«

Abby bedankte sich und legte auf. Sie hängte das sechste Foto auf und rief die Nummer an.

»Hallo.« Eine schneidende Frauenstimme meldete sich.

»Hi«, sagte Abby. »Spreche ich mit Agent Caldwell?«

»Nein, Caldwell ist nicht hier. Worum geht es denn?«

»Ich rufe wegen eines Falls an, in dem er ermittelt ... Er hat mit der Brandstiftung in Bloomington zu tun ...«

»Für diesen Fall ist Caldwell nicht länger zuständig.«

Schon wieder eine misstrauische und schlecht gelaunte Person. So langsam hatte sie die Nase voll davon. »Ich habe möglicherweise Informationen zu diesem Fall und zwei anderen ...«

»Entschuldigung, aber mit wem spreche ich?«

»Ich bin Lieutenant Abby Mullen vom NYPD.«

»Okay. Was für Informationen?«

Etwas in der Stimme der Frau ging ihr auf die Nerven. Typisch FBI. Arrogant und dreist. »Sind Sie der Agent, der diesen Fall jetzt bearbeitet?«, wollte Abby wissen.

»Ich bin kein Agent.«

»Ich möchte den Agenten sprechen, der für den Fall zuständig ist.«

»Ich bin für den Fall zuständig.«

Abby seufzte innerlich. Die Frau war wirklich unmöglich. »Man sagte mir, dass es sich um eine FBI-Ermittlung handelt.«

»Das ist korrekt, Lieutenant Mullen. Sie sprechen mit der Verhaltensanalyseeinheit des FBI.«

Abby runzelte die Stirn. Was hatte die Abteilung denn mit den Bränden am Hut? »Mit wem spreche ich?«

»Ich bin Dr. Zoe Bentley.«

»Freut mich, Sie kennenzulernen, Dr. Bentley.« Abby versuchte, ihre Stimme so freundlich wie möglich klingen zu lassen, was ihr nicht gerade leicht fiel. »Ich habe Grund zu der Annahme, dass die Fälle von Brandstiftung, die Sie bearbeiten, zusammenhängen.«

»Okay.« Dr. Bentley schien nicht überrascht zu sein. »Wie kommen Sie auf die Idee?«

»Ich vermute, dass sie mit einer Sekte zu tun haben, gegen die ich ermittle.«

»Einer Sekte?« Bentleys Stimme war das Erstaunen deutlich anzuhören.

»Ja. Es gibt Beweise, dass ...«

»Mullen«, sagte Bentley. »Sie sagten, Sie sind vom NYPD?«

»Das ist korrekt.«

»Wir ermitteln nicht wegen Brandstiftung, sondern wegen einer Mordserie. Und das klingt ganz so, als sollten wir uns dringend mal unterhalten.«

Danksagung

Als Autor ist es meine Aufgabe, aus meiner Fantasie, meinen Erinnerungen und Gedanken Ideen zu entwickeln. Diese sind oftmals chaotisch und wild und müssen mit Gewalt auf eine Seite und in das gezwungen werden, was wir als »Worte« und »Sätze« bezeichnen. Dieser Vorgang kann chaotisch und in meinem Fall richtiggehend blutig werden. Ohne sehr viel Hilfe wäre das überhaupt nicht möglich.

Meine Frau Liora ist immer an meiner Seite. Eines Tages kam ich aus meinem Schreibzimmer, war benommen und verwirrt und meinte zu ihr: »Ich glaube, ich habe eben etwas richtig Seltsames geschrieben. Darin kommen mehrere Leute vor, die sich alle Spitznamen nach Figuren aus ›Alice im Wunderland‹ gegeben haben, aber sie greifen eine Schule mit Waffen an, und ich weiß eigentlich gar nicht, was ich da tue.« Sie hat mich freundlich gebeten, ihr meine Rohversion zu geben, diese gelesen und dann gesagt: »Ja, das ist gut. Ich will mehr davon.« Und das war alles, was ich hören musste. Sie ist der erste Mensch, der meine Ideen zu hören bekommt, sie ist die Erste, die meine Manuskripte liest, und sie ist diejenige, zu der ich gehe, wenn ich das Gefühl habe, dass etwas nicht funktioniert, was bei jedem Buch passiert. Ohne sie wäre das alles nicht denkbar.

Meine Redakteurin Jessica Tribble Wells hat die Geschichte dieses Buches zusammen mit mir entwickelt. Sie war unter anderem diejenige, die anmerkte, dass Samantha eine der Geiseln sein musste. Ihre Vorschläge haben mir nicht nur auf hervorragende Weise geholfen, Absolem zu entwickeln und Abbys Konflikte zu beleuchten, sondern dieses Buch erst richtig glänzen lassen.

Christine Mancuso las das fertige Manuskript, obwohl sie mit meiner Beschreibung vom Tod der armen Deborah gar nicht einverstanden war. Sie machte für den Verlauf des ganzen Romans hilfreiche Anmerkungen und hat mir geholfen, dem letzten Kapitel mit Abby und Carver den entsprechenden Feinschliff zu geben.

Meine Eltern, Haim und Rina Omer, lesen beide ebenfalls die erste Version meines Manuskripts. Es hat nur vierundzwanzig Jahre gedauert, nachdem ich mit dem Schreiben angefangen hatte, aber jetzt bekomme ich endlich Nachrichten von ihnen, ohne dass ich mit dem Fuß aufstampfe, in mein Zimmer renne und die Tür hinter mir zuknalle. Was großartig ist, weil sie mir einige entscheidende Hinweise gaben, durch die dieses Buch noch viel besser geworden ist.

Es ist sehr schwierig, herauszufinden, wie eine Verhandlungsspezialistin mit einer Krise fertig wird, und allein mit der Recherche kam ich nicht weiter. O. Shahar hat sich geduldig stundenlang Zeit für mich genommen, um mir die verschiedenen Techniken zu erklären, und mir später sogar einen kniffligen Abschnitt simuliert. Viele der cleveren Tricks, die Abby im Buch einsetzt, stammen von ihm. Herzlichen Dank auch an Yaron Lior, dass wir einander vorgestellt wurden.

Mein Plotlektor Kevin Smith hat unglaubliche Arbeit geleistet, um Abby mit mir zusammen zu entwickeln und den

Augenblick der großen Enthüllung auf den Punkt zu bringen. Die Zusammenarbeit mit ihm ist immer wieder ein Vergnügen.

Meine Agentin Sarah Hershman arbeitet schon mit mir zusammen, seitdem ich Krimis schreibe, und ohne ihr Vertrauen in meine Bücher und mich hätte es auch diesen Roman nie gegeben.

Und vor allem danke ich meinen wunderbaren Leserinnen und Lesern, die meine Bücher lesen und dafür sorgen, dass meine Träume Wirklichkeit werden.